FILHOS DO ÉDEN

LIVRO 3

Outras obras do autor publicadas pela Verus Editora

A BATALHA DO APOCALIPSE:
DA QUEDA DOS ANJOS AO CREPÚSCULO DO MUNDO

FILHOS DO ÉDEN:
LIVRO 1 — HERDEIROS DE ATLÂNTIDA

FILHOS DO ÉDEN:
LIVRO 2 — ANJOS DA MORTE

FILHOS DO ÉDEN:
UNIVERSO EXPANDIDO

SANTO GUERREIRO:
ROMA INVICTA

SANTO GUERREIRO:
VENTOS DO NORTE

EDUARDO SPOHR

FILHOS DO ÉDEN

LIVRO 3

PARAÍSO PERDIDO

18ª edição

Rio de Janeiro-RJ / São Paulo-SP, 2023

VERUS EDITORA

Editora
Raïssa Castro

Coordenadora Editorial
Ana Paula Gomes

Copidesque
Ana Paula Gomes

Revisão
Maria Lúcia A. Maier

Projeto Gráfico
André S. Tavares da Silva

Ilustração da Capa
© Stephan Stölting
www.stephanart.com

ISBN: 978-85-7686-475-2

VERUS EDITORA LTDA.
Rua Benedicto Aristides Ribeiro, 41
Jd. Santa Genebra II - 13084-753
Campinas/SP - Brasil
Fone/Fax: (19) 3249-0001
www.veruseditora.com.br

CIP-BRASIL. CATALOGAÇÃO NA FONTE
SINDICATO NACIONAL DOS EDITORES DE LIVROS, RJ

S749f

Spohr, Eduardo, 1976-
Filhos do Éden : Paraíso Perdido : livro 3 / Eduardo Spohr. - 18. ed. - São Paulo, SP: Verus, 2023.
23 cm

Apêndice
ISBN 978-85-7686-475-2

1. Anjos - Ficção. 2. Ficção brasileira. I. Título.

15-27011 CDD: 869.93
CDU: 821.134.3(81)-3

Revisado conforme o novo acordo ortográfico

Este livro é dedicado a todas as mulheres deste mundo
(e de outros, quem sabe)

SUMÁRIO

APRESENTAÇÃO

Um brinde a todos os deuses

NÃO RARO — COM BASTANTE FREQUÊNCIA, NA REALIDADE — AS PESSOAS ME PERguntam se eu acredito nas coisas que escrevo, se eu creio em Deus ou tenho alguma religião. Quando esses assuntos vêm à tona, eu costumo responder contando uma história que aconteceu comigo, nos meus tempos de faculdade.

No princípio de 2001, um conhecido meu — éramos colegas de turma — foi diagnosticado com câncer e submetido a uma série de procedimentos que viriam — felizmente, diga-se de passagem — a curá-lo do tumor que o afligia. Durante uma conversa, anos mais tarde, ele me explicou como funciona o tratamento quimioterápico: o medicamento entra no sangue exterminando todas as células, sem distinção, acabando com as defesas do corpo e ao mesmo tempo reduzindo as regiões tumorais. O organismo é literalmente destruído, para que possa se renovar em seguida.

Enquanto ele falava, uma imagem muito clara surgiu na minha mente: a do deus Shiva, uma das principais divindades da religião hinduísta. Segundo algumas narrativas, o fim dos tempos é precedido por ele, Shiva, o Destruidor, que devasta o mundo com fogo, água e trovões, queimando as cidades, esterilizando as colheitas e aniquilando os seres humanos. No Ocidente, Shiva é visto como uma entidade maléfica, mas os indianos consideram sua passagem essencial para que Brahma, o deus da criação, possa descer à Terra e repovoar o planeta.

Se Shiva e Brahma existem enquanto imagens personificadas, se flutuam sobre uma imensa flor de lótus ou vivem em um paraíso celeste é — ou, pelo menos, deveria ser — uma discussão secundária. O importante é o que eles representam, o importante é que tais energias (como bem constatou meu amigo) estão e sempre estarão atuando em nossa vida. Nesse sentido, todos os deuses são reais. Desde Shinigami, o deus da morte japonês, até Ísis, a deusa egípcia da fertilidade, todos encontram reflexo em nosso mundo — todos *são* um reflexo do nosso mundo e da maneira como o enxergamos.

Foi tomando por base esse sistema de códigos que eu construí — e ainda construo — meus personagens. Os anjos, demônios e feiticeiros presentes em minhas obras não existem concretamente, mas às vezes, quando levo uma fechada no trânsito, sinto como se um querubim descesse ao meu lado, me incitando a partir para a briga, a quebrar o nariz do sujeito, para logo depois um ofanim aparecer no banco do carona e sussurrar, candidamente: "Calma".

Nesse aspecto, *Paraíso Perdido* é uma homenagem não só a todos os deuses como a todas as criaturas, boas e más, que já visitaram as páginas dos meus romances, daí a ideia de reuni-los pela última vez. Nada mais justo. Foram eles — Ablon, Kaira, Denyel, Orion, Urakin e tantos outros — que me levaram até vocês, leitores, que me fizeram conhecê-los e nos mantiveram unidos por oito anos, desde a primeira publicação de *A Batalha do Apocalipse*, em 2007.

Confesso que, para mim, como escritor, essa jornada teria sido um tanto insossa se eu a tivesse trilhado sozinho, se não a tivesse compartilhado com vocês. Juntos, nós vivemos essa experiência. Juntos, avistamos as torres da Babilônia, escalamos as praias da Normandia, testemunhamos a criação do universo. Enfrentamos dragões e demônios, arcanjos e bruxos, cruzamos o túnel da morte, morremos e renascemos.

Por tudo isso, o universo que nós — não eu, mas *nós* — criamos não pode nem vai terminar por aqui. Este tomo encerra, definitivamente, o arco de histórias que engloba *A Batalha do Apocalipse*, *Herdeiros de Atlântida*, *Anjos da Morte* e, claro, este último volume, *Paraíso Perdido*, mas nada impede que haja mais projetos nessa linha. Já estamos preparando uma enciclopédia visual, a ser lançada em 2016, e quem sabe outros romances possam surgir, num futuro próximo ou distante.

No momento em que você estiver lendo este texto, eu devo estar longe, muito longe, desligado, ou, como se diz atualmente, *offline*. Após dois anos sem férias, quero tirar alguns dias para descansar e recuperar a sanidade perdida, mas em breve estarei de volta e espero revê-los nos eventos, nas sessões de autógrafos e pela internet.

Este é o último parágrafo que redijo para esta trilogia — ou melhor, para esta tetralogia —, e já me sinto um pouco nostálgico. Olho através da janela. É uma quinta-feira chuvosa. Nuvens cinzentas encobrem o céu, mas há um facho de luz entre elas. O curioso é que é sempre assim. Sempre termina. E sempre recomeça.

EDUARDO SPOHR, *outono de 2015*

AS SETE CASTAS ANGÉLICAS

Querubins	Anjos guerreiros. Seus poderes são baseados em força, percepção, furtividade e rapidez.
Serafins	Nobres, políticos e burocratas. Mestres na persuasão e na manipulação da mente.
Elohins	Vivem no plano físico, geralmente disfarçados de seres humanos. Hábeis em se adaptar a etnias e grupos sociais.
Ofanins	Anjos da guarda. Seres bondosos, que vagam no plano astral ajudando os seres humanos. Carismáticos, são capazes de controlar emoções.
Hashmalins	Torturadores, anjos da punição. Controlam os espíritos e as trevas.
Ishins	Celestes responsáveis por governar as forças elementais: fogo, terra, água e ar.
Malakins	Sua missão é estudar o universo e a humanidade. Reclusos, podem moldar o tempo e o espaço.

OS SETE CÉUS

Primeiro Céu Tártaro. Lar dos ishins, abriga os quatro reinos elementais. É a camada mais próxima da terra.

Segundo Céu Gehenna. O purgatório. Uma dimensão de escuridão e torturas, destinada a deter prisioneiros e almas em penitência.

Terceiro Céu Éden Celestial. Destino da alma dos justos após a morte.

Quarto Céu Acheron. Camada intermediária. Contém as fortalezas angélicas e os campos de guerra.

Quinto Céu Celestia. Aqui ficam o Palácio Celestial, as cidades aladas e as catedrais celestes. Era o ponto de reunião dos arcanjos antes da guerra civil.

Sexto Céu Raqui'a. Região controlada pelos malakins. Usada como retiro e pavilhão de estudos.

Sétimo Céu Tsafon. Onde Yahweh descansa.

OS ARCANJOS
(em ordem hierárquica)

Miguel O Príncipe dos Anjos. O maior de todos os arcanjos, venceu os exércitos de Lúcifer e os expulsou para o Sheol.

Lúcifer A Estrela da Manhã, chamado também de Filho do Alvorecer, Portador da Luz ou Arcanjo Sombrio. Rebelou-se contra Miguel e hoje tem o próprio domínio nas profundezas do inferno.

Rafael A Cura de Deus ou o Quinto Arcanjo. O mais bondoso e indulgente dos primicérios. Desapareceu misteriosamente nos dias que se seguiram ao dilúvio.

Gabriel O Mestre do Fogo, Mensageiro, Anjo da Revelação ou Força de Deus. Costumava ser enviado à Haled para cumprir missões ordenadas pelos demais arcanjos. Revoltou-se contra o irmão Miguel, dando início à guerra civil.

Uziel O Marechal Dourado. O mais novo dos cinco arcanjos, patrono da casta dos querubins.

PERSONAGENS

Ablon O Primeiro General, anteriormente chamado de Vingador. O maior soldado do arcanjo Miguel. Posteriormente se rebelou, tornando-se o líder dos anjos renegados.

Adão O primeiro homem. Até onde se sabe, foi o primeiro ser humano a se esclarecer.

Amael O Senhor dos Vulcões. É um zanathus, um demônio do fogo, tendo sido um dos responsáveis pelo dilúvio, ao derreter as calotas polares.

Andvari Antigo rei dos anões, nas terras nórdicas. Pai de Dáinn, foi quem forjou o Anel dos Nibelungos.

Balder Para os nórdicos, deus da justiça e da sabedoria, filho de Odin e Frigga.

Bláinn Na mitologia nórdica, o ancestral de todos os anões.

Blóðughófi Égua avermelhada que viria a ser tomada como montaria por Kaira, após a batalha no Hades.

Brokkr Idoso general dos anões.

Brunhildr Alcunhada de Estrondo de Guerra, é uma das quatro capitãs valquírias, filha de Odin.

Cerberus Servo de Metatron, porta-voz e guardião do Hades.

Dáinn Rei dos anões das terras nórdicas, portador do Anel dos Nibelungos.

Denyel Um dos querubins exilados, que durante o século XX integrou o esquadrão dos anjos da morte.

Egill Poeta nórdico, o menestrel dos deuses.

Eric Tate Identidade "mortal" usada por Denyel de 1973 a 1989.

Ério Um dos tripulantes a bordo do *Kelos*, embarcação coríntia, no período anterior ao dilúvio.

Eva A segunda mulher de Adão, oferecida a ele por Metatron após Lilith ser expulsa do Jardim do Éden.

Fafnir Dragão do fogo, pai de Níðhöggr, morto pelo herói Siegfried nos tempos mitológicos.

Falhófnir Corcel de pelagem bege e patas grossas tomado como montaria por Urakin, após a batalha no Hades.

Feng Um dos três guardiões da ponte sobre o rio Lon, nas montanhas Tay-Pin.

Fenris O maior, mais feroz e mais antigo lobo das terras nórdicas. Vive no reino gelado de Niflheimr.

Fjalar Príncipe dos anões, filho de Dáinn e neto de Andvari.

Freya Deusa nórdica da sexualidade, da fertilidade e da vida.

Frigga Deusa-mãe dos aesires, esposa de Odin, mãe de Thor, Balder, Tyr e das quatro capitãs valquírias.

Gísl Cavalo negro de Denyel.

Glær Égua de Hildr.

Godi Bisneto do lobo Fenris, era um dos responsáveis por guardar a fortaleza de Iðavöllr.

Grani Alazão filho do mítico Sleipnir, o cavalo de Odin.

Gren Um ogro.

Grimhildr Chamada de Rainha Azul, é uma ninfa que assumiu o controle da torre de Vídbláin, após os elfos de Álfheim regressarem à Arcádia.

Gunnar Clérigo dinamarquês que ofereceu a jovem Siegnet a Odin.

Gunther Hoje um dos einherjar, foi um chefe bárbaro na região da Borgonha entre os anos 436 e 407 a.C.

Hagen Um dos einherjar.

Hash'tir Nascido na ilha de Thule, pertencente à casa Bh'lon, governava a Hiperbórea a serviço dos Magos Brancos, uma confraria existente antes do dilúvio.

Hefesto Deus olímpico da tecnologia, dos ferreiros, artesãos, escultores, dos metais, da metalurgia, do fogo e dos vulcões. Filho de Zeus, é manco e corcunda.

Heimdall Conhecido pela alcunha de Observador, é o deus nórdico que tem o poder de abrir a Ponte Bifrost, em Asgard.

Hela Deusa nórdica da morte e dos mortos-vivos. Vive nas terras de Helheim, o domínio mais distante sob os galhos da Yggdrasil.

Herja Fogo de Odin, era uma das quatro valquírias originais, filhas de Odin. Foi morta pelo gigante Thrymr.

Hermes Deus dos ladrões, é um dos olimpianos. Chamado também de Mercúrio.

Hildr Grito de Batalha. Capitã das valquírias, em Asgard.

Ikol Troll a serviço do gigante Thrymr, na fortaleza de Iðavöllr.

Inanna Cria de Lúcifer e Lilith, é uma das lilins. Posteriormente, uma baronesa do inferno. Alcunhada de Filha das Trevas.

Ishtar A Fúria Dourada. Querubim comandante da Legião das Espadas, subordinada a Ablon.

Ismael O Executor. Aliado de Kaira e Urakin. Foi um dos poucos hashmalins que abraçaram a facção rebelde.

Jörmungandr Na mitologia nórdica, uma serpente gigantesca, mãe de todos os dragões.

Kaira Centelha Divina. Capitã dos exércitos revolucionários de Gabriel, é uma ishim da província do fogo.

Kali Serafim pertencente à estirpe dos suryas. Reconhecida pelos homens antigos como a deusa da morte e dos sacrifícios humanos.

Kha O Sol. O sentinela que mantém controle sobre o território antediluviano de Sakha.

Kothar-wa-Khasis Um dos ex-Buscadores de Enoque, tornou-se um arquimago renegado.

Kumada Um dos três guardiões da ponte sobre o rio Lon, nas montanhas Tay-Pin.

Lao Um dos três guardiões da ponte sobre o rio Lon, nas montanhas Tay-Pin.

Levih O Amigo dos Homens. Ofanim partidário das forças rebeldes.

Loki O deus da trapaça na mitologia nórdica.

Metatron O Primeiro Anjo, chamado ainda de Rei dos Homens sobre a Terra ou Anjo Supremo. Ex-líder dos sentinelas, foi preso por se rebelar contra os arcanjos.

Minos O mais importante dos reis de Creta na era mítica. Desafiou seu pai, Zeus, e acabou preso no Hades com seu exército de mirmidões.

Molloch Hashmalim responsável pelo Cárcere do Medo, a maior prisão do Segundo Céu. Posteriormente viria a se tornar um dos nove duques do inferno.

Muzhda O Colosso de Ferro. Um dos chamados Três Pilares de Metatron, mantinha controle sobre uma aldeia nas montanhas Tay-Pin, antes do dilúvio.

Myst Tempestade da Vitória, a mais nova das filhas de Odin e uma das quatro capitãs valquírias.

Nathanael O Mais Puro. Um ofanim, braço direito do arcanjo Rafael e depois mensageiro do arcanjo Gabriel.

N'glalek Um dos netos de Tehom.

Níðhöggr Filho de Fafnir e neto da serpente Jörmungandr, é um dos dragões do fogo.

Nyr	Bisneto do lobo Fenris, era um dos animais responsáveis por guardar a fortaleza de Iðavöllr.
Oberon	Rei dos elfos sobre o trono de Ynys Wydryn, no plano etéreo.
Odin	Chefe dos deuses nórdicos da guerra, os aesires.
Orcus	Um dos barões do inferno.
Orion	O Rei Ungido de Atlântida, chamado ainda de Senhor dos Mares ou Estrela de Prata. Elohim que posteriormente viria a cair com Lúcifer, tornando-se um demônio da casta dos satanis.
Parcos	O mais velho dos tripulantes a bordo do *Kelos*, embarcação coríntia, no período anterior ao dilúvio.
Rachel Arsen	Menina antes aprisionada no avatar de Kaira. Foi libertada durante a batalha em Athea, relatada em *Filhos do Éden: Herdeiros de Atlântida*.
Radamanthys	Irmão de Minos. Reconhecido como o maior guerreiro humano que já existiu.
Samael	Anteriormente um serafim subordinado a Lúcifer, viria a se tornar um demônio. Famoso por se travestir de serpente e oferecer a maçã à jovem Eva, sendo por isso chamado de Serpente do Éden, Satã ou Satanás.
Samyaza	A Senhora dos Portais. Uma sentinela infiltrada na casta dos elohins a mando de Metatron.
Shekhinah	A Presença de Deus. O maior dos elohins enviados à terra pelo arcanjo Miguel para assumir os postos deixados pelos sentinelas entre as sociedades humanas.
Siegfried	Herói nórdico responsável por matar o dragão Fafnir. Filho de Odin com a jovem mortal Siegnet.
Siegnet	Mãe de Siegfried, foi uma das amantes humanas de Odin.
Sif	Cabelos de Trigo, esposa do deus Thor e rainha dos aesires.
Sirith	Demônio raptor. Foi derrotado por Denyel e Urakin na batalha de Athea e caiu (ferido, mas ainda vivo) nas águas douradas do rio Oceanus.

Sköll Lobo negro, filho do poderoso Fenris.

Skuld Bisneto do lobo Fenris, era um dos animais responsáveis por guardar a fortaleza de Iðavöllr.

Sleipnir Cavalo sagrado de Odin.

Soma Um dos principais almirantes de Orion, é um atlante, comandante do navio *Baghti*.

Sophia Uma das supostas elohins residentes na terra, teoricamente não relacionada aos interesses da teia.

Surtr Chefe dos gigantes do fogo, filho do falecido Ymir.

Svadilfari Pai de Sleipnir. Garanhão cinza-escuro que ajudou a construir os muros do Valhala.

Tamuz Um dos capitães do arquimago Kothar, no zigurate de Barak-Maru.

Teth O Terceiro dos Sete. Um dos malakins que anteriormente controlavam os anjos da morte.

Thera General atlante nomeado guardião de Egnias, a Segunda Cidade.

Thor Para os nórdicos, o Deus do Trovão, filho de Odin.

Thrymr Chefe dos gigantes do gelo, rei dos gigantes e filho do falecido Ymir.

Titânia Rainha dos elfos sobre o trono de Ynys Wydryn, no plano etéreo.

Tyr Deus nórdico da justiça, primogênito de Odin e irmão de Thor.

Ullr Deus nórdico da caça.

Urakin O Punho de Deus. Um guerreiro obstinado e forte, parceiro de missão de Kaira e Ismael.

Uzza O Invencível, general querubim da estirpe dos shedus.

Yaga Hashmalim sob as ordens de Andril. Foi a "intercessora" de Denyel entre os anos 50 e 70.

Ymir O ancestral de todos os gigantes nórdicos. Pai de Thrymr e Surtr. Morto por Odin.

Yrsa Égua de batalha pertencente a Sif, a rainha dos aesires.

Zeus Chamado de Deus dos Deuses, é o líder do panteão olímpico.

Þrúðgelmir Gigante das colinas. O verdadeiro pai do deus Loki.

O MANUSCRITO SAGRADO DOS MALAKINS

No princípio não havia nada, apenas o caos, e quem o governava era Tehom, a suprema força da escuridão e das trevas. O espírito de Deus, Yahweh, pairava então sobre a face do abismo, reunindo em si tudo o que era justo, o que era bom, o que era certo e luminoso.

Naqueles dias, anteriores mesmo ao contínuo do tempo, claridade e negrume se enfrentaram nos obscuros cantos das fossas primevas. Tehom tinha a seu lado uma miríade de seres disformes, dentre os quais Behemot era o mais elevado. Yahweh concebeu a seu modo os cinco arcanjos, e eram eles Miguel, o Príncipe dos Anjos, Gabriel, o Mestre do Fogo, Rafael, a Cura de Deus, Uziel, o Marechal Dourado, e Lúcifer, a Estrela da Manhã. Munidos de espadas brilhantes, esses alados combateram à espreita do pai e, após incontáveis duelos, baniram seus oponentes do universo comum.

E houve, enfim, um primeiro dia.

No amanhecer do segundo dia, Deus fez a luz e, ao entardecer, esculpiu um sem-número de entes divinos, os *anjos*, para ajudá-lo na feitura do espaço. O primeiro anjo foi Metatron. Forjado no núcleo escaldante da grande explosão, ele serviu de molde para os celestiais que nasceriam a seguir. Inspirado em Metatron, Yahweh organizou os celestes em sete castas, cada qual dotada de poderes místicos e de uma natureza específica, diretamente associados a suas tarefas na criação. Surgiram assim anjos guerreiros, burocratas, juízes, anjos da guarda e toda sorte de entidades servindo sob as ordens do céu.

No terceiro dia, Deus e seus sectários deram forma às estrelas, às constelações e nebulosas, e no quarto dia aos planetas, estéreis e cinzentos, até que o universo pariu seu maior santuário: um astro repleto de cor e de vida batizado, nos primórdios, de Éden. O Éden, ou Terra, era um mundo diferente dos outros, onde todas as coisas estavam ligadas, cada rio, cada floresta, cada sopro do vento, cada gota no oceano, como uma teia que a todos cercava e unia. Brotaram da água seres os mais diversos, anfíbios e peixes, moluscos e répteis, e houve, com isso, um quinto dia.

No sexto dia, a seleção natural refinou as espécies, tornando-as espertas e inteligentes. Uma delas se espalhou pelo globo, dando origem ao homem, considerado por Deus seu trabalho mais primoroso. Cansado e ao mesmo tempo fascinado, Yahweh presenteou os seres humanos com uma fagulha de sua essência imortal — a *alma* — e ordenou aos alados que se curvassem a eles, lhes servissem e os adorassem. Então, antes de partir para o eterno descanso, entregou aos arcanjos a regência do céu e designou um coro para governar sobre a terra, com o encargo de orientar os mortais, sem, contudo, interferir em suas ações. Como autênticos defensores da humanidade, esses observadores solenes foram chamados de *sentinelas*, e seu líder, Metatron, nomeado Rei dos Homens sobre a Terra.

Sem a tutela de Deus, porém, a paz não se sustentaria por muito tempo. No raiar do sétimo dia, um dos arcanjos, Lúcifer, recusou-se a venerar os terrenos, sendo ele uma criatura de luz, um dos herdeiros diretos do cosmo. Secretamente, Lúcifer manipulou seu irmão Miguel, que planejou um genocídio, mas para que a catástrofe — para que *qualquer* catástrofe — tivesse efeito seria preciso, antes, desafiar os sentinelas, responsáveis por salvaguardar o planeta.

Lúcifer empregou várias artimanhas para que Metatron perdesse a fé, e, quando todas elas falharam, o arcanjo Gabriel em pessoa foi mandado ao plano físico com a incumbência de convencer o Rei dos Homens a retornar às alturas, mas este se negou, afinal sua missão fora outorgada por Deus. No curso desses primeiros séculos, Metatron e seus anjos sucumbiram aos desejos carnais, cultivando esposos e esposas, gerando filhos e filhas, e jamais rejeitariam seus lares nem permitiriam que alguém os tomasse.

Ao repudiar a hecatombe, os sentinelas foram caçados, o que os obrigou a se esconder e a fugir. Muitos acabaram mortos, até Metatron ser finalmente preso e arrastado à detenção no Segundo Céu, a Gehenna. Seus postos nas sociedades primitivas foram ocupados pelos elohins, agentes leais ao príncipe Miguel, e a seguir vieram os cataclismos, a grande erupção dos vulcões, os terremotos e alfim o dilúvio, que reduziu ainda mais o seu número.

Depois disso, não só o reino físico, mas também o paraíso se transformaram. Os arcanjos eram como os cinco dedos de uma mão, e Metatron, seu antagonista, era o punho que os mantinha coesos. Com o Rei dos Homens capturado e sua revolta esmagada, a união dos primogênitos ruiu. Primeiro foi Lúcifer, que por inveja e ganância se opôs aos irmãos e acabou atirado ao inferno. Séculos mais tarde, Gabriel, exausto de tanto sangue e matança, rebelar-se-ia contra o tirânico Miguel, dando início à guerra civil que hoje se alastra pelas sete camadas celestes. Incapaz de aceitar os parentes brigando, Rafael, a Cura de Deus, preferiu abandonar a família e se isolar em alguma dimensão paralela.

De modo que não fosse visto — ou tratado — como mártir, Metatron foi poupado da execução e esquecido no cárcere por anos, para de lá escapar, agora que o Apocalipse se anuncia. Dos calabouços da Gehenna surgiu o boato de que, enlouquecido, ele traçou um plano em silêncio, descobrindo um jeito de retomar seu santuário perdido, tornando-se não apenas o salvador da raça humana, mas o único e soberano deus sobre o mundo.

Antes da grande batalha do Armagedon, antes que o sétimo dia encontre seu fim, os antigos aliados, Miguel e Gabriel, atuais adversários, deparam-se com uma nova e perigosa ameaça — uma que já consideravam vencida: a eterna luta entre o sagrado e o profano, entre os arcanjos e os sentinelas, que novamente, e pela última vez, se baterão pelo domínio da terra, agora e para sempre.

LIVRO 3

PARAÍSO PERDIDO

PARTE I

O CREPÚSCULO DOS DEUSES

YGGDRASIL

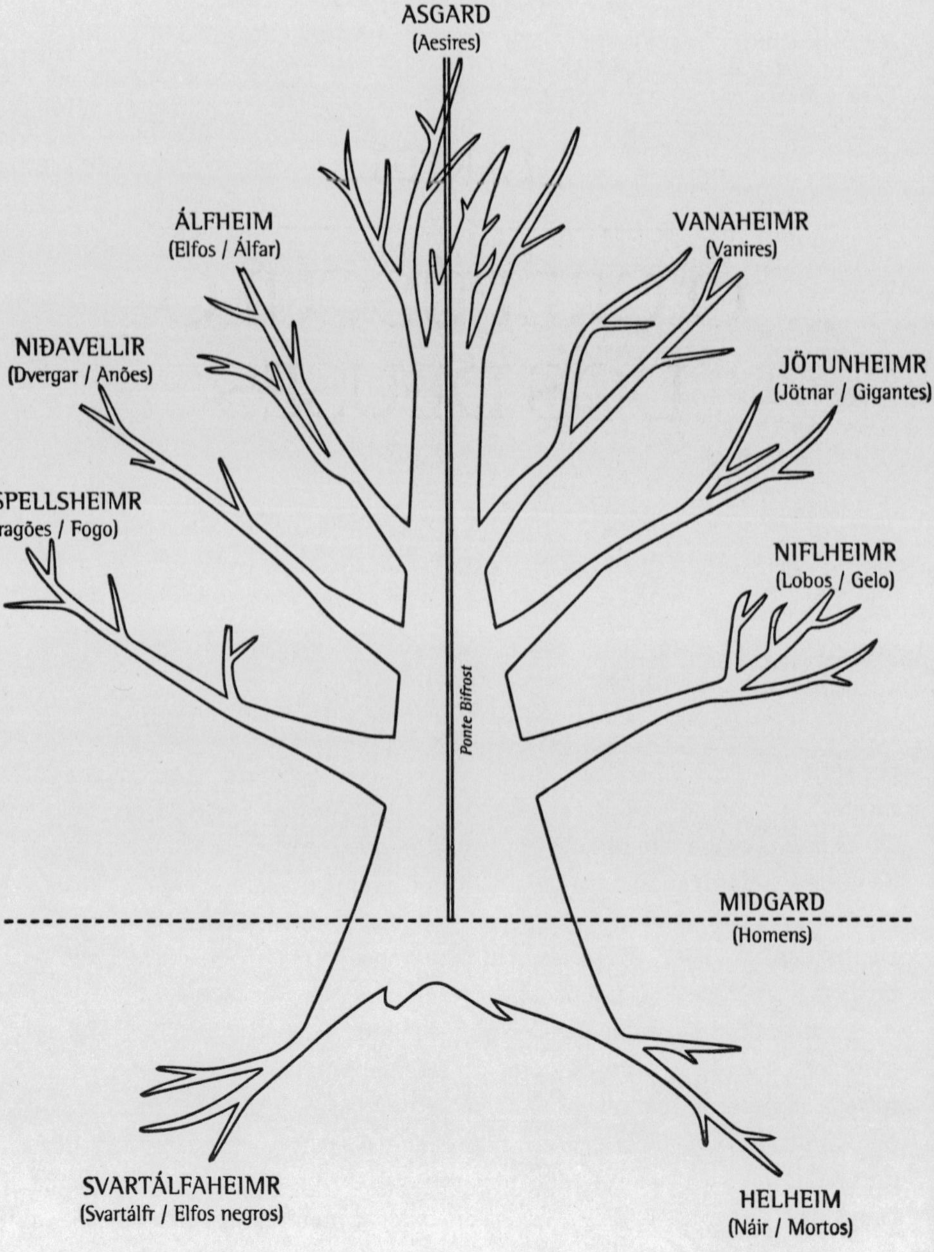
ASGARD
(Aesires)
ÁLFHEIM
(Elfos / Álfar)
VANAHEIMR
(Vanires)
NIÐAVELLIR
(Dvergar / Anões)
JÖTUNHEIMR
(Jötnar / Gigantes)
MÚSPELLSHEIMR
(Dragões / Fogo)
NIFLHEIMR
(Lobos / Gelo)
Ponte Bifrost
MIDGARD
(Homens)
SVARTÁLFAHEIMR
(Svartálfr / Elfos negros)
HELHEIM
(Náir / Mortos)

I

O PARAÍSO TERRESTRE

Jardim do Éden, nos primórdios da humanidade

ERA UMA VEZ, NA AURORA DOS TEMPOS, UM REINO DE MARAVILHAS INCALCULÁVEIS, repleto de árvores frutíferas e animais graciosos, onde o solo era fértil e os lagos, puros e cristalinos. Nesse lugar, em meio às grutas e cachoeiras, Adão, o primeiro homem, vivia feliz com sua esposa, Eva, sob a proteção direta do pai, a quem chamavam "Senhor". O Jardim do Éden era um oásis de inesgotáveis recursos, situado na confluência dos rios Tigre e Eufrates, a sudeste da Mesopotâmia. Quem de suas fontes bebia se tornava imortal, e fora nessas condições que Adão por séculos habitara tais matas, sem conhecer a dor e o medo, o sofrimento e a morte.

O jardim tinha sete portões e quatro rios, que o cortavam de leste a oeste e de norte a sul, irrigando os campos de forma abundante, atenuando o calor, semeando flores de beleza ancestral, germinando bosques muito verdes e copiosos. Dentro desse refúgio, os dias seguiam uma nobre rotina, e, enquanto Eva coletava raízes, o primeiro homem caçava.

Certa tarde, Adão notou uma gazela que saltitava e deu a volta numa gigantesca figueira. Ergueu o corpo, afastou o cabelo, esperou o momento propício e atirou sua lança. O animal caiu às margens de um riacho, o pescoço sangrando, os olhos embaçados. O ferimento era grave, então ele correu sobre a relva, agarrou uma pedra e se preparou para deslanchar o golpe de misericórdia, quando percebeu que acertara uma fêmea, o ventre dilatado, as mamas duras, cheias de leite.

Deteve-se. O braço tremeu e ele sentiu uma angústia profunda, pensando nas crias que nunca nasceriam, que não gozariam o contato com a mãe. Sendo assim, o consternado Adão se ajoelhou e chorou, desejando que nunca tivesse partido naquela aventura, e foi então que um ser se materializou a seu lado. A figura, inicialmente translúcida, aos poucos se condensou numa entidade física, muito parecida com um homem comum, de meia-idade, a barba crespa, a calvície formando entradas na testa, o corpo robusto, os pelos grossos. Das costas nascia um par de asas cor de areia, e sua expressão era ora terna, ora severa, como de fato deveria ser a atitude de um pai.

— Por que chora, Adão? — trovejou o Senhor, as asas se espichando, os pés descalços roçando na grama.

— Oh, pai. Fui cego e estúpido. Não enxerguei que esta presa gestava e agora a condenei, assim como a toda a sua linhagem. Como posso privar qualquer um, seja homem, planta ou animal, de experimentar as riquezas do Éden?

— Não se entristeça — tranquilizou-o o ente barbudo. — Pois saiba, meu discípulo, que fui eu quem o confundi.

— Como? — O rapaz se levantou. Enxugou as lágrimas com o dorso da mão, engoliu a saliva em excesso. — Por quê?

— Estou sempre a testá-los. É essa a minha função — disse. — Ofusquei sua vista de propósito, para observar o que faria a seguir e como agiria em face do dilema. Mesmo faminto, você se recusou a esmagar o pobre animal. Por quê?

— Porque o que fiz foi errado — respondeu Adão. — Minha alma me diz que é errado.

— Sua alma lhe serve a contento — a voz do pai se encrespou. — Portanto, escute-me agora. Bem e mal não são simplesmente pontos de vista, mas existem perante o universo. Certo e errado são leis ecumênicas, forças superiores a você, superiores a mim, inclusive, e que devem ser respeitadas. — Dito isso, o Senhor se aproximou do bicho e como por mágica o ferimento sarou, todo o sangue se esvaiu, até que a gazela voltou a andar. — Eis mais uma de minhas diretrizes, mais um de meus mandamentos. Não se esqueça dele. Zele para que a terra perpetue seus frutos, preserve as sementes comestíveis e nunca, *jamais* tire a vida de uma fêmea em gestação. Essas regras são minhas e, como meu herdeiro, serão suas também.

Como um aluno obediente, o homem concordou, alegre por testemunhar a façanha. Naquele dia, Adão guardou a lança, retornou à sua cabana e deitou-se com Eva. Os dois comeram juntos, degustando raízes, e contemplaram o poente.

À sombra da mesma figueira, o Senhor observou Adão se afastando. No interior daquele santuário, onde tudo era inocente e sagrado, o tecido da realidade, a cortina mística que separa os planos físico e espiritual, afinara-se a tal ponto que nem os anjos, criaturas de substância puramente celeste, encontravam problemas para se manifestar em suas formas verdadeiras, conjurando suas armas, armaduras e asas. Sabendo disso, um serafim que pela região flutuava avistou o matagal, desceu em rasante, trespassou um dos sete portões e se apresentou ao anfitrião, logo na entrada.

O nome desse serafim era Samael, conhecido por ser o imediato de Lúcifer, então um dos cinco regentes do cosmo. Insidioso como seu mestre, Samael se mostrou, no jardim, conforme era avistado no céu: seu corpo surgiu delgado e moreno, untado por algum tipo de óleo balsâmico. Os cabelos pretos estavam penteados para trás e exalavam um perfume agridoce. O nariz era agudo, os olhos, castanhos, e o rosto terminava em um cavanhaque pontudo. De tronco nu, trajava uma saia comprida, bordada com fios de ouro, e as asas, esguias e delicadas, pareciam cobertas pelo mesmo metal, formando um conjunto reluzente, meio claro, meio bronzeado.

— Salve, Metatron — ele começou, num tom diplomático que soava postiço. — Salve, Primeiro Anjo, Rei dos Homens sobre a Terra, líder e comandante dos sentinelas. Estaria eu perturbando o trabalho de sua majestade suprema?

Metatron retribuiu o olhar, circunspecto. Nutria respeito pelos arcanjos em geral, sobretudo pelo príncipe deles, Miguel, mas nunca confiara realmente em Lúcifer, a quem considerava o mais ardiloso dos primogênitos, e Samael tinha a mesma personalidade de seu amo, o que o tornava assaz perigoso.

— Salve, Samael. Que assuntos o trazem ao Éden?

— É uma beleza o que diante de mim se revela. Um oásis nos confins do horizonte deserto — ele se desviou da pergunta, fitando a copa das árvores. — O primeiro casal o idolatra como a um deus; eles o enxergam como o único e verdadeiro senhor do universo — provocou Samael, sempre educado, fazendo parecer um elogio. — É fabuloso o seu ministério, ó Rei dos Homens, uma alegria para os entes divinos. Yahweh ficaria encantado.

Farto da ladainha, Metatron deu um passo à frente e desafiou o forasteiro. Os dois eram a imagem do céu e da terra. De um lado pairava o sentinela, rústico na aparência, a barba crespa, o tronco forte, os cabelos desgrenhados, as mãos calejadas. De outro, confrontava-o o serafim de penas douradas, a silhueta longilínea, as costas eretas, as unhas polidas, os dedos magros.

— Por que não me diz — insistiu Metatron, e as palavras ficaram mais duras — que assuntos o trazem ao Éden?

— Oh, não queria ofender. — O visitante recuou uns dois metros e abriu os braços em sinal de humildade. — Sou um amigo e venho com a intenção de ajudar. — Tornou a olhar para cima, para a lua que nascia ao leste. — Fiquei pensando há quanto tempo o poderoso monarca está aqui concentrado. Centenas, milhares de anos? Pois saiba que, lá fora, a civilização ganha força. Por todas as quinas da terra surgem novas culturas, novas sociedades que se multiplicam e prosperam.

— Eu sei. — Metatron franziu o sobrolho. — Não pense que estou alheio ao que transcorre no mundo.

— Ah, mas de uma coisa sua graça não sabe. — Samael enrijeceu o indicador. — Nem todos os sentinelas realizaram proezas tão belas. Para além destes muros, tribos estão em guerra, clãs e aldeias entraram em confronto. Em vários pontos do Éden, começaram pilhagens, batalhas e carnificinas, incitando sentimentos maléficos no coração dos terrestres.

— Sei disso também. Eis o motivo pelo qual ainda mantenho meus filhos enclausurados, longe da corrupção que por todos os lados se prolifera.

— Mas até quando? — exclamou o anjo dourado. — Sim, meu companheiro alado, um alerta é o que vim hoje fazer. Por maior que seja o esforço, não há como preservar o casal. Logo eles vão querer sair, vão desejar a liberdade.

— Não há liberdade maior do que a vida no interior destas cercas. — O Rei dos Homens encerrou o assunto declarando sua fé nos comparsas: — Em breve, os demais sentinelas completarão suas demandas, e teremos paz novamente. — E acrescentou, como se pudesse ler o serafim por inteiro, como se enxergasse suas reais intenções: — Contanto, claro, que ninguém os estorve, que ninguém os atrapalhe. Quem assim o tentar será considerado meu inimigo.

— Rogo para que se cumpra tal prognóstico, ó generoso senhor do canteiro. — Samael ofereceu um largo sorriso, cheio de dentes. — Que reine a paz no final. — Tomou distância e expandiu as asas. — Salve, Metatron. Salve, Yahweh.

Encerrado o debate, Samael se desmaterializou e na condição de espírito atravessou os portões. Metatron ficou a meditar sobre o que ele pretendia, sobre o que *Lúcifer* pretendia. E a partir daquele momento, só por precaução, trancou as sete portas, determinando que, à exceção dele, nenhum alado poderia adentrar o jardim. Se um anjo cruzasse as fronteiras, ele saberia.

Com certeza saberia.

2

BRINCANDO COM FOGO

Margem leste do rio Oceanus, tempo presente

FRIO. FOI A PRIMEIRA COISA QUE KAIRA SENTIU, LOGO QUE RETOMOU A CONSCIÊNcia. O cérebro acendeu lentamente, mas os músculos continuavam rígidos, e os olhos pesavam como alçapões de concreto.

Frio.

Cega, indefesa, sem saber onde estava, ela procurou conjurar seus poderes, juntou energia para aquecer o corpo.

Nada.

Só o frio.

Frio.

Kaira, Centelha Divina, era uma arconte, uma capitã a serviço do céu. Era também uma ishim, a casta de anjos que controla as forças da natureza, e seu elemento era o fogo. Não muito tempo atrás, ela fora enviada ao plano físico — à Haled — com a incumbência de destruir Metatron, um antigo inimigo do paraíso, que escapara recentemente do cárcere. Mas, antes de dar início à jornada, Kaira resolvera por conta própria resgatar Denyel, um de seus aliados, que desaparecera fazia alguns meses, sendo tragado por um portal e se perdendo nas águas do rio Oceanus, uma das estradas místicas que, ao lado do rio Styx, contornam o espaço e as dimensões paralelas.

Uma vez no Oceanus, Denyel poderia ser transportado a qualquer parte do cosmo, então ela recrutou uma equipe com o objetivo de localizá-lo — para só depois, com o time reunido, principiar a caçada a Metatron. Na companhia de Urakin, um anjo guerreiro, e de Ismael, um dos regentes do purgatório, ela seguiu pistas por todo o planeta, deixadas pelos extintos povos atlantes, até encontrar a cidade perdida de Egnias e uma nova passagem aos confins do universo.

O percurso, entretanto, revelar-se-ia tempestuoso. O Oceanus é conhecido por inibir os poderes angélicos, e talvez isso os tenha feito dormir. O maior temor de Kaira, agora, era ter sido capturada por seus oponentes. O paraíso vivia, ao anoitecer do sétimo dia, uma sangrenta guerra entre as forças legalistas do arcanjo Miguel e as tropas revolucionárias de seu irmão Gabriel, e ela pertencia à segunda facção, uma unidade de alados que se insurgira contra a tirania, contra a política celeste de exterminar os terrenos.

O corpo foi esquentando e aos poucos ela conseguiu se mover. Engasgou-se. Tossiu. Ofegou. Depois, fez silêncio.

Completo silêncio.

Escutou murmúrios, grunhidos, sentiu uma vibração a seus pés. Um tremor. Uma, duas, três pegadas e a seguir alguma coisa a ergueu pela cinta. Trôpega, Kaira abriu os olhos, para enfim se deparar com um cenário *sui generis*.

O local era — ou parecia ser — um bosque, uma floresta temperada, envolta por uma clara neblina de inverno. Os pinheiros tinham o tronco grosso, os galhos robustos, terminando em gotejantes pontas de gelo. O solo, as folhas e as pinhas estavam permeados por uma fina camada de neve, e ao olhar para cima ela avistou nuvens cinzentas, que encobriam o céu e os raios solares. O clima era gélido, e o nevoeiro, muito denso e concentrado, ocultava os detalhes da mata, contudo os poderes de Kaira lhe permitiam gerar fogo e calor, o que, indubitavelmente, a salvara da hipotermia.

O ser que a apanhara era um monstro, ao que tudo indicava. Parecia-se (muito vagamente) com um homem das cavernas, mas somava dois metros e meio de altura e tinha a face enrugada, marrom, com os globos oculares saltados, os dentes podres e os lábios encardidos. De pele áspera, cheia de verrugas e talhos, vestia-se de modo grosseiro, com trapos e remendos de couro. Na mão direita carregava um tacape, uma clava, perfeita para bater e esmagar.

— Ei, Gren — a criatura, idêntica aos ogros retratados nas lendas, nos mitos e nas sagas nórdicas, acenou para um segundo ser da mesma espécie, que apareceu por trás de um roble. Sua voz era estranha, misto de guincho e rugido. — Olhe só, uma ninfa. Que fome eu fiquei de uma hora para outra.

Kaira podia agora se movimentar, mas estava presa. O ogro a apertava com os dedos, manuseando-a com água na boca.

— Ninfa? — O gigante na retaguarda deu um arroto, coçou a barriga. — Mas as ninfas não se foram com os elfos?

— Oh, os elfos. — O captor a cheirou, as narinas circuladas de musgo. — Então é uma valquíria, decerto.

— Uma valquíria sem armadura? Nunca vi.

— Nem eu. Tanto melhor, é mais fácil de despelar — disse o primeiro e alçou a Centelha nos ombros. Kaira esperneou, esforçou-se para se libertar, mas o gigante era forte. Conjurou então sua aura, sentiu um formigamento na espinha, até que a própria pele enrubesceu, esquentou feito uma chapa de ferro. O monstro que a conduzia tomou um susto e imediatamente a soltou, espanando o dorso com as palmas abertas, sacudindo as costas para se refrescar. Destra, ela caiu com os pés firmes na neve. — Sua maldita! — berrou o facínora. — Queimou a minha mão.

— É o que acontece com quem brinca com fogo. — Ela afastou os longos cabelos ruivos, encarou-os com seus olhos verdes e deu um passo atrás, em posição defensiva. Incendiou os punhos até que eles ficassem iguais a duas tochas brilhantes, as flamas rubras desprendendo fumaça. — Onde estou? Quem são vocês e que lugar é este?

— Pirotecnia? — O monstro a ignorou. — Viu, Gren? Eu disse que ela era uma fada.

— Oh, Deus. — Kaira desviou o rosto para se livrar do mau hálito. — O que você andou comendo?

— Mocinhas como você — respondeu um dos ogros e brandiu a clava para atacá-la. Já preparada, a arconte rolou à direita, ergueu-se e disparou uma bola de fogo. O golpe não saiu tão poderoso quanto ela esperava, mas acertou a criatura na testa. Cega e com muita dor, a fera largou a arma e recuou. — Meus olhos — gritou. — Gren, ela me cegou, essa elfa. — Segurou-se numa árvore, usando-a como ponto de apoio. — Por Thrymr, estou cego. Estou cego, Gren.

O colega do monstro se espantou com a ferocidade excessiva. Kaira, que na mente deles nada mais era que uma fada perdida, revelara-se, afinal, uma oponente voraz. Ela, por sua vez, embora estivesse agora em plenas condições de lutar, seguia confusa, intrigada com esse novo ambiente. Que sorte de aberrações eram essas? Indivíduos famintos, estúpidos e deformados, que se comportavam, literalmente, como os gigantes dos contos de fadas. Por certo não eram demônios, muito menos seres humanos. E, como ela não sentia as vibrações do tecido, estava claro que aquela não era uma floresta terrestre, tampouco uma zona astral ou etérea. Kaira se encontrava em uma dimensão paralela; a questão era saber *que* dimensão e quem a governava.

O ogro de rosto queimado se distanciou, mais desapontado que ferido, como um imenso bebê que corre para casa. O parceiro que ele chamava de Gren tomou as dores, deitou o bastão de lado, juntou os pulsos, trançou os dedos e golpeou em semicírculo. Kaira deu uma cambalhota por baixo de suas pernas, escapando da investida, quando a fera girou nos calcanhares e a encarou, possessa. Focado unicamente em estraçalhar a celeste, o ser não percebeu uma quarta figura que entrava em cena, uma sombra que chegou ao combate saltando — e que com um murro o atingiu no nariz. O repugnante Gren caiu de costas, a cara amassada, os dentes rachados, as gengivas sangrando.

De pé sobre um tronco, divisava-se outro anjo, da ordem dos querubins. Alto e musculoso, de cabelos raspados e cavanhaque castanho, fazia lembrar um pugilista, um desses campeões dos pesos-pesados, capazes de matar com apenas um soco.

— Urakin? — Kaira se alegrou ao reconhecer o amigo. — Onde estava?

— Despertei faz dez minutos, vasculhei o bosque e persegui seu odor. — Os querubins são predadores, e quase todos possuem os sentidos bastante apurados, o que lhes permite seguir trilhas e rastros. Urakin, o Punho de Deus, como fora alcunhado no paraíso, trajava ainda suas roupas comuns: calças jeans surradas, camiseta branca e coturnos pretos. — E você?

— Mesma coisa — respondeu a celeste, sempre atenta aos ogros, que estavam abatidos, mas não mortos. Gren permanecia no chão, gemendo, enquanto o outro desaparecera na névoa. — E Ismael? — ela se lembrou do terceiro integrante do coro, agora que a briga esfriara. — Pode farejá-lo?

— Não. Ainda não consegui captar o cheiro dele — Urakin falou baixo para não atrair outras feras. — Estamos perto do Oceanus, isso eu já conferi. O rio atravessa um trecho da floresta, serpenteia por entre três carvalhos e depois se perde nas brumas.

Os dois cautelosamente se afastaram do ogro, olhando em todas as direções, calculando cada passo, sumindo na cerração.

— Precisamos encontrá-lo. E descobrir que lugar é este, o quanto antes.

— Qual sua hipótese?

— Ismael era o cérebro. — Kaira tornou a se recordar do amigo, um anjo impiedoso, calculista, porém justo e inteligente, totalmente devotado a ela. — De qualquer maneira, não sinto as oscilações do tecido, então só podemos estar em outra dimensão.

— Sim, mas em qual?

— Talvez a Arcádia. O gigante me confundiu com uma ninfa. — Ela achou curioso porque os ishins, no passado, tiveram estreita ligação com o reino das fadas. — E a Arcádia é a pátria dos elfos.

Urakin não retrucou. Em vez disso, parou de andar e fez sinal com o indicador sobre os lábios para que ela não fizesse barulho. Kaira se calou e, quando perscrutou o terreno de novo, teve a impressão de que as árvores tremiam. Mas não eram as árvores — eram mais ogros, que, antes ocultos, escondidos na mata, agora os cercavam pela frente e por trás. As feras tinham a carne escura, a pele vincada, os braços porosos, próprios para camuflagem, podendo emboscar suas presas. Súbito, Kaira e Urakin estavam rodeados não por dois, mas por *oito* monstros, armados com enormes tacapes, tão altos e fortes quanto as primeiras bestas que os haviam agredido.

— O que me diz? — Urakin estudou o bando que se achegava. — Como lidamos com essas... monstruosidades?

— Do jeito clássico.

— Como?

— Eu mostro. — E, com os braços pegando fogo, a celeste recomeçou a disputa. Invocou um jato de chamas, que se alastrou sobre o peito do adversário mais próximo, incendiando seus trajes de couro. O gigante rasgou os farrapos e se abanou, mas não chegou a se ferir, então continuou trotando ao encontro deles. Urakin interferiu no duelo catando um fragmento de madeira e o arremessando no ar. O estilhaço penetrou o coração do inimigo, perfurando-lhe o corpo e o matando na hora.

— O que houve? — o guerreiro voltou-se para a Centelha, sem entender por que suas chamas, outrora tão possantes, não surtiam o efeito padrão. — Tudo bem com você?

— Não sei. — Ela esfregou as palmas, o atrito gerando faíscas. — Não deve ser nada — supôs. — *Espero* que não seja nada.

À exceção do primeiro ogro, exterminado por Urakin, outros sete ainda lutavam. Um monstro à sua esquerda o ameaçou com um chute, mas antes de desferi-lo uma lança trespassou-lhe as costelas. Cascos então foram ouvidos, e mais pontas foram jogadas.

Kaira se abaixou, instintivamente, enquanto um cavalo pulava sobre ela, e depois mais outro, e outros. Uns dez, *quinze*, ela contou. Sobre esses corcéis cavalgavam jovens mulheres, os cabelos trançados, principalmente louras e ruivas, mas havia morenas também. Envergavam couraças metálicas, forjadas sob medida, com elevações para os seios. Usavam elmos que protegiam a cabeça, deixando a boca e o queixo à mostra. Suas armas variavam do arco à azagaia, do sabre ao machado, e algumas portavam tridente. No meio delas, destacava-se um lutador solitário, também protegido por uma armadura completa. Montava um garanhão de crina escura, e em vez do elmo usava um capacete todo fechado. Como arma trazia uma espada, uma que Kaira já conhecia, apenas não sabia de *onde*.

O cavaleiro se mostrava feroz em combate. Com sua lâmina, degolou dois gigantes de uma vez. Urakin nada fez, diante do risco de ser pisoteado, em meio a trotes e empinadas. O regimento, porém, detinha absoluto controle da luta, e em três minutos os sete monstros jaziam no solo, o crânio despedaçado, os membros partidos, o busto perfurado por adagas ou flechas.

Uma mulher loura, de braceletes prateados, conduziu sua égua à presença dos anjos, mirando contra eles sua lança de caça. Não só ela, mas agora as demais guerreiras os afrontavam, furiosas, como se eles fossem inimigos, não visitantes.

— Celestes? — a amazona os recebeu de modo agressivo. — O que fazem aqui? Quem são vocês? O que pretendem em nossas terras?

— Eu lhe diria — Kaira respondeu com toda a calma. — Se soubesse que terras são estas.

— Invasores — ela rosnou novamente. — Já não nos bastavam os gigantes? — Segurou mais firme o arpão. — Direi só uma vez. Este é o bosque real dos deuses de Asgard. — E tornou a perguntar, quase gritando: — Quem são vocês? O que vieram fazer nestas plagas?

A desconfiança era justificada. Havia muito tempo, os anjos travaram uma guerra contra os deuses — as Guerras Etéreas, ocorridas vinte e cinco mil anos antes —, mas acabaram derrotados, sendo expulsos de muitas regiões do planeta, onde a autoridade desses ídolos permaneceu inabalada. Mesmo vitoriosos, era absolutamente natural que os espíritos antigos nutrissem, ainda, grande suspeita contra os celestes e os considerassem, de certa foıma, adversários ferrenhos.

— Sou Kaira... — ela começou a falar, mas fez uma pausa quando viu o capitão, o único homem da comitiva, caminhar até eles em atitude pacífica. Sua armadura era negra com detalhes de aço, suja e cheia de cortes, sugerindo que aquele era um indivíduo de ação, que gostava das incursões, da peleja e da guerra. Parou na frente dela, deu um longo suspiro e removeu o capacete, revelando enfim seu semblante.

Urakin arregalou os olhos. O cavaleiro era Denyel em pessoa, exatamente o anjo que eles tanto desejavam encontrar. Os cabelos pretos não haviam mudado, mas a barba, essa sim, ele deixara crescer. Com menos de um metro e oitenta, Denyel não era exatamente o que se esperaria de um guerreiro nórdico, todavia sua expressão compensava, radiando uma aura ferina.

— Denyel? — Kaira estava sem palavras, então o abraçou. O capitão retribuiu o gesto, mas algo não se encaixava, era como se ele não estivesse completamente à vontade, como se quisesse dizer alguma coisa. — O que... — ela titubeou. — O que aconteceu com você?

— Faísca? — ele a chamou pelo apelido. Na face, havia iguais doses de felicidade e tristeza. — Por quê? Por que veio atrás de mim?

3

O FRUTO PROIBIDO

Mesopotâmia, em um passado remoto

Após a visita de Samael, Metatron tomou a decisão de selar seus domínios, estabelecendo que nenhum celeste, à exceção dele próprio, poderia cruzar os sete portões. Mas Samael era teimoso e pediu a seu amo, Lúcifer, que lhe ensinasse a arte da transmutação. Disfarçado então de serpente, ele se esgueirou por baixo das grades que cercavam o jardim e conseguiu penetrá-lo. Rastejou por dois dias através dos rincões até encontrar uma macieira robusta, carregada de pomos vermelhos, e se enroscou confortavelmente em seu tronco.

Pendurado em um dos galhos o anjo esperou, aguardou com a maior paciência. Numa tarde, avistou uma moça desnuda, correndo feliz sobre os campos floridos. Os raios solares desciam enviesados quando a jovem Eva se deparou com a macieira em questão — ela coletava víveres para o jantar e nunca contemplara iguarias tão frescas, aparentemente tão suculentas. Mas, ao se aproximar do terreno, notou que o canto das aves cessara. Ora, os bichos não sabiam que a serpente era Samael travestido, mas uma cobra é ainda assim um animal perigoso. Eva também farejou a ameaça, sentiu o alerta do coração, mas as maçãs lhe pareciam tão belas que julgou que valia a pena correr o risco.

Uma nuvem cinzenta os encobriu no instante em que Eva se adiantou. Curiosa, ela olhou para o réptil, um ser que até então desconhecia, já que Metatron não deixava entrar predadores naquele extremo do Éden. Depois se retraiu, temerosa.

— Não se assuste, ó filha dos homens — disse a criatura numa voz sibilante. — Chegue mais perto e tome esta maçã como presente.

— Quem é você? — ela perguntou, tão desconfiada quanto maravilhada. O animal era diferente de todos os outros. Suas escamas coriscavam ao reflexo da luz, passando do castanho ao dourado conforme os movimentos da cauda. — Qual é o seu nome?

— Sou um anjo — respondeu a víbora. — E o meu nome é Samael.

— Um anjo? — A moça afastou as folhas do rosto. — O que é um anjo?

— Um mensageiro — explicou por entre os dentes pontudos. — Um emissário de Deus.

— Quem é Deus?

— Seu pai nunca lhe contou?

— Não.

— Ah, então não serei eu a contar — o serafim jogou a isca, e a rapariga a fisgou. O que mais o alegrava era corromper as pessoas, e Eva era a inocência encarnada. — Nós, anjos, somos entidades místicas, dotadas de poderes extraordinários. — Ora brancas, ora negras, as pupilas fremiam num padrão hipnótico. — Somos os regentes do céu e da terra, dos animais e dos homens.

— Dos homens? — Neste ponto, a jovem estava completamente seduzida. Ela sentia o apetite crescer, não pelas maçãs, é claro, mas por alguma coisa que anos mais tarde chamaria de "conhecimento". — Não é Adão o primeiro homem, e eu a única mulher?

— Se assim fosse, de onde *você* teria nascido? — A cobra gargalhou, e Eva experimentou a vergonha pela primeira vez. — Existem outros homens e outras mulheres no exterior do jardim, bem como belezas naturais infinitas. A oeste há um lago tão extenso que não se pode enxergar o fim, e ao sul a paisagem termina em morros altíssimos, muito maiores que duzentas árvores sobrepostas.

— Se existem mais como nós, por que o meu pai não nos disse? — A moça tomou as palavras como insulto, mas não conseguia se desvencilhar, não conseguia ir embora e deixar a cobra falando sozinha. — Não acredito em você, criatura rastejante.

— Ó criança, há quanto tempo o Senhor a tem enganado? — A língua bifurcada se agitava na boca. — Pois nem mesmo neste santuário você foi a primeira. Houve antes outra mulher, uma que se deitou com Adão, fez amor com ele e depois se esvaiu.

— Prove.

— Pergunte ao seu pai sobre Lilith. Não se esqueça do nome. — Samael fez uso da carta na manga: — Mas não culpe o seu pobre marido, pois ele não se recorda dos fatos. Foi o Senhor quem lhe apagou a memória.

— Por quê?

— Por quê? — Outra risada indecorosa, escorrendo veneno. — Para mantê-los presos, confinados, como formigas na palma da mão. — O tom ficou mais agressivo, não contra ela, mas *a favor* dela, acusando Metatron. — Para privá-los da liberdade.

— O que é a liberdade?

— É a capacidade de escolher o próprio destino, ter a chance de decidir entre o bem e o mal antes que a morte os alcance.

— Morte? — Eva tinha uma vaga noção do que era a morte, pois já vira animais sendo caçados, mas nunca pensara que conceitos como *finitude*, *esquecimento* e *ausência* se aplicariam a ela algum dia. — O que é a morte? O que ela representa para mim?

— Separação deste mundo. — A cobra assumiu um tom sério, e Eva reparou que suas lições eram mais envolventes que as do Senhor. Metatron não dialogava com eles, apenas lhes ditava normas. — O seu pai construiu este refúgio para torná-los imortais, mas ao preço da castração, fazendo-os estéreis e dóceis, obedientes e inférteis, e por consequência privando-os do amor verdadeiro.

— O que é o amor verdadeiro?

— É o amor instintivo. — A cobra a fitou com aqueles perturbadores olhos redondos. — Por que as gazelas, as andorinhas e até os peixes podem procriar, e vocês não? — perguntou, numa oratória impecável. — É por meio dos descendentes que a raça humana propaga o legado, é através deles que se torna imortal. Se insistirem em ficar no jardim, estarão livres do sofrimento e da dor, mas nunca saberão como é o mundo lá fora e jamais conhecerão o amor soberano. — E finalizou com uma conclusão filosófica: — Pois, acredite, jovem Eva: é na dificuldade, e não na alegria, que a ternura aparece, as relações são testadas e os laços se fortalecem. O jardim é uma ilusão. O jardim é o útero, e o Senhor, seu cordão.

Eva sentiu vontade de chorar, gritar, fugir, mas se calou. O que pensariam dela? O que diriam os cervos e os pássaros, e como a julgaria a serpente? Seria real o que acabara de ouvir? E se ela não fosse única, e se tivesse existido mesmo a tal Lilith?

— Como? — A jovem se mostrou vulnerável, e foi então que o serafim efetuou sua manobra. — Como sairemos do jardim, se o Senhor nos vigia?

— Isso eu não posso dizer. — Samael recolheu-se, deixando no ar o segredo mais profundo. — Terão que descobrir por si mesmos. — E, quando Eva insistiu, ele pegou uma maçã com a boca e lhe entregou. — Converse com o seu marido. Só converse. E leve para ele este fruto.

* * *

Uma vez semeada a discórdia, Samael resolveu desaparecer do jardim, antes que alguém o desmascarasse. Desceu da árvore em completo silêncio, rastejou na direção sul e se escondeu numa toca por duas semanas. Quando o inverno ia chegando, deslizou sobre a grama, cavou um túnel com o nariz e escapou do paraíso terrestre.

Para além do oásis, o cenário revelou-se escaldante. Não havia muita coisa a não ser areia, poeira e fragmentos calcários.

Samael julgou estar salvo. Faltava-lhe somente retornar aos Sete Céus e dar a seu mestre a grande notícia, contando — *versejando*, quem sabe — como corrompera o primeiro casal. Mas ele acabara de avançar pelos ermos quando teve seu disfarce anulado por uma energia superior. De repente, não era mais uma cobra, era o anjo de sempre, a pele morena, as asas douradas, o cavanhaque oleoso. Pego em flagrante, tinha os cotovelos abertos, o abdome colado na terra. Então, ao erguer o queixo um centímetro, descobriu quem o espiava, e não era ninguém menos que Metatron.

— Majestade? — Samael deu um sorriso acanhado e fez menção de se ajoelhar, mas o sentinela não deixou.

— Fique no chão, onde é o seu lugar. — Com o calcanhar, o Rei dos Homens pisou-lhe a nuca, quase o esmagando contra o solo. Samael tentou gritar. Não conseguiu. — O que eu lhe disse, entidade maldita?

— Mas... — Ele cuspiu sangue e cascalho. — Não fiz por mal, sua graça — tentou se justificar, como normalmente agem os covardes. — Veja, foi o meu amo, Lúcifer, quem me enviou à Haled com a missão preparada. Só cumpro ordens.

— Sim, eu sei. — Metatron ergueu o invasor pelo pescoço. — É por isso que vou mandar para ele um recado.

Ditas essas palavras, o líder dos sentinelas atirou sua vítima através da planície. O corpo rolou por uns duzentos metros até estacionar sob um pedaço de rocha. No momento seguinte, intensificou o castigo, virando-o novamente de bruços. Samael tinha consciência do que ele planejava, sabia quanto sofreria, e não viu saída a não ser suplicar.

— Clemência — implorou. — Piedade, em nome de Deus.

— Em nome de Deus? — o barbudo enojou-se. — Quem é você para...

— Clemência — o serafim tornou a berrar. — Misericórdia. Perdoe este pobre celeste. Perdoe-me por tê-lo desacatado.

— Samael, você já deveria saber: eu não sou do tipo que perdoa. — Embora implacável, o guardião do jardim não tinha nem nunca tivera uma personalidade maléfica e no fundo não queria provocar dano a ninguém, mas o crime exigia uma punição exemplar, ou a mensagem não seria transmitida a contento. — Conhece a rotina, não conhece?

Sem esperar a resposta, Metatron deu início ao massacre. Com as duas mãos, agarrou-lhe a asa direita e com um simples puxão a arrancou de seu dorso. O ataque foi seco, recheado de crueldade, e dilacerou ao mesmo tempo os ossos, o tecido e a carne, tão rápido que o sangue só esguichou um segundo depois. Samael se contorceu e emitiu um uivo esganiçado, que ecoou de norte a sul da Mesopotâmia, das montanhas de Zagros ao vale do rio Eufrates, das margens do Tigre às praias do golfo Pérsico.

O solo bebia então litros de sangue, deixando claro que o serafim não suportaria um novo estirão. Como não queria — não *podia* — matá-lo, em vez de ensaiar outro choque, Metatron torceu-lhe a segunda asa, partindo-a como quem tritura um graveto. Depois, girou-lhe os tendões em movimentos de rosca, até que os nervos descolaram, sobrando apenas uma ponta branca onde outrora se projetava o apêndice.

Com dois avantajados rasgos nas costas, através dos quais se enxergavam os pulmões, o elegante Samael era agora uma pasta escarlate, de pernas trêmulas e feições deformadas. O Rei dos Homens tornou a rodá-lo, dessa vez de cabeça para cima, e com um tapa o despertou.

— Envio-o de volta aos Sete Céus, ó serpente da desgraça. Diga à Estrela da Manhã que sou eu quem manda no Éden, e que ele nunca mais despache seus anjos para seduzir os meus filhos.

— Garanto que ele não o fará, ó Senhor — murmurou o serafim, regurgitando nódoas cruentas. — Pois isso não será mais necessário. — E, mesmo agonizante, ele sorriu pelo canto da boca, sabendo afinal quem vencera a disputa. — Não será mais necessário.

4

NOS PORTÕES DO VALHALA

Asgard

O UNIVERSO COMO O CONHECEMOS FOI CRIADO POR DEUS NO SEGUNDO DIA, resultado de uma grande explosão batizada pelos alados de fulgiston. O espaço então se expandiu em movimentos de onda, como uma toalha empurrada sobre a mesa, produzindo dobraduras ou "vincos" na matéria cósmica. Sempre que ocorria uma distorção, quando a "onda" era forte demais, a crista se fechava no topo, gerando algo semelhante a um "bolsão", e foi assim que surgiram as dimensões paralelas, esferas magneticamente lacradas, algumas muito extensas, com numerosas camadas e níveis, outras minúsculas, desertas e frias.

Quase a totalidade das dimensões paralelas conta com algum meio de entrada e saída, um "furo" que as liga ao universo comum. No caso de Asgard, a conexão era feita através de Bifrost, a Ponte do Arco-Íris, um vórtice que se abria à terra, por onde, no passado, os deuses desciam para inspirar os soldados, escutar suas preces e buscar a alma dos guerreiros mortos. Desde os tempos antigos, o reino de Asgard fora escolhido como refúgio pelos espíritos nórdicos, sendo primeiro descoberto por Odin, o Pai de Todos, então líder do panteão, e depois invadido por elfos, anões e gigantes.

Se realmente fosse possível sistematizá-los, os nove reinos poderiam ser descritos como gigantescas ilhas de rocha e minério. Essas ilhas, que abrigam florestas, cidades e lagos, flutuam sobre uma grossa camada de nuvens, e o que existe abaixo delas é o Ginnungagap, o "abismo primordial", uma anomalia no espaço e no tempo talvez comparável ao que os cientistas terrestres chamariam de "buraco negro".

Sob as ilhas flutuantes nascem enormes raízes, como os troncos de um imenso carvalho, e são essas raízes, nomeadas de Yggdrasil, que mantêm os nove reinos unidos, impedindo que se afastem. Os galhos servem, ainda, como pontes para quem deseja passar de um domínio a outro, sendo em alguns trechos seguros, e em outros perigosíssimos. Quem porventura cair de uma das ilhas, ou escorregar em direção ao vazio, pode ter a sorte de ficar preso nos ramos inferiores da Yggdrasil, ou o azar de despencar para as infinitas trevas do Ginnungagap, de onde ninguém jamais retornou.

Kaira e Urakin foram escoltados através da floresta. O nevoeiro se dispersara, e, embora eles estivessem subindo, a temperatura era cada vez mais amena. O céu continuava encoberto, mas por todos os cantos se viam agora tufos de grama, pontos verdes e flocos de musgo. Quem guiava o regimento era Hildr, a capitã das valquírias. Os anjos seguiam na retaguarda com Denyel, que desmontara de seu garanhão para acompanhá-los a pé. Seu semblante não era o mesmo de outrora — tornara-se mais sério, mais adulto e melancólico, e Kaira não estava certa se isso era bom ou ruim. Tudo o que sabia a seu respeito era que ele fora um querubim exilado, ordenado a atuar na terra como espião e assassino. Para se confundir com os seres humanos, aprendera a se comportar como eles, desenvolvendo uma personalidade egoísta, um canastrão que não levava nada muito a sério, atitude que durante algum tempo o conduzira ao alcoolismo e à depressão. Kaira, de sua parte, sempre interpretara esse comportamento como uma fuga, uma maneira que Denyel tinha de esquecer os "terríveis crimes" que ele mesmo afirmava ter cometido e para os quais, segundo suas próprias palavras, não havia perdão. Talvez, ela pensou, a mudança para Asgard o tenha obrigado a encarar tais fantasmas, a superar tais angústias, o que possivelmente o tenha mudado de vez.

Denyel não conversou com os amigos no curso da caminhada, e todos entenderam o porquê. Havia uma tensão crescente no ar, não entre os anjos e as amazonas, mas entre o regimento e a floresta, que, ao que ficara claro, era constantemente invadida por ogros. O clima só melhorou quando eles chegaram a uma escadaria cinzenta, com degraus largos que se perdiam nas nuvens. Cedros ladeavam o percurso, estátuas adornavam o trajeto, no entanto as plantas necessitavam de poda, e as esculturas, de limpeza e restauração. O vento sacudia a superfície dos galhos, dando ao local um sabor de outono, um aspecto de nostalgia e tristeza.

Depois de muito subir, os celestes se viram no centro de um pátio redondo, esse mais nítido e conservado, defendido por três torres robustas e terminando em uma ponte larga e comprida, que cruzava outro trecho do rio Oceanus. Do lado oposto, sobre a encosta de uma montanha nevada, o que se avistava era uma cidadela tipicamente medieval, repleta de tavernas, salões e palácios. O muro que a cercava, projetado por um gigante a serviço de Odin, era a única estrutura de rocha visível. Todo o resto — casas, celeiros, templos e pavilhões — fora construído com a madeira da Yggdrasil, o que tornava a cidade acolhedora, quente mesmo no inverno.

O maior e mais imponente dos edifícios era sem dúvida o Valhala, refúgio dos deuses, semideuses e heróis legendários. O palácio tinha àquela época exatos cento e trinta metros de altura, sete andares, oitenta salões, três mil quartos e quarenta e cinco estábulos, além dos compartimentos reais. O primeiro andar era o mais amplo, com telhados triangulares e íngremes, inspirados nas cabanas nórdicas, e o topo era plano, sobre o qual se sustentavam o segundo andar, o terceiro, o quarto e assim por diante. Os aposentos internos só se mantinham eretos graças às pilastras cilíndricas, feitas a partir de toras integrais de madeira. Das câmaras e salas se prolongavam janelas, sacadas e chaminés, e na face externa certas colunas eram revestidas de ouro, fazendo com que o prédio brilhasse intensamente, sobretudo ao nascer e ao pôr do sol. Quem pelas ruas trotasse encontraria hipódromos, estalagens, cervejarias e uma série de estabelecimentos destinados a satisfazer as necessidades dos guerreiros cansados. Outrora radiantes, esses espaços jaziam agora em silêncio, e logo Denyel revelaria o motivo.

O portão dourado se abriu e as amazonas prosseguiram até o Valhala. O cavalo de Denyel as acompanhou sobre a ponte, mas ele ficou onde estava, não deu um passo sequer. Esperou que as guerreiras tomassem distância e depois se voltou aos amigos. Passado o choque inicial, todos pareciam de certa forma aliviados, felizes pelo reencontro.

— O que aconteceu com você? — Kaira perguntou pela segunda vez, agora que estavam sozinhos. — Como chegou aqui?

— Estão feridos? — Ele olhou para os antigos parceiros. Caminhou em retorno à escadaria e removeu o capacete. — Estão com fome, com sede?

— Estamos bem — garantiu Urakin.

— Que bom. — O exilado se sentou no último dos degraus. — Por que não descansam, então? — Pousou o elmo preto no solo. — Isso pode levar várias horas.

— Eu cheguei aqui por acaso, trazido pelo rio Oceanus — ele começou. Kaira se acomodou a seu lado. Urakin ficou de pé, examinando o átrio e as torres de guarda. — Enquanto vocês escapavam de Athea, eu permaneci no interior do templo, disparando contra os raptores. — A fortaleza atlântica de Athea fora onde eles se viram pela última vez, e os raptores eram demônios contra os quais na ocasião eles lutavam. — Combati sem descanso os diabretes, dando cabo de vários, até que o vulcão sobre o qual a ilha se apoiava explodiu, criando um redemoinho cósmico, ou algo próximo disso. Eu estava prestes a cair no turbilhão quando encontrei Sirith tentando escapar. — Sirith era o chefe dos raptores, um demônio capaz de assumir a aparência de suas vítimas, que se infiltrara no grupo fingindo ser um anjo, para covardemente assassinar Levih, um amigo que todos adoravam. — Segurei-o pela calça e despencamos juntos. Como eu estava muito ferido e o Oceanus inibe os nossos poderes, suponho ter entrado em um estado de transe, desmaiando num primeiro momento e acordando às margens do rio, como aconteceu com vocês. — Ele apontou para os degraus inferiores da escada, enevoados. — Felizmente Sirith não veio comigo.

— Como conseguiu se integrar tão rapidamente? — questionou Urakin. — Os deuses nórdicos não parecem nutrir por nós nenhuma simpatia.

— Não foi tão rápido assim. De lá para cá, devem ter se passado... — ele fez um cálculo mental — duzentos e poucos anos.

— Como imaginei. — Kaira achou curioso, mas não surpreendente. Por encarnarem as forças da natureza, os ishins são a casta mais ligada aos fenômenos cosmológicos. Variações de tempo eram comuns de uma dimensão para outra, mais do que se pensava. — Os dias e meses passam mais velozmente aqui.

— Para ser mais preciso, Asgard está alheio ao contínuo do espaço, pelo menos do *nosso* espaço. O que quer dizer que os nove reinos têm sua própria linha do tempo — o capitão explicou. — Um, cem ou duzentos anos nestas terras não significam absolutamente nada no plano físico.

— Mas como se enturmou, de qualquer maneira? — Urakin insistiu na pergunta. — Eles sabem quem você é?

— Sabem, com certeza. Joguei limpo desde o início. Disse a eles que não sou um anjo comum, que sou um exilado, sem afiliação ou partido, e que nunca concordei com as Guerras Etéreas. Declarei isso com toda a sinceridade diante da rainha, e as valquírias acreditaram.

— Foi tão simples assim? — estranhou Kaira.

— Claro que não. — Denyel segurou o cabo da espada, jogando-o para cima e o pegando depois. — Para se integrar aos aesires, ou seja, aos deuses nórdicos da guerra, é preciso saber lutar, mostrar que é essencial em combate. É a cultura dessa gente. — Olhou para Urakin. — Você ia gostar, grandalhão. — Deu um sorriso e continuou o discurso: — Gradativamente, fui participando de escaramuças, caçando e matando ogros, provando o meu valor. Nunca julguei Hildr, a capitã das valquírias, nem mesmo Sif, a rainha, por seu comportamento indiferente, por vezes agressivo, já que foram os arcanjos, e não os deuses, que começaram a guerra.

— Sim, é verdade. — Apesar disso, a Centelha não compreendia o rancor. — Mas as Guerras Etéreas terminaram faz tempo.

— Oficialmente, nunca houve um armistício.

— Que seja. Nós, pelo menos, não queremos brigar. Viemos em paz, e viemos resgatá-lo.

O anjo exilado, agora capitão dos aesires, desviou imediatamente o olhar. Era notório seu desconforto, e mais ainda sua agonia. Devolveu o punho da espada ao cinto e se levantou, refletindo sobre qual seria a maneira menos dolorosa de dar a notícia.

— Eu não posso voltar, Faísca. Estou preso aqui. — Ele a encarou, e em seguida Urakin. — E agora vocês também estão.

— Eu vou lhes contar exatamente o que aconteceu, da mesma forma que me contaram quando cheguei aos nove reinos — disse Denyel, já prevendo o turbilhão de perguntas. Para reavivar a mente, caminhou até a ponte e a fitou mais uma vez. Sobre as torres de vigília, a norte, sul e oeste, guerreiras, todas mulheres, montavam guarda com suas lanças e arcos. — Nos tempos mitológicos, não só a cidadela como toda Asgard eram governadas por Odin, o Pai de Todos, ou Pai de Muitos, o rei dos aesires, um general sábio e poderoso que estabelecera a paz com os gigantes. Odin tinha vários filhos, entre eles o famoso Thor, o Deus do Trovão, Loki, de Muitas Faces, e Balder, o Jovem. Balder era, a propósito, o descendente mais bonito de Odin, fisicamente perfeito. Quando ele nasceu, o casal ficou tão maravilhado que sua mãe, Frigga, lançou um feitiço determinando que o menino não poderia ser morto por nenhuma substância encontrada no reino. Mas Balder nascera no começo da primavera, quando os viscos ainda não haviam brotado. O invejoso Loki descobriu esse segredo e construiu uma flecha com a madeira do arbusto em questão. Durante um festival, ele arquitetou o seu plano. Loki sabia que Balder era vaidoso e sugeriu que o irmão convidasse os presentes a atirar armas contra ele, como dardos, espadas e facas, exibindo assim sua proeza. O rapaz julgou a proposta interessante e pediu aos convidados que começassem a disparar. As pontas e lâminas tocavam sua pele e, por mais duras que fossem, eram sistematicamente repelidas, caíam ou ricocheteavam, num inigualável espetáculo que atraiu curiosos. Nisso, Loki incitou Hodr, o deus cego, a lançar um objeto na direção do parente e entregou-lhe a flecha de visco. Hodr aceitou o desafio e a seta perfurou o coração de Balder, matando-o instantaneamente. O episódio gerou comoção, em especial para Frigga e Odin, que tanto amavam o garoto. Thor conduziu a investigação e enfim encontrou o culpado. Loki suplicou o perdão do pai, dizendo que só queria criar alvoroço. Odin resolveu poupá-lo, mas como castigo o expulsou do palácio. Desde então, Loki nunca mais foi visto, nem por aesires, nem pelos gigantes.

— Que tragédia — comentou Kaira. Os três anjos circulavam pelas bordas do pátio, e Denyel se apoiou na parede do torreão norte. O dia, embora nebuloso, estava claro ainda e não dava sinais de que iria escurecer. — Como Odin suportou essa perda?

— Ele não suportou. O Pai de Todos até que tentou, porém seu coração sofria não só pela morte de Balder, mas também pela traição de Loki, considerado o mais esperto dos deuses. O patriarca não encontrou solução a não ser abdicar. Consagrou Thor o novo rei, recolheu-se aos seus aposentos e adormeceu para sempre.

— Odin morreu?

— Os asgardianos preferem não usar esse termo, mas, para todos os efeitos, sim. Os aesires são imortais, só podem ser destruídos em batalha. Todavia um deus pode escolher antecipar sua morte, pode decidir adormecer, simplesmente. Odin fizera um importante trabalho em vida, trouxera a paz entre os povos e considerava o seu dever cumprido.

— Então Thor é o novo rei? — interferiu Urakin. Ele escutara lendas a respeito do Deus do Trovão e aprendera a respeitar sua figura. — Soube que ele é um excelente soldado, imbatível com seu machado Mjölnir.

— É um martelo, não um machado — corrigiu o anjo de cabelos pretos. — Thor era de fato um guerreiro admirável, mas não tinha uma rainha que o amasse. De todas as mulheres possíveis, ele era apaixonado por Sif, Cabelos de Trigo, então esposa de Thrymr, rei dos gigantes do gelo.

— Não podia ser qualquer outra? — contestou Kaira.

— Pois é. — Denyel riu da catástrofe. — Mas Sif também era apaixonada por Thor. Ela fora entregue a Thrymr pelos chefes de seu povo, os vanires — disse. — Os vanires são agricultores, e a união garantiria que o gigante não sopraria mais gelo sobre a colheita. Sif se casou à força e sonhava que um herói a libertasse. Thor se considerava esse herói, então pensou numa estratégia que o consolidaria como o novo monarca. Com o afastamento do velho rei, era esperado que os gigantes tentassem, cedo ou tarde, quebrar o acordo firmado com Odin. Sabendo disso, o Deus do Trovão agiu primeiro, desafiando Thrymr e posteriormente o vencendo, libertando Sif no processo, trazendo-a para o Valhala e se casando com ela. Para mostrar que não era um tirano, Thor não matou Thrymr, acreditando que essa seria uma demonstração de força e misericórdia e que os monstros ficariam, no fundo, gratos por sua piedade. O que ele não sabia era que os gigantes, ou jötnar, como são aqui referidos, não têm a mesma honra dos deuses.

— Como já era de esperar — aquiesceu a ruiva.

— Thrymr não era páreo para Thor, não enquanto este empunhasse o Mjölnir. Mas havia, como se sabe, outras criaturas que, no passado, juraram vingança aos deuses. Uma delas era o dragão Níðhöggr, cujo pai, Fafnir, fora morto pelo semideus Siegfried. Siegfried era filho de Odin com uma mortal e, por consequência, seu protegido, a quem o Pai de Todos dera a espada mágica Notung, a Ceifadora de Dragões. Na esperança de reaver o tesouro de Fafnir, tomado por Siegfried e levado ao Valhala, o dragão Níðhöggr se transformou em anão e certa noite chegou ao palácio, solicitando uma audiência com o rei. Na presença de Thor, afirmou que era um enviado de seu povo e que seu reino, Niðavellir, sofria com o ataque dos trolls. Como os anões sempre foram aliados dos asgardianos, Thor concordou em ajudar, sem suspeitar da emboscada que o aguardava. Níðhöggr guiou a comitiva por um caminho traiçoeiro, que na realidade não conduzia a Niðavellir, mas à antiga caverna de Fafnir.

— Espere. — Kaira já começava a se perder na conversa. — Esse Siegfried... O nome não me é estranho. Que fim levou ele?

— Tudo o que me contaram é que ele foi assassinado, mas não sei como. Sua morte é um tabu por aqui — acrescentou Denyel, então retomou o assunto central: — Dentro da caverna, Thor foi surpreendido por Thrymr, o gigante do gelo, e teve início um novo duelo. Quando o Deus do Trovão estava para desbancar o rival, foi atingido nas costas pelo fogo de Níðhöggr, que regressara ao corpo original de dragão. Com isso, o jovem rei foi morto por Thrymr, que tentou roubar o Mjölnir, mas não conseguiu, já que só um guerreiro valoroso pode erguê-lo. O martelo ficou preso na gruta, e os aliados perversos conseguiram seu intento. Thrymr levou o cadáver de Thor para o Valhala e determinou o exílio da rainha-mãe, Frigga, e dos outros deuses para o plano etéreo da terra. Os einherjar, espíritos dos homens nórdicos falecidos em combate, foram congelados e são mantidos dentro de esquifes em Iðavöllr, a fortaleza que guarda a Ponte Bifrost. Os tesouros reais acabaram sendo transferidos para o covil de Níðhöggr, e foi assim, desse jeito mais tétrico, que Asgard perdeu dois reis, praticamente todos os seus deuses e caiu em desgraça.

— Mas Sif continua no palácio — a arconte se lembrou do que escutara mais cedo. — Por que Thrymr não a raptou em seguida?

— Os gigantes são machistas por natureza e desprezam as mulheres, considerando-as incapazes. Que vingança seria mais apropriada, na mente deles, do que transformar o Valhala em uma casa regida por moças? — afirmou o exilado, depois seguiu adiante: — Não bastasse, o domínio dos aesires foi reduzido à cidadela e ao bosque real. Daí para frente é jurisdição dos gigantes. Os ogros, que são parentes dos jötnar, mas não respondem a eles diretamente, às vezes fazem incursões na floresta, o que nos obriga a estar sempre atentos para expulsá-los. Era isso que eu, Hildr e as amazonas estávamos fazendo quando encontrei vocês.

— Que história fascinante. Um poema digno de grandes salões! — exclamou Urakin, autenticamente encantado. — Mas por que não quer voltar conosco? — o homenzarrão abriu os braços sem entender. — Precisamos da sua ajuda na próxima tarefa.

— Ora, vamos encarar os fatos, está bem? — Denyel não queria magoar os colegas, mas precisava ser franco. — Quem sou eu na Haled, ou mesmo no paraíso? Um desgarrado, um pária. Por anos trabalhei para o arcanjo Miguel, perseguindo e matando outros anjos, e mesmo sob anistia os rebeldes jamais me aceitariam, na prática. Quando eu me atirei no redemoinho do Oceanus, pensei que ia morrer, e estava pronto para isso, eu achava que merecia. Contudo me foi dada uma chance de recomeçar, longe dos meus antigos fantasmas, e eu a agarrei com unhas e dentes. — Ele cutucou a ruiva, mostrando os emblemas gravados na armadura e o conjunto de runas que a decorava. — Ei, Faísca — disse em tom descontraído —, quando você imaginaria isso, hein? Que eu seria capitão de alguma coisa? Na terra, eu mal conseguia controlar minha vida.

O relato, tão apaixonado e sincero, comoveu Kaira e Urakin. Denyel nunca conversara com eles sobre seus problemas, talvez por medo de magoá-los. No fundo, seu grande arrependimento não era ter espionado ou matado, mas ter acreditado nos líderes errados, não tê-los contrariado, mesmo sabendo que suas ordens eram perversas. O maior inimigo de Denyel era e sempre fora ele próprio, e agora, ao que parecia, esse adversário estava vencido, pelo menos por ora.

— Não me entendam mal — o capitão insistiu, sorrindo para eles. — Eu aprecio o sacrifício que fizeram por mim. Imagino o que passaram, as perdas que tiveram. Nunca vou esquecer e serei grato para sempre. Mas eu não posso — decretou. — Não posso voltar ao nosso mundo, muito menos aos Sete Céus. Asgard é a minha casa, encontrei aqui meu caminho.

— Compreendo, e no fundo estou satisfeita — Kaira anuiu, condescendente. — Mas eu e Urakin não podemos ficar, embora quiséssemos. Estamos no curso de uma importante missão e precisamos regressar à Haled o mais rápido possível.

— Eu acho que vocês ainda não se deram conta da gravidade do caso — Denyel se entristeceu novamente. — Como eu já disse, desde a derrocada de Thor, ninguém pôde deixar os nove reinos. O rio Oceanus é um mistério, não dá para confiar nele, e o único vórtice de entrada e saída é Bifrost. O gigante Thrymr fechou a ponte, tomando Iðavöllr, a fortaleza que a cerca, como seu refúgio perene.

— E quanto às valquírias? — insistiu a ruiva. — Se Bifrost é um ponto estratégico, por que a rainha nunca pensou em reconquistá-lo?

— Qualquer tentativa tornará as coisas piores. Thrymr mantém os einherjar como reféns, congelados, bem como o deus Heimdall, o Observador, o único que tem o poder de acionar o mecanismo da ponte. Se ele for morto, toda a esperança morre com ele.

— Como se houvesse *alguma* esperança — resmungou Urakin, desgostoso das coisas que ouvira. O anúncio a respeito da ponte os chocou. Sem acesso a Bifrost, os anjos estavam presos na esfera cósmica que englobava o reino de Asgard, o que explicava a angústia de Denyel ao descobri-los no bosque. Mas nem tudo estava perdido, pensou Kaira, afinal ela já passara por situações bem piores e tinha fé que encontraria uma solução razoável, quando subitamente lhe surgiu uma ideia.

— Preciso ter com a rainha — ela disse, e então uma quarta voz a cortou:

— Ela não vai recebê-los. — Quem falava era Hildr, a capitã das valquírias, que retornava ao pátio através do portão. Era acompanhada de outras cinco combatentes a pé, armadas de escudo e espada. — Sif, Cabelos de Trigo, não deve ser incomodada. Saiam de nosso país enquanto há tempo, e sintam-se felizes por termos poupado vocês.

— Não seja tão dura, Grito de Batalha — Denyel a chamou pelo título. — Sou também um anjo, e não fui tratado assim quando cheguei.

— Porque você nos garantiu que era um exilado. — Hildr apontou na direção dos celestes. — E esses seus amigos, também são?

— Se disséssemos que sim, provavelmente faria pouca diferença, ou nenhuma — ousou Kaira, consciente de que a guerreira queria uma desculpa para arrumar confusão. — Mas não. Somos mensageiros de Deus e estamos a serviço de Gabriel.

— Gabriel, o arcanjo? — A loura deu de ombros. — Sendo assim, reforço a sentença. Terão que se retirar das nossas terras. Procurem abrigo na antiga floresta dos elfos, ou então aceitem um barco para descer o rio Oceanus. Neste lugar vocês não podem ficar.

— Isso é ridículo. — A proposta era absurda, considerando que ninguém conhecia as rotas do Oceanus. — Vocês se consideram melhores que nós.

— Nós *somos* melhores que vocês. — Hildr deu uma escarrada no solo. Trazia na mão uma lança, a mesma que usara contra os ogros. O elmo fora deixado na cidadela, e sem ele eram perceptíveis os olhos azuis, a pele claríssima e a trança dourada. — Expulsamos os celestiais dos nossos domínios etéreos, os derrotamos em todas as batalhas.

— E de que adianta isso agora, se não podem mais descer à Haled? — disse Kaira. — De que adianta ter nos desbancado se não podem sobrepujar a ameaça interna, o inimigo dentro de casa?

— Quem é você para nos criticar? — a amazona esbravejou e, com a face colérica, partiu para cima de Kaira. Urakin se interpôs entre as duas, enquanto Denyel segurava a agressora, puxando-a para trás e tentando apartar a briga antes que ela começasse.

— Não, Hildr — o capitão falou ao ouvido dela. — Perdoe-os. Eles são meus amigos. — Repetiu, mais alto: — São meus amigos.

O acesso de raiva durou uns dez ou vinte segundos, quando enfim a zanga passou. Hildr deu as costas e ergueu as mãos em sinal de desistência, a couraça cintilando à luz vespertina. Contemplou o palácio entre as nuvens, respirou pausadamente e decidiu o que faria.

— Minha honra foi manchada. — Os lábios rubros se contraíram. — Simplesmente não pode ficar desse jeito. — Fechou as pálpebras e tornou a abri-las. — Preciso limpar o meu nome, e a única maneira é organizando um duelo. — Apontou para Kaira. — Eu a desafio, arconte de Gabriel.

— Não é para tanto — Denyel deu um sorriso nervoso, procurando minimizar a contenda. — Por que não fazem as pazes?

— Escolha as armas, celeste. — Hildr não lhe deu ouvidos; estava determinada a pelejar. — Diga quando e onde deseja marcar o torneio.

— Lutarei no lugar dela — Urakin assumiu a dianteira, mas era tarde demais. Uma vez lançado o desafio, os termos não podiam ser alterados. Como alternativa, eles tinham a opção de fugir, mas era lógico que Kaira não fugiria. O fato que os consternava, a ele e a Denyel, era que os ishins não são especializados no combate corpo a corpo, ao contrário das valquírias. Se Kaira e Hildr travassem uma disputa de espadas, seria bem provável que a arconte fosse trucidada, ou pior. Ela própria sabia disso, então escolheu a senda mais óbvia, a única arma com a qual tinha alguma chance de vencer.

— O arco e flecha — respondeu. — O lugar para mim tanto faz, escolha você. E, sobre a data, prefiro que seja ainda hoje, ao pôr do sol. Mas tenho uma condição — empinou o queixo. — Se eu ganhar, quero uma audiência com a rainha.

— Muito bem. — No íntimo, Hildr não concordava com a exigência, mas tinha plena convicção de que venceria, então aceitou a proposta. O ódio dos espíritos etéreos pelos anjos era ainda muito intenso, não só nas paragens nórdicas. Os olimpianos os detestavam, e as entidades hindus, muito poderosas até hoje, juraram vingança aos alados, em especial ao arcanjo Miguel. — Hoje, ao pôr do sol, no hipódromo — proclamou e, com sua pequena comitiva, regressou à capital.

Denyel e Urakin estavam pesarosos. Duelos eram arriscados, e geralmente terminavam com a morte do oponente mais fraco.

— Devia ter deixado comigo. — Denyel fez um muxoxo. — Sabe o que pode lhe acontecer? — Girou nos calcanhares, preocupado. — Hildr não é uma simples valquíria. É uma das filhas de Odin, uma das capitãs aesires. Em outras palavras, ela é uma deusa.

— Então será uma competição justa, auspiciosa, eu diria. — Kaira se recordou do sonho que tivera fazia meses, que a transportara a um tempo antiquíssimo, quando, nos campos gelados da África, ela era conhecida como "a Deusa que Arde". — Já que, nesse caso, nós duas temos alguma coisa em comum.

5

O EXECUTOR

Etéreo profundo, dias atuais

ISMAEL PRENDEU A RESPIRAÇÃO, MERGULHOU E TENTOU VIR À TONA, MAS A CORRENteza era forte e ele submergiu. Desmaiou, acordando quando, subitamente, as águas douradas se tornaram rubras. Então ele teve certeza de que não descia mais o rio Oceanus.

Uma força o sugou através das marolas e em seguida ele foi alçado aos céus, transportado através dos ventos etéreos, ainda zonzo, incapaz de discernir para onde estava indo e quem — ou *o quê* — o estava levando.

Ismael, intitulado "o Executor", era um dos hashmalins, a ordem angélica responsável por julgar e punir os espíritos humanos. Fanáticos adoradores de Deus, eles acreditam na purificação por meio do sofrimento e da dor, portanto são vistos como entidades maléficas, tendo se associado, quase todos, às tirânicas legiões do arcanjo Miguel. Toda regra, porém, tem sua exceção, e Ismael *era* a exceção. Contrariando os capitães de sua casta, ele decidira abraçar a causa dos anjos rebeldes e se unir ao exército de Gabriel, em defesa da humanidade. O que não fazia dele um indivíduo caridoso, muito menos benigno. Bem e mal são relativos nesse caso, considerando que, na condição de magistrados, os hashmalins precisam ser *justos*, apenas, e fazer o que é necessário, não importa a que preço.

De olhos abertos, Ismael descobriu-se sobre uma plataforma de rocha. O lugar, quente e úmido, à primeira vista lembrava uma enorme caverna, de paredes retas e ângulos perfeitos, como se tivessem sido projetados por alguma inteligência sublime. Do chão ao topo, somava ao menos trezentos metros, e logo abaixo uma escadaria com centenas de degraus conduzia a uma porta triangular, aberta ao ambiente externo, de onde se projetava uma luz avermelhada. À sua frente nasciam três tronos, e para além se enxergava outra passagem, um corredor hexagonal, que penetrava na fortaleza e acessava seu núcleo.

Ismael ajeitou-se, estalou o pescoço, recuperou a compostura. Vestia ainda as roupas terrenas, colete preto e gravata, camisa branca com as mangas dobradas até o cotovelo, mas sem o paletó. O corpo era magro e ossudo, os olhos amendoados e severos, a cabeça careca e a expressão grave, própria dos hashmalins.

Sentado no assento do meio, encarando-o com ares de sabedoria e controle, descansava uma segunda entidade, um anjo robusto, de barba crespa, cabelos escuros e asas cor de areia. Usava apenas uma tanga, deixando à mostra o peito nu, os pés descalços, os dedos grossos e os músculos proeminentes.

— Metatron! — Ismael o reconheceu não pelas feições, mas pela energia que dele emanava. — É você, não é? O Rei dos Homens? O Primeiro Anjo?

— O Anjo Supremo — ele respondeu, com aquela voz que parecia um trovão. — Sim, em carne e osso. E agora por que não relaxa? É meu convidado.

— Metatron. — O Executor fitou-o novamente, recuou uns dois passos, sem ter muita certeza, ainda, se experimentava ou não um delírio, se estava sóbrio ou alucinado. — O que a Centelha nos relatou era verdade? Escapou da Gehenna. Fugiu da prisão.

— Vocês são crianças. — O Rei dos Homens sorriu. — Nunca estive preso, se é o que quer saber. Paciência é uma virtude. Já considerou isso? — Girou a cabeça para todos os lados, apreciando o interior do salão. — O que acha da minha casa?

— Não acho nada. Não é meu trabalho achar coisa alguma. — Ismael fez uma pausa e confessou: — Nem mesmo sei onde estamos.

— Por enquanto, o que posso dizer é que esta é a fortaleza de Agartha, o meu refúgio secreto, localizado no centro da terra. Eu o resgatei a partir de Tyia, a Cidade do Oriente, um dos pontos em que os rios Oceanus e Styx se cruzam.

— Tyia? — ele repetiu para si mesmo. — Rio Styx? Então nós estamos...

— Sim, é isso mesmo que está pensando. — Não era mera retórica. Metatron podia de fato ler pensamentos. — Incrível, não?

— O que quer de mim?

— Eu é que deveria lhe fazer essa pergunta. Não eram *vocês* que estavam em meu encalço? Não eram você, Kaira e Urakin que tinham por meta me perseguir e aos sentinelas remanescentes, com o objetivo de nos matar? — O alado se ergueu da cadeira. — Bom, aqui estou, Ismael. Sua missão está prestes a ser concluída. Você me encontrou, Executor. — Abriu os braços. — Vamos lá, acabe comigo.

O discurso soou dramático, exagerado e até teatral. Ismael fora realmente convocado com a tarefa de encontrar e destruir Metatron, mas a proposta, dita daquela maneira, parecia um tanto absurda. O Primeiro Anjo era poderoso demais, estava em seus domínios, e, embora o Executor fosse experiente, não conseguiria sequer arranhá-lo, por mais que tentasse com todas as suas forças. Restava então negociar, tentar obter informações, e quem sabe adiar o inevitável.

— Onde estão meus colegas? O que fez com eles?

— Nada. Seus amigos caíram em Asgard, e teoricamente era para você estar no Valhala, se eu não tivesse interferido. Mas não se aflija. Logo estaremos reunidos. Cedo ou tarde eles virão até nós.

— Como pode ter certeza? É um dos dons de malakim, esse que está usando? — Os malakins são os anjos estudiosos e sábios que habitam o Sexto Céu, Raqui'a, e alguns deles são capazes de prever o futuro, como parte de uma técnica associada à sua natureza erudita. — Prognóstico?

— Não. É mais simples do que pensa, mais lógico e racional. — O ente barbudo caminhou à esquerda, parou e deu uma espiada no teto. — Os celestes não têm livre-arbítrio, o que faz deles seres completamente previsíveis, imutáveis em vários aspectos. Basta conhecer o padrão e depois é fácil calcular suas ações, às vezes com a precisão de segundos.

— O que quer dizer com *os celestes*? Não é você um de nós? O primeiro entre nós?

— Vamos com calma. — Ele correu os olhos à porta triangular, lá embaixo. — Sim, um anjo é um mensageiro de Deus, portanto somos todos anjos, de certa forma. Mas entre os celestes e os sentinelas existem diferenças gritantes.

— Me dê um exemplo.

— Vocês não têm alma, por exemplo. Nós temos.

— Está louco. Como um anjo pode ter alma?

— Foi um presente sagrado. Mais que um presente. Um instrumento necessário para que governássemos o planeta.

— Que absurdo.

— É o que os arcanjos querem que vocês pensem. — As asas cor de areia se abriram. — Os primogênitos nos caçaram porque estávamos no caminho de suas conquistas, porque queriam reinar sobre a terra, não apenas no céu, e o nosso trabalho era defender a Haled. — Metatron aproximou-se do visitante. Chegou tão perto que Ismael pensou que fosse atacá-lo, mas não. — Fomos, somos e sempre seremos fiéis defensores da raça humana, diferentemente de seu comandante, Gabriel, que esconde e renega um passado sombrio. Seguimos à risca o que manda a palavra. — E completou, orgulhoso: — Um homem como você, tão imparcial e metódico, disposto a tudo para adorar Yahweh, deveria estar do meu lado.

— Um *homem*?

— Força de expressão. Como eu disse, entre os sentinelas esse conceito é um pouco frívolo. — E prosseguiu: — Quem são os arcanjos para determinar o que é certo e errado? Não foi você mesmo quem disse, nas paragens da China, que a facção rebelde era a menos pior?

— Como sabe dessas coisas?

— Sua mente é um livro aberto para mim — avisou em tom de ameaça. — Eis um dos motivos pelos quais o trouxe até aqui.

— Para ler a minha mente — Ismael desdenhou. — E quais são os outros?

— Preciso que me ajude a convencer Kaira a integrar nossa causa. Quero que ela se junte à família.

— E por que eu deveria fazer isso, se nem mesmo sei que causa é essa?

— Porque é a única forma de salvá-los, a ela e aos outros. — Metatron regressou ao trono de basalto e sobre ele se acomodou. — Escute, meu caro juiz. Dentro em breve o mundo se transformará. O plano que venho arquitetando desde a era glacial entrará em funcionamento, e eu lhe garanto, em nome de Deus, que não há meios de impedi-lo. Seja meu amigo, Ismael — ele pediu com toda a humildade, depois acrescentou, mudando a entonação para que a voz saísse mais dura: — Quem não estiver comigo estará contra mim.

— Entendo. — Ismael era de personalidade calculista, e não tinha medo da morte. — E se eu decidir ficar contra você?

— Será uma pena. Pois eu o usarei da mesma forma.

— Vai me matar?

— Matar? — O Rei dos Homens mostrou os dentes, numa expressão diabólica. — Por que eu o mataria, se posso fazer ainda pior?

Dito isso ele gesticulou, e do corredor, à retaguarda dos tronos, surgiu uma terceira figura, um celestial de olhos azuis, rosto jovem e sorridente, cabelos grisalhos, barba rala em volta do queixo. Naquele momento, Ismael espantou-se, pois o identificou como um dos antigos parceiros de Kaira, um ofanim, bondoso e sincero por natureza.

Seu nome era Levih, o Amigo dos Homens, e sua presença ali se fazia impossível. Afinal o Levih que ele conhecera, o Levih que amava todos os seres humanos, sem distinção, o Levih que se sacrificara em Athea, estava morto fazia alguns meses.

Morto.

Ou coisa pior.

6

SUOR DE BATALHA

Kaira estava mentalmente preparada para morrer. Em determinado ponto da vida, tivera medo da morte, talvez durante o tempo em que pensara ser humana, porém quanto mais convivia com Urakin e Denyel, e sobretudo após os eventos nas ruínas atlânticas, mais se acostumava com a ideia de que cada dia deve ser encarado como se fosse o último, e isso não vale apenas para os soldados. Era por conta desse pensamento que muitos querubins — e Denyel era um exemplo clássico — praticavam o desapego, para que estivessem completamente livres na ocasião de um combate, e prontos para enfrentar suas consequências. Já Kaira, sendo uma ishim, pensava de outra forma. Para ela, não era necessário esquecer ou se afastar dos amigos. São os companheiros fiéis que dão sentido à nossa existência, que nos tornam praticamente invencíveis e nos fazem lutar até o esgotar de nossas forças. No fim, ganhar ou perder não faz muita diferença, o que importa é *como* você trava essa briga.

Hildr era uma oponente formidável, e de fato havia poucas chances de Kaira sair vitoriosa, ou mesmo de sobreviver à disputa. Odin tivera quatro filhas com Frigga, sua esposa e antiga rainha. Grito de Batalha, como era chamada, fora a primogênita, e se mostrara tão destemida que recebera permissão para organizar uma tropa só de mulheres, batizadas então de "valquírias". Essas poderosas amazonas seriam mais tarde estruturadas em quatro brigadas, cada uma composta, inicialmente, por quinze mil combatentes. Hildr, cuja arma era a lança, comandava a primeira brigada. Myst, Tempestade da Vitória, uma guerreira de fios prateados, quase brancos, liderava a segunda unidade. O terceiro grupo ganhou a supervisão de Brunhildr, Estrondo de Guerra, a única filha morena de Frigga, especializada no confronto de espadas. O quarto time acabou incorporado aos outros três quando sua comandante, a arqueira Herja, Fogo de Odin, foi morta por Thrymr, rei dos gigantes do gelo, no curso de uma peleja antes do acordo de paz.

Ao cair da tarde, uma comitiva os guiou através da enorme ponte que ligava o pátio à capital dos aesires. Olhando para baixo, o que se via era o perturbador rio Oceanus, sublinhado pelo nevoeiro, que de tão denso embaçava seu brilho. O portão que cortava as muralhas tinha duas obstruções, a primeira de aço e a segunda de ébano, a qual declinava feito uma ponte levadiça. Através delas, o que se desvelava era o santuário dos deuses, fundado por Odin nos dias remotos. O burgo de Valhala não era muito diferente de uma cidadela viking, com a exceção de que era maior e suas casas, mais belas, inspiradoras a qualquer poeta escandinavo. Os prédios, construídos em madeira, eram tão bem planejados que transmitiam uma combinação de majestade e aconchego em cada detalhe, dos pórticos, decorados com runas, aos campanários, encimados por tábuas simbolizando animais como o urso, o lobo e o dragão. Um emblema muito comum, costurado em bandeiras sobre os templos e na entrada do palácio, era o estandarte de Odin, representado por um corvo de asas abertas.

Fora as residências, os estábulos e as cervejarias, o que mais se proliferava no Valhala eram as *arenas*, de todos os formatos e dimensões. Kaira contou umas vinte só naquele setor, e havia outras nas regiões mais a leste. Era nesses estádios que, num passado não muito distante, os asgardianos treinavam para o Ragnarök, a grande batalha entre gigantes e deuses que, segundo a profecia, marcaria o fim dos tempos para os espíritos etéreos. Mas, com o exílio dos aesires e o aprisionamento dos einherjar, os ringues estavam vazios, salvo por uma ou outra valquíria que se exercitava sobre o cavalo e por uma equipe de amazonas que ensaiava golpes ou cargas de lança.

O hipódromo ficava no distrito oeste. Era com certeza a maior arena de todas, projetada em circuito oval, com quatrocentos metros de comprimento, cinquenta de largura, piso de areia e arquibancadas de cedro. Contando os aposentos palacianos, os quartéis e as estalagens, o Valhala podia abrigar até quinhentos mil indivíduos, agora reduzidos a trinta ou quarenta mil valquírias. De qualquer maneira, havia pouco ou nenhum espaço para diversão naqueles tempos. Com a morte de Thor, os jogos foram minguando, até serem gradualmente esquecidos, sobrevivendo como uma lembrança apenas, como uma inspiração, evocada ao pé das lareiras, sussurrada nas noites mais frias.

Uma vez no hipódromo, os anjos foram deixados sozinhos, sob os cuidados de Denyel. Como capitão, ele tinha acesso ao depósito real e trouxe para Kaira uma armadura completa, de placas vermelhas, que pertencera à valquíria Herja e que o exilado calculou que se encaixaria perfeitamente no corpo da arconte.

Do conjunto, o único acessório que faltava era o elmo, destruído quando Thrymr acertou a deusa na cabeça, matando-a com um golpe na testa.

Denyel, a propósito, também emprestara a Kaira seu cavalo negro, Gísl, um garanhão particularmente veloz que logo se afeiçoou à celeste. Os ishins, além da agilidade superior, são amigos da natureza e, por consequência, os anjos mais ligados aos animais, podendo às vezes conversar com eles.

O hipódromo contava com duas estrebarias, uma ao sul e outra ao norte, com trinta e quatro baias para montarias e bigas, onde cada duelista se aquecia e se preparava. Os portões internos se conectavam à arena, dividida em duas pistas, separadas por uma espécie de cerca. Dentro da cocheira, sentado em um banquinho, Denyel ajustava o saiote metálico de Kaira, parte da armadura e que protegia a região da virilha.

— E então, Faísca... — ele começou, caprichando no jeito galante. — Vai me contar que missão é essa da qual tanto falam?

— Qual delas?

— A "próxima tarefa" que Urakin mencionou.

— Estou pensando se lhe conto, mas talvez não seja apropriado, afinal é uma missão secreta — ela respondeu. Sons de cascos e relinchos eram ouvidos em toda parte. — Se está decidido a permanecer em Asgard, não faria muito sentido explicar. Ou você está conosco, ou não está. Simples assim.

— Não pode dar uma pista?

— Já dei. É uma missão secreta — repetiu —, talvez a mais importante de que se tem notícia. — A ruiva apanhou uma tira de couro sobre a baia, rasgou-a ao meio e prendeu o cabelo em dois pontos: perto da nuca e mais abaixo, quase na ponta dos fios. — Secreta e cheia de mistérios, a começar pelo fato de Gabriel ter me escolhido para chefiá-la.

— Ele deve confiar em você. — Denyel encostou uma chapa escarlate nas pernas dela, depois a afivelou na parte interna das coxas. Vestir a armadura em um cavaleiro, ainda mais a armadura completa, não era tarefa fácil, tanto que nos tempos medievais os nobres contratavam homens especializados para esse serviço, então chamados de "escudeiros". — Não se considera capaz?

— Bom, se o Mestre do Fogo me designou, é porque sou capaz. Mas, se você soubesse do que se trata e *quem* vamos caçar, definitivamente concordaria comigo. — A celeste olhou para cima. O teto era revestido de toras de madeira, e o chão, coberto por montinhos de feno. — Com tantos generais, arautos e comodoros, por que elegeriam a mim?

— Os melhores perfumes vêm em pequenos frascos. É o que dizem, pelo menos.

— Está querendo me impressionar?

— Isso eu já consegui.

— Ótimo. — Ela sorriu e retrucou: — Por que não faz melhor, então? Venha comigo. Se eu sobreviver a este duelo. Promete?

— Prometo pensar no assunto — ele se esquivou. — Quando o tempo permitir.

— O tempo acabou, soldado. — E acabara mesmo, no sentido concreto. O capitão terminara de trajá-la com a última peça, as ombreiras, e agora Kaira estava toda encouraçada, à exceção da cabeça. Quando saiu da baia, era praticamente uma guerreira escarlate, de cabelos rubros e placas brilhantes. Urakin mantinha Gísl seguro pelas rédeas. Uma maça de guerra fora atada à bainha da sela, um porrete pesado, com cabo de madeira e cabeça de aço, redonda e cheia de pontas, para o caso de o torneio evoluir para um duelo corpo a corpo.

— Pronta? — Denyel ofereceu apoio e ela subiu na sela.

— Sim, pronta. Um pouco triste com a possibilidade de não vê-los mais. — Acomodou-se e testou os estribos. O coração batia como um tambor desafinado; apesar de toda a preparação para a morte, o medo a alcançara, no fim das contas. — De qualquer modo, eu fiz o melhor que pude, não fiz?

— Não se preocupe. Vai dar tudo certo.

— Por que está tão otimista?

— Se Gabriel confia em você, eu também posso confiar.

— Capitão, você sabe mesmo como estimular uma garota.

— Não vou negar que tenho certa experiência com essas coisas — ele rebateu, guiando Gísl até o portão. — É um tipo de especialidade.

Quando os portões do estábulo se abriram, os anjos puderam enfim visualizar a arena, bem como o desafio que aguardava a ishim. O que aconteceria ali, conforme Denyel explicou, seria uma competição semelhante às justas medievais, em que dois cavaleiros corriam um de encontro ao outro, tentando acertar o oponente com a lança. Só que, em vez da lança, Kaira e Hildr utilizariam o arco. Dos quatrocentos metros de pista, cada uma delas poderia usar cento e oitenta para tomar impulso e apenas quarenta metros para disparar. O princípio da interseção era sinalizado por um mastro, o que, na prática, contando a velocidade em que estariam, dava às duelistas poucos segundos para atirar, se esquivar e controlar o animal. Não era permitido disparar antes do mastro, e, se alguém escorregasse da sela, a adversária poderia desmontar e iniciar o combate com a maça.

— Hildr fará todo o possível para derrubá-la — sussurrou Denyel no momento em que eles saíram para a área aberta. Ele andava pela esquerda e Kaira trotava sobre o garanhão, com Urakin à direita. — Use os estribos para obter equilíbrio. Envolva Gísl com as pernas.

No outro extremo da pista, Hildr já se agitava sobre Glær, sua égua acastanhada. Dando uma olhada ao redor, a arconte reparou que as arquibancadas estavam cheias, embora não estivessem lotadas. Duas valquírias, Myst e Brunhildr, assistiam ao espetáculo de uma plataforma superior, decorada com galhardetes que tremulavam, mas não havia sinal da rainha. Denyel entregou à Centelha o arco e as flechas de Herja, igualmente subtraídos do arsenal militar. Kaira os aceitou e prendeu a aljava no ombro, contendo doze setas com cabeça de aço, o que revoltou as entidades etéreas.

Hildr fez sua montaria dar um pinote e veio cavalgando até eles, os olhos apertados, a face endurecida.

— Que desaforo é esse? — reclamou. — Uma estrangeira usando a couraça e as armas de minha irmã? Protesto contra esse insulto.

— Lamento, mas foi a única proteção que serviu — manobrou Denyel. O argumento era em parte verídico: Herja e Kaira tinham o mesmo biotipo, mas eles não se deram o trabalho de provar outras placas. — E, pelas regras, os competidores devem se enfrentar em igualdade de condições.

Hildr bufou, mas não foi além disso. Deu meia-volta, retornou ao seu canto da pista, colocou o elmo e preparou o arco para iniciar a disputa.

— Como sabe tanto a respeito das regras? — perguntou Urakin.

— Eu não sei nada sobre as regras. Mas sei mentir, o que às vezes é útil. — E acrescentou, encabulado: — No meu caso, sempre foi.

De músculos contraídos, os cabelos presos em trança, Hildr observou Kaira sobre o cavalo, a quatrocentos metros de distância. Sua oponente escolhera a raia à direita, e ela, o circuito à esquerda. Denyel permaneceu onde estava, perto do estábulo norte, e Urakin se deslocou para as imediações do estábulo sul. Dessa forma, sempre haveria um deles em um dos ângulos do estádio para instruir a amiga ao término de cada assalto.

O céu continuava encoberto, pigmentado por nuvens escuras. Ouviu-se uma trovoada, o prenúncio da chuva. Desde que os gigantes tomaram o controle do reino, não se viam mais a luz do sol nem o azul do firmamento. Os verões eram outonos, e as primaveras, invernos. Um vento gelado agitou as melenas de Kaira, mas por dentro o coração flamejava. De uma hora para outra, o metal parecia pesado demais, o couro das fivelas pinicava, e as braçadeiras, essenciais aos arqueiros, prejudicavam a agilidade dos punhos.

Não havia cornetas ou juízes que arbitrassem o torneio. Dependia apenas de que uma das amazonas se adiantasse e chamasse a outra para a briga. E quem o fez foi Hildr, pressionando as esporas contra os flancos de Glær. Kaira, ato contínuo, soltou as rédeas e Gísl avançou como uma mancha negra, enquanto as duas enfiavam a seta no arco, com os animais em movimento acelerado.

Os espectadores — *as espectadoras* — contemplavam o duelo com atenção. Grito de Batalha era a combatente mais habilidosa que restara em Asgard, braço direito de Sif, uma exímia guerreira, perita no manuseio de todas as armas. Kaira era capaz de sentir o cavalo como uma extensão de seu corpo, era dotada de rapidez e pontaria inigualáveis. Contudo, naquela primeira passada, quem saiu na frente foi a capitã das valquírias. Cruzando o mastro, ela tensionou a corda e disparou. O tiro acertou não o corpo, mas o *arco* da ruiva, fazendo-a se atrapalhar em meio à carreira. O instrumento deslizou de suas mãos, obrigando-a a se esticar para baixo, a fim de recuperá-lo antes que tocasse o solo. Como resultado, por muito pouco Kaira também não desabou.

Suando, desengonçada, ela chegou ao canto sul, onde Urakin a esperava. Escutou a aclamação da plateia, que comemorava o ótimo desempenho de Hildr. Com a cara suja de areia, encheu os pulmões e se endireitou sobre a sela.

— Centelha, você está bem? — Urakin a recebeu com apreensão. — Está ferida?

— Estou bem, foi só um susto — ela ofegou. — Meus dedos estão doendo, e esta armadura pesa demais.

— Não é uma armadura, é o seu esqueleto — o querubim a aconselhou. — Entendeu? — Então avistou Hildr girando o cavalo. — Agora vá.

Dessa vez, foi Kaira quem esporeou, antes que a adversária entrasse na pista. Os animais partiram a galope, um contra o outro, ao passo que as amazonas, com os pés firmes nos estribos, flexionavam o arco. O plano da ruiva era efetuar um disparo rápido, mas ela precisou se esquivar da seta de Hildr, que zumbiu repentinamente em sua direção. Por um milímetro a ponta não lhe arrancou a orelha, e, embora a descarga não a tenha ferido, deixou-a cambaleante, fazendo-a perder o próximo ataque. O assovio, tão agudo, tão perto do tímpano, foi intenso o suficiente para ensurdecê-la por alguns segundos, e ela chegou tonta à ala norte, esfregando o ouvido com o dedo mínimo.

— É melhor cancelarmos a justa — Denyel segurou Gísl pelo bridão. — Isso não vai acabar bem.

— Não tinha me dito para relaxar?

— Era uma piada.

— Então, relaxe *você*. Sei o que estou fazendo.

— Eu também. Está tentando se matar.

— Confie em mim. — Ela tornou a se posicionar para o assalto seguinte. No estrado superior, Myst, de cabelos prateados, e a morena Brunhildr se levantaram para melhor assistir à contenda, que até então pendia para o lado dos aesires. Nas arquibancadas, as demais guerreiras começavam, gradualmente, a perder o interesse na prova. O que elas queriam ver era uma *luta*, não um massacre.

Um corvo negro pousou sobre a sacada do palácio, a uma distância considerável. Depois outro o acompanhou, e ali eles ficaram.

Ninguém os notou.

Do primeiro ao último assento, ninguém duvidava do triunfo de Hildr, à exceção dela própria. Duas rodadas consecutivas, duas chances de obter a vitória, e a comandante das valquírias não conseguira sequer ferir a estrangeira? Era muita humilhação, uma desonra para a sagrada casa de Odin. O que diriam seus ancestrais? O que falariam os outros deuses — os deuses no exílio — se tomassem conhecimento desse torneio? Com um único pensamento destrutivo, ela resolveu abandonar as estratégias, esquecer os subterfúgios e combater ferozmente, com o objetivo de matar ou morrer.

Pela terceira vez, os cavalos progrediram rentes à cerca, ganhando velocidade, quicando, os cascos mal encostando no solo. Ultrapassado o fatídico poste que demarcava a área de tiro, as duelistas soltaram seus projéteis exatamente na mesma hora. Dois borrões retilíneos cortaram a paisagem como listras metálicas, até que a flecha de Hildr encontrou a clavícula de Kaira. O objeto rasgou a couraça, penetrou a carne, mas por sorte a armadura, desenhada pelos anões e forrada com duas camadas de couro, absorveu a maior parte do dano, poupando os tendões e preservando os movimentos do braço. Com o sangue escorrendo através da ferida, a Centelha deu meia-volta no portão sul e avistou a capitã do outro lado, com uma seta — a *sua* seta — alojada no abdome, praguejando, gritando, enfurecida.

Denyel deu um sorriso tímido, agora que compreendera o plano de Kaira. Sendo uma celeste, uma *forasteira*, ela não tinha nada a perder e nada a provar. O oposto acontecia com Hildr, para quem qualquer erro, a mínima falha — ainda mais diante de seu regimento — significava um deslize imperdoável. Parecia evidente que a ruiva estava apostando no elemento psicológico, cuidando primeiro de se defender, e só depois de atacar.

O quarto assalto começou como os anteriores, só que com ambas as competidoras feridas. O sangue, refletiu Kaira, era um fator crítico para o resultado de um confronto, fosse na guerra ou fora dela. Para a maioria dos não guerreiros, um ferimento provocaria dor e, consequentemente, um surto de pânico. Para os querubins, e para alguns mortais, especialmente os heróis legendários, o sangue agia como combustível, como um *elixir* que os inflava de força e coragem. Nos poemas escandinavos, esse fluido quente e rubro, não por acaso, era chamado de "suor de batalha", e todos que compartilhavam dessa sensação podiam ser considerados aesires e, quando mortos, ascender ao Valhala.

Se dependesse disso, Kaira estava apta a ingressar no palácio, pois, naquele momento, esse foi o exato delírio que ela sentiu. De repente a armadura não pesava tanto, e o medo se transmutou em bravura. Puxou a flecha encravada no ombro, jogou-a no chão e a atropelou com os cascos de Gísl. Cavalgou de encontro a Hildr, que perdeu a paciência e atirou contra o mastro, *antes* de cruzar a interseção, isto é, antes de chegar ao trecho permitido. O poste foi dilacerado e caiu sobre a cerca, obstruindo a raia adjacente. Destra, a arconte desacelerou, esquivou-se e procedeu o disparo contra o busto da amazona. Hildr não teve problemas para se desviar quando a ponta raspou em seu torso. Um milésimo de segundo depois, no entanto, essa mesma flecha se expandiu numa esfera pirotécnica, ocasionando uma explosão que arremessou a valquíria para trás, cegando-a por alguns instantes.

Quem testemunhava o embate ficou de pé, com um suspiro que ecoou pelo estádio. Uma vez que a própria desafiante, logo a anfitriã, quebrara as regras, era de esperar que a desafiada fizesse o mesmo. Portanto agora nada impedia a Centelha de usar seus poderes, mas não era isso o que ela pretendia. O "suor de batalha" a empurrou ao combate, e com esse raciocínio ela desmontou, sacou a maça, saltou sobre o cercado e partiu contra a oponente, que ainda trôpega se levantava.

Hildr correu até sua égua, tateou o arreio, encontrou o porrete e o brandiu. Sua visão se embaçara e ela tivera parte do rosto queimada, o que não significava que estava indefesa. Os asgardianos eram treinados para lutar em condições extremas, do calor dos vulcões ao frio das geleiras, e não era uma bola de fogo que iria retardá-la. Inegavelmente, porém, a celeste assumira a vantagem, e agora as duas tinham iguais chances de conquistar o troféu.

Sobre o estrado, Myst e Brunhildr observavam a peleja, incrédulas. Os dois corvos decolaram e começaram a sobrevoar a arena.

No perímetro onde Kaira e Hildr se enfrentavam, os grãos de areia tinham se transformado em uma escorregadia pasta de sangue. Denyel e Urakin, que acompanhavam o torneio de perto, se encarregaram de afastar os cavalos, abrindo espaço para o confronto direto.

Hildr tinha uma grave ferida no abdome, mas a queimadura, no canto direito da face, era superficial, uma escoriação e nada mais. Kaira apertou o cabo da maça, caminhando lentamente à esquerda. Só o que a valquíria enxergava, com seus olhos turvos, era uma mancha pálida, o que em todo caso seria o bastante. Deu dois passos e golpeou de cima para baixo, mirando o crânio desprotegido da concorrente celeste. Instintivamente, a Centelha mergulhou à direita, executou uma cambalhota suave e ficou de pé para deslanchar o revide. Dentes rangendo, ela investiu com a maça, cuja bola metálica tilintou, refulgiu e atingiu a loura nas costelas. O golpe em si não foi tão forte nem tão preciso, mas fez pressão contra o furo da seta, e das ancas de Hildr esguichou uma nova torrente escarlate.

Quieto no seu canto da arena, Denyel estava cara a cara com um sério dilema. Sentia o impulso de gritar instruções à amiga, mas era — desde que aportara nos nove reinos — um cavaleiro asgardiano e não podia torcer contra um membro de sua própria brigada. O estranho era ter *duas* comandantes em disputa, uma etérea e a outra celeste. Urakin, todavia, não enfrentava a mesma questão e exclamou, com as mãos em concha ao redor da boca:

— Golpeie a cabeça! — O silêncio nas arquibancadas era tal que o brado se propagou através dos assentos. — Continue atacando pela direita.

Uma brisa oscilou as bandeirolas, as nuvens se fecharam e chuviscos desceram do céu, numa típica tarde de outono. Graças ao apoio dos companheiros, a ruiva ganhou confiança e acatou as sugestões. Começou a circular a antagonista, sempre da esquerda para a direita, procurando seu ponto cego. Na percepção de Hildr, ela foi se convertendo de uma mancha clara em uma sombra escura, um vulto que se movia mais rápido a cada segundo. Quando Kaira apertou o passo, tencionando alcançar-lhe as costas, a guerreira a agrediu com uma manobra torta, desajeitada. O assalto passou longe, dando à estrangeira a oportunidade perfeita para aplicar o contragolpe, e ela o fez sem pensar.

O movimento que se produziu foi extremamente ligeiro. Com o mesmo ardor que experimentara meses antes, ao conjurar chapas de gelo nas cavernas tibetanas, Kaira acometeu com um choque que, sem sombra de dúvida, poderia ser atribuído a um anjo guerreiro. O impacto da maça fraturou o cotovelo de Hildr, entortou-lhe a armadura e a cuspiu contra as tábuas da mureta de proteção.

O esperado era que a desafiante terminasse o serviço, que matasse a adversária, esmagando-lhe o crânio, mas Hildr jazia na terra, desacordada, e quando Kaira a observou nesse estado toda a euforia passou, a raiva desvaneceu num suspiro. Um orgasmo, ela comparou. Um momento fugaz de excitação, um rompante de ousadia que podia levar a conclusões inesperadas, para o bem ou para o mal.

Com o estádio mudo, ela se ajoelhou ante a rival. Fez um teste, medindo os batimentos no pulso. Depois, com a ajuda dos parceiros, colocou-a sobre o dorso da montaria. Segurou a égua acastanhada pelo cabresto e se dirigiu a Myst e Brunhildr, que a olhavam da sacada.

— Obrigada por este privilégio. — Meio que por instinto, ela se comportou como os aesires. — Quem entre vocês nos daria a honra de visitar o palácio?

7

SIF, CABELOS DE TRIGO

De volta ao estábulo, Kaira sentiu muita sede. Por experiência própria, Denyel previra a reação e lhe ofereceu um odre de pele de lobo, contendo uma substância viscosa. Sem pestanejar, sangrando e exausta, a ruiva deu o primeiro gole, um gole profundo, engasgou-se, fez uma pausa, tomou fôlego e prosseguiu, sorvendo até a última gota.

— O que é isso? — perguntou. O líquido era doce, alcoólico, e desceu suave pela garganta. — É excelente.

— Chama-se hidromel, a seiva favorita dos deuses — contou Denyel, acariciando a pelagem de Gísl. — Os melhores barris são feitos pelos anões, mas hoje existe pouco comércio entre eles e os asgardianos. Considere seu batismo na terra dos aesires.

— Por que estou tão sedenta? — Por via de regra, os anjos não precisam comer ou beber, a não ser no plano físico, e quando estão machucados. Kaira não estava no mundo dos homens, e seu ferimento, embora inspirasse cuidados, não era letal. — Não é comum eu me sentir desse jeito. Pelo menos não nestas circunstâncias.

— Pois eu lhe garanto que é perfeitamente normal. — O capitão retirou-lhe a ombreira e conteve o sangramento com um par de ataduras. — Cada dimensão tem suas regras. Em Asgard, *todos*, deuses, gigantes, fadas, anões e até os anjos, estão sujeito às necessidades humanas.

— Quer dizer... — intercedeu Urakin. — Sono, fome e sede?

— Entre outras coisas. — Denyel lavou as mãos numa bacia de cobre, juntou mais bandagens e as prendeu à clavícula da arconte. — Não se preocupem.

Depois do encontro com Sif, jantaremos no palácio. — Com o curativo pronto, ele a recobriu com as placas escarlates. — O prato do dia é porco assado. — Voltou-se ao amigo. — Eu disse que você ia gostar daqui.

— Então é melhor nos apressarmos. — Kaira continuava ferida, mas a ardência desaparecera. O álcool agia como anestésico, e além disso Denyel era ótimo enfermeiro. No dia em que eles se conheceram, o anjo a salvara da morte retirando uma bala alojada em seu peito. Não transcorrera nem um ano desde o ataque em Santa Helena, ela pensou, mas parecia fazer séculos, parecia ter acontecido em outra vida, e de certa forma acontecera mesmo. — Quem vai nos levar até lá?

Quem os conduziu foi Brunhildr, Estrondo de Guerra. Considerando o gênio agressivo de Hildr e o caráter belicoso das filhas de Odin, era de esperar que todas as valquírias se comportassem do mesmo modo, mas não. Brunhildr era de personalidade reservada, talvez reservada *demais*, refletiu Urakin quando foi a ela apresentado, às portas do armazém. Desde que fora nomeado cavaleiro, Denyel compartilhava da mesma opinião, mas nunca ousara fazer comentários. Sempre que o assunto vinha à tona, as guerreiras se calavam, e ele compreendera que o passado de Brunhildr era um tabu, motivo de vergonha — ou de constrangimento, quem sabe — para a corte e as entidades que a compunham.

Brunhildr se destacava das irmãs por algumas razões: primeiro, por ser morena; segundo pela arma que carregava, uma enorme espada de duas mãos, usualmente transportada na cintura. Sua armadura era fosca, e a capa estava ligeiramente encardida, diferentemente de Myst, que mantinha a couraça lustrosa feito a superfície de um lago.

Chovia fraco quando eles ganharam as ruas. O clima esfriara com o anunciar do crepúsculo, obrigando os aesires, dentro de casa, a acender as lareiras. Com o objetivo de dificultar uma eventual invasão, os caminhos, passagens e becos da cidadela eram estreitos, ruelas na verdade, que subiam, desciam e se bifurcavam em trilhas ainda menores, convergindo para a fortaleza. Um pátio retangular, orlado por quartéis e torres de guarda, ostentava uma fabulosa estátua de Odin, com vinte metros de altura, moldada a partir de uma única peça de ouro, retratando o Pai de Todos de tapa-olho, com a barba comprida, segurando uma lança e com o corvo Huginn pousado em seu ombro.

Cruzando os muros internos, o que se via era a deslumbrante Glasir, a árvore dourada, e adiante o palácio de Valhala, construído ao sopé da montanha, o topo enevoado, desaparecendo na cerração. Os portões, erigidos em madeira e revestidos de chapas e dobradiças de ouro, terminavam em uma escada coberta que subia através dos salões, todos tristemente vazios, até a câmara real, no último piso.

— Por que foi tão benevolente com Hildr? — Denyel perguntou a Kaira, enquanto eles galgavam os degraus. — Poderia tê-la incinerado.

— Já temos inimigos suficientes. Prefiro cultivar aliados. — Com o falecido Levih, ela aprendera que poupar vidas, na maioria das vezes, era mais útil que tirá-las. — E, mesmo que eu quisesse matá-la, não seria tão fácil. Minhas conjurações têm falhado ultimamente.

— Está falando sério?

— Eu sempre falo sério.

— Que estranho.

— Eu que o diga — ela encolheu os ombros. — Qual é a sua hipótese?

— Desta vez, não tenho nenhuma. — Denyel pensou mais um pouco e despejou uma teoria: — Sabe se engoliu água do rio Oceanus?

— Não lembro. — Kaira fez um esforço de memória. — Não lembro de *nada*.

— Que pena. Vou ver se lhe consigo uma arma.

O salão mais elevado do palácio — Glaðsheimr, o pavilhão dos deuses — era também o mais belo. Projetado a partir de uma estrutura quadrada e sustentado por doze pilares cilíndricos, era equipado, no centro, com uma cavidade retangular e profunda, repleta de carvões flamejantes, que servia ora como lareira, ora como fogão, para cozinhar legumes e carnes no espeto. Nas quatro paredes descansavam tapeçarias farpadas, com os brasões de todos os deuses nórdicos — desde o escudo de Thor, representado pelo famoso martelo, até os emblemas de Loki, de Muitas Faces, com a imagem da labareda tremulante; de Frigga, sob o estandarte do gato; de Tyr, o Justiceiro; de Borr, o Grande Avô; de Freya, Balder e tantos outros, vivos ou mortos. Uma série de janelas e portas se abria nas laterais, dando acesso às sacadas. O chão parecia metodicamente liso, sem uma farpa ou estria sequer, coberto nos flancos por confortáveis tapetes de pele de urso, tão felpudos que se poderia dormir sobre eles. De fato, conforme os anjos saberiam mais tarde, era nesses nichos que, embriagados, os einherjar costumavam repousar nas noites de festa, após a conclusão de uma batalha ou peleja, na gloriosa companhia de Odin.

Sentada sobre um tablado, ocupando o trono à direita, estava Sif, Cabelos de Trigo, princesa dos vanires e viúva de Thor. De corpo jovem, fios louros e olhos apáticos, escondia um rosto amargo, o semblante infeliz. Seu vestido era branco, muito sedoso e bonito, mas simples, sem adornos ou peças de ostentação. Nem sequer usava coroa, portando somente a Gungnir, a lança de Odin, artefato feito de ouro, gravado com runas que diziam: "A arma que governa".

Brunhildr tomou posição a seu lado, contou-lhe sobre o torneio, sobre Hildr, explicou-lhe a situação aos murmúrios, depois se calou. Por um minuto, Sif estudou os forasteiros, até que se dirigiu a Kaira com uma pergunta direta:

— Centelha Divina, não é? — O timbre não denotava reprovação. O tom de voz era fraco, mais apropriado a uma moça indefesa. — Soube que venceu Hildr.

— Sim, majestade.

— Por que não a matou?

— Hildr era minha adversária, não minha inimiga. Não somos seus inimigos.

— Talvez não. Mas um dia foram.

— Não. *Nós*, não. — Kaira espiou Urakin obliquamente, como se o incluísse no grupo. — Nunca fomos.

— É contraproducente essa discussão. O que está feito, está feito. — Sif ergueu a palma, demonstrando amizade. — O importante é que provou suas capacidades e está convenientemente trajada com a armadura de Herja. — Ela fitou Denyel, num gesto de condescendência. — Capitão, está autorizado a iniciar seus amigos nos exercícios e no treinamento dos aesires. Brunhildr providenciará as bandeiras para que se integrem ao panteão.

— O quê? — Kaira reagiu com espanto.

— Não é o que queriam? — Sif chegou um pouco para frente. — Obter minha autorização para ficar no Valhala?

— Não.

— Não? — A deusa recostou-se no trono, afagou com os dedos as próprias melenas. — Então, o que desejam de mim?

— Não lhes parece óbvio? — Kaira compôs a frase no plural, evitando proferir julgamentos diretos. — Queremos a ajuda de suas tropas para reconquistar Iðavöllr e liberar a Ponte Bifrost. Precisamos do vórtice para regressar à Haled.

Sif fez uma longa pausa e a mirou, intrigada. No primeiro momento, chegou a pensar o mesmo que os ogros: que ela era uma fada tentando pregar-lhe uma peça, como às vezes os elfos faziam.

Durante esse intervalo, um pouco atrás, foi a vez de Urakin experimentar sentimentos inéditos, as tais "sensações humanas" que Denyel mencionara. O coração acelerou quando de repente — e contra sua vontade — ele imaginou Sif nua, deitada em seus braços. Os pelos claros, os olhos azuis, os lábios rosados e principalmente o decote fizeram com que ele se perdesse em devaneios. Urakin era um guardião por natureza, e a imagem daquela mulher tão elegante e ao mesmo tempo tão frágil o excitou dos cabelos à ponta dos pés. Só o que ele queria era animá-la, defendê-la, afastar sua dor como quem remove uma flecha.

Os pingos de chuva batiam forte nas telhas, escorrendo em filetes através dos alpendres. Os doze pilares, reparou Kaira, eram entalhados com desenhos em forma de argola, uma reprodução em madeira do famoso Anel dos Nibelungos, uma joia raríssima pertencente aos anões.

— Quanto a Iðavöllr, suponho que alguém já lhes tenha dito — continuou a rainha — que reocupá-la é impossível.

— Nada é impossível.

— Nesse caso é. O último dos deuses é refém dos jötnar, e além disso... — o rosto declinou levemente — somos apenas mulheres.

— Essas palavras caem bem aos gigantes, não à soberana dos aesires. — Em vez de soar como uma crítica, os argumentos saíram inflamados, mais como um discurso de incentivo. — De onde venho, o sexo não é uma limitação, tampouco uma deficiência.

— Como você já notou, Centelha, os nossos costumes são destoantes. — Com as duas mãos sobre a Gungnir, usando-a como bastão, Sif se levantou, e, quando todos achavam que ela os dispensaria, escutaram, apenas: — Por favor, me acompanhem.

Escoltada de perto por Brunhildr, Sif desceu do estrado e transpôs o salão até uma de suas inúmeras portas. De lá, os cinco rodearam a sacada em direção aos fundos do palácio, encontrando então uma ponte, fabricada com pedaços de tora, que conectava o Valhala às montanhas nevadas. Uma senda aberta por operários anões, fazia muitos séculos, os levou através das brumas, sempre subindo e enfim chegando ao topo de um enorme penhasco. No ponto mais alto da trilha, havia um pequeno mirante, uma plataforma natural com apenas dez metros de diâmetro, sobre a qual eclodiam duas pedras ovais, dispostas em pé, muito parecidas com os antigos dolmens da Europa pré-romana. Em cada uma delas estava gravada uma epopeia em runas, talvez a história de uma vida inteira, ou quem sabe de uma geração.

O nome desse lugar era Hlidskjalf, o pontão de onde, em outros tempos, Odin observava os nove reinos. E, no instante em que Kaira, Denyel e Urakin olharam para cima, tiveram uma revelação surpreendente, já que esta era a única região de toda Asgard que despontava acima das nuvens. O céu sobre eles se apresentava como as águas de um oceano noturno, pontilhado de estrelas reluzentes, que oscilavam entre o prata e o azul. Sif acariciou um dos dolmens, e de seu olho escorreu uma lágrima. Nisso, graças a algum efeito mágico, os estrangeiros foram capazes de ler parte das escrituras, e elas falavam sobre o rei Thor, suas façanhas e aventuras, terminando com a batalha final, com a traição dos gigantes e a capitulação do Valhala.

— É um jazigo — sussurrou Urakin.

— Sim, são epitáfios, lápides primitivas — percebeu Kaira. — Inspiradas nos monumentos celtas, nos dolmens originais.

— O mais provável é que *estes* sejam os dolmens originais — ponderou Denyel. O segundo megálito era o de Odin, e as runas descreviam seu reinado. — Quando eu morrer, quero um túmulo desses — brincou. — Não se esqueçam disso, senhores.

— Compreendem por que não posso ajudá-los? — Sif se virou para eles, quebrando o silêncio que vinha guardando desde o salão. — Nós perdemos. Os deuses foram derrotados, e não há nada que os aesires possam fazer a respeito.

Os dois corvos negros, que os vigiavam desde o hipódromo, pousaram sobre os monumentos e lá ficaram, estáticos, como singelos arautos da morte.

— Se o dilema é esse — Kaira preparou o contra-argumento —, então deixe tudo conosco, afinal não somos aesires.

— Aonde quer chegar?

— Pelo que Denyel me contou, os termos da derrota a impedem de mover suas tropas contra os gigantes, sob o risco de Thrymr executar Heimdall e se vingar dos einherjar. Mas nós somos forasteiros, não estamos limitados por esse acordo.

— É verdade — Denyel a apoiou. — Thrymr nos prometeu que os jötnar não invadiriam o bosque real, mas os ogros, primos deles, fazem isso a toda hora. Se eu, Kaira e Urakin retomarmos a ponte, isso não constituirá uma violação do tratado.

— Legalmente não há cláusula ou resolução que os impeça — concordou Sif. — Mas eu me pergunto, Böðgæðir, *como* vocês retomariam a ponte. — Böðgæðir era o título que Denyel adotara entre os asgardianos, um apelido que ganhara de acordo com suas funções e que significava, literalmente, "auxílio em batalha". — Sozinhos?

— É o que nos resta — respondeu Kaira.

— Muito bem. Se é o que tanto desejam, não serei eu a detê-los. — Sif apertou a lança e subiu mais um pouco. — Então, me escutem atentamente. — Apontou para o norte. — Nos limites entre o nosso reino e as terras de Álfheim, fica o covil do dragão Níðhöggr, onde o meu marido foi morto. Na galeria principal dessa caverna, continua preso o martelo Mjölnir, no exato local onde ocorreu a emboscada. Se algum de vocês conseguir recuperar essa arma, há esperança. — Ela não disse nada além disso nem deu instruções mais precisas, apenas concluiu com uma advertência sincera: — Mas saibam que o inimigo é sagaz. Em sua forma de ataque, Níðhöggr goza de escamas impenetráveis, e seu sopro é tão cálido quanto a descarga de cem trovões. Sua montanha é também o lar de dezenas de trolls, prontos para matar e morrer em seu nome.

— Parece interessante — o exilado desfez a tensão. — Já ouvi falar sobre Álfheim. É o antigo país dos elfos, hoje desocupado e vazio.

— Brunhildr vai providenciar os mapas para sua viagem. — A rainha caminhou até Kaira e a mirou com um sorriso pálido. — Fique com a armadura, ela lhe servirá bem. — Então se dirigiu a Urakin, encarando-o: — E você, guerreiro, precisará de uma nova couraça.

— Obrigado, majestade. — Fisgado pela paixão, o querubim gaguejou: — Se--Será uma honra.

— Sou eu que agradeço, em nome de todos — interferiu a Centelha. — Mas tenho outro pedido, e garanto que será o último.

— Estou escutando.

— Um terceiro membro de minha equipe, que estava conosco desde o princípio, desapareceu no rio Oceanus. Seu nome é Ismael, e temo que ele ainda esteja vagando pela floresta, à mercê dos gigantes. Gostaria de sua ajuda para encontrá-lo.

— É digno um capitão zelar por seus subalternos — elogiou Sif. — Myst organizará um grupo de busca. Se o seu companheiro estiver em nossos domínios, não será difícil para as valquírias encontrá-lo. É o que posso oferecer por ora.

Encerrada a audiência, deuses e anjos refizeram o caminho pelo rochedo e retornaram ao palácio, já famintos, ansiosos pelo tão aguardado jantar. Uma vez a sós com a rainha, Brunhildr relaxou a guarda, acocorou-se junto ao trono e perguntou:

— Senhora, acredita mesmo que os estrangeiros têm chances? Que vão superar Níðhöggr?

— Brunhildr, depois de tudo, será que não vê? — As duas trocaram olhares coniventes. — Não é o dragão que me preocupa.

8

AQUELE QUE REMOVE OBSTÁCULOS

Mumbai, Índia, atualmente

DAS CENTENAS DE RELIGIÕES EXISTENTES NA TERRA, O HINDUÍSMO É APONTADO como uma das tradições mais antigas. Remontando aos tempos da Idade do Ferro, conta com um panteão numeroso, repleto de heróis, demônios, espíritos e personagens lendários. A mais carismática dessas figuras parece ser Ganesha, o deus com cabeça de elefante, um dos filhos de Shiva. Imagens dessa entidade, tão querida pelos indianos, são encontradas nas casas, na porta dos templos, na entrada das lojas, em papéis de carta e em convites de casamento. Ganesha, Aquele que Remove Obstáculos, é sobretudo o senhor das coisas novas, do sucesso e da prosperidade, sendo ainda um amigo leal, muito amável e afetuoso.

Entre os meses de agosto e setembro, toda a Índia fervilha com o Ganesha Chaturthi, um festival de dez dias cujo centro das comemorações é a cidade de Mumbai, localizada às margens do mar Arábico. Durante esse período, os parques e ruas ficam lotados, as pensões, hotéis e restaurantes, completamente tomados de peregrinos.

Em meio a esse caldeirão humano, no interior de uma modesta casa de chá, suja, úmida e apertada, dois indivíduos se encaravam, debruçados sobre uma mesa de vime. Um deles era magro, usava uma *kurta* branca, traje tipicamente indiano, tinha cabelos longos, cor de mel, e olhos serenos. O segundo era largo, de aparência rústica, corpo musculoso, costas curvadas, rosto barbado, fios escuros e crespos. Com as roupas empoeiradas, os sapatos manchados de lama, fazia lembrar um mendigo, um indigente, o que era apropriado às condições do lugar.

— Uma escolha propícia. Conveniente, eu diria — comentou o de túnica clara. — Campo neutro, não é?

— Não — o barbudo respondeu de forma lacônica. — Não escolhi o local por esse motivo. Que tipo de pai seria eu, se usasse os mortais como escudo?

— Por quê, então?

— Nenhuma razão específica. — O indigente deu uma rápida olhada através da janela. Chuviscava. — Estava de passagem pela Índia. País interessante, não acha? Vim visitar um velho amigo. Teth. Lembra-se dele?

— Claro que lembro. — Os olhos serenos ficaram mais sérios. — Não sabia que mantinham contato.

— Certas coisas nunca mudam — disse. — Fiz a minha parte, Gabriel, e agora estou com a consciência tranquila. Enviei Teth ao Palácio Celestial, para ter com o arcanjo Lúcifer e tentar impedir esta guerra. Despachei uma carta aos seus irmãos.

— Uma carta? — Gabriel, o *arcanjo* Gabriel, franziu a testa. Viera à Haled encontrar Metatron, seu grande rival, sozinho e desarmado, confiando que a multidão o deteria. Se havia algo que tinham em comum, apesar de suas ideologias opostas, era o amor incondicional pela raça humana, sobre todas as coisas, e uma batalha entre eles, naquelas circunstâncias, com a cidade lotada, dizimaria milhares. — Jamais soube disso.

— Porque ainda não aconteceu.

— Você e seus planos mirabolantes. — O primogênito suspirou e foi direto ao assunto: — O que quer, afinal? Por que me chamou?

— Por que *você* veio?

— Eu? — Gabriel não esperava uma pergunta daquelas e refletiu por um minuto. Na ruela, do lado de fora, crianças jogavam futebol, e mais distante, em um beco, um encantador de serpentes hipnotizava sua naja, faturando comida e centavos de rupia. — Eu vim porque você me chamou, mas talvez, no fundo, eu tenha aceitado o convite pelo mesmo motivo. Também quero evitar esta guerra. Quero limpar a minha consciência — revelou. — Vim pedir que me perdoe.

— Um gigante, pedindo perdão? — O Rei dos Homens bebeu um pouco de chá. — Que oferta generosa. Mas por que só agora?

— Não sabia como encontrá-lo antes.

— Que pena. — Metatron pousou o copo na mesa. Tornou a olhar para o interior do recinto. — É tarde para fazer as pazes.

— Então, a dúvida persiste: por que me chamou?

— Justamente para provar-lhe que esta contenda não é pessoal. O que aconteceu ficou no passado. Você já teve o que merecia. Não quero vingança, quero justiça — afirmou. — Eu o chamei para discutir os termos de sua rendição.

— Rendição? — Gabriel não sabia o que pensar. Não queria parecer arrogante, mas a proposta soava imodesta. — Sua posição não é das mais confortáveis. O que tem para barganhar? Está sozinho, nem sequer possui um exército.

— Não preciso de um exército. Não por enquanto. — E avisou, aos murmúrios: — Descobri a fonte, e em breve o mundo será meu novamente. — Saboreou o refresco, degustou-o sem pressa. — Com uma mão você oferece clemência, e com a outra envia seus agentes para me matar. — Deu um riso torto. — Pensa que não sei de seu conluio, de sua associação com o arcanjo Miguel?

— Kaira. — O Mestre do Fogo engoliu em seco. — Onde ela está?

— Em Asgard. Temporariamente. Capturei Ismael, o Executor, e o trouxe para o meu lado. Resgatei-o a partir do Styx.

— Não acredito. Está blefando.

— Estou?

— Está. Veja, não faz sentido. — O tom era agora de desafio. — Se você o capturou, por que não fez o mesmo com ela?

— É cedo ainda — disse Metatron. — Preciso da lança, e Kaira a trará até mim. Como vê, minha posição é extremamente confortável.

— Muito bem — Gabriel dobrou-se à conversa, só para ver até onde ela ia. — Digamos que eu me renda. Quais seriam os seus termos?

— Bastante razoáveis, eu lhe asseguro. Anistia incondicional aos primicérios, bem como a todas as suas legiões. — Outro gole no copinho de chá. — Nenhum de vocês será perturbado ou trazido ao cadafalso. Contanto, é lógico, que permaneçam no céu. O Éden é *meu* — elevou a voz. — Escutou? A terra é minha, pertence a mim por direito.

— Direito? Que direito? — o arcanjo o contestou. — O Éden não é seu, Metatron, é dos seres humanos. Conforme-se, aceite.

— E vocês, aceitaram? — acusou, sacudindo negativamente a cabeça. — Se não tivessem interferido, tudo seria diferente.

— Talvez. Não nego que, em certos aspectos, você tem razão. Mas todos cometemos erros. Os cataclismos foram um erro, um erro nosso; o Jardim do Éden foi outro erro, um erro *seu*. Infelizmente não somos perfeitos, como um dia foi Yahweh.

— Concordo.

— Se concorda, esqueça essa loucura. — Gabriel foi enfático, como poucas vezes falava. — Era o último desejo dele, não lembra? O livre-arbítrio. Servir e guiar a humanidade, sem interceder em seu curso. Como sentinela, o seu dever...

— Eu *sei* qual é o meu dever. — O Rei dos Homens pareceu enfim se irritar. — O meu trabalho é proteger a espécie terrena, seja contra os arcanjos ou contra ela mesma. Eis a minha tarefa, a minha missão.

— Como imaginei. — O Mestre do Fogo relaxou os ombros, em sinal de desistência. — Está disposto a fazer isso? Está pronto a arriscar tudo?

— Por favor, compreenda — o sentinela acalmou-se. — O que você fez pelo seu filho, eu farei pelos meus. No final, é sempre assim, não é? Não há nada mais importante, nada mais sagrado que a família. Os homens são minha progênie, todos eles, o meu legado. Não vou permitir que se destruam. — Metatron engoliu o resto do chá. Nas praças de Mumbai, a chuva tinha passado. O sol começava a aparecer. — Vou evitar o Apocalipse, e então o Éden terá um novo... — corrigiu-se — um *velho* deus.

— Se essa é a sua palavra final, há pouco que eu possa fazer.

— Faça ao menos como lhe pedi — insistiu o barbudo. — Transmita a minha proposta ao seu irmão. Veremos o que acontece.

— Todos sabemos o que acontece. — E, com isso, Gabriel encerrou o diálogo, virou-se de costas e caminhou até a saída, mas, antes que desaparecesse nas estreitas vielas, o sentinela o reconvocou para um comentário sincero.

— Espere. — Ergueu-se também, espanou a poeira da calça. — Espere, Mestre do Fogo. Se é perdão que deseja, eu lhe perdoo. Perdoo-lhe por ter executado os meus parentes, por ter queimado a minha aldeia, por ter liquidado os meus filhos.

— Obrigado, mas não é a eles que me refiro. Essa penitência eu já paguei, e paguei caro. Peço perdão por *você*, Senhor do Jardim. Hoje sei que nunca deveria tê-lo matado. — Enrugou a face, constrangido. — Foi mais um dos meus erros, o maior deles, conforme Rafael me mostrou — admitiu. — Adeus, meu caro inimigo. Adeus, Anjo Supremo. Adeus.

9

O RIO DO AMOR

Asgard

URAKIN NÃO CONSEGUIA PARAR DE PENSAR EM SIF. O SEMBLANTE DA RAINHA BRANCA o perseguia, devaneios os mais excêntricos povoavam sua mente. No íntimo, ele atribuía essa "fraqueza" ao caráter místico dos nove reinos, que a todos afetava — e de forma perigosamente exclusiva. Uma das regras do local, conforme Denyel lhes contara, era a contínua necessidade que as entidades tinham, todas elas, de comer, beber e repousar, sobretudo após um combate ou por ocasião de uma rotina de exercícios prolongada. Sendo assim, uma vez encerrada a audiência, os anjos desceram as escadas até um aposento comprido, ocupado por bancos de couro, mesas extensas e utensílios culinários. O salão estava desguarnecido, sugerindo que as valquírias já tinham se retirado. Presas às vigas balançavam lamparinas a óleo, que clareavam o ambiente com uma luz fulgurante.

Denyel se ausentou por alguns minutos e depois retornou, trazendo copos, travessas e potes. O cardápio incluía porco selvagem, assado e condimentado, legumes, queijo na chapa, pães e ovos cozidos. Quatro tonéis continham cerveja e hidromel, além do revigorante epfelúll, o néctar extraído da Glasir, a macieira sagrada que nunca morria.

À visão dos alimentos, os celestiais salivaram, não só porque os pratos eram frescos e apetitosos, mas porque estavam completamente famintos. Urakin usou a faca para cortar uma espessa fatia de carne, separou um pedaço de pão e um pouco de queijo derretido. Kaira preferiu os legumes, descascou dois ovos e repartiu uma cenoura. Denyel encheu a caneca com o suco de fruta, estendendo depois sobre a mesa o mapa que Brunhildr lhe entregara e que, segundo Sif, os guiaria ao covil do dragão.

— De onde vem esta comida? — Kaira raspou com o garfo um miolo de abóbora. — Os campos de Asgard não estão sob camadas de neve?

— Quase tudo é importado de Vanaheimr — esclareceu Denyel — e cultivado pelos vanires, os deuses agrícolas.

— Então os aesires não são os únicos deuses nórdicos? — A ruiva bebeu um pouco de suco. — Por que eles não se unem contra os gigantes?

— Não é tão simples. Os vanires são camponeses. Os pais de Sif eram vanires, mas ela nasceu com um certo tino para a guerra, não à toa conquistou o respeito de Thor. Como foi o Deus do Trovão, ou seja, um dos aesires, que a roubou de Thrymr, o gigante manteve a promessa de não soprar gelo sobre as plantações. E assim Vanaheimr foi poupada. — Denyel arrastou o indicador sobre o pergaminho. — O reino dos vanires fica aqui, nas paragens sulistas. — Bateu com o anelar sobre outra região geográfica. — Nós caminharemos na direção oposta, para o norte, cruzando uma das pontes da Yggdrasil até o antigo território dos elfos.

— Estou vendo — Kaira estendeu o pescoço. O planisfério continha traços que indicavam o curso de rios, cavernas e florestas, incluindo o símbolo de uma caveira, que parecia ilustrar uma zona de perigo. — Durante a conversa com Sif, você comentou que Álfheim foi esvaziada.

— Creio que *abandonada* seja o termo mais correto.

— Mas os elfos partiram para onde?

— Difícil dizer. Não sei em detalhes o que aconteceu, mas suponho que, com a morte de Thor e a supremacia dos gigantes, eles tenham decidido regredir à sua dimensão de origem, a Arcádia. Muitas fadas da terra escolheram refazer o mesmíssimo caminho no final da Idade Média, quando o tecido da realidade engrossou e o plano etéreo se tornou mais distante.

— Que pena. — Como ishim, Kaira era sensível ao drama, sendo as fadas espíritos da natureza. — E o que existe em Álfheim agora?

— Ninguém sabe, o que dá margem a uma série de teorias escabrosas. — Denyel mastigou um rabanete. — O que se tem certeza é que, com a partida dos elfos, os dragões saíram de Múspellsheimr, o reino de fogo, e esquadrinharam a floresta, queimando suas árvores em busca de tesouros deixados para trás. Um desses seres é Níðhöggr, o exato monstro que vamos enfrentar.

— E quanto aos anões? — A arconte provou um naco de carne. — Compreendo que os vanires são camponeses, mas os anões não são uma espécie guerreira?

— Os dvergar costumavam ser aliados dos deuses, mas o país onde moram, Niðavellir, fica no extremo norte, além das terras devastadas. Não bastasse, eles estão constantemente em guerra com os trolls, seres corruptos que os atacam sem parar, saqueando suas cidades, pilhando seus cofres, sempre à procura de ouro.

— Isto é, estamos por conta própria — disse Kaira, já conformada. — E como chegamos ao nosso destino?

— Não se preocupem — Denyel os tranquilizou. — Álfheim fica a uns dois ou três dias de caminhada. É longe, mas eu conheço a rota.

— Por que não vamos voando? — Urakin falou com a boca cheia.

— Boa ideia. — Kaira juntou os restos do prato. — Seria muito mais rápido.

— Esqueçam — o exilado torceu o nariz. — Foi a primeira coisa que tentei. É inútil. Só os animais voam em Asgard.

— Por quê?

— Pelo mesmo motivo que sentimos fome e sede, pela mesma razão que a pólvora não funciona — explicou. — Cada dimensão tem suas regras.

Os três encerraram o jantar e logo se sentiram esgotados. Do refeitório, seguiram à antecâmara de um pavilhão às escuras, o chão forrado por cobertores de lã. Denyel tirou a armadura, esticou-se sobre um lençol e Kaira o imitou, escolhendo um nicho ao seu lado. Quando ela estava quase dormindo, o querubim falou, aos sussurros:

— Ei, Faísca. Esse seu amigo...

— Quem? — Ela não entendeu.

— Ismael.

— O que tem ele?

— Não é o famoso hashmalim rebelde?

— É.

— Um juiz entre as tropas de Gabriel... — o capitão fez pouco caso. — Sei lá, não consigo aceitar que um sujeito desses seja confiável.

— Que engraçado — ela disse, antes de apagar. — Eu pensava o mesmo de você.

De tão exausta, Kaira adormeceu profundamente. Sonhou com outro tempo, com a época em que era estudante em Santa Helena, quando ainda acreditava ser uma garota comum. Recordou-se de Hector, o namorado que tentara matá-la, enxergou o portão da universidade, o bosque de eucaliptos, os sobrados, o poço sombrio e as catacumbas da igreja. Depois, as imagens correram às ruínas atlânticas, à menina Rachel e à figura de luz que a recebera no limiar entre a vida e a morte.

"O primeiro entre vocês ainda caminha sobre a terra", teria dito a entidade. "Tenha cuidado." Um eco. "Tenha cuidado."

Um lampejo. Um clarão.

Um raio a despertou.

Era dia. Uma manhã encoberta, com a claridade penetrando através das soleiras. Escutou vozes, sentiu o cheiro de óleo quente, de cera derretida e o inesquecível aroma de terra molhada. O salão estava vazio, com todas as guerreiras acordadas, em seus postos, os colchões enrolados, os cobertores dobrados. Girou o corpo e tocou o próprio ombro com o polegar. O rasgo provocado pela seta de Hildr cicatrizara, formando uma casca na região da clavícula.

No refeitório, Denyel e Urakin comiam toucinho e bebiam leite. O Punho de Deus não pregara os olhos a noite toda, perdido em fantasias eróticas e preocupado com a tarefa que os aguardava. Os companheiros se reuniram para o desjejum, e a seguir Kaira refez o curativo, banhou-se em uma tina de água morna, trajou roupas limpas, oferecidas pelos aesires, e ajustou sozinha a armadura escarlate. Dispensou o arco e as flechas que usara no torneio, porque suas descargas de fogo eram ainda bastante eficazes, apesar da dificuldade em conjurá-las em Asgard.

Denyel tentou encontrar uma armadura que servisse em Urakin, mas as couraças completas são geralmente forjadas sob medida, então ele teve que se contentar com uma placa metálica que protegia apenas o tronco, encaixada e afivelada sobre um colete de pelo de urso. O querubim confiava tanto em seus socos que preferiu continuar desarmado, mas pegou emprestados um par de luvas, botas e saiote de couro, um cinturão e dois braceletes.

De acordo com o mapa, a trilha começava na foz do rio Ífingr, o que os obrigaria a tomar um barco correnteza abaixo. Iniciaram a viagem a pé, cruzando os muros do Valhala, atravessando a ponte sobre o Oceanus, adentrando o bosque real e chegando ao atracadouro pouco antes do meio-dia. O transporte que os conduziria era um *knarr*, uma embarcação de doze metros de comprimento por três de largura, composta por um mastro e dois pares de remos, uma alternativa mais rápida e esguia que os *drakkar*, veículos maiores, com dois mastros e dezenas de remos, mais adequados à navegação marítima e capazes de cruzar grandes distâncias. O *knarr* era relativamente simples de controlar e podia ser guiado por dois tripulantes, ou mesmo por um, se houvesse razoável vento de popa.

Com a ajuda dos amigos, Denyel recolheu os cabos, desfraldou a vela e em instantes eles estavam navegando. O cenário ao redor era magnífico, parecia ter saído de um conto de fadas. O rio carregava tufos de alga e erva daninha, e as pedras, no leito e nas bordas, estavam cobertas de musgo e capim. Borboletas sobrevoavam os cogumelos, abelhas sugavam a seiva das flores, grãos de pólen flutuavam no ar. Os raios de sol chegavam quase sólidos, destacando o serpentear dos girinos, as raízes tortas, os troncos apodrecidos.

Denyel acomodou-se na parte de trás do *knarr*, com uma das mãos no comando do leme. Urakin deitou-se na proa e lá ficou, até que acabou cochilando.

— Como eu pensei, tudo calmo — comentou o anjo exilado. — Esta região é segura. Os ogros não costumam caçar nestas bandas.

— Ainda estamos na floresta real? — perguntou Kaira.

— Não mais. Cruzamos a linha de armistício faz uns dez minutos.

— Já que se propôs a falar, aproveite e me diga: o que sabe sobre este rio?

— Uma coisa ou outra. Lendas, rumores. Conta-se que o Ífingr já foi chamado de Rio do Amor. Seu leito era apinhado de pepitas de ouro e servia como morada para as ninfas aquáticas. Certa vez um anão, Andvari, tomou esse tesouro e o condensou em uma única peça mágica, o Anel dos Nibelungos, com o qual esperava governar os nove reinos, mas só conseguiu reinar sob as montanhas de Niðavellir. — Ele riu de soslaio. — Pelo jeito não deu muito certo.

— Sabe o que isso me lembra? — Kaira encostou a ponta dos dedos na água. — O percurso até a cidadela yamí, onde Andira previu sua morte. — A cidadela yamí era o refúgio dos espíritos amazônicos, e Andira era a deusa com quem eles se encontraram durante a busca pelas ruínas atlânticas, meses atrás. — Fico de certa forma aliviada em saber que nem todas as profecias se cumprem, no fim das contas.

— Bom, todo mundo morre um dia.

— Menos nós, que somos imortais.

— Não se iluda. — Ele sorriu, mais carinhoso que debochado. — Acha mesmo que o universo é imperecível? Que vai durar para sempre?

— Acho.

— Está enganada. — O capitão deu um suspiro. — Deixa para lá, essa conversa é longa e filosófica demais — esquivou-se. — Em relação a Andira, eu a procurei justamente porque seus poderes eram próprios de um oráculo. — Ele rodou o leme à esquerda, acompanhando a curvatura do rio. — E os oráculos nunca dão respostas claras. Portanto, para mim, talvez a jornada ainda não tenha terminado.

— Nem para mim. Está só começando.

— Claro. — Denyel fez um som com a língua e se desculpou pela segunda vez: — Sinto muito por ter metido você nesta confusão. Não era o que eu tinha em mente.

— Não importa mais. Estou satisfeita que tenha concordado em nos ajudar, ainda que não pretenda deixar o seu posto. E eu não o culpo, sinceramente. Este parece ser o paraíso dos guerreiros, onde não faltam cerveja, desafios épicos e mulheres belíssimas.

— Fique tranquila. Estou abstêmio em todos os sentidos. Não bebo uma gota faz duzentos anos, e, em relação às valquírias, em tese elas são todas virgens. É um dos pré-requisitos para se integrar à brigada.

— Isso explica o fato de serem tão arredias — Kaira zombou. — Mas por que "em tese"?

— Corre o boato de que Brunhildr foi casada. Ou noiva. Algo assim.

— Brunhildr, a morena?

— Sim.

— Com quem?

— Nunca perguntei.

— Bem, de minha parte estou tranquila, se é o que está insinuando. Vim resgatá-lo como companheira de armas, não como amante — ela abordou um ponto crítico, em que os dois até então relutavam em tocar. — E farei o mesmo por Ismael.

— Fará? — Ele riu, canastrão. — Quer enganar quem?

— Não seja convencido. Era só o que faltava a esta altura.

— Convencido não, realista. O amor que sentimos um pelo outro é especial, está muito além da mera paixão. Foi esse amor que a trouxe aqui.

— Isso é uma piada? Porque eu nunca sei quando você fala sério.

— Agora é sério — assegurou-lhe. — Uma vez eu lhe contei que palavras são *reduções*, abreviações ínfimas dos nossos sentimentos. — E, dito isso, ele se preparou para enfrentar a verdade, que não era agradável nem tão romântica. — De qualquer modo, eu agora sou um capitão dos aesires, e você, uma arconte de Gabriel. Nunca poderíamos ficar juntos. E, mesmo se pudéssemos, não daria certo.

— Você parece entender do assunto.

— Infelizmente, eu entendo. — Com um sopro, Denyel afastou uma mariposa que ameaçava pousar em seu ombro. — Garota, não vou mentir para você. Nesta vida, já me relacionei com muitas mulheres. Quando eu digo que nos amamos, é porque conheço o amor tão bem quanto a morte. Eu sei como ele começa, sei como amadurece, sei como se corrompe e sei como vai terminar. O amor é como um ciclo, feito a cobra que engole o próprio rabo, com princípio, meio e fim.

— Se pensa assim, talvez não me ame de verdade, ou não me ame tanto quanto eu gostaria — ela o contestou sobriamente, sem traços de rancor ou ciúme. — Não existem regras na vida, nem padrões engessados. Só posso imaginar as terríveis situações pelas quais você passou, e como elas o transformaram. — Kaira segurou-lhe a mão, tocando-o com uma energia afetiva, de alguém que o conhecia e o amava de muitas formas. — Mas nem todos se corrompem, nem tudo se degrada. O que lhe falta é um pouco de fé.

— Fé? — O capitão deu de ombros. — Fé em quem?

— Fé nas pessoas.

— Que pessoas?

— Modo de falar. Fé em nós. Todos nós.

— Que bobagem. — Denyel não queria ofender, mas sua experiência lhe mostrara o contrário. — Olha, eu já vi muita coisa, já conheci muita gente. Mas nunca estive com alguém cem por cento altruísta.

— E quanto aos ofanins?

— É a natureza deles. Não conta.

— E quanto aos seres humanos?

— É verdade, alguns têm salvação — admitiu. — Mas veja a minha teoria: se eles fazem o bem, é porque assim se sentem felizes.

— E daí? Faz diferença?

— Boa pergunta. — O exilado raciocinou friamente. Uma vez um amigo lhe dissera que os homens devem ser julgados por seus atos, não por suas intenções. — Não vou negar que você pode estar certa, mas eu sou muito velho para mudar.

— Não quero que você mude. — Ela ficou de pé no convés, estalou as costas e andou até o mastro. — Só quero que pense nisso.

O diálogo teria prosseguido por muitas horas, não estivessem chegando à foz do Ífingr. Urakin acordou com um sobressalto, quando o casco raspou contra uma pedra no fundo. Denyel torceu o leme e o barco deslizou suavemente. Depois, apanhou uma corda e a prendeu ao tronco de uma castanheira. Os três desembarcaram na lama e em segundos alcançaram a floresta.

O clima era mais quente naquelas cercanias. Os carvalhos tinham galhos porosos, com cipós e trepadeiras. Não se ouvia o canto dos pássaros, e o solo estava úmido, com áreas instáveis de areia movediça, separadas por emaranhados de espinhos.

Denyel ajustou o elmo, sacou a espada e conjurou sua folha. Caminhou por alguns minutos, fez uma parada e conferiu o mapa.

— O que estamos procurando? — sibilou Kaira.

— Uma ponte — o capitão retrucou. — Era para estar bem aqui.

— Não vejo nenhuma ponte.

— Pois é. — Ele olhou para cima. — Eu também não.

10

CORREDOR FLORESTAL

— **S**ILÊNCIO. — COM UM CHIADO, KAIRA ENCOSTOU O INDICADOR SOBRE OS LÁbios. — Estão ouvindo isso?

— Isso o quê? — Urakin não percebera a nuança.

— Uma canção, eu acho. — Ela ergueu a palma em sinal de espera e, uma vez concentrada, distinguiu o ruído. — Uma orquestra, talvez. Muito bela, como... — Tentou descrever, mas lhe faltavam palavras. — Como se as *plantas* estivessem cantando. Nunca escutei nada igual.

— Deve vir das árvores, então. — Denyel tirou o capacete e aproximou a orelha da casca de um roble. Depois o recolocou na cabeça, e sua voz ficou abafada. — Não é de espantar que você tenha notado antes de nós. É um feitiço élfico.

— Tem certeza?

— Não. Mas faria sentido. Consegue nos guiar até a fonte do som?

— Sim. Fica para o norte.

— Norte? — Ele dobrou o mapa e o guardou na armadura. — Então esse deve ser o caminho até a ponte. Não custa tentar, afinal já estamos perdidos.

Os anjos caminharam por cerca de uma hora, até chegar a uma clareira em forma de sino. O solo apresentava resquícios de calçamento, com pedras antigas e paralelepípedos rachados. O ruído se tornara claramente audível, soando como um coral afinado, mas em vez de vozes o que se escutava era o som da mata, o farfalhar dos galhos, o ranger dos caules, os lençóis subterrâneos, tudo regido e organizado numa sinfonia perfeita. O mais impressionante era que o "sino" nada tinha de mágico — tratava-se de uma proeza da engenharia, elaborada com fórmulas aritméticas e em harmonia com a natureza. Em outras palavras, eles estavam no interior de uma concha acústica, projetada com a justa intenção de *reger* essas notas e equalizá-las de maneira perpétua.

No extremo norte brilhava uma luz, que era também diferente de tudo o que já tinham visto. Seguindo mais uns quatro ou cinco passos, Kaira, Denyel e Urakin avistaram um sinuoso corredor florestal, um túnel largo e cilíndrico cercado de bordos gigantes, com os troncos unidos e as copas entrelaçadas. Grandes folhas captavam os raios solares e os filtravam, lembrando os vitrais das igrejas humanas, refletindo em fachos e desenhos complexos.

O terreno estava coberto de musgo, salpicado de lama e gravetos, mas, quando Denyel pisou forte no chão, reparou que o fundo havia sido talhado em madeira, concluindo, portanto, que o corredor à sua frente era justamente a trilha que eles procuravam, a tal ponte construída pelos elfos sobre os galhos da Yggdrasil.

— Incrível — admitiu Urakin, geralmente duro como um pedaço de rocha. — O que eu sinto é... como se já tivesse estado aqui, quando *criança*.

— Conheço essa sensação — disse Kaira. — O que estamos saboreando é o *glamour*, um tipo de feitiço que capta e amplia nossas emoções mais inocentes. O encanto mistura curiosidade com nostalgia, e o efeito é este que estamos presenciando, que nos fascina e atrai — ela explicou. — Mas eu aconselharia cuidado.

— Por quê? — perguntou Denyel. — Que mal um feitiço assim poderia causar?

— Não sei. Mas, no reino animal, não raro a beleza e a sedução são usadas como arma pelos predadores. Se vamos atravessar esta ponte, acho que precisamos ficar unidos.

— Unidos ou não, é melhor seguirmos adiante. — Urakin olhou para cima. — O sol está se pondo. Logo a noite vai cair.

— Que vergonha — Denyel o provocou. — Um grandalhão desses com medo do escuro. — Riu com escárnio. — Que vergonha.

— Tem algo errado — murmurou Kaira, quando eles enfim adentraram a ponte. O corredor tinha três metros de largura por uns quinze de altura, e o aroma das flores era doce. — Não estou gostando deste lugar.

— Ora, não reclame — Denyel se irritou por dentro da máscara. — Foi *você* que escolheu fazer esta viagem.

— Mas não o obriguei a vir junto — ela retrucou, agressiva. — De qualquer maneira, não tínhamos opção.

— Sempre a mesma desculpa. Claro que tínhamos opção. Se você tivesse matado Hildr, talvez Sif a autorizasse a comandar suas tropas direto para Bifrost, o que nos pouparia desta jornada ridícula. — Os três dobraram uma curva, e através dela a passagem seguia sobre o imenso tronco, as orlas fechadas por cipós e arbustos. — O problema, *arconte*, é esse seu heroísmo patético, essa relutância em matar seus inimigos. — E decretou: — Nem todos merecem continuar vivos. Nem todos merecem uma segunda chance. Será que é tão difícil entender?

— Essas são palavras de Böðgæðir, o capitão dos aesires — ela se enfureceu, como se algo a estivesse excitando —, ou de Denyel, o anjo da morte?

— Eles são a mesma pessoa — intercedeu Urakin, torcendo o rosto numa expressão de desprezo. — Mentiroso, egoísta e ingrato. — Deu uma gargalhada enviesada, que não era própria dele. — Como pode tratar assim a arconte, depois de todo o esforço que ela fez para resgatá-lo?

— Não preciso que ninguém me defenda, legionário. — Kaira não gostou do comentário e se voltou *contra* Urakin. — Não pedi sua ajuda — ergueu o dedo na direção do guerreiro. — Sei me cuidar sozinha.

— Sabe? — O Punho de Deus sorriu com desdém. — Quem a salvou em Santa Helena, na república? — ele desencavou fatos antigos. — Quem a alçou aos céus, quando as torres de Athea desabaram? Quem descobriu a passagem até o posto de controle? — Bateu no peito. — Fui *eu*, não Ismael, a quem tanto preza. Quem a salvou fui *eu*. Urakin, o Punho de Deus.

— Sua força é incomensurável, realmente — a ruiva o ironizou. — E resume bem o que você é: uma montanha de músculos.

— Nesse ponto, sou forçado a concordar com ela, grandalhão — Denyel aproveitou para zombar do parceiro. — Uma montanha de músculos. — Deu uma risada sarcástica. — Gostei da definição. É bem isso mesmo.

Enquanto os celestiais trocavam farpas, as trevas sobre eles cresciam. Sem que percebessem, a oeste o sol começou a descer, e gradualmente os "vitrais" se apagaram. O *glamour*, que tanto os encantara na clareira, de repente se converteu em um feitiço reverso, moldado a partir da mesma energia infantil, que no entanto explorava as questões obscuras, as características perversas em geral reprimidas.

— Do que está rindo? — Urakin encarou Denyel.

— De você. Do jeito como olhou para Sif. Esqueça, meu chapa. Ela é uma rainha, e você, um peão.

— Um peão? Talvez. Mas por pouco tempo. Quem sabe ela não me consagre capitão dos aesires — cuspiu de través — depois que eu acabar com você?

— Com certeza você pode *tentar* — o anjo de armadura negra o desafiou. — Só queria lhe recordar o que aconteceu da última vez, quando acabou soterrado sob toneladas de concreto e cimento.

— Cale-se! — Urakin tinha o rosto inchado, os olhos vermelhos. — Chegou o momento da minha revanche. Prepare-se, anjo da morte.

Uma vez acertado o duelo, os lutadores tomaram distância, plenamente decididos a se lançar à batalha. Denyel rodou o fio da espada na vertical, depois a segurou firme pelo cabo, com ambas as mãos. Urakin estalou os dedos, retirou as luvas e ajustou o colete.

Parada um pouco mais atrás, Kaira se deu conta do que estava para acontecer, como se acordasse de um sonho. Correu até os amigos e tentou apaziguá-los, mas Urakin a empurrou para longe. Ela escorregou numa raiz, coçou as pálpebras e então, só então, reparou que a ponte, com efeito, estava camuflada por uma espécie de cortina ilusória. Sua visão térmica, contudo, penetrou através desse véu, e o que ela enxergou foi um único espectro de calor, azulado, e não colorido como seria o correto. O mesmo recurso mágico, concluiu a celeste, estaria fomentando a discórdia entre seus companheiros, prestes a se matar sem razão aparente, e o único jeito de despertá-los seria intervir no confronto. Sabendo que o fogo conjurado pelos ishins só afeta seus opositores, nunca seus amigos, ela deu um salto para frente e uma pancada no chão. O choque produziu faíscas, crescendo numa explosão pirotécnica que os jogou contra os galhos entrelaçados.

O susto os trouxe de volta, e quando a ilusão desmoronou eles puderam contemplar o verdadeiro aspecto da ponte, bem como a nefasta face de seus inimigos. Os ramos e os caules continuavam no lugar, mas estavam cinzentos e secos, como um grande túnel de espinhos. Um vento gélido os penetrou, e com ele surgiram criaturas esqueléticas, de nariz fino e orelhas pontudas, ostentando diademas e armaduras feitas com escamas de aço. Uma dessas figuras — eram seis ao todo — atacou Urakin, girando uma espada semelhante ao gládio romano, porém com a lâmina comprida, uma arma usada na terra por algumas tribos germânicas, especialmente pelos saxões, denominada *seax*. O anjo se desviou e respondeu com um soco que acertou o adversário no queixo, enquanto Denyel cortava ao meio um dos oponentes que os rodeavam.

— Que diabos. Esses magrelos não sangram — o exilado gritou, para que todos o escutassem. — E os órgãos — ele reparou no indivíduo que acabara de mutilar — estão tomados por fungos botânicos.

Vivos ou mortos, aqueles estranhos zumbis atacavam com formidável destreza. Eram velozes e seus olhos enxergavam no escuro, como dois orbes flutuando nas trevas. Um dos sabres resvalou as placas escarlates de Kaira, que contraiu o braço para atirar sua descarga. Fez brotar dos dedos uma bola crepitante, que atingiu em cheio a entidade mais próxima.

Focados no corpo a corpo, o trio não reparou que mais criaturas os observavam do alto. Uma delas usou um cabo para laçar a cintura de Kaira e depois a puxou para cima. Sendo uma ishim, sua reação imediata foi esquentar a própria pele, para que o laço se partisse, mas o objeto que a prendera não era uma corda, era um tipo de alga, úmida e pegajosa, com propriedades elásticas, que não aquecia e não queimava tão fácil. Outros elfos a seguraram, envolvendo-a com mais dessas tiras, e em poucos segundos a carregaram de lá, disparando sobre as copas, escapando do túnel com uma leveza assombrosa.

Urakin saltou adiante, sem desviar a atenção das folhagens, e acabou sendo estocado por um dos seres que os ameaçavam no solo. Por sorte o *seax* só lhe feriu o antebraço, mas ainda assim foi um rasgo profundo. Com o sangue escorrendo, ele esmurrou o antagonista feérico, achatando-lhe o crânio, mas dando tempo para que os raptores desaparecessem através dos cipós.

Quando o vento parou de soprar, os seis zumbis haviam sumido. Urakin bufava de frustração, sem saber o que fazer, até que o exilado o chamou.

— Mortos-vivos, sem dúvida. — Denyel recolheu uns gravetos, cheirou-os e depois os amassou. — Corpos de antigos nobres élficos que pereceram em batalha, reanimados por feitiçaria. Os elfos tinham o costume de enterrar seus guerreiros sob um broto de árvore, assim a planta crescia e se tornava seu ataúde. Só posso imaginar que esses defuntos estavam escondidos nos troncos, esperando que passássemos para nos emboscar. — Dito isso, ele trocou olhares com o parceiro de luta. — Sinto muito pelas besteiras que falei, xará. Mas eu topo a revanche, a qualquer hora.

— Revanche? — Urakin indignou-se com a proposta. — Está louco? Kaira foi raptada!

— Sim. Raptada, não morta. O objetivo de qualquer sequestro é obter um resgate, então existe uma chance. Nem tudo está perdido.

— Bom, *nós* estamos perdidos, para começar.

— Sei perfeitamente onde estou. E, ademais, podemos rastreá-los.

— Podemos?

— Claro que sim. — O capitão sacou uma atadura que trazia consigo. — Mas primeiro temos que conter a hemorragia.

— É só um arranhão.

— Eu sei. — Denyel não questionou, apenas desatou as bandagens e as amarrou sobre o corte do amigo. Em seguida, apontou para o chão. — Olhe só essa trilha de poeira.

— Caiu das árvores?

— Isso.

— Então eles não são tão leves assim?

— Parece que não. — Ele conferiu o mapa que Brunhildr lhe dera e acrescentou, com a voz pesada: — Estão indo na direção da caverna.

* * *

Denyel e Urakin chegaram correndo ao fim da ponte. O cenário, na exata fronteira do reino dos elfos, abria-se em uma estranha floresta de árvores cristalizadas. O solo era preto, coberto de cinzas, carvão e poeira, e da terra ainda brotavam filetes de fumaça negra.

O céu escurecera, e agora não se ouvia mais o som dos animais, tampouco a orquestra silvestre. O exilado desenrolou o mapa uma segunda vez.

— Diz aqui que este é o Bosque de Ferro — ele avisou a Urakin. — O chão e as plantas foram incinerados pelo sopro dos dragões.

— Fogo faz isso?

— Nem todos os dragões cospem fogo. Só os mais perigosos.

— Não sabia. — Urakin se agachou para examinar o terreno. — Perdi o rastro — ele admitiu e espanou a mão na calça. — Muito pó.

— Não dá mais para nos guiarmos pela visão — concordou Denyel. — Mas o cheiro... — Ele farejou o ar. — Está sentindo?

— Cheiro de mofo.

— Segue para leste — apontou para uma colina entre as árvores escuras. — Para a torre de Vídbláin.

— Para onde?

— É, ou *era*, o bastião que defendia a terra das fadas.

— Mas elas não se foram?

— É o que dizem — anuiu. — Mas pelo jeito tem gente em casa.

11

A RAINHA AZUL

O ODOR DOS FUNGOS BOTÂNICOS OS LEVOU ATRAVÉS DO BOSQUE DE FERRO, ATÉ o topo de um monte onde outrora ficava a torre de Vídbláin, uma fortificação construída inteiramente com cristais de quartzo, que no passado fora a primeira linha de defesa entre o território dos aesires e o país dos elfos. Pouco restara, contudo, do esplendor que, em outros tempos, consagrara o baluarte. O quartzo enegrecera por conta da fuligem, e nos muros, sacadas e campanários cresciam agora trepadeiras sinistras, raízes tortas e galhos espinhentos. Do fosso que protegia o castelo emanavam chamas roxas, mas a ponte levadiça estava arriada, sem guardas que a vigiassem, como um convite aos viajantes incautos.

— Já vi esse filme. — Denyel se lembrou de uma de suas antigas missões, durante a Segunda Guerra Mundial, quando, munido apenas de uma faca, enfrentara um feiticeiro nas montanhas da Bélgica. — E não acaba bem.

— Onde estão os elfos que nos atacaram? — sussurrou Urakin, a mão espalmada sobre o antebraço ferido.

— Escondidos — o exilado presumiu. — Seja quem for que os estiver controlando, quer nos atrair para dentro, do contrário o portão não estaria aberto.

— É uma armadilha, então.

— Não mais. — Denyel pisou na ponte, olhou para baixo. — Cuidado com essas chamas — alertou. — Fogo púrpura.

— Não produz calor — constatou o guerreiro.

— É uma versão corrupta do fogo violeta, ou fogo das fadas, que apenas gera luminosidade. O fogo púrpura é traiçoeiro — explicou. — Ele não afeta a pele ou a carne, mas seca os fluidos corporais, como o sangue, causando espasmos, paralisia e finalmente a morte.

— Isso é mágica?

— Não. Mágica, não. — Com mais um passo, eles adentraram a fortaleza. — Bruxaria.

O arco conduzia ao pátio interno, uma área semicircular a céu aberto, cercada por altas muralhas de superfície outrora lisa, mas que agora estavam completamente tomadas pela vegetação. Nas paredes se destacavam grandes casulos, semelhantes às armadilhas das plantas carnívoras, e dentro deles jaziam corpos de senhores élficos, alguns parcialmente digeridos, a carne exposta, os ossos saltando. O chão era forrado de raízes lenhosas, que pareciam se movimentar como serpentes, mas logo os celestes perceberam que essas "cobras" eram ilusórias, geradas pelo mesmo feitiço que os assustara no túnel.

Não mais que cinquenta metros à frente se elevava a torre propriamente dita, com a porta obstruída apenas por cipós e ervas daninhas, que em todo caso podiam ser cortados ou mesmo arrancados com as mãos nuas. Denyel mantinha o sabre em riste, tentando distinguir o real do onírico. Os elfos e as fadas são conhecidos pela experiência em moldar a essência dos sonhos e muitas vezes inspirar as pessoas. Um duende maléfico, por exemplo, poderia usar essa mesma capacidade para incitar pesadelos; não à toa Vídbláin era agora o reflexo de muitos horrores, e as "cobras" simbolizavam apenas uma parte desse mistério. Felizmente para os forasteiros, os querubins são imunes ao medo, o que os ajudou a transpor o pátio sem grandes traumas, enfim alcançando o edifício central.

Denyel cruzou a porta e saiu andando na dianteira, usando a espada para cortar os cipós. Urakin se esforçava para não perdê-lo de vista, afinal as plantas estavam em toda parte, em todos os lados, e os envolviam como uma neblina verde, ameaçando sugá-los a cada minuto.

— Estou confuso — reconheceu o Punho de Deus. — O cheiro está se perdendo.

— São os múltiplos odores das plantas. — Denyel continuou avançando. — É melhor encontrarmos Kaira logo. Fique perto de mim.

Mas, ao dizer isso, o capitão olhou sobre o ombro e não viu mais o comparsa. Decepou os ramos imediatamente atrás dele, rasgou a cortina de trepadeiras, depois procurou recuar na direção do pátio, mas já não tinha noção de onde eram norte e sul.

Estava perdido.

Urakin fez uma pausa para investigar o entorno, e quando se ergueu Denyel desaparecera. Caminhou adiante, rasgando os cipós e caniços, e após insistir na jornada chegou a uma sala um pouco mais espaçosa, com uma cama encostada na parede, feita com uma armação de raízes e estofada por grandes folhas redondas, idênticas às das vitórias-régias, porém úmidas e salpicadas de musgo. No centro do quarto havia um sarcófago de pedra, e dentro dele repousava o cadáver preservado de um homem, que no entanto não lhe despertou nenhum interesse. Cinco casulos estavam pendurados no teto, e sob a casca de um deles Urakin reconheceu a armadura de Kaira. Esticou o braço para libertá-la, quando escutou uma voz.

— Espere. — O tom era melódico. — Não toque nisso. Vai machucá-lo.

— Quem... — Urakin se voltou para a cama. Do colchão emergira uma mulher, de pele azulada e cabelos compridos. Suas curvas eram perfeitas, os seios não muito grandes, as orelhas agudas, as pernas unidas, escondendo os pelos púbicos. — Quem é você?

— Meu nome é Grimhildr — ela respondeu, espiando-o com singular apetite. — Já fui chamada de Rainha Azul. Sou uma ninfa.

— Já foi uma rainha? — Em circunstâncias normais, Urakin teria recuado ou combatido, mas a presença de Grimhildr parecia exercer sobre os machos certo fascínio, um misto de feromônios e magia, acrescidos de sua beleza indescritível. — Por que não é mais?

— Preciso de um rei. — Com uma alegria perversa, ela abriu as pernas, revelando ao visitante suas partes mais íntimas. — Deite-se comigo — pediu. — Deite-se comigo.

Presa no interior do casulo, imobilizada dos pés à cabeça, Kaira escutava a conversa entre Urakin e Grimhildr. Por várias vezes tentara se libertar, aquecendo o corpo para desfazer a membrana, mas a planta esguichava uma secreção gelatinosa, uma defesa orgânica do vegetal, originalmente projetada para protegê-lo do fogo.

Contudo aos poucos a ruiva fazia progressos, pois era uma ishim e sabia que a umidade provinha das raízes e não duraria para sempre. Se tivesse tempo, poderia incendiar o casulo. Sua preocupação era conseguir fazer isso *antes* que seus amigos fossem pegos, antes que sucumbissem às tentações narcisistas.

— Deite-se comigo — Grimhildr estendeu a mão para Urakin. — Dê-me um beijo, ao menos. Não gosta de mim? Não sou bela?

— Não posso — ele tentou se esquivar. — Estou em missão. E além disso meu coração pertence a Sif, Cabelos de Trigo.

— Sif? — A ninfa deu uma gargalhada que o constrangeu. — Conta-se que é frígida. — Abriu os braços e mostrou os seios. — Se você a ama de verdade, por que não me deixa ensinar-lhe uns truques? Dessa forma poderá conquistá-la.

— Truques? — Ele se achegou à cortesã, os olhos sedentos, as órbitas esbugalhadas. — Que truques?

— Os truques do amor. — Grimhildr o tocou, e seu toque era afrodisíaco. — Qual é o seu nome?

— Urakin, o...

— Shhhh — ela o calou com o indicador sobre os lábios. — Diga-me, Urakin. Já esteve com uma mulher antes?

— Não.

— Oh, mas é uma pena. Entregue-se a mim, então. Serei sua mentora nas artes eróticas. — Cara a cara com a ninfa, o anjo sentia agora seu cheiro, um odor primitivo que emanava do útero, o aroma da atração feminina, que incitava o prazer e a lascívia. — Entregue-se a mim, Urakin, e quando proceder ao coito com sua rainha saberá o bastante para curá-la da frigidez, para fazê-la feliz, pois conhecerá os caminhos da paixão instintiva.

Com a promessa de adestrá-lo sexualmente, Grimhildr aproximou seu rosto ao de Urakin e o beijou de maneira fervorosa. Quando as línguas se encostaram, o guerreiro sentiu um gosto amargo, que desceu pela garganta até contaminar todos os seus músculos. Em questão de segundos, ele caiu duro sobre o colchão, e Kaira testemunhou, através da membrana que a revestia, o momento em que as raízes o abraçaram, tragando-o para dentro da cama.

12

O BEIJO DA MORTE

FAZIA UNS DEZ MINUTOS QUE DENYEL RETALHAVA OS CIPÓS, MAS LOGO A TAREFA se tornou enfadonha. O anjo parou um segundo para respirar, quando as trepadeiras se abriram em forma de túnel, permitindo que ele seguisse até um aposento redondo. Lá dentro, o capitão distinguiu o casulo de Kaira, mas em vez de prosseguir até ele preferiu, antes, esquadrinhar o recinto. E no mesmo instante se deparou com a figura de Grimhildr: nua, deitada, as pernas abertas.

Ciente do que acontecia na sala, mas incapaz de intervir, Kaira temia pelo colega indefeso. Urakin era muito mais reto, mais sério e determinado, e mesmo ele caíra ante o magnetismo feérico. Denyel, por outro lado, era um galanteador de primeira. Que chance teria contra a mais bela das fadas? Como resistiria a seus caprichos? E se resistisse, conseguiria vencer sozinho a feiticeira e seus elfos?

— Bem-vindo, capitão. — Era fácil deduzir seu posto pelo tipo de couraça que usava. — Seja bem-vindo ao meu castelo — disse Grimhildr. — Sabe quem sou?

— Não me interessa muito, para falar a verdade — ele respondeu. — Não está um pouco frio para andar por aí descoberta?

— Você é diferente dos outros — Grimhildr aquiesceu e o vislumbrou com curiosidade sincera. — Por que não me diz o seu nome e de onde vem?

— Só o que você precisa saber — Denyel não cedeu à pergunta e tentou dar à conversa um novo rumo — é que não somos seus inimigos.

— Tire o capacete — ela pediu. — Deixe-me ver o seu rosto.

— Está bem. — O exilado removeu o elmo. — Melhor assim? — Cumprimentou-a com uma vênia. — Agora liberte os meus companheiros.

— Bem melhor. — Grimhildr sentou-se na cama. — Que assuntos trazem a filha de Odin ao país devastado dos elfos?

— Filha de Odin?

— Herja — ela apontou para trás, para o nódulo onde Kaira estava aprisionada. — Suponho que Sif os tenha enviado.

— Ah, não — o anjo meneou a cabeça. — Essa não é Herja, e nós não estamos sob o comando de Sif. Se era esse o problema, está desfeito o mal-entendido. Agora, liberte-a e nos deixe sair, pois nossos assuntos são urgentes e estão além desta torre.

— Claro, entendo. — A rainha sorriu e começou a exalar seu charme. — Mas ainda assim são aesires.

— Não exatamente. — Ele pensou em explicar quem eram e qual era sua demanda, mas desistiu. — É uma longa história.

— Quer fazer uma troca?

— Que troca?

— Seus amigos estão vivos e poderão sair desta fortaleza incólumes. Só o que peço é que faça amor comigo.

— É uma ótima oferta. — De esguelha, Denyel mirou o casulo e reparou que ele começava a ferver. — Mas eu não me relaciono com plantas.

— Não sou uma planta — ela riu, fingindo ter achado graça. — Sou uma ninfa, a última de minha raça. Nós, as ninfas, fomos por muitos séculos as detentoras de toda a magia do sexo, e conhecemos os desejos mais íntimos, assim como as perversões mais vorazes. — Grimhildr afastou as coxas novamente, empregando a mesmíssima tática que usara com Urakin, e que provavelmente era sua melhor estratégia. — Seja o meu protetor, capitão. Seja o meu cavaleiro. Lute por mim, combata por mim, e eu o instruirei nas eternas façanhas do erotismo.

Os encantos da Rainha Azul eram — ou *seriam* — irresistíveis para qualquer homem. O fascínio por uma pessoa, objeto ou situação encontra raiz no desconhecido, nos segredos, proibidos ou não, a ser revelados ante a exploração do oculto. Era isso que Grimhildr oferecia a suas vítimas, e era assim que as enganava. Os anjos eram também suscetíveis a tais emoções, mas para Denyel, que já se deitara com tantas mulheres, mortais e imortais, o sexo com a ninfa não traria nada de novo. Não bastasse, o amor que ele sentia por Kaira era profundo, mais real e menos platônico, diferente da ardência que Urakin nutria por Sif, uma paixão inocente que conduzia a atos ingênuos.

— Obrigado — ele retrucou, debochado. — Mas sabe o que é, florzinha? — Entendendo que a discussão não levaria a nada, o exilado decidiu usar a força, afinal seus amigos estavam em perigo. — Sou experiente no ramo e, com todo o respeito, você ainda precisa amadurecer.

Denyel estava pronto para ameaçá-la com sua arma e até golpeá-la, se fosse necessário, mas não conseguiu. Mesmo tendo resistido à provação, alguma coisa o neutralizara, enrijecendo-lhe os tendões e ligamentos, impedindo que ele erguesse a espada.

— Está sentindo, capitão? — Grimhildr sorriu, como se o desprezasse. — É o meu veneno. Sim, ele está no ar, não só no meu toque. — Ela saiu da cama e andou até ele. — E agora a dose mais forte. — Acariciou-lhe a armadura. — Minha língua o porá para dormir. Fornicaremos, sonhará comigo e depois nunca mais acordará.

Feita a promessa, ela o encarou, olho no olho. Denyel tentou se desviar.

Nada.

O pescoço não respondeu. Grimhildr então o tocou.

Com os dedos em pinça, Grimhildr abriu-lhe a boca.

E o beijou.

O beijo da morte.

O beijo fatal.

Sedenta para atrair seu petisco, a rainha, contudo, esquecera um fator importante: *Kaira*, que ainda se esforçava para desfazer o casulo. E, conforme ela previra, certa hora aconteceu — a secreção evaporou e as folhas que a envolviam queimaram, fazendo com que a arconte despencasse no solo.

Houve um tilintar, um clamor auditivo, que apesar de muito alto não foi suficiente para tirá-los do transe.

Kaira se levantou, olhou a cena com mais atenção e entendeu que tinha poucos segundos para agir, uma vez que Denyel e Grimhildr já estavam com o rosto colado. Seria perda de tempo correr até eles, e, como suas conjurações às vezes falhavam, o jeito seria tentar um ataque a distância.

Mas como?

Com que arma?

Sem opções, tomada pelo desespero, ela notou que desabara ao lado do sarcófago, o ataúde que guardava o corpo do guerreiro sem nome, um jovem bonito, trajando uma cota de malha. Sobre seu peito se apoiavam duas armas: um *seax*, a espada ligeira dos elfos, e um arco de madeira, muito belo e bem construído. Instintivamente, Kaira sacou o arco e o armou, como se conjurasse uma flecha imaginária. Para sua surpresa, uma seta em brasa apareceu magicamente, o corpo alaranjado, a ponta de fogo.

Ela não pensou duas vezes e disparou, atingindo Grimhildr na nuca, pouco antes de sua língua mortificar Denyel.

O aroma venenoso de repente sumiu e o capitão despertou, como se impelido por uma mola. Com os olhos lacrimejantes, o pulmão ardendo, ele agiu também por instinto, brandiu a espada e a encravou no coração da feiticeira, mas — como logo saberiam os celestes — Grimhildr não tinha pontos vitais. Quando Denyel puxou a lâmina, a rainha se transformara num monstro: o corpo ficara enrugado, e a boca, agora flácida, crescera imensamente, para se converter em algo talvez comparável às plantas carnívoras.

Ferida no torso e na região cervical, a cortesã persistia e, carregada de ódio, virou para trás, pronta a se lançar contra Kaira, que afinal frustrara seus planos. Em resposta, a arconte disparou novamente, usando o arco que encontrara no túmulo. Denyel aproveitou-se da distração para completar o serviço, atacando a ninfa pelas costas, separando-lhe a cabeça do tronco.

O corpo de Grimhildr endureceu, tornou-se negro feito carvão. Uma vez morta, ela se converteu em um pedaço de tora seca, e à sua volta as trepadeiras começaram a murchar. Kaira deu um suspiro de alívio, largou o arco e correu até a cama de galhos.

— Rápido. Use sua espada — ela pediu a Denyel. — Corte as raízes. — E explicou melhor: — Urakin está preso aí embaixo.

O capitão fez como ordenado. Despedaçou as raízes girando o fio em movimentos de hélice, e logo eles encontraram o amigo.

— Urakin? — Kaira segurou-lhe as mãos. O Punho de Deus estava grogue, mas vivo, quando os dois o puxaram para fora. — Está bem? — Sacudiu-o. — Urakin!

— O que aconteceu? — Recém-liberto, o guerreiro contemplou o quarto, os restos da fada, recordou-se do ocorrido e foi tomado por uma forte consternação. — Eu falhei — ele boquejou, como se anunciasse a própria morte. — Não fui capaz de desempenhar meu papel. Estou desonrado. Estou acabado.

— Fique tranquilo — Denyel tentou animá-lo. — Tudo tem volta. Olha só para mim.

— Desonrado — ele repetiu, o olhar perdido num ponto adiante. — É o fim. Sucumbi ao pior dos pecados. Sou inútil agora.

13

NÍÐHÖGGR

Passada a euforia, com Grimhildr morta e Urakin em segurança, Kaira pegou o arco no chão e o contemplou com certo fascínio. Só para testá-lo, puxou novamente a corda e outra flecha em brasa apareceu entre seus dedos, para depois sumir à medida que a tensão se desfazia. Entrementes, Denyel observava o cavaleiro deitado no sarcófago, um jovem de fios louros e cacheados, trajando uma cota de malha e equipado com um *seax* em perfeito estado.

— Será que ele está morto? — A arconte espiou a tumba, recordou-se dos zumbis que os haviam atacado. — Digo, morto mesmo?

— Parece que sim — arriscou Denyel. — Não escuto as batidas do coração.

— Mas como pode estar tão preservado?

— É o sono dos deuses, como chamam os aesires. Qualquer entidade com sangue divino é imune à putrefação. Este homem deve ser um deus menor ou um semideus, embora eu não me lembre de ninguém como ele, não desde que cheguei aos nove reinos.

— E essa Grimhildr?

— Também não faço ideia de quem seja. — O capitão sacou a espada do defunto, golpeou o ar e constatou que era uma ótima arma, embora a lâmina fosse relativamente pequena, com apenas cinquenta centímetros de comprimento. Como já dispunha de seu sabre, ofereceu-a a Urakin. — Ei, grandalhão. — Estendeu o cabo na direção do guerreiro. — Fique com ela. É uma espada ligeira, mas ainda está afiada e pode ser útil contra o dragão.

— Não — ele respondeu enfaticamente. — Não sou digno desse espólio.

— Lembre-se de que esta demanda é coletiva — Kaira frisou. — Portanto não existem derrotas ou vitórias particulares. Grimhildr foi destronada, e esse é um triunfo de todos nós. Se quiser, pode ficar com a espada.

— Não — ele repetiu. — Mas obrigado mesmo assim.

— Bom, nesse caso eu a levarei comigo. — Denyel prendeu o *seax* embainhado nas costas, usando o cinto do soldado morto. — Nunca se sabe.

O beijo de Grimhildr tinha fortes propriedades atordoantes, mas rapidamente Urakin se recuperou da tontura. Como o corpo da ninfa era venenoso por dentro, a dose fatal dependia da penetração masculina, e era assim que ela seduzia suas vítimas, matando-as "de amor", como sugerira aos celestes.

Mesmo apressados, os anjos reservaram alguns minutos para vasculhar o recinto, mas encontraram pouca coisa nova. Kaira descobriu em meio aos cipós a tripa de algas com a qual os elfos a capturaram na ponte e, como suas fibras eram muito resistentes, decidiu guardá-la para usar como corda.

Os zumbis presos nos casulos não mais os ameaçariam, e isso era lógico desde o princípio. Os mortos-vivos agem sempre sob o comando de um mestre, ou segundo as regras de determinado encanto, então, ao destruir o feiticeiro, destroem-se também suas crias.

No final, a Centelha fez uso de suas chamas para incinerar os galhos murchos, revelando as paredes originais da construção. Uma janela de quartzo, antes obstruída pelas ervas daninhas, abria-se para os fundos da torre, dando passagem para um desfiladeiro que parecia levar aos sítios cavernosos hoje povoados pelos dragões e seus trolls. Era noite fechada, uma noite escura, sem estrelas ou lua, mas o mapa era categórico ao apontar naquele sentido, e os companheiros foram seguindo adiante, aproveitando-se das trevas para não chamar atenção.

Kaira preferiu não comentar, mas durante a marcha pensou em Denyel, em como ele suportara os gracejos de Grimhildr. Seria verdade o que ele dissera no rio, que o amor que sentia por ela estava muito além da mera paixão? Teria sido esse amor que o salvara da bruxa, em contraste com a atração que Urakin demonstrava por Sif? E, se ele a amava de fato, o que os impedia de ficar juntos?

O percurso através do estreito levou quatro horas. Em certo ponto, o Bosque de Ferro deu lugar a uma planície cinzenta, composta por uma série de colinas pontudas e montanhas altas, de encostas secas e devastadas. Dentre essas elevações, a maior era o monte Andlangr, um vulcão extinto cujo interior servira aos elfos como depósito de armas, durante o reinado de Odin. O morro era oco e contava com uma só entrada, na face oeste, o que os obrigou a contornar o aclive por uma trilha estreita, aproveitando-se do manto noturno para chegar à abertura do outro lado.

Kaira, Denyel e Urakin se esconderam atrás de uma rocha para melhor avistar seu destino. O túnel de acesso ao Andlangr, antigamente cerrado por distinguíveis portões de turmalina, era agora uma gruta, uma entrada crua, escura e sem portas, guardada por uma dezena de trolls, criaturas com um metro e meio de altura, de orelhas pontudas e pele cor de argila, dotados de pequenos chifres e dentes afiados.

— Trasgos — praguejou Denyel. — Se eu pudesse esganava um por um. — O rosto se encrespou. — Criaturinhas trapaceiras.

— Quem, esses nanicos? — Urakin os desprezou. — Podemos dar conta deles.

— Quanto menores, mais velozmente se movem dentro da montanha. É então que começa o nosso problema — disse o capitão. — E ainda pode ter centenas ou até milhares espalhados pelo subterrâneo. Basta soar o alerta e Níðhöggr saberá da nossa chegada.

Além dos pequenos seres que vigiavam a caverna, outros seis regressavam de uma incursão pela estrada que vinha do norte desde Niðavellir, trazendo uma arca entulhada de moedas e pedras preciosas. Os trolls apoiaram o baú no chão, ofereceram algumas peças de ouro aos sentinelas, conversaram alguma coisa com eles e em seguida prosseguiram morro adentro.

— Droga — Denyel tornou a resmungar. — O único jeito de vencermos o dragão seria pegá-lo desprevenido.

— Essa é a única entrada? — questionou Kaira.

— O mapa diz que sim. — Ele estudou o documento, agora com toda a cautela. — Pelo menos a única entrada conhecida.

— Espere. — A arconte refletiu por um segundo. — Andlangr é um vulcão extinto, não é? — Olhou para cima. — Então deve ter uma abertura no topo.

— Mesmo se tiver, como vamos descer até a cratera?

— O que me diz destas plantas? — ela mostrou a tripa de algas que recolhera dos mortos-vivos. — São elásticas e aguentam bastante peso.

— Não sei. — Denyel estava indeciso. — Não me parece um plano infalível, mas na ausência de algo melhor... — Ele visualizou o cume do monte, que devia ter pelo menos uns oitocentos metros de altura. — Bom, então vamos subir, antes que o dia nasça.

O monte Andlangr destacava-se como o ponto culminante de Álfheim. Originalmente, o reino inteiro era coberto de árvores, com o solo rico em minerais e os troncos tão altos que competiam com os morros em majestade e tamanho. À medida que escalavam, os anjos puderam então ter uma ideia de quanto o país fora devastado, transmutando-se em um deserto de estilhaços cinzentos. Denyel nunca enfrentara um dragão, mas escutara histórias a respeito deles, e, como dissera a Urakin, nem todos expeliam fogo. Muitas dessas feras cuspiam gelo, ácido, raios e gás venenoso, o que explicava a completa desertificação do terreno, desde o forte de Grimhildr, ao sul, até a pátria dos anões, no extremo norte. Ao longe, ainda eram visíveis os esqueletos das cidades maiores, como a capital élfica, Válurd, com suas imensas torres de quartzo, e mais a leste o castelo Gneggjuð, centro militar onde eram treinados os soldados.

Quando os celestes alcançaram a crista do monte, estava quase amanhecendo. O pico se afundava numa depressão circular, medindo uns cinquenta metros de diâmetro, supostamente utilizada por Níðhöggr como duto de entrada e saída. Rastejando até as beiradas, o que se enxergava era uma enorme galeria de rocha negra, apinhada de infindáveis riquezas. Do chão se avultavam copiosas montanhas de ouro, misturadas a uma infinidade de gemas de todas as cores e dimensões. O depósito incluía outros tipos de joias, como colares de pérolas, anéis de prata e coroas de marfim, além de obras de arte, representadas por cálices, esculturas e instrumentos musicais, sem mencionar as armas mágicas, os elmos cravejados de diamantes, as couraças de platina e os escudos revestidos de madrepérola. Essa esplendorosa fortuna se originara de muitos tesouros e fora acumulada ao longo de séculos pelo dragão e seus trasgos. Grande parte daquele montante pertencia aos aesires e fora subtraída dos cofres do Valhala após o assassinato de Thor. Outro quinhão era dos anões por direito, tendo sido roubado pelos ogros ou trolls que assaltavam seus túneis. Por fim, uma porção menor fora usurpada dos elfos, ou simplesmente descoberta sob as ruínas das fortalezas feéricas.

Perscrutando a câmara do alto, os anjos tiveram duas notícias, uma boa e a outra ruim. O aspecto negativo era que Níðhöggr estava em casa, descansando sobre um oceano dourado. Por outro lado, o Mjölnir continuava na caverna, encravado no centro da galeria. Tinha a cabeça retangular de metal e o cabo um tanto curto, considerando a força necessária para erguê-lo. O que poucos sabiam era que essa arma fora inicialmente construída com a haste longa, para ser alçada com as duas mãos. Loki apostou com Thor que este não conseguiria suportá-lo com um só braço e então cortou a empunhadura pela metade, o que não foi um empecilho para o Deus do Trovão, que passou a manobrá-lo e até a arremessá-lo usando a energia de apenas um punho.

— Que sorte — comemorou Denyel. — Sorte grande — sorriu. — Eis o meu plano — ele se virou para os companheiros. — Escorrego até lá e pego o martelo. Fiquem de guarda aqui. É coisa rápida.

— Coisa rápida? — Kaira contestou a estratégia. — Não está mesmo pensando em descer lá sozinho, está?

— Estou. Qual o problema?

— Sif nos disse que Níðhöggr é imbatível.

— Justamente. Nossa única chance é pegá-lo desprevenido, então, quanto menos gente, melhor — explicou. — Sou o mais sorrateiro entre nós.

— Sua sorte terminará quando apanhar o martelo — previu a celeste. — Nesse momento o dragão vai despertar e o fará em pedaços.

— Faísca, você ainda não entendeu. — O capitão mostrou confiança. — Só o que preciso é *chegar* ao artefato. Com ele em mãos, eu estraçalho os dentes desse lagarto. O Mjölnir é a arma mais poderosa dos nove reinos. Fiquem calmos e observem, apenas. Será um espetáculo.

Otimista e convicto de seu sucesso, Denyel fincou a espada na rocha e amarrou a tripa de algas ao redor dela, soltando a outra ponta através da depressão. Discretamente, desceu o buraco abraçado à corda elástica, que foi cedendo e se prolongando com o peso, até que seus pés tocaram o salão.

Enroscado em uma estalagmite, Níðhöggr ainda dormia, o pescoço enfiado numa fenda porosa. Àquela distância, Denyel poderia acertá-lo muito facilmente, mas entre os guerreiros asgardianos não havia glória em atacar pelas costas. Então, já com os dedos se fechando ao redor do cabo do Mjölnir, ele preferiu antes chamar a criatura, para que ao menos ela soubesse quem a matara.

— Olá, Godzilla. Acorde! — ele deu um grito. Seu brado ecoou pelas galerias e antecâmaras. — Quer ver quem saca mais rápido?

Respondendo ao chamado, o monstro finalmente despertou, e todo seu corpo se moveu na direção de Denyel. Só então o anjo percebeu quão grande ele era, quão sinistro e ameaçador parecia. Níðhöggr não era apenas uma fera, era um *demônio*, carregado de ódio e perversidade absurdos. Para os povos nórdicos, os dragões eram como diabos e representavam tudo o que de pior havia entre o céu e a terra. Em particular, simbolizavam a ganância, e o tesouro era reflexo disso, afinal um dragão poderia ter todo o ouro do mundo, mas jamais poderia usá-lo, realmente.

Com o coração batendo forte, Denyel não esperou nem mais um segundo. Segurou firme o Mjölnir com o intuito de arrojá-lo, mas o objeto não saiu do lugar. Empregou mais força, toda sua força, contudo o martelo permaneceu estático, colado ao solo da gruta.

— O que foi, Böðgæðir? — Níðhöggr deu um sorriso. Sua voz era rosnada, como a de cem tigres unidos. — Onde está a sua sorte agora?

Denyel não disse nada, nem poderia. Estava suando frio, apesar do calor nas entranhas da terra e do enxofre que o monstro soltava. Sua expressão de triunfo se desfez quando o imenso lagarto se posicionou de frente para ele, a língua em chamas, as asas abertas.

— Idiota — rugiu o dragão. — Achou mesmo que eu estaria indefeso dentro do meu próprio covil? — baforou gases ferventes. — Sinto o seu cheiro a quilômetros, escuto a sua conversa faz horas. — Fitou o martelo, grudado no chão. — O Mjölnir só pode ser erigido por um guerreiro de coração puro, e seu espírito está cheio de mágoa, dor e angústia. — Outra risada. — Vou tostá-lo agora, capitão. Com o meu sopro eu o carbonizarei e entregarei a carne dos seus amigos como presente aos meus trolls. É o preço que se paga por ser presunçoso.

Mais uma vez — pela *última* vez — Denyel forçou o Mjölnir para cima, sem sucesso. Níðhöggr estufou o peito, engoliu uma golfada de ar e, com os olhos ardentes, cuspiu fogo contra o celeste, enchendo a caverna com seu hálito escaldante.

14

CORAÇÃO DE DRAGÃO

DA MESMA FORMA QUE OS ANJOS CUNHARAM SEU PRÓPRIO TERMO PARA DESIGNAR o mundo dos homens, os aesires também tinham uma palavra para se referir a ele: Midgard, a terra do meio, o domínio dos entes mortais além dos galhos da Yggdrasil.

No caso das culturas pagãs, a relação entre homens e deuses sempre foi conturbada e um pouco diferente do que os teólogos observam em suas teses. Odin, por exemplo, amava os seres humanos e concedia a eles pequenos favores, no entanto também precisava punir quem não o adorasse. Os fiéis e suas preces são, com efeito, a fonte de poder das entidades etéreas, o que estimulou os sacerdotes antigos a criarem áreas carregadas de energia mística, denominadas *vértices*, onde podiam se encontrar fisicamente com suas divindades e venerá-las. Certa vez, Odin conheceu a jovem Siegnet, uma donzela oferecida a ele por Gunnar, famoso clérigo da Dinamarca. Os dois se amaram por uma noite, e nove meses depois nasceu o fruto dessa união, um menino chamado Siegfried.

Siegnet morreu no parto e Siegfried foi adotado por uma família de caçadores. Quando estava para atingir a maioridade, o deus Loki veio até ele e, disfarçado de profeta, contou-lhe sobre sua ascendência, com a intenção de semear a discórdia entre Odin e Frigga, sua esposa. Siegfried decidiu que reclamaria sua posição como herdeiro, contudo até aquele dia nenhum mortal ascendera com vida ao sagrado reino de Asgard. Sabendo disso, o rapaz teve a ideia de prestar um sacrifício a Odin, mas não seria um sacrifício comum. Desafiou um exército inimigo ao confronto e foi encontrar as tropas no campo de batalha — *sozinho*. Naquela tarde, o rebento de Siegnet matou nada menos que dois mil soldados e, quando as valquírias apareceram para recolher as almas, implorou que o conduzissem ao Valhala. Dentre as guerreiras, apenas uma, Brunhildr, foi solidária a seus apelos, e assim Siegfried alcançou os portões dourados.

De joelhos perante Odin, o jovem bastardo contou sua história, mas, como era de esperar, Frigga não gostou do que ouviu. Se o rei o aceitasse, seria o mesmo que confirmar a traição. Então ela propôs um teste. "Já que você é um semideus, traga-me o coração de Fafnir, o dragão de fogo. Se for capaz de completar a tarefa, será reconhecido como príncipe e poderá escolher uma das minhas filhas para se casar."

Obviamente Frigga não esperava que Siegfried estivesse à altura daquela empreitada, afinal Fafnir tinha as escamas impenetráveis e era reconhecido como o mais perigoso dos répteis alados. Odin, embora consternado, nada podia fazer para mudar a decisão da rainha, mas presenteou o fidalgo com a Notung, ou Gram, em língua élfica, a única espada que poderia penetrar as defesas da fera, forjada a partir de sua lança, a Gungnir.

Siegfried partiu para Múspellsheimr e com o auxílio do sabre mágico derrotou Fafnir, provando ser digno de ocupar o palácio. Banhou-se com o sangue do monstro, o que lhe conferiu invulnerabilidade, e depois bebeu da mesma seiva, ganhando o dom de conversar com os pássaros.

Fafnir, porém, tinha uma cria, Níðhöggr, que só não incendiou o Valhala porque Odin, nessa mesma época, consolidou a aliança com os gigantes, pondo fim às guerras e estabelecendo a paz com todas as criaturas viventes. Considerando essa epopeia, não é difícil imaginar o ódio que Níðhöggr nutria pelos aesires. Seria esse ódio que o levaria mais tarde a planejar o assassinato de Thor, mas o castigo não parou por aí. Baseado agora no antigo país dos elfos, o dragão desenvolvera o costume de perseguir quem se aventurasse em suas terras, eventualmente atacando também as fronteiras de Niðavellir e cortando a comunicação entre os anões e os deuses. Com seus trolls caminhando nas sombras, ele sabia de praticamente tudo o que acontecia nos nove reinos e estava ciente da chegada dos anjos, bem como da existência de um celeste entre os asgardianos — Denyel, ou Böðgæðir, como Sif o batizara.

Níðhöggr era uma serpente caçadora e sentia prazer em emboscar suas presas, atraindo-as para sua toca. Fora por essa razão que não assaltara os recém-chegados no desfiladeiro ou na estrada, para dar-lhes falsas esperanças e então trucidá-los no momento correto. E o momento correto era *agora*, quando o exilado deslizou pela corda até a montanha de ouro e segurou o Mjölnir com as duas mãos. Seus companheiros o observavam do alto, impassíveis, e teriam a chance de testemunhar sua morte, segundo idealizara o lagarto.

Níðhöggr somava três mil anos de idade, e isso era apenas meia vida para os seres de sua raça. Quando um dragão alcança esse estágio, sua pele se endurece feito aço, os chifres se afiam e as escamas assumem uma tonalidade grafite, mais adaptada às grutas e câmaras subtérreas. Das patas à cabeça, Níðhöggr media quarenta e cinco metros, e contando com a cauda sua envergadura chegava aos sessenta e dois. Como se o bafo não fosse suficiente, ele estava apto a golpear com as presas, as garras e o rabo, que terminava em um espigão ósseo, semelhante ao gume de uma foice. As asas não tinham cascas ou pelos, o que fazia lembrar as pelancas de um morcego, esverdeadas e cheias de espinhos. Os olhos eram iguais aos das najas, com as íris venosas e as pupilas raiadas, mas nenhuma dessas características superava a malícia, a sede de sangue e a cólera por aqueles que, casual ou intencionalmente, ameaçavam seu tesouro.

Fogo.

Denyel sentiu o calor que o envolvia e só teve tempo de proteger a vista com o cotovelo dobrado.

Fogo.

Crepitação de fornalha.

Fogo.

Saltar para trás ou para os lados não faria diferença, já que o sopro se projetava conicamente, transformando a gruta em uma espécie de caldeirão, do qual não havia saída.

Denyel estava preparado para morrer, mas o que aconteceu a seguir foi um tanto inesperado. Em vez de experimentar a ardência das chamas, os ossos derretendo, o que o atingiu foi tão somente um mormaço, uma brisa quente, mas inócua, que teria apenas lhe agitado os cabelos, não estivesse usando seu elmo.

Olhou ao redor.

Fogo.

Quem estava à sua frente era Kaira, o cenho encrespado, a armadura escarlate, fazendo um esforço supremo para conter o incêndio. De seus braços nasciam descargas de magma, que de uma forma ou de outra retardaram o dragão, mas não o fariam por muito mais tempo.

Era notório que os poderes de Kaira estavam reduzidos nos nove reinos, mas ela já demonstrara, em eventos prévios, que sabia canalizar a energia telúrica, conforme fizera em Athea, em Egnias e no Tibete. Para salvaguardar os companheiros, ela então sugou a essência do solo vulcânico; o problema era que Andlangr se extinguira fazia séculos, e tudo o que restava em seu núcleo era um punhado de lava, que logo terminaria numa erupção de vapor.

— Fuja — ela avisou a Denyel, cobrindo-os com um escudo ofuscante. — Recue — repetiu. — Não vou conseguir mais segurá-lo.

— Sou um querubim, boneca. — O anjo torceu a cara. — Quer me desgraçar, por acaso?

O capitão se negou a deixá-la, e como resultado os dois foram jogados à revelia. O escudo ígneo os salvara, no fim das contas, mas a força do cuspe era tão poderosa que o deslocamento de ar os impulsionou para longe. O corpo de Kaira saiu rodando como um foguete, abriu um buraco no paredão e ela caiu desmaiada, à mercê do ser demoníaco. Denyel, por sua vez, aterrissou no canto norte, escoriado, distante uns cem metros do Mjölnir.

O dragão os encarou e enfim compreendeu o que se passava. Não estava propriamente satisfeito, mas sabia que aquele era um *atraso*, um simples atraso e nada mais. Como Denyel fora o primeiro a adentrar sua casa, tomou a decisão de exterminá-lo antes, como exemplo aos forasteiros, então se virou para o anjo, deu um passo e o encurralou.

— Impressionante. Não é sempre que conseguem evitar o meu sopro. Mas saiba que eu tenho muitas armas, igualmente eficazes. — Os olhos de serpente o fitavam. — Não está aqui para me matar, Böðgæðir? Então venha. Estou esperando.

Denyel aceitou o convite. Desarmado, correu na direção do oponente, mas Níðhöggr era imenso. O duelo, se encarado sob a perspectiva humana, chegava a ser cômico, algo comparável a um rato enfrentando um leão.

Níðhöggr arriou as costas e traçou um círculo com o rabo de foice, sacudindo-o como se fosse um chicote. A cauda zumbiu e acertou em cheio o anjo exilado, destruindo-lhe o elmo e todas as placas metálicas, lançando-o ainda mais à retaguarda, até os fundos da galeria. Com um corte aberto no peito, Denyel tombou no escuro, sangrando, trajando agora somente a cota de malha, sem a proteção da couraça.

Suor de batalha.

O querubim estava ferido, exausto, mas lutaria até a morte, como pedia sua natureza de casta. Ficou de joelhos, tomou fôlego e se preparou para levantar, quando o lagarto o prendeu contra o solo, retendo-o com suas garras cortantes. Cada uma das unhas, Denyel percebeu, tinha o tamanho de um homem, e o esporão era ainda maior.

— Formidável. — A criatura babava uma gosma ácida, que ao pingar corroía os metais. — Escolha como deseja morrer. Queimado ou cortado ao meio? — Apertou-lhe mais um pouco, e duas costelas se partiram. — E, quanto aos seus amigos, o que faço com eles?

— Não posso falar por eles, grande dragão — Denyel enfim respondeu. O corpo doía como nunca, os dentes estavam vermelhos, o olho esquerdo parecia um tomate. — Mas, quanto a mim, já tenho uma ideia do que farei quando sair deste túmulo. — Encharcado de sangue, ele deu um sorriso, engasgou e olhou furtivamente sob as pernas do monstro. — Quero abrir uma fábrica de bolsas.

Níðhöggr não entendeu a piada. Mas não importava, realmente. Se Denyel não queria arbitrar sobre a própria morte, seria ele, o filho de Fafnir, a proclamar a sentença. E foi assim que o carnífice de Thor optou por decapitá-lo, para que pudesse enviar sua cabeça para Sif, como um presente aos aesires. Cortar-lhe-ia o pescoço e carbonizaria o restante. Os outros seriam entregues aos trasgos, e suas tripas servidas à mesa.

O dragão abaixou o focinho, mas antes de deslanchar a mordida escutou um característico ruído de eletricidade, o cheiro de terra molhada, sensações que ele já conhecia e das quais não gostava. Fechou os lábios e torceu a espinha para trás, para o centro da galeria, onde encontrou um sujeito forte, a cabeça raspada, o cavanhaque castanho, erguendo sozinho o Mjölnir. O martelo soltava chispas elétricas, e, no instante em que Níðhöggr ensaiou seu sopro, Urakin atirou o objeto por sobre os tesouros, mirando a testa da serpente pré-histórica.

O artefato fez jus à fama. Cruzou a câmara numa fração de segundo, tendo como alvo o queixo da fera. Quando bateu, o estrondo foi similar ao de uma trovoada, qual o choque do aço esmagando a bigorna. O crânio do réptil subiu com a pancada, colidindo com o teto, deixando-o confuso por ora.

O martelo regressou ao seu esgrimista. Como um bumerangue.

Urakin deu um salto.

E o capturou.

Era estranho pensar que seria ele, logo ele, um mero soldado, a libertar o Mjölnir, mas a arma não escolhia seus portadores segundo o grau de poder. Urakin não era esperto como Denyel nem tão carismático quanto Kaira, mas nunca cometera injustiças, jamais ferira um inocente e sempre fora leal aos amigos, requisitos básicos para se empunhar o martelo.

Níðhöggr deu uma fungada e se concentrou no legionário. Não se machucara, nem sequer tinha escoriações aparentes.

— Quem é você?

— Meu nome é Urakin, o Punho de Deus — disse ele, inflado de exaltação e bravura. — Sou um anjo e estou aqui para reaver o martelo.

— Um anjo? — gargalhou o ofídio. — Dou-lhe os parabéns, Urakin. Seu coração é digno do Mjölnir, mas saiba que ele não tem a capacidade de me derrotar. — Níðhöggr parecia agora totalmente recuperado. — Não à toa fui um dos responsáveis pela morte de Thor. — E frisou, com um rosnado sinistro: — Minhas escamas são blindadas contra o martelo dos deuses, mas sou um anfitrião caloroso e permitirei que morram em combate.

De olhos rubros, Níðhöggr se arvorou para desintegrar Urakin. Nesse intervalo, Denyel fez o melhor que pôde e escalou a caverna em segredo, alcançando o topo sem que ninguém o notasse. De lá, avistou o monstro pela traseira, pendurou-se numa reentrância, sacudiu os quadris e se jogou sobre ele. Galgou até sua nuca, agarrou-lhe os cornos e desferiu uma série de socos contra a casca escamosa.

— O que é isso? — Níðhöggr fez uma pausa. — Ora, assim você me faz cócegas, Böðgæðir — ironizou. — Está bem, fique aí por enquanto. Cuidarei dos seus amigos e logo retomamos a nossa conversa.

Denyel continuou a esmurrar o dragão até seus punhos sangrarem. Incólume, protegido por uma série de películas cutâneas, Níðhöggr não lhe deu atenção. Encheu as narinas e estava prestes a incinerar Urakin quando o exilado lembrou que trazia consigo uma espada, aquela extraída do soldado morto na torre de Grimhildr. Era tão leve que ficara esquecida, até esse momento tão crítico. Sem opções, o celeste a sacou, e ao manobrá-la algo incrível ocorreu.

O *seax*, que media apenas cinquenta centímetros, cresceu até se transmutar em uma espada longa, com o cabo em forma de cruz e a lâmina de um metro e meio, gravada com runas. Já na primeira estocada, o poderoso montante dilacerou o couro da serpente como se fosse papel, e a ponta se enterrou na coluna. O segundo golpe teve o mesmo desfecho, rasgando as escamas, espetando os tecidos, cutucando a medula.

Espantado, o dragão deu um grito, engoliu o sopro, chacoalhou a cauda e desfraldou as asas, tudo para tirar Denyel de seu dorso.

— Notung! — rugiu o monstro, à medida que o capitão dos aesires encravava o sabre múltiplas vezes em sua nuca. — Gram. Notung!

O lagarto adejou, roçando o lombo nas pedras, e Denyel não teve alternativa a não ser escorregar para o chão. Já no solo, correu para um sítio mais alto, de onde supostamente teria vantagem. Entretanto, a posse da Notung, ou mesmo do Mjölnir, não garantia a vitória. De certa forma, até a complicava, posto que agora Níðhöggr combateria impiedosamente, com todas as suas forças.

Os anjos olharam para cima e focalizaram o dragão, que descia planando de encontro a eles, como uma nuvem escura de vapor e fumaça. Seu objetivo era abocanhar Denyel, e se conseguisse seria o fim do caminho. Níðhöggr armou o bote perfeito, o mesmo que usara contra Thor e que teoricamente não tinha defesa. O capitão fez menção de rolar, mas a bocarra, muito grande, o pegaria de qualquer maneira. Foi então que uma agulha em brasa perfurou o olho da criatura, destruindo-lhe a retina e atravessando-lhe a córnea, alojando-se finalmente no encéfalo, o que lhe causou uma dor absurda.

— Nem todo o seu corpo é impenetrável, ao que vejo. — Quem falava era Kaira, que se recompusera após o desmaio. — Sempre existe um ponto fraco — ela disse e, com o arco mágico, conjurou mais uma seta. — Sem as escamas, você é um lagarto. Só um lagarto.

Níðhöggr perdera o bote, tamanha era a agonia que a farpa provocava no cérebro. Kaira soltou outra flecha, apontada para o nariz do dragão, que ao ser fustigado urrou com a boca aberta. Urakin se aproveitou do descuido e arremessou o Mjölnir dentro da garganta do bicho. O que ele mesmo não sabia era que a tez dos dragões é couraçada apenas *por fora*. Internamente, ela pode ser quebrada, tanto que o martelo lhe trespassou a goela como uma bala de canhão, saindo através do cangote e retornando à sua presença.

Explosão azul.

Sangue verde.

Caolho, sem faro e completamente desorientado, Níðhöggr chocou-se contra as estalactites, fazendo-as desmoronar.

O subsolo tremeu.

Denyel se abraçou à Notung e deu um rolamento, escapando de um pedregulho que quase o esmigalhou por inteiro.

Projéteis silvaram. O Mjölnir refulgiu.

— Tragam-no para perto de mim — pediu Denyel, girando a Notung. — Façam-no declinar o pescoço — esbravejou. — Não perdoem.

Graças aos artefatos místicos, especialmente à Notung, o confronto se nivelara. Os celestes tinham conseguido ferir o dragão a duras penas e agora precisavam matá-lo. Com isso em mente, Urakin se adiantou uns três metros e conclamou Denyel, enquanto manejava sua arma.

— Posicione-se! — ele exclamou, procurando o melhor ângulo para atacar. — Para a esquerda. — Desviou-se de uma pedra. — É agora.

Em pé sobre uma arca, Urakin pegou impulso e atirou o martelo, que fez uma curva e acertou o dragão no supercílio, com o clássico tilintar da bigorna.

Estática.

Um lampejo. Cheiro de queimado.

Fagulhas.

O rosto de Níðhöggr se inclinou para baixo, descendo até o alcance da perigosa Notung.

Denyel não perdeu a oportunidade, pois sabia que essa seria a última. Mesmo em estado lastimável, pálido e cheio de talhos, ele brandiu a espada de Siegfried. O aço faiscou, encontrando a têmpora do animal gigantesco.

Outro estouro.

Sangue.

O rugido foi se calando, como uma engrenagem travada.

Sangue.

E o silêncio.

Com o crânio esburacado, Níðhöggr desfaleceu sobre as moedas de ouro, e assim terminaria sua motivação assassina. O que os anjos não esperavam era que o sistema nervoso dos dragões fosse igual ao das serpentes, ou seja, continuasse ativo após sua morte. Em consequência, a fera foi tomada por contrações, esperneando e se contorcendo, o que acabaria por destruir a caverna — e sepultá-los lá dentro.

— Não há tempo para escalarmos até o topo — constatou Kaira, em meio às rochas cadentes. — Sugestões?

— Protejam os olhos — pediu Urakin.

— Por quê?

— Vou tentar uma coisa — ele se justificou e esticou o Mjölnir para o céu. Seguindo puramente a intuição, deu um grito e as nuvens se condensaram. Sucederam-se um relâmpago, um trovão e depois um raio, que desceu através da cratera diretamente sobre o martelo. O anjo compreendeu o sinal e rebateu a descarga, perfurando a rocha e escavando um túnel até a superfície. — Vamos andando, depressa. — Urakin disparou pela abertura, ainda com as palmas esfumaçadas. — Por aqui. Sigam-me.

O tubo era estreito e apertado, mas serviu como rota de fuga. Kaira e Denyel o acompanharam, até despontarem na base do morro.

— Que beleza esse raio. — Denyel olhou para fora. Um novo dia estava nascendo. — Por que não o usou antes?

— Não sei. — Urakin parou onde estava e contemplou o martelo, ainda sem acreditar na façanha. — Não sabia que era possível.

15

SLEIPNIR, O SUAVE

O TÚNEL ESCAVADO PELOS RAIOS DO MJÖLNIR SEGUIA EM LINHA RETA ATÉ O SOPÉ das montanhas, terminando em uma escarpa muito próxima à senda que eles haviam utilizado, mais cedo, para explorar os entornos do morro. De lá, eram visíveis não só a estrada através do desfiladeiro como as demais colinas e montes, todos áridos, o Bosque de Ferro e mais adiante a torre de Grimhildr, agora em ruínas, sem as trepadeiras que a decoravam, sem o fogo que a protegia.

O dia nasceu escuro. Nuvens carregadas encobriam o antigo reino dos elfos, e ao dar um passo para fora da gruta Denyel desabou como um fruto maduro. O triunfo sobre Níðhöggr os ofuscara a princípio, mas a realidade é que ninguém derrota um dragão sem consequências. O exilado fora gravemente ferido, e, embora o "suor de batalha" o tenha sustentado em combate, agora a hemorragia cobrava seu preço.

— Levante-se — Urakin o agarrou pelo bíceps. — Ou então serei forçado a carregá-lo.

— Não perca o seu tempo — ele o afastou. — Sou peso morto.

— Não diga uma coisa dessas — Kaira o censurou. — Já esteve em situação muito pior. — Esticou a mão. — Vamos lá.

— Isso foi na terra, Faísca. — Denyel regurgitou sangue. — É diferente nos nove reinos. Neste lugar, estamos agindo através do nosso corpo espiritual, o que significa que podemos ser mortos, como qualquer pessoa. O único jeito de me salvar seria me conduzir ao Valhala, mas a viagem leva uns dois dias, e eu não tenho nem mais uma hora. — Com um esforço sobre-humano, ele apanhou o cabo da fabulosa Notung, que revertera à forma do *seax*, a espada curta. — Façamos assim: fico para trás guardando a passagem. Se os trolls aparecerem, eu os seguro.

— Desta vez será do *meu* jeito, soldado. — A ruiva nem cogitava a hipótese de abandoná-lo. — Ficaremos unidos, não importa o que aconteça.

— É um bom plano, admita. Se eu for junto, acabarei por atrasá-los. E, se permanecerem aqui, o atraso será ainda maior. Não esqueçam que vocês precisam liberar Bifrost antes que Thrymr tome conhecimento da morte de Níðhöggr, ou então ele executará Heimdall, o único que pode abrir a ponte. Em suma, se não partirem *agora*, tudo o que fizemos terá sido em vão. — E completou, tossindo sangue: — Minha morte terá sido em vão.

Kaira guardou silêncio por alguns segundos. Estava diante de "um impasse", como chamavam os capitães. Não era a primeira vez. Durante sua jornada, desde que renascera como um anjo do fogo, ela tivera que — ou, melhor dizendo, fora obrigada a — tomar decisões muito difíceis, considerando o bem do grupo e o sucesso da missão. O que — ou quem — deveria vir primeiro? Qual era a prioridade nesses casos extremos?

Quando se deparava com essas questões, ela buscava refúgio nas orientações transmitidas pelo saudoso amigo Levih, que lhe dera a solução para todos os dilemas e lhe ensinara que o coração fala mais alto, sempre que a mente não encontra respostas. Em certas horas, por mais ilógico que pareça, é preciso confiar nos instintos, é preciso *acreditar*, ou, como ele gostava de dizer... é preciso ter *fé*.

— O que fazemos? — Urakin aguardava instruções.

— Esperamos.

— Pelos trolls?

— Não — ela disse. — Está escutando?

— Sim. — O Punho de Deus lançou um olhar desconfiado sobre a montanha. — Estou.

Um relincho.

Um milagre.

Som de cascos. Não apenas alguns, mas muitos. Cavalos subindo em disparada pela trilha. Inúmeros. Talvez um regimento inteiro.

Kaira conjurou outra seta, pois não sabia quem ou o que os cercava. Urakin se posicionou em defesa de Denyel, o martelo chispando.

Uma sombra cresceu na aresta do morro, e os companheiros avistaram um enorme corcel acinzentado, a crista branca, os olhos negros, as pernas grossas, manchadas com o sangue dos trasgos. O ser era diferente dos cavalos normais, pois, além da inteligência um tanto apurada, tinha não apenas quatro, mas *oito* patas, e cada pegada soava como centenas, imitando o ruído de uma tropa. Sobre seu dorso prendia-se uma sela, as rédeas decoradas com prata e o estribo reluzente de ouro maciço. Correu na direção do trio e finalmente parou quando encontrou Urakin. Sacudiu a cabeça, cheirou-o e ao Mjölnir, depois arriou as costas, como se os convidasse a montar.

— Que animal magnífico — comentou o Punho de Deus, quando teve a chance de acariciar seus pelos. — De onde será que ele veio?

— Da caverna, acho — teorizou Kaira. — Deve ser parte do espólio de Níðhöggr, obtido ao longo de anos de saques e pilhagens. — Apontou para suas patas. — Não sei a quem ele pertenceu, mas talvez possa nos ajudar. — Olhou para Denyel, moribundo. — Pelo menos, assim espero.

O nome do corcel era Sleipnir, o Suave, e havia pertencido a Odin, depois fora herdado por Thor. Sleipnir era cria de Svadilfari, o garanhão cinza-escuro que ajudara a construir as muralhas do Valhala, e encerrava uma extensa linhagem de cavalos heroicos, dotados de poderes incríveis.

Sleipnir estava preso em Andlangr desde a morte do Deus do Trovão e era usado pelos trolls como besta de carga. Com Níðhöggr destronado, nada mais o segurava nos túneis, assim ele pisoteou alguns trasgos e saiu cavalgando de volta para casa, quando encontrou os anjos no caminho. Como Urakin portava o Mjölnir, estava claro que era confiável, então o corcel se ofereceu para transportá-los ao palácio. O que Kaira não sabia era que "o Suave" tinha a capacidade de flutuar sobre a terra e as águas, sendo portanto a criatura mais veloz de que se tinha notícia.

Sobre sua garupa, os três cruzaram o estreito, atravessaram a ponte e subiram o rio em questão de minutos. O cenário era percebido como um borrão, e quando o cavalo parou eles estavam diante dos portões dourados, com as valquírias os observando, atônitas. Naquela manhã, quem chefiava a guarda era Myst, Tempestade da Vitória, a mais nova das filhas de Odin. Considerando o sucesso da empreitada, ela imediatamente os escoltou à presença de Sif, que os recebeu no mesmo aposento onde os atendera dias antes. No percurso, Myst lhes contou que, além da Notung e do Mjölnir, o arco descoberto por Kaira era também famoso entre os aesires — tratava-se do Ýdalir, outrora pertencente ao deus Ullr. Suas flechas, segundo ela, condensavam a essência de quem as lançava; como a Centelha era um anjo do fogo, as setas se manifestavam em projéteis abrasados.

Denyel foi levado aos pisos superiores em caráter de urgência, para ser medicado. Os salões do Valhala eram célebres por suas propriedades curativas, sendo o principal o Sessrúmnir, abençoado pela deusa Freya, um enorme galpão onde, nos tempos mitológicos, os soldados nórdicos recentemente mortos em batalha eram deixados pelas valquírias, até se recomporem do trauma, renascendo como einherjar, os sagrados guerreiros de Odin. O Sessrúmnir não diferia muito dos outros pavilhões, parecendo um estábulo para seres humanos, separado em leitos e baias.

O capitão dos aesires dormiu o dia todo. Quando despertou, estava quase recuperado... e faminto. Descobriu ao pé da cama um modesto jantar, cujo prato principal era um delicioso salmão defumado. Para beber, uma jarra de suco de amora, acompanhada por um copo de leite. Seu equipamento continuava por perto, incluindo a mística Notung, que descansava embainhada sob o colchão. Kaira estava sentada ao seu lado, com o arco Ýdalir enviesado sobre o peito. Era noite, e através das sacadas coruscava a luz dos archotes.

— Se não é a mulher dos meus sonhos — Denyel acordou com seu jeito garboso. — Já sei, perdi a festança. — Ele não tinha noção de quanto tempo passara. — Como foi a batalha?

— Não foi ainda. — Ela sorriu ao vê-lo melhor, mas havia também consternação em sua face. — E talvez nem aconteça.

— Quero ver sangue. — Quando um querubim entra em uma disputa, segue nela até o final. — Depois de tudo o que passamos, não vou deixar barato. — Ele se referia principalmente à surra que tomara de Níðhöggr, e sua vingança estava só começando. — O que aconteceu?

— O que era esperado, lógico — Kaira revelou, conformada. — Sif nos disse que não tem tropas suficientes para enfrentar os gigantes.

— Bom, quantidade nem sempre é qualidade. Certamente não neste caso. — Denyel procurou uma posição sentada e matou a sede com o suco de fruta. — Com uma boa estratégia, as valquírias poderiam acabar com esses monstros.

— Talvez. O que falta à rainha não são tropas, é motivação — opinou a ruiva. — Ela teme pelos reféns, por Heimdall e pelos einherjar, que serão executados ao primeiro sinal de revolta. Mas nos permitiu ficar com as armas mágicas e nos desejou boa sorte em combate.

— Que merda — o exilado resmungou. Kaira achou que ele criticaria a monarca, mas aconteceu justamente o contrário. — É uma merda sentir culpa. Mágoa, desgosto, tudo isso nos corrói por dentro. Eu sei bem o que é, como aquela serpente fez questão de me lembrar. — Levou à boca um pedaço de salmão. — Sif não suportaria mais mortes sobre seus ombros. Ela ainda se considera responsável pelo assassinato de Thor, a fagulha que deu início ao incêndio. — Saboreou mais uma fatia do peixe. — E quanto ao seu amigo, Ismael? Conseguiram encontrá-lo?

— Não.

— Hmm... — Denyel provou o gosto do leite. — Não sei se sinto pesar ou alívio. — Por ser um executor, um hashmalim, Ismael era visto por muitos como um espião nas fileiras rebeldes, embora jamais tenha dado motivos para suspeitarem dele. — Nunca acreditei que fosse um sujeito confiável.

— Já é a segunda vez que diz isso — a Centelha defendeu o colega. — Por que insiste em prejulgá-lo?

— Desculpe. Tenho um passado com os hashmalins. — Ele acariciou a barba negra e mudou de assunto: — O que pretende fazer agora?

— Sinceramente, não sei. Olhando sob outra perspectiva, até entendo o drama de Sif, pois, de certa forma, passei por situações equivalentes. São muitas as perdas, insubstituíveis e dolorosas. Primeiro Levih, depois Ismael e agora você.

— Eu?

— Sim. Não disse que permaneceria em Asgard e não nos acompanharia na missão?

— Sua missão acabou, Faísca. — Denyel a trouxe de volta à realidade. — Sem o apoio dos aesires, não há a menor condição de retomarmos Bifrost. O próprio Thrymr, rei dos gigantes, governa hoje sobre o forte de Iðavöllr, e o que se conta é que sua armadura de gelo é inquebrável.

— De novo esse papo? — ela fez pouco caso. — Disseram o mesmo das escamas de Níðhöggr, do coração de Andril, dos ecaloths...

— Está bem, reconheço que as pessoas sempre exageram um pouco. Mas considere o seguinte. Mesmo se conseguíssemos desbancar Thrymr sozinhos, o que acho improvável, ainda teríamos que entrar na fortaleza. — O exilado terminou o jantar, ergueu-se e começou a vestir a cota de malha, a única proteção que sobrara depois que o dragão destruíra suas placas. — Iðavöllr é guarnecida pelos hamhleypa, as perversas crias do lobo Fenris, um monstro que habita as paragens de Niflheimr, o reino gelado ao norte da Yggdrasil.

— Nós acabamos de superar um dragão, e você se preocupa com lobos?

— Graças à Notung. — Ele atou à cintura o *seax* de Siegfried, a Ceifadora de Dragões, como fora apelidado pelos deuses. — Não fosse ela, nem o Mjölnir nos salvaria.

— Pode ser, mas, agora que temos o martelo, teoricamente podemos fazer frente aos gigantes. Não foi o que Sif nos disse desde o início? — Kaira também se levantou. — Com ele, o Ýdalir e a Notung, são três os artefatos místicos. — E, enquanto Denyel apertava o cinto, ela lhe estendeu o cabo da espada celeste, a mesma que ele encravara no topo do monte Andlangr, para servir como trava à corda de algas, e que supostamente desaparecera durante o confronto contra Níðhöggr. — Ou quatro, se contarmos com este.

— Olhe só. O que seria de mim sem você? — Ele se alegrou ao perceber que sua antiga arma não fora perdida. — Onde ela estava?

— Eu a encontrei no chão da caverna, entre as gemas e as moedas de ouro. Deve ter caído quando o lagarto bateu com a cabeça no teto — contou. — Minha intenção era jogá-la para você, mas a Notung acabou servindo ainda melhor, não é?

— Definitivamente. Quer ficar com ela?

— Com ela quem?

— Com a minha antiga espada. A celeste, não a Notung. Se Sif nos deu legalmente a posse dos artefatos, então eu entrego o meu velho sabre a você.

— Sério?

— Claro. Faz alguns dias eu prometi que lhe conseguiria uma arma, e além disso nunca fui muito apegado a coisas materiais. — Denyel estalou as costas, saiu da baia e caminhou em direção à sacada. Lá, encostou-se na amurada e respirou um pouco do ar noturno, observando a ponte sobre o Oceanus, os muros da cidadela e as torres de guarda. — Se vamos defrontar gigantes, trolls e lobisomens, é bom que você possua um instrumento para o combate corpo a corpo.

— Isso faz parte do código dos querubins?

— Não. Faz parte do código dos aesires.

— Obrigada. — Ela sentiu-se lisonjeada, afinal a espada era a "alma" dos anjos guerreiros, e aquele sabre tinha história. — Como faço para conjurar a lâmina?

— Não deve ser muito diferente de invocar suas esferas de fogo ou mesmo as setas do Ýdalir — supôs. — Basta concentrar sua aura.

— Vou tentar, a qualquer hora. — Kaira deu uma boa olhada na empunhadura, agora que a relíquia era *sua*. Sem a folha, ela parecia um bastonete de aço medindo pouco menos de trinta centímetros, com tiras de couro amarradas em círculo para evitar que o objeto escapasse da pegada. — Então, virá conosco?

— A Iðavöllr? Evidente! Sou o suicida do grupo, esqueceu? — Ele parecia mais confiante. — Seguimos juntos até Bifrost. Depois, já não sei. — Os dois estavam apoiados sobre a mureta, os ombros praticamente colados, contemplando um ao outro ao reflexo das lamparinas. — E quanto a Urakin? Já se conformou com o que aconteceu na torre de Grimhildr?

— Felizmente, sim. — Kaira afastou os cabelos emaranhados pelo vento e retornou a atenção ao parceiro de lutas. — O episódio com o Mjölnir e o triunfo sobre Níðhöggr serviram para que ele "recuperasse a honra", segundo suas próprias palavras, o que apaziguou seu espírito.

— Coitado — o capitão riu, com pena. — Está cego pela paixão, e esse tipo de sentimento é perigoso.

— Por quê?

— Qualquer emoção cega é perigosa.

— Sim, acho que concordo. — Ela ponderou sobre o assunto. — A propósito, como *você* resistiu aos encantos da ninfa?

— Difícil explicar. — Mas, mesmo assim, ele tentou. — Lembra do que eu lhe disse enquanto descíamos o rio?

— É o tipo de coisa que não dá para esquecer. — Ela sorriu, um pouco tímida. — Mas você também disse que não poderíamos ficar juntos.

— Sabe de uma coisa, Faísca?

— O quê?

— Eu sou um canalha mentiroso. — Os dois se entreolharam e sentiram uma atração irresistível, algo que não provavam fazia meses, ou, no caso de Denyel, *séculos*. Kaira fechou os olhos, entregando-se completamente àquele momento, que a transportava a seus tempos de mulher. Os rostos se aproximaram, os lábios se tocaram, e quando estavam prestes a se beijar rugiu o som de um berrante.

— O que foi isso? — A Centelha se desviou, e o clima romântico sumiu. O ruído era abafado e vinha dos portões. — Invasão?

— Não sei. — Como capitão dos aesires, Denyel tinha a obrigação de averiguar. Conferiu a armadura, ajustou a Notung e puxou Kaira pela mão. — Venha comigo.

16

O ANEL DOS NIBELUNGOS

Na ponte sobre o rio Oceanus, um cortejo andou até as muralhas e parou ante os torreões. O time era composto por dez seres robustos, fortemente armados, ostentando couraças e elmos. Dois deles carregavam um cadáver enrolado em tecidos fúnebres, e outros cinco sustentavam nos ombros uma pedra longa e pesada, igual aos dolmens de Thor e Odin, encravados no topo de Hlidskjalf. O chefe tinha uma barba comprida, castanha, trazia um machado e, apesar de musculoso, não media mais que um metro e meio.

— Sif... — esbravejou o forasteiro, enquanto seu assistente, logo atrás, soprava o berrante. — Quero falar com Sif, Cabelos de Trigo.

— Alto — uma das lanceiras que faziam a ronda os deteve. — Quem são vocês?

— Quem somos nós? — o homenzinho retrucou numa inflexão arrogante. — Quem somos nós? Ora, menina... — Ele bufou, os olhos arregalados. — Sou Dáinn, filho de Andvari, soberano dos anões. — Alongou o braço, revelando uma joia no dedo. — E este é o Nibelungo, anel dos reis desde o princípio dos tempos. Como perpétuo aliado dos deuses, reivindico o direito de conferenciar com a rainha. *Agora.*

— Que algazarra é esta? — Brunhildr prendeu os cabelos negros com uma fita, sacou o montante e desceu as escadas do torreão norte, determinada a pôr ordem na casa. O que ela viu foram dez anões em armaduras de combate, três dos quais estavam destacados, uns cinco passos na dianteira. O líder do grupo, que se dizia rei dos nibelungos, usava um elmo fosco, ornado com chifres de bisão, segurava um escudo redondo e trazia uma acha de ouro, com a lâmina em meia-lua e uma ponta na face traseira. Essa machadinha, batizada de Tyrfing, fora projetada nas fornalhas de Niðavellir e, segundo as lendas, tinha o condão de transformar suas vítimas em pedra. — O que está acontecendo?

— Oh, mas se não é Brunhildr, Estrondo de Guerra. — Ao reconhecê-la, o anão fez uma vênia. — Saudações, senhora. Que alegria.

— Dáinn? — A valquíria quase não acreditou a princípio. Os anões lutaram em parceria com os deuses contra os gigantes, mas isso fora havia muito tempo, antes do acordo de paz que pôs fim à briga entre aesires e jötnar, a qual seria retomada com a morte de Odin. Desde então, esses pequenos guerreiros, chamados de "dvergar" pelos elfos e de "nibelungos" por eles próprios, haviam se isolado em suas cavernas, num esforço para erradicar os trolls que os ameaçavam a cada dia. — O que o traz ao Valhala e quem são esses dois que o acompanham?

— Perdoe-me por não tê-los anunciado formalmente. Sou grosseiro e apressado — o visitante estendeu a mão, como se pedisse desculpas. Os anões eram conhecidos por seus hábitos toscos, às vezes até rudes, mas Dáinn, em particular, nascera em berço real e sabia se comportar diplomaticamente, quando a ocasião exigia. Apontou primeiro para o indivíduo à sua esquerda, um jovem dvergar de queixo louro, armadura dourada e escudo losângico, que como arma empunhava um gládio. — Este é o meu filho, o príncipe Fjalar. — Virou-se à direita e indicou um segundo anão, quase idoso, de barba grisalha e couraça segmentada. — E o senhor carregando o tridente é o general Brokkr, que pelejou ao lado de meu pai, Andvari, sob o estandarte de Odin. — Finalmente, abordou o assunto mais importante: — Estamos aqui para honrar a antiga aliança entre nossos povos.

— Não acha que é tarde demais? — Brunhildr recolheu a espada e falou calmamente. — Onde estavam os anões quando Thor foi assassinado?

— Ocupados com os trasgos e dragões que castigam nossas terras. — Como diplomata, Dáinn ensaiara respostas convincentes para as questões mais polêmicas. — Ademais, quando soubemos da tragédia, já não havia o que fazer. O Mjölnir estava sob a guarda de Níðhöggr, preso e encerrado em seu covil. — Efetuou uma pausa dramática e então prosseguiu: — Mas, agora que o martelo foi recuperado, há uma nova porta aberta à vitória.

— O martelo? — A morena ficou sem palavras. O que a espantava não era o fato de Dáinn tomar conhecimento da queda do dragão ou do resgate do Mjölnir, mas a velocidade com que a notícia chegara até ele. — Como soube?

— Pouco importa. Os gigantes não permitirão que a relíquia de Thor continue em Asgard. Uma grande batalha se anuncia. — E replicou, em tom respeitoso: — Sendo assim, insisto que me deixe entrar e conferenciar com a rainha.

— Sif não ousaria provocar os gigantes — Brunhildr se apressou em lembrar. — Capitulamos, desde que perdemos o nosso rei. Essa querela pode ser sua, mas não é nossa, filho de Andvari. Não mais. Como se não bastasse, o último anão que pediu nossa ajuda acabou por nos conduzir à ruína. — Ela se referia a Níðhöggr, que no passado chegara disfarçado ao Valhala, atraindo o Deus do Trovão para uma cilada. — Como posso confiar em você?

— Bom, se a posse do Nibelungo e da Tyrfing não é suficiente, peço que aceite essa prova de amizade. — Dáinn gesticulou com o pulso, e dois anões que estavam no escuro, mais afastados, trouxeram até ele um corpo enrolado em tecidos finos. O próprio rei pousou-o no chão e em seguida descobriu seu rosto. — Reconhece?

— Siegfried?

— Sim, eis a carcaça de seu precioso consorte. — Com outro gesto ligeiro, Dáinn ordenou que seus soldados erigissem o dólmen, e nele estava gravado um poema em runas, contando a história de amor entre o semideus e Brunhildr, incluindo sua conclusão dramática, em versos belíssimos. — Eu mesmo talhei essa lápide, Estrondo de Guerra — ele afirmou candidamente. — Agora, o grande herói poderá descansar em Hlidskjalf, na companhia de seu pai e de seu irmão.

Hlidskjalf era o ponto mais alto de Asgard, o cume visitado por Kaira, Denyel e Urakin durante sua primeira conversa com Sif, o pontão onde estavam enterrados os corpos de Thor e Odin. Brunhildr era uma guerreira poderosíssima, mas também a mais sensível das irmãs, e, embora soubesse que o presente era uma manobra política, simplesmente não conseguiu recusar. Ajoelhou-se ante o defunto, fez uma reverência em sua homenagem e o beijou na testa.

— Muito bem, Dáinn, filho de Andvari, senhor dos nibelungos. — A valquíria enxugou as lágrimas e voltou-se ao soberano. — Eu o levarei até a rainha.

17

RAGNARÖK

O DÓLMEN OFERTADO PELOS ANÕES AJUDOU A AMOLECER O CORAÇÃO DE BRUNHILDR, mas o golpe de mestre fora o resgate do corpo de Siegfried, que até então era mantido sob a guarda de Grimhildr, na torre élfica de Vídbláin. Conforme os anjos saberiam naquela mesma noite, o último capítulo da jornada de Siegfried estava intimamente ligado ao "tabu de Brunhildr" e encerrava uma epopeia trágica. O herói e a valquíria tinham se apaixonado à primeira vista, quando trocaram olhares no campo de batalha, ainda em Midgard, o que fez com que ela se dobrasse a seus encantos e o arrastasse ao Valhala. Ora, Frigga prometera que Siegfried poderia tomar uma das filhas de Odin em casamento, caso matasse Fafnir, e assim ele pediu a mão de sua meia-irmã, a deslumbrante Estrondo de Guerra.

Contudo Siegfried estava também enamorado pela ninfa Grimhildr, que conhecera ao longo de suas aventuras e o ajudara contra gigantes e trolls. Obrigado a fazer a escolha, o herói optou pela casa dos aesires, o que enfureceu a mais bela das fadas. Grimhildr pediu a ele uma última noite de amor e o matou com o veneno do próprio corpo, carregando-o para o fundo do rio Ífingr. Quando os elfos partiram, a Rainha Azul, já amarga e reclusa, ficou para trás e tomou como residência a torre de Vídbláin, construindo ali seu bastião do terror.

Kaira e Denyel chegaram à ponte a tempo de presenciar o ingresso dos três anões e ajudaram Brunhildr a escoltá-los até os aposentos reais. Lá, quem os aguardava não era apenas Sif, Cabelos de Trigo. Myst, Tempestade da Vitória, e a loura Hildr, totalmente recomposta após o duelo no hipódromo, faziam a segurança da sala, junto a Urakin, que agora ostentava o martelo. Três bancos de carvalho maciço, com o encosto ricamente entalhado, foram oferecidos aos dvergar e organizados em semicírculo em volta do trono. Dáinn sentou-se no extremo oposto da roda, de frente para a esposa de Thor, que o recebeu com um meio sorriso, ainda apoiada na lança Gungnir. O senhor dos nibelungos recolheu a Tyrfing e exibiu seu precioso anel, marca dos reis anões e símbolo do poder sob a montanha.

— Meus maiores respeitos à Rainha Branca. Obrigado por nos receber, pois esteja certa de que viemos em paz.

— Em paz? — duvidou Hildr. Ela era a mais tempestuosa das capitãs e, como muitas amazonas, guardava rancor dos anões, por eles não terem aparecido quando o gigante Thrymr atacou o reino de Asgard. — Então, para que tantas armas?

— Só existe uma resposta, e ela é simples — disse o homenzinho, encarando a loura discretamente. — Trago armas porque estamos em guerra.

— Não estamos em guerra — Sif quebrou o silêncio e, com sua voz apática, repetiu o sermão. — E tampouco desejamos *começar* uma guerra.

— Não é o que parece. — O soberano fitou Urakin. O anjo estava sentado ao lado de Kaira e Denyel, num banco mais próximo ao eirado, trajando um peitoral de aço e com o martelo apoiado nas coxas. — Níðhöggr está morto. Os deuses resgataram o Mjölnir.

— Não foram os deuses que o resgataram — de pronto a governante o contestou, como se pudesse enganar a si mesma. — Foram os estrangeiros.

— Ah, sim. Os estrangeiros. — O anão torceu a boca numa careta satírica. Ele obviamente sabia que Kaira, Denyel e Urakin não eram espíritos nórdicos, mas no fundo isso não fazia a menor diferença. — Diga isso a Thrymr quando os hamhleypa marcharem sobre as colinas e bosques, devastando o que sobrou das terras de Asgard. — Os olhos castanhos se fixaram em Sif. — Estou certo de que ele entenderá suas razões. Os gigantes são criaturas bem razoáveis.

— Olhe como fala — Hildr fez menção de se levantar. — Não seja irônico com a rainha!

— Só me resta ser irônico, Grito de Batalha, afinal isto é uma grande piada. — E, para contrabalancear a ousadia, o dvergar prosseguiu, agora sério: — Senhoras, os jötnar são impiedosos, sempre foram, e tudo o que precisam é de uma desculpa para ocupar o Valhala. Thrymr tomará a morte do dragão como um ato de guerra, quer vocês queiram ou não.

— Pode ser — Brunhildr interferiu na conversa. Seus cabelos desciam soltos até a cintura, e o montante refletia o coriscar da lareira. — Mas, se o caso é esse, o que você propõe, soberano dos nibelungos? Que arma secreta nos oferece?

— Ninguém pode negar o grande poder do inimigo, e como são duros em combate. Nossa única chance é atacar de surpresa, *antes* que eles saibam sobre o Mjölnir. Considerando que os einherjar e Heimdall, o Observador, são mantidos reféns em Iðavöllr, penso que Bifrost deve ser o nosso primeiro alvo. Com os guerreiros livres, o deus liberto e o Mjölnir nas mãos dos aesires, haverá um novo fôlego e uma nova energia para as batalhas vindouras.

— Atacar de surpresa *como*, mestre anão? — indagou a prateada Myst. — Thrymr usa os trolls como espiões. A uma hora dessas ele já deve estar sabendo do acontecido.

— Não. Ele ainda não sabe — garantiu Dáinn. — Meus engenheiros obstruíram os túneis que os trasgos costumam usar, o que os deterá por um ou dois dias. Significa que precisamos nos mover antes disso. De minha parte, confirmo o deslocamento imediato de três legiões.

— Isso sim é uma piada — Hildr deu o troco. — Como pretende trazer três legiões de infantaria através de Álfheim, em tão pouco tempo?

— Na verdade, eu *já* as trouxe, ó valorosa filha de Odin. Minhas tropas estão estacionadas nas cercanias de Iðavöllr, apenas esperando as minhas ordens. Ao longo dos anos, e ainda mais com a ameaça dos répteis alados, construímos passagens subterrâneas que cruzam os nove reinos, incluindo corredores secretos por dentro dos galhos da Yggdrasil. — E insistiu, erguendo o punho cerrado: — O momento é agora!

— Sim, mas e quanto aos reféns? — Eles eram, logicamente, a maior preocupação de Sif. — Não serão executados quando Thrymr avistar nosso exército?

— A magnífica rainha esquece que Iðavöllr foi um presente de meu pai aos asgardianos, projetado para defender a Ponte do Arco-Íris. Guardo comigo as plantas originais e conheço rotas ocultas que conduzem diretamente aos calabouços — anunciou Dáinn, e detalhou sua estratégia: — Proponho destacarmos um grupo para ir na frente, através desses túneis, em completo segredo, um grupo de resgate. Sou voluntário para liderar esse time.

— Por que algo me diz — alfinetou-lhe Hildr — que suas motivações são pessoais?

— Pessoais? — rosnou Brokkr, o idoso general dos anões, batendo duas vezes com seu tridente no piso. — Vingar a morte do rei é um assunto de Estado!

— Calma, meu amigo. Guarde a sua fúria para quem a merece — o monarca tranquilizou seu campeão e deu uma resposta à capitã das valquírias: — É verdade que as masmorras de Iðavöllr são guardadas por Surtr, o gigante do fogo, o jötnar que matou o meu pai, mas essa contenda está longe de ser pessoal. Surtr é influente entre os trasgos, os mesmos que destroem as nossas cidades. Matá-lo é uma questão patriótica.

— Mas não é apenas isso. — Aos poucos, Sif pareceu emergir da bolha de letargia que normalmente a cercava. — O que mais você quer?

— Olhe, perceba... — Ele encolheu os ombros. — Nada além do que nos pertence. — O soberano se mexeu no assento e mirou seu filho, o príncipe Fjalar, para enfim negociar o acordo: — Os espólios de Níðhöggr incluem muitas peças roubadas de nossas grutas, fortes e cidadelas. Queremos uma parte do tesouro.

— Eu sabia! — Hildr corou de raiva e apertou firme o cabo da lança. — Vocês, anões, sentem de longe o cheiro do ouro.

— Espere lá, mocinha — Dáinn engrossou o diálogo, enquanto segurava Brokkr na cadeira. — Posso suportar que me desacate, mas não permitirei que insulte o meu povo. Muitas das nossas famílias sofreram e ainda sofrem com os saques constantes. É justo que sejam indenizadas.

— Não estou interessada em dinheiro, se quer saber — frisou a esposa de Thor. — Só me aflige a condição dos reféns.

— Muito digno. — O rei dos anões respirou fundo. — Façamos assim, então. Se algo acontecer ao deus Heimdall, toda a riqueza do dragão reverterá à casa de Asgard. Se conseguirmos trazê-lo com vida e reconquistar Bifrost, a fortuna será repartida pela metade.

— Pela metade? — indignou-se Hildr. — Absurdo!

— E depois *nós* é que somos gananciosos — o jovem Fjalar defendeu o raciocínio do pai. — Sua rainha acabou de dizer que a questão não é o dinheiro.

— E quanto aos artefatos élficos? — Brunhildr abordou outro ponto, em que ninguém até então tinha pensado. — Com quem ficarão?

— E os itens mágicos? — indagou Myst. — Seria preciso organizá-los em uma categoria à parte. Não podem ser tratados como joias comuns.

Subitamente, um turbilhão de perguntas, argumentos e contra-argumentos inundou o Glaðsheimr, e de uma hora para outra não se ouvia mais nada. O general Brokkr, dedo em riste, declarou que fazia parte de uma comitiva diplomática e que, para um embaixador, estava sendo muito maltratado. Fjalar o apoiou, e no canto adjacente Brunhildr se empenhava em conter o ânimo de sua irmã, Hildr, que aguardava um gesto de Sif para enxotar os dvergar do palácio. Denyel aproveitou o vozerio para explicar a Kaira que Andvari fora o anão sobre o qual ele falara durante a viagem pelo rio Ífingr, o mesmo que forjara o Anel dos Nibelungos e tinha a pretensão de conquistar os nove reinos. Portanto Hildr não estava totalmente equivocada ao desconfiar de seu filho, o atual governante, contudo era também verdade que anões e deuses tiveram uma aliança duradoura e que, em eras longínquas, conquistaram grandes vitórias sobre gigantes e ogros. Sabendo disso, apoiando-se nesse passado glorioso, Dáinn decidiu que era o momento para usar seu trunfo, apelando para as narrativas heroicas, as únicas que os aesires prezavam.

— Silêncio. Silêncio! — O rei ficou de pé e falou com a voz impostada: — Senhoras, por favor. Não convém brigarmos entre nós. Seria um triste retrocesso, um erro histórico e um equívoco diplomático — ele disse. — O meu pai morreu aos pés de Odin, quando os dois enfrentavam Surtr. — Erigiu o machado. — O mesmo sangue corre em minhas veias, assim como a força dos deuses ainda corre nas suas. Não me importa o que acontecerá depois, ou com quem ficará o tesouro. O que eu quero é combater ao lado das amazonas sagradas, como outrora meu progenitor combateu. — Beijou o anel dourado. — Selo esta noite a promessa de nunca traí-las, de nunca desapontá-las. — Olhou direto para Sif. — Que se restaure a antiga amizade, que se refaçam os velhos laços, hoje, amanhã e até o fim do mundo.

Quando Dáinn terminou o discurso, não se percebia um só ruído. O "fim do mundo" a que ele se referia era o Ragnarök, a grande batalha profetizada por Odin, que marcaria o juízo final nas terras nórdicas, e para a qual os aesires deveriam se preparar, segundo ensinavam os videntes. Sif negligenciara esse augúrio, acreditando que a disputa estava perdida, mas o curso dos acontecimentos mostrava que não, que a chegada dos "estrangeiros" poderia, talvez, alterar o rumo das coisas e trazer uma nova esperança ao território de Asgard, que fazia anos só conhecia a desgraça.

— Um ataque a Iðavöllr nos porá em um caminho sem volta — advertiu-os a rainha. — Estamos prontas para a guerra?

— Nós nascemos para a guerra — disse Hildr, e pela primeira vez ela e Dáinn concordavam. — Fomos criadas para a guerra.

— Que assim seja, então — determinou a viúva, aprumando-se com a Gungnir empunhada. — Myst, traga a minha armadura.

— Não sei o que dizer sobre o que acabamos de presenciar nesta sala — Kaira se virou para os amigos quando o concílio se dispersou. — Sorte, azar ou nenhum dos dois?

— Se é sorte ou azar, dependerá do resultado — opinou Denyel. — O fato é que não se pode matar um dragão, ainda mais Níðhöggr, e voltar para casa como se nada tivesse acontecido. Óbvio que o evento geraria repercussões alarmantes.

— Então, Sif já esperava por isso?

— Quem pode dizer? — Denyel se recusou a elaborar teorias. Os três anjos estavam agora em pé, reunidos diante da fogueira central, que crepitava em chamas e carvões abrasados. — Nunca fui especialmente bom em farejar conspirações.

— Pior não pode ficar — afirmou Urakin. Ele estava encostado em uma das doze pilastras que sustentavam o recinto. — Pelo menos, agora teremos a chance de enfrentar os gigantes e reocupar Bifrost. Era o que queríamos, não era?

— Sempre pode ficar pior, grandalhão — o exilado deu-lhe uma palmadinha no ombro, voltou-se para o trono e o mirou, taciturno. Sobre o tablado, Sif, Dáinn,

Hildr e o general Brokkr discutiam os últimos detalhes da invasão. — Mas, sim, estou otimista. No mínimo teremos uma pancadaria das boas, e é disso que este país está precisando.

Kaira chutou um toco de volta para o fogo. Quando espiou a sacada, notou a presença dos dois corvos, que agora eram acompanhados de mais um. O terceiro pássaro chegara ao Valhala para guardar o túmulo de Siegfried, que logo seria sepultado no pontão de Hlidskjalf. Consagrava-se assim o jazigo dos três grandes heróis, os maiores guerreiros já existentes nos reinos.

Sif desceu do estrado e andou até o coro, seguida pelo rei dos anões. Fez uma curta apresentação, afastou-se e depois o dvergar os saudou.

— Oh, esses são os estrangeiros? — Dáinn fingiu estar impressionado. — Os formosos heróis que livraram o mundo do perverso dragão?

— Quase isso — rebateu Denyel.

— Quase? — o soberano estranhou e perguntou, muito objetivamente: — Não foram vocês que mataram o rebento de Fafnir?

— Sim, fomos nós — aquiesceu o celeste. — Mas não somos exatamente "formosos".

— Claro. — Dáinn deu uma gargalhada curta e observou-os de perto, com certo ar de ironia. — Que diferença não faz uma arma mágica. — Encarou Urakin. — Você, portador do Mjölnir, deverá estar na linha de frente amanhã. — E dirigiu-se a Denyel, olhando para a espada em sua cintura: — Então esta é a Notung, chamada de Gram pelos elfos?

— Reza a lenda que sim.

— Que maravilha. — Ele contemplou o arco de Kaira. — E o Ýdalir, imagino. — O homenzinho assentiu com a cabeça, ligeiramente debochado. — Que tal virem comigo?

— Ir com você? — estranhou Denyel. — Para onde?

— O grupo de resgate — lembrou o anão. — Gostariam de fazer parte dele?

— Se a rainha assim desejar — o exilado traçou seus limites. — Sou um cavaleiro empossado por Sif. Cumprirei as ordens *dela*.

— Justo. — O rei dos nibelungos esclareceu sua tática: — Cabelos de Trigo concordou que vocês dois fizessem parte da comitiva, comigo — ele apontou para Kaira e Denyel. O convite não incluía Urakin. — Não há tempo a perder. — Ajustou o elmo de chifres, segurou o escudo e apanhou a acha dourada, a Tyrfing. — Me sigam.

18

IÐAVÖLLR

ALÉM DO OCEANUS, CONSIDERADO UMA ESTRADA CÓSMICA PARTILHADA POR DIversas culturas, o reino de Asgard é cortado por dois grandes rios. O Ífingr nasce nas montanhas ao sul do Valhala e desce até as fronteiras de Álfheim, a antiga pátria dos elfos. Já o Gjöll começa nas grutas geladas a oeste de Jötunheimr, o país dos gigantes, escorre pelos galhos da Yggdrasil e serpenteia através das planícies de Iða, enfim despencando para o vazio do Ginnungagap, o "furo cósmico" no espaço e no tempo que conecta os nove reinos nórdicos ao restante do universo conhecido.

Quase chegando ao abismo, o Gjöll se ramifica em dois braços, e no centro deles emerge uma porção de terra seca, sobre a qual se sustenta Iðavöllr, a Fortaleza Solitária. O edifício, construído pelos anões como um presente a Odin, foi projetado com o objetivo de guardar a Ponte Bifrost, situada no canto posterior da ilhota, ou seja, de frente para o precipício do Ginnungagap. Nos tempos mitológicos, Bifrost era usada como porta de acesso a Midgard. Sem ela, os deuses ficariam isolados, e sabendo disso Thrymr decidiu ocupar o bastião com suas feras, transferindo para lá também sua morada.

Desde a morte de Thor, tanto o rio Gjöll quanto a planície de Iða estavam completamente congelados, e o clima só piorava à medida que se aproximava do forte. O nevoeiro era gélido, e o vento, cortante, carregado de cristais afiados. Contudo as intempéries conjuradas por Thrymr escondiam certas vantagens, sobretudo para os generais mais espertos. O endurecimento do rio unificara a paisagem em uma só campina nevada, permitindo que os invasores avançassem direto para os portões do castelo, sem precisar transpor suas águas. Outro benefício eram as névoas, que, embora frígidas, serviam de cobertura aos exércitos em marcha.

Quem fazia a segurança de Iðavöllr eram três lobos brancos: Godi, Skuld e Nyr, bisnetos do monstruoso Fenris. Quando o dia raiou, Skuld captou um cheiro atípico e, acompanhado dos irmãos, correu até os limites da floresta real, tencionando investigar sua origem. Chegando aos pinheiros, o aroma se intensificou, e ele entendeu que farejava um cavalo. Seguiu pela mata até avistar uma sombra. Sendo crias de um lobo com uma deusa, os hamhleypa eram bípedes e muito maiores que seus primos comuns. Skuld se ergueu em duas patas, ficando do tamanho aproximado de um urso, e armou suas garras, mas antes que pudesse golpear foi atingido no crânio por dois pares de cascos, que o mataram instantaneamente. De longe, Godi e Nyr enxergaram o algoz e o identificaram como Sleipnir, o majestoso corcel de Odin.

Ora, Godi e Nyr eram estúpidos, mas sabiam que Sleipnir pertencia aos espólios do dragão e que, se fugira, era porque Níðhöggr fora exterminado. Um herói (ou heróis) suficientemente poderoso para matar o lagarto poderia fazê-los em pedaços, então eles deram meia-volta e dispararam em retorno à planície, quando a Gungnir, a lança que estava em poder de Sif, perfurou o coração de Godi.

Nyr, por sua vez, não parou. Continuou progredindo até que o Mjölnir esmagasse suas costas. Antes de morrer, porém, antes que o general Brokkr o trespassasse com seu tridente, ele conseguiu emitir um último ruído, um derradeiro grito de alerta, parcialmente abafado pelas árvores, mas cujos ecos poderiam ser escutados a distância.

— Monstros bastardos — cuspiu o idoso campeão dos anões, praguejando sozinho diante do céu e da mata. — Criaturas profanas.

— Danação — resmungou Urakin sobre o dorso de Sleipnir. Segurava à direita o martelo dos deuses. Com o elmo ajustado e desconsiderando o cavanhaque castanho, ele parecia o Deus do Trovão renascido. — E se o uivo chegar à fortaleza?

— Devemos confiar em nossos colegas, agora mais do que nunca. — Sif recolheu a Gungnir. Trajando uma armadura de prata, o peito decorado com runas e flores, e montada em Yrsa, sua égua branca, ela parecia mais enérgica, menos ociosa, muito diferente da figura que os anjos conheceram no Glaðsheimr. — O que nos resta é seguir adiante.

— De acordo — assentiu o príncipe Fjalar, elegante em suas placas douradas. Segundo a tradição militar dos anões, eram os príncipes os responsáveis por comandar as tropas e organizá-las em campo. Os generais tinham outra função, a de caminhar na frente de batalha, sendo os primeiros a esmagar os inimigos, demonstrando ferocidade e inspirando os soldados. — O sol nasceu sobre as nuvens — declarou o fidalgo. Dez passos à retaguarda, o chão trepidou e de pequenos túneis escavados no solo surgiu uma turba de dvergar, armados com lanças, achas, escudos e organizados em três legiões de infantaria, que totalizavam doze mil guerreiros. — Começa agora a nossa marcha. Sorte aos nossos amigos, ao meu pai, à deusa Herja e ao capitão Böðgæðir, pois está nas mãos deles o destino dos reinos.

Horas antes, Kaira e Denyel escoltaram Dáinn até os portões do Valhala. De lá, transpuseram a ponte, desceram a escadaria, chegaram ao sopé das montanhas e enfim penetraram no bosque real. Era quase meia-noite quando o rei dos anões estacou diante de um carvalho encorpado, apertou a casca em um ponto específico e uma seção do tronco se abriu numa toca, imperceptível a quem não olhasse de perto. Juntos, eles se enfiaram em um buraco estreito, toscamente escavado no chão, que aos poucos foi se ampliando até se transformar em uma galeria de rocha.

Sujos de terra, os andarilhos se deslocaram através de rachas e fendas, chegando a uma segunda porta, acionada por uma alavanca. O que se revelou, então, foi um corredor diferente: largo, sólido e muito bem construído. O teto era alto, e as paredes, revestidas de tijolos de granito, inabaláveis ao tempo e à erosão. O piso estava conservado, e a cada cem metros surgiam fontes, agora secas, de água canalizada, proveniente do rio Gjöll. O único inconveniente de explorar esses túneis era a ausência de tochas ou candeeiros, desnecessários aos dvergar, capazes de enxergar no escuro. Felizmente, Denyel contava com seus sentidos aguçados, e Kaira percebia os espectros térmicos, então as trevas não seriam um problema para o grupo avançado, em cujos esforços Sif depositava sua fé.

Os anões não são criaturas maléficas, mas padecem de um defeito notório, a *ganância*, o que os faz desconfiarem de tudo. O pai de Dáinn, num impulso típico da raça, mandou cavar rotas ocultas e passagens subterrâneas até a fortaleza de Iðavöllr, justamente para o caso de precisar invadi-la, se Odin viesse a traí-lo, o que obviamente nunca aconteceu. Em consequência, os túneis ficaram lacrados por séculos, sendo agora (convenientemente) redescobertos e enfim revisitados em momento oportuno.

O trajeto até Iðavöllr seria longo, por isso os três saíram às pressas, logo após a dispersão do concílio. Quase nada foi dito por várias horas, com Kaira e Denyel apenas seguindo os passos de Dáinn e estudando suas atitudes. O monarca os considerava inferiores, o que ficava claro por sua expressão debochada. No entanto Sif lhes permitira usar as armas mágicas — o Ýdalir e a Notung —, o que os tornava indispensáveis àquela tarefa.

A certa hora, o rei fez uma pausa e encostou a mão na parede. Dela escorriam filetes de água, formando poças sobre o assoalho cinzento.

— Falta pouco. — Ele esfregou o indicador contra o polegar e apontou para cima. — Estamos sob o leito do Gjöll.

— Esse gigante, Surtr — Kaira aproveitou para perguntar. — O que sabe sobre ele, além do fato de ter matado o seu pai?

— O que eu sei é que seus dias estão contados. Que ele cairá ante a Tyrfing e que a minha linhagem será vingada.

— Surtr é o soberano dos gigantes do fogo — contou Denyel. — Sua morada original é Múspellsheimr, o reino vulcânico que fica no galho mais ao sul da Yggdrasil. Há certa controvérsia sobre quem é o jötnar mais poderoso, ele ou Thrymr, sendo ambos rebentos do falecido Ymir.

— Ymir? — Ela ainda não escutara esse nome.

— Ymir, o primeiro dos gigantes. Matou Bláinn, o patriarca dos anões, e foi posteriormente destruído por Odin.

— Então essa rixa é antiga e se estende por gerações. — Kaira se virou para Dáinn. — Não tem receio de incitar esses monstros, o que, conforme Sif nos alertou, trará o fim do mundo aos nove reinos?

— Olha quem fala. — O anão gargalhou. — Foram vocês que começaram essa briga. Níðhöggr era filho de Fafnir e neto de Jörmungandr, a mãe de todos os dragões. O lobo Fenris certamente responderá ao ataque de hoje, sendo os hamhleypa seus parentes mais próximos. Isso sem mencionar os gigantes, que são nossos oponentes históricos. — E acrescentou, laconicamente: — Nada mais deterá o Ragnarök, então é melhor *aceitar*, abraçá-lo com unhas e dentes.

— Como pode ter certeza? — a arconte questionou. — Se tem uma coisa que aprendi, é que fazemos o nosso próprio destino.

— Parece que você não entendeu, menina. O Ragnarök chegará de uma forma ou de outra, o que não sabemos é *como*. — Ele suavizou o discurso: — O Ragnarök é um ciclo. Nós temos certeza do que nos aguarda, pois ele *já* aconteceu, e acontecerá novamente.

Kaira estava preparada para replicar, mas acabou ficando quieta. De repente se lembrou do que ouvira de Teth, o Terceiro dos Sete, um malakim que conhecera no santuário de Bihar, na Índia, fazia alguns meses, e do enigma que ele propusera, o qual ainda a intrigava.

— O que foi? — Denyel estranhou o silêncio.

— *Déjà vu.*

— Como?

— É que... — ela começou a explicar, quando os três escutaram um barulho e notaram o reluzir de um archote. — O que é isso?

— Ogros. — Dáinn sacou a Tyrfing e se adiantou para caçar os monstrengos.

— Melhor passarmos direto — Denyel tentou acalmá-lo. — Se houver combate, Thrymr nos descobrirá, e ainda precisamos chegar às masmorras.

— Pelas tetas de Auðumbla. — O soberano estava indignado. — Estes túneis são invioláveis. São sagrados. — Corou. — Isso não pode ficar assim.

O anão gritou.

E correu.

Com a acha na mão.

Os "túneis de Andvari", como foram secretamente apelidados, estendiam-se por muitos quilômetros e dispunham de centenas de aposentos vazios. Uma dessas salas fora concebida como refeitório: era grande, quadrada e tinha uma mesa de ardósia no centro. Sobre essa bancada descansavam agora fatias de carne. Cinco ogros saboreavam a comida, mastigavam os ossos, sorviam as tripas, cuspiam e arrotavam, conversando e grunhindo. Lembravam homens pré-históricos, toscos e agressivos, medindo pelo menos dois metros e meio de altura, com a pele marrom, áspera e enrugada, os dentes podres. Os ogros eram os mais rudes dos jötnar, tão burros que não sabiam sequer usar armas civilizadas, atacando com clavas e pedaços de rocha, daí às vezes serem chamados de "gigantes de pedra".

Lentos de raciocínio, os seres não esboçaram reação alguma quando o urro de Dáinn castigou seus ouvidos. O dvergar saltou sobre a laje, rodou o braço direito e encravou a Tyrfing na testa de um deles. Só o choque já seria suficiente para matá-lo, para partir-lhe a cabeça ao meio, mas além disso a machadinha era mágica, e, quando a primeira gota de sangue pingou, o monstro automaticamente se transformou em cascalho.

Os ogros restantes apanharam seus tacapes, mas os invasores foram extremamente ligeiros. Kaira acertou dois deles com flechas ardentes no coração e na têmpora. Denyel, acostumado a degolar essas feras, decapitou mais um com a Notung, e o chefe dos anões acabou por dar cabo do último. O combate não devia ter durado nem um minuto, mas o calor da peleja os estimulara, e agora eles pareciam prontos para a guerra.

— Estamos atrasados. — O exilado guardou o *seax* na bainha. — Logo Thrymr saberá que estamos aqui.

— Que bom. — Dáinn deslizou até o corredor. — Há muito guardo a angústia de um império sem lutas. Que venham os jötnar. Que venha Surtr.

Enquanto isso, na câmara mais alta da Fortaleza Solitária, o gigante Thrymr descansava em seu trono gelado. Quedo, afagando a barba crespa, apertando os olhos azuis, o rei dos jötnar arquitetava seus planos de conquista, imaginando como faria para destruir os anões, escravizar os vanires e subjugar as serpentes, consagrando-se o supremo governante dos impérios nórdicos.

Desde o triunfo sobre os asgardianos, Thrymr vivia no salão de Iðavöllr que antes pertencera a Heimdall, o Observador, agora aprisionado nos calabouços. Era o mais corpulento dos jötnar, medindo quase quatro metros de altura, possuía um machado de lâmina dupla, do tamanho aproximado de um homem, e estava protegido por uma armadura de gelo, que segundo os menestréis era penetrável apenas pela Gungnir, a arma que exterminara seu pai. O capacete tinha grandes chifres pontiagudos, mas o que impressionava era sua ferocidade, um ser sanguinário e perverso, cujo maior prazer era esmigalhar os oponentes, menosprezando-os, fazendo-os definhar e sofrer.

O aposento, outrora quente e acolhedor, modificara-se numa gruta cristalizada, escondendo em suas alcovas centenas de guerreiros congelados, que ainda seguravam a espada. Esses homens, que Sif tanto prezava, eram os einherjar, mantidos reféns em Iðavöllr. Thrymr os contemplava como quem contempla uma estátua quando seu servo, Ikol, entrou porta adentro, com certa expressão de agonia. Ikol era um troll, e o monarca do gelo o detestava. Todavia os trasgos manifestavam alguns poderes muito úteis, e um deles era o de "conversar com a rocha", por meio da qual podiam escutar os sons vindos do subsolo, num raio de vários quilômetros.

— Majestade. Ó meu rei das terras geladas — o troll se abaixou como quem se esquiva de um tapa. Era um ser pequeno, de orelhas pontudas e chifres curtos, torcidos para trás. — Trago notícias das profundezas. — E disparou: — Um combate foi travado nos túneis.

— Um combate? De novo? — Quando Thrymr falou, um sopro gélido preencheu toda a sala. O lugar era amplo, triangular, cercado por grandes janelas em forma de arco. — Não quero mais saber de briga entre ogros.

— Não foi bem isso, ó grande rei — Ikol sussurrou em vez de falar em tom natural. — Parece-me que o invasor é Dáinn, e ele traz a Tyrfing consigo.

— O quê? — o colosso se levantou. Sua presença era tétrica, emanando uma aura de frio que poderia paralisar os mais fracos. — Dáinn? Como? Por acaso ele quer morrer como o pai?

— Os lobos, majestade. — O trasgo se ajoelhou para dar o restante das más notícias. — Godi, Skuld e Nyr não retornaram da caçada noturna.

— Oh, mas isso é um péssimo agouro — o gigante demonstrou preocupação. Depois do exílio dos deuses, o lobo Fenris e a serpente Jörmungandr eram os únicos monstros que ele temia, e que costumavam vingar seus parentes. — Quero que envie batedores até a floresta...

Thrymr suspendeu as instruções ao ouvir um som ritmado que crescia a cada segundo. Pegou seu machado e andou até as janelas.

Do topo da fortaleza, divisou um corcel saindo das brumas. Sobre ele, cavalgava um indivíduo musculoso, trajando elmo, couraça e empunhando um martelo que de longe parecia ser o Mjölnir. Surgiram, então, à sua esquerda, uma mulher com armadura de prata e, junto a ela, uma dupla de anões robustos, um dourado e o outro argênteo.

Por um instante, Thrymr cogitou que aqueles líderes estivessem ali para suplicar perdão ou implorar qualquer coisa que fosse. O pensamento logo se desfez quando das névoas avançaram três legiões, com os dvergar tocando tambores, batendo os pés na neve, formando uma espécie de parede de escudos de um lado a outro da pradaria.

— Impostor — o mais alto dos jötnar desdenhou de Urakin, quando, sobre os campos nevados, o anjo brandiu sua arma, deu um grito de guerra e um raio eletrificado desceu das nuvens, acertando a sacada de onde Thrymr os observava. A descarga não chegou a feri-lo, mas foi o bastante para irritá-lo, para tirá-lo finalmente do sério. Que guerreiro ousaria erguer o Mjölnir? Como o objeto fora recapturado? O que acontecera com Níðhöggr? E com o seu tesouro? — Ikol! — ele esbravejou, furioso. — Reúna os ogros. Solte os hamhleypa. E mande Surtr ao calabouço — grunhiu. — Quero a cabeça de Heimdall.

— Sim, senhor, mas... — o troll gaguejava. — E quanto ao portador do Mjölnir? O que fazer? Seria ele a prole de Odin reencarnada? Seria...

— Seja quem for, terá o que merece. — Thrymr girou o machado e saiu rumo às escadas, baforando gelo. — Eu mesmo vou lidar com ele.

19

HEIMDALL, O OBSERVADOR

A METROS SOB A TERRA, O GRUPO DE RESGATE DISPAROU PELOS TÚNEIS, SABENDO que o deus Heimdall estava em perigo e que só eles poderiam salvá-lo. Usando sua cota de malha e carregando o *seax*, Denyel era o mais veloz da comitiva. Seguiam-no primeiro Kaira e depois Dáinn, que embora atrasado era o único que conhecia o percurso.

— Esperem — o anão fez uma pausa e os chamou, indicando uma curva que dobrava à direita. — É por aqui — mostrou uma passagem que continuava por cem metros, terminando em uma rachadura comprida, através da qual se projetava uma luz. — Venham.

Quase chegando à fenda, Dáinn desacelerou e pediu que os anjos fizessem o mesmo. Examinou o chão e o teto, as paredes e as marcas.

— Já reparei também. — Denyel se antecipou ao resultado. — Foi por aqui que os ogros entraram?

— Sim — sussurrou o anão. — No final deste corredor havia uma porta secreta. E os gigantes a profanaram — grunhiu. — Eles a *invadiram*.

— Calma. Vingança é um prato que se come frio.

— Então, a masmorra fica além daquela abertura? — Kaira apontou adiante. — Se for o caso, querem que eu vá na frente? O Ýdalir é silencioso.

— Não. É tarde — Dáinn anelou. — O dia nasceu. O ataque deve começar em instantes. Não podemos perder mais tempo. Vamos juntos.

* * *

Cedendo à estratégia, os três andaram até a brecha, sempre unidos, caminhando em fila indiana. Espiaram através dela e viram uma galeria de pedra, larga e altíssima, quente e abafada, iluminada por uma série de piras de bronze que se espalhavam nas laterais. Em um extremo do calabouço havia um arco que conduzia a uma escada, e esta apenas subia. No outro, observava-se uma única cela, fechada por uma porta de madeira e reforçada por placas de aço.

Guardando esse setor da prisão, os celestes avistaram dois ogros, que os notaram e partiram para a briga. Denyel sacou a Notung, Dáinn se adiantou com a Tyrfing, mas, antes que se produzisse o embate, Kaira os alvejou com setas na testa.

— Está pegando o jeito — elogiou Denyel.

— Obrigada. — Com o tornozelo, ela cutucou os monstrengos, para ter certeza de que os tinha matado. — Onde está...

— É aquela cela — Dáinn respondeu antes que a Centelha concluísse a pergunta. — Fique de guarda, já que tem boa pontaria.

Kaira acatou as instruções e permaneceu onde estava, vigiando o buraco que se conectava aos túneis, enquanto Denyel e o rei dos anões corriam até a alcova. Sem pensar duas vezes, o dvergar mandou que o exilado se afastasse e desferiu um poderoso golpe contra a porta trancada, usando a Tyrfing como um martelo, mas o que ele não sabia era que as celas estavam protegidas por mágica, desde a época dos aesires. Um tipo de muro invisível acabou por repelir a pancada, como ímãs de polos opostos, jogando-o para trás com energia assombrosa.

O anão sacudiu a cabeça, desapontado. Mas recuperou-se ao escutar o alerta de Kaira, que, parada mais próximo à escada, lhes avisou energicamente:

— Está vindo alguém! — Com um retesar da corda, ela conjurou outra flecha. O brilho refletiu na armadura escarlate. — Ouço passos descendo.

— Acabe com eles, Faísca. — A cada desafio, Denyel confiava um pouco mais na arconte. — Ganhe tempo.

— Ei, rapaz — Dáinn cutucou o capitão. — Me ajude aqui. — Descansou o escudo e o machado no piso, tentou alcançar a janelinha da porta, mas não era alto o suficiente. — Me dê um calço, meu jovem.

— Jovem? — Denyel achou engraçado, mas obedeceu, embainhando a Notung e dando apoio aos pés do dvergar. — Quem dera.

Assim, os dois estudaram o cubículo e no ângulo mais obscuro encontraram uma figura idosa, a barba grisalha, o corpo frágil e corcunda, vestido com trapos cinzentos. O velho deu-se conta da visita e, surpreso, ergueu o pescoço enrugado.

— Dáinn? — rouquejou o prisioneiro, a face emergindo do escuro. Sua voz era cava, mas imponente. Tinha os globos oculares completamente brancos, dando uma falsa impressão de cegueira. Na verdade, Heimdall entregara suas íris e pupilas a Odin, como pagamento pelo dom que recebera: o de observar todo o universo. — É você?

— Sou — ele respondeu, sistemático. — Como abro esta porta?

— O cajado.

— O que disse?

— O meu cajado — insistiu o Observador, como era também conhecido. — Preciso do meu cajado mágico para anular o campo de força.

— E onde ele está?

— Receio que... — Heimdall olhou para além deles, para o corredor, através da janela — bem atrás de vocês.

Pegadas.

Uma. Duas, três, quatro.

Cinco, seis.

Sete.

Uma presença os envolveu, um sopro escaldante que poderia assar um ser humano em segundos. O bafo desceu em ondas térmicas, agitando as piras, fomentando as labaredas, mas para a sorte dos invasores os anões estavam acostumados com temperaturas extremas, Denyel tinha sua resistência de querubim e Kaira era obviamente imune ao calor.

Os passos aceleraram, e a Centelha se preparou para alvejar mais uma trupe de guardas. Em vez disso, o que eles discerniram foi uma criatura maior e com certeza muito mais perigosa. Quem chegava, causando abalos sísmicos, era Surtr, o carcereiro, filho de Ymir. Diferentemente de Thrymr, que dominava a província do gelo, Surtr era o líder dos gigantes do fogo e nada devia ao irmão. Contava-se que os dois tinham personalidades igualmente ferozes, mas Thrymr estava destinado a reinar, pois usava a cabeça, enquanto Surtr era impulsivo, não debatia nem perdoava.

O jötnar estava ciente da invasão, conforme Ikol lhe avisara na câmara acima. Pisou no último degrau e encarou o rei dos nibelungos, que o aguardava para dar início ao duelo. Surtr tinha três metros de altura, os cabelos e a barba longos, ruivos e trançados, a pele negra feito carvão. Trazia nos punhos uma espada imensa, preta e vermelha, cuja folha crepitava em riscos de fogo, gotejando magma e soltando fumaça.

Finalmente, preso a seu cinto por uma argola metálica, oscilava um tosco bastão de madeira, com pedrinhas cristalinas amarradas na ponta.

— Lá está ele — sibilou Denyel, mais para si. — O cajado de Heimdall.

* * *

Vista de cima, a Fortaleza Solitária era percebida como um grande triângulo, tendo a base virada para a campina e o bico apontando para o abismo, ou seja, afunilando-se até o rochedo, cujo precipício descia às trevas do Ginnungagap. O pátio dos fundos se alongava em uma ponte aberta ao espaço, que fazia lembrar um trampolim cintilante. Quando o rio Gjöll ainda fluía, seus respingos, combinados à luz do sol, formavam um arco-íris, e esse fenômeno criava o vórtice que os nórdicos chamavam de Bifrost. Conhecendo o ângulo em que os raios batiam e sabendo que cada uma das estrelas do Ginnungagap era na realidade um planeta, Heimdall usava os prismas de seu cajado para fazer a conexão, acionando passagens não só à Haled, mas também a outros quadrantes, outros astros e dimensões.

Para quem se aproximava a partir da estepe, Iðavöllr despontava como uma torre aguda, outrora cinzenta, agora branca, revestida da alvenaria dos anões e reforçada por grossas camadas de gelo, acumuladas graças à contínua presença de Thrymr. O forte não tinha muros, guaritas ou ameias, apenas um edifício central, contornado, em suas três faces, por frontões retos e janelas arqueadas. O portão era duplo, supostamente inviolável, feito com a sagrada madeira da Yggdrasil, e se prolongava em uma rampa, seguindo até a planície nevada. O exército dos nibelungos se encontrava a quinhentos metros de distância, com os infantes rufando os tambores, como se desafiassem os residentes ao confronto. O nevoeiro, antes denso, minguara consideravelmente à chegada de Sif, que nascera entre os vanires, os deuses agrícolas, entidades ligadas ao sol e à terra. Contudo o clima era ainda severo, os ventos, gélidos, e a própria rainha só os suportava graças à armadura de prata, que era mágica e aquecia seu corpo.

Urakin estava à sua direita, segurando as rédeas de Sleipnir. O momento que precede um combate, especialmente uma batalha campal, tem por objetivo submergir os militares em uma espécie de transe, e o Punho de Deus provara essa sensação dezenas de vezes — no céu, na terra e agora em Asgard. Era como olhar para dentro de uma tempestade, ou contemplar a aproximação de um tornado, sabendo que em instantes ele o arrastará e tentará matá-lo vorazmente. Durante esses breves segundos, o que se observa é uma indescritível cumplicidade entre os soldados, e quando a peleja estoura é como se todo o resto saísse de foco, como se os únicos sons audíveis fossem o tilintar das espadas, os ossos quebrando, os gritos e as explosões. É nessas horas que um guerreiro percebe que seu único elo com o mundo são os comparsas, os companheiros que lutam a seu lado, e entende que não há nada mais importante que isso, que o universo é um delírio, um sonho, uma paisagem encardida, se não houver os amigos.

Urakin se virou para Sif, montada na égua Yrsa. Como Denyel lhe dissera fazia uns dois dias, Asgard era o paraíso dos combatentes. Lá, por algum motivo, talvez pela própria natureza do reino, as emoções associadas ao combate se multiplicavam, cresciam e se ampliavam, o que era saboroso aos querubins, concebidos com o propósito da guerra.

— Deixe Thrymr comigo — pediu-lhe a Rainha Branca. — Somente a Gungnir tem a capacidade de penetrar-lhe a couraça.

— Está certa disso, senhora? — Urakin não gostou da sugestão. Mesmo depois do episódio com Grimhildr, ele continuava apaixonado por Sif e não suportava a ideia de perdê-la. — Pensei que o Mjölnir também pudesse fazê-lo.

— Talvez possa. Mas não é a arma mais indicada. Foi com a Gungnir que Odin matou Ymir, o pai de Thrymr, portanto ela é a Matadora de Gigantes, assim como a Notung foi feita para exterminar dragões. E, ademais, é *minha* obrigação desbancar o chefe dos jötnar. — E completou, descendo o visor do elmo: — Seu dever é entrar na fortaleza e nos trazer Heimdall são e salvo. O Suave vai conduzi-lo.

— Como queira. — O guerreiro dobrou-se à ordem, embora não concordasse com ela. Esperou em silêncio, até que os portões rangeram.

Os tambores pararam.

Era o último minuto de calmaria. De completa tranquilidade. De êxtase, até. E assim se escutaram rosnados.

E uivos.

20

FOGO E GELO

NO NÍVEL DOS CALABOUÇOS, DENYEL SACOU A NOTUNG. O *SEAX* IDENTIFICOU O perigo e espichou à forma do montante, a espada de duas mãos. Dáinn focalizou o gigante Surtr, seu grande rival, *o* antagonista, sua nêmese, e mergulhou em um estado de fúria, o chamado *berserk*, tremendo e espumando, a face roxa, os olhos saltados.

O jötnar sorriu ao reconhecê-lo — matara o pai e agora assassinaria o filho. Grato pela oportunidade que lhe caía nas mãos, saiu marchando pelo corredor, mas Kaira estava em seu caminho e fez uso do arco. Buscando pontos fracos, a Centelha acertou duas setas no olho do monstro, só que dessa vez o inimigo era outro. Surtr por séculos vivera no interior dos vulcões, e as flechas abrasadas não lhe causavam agonia, pelo contrário. Cada tiro atuava como uma injeção de adrenalina, uma descarga que o revigorava, tornando-o mais forte e mais agressivo.

Embora a arconte não representasse ameaça, Surtr não estava disposto a poupá-la — ele não pouparia *ninguém*. Balançou sua enorme espada e atacou. Sendo menor e mais ágil, Kaira conseguiu dar uma cambalhota por baixo de suas pernas e escapar do primeiro assalto, que por centímetros não a estraçalhou. O fogo não era problema, mas a arma tinha um núcleo sólido que poderia esmagá-la, que poderia destruir sua couraça e fazê-la em pedaços.

O monstro avançou através da masmorra, pisoteando os ogros mortos, chutando as piras, gritando e babando. Dáinn se engajou no duelo e, quando os dois chegaram bem próximo, o soberano dos nibelungos galgou um bloco de rocha, resquício de uma parede tombada, e lá de cima saltou ainda mais alto, golpeando o nariz do gigante com o gume da Tyrfing. O movimento, treinado inúmeras vezes ao longo dos anos, foi executado com precisão matemática, provocando um choque, uma explosão de faíscas douradas. Muito ferido, Surtr perdeu o equilíbrio, trincou os dentes e caiu.

Simplesmente caiu.

De costas.

Tentou se recompor, mas os poderes da acha começaram a agir, transformando primeiro a cabeça e depois todo o seu corpo em pedra maciça, em um espaço de três ou quatro segundos.

Quietude.

Poeira.

Fuligem.

Por alguns instantes, o estalar das piras era só o que se ouvia, até que os heróis se entreolharam. Ereto sobre a estátua que antes fora Surtr, o chefe dos anões suspirou.

— Que decepção. — Ele parecia mais frustrado que contente. — É essa a história que contarei aos meus netos? Que desbanquei o indestrutível Surtr com um só balançar da minha acha? Onde está a emoção? — rezingou. — Como fica o heroísmo?

— O cajado — lembrou Denyel, falando alto para que o dvergar o notasse. Kaira estava em uma ponta da galeria, perto da escada, e o exilado no canto oposto. O bastão de Heimdall seguia preso ao cinto da fera e era o único item que não se convertera em calcário. — Rápido, o cajado.

— Mas para que a pressa? — Dáinn deslocou-se ao topo da pilha, como quem conquista uma montanha. — Este é o meu momento de glória. Deixe-me gozá-lo.

— É cedo para comemorar. — Kaira pressentiu que o fogo não se extinguira. Pelo menos não completamente. — Jogue-nos o cajado.

O homenzinho não prestou atenção. Os estrangeiros estavam "com inveja", segundo ele pensava, ressentidos por ter sido ele a matar o gigante, *ele*, o senhor dos nibelungos, o portador do anel glorificado. Ora, para o inferno com aqueles celestes. Já tinham destruído o dragão, superado Grimhildr e recapturado o Mjölnir. Será que não se contentavam com isso? Será que eles — e os aesires — precisavam ter todas as vitórias? Essa era a demanda *dele*, refletiu, *a minha tarefa*, de Dáinn, filho de Andvari, e não de um pequeno grupo de forasteiros, originários do *nada*.

No entanto às vezes o triunfo é enganoso. Enquanto celebrava, o rei dos anões experimentou uma ardência nos pés e imediatamente escorregou para o solo. Olhou curioso para o defunto petrificado e reparou, com espanto, que suas pálpebras se reabriam e das órbitas saltavam fagulhas. Depois, o peito ganhou um novo vigor, a pele reassumiu a tonalidade carvão, a espada reacendeu em veios incandescentes.

Como capitão dos aesires, Denyel não se moveu, preocupado em defender a cela e, mais precisamente, o deus Heimdall.

Kaira puxou o cabo do sabre, o mesmo que o exilado lhe dera, e se concentrou para materializar a lâmina. Mas não era tão simples assim, e num primeiro momento o fio não desabrochou.

Droga.

Calor.

Tente de novo.

O intervalo deu tempo a Surtr, que ressuscitou plenamente. Levantou-se com um sorriso nos lábios. Fitou-os e deu uma gargalhada.

— O que há, pequenino? — o carcereiro voltou-se a Dáinn. — Sua fúria esvaiu-se? — perguntou, soltando enxofre pelas narinas. — Sabe agora como executei o seu pai, e você sofre da mesma fraqueza. Confiaram demais na Tyrfing. Eu cuspo nela, defeco nela e a desprezo. Nasci do magma, portanto não sou composto apenas de fogo, mas também de *rocha*, o que me faz imune à petrificação. — Gargalhou novamente. — Sua dinastia é muito fraca, está destinada a sucumbir. O sangue de Bláinn já afinou. Será com esta espada, a Bági, que eu o matarei, como outrora matei Andvari.

Estupefato, horrorizado, Dáinn não sabia o que dizer, não sabia o que *fazer*, não sabia *como* agir. Surtr se aproveitou da apatia para agredi-lo primeiro, sacolejando a própria arma encantada. A Bági, como os anjos agora sabiam, despencou na vertical, procurando fatiar o nibelungo. Em vez de se esquivar, porém, o rei tentou se proteger com o escudo, erguendo a mão esquerda, mas esqueceu que somente a Tyrfing era mágica. Desse modo, a espada rasgou o disco metálico, decepando o antebraço do pequeno estadista e o cauterizando com sua chapa escaldante.

Um grito reverberou pelos túneis, e no futuro haveria quem dissesse que seus lamentos chegaram aos palácios de Niðavellir, a suas ruas, cidades e torres subterrâneas. Seja como for, o dvergar estava arrasado, sem condições — físicas, mentais ou emocionais — de continuar batalhando. Cambaleou e caiu, o rosto pálido, o cotovelo púrpura, o coração latejante. Surtr pisou-lhe com a sola sobre o peito, prendendo-o e armando um segundo golpe.

O golpe final.

Cara a cara com a morte, o monarca tateou o assoalho, esforçando-se para localizar a mão amputada.

Não a encontrou.

Perdera-se.

E, com ela, o Anel dos Nibelungos.

* * *

Nas geladas planícies de Iða, os anões comprimiram a parede de escudos. O exército era constituído por três legiões, cada uma das quais agia como um bloco autônomo, um "retângulo" composto por dez colunas de quatrocentos soldados, todos armados com lanças compridas e machadinhas e segurando grandes escudos oblongos, feitos de madeira e reforçados com pregos de aço. Sobre eles, fora pintado um círculo que representava o Anel dos Nibelungos, o símbolo da casa real e da linhagem de Andvari, o primeiro rei a usar o tesouro.

Cada legião era chefiada por um comandante e separada da próxima por um "corredor", geralmente usado para a evacuação dos feridos. Esse espaço era tido como o ponto fraco da muralha vivente, então precisava ser defendido por um *herói*, um lutador particularmente sagaz. O corredor entre a primeira e a segunda legiões estava bloqueado pelo príncipe Fjalar, e o vão entre a segunda e a terceira, ocupado pelo general Brokkr, que prometera resguardá-lo até a morte. Os flancos eram, portanto, o setor mais vulnerável, por onde os oponentes poderiam entrar e (*tentar*, quem sabe) desfazer a formação, mas, para esses adversários, os anões reservaram uma surpresa.

Quando traçara a estratégia, ainda nos salões de Niðavellir, Dáinn calculara que suas forças, combinadas com o esforço de Sif, seriam suficientes para retomar Iðavöllr. De qualquer maneira, mesmo se quisesse, ele não poderia deslocar mais ninguém, já que os trolls ameaçavam seu povo, atacavam e pilhavam seu reino. Suas informações davam conta, então, de que a Fortaleza Solitária era guarnecida por uma companhia de cem ogros, além de oito alcateias de hamhleypa, perfazendo cerca de três mil lobisomens. Os números, sendo assim, eram (ou *pareciam* ser) favoráveis aos agressores, mas durante uma batalha tudo pode mudar, e nenhuma vitória é garantida.

A arma preferida dos lupinos era o "grito", como eles a chamavam. Sendo descendentes do lobo Fenris, seus uivos gelavam a espinha, provocando tremedeira e às vezes paralisia. Quando as seções de madeira se escancararam, foi esse o exato uivo que os anões escutaram, acompanhado de rosnados, latidos e por fim do progresso das feras, que saíam pela porta como ratos do esgoto. Sob o céu nublado, os dvergar, mesmo em vantagem numérica, teriam recuado não fosse a presença de seus campeões, da prateada rainha Sif, de Urakin e do Mjölnir, que naquele momento brilhou como uma tocha azulada.

Os lobisomens correram em quatro patas e pularam sobre as legiões, que estavam preparadas para recebê-los. Unindo os escudos para formar uma barreira na fronte e um teto inclinado sobre as duas primeiras linhas, os nibelungos subiram suas lanças, como um leque de pontas mortais. À exceção de uns quatro ou cinco hamhleypa, que conseguiram saltar ou driblar as estacas, os demais terminaram empalados, atravessados pelas hastes agudas, sem conseguir penetrar — ou desfazer — aquela composição tão cerrada.

O general Brokkr estava dois passos na dianteira. Com o bico de seu tridente, acertou o queixo de um monstro canino, para em seguida rasgar a barriga de outro. O príncipe Fjalar empregou seu gládio, cortou a perna do lobo mais próximo e penetrou o coração de um segundo.

— Vá! — Sif falou para Urakin, apontando o baluarte. — Encontre seus amigos e proteja o deus Heimdall. Traga-o são e salvo.

— Mas... — O guerreiro visualizou o portão, obstruído pelos lobos que dele brotavam. — Eu nunca conseguiria... São tantos.

— Eu já disse. Confie no poder de Sleipnir — ela insistiu, enquanto usava a Gungnir para perfurar uma besta. — Corra.

O querubim aceitou a tarefa, soltou as rédeas e o corcel disparou. Sleipnir era um cavalo heroico, o cavalo *de Odin*, e participara de brigas incalculáveis, sabendo se comportar em batalha. Seus cascos não só tinham propriedades mágicas como eram também aguerridos, tendo exterminado toda sorte de feras, até dragões.

O animal galopou rumo à fortaleza, ignorando os hamhleypa, atropelando-os com suas patas encantadas, esmagando um após o outro como se espezinhasse tomates. Se Denyel presenciasse a cena, ele a teria comparado ao avanço de um tanque de guerra, uma máquina de ataque perfeitamente blindada, capaz de triturar a infantaria e aplainar o terreno.

Sleipnir chegou à base da rampa, produzindo uma senda de cadáveres lupinos. Urakin segurou o Mjölnir na posição de estandarte, o queixo empinado, elevando o moral dos anões, que o enxergaram cruzar o portão, desaparecendo através da soleira.

Os dois — soldado e equídeo — percorreram mais alguns metros e enfim ganharam o saguão principal. Mas logo na entrada, apesar da jornada epopeica, o anjo e sua montaria foram covardemente surpreendidos e não tiveram como reagir. O corcel, tão sábio e belicoso, sofreu uma pancada na jugular que quase lhe arrancou a cabeça. Urakin escutou o pescoço do garanhão se quebrando e ambos tombaram no pavimento, com o Suave gravemente ferido, os pelos cinzentos empapados de sangue.

Sleipnir sacudiu as oito patas, tentou retornar ao combate, porém o golpe cortara fundo, talhando a garganta de um lado a outro, sem chances de recuperação. Urakin escapara a princípio e ergueu a vista para localizar seu algoz.

Diante dele, apresentava-se o mais cruel dos inimigos: Thrymr, o carrasco de Thor e ex-marido de Sif, atual proprietário de Iðavöllr e soberano de todos os jötnar.

— Farsante — o colosso o acusou. — Quem pensa que é para empunhar este martelo?

— Não penso, eu *sou*. Meu nome é Urakin, o Punho de Deus — ele se apresentou, à medida que se levantava. — Estou aqui para libertar a Ponte Bifrost.

— Quanta ingenuidade. Mesmo que seja honrado o bastante para transportar o Mjölnir, é preciso muito tempo e experiência para descobrir todos os seus poderes, os poderes necessários para me vencer.

— Que seja. — Tudo o que o alado queria era lutar. — Vejamos como se sai contra o martelo dos deuses.

— Sim, é isso o que veremos — ele concordou e arrancou para frente, atacando com a fúria do inverno. O machado zumbiu, descreveu um semicírculo e enfim encontrou o guerreiro celeste. Urakin investiu na mesma hora, mas estava distante de Thrymr, que por sua vez conseguiu alcançá-lo, sendo seus braços maiores, mais fortes e mais alongados.

O impacto foi descomunal, estilhaçou-lhe o colete de aço, partiu-lhe o esterno e o jogou para o canto mais afastado do aposento, obrigando-o a largar o martelo. O anjo caiu numa poça hemorrágica, os olhos escuros, a mente tonta, as pernas dormentes. Com a ponta dos dedos pressionou a barriga, a fim de conter o sangramento, que em breve o faria apagar.

Urakin fez um esforço para chegar ao Mjölnir, mas a arma estava longe e não respondeu ao chamado. Rolou à esquerda e se escorou em algo felpudo.

Era o dorso de Sleipnir.

Frio.

O corcel estava morto.

E logo ele também estaria.

21

A BANDEIRA DO CORVO

TRINTA METROS ABAIXO DO LOCAL ONDE SLEIPNIR FORA MORTO, DÁINN CAÍRA PROSTRADO. Perdera o anel, o escudo, a machadinha, e além disso Surtr o abatera psicologicamente, ao dizer que o sangue de seus antepassados minguara. O rei dos anões não reagiu, não se levantou. Ficou parado, aguardando a execução. Fracassara na tarefa mais importante, desonrara o patrono da espécie, a memória dos parentes e todos os reis antes dele, e agora pagaria por isso.

Pela segunda vez, o gigante balançou o cabo da Bági, sua espada de magma e rocha. O fio era endereçado à testa do soberano e desceu gotejando, expelindo fumaça. O ruído seguinte, contudo, não foi o de um baque suave, de pedra contra carne, mas o de um choque metálico, como se algo interferisse na luta, preservando o dvergar e sua coroa.

— Ei, alto lá! — exclamou Denyel, aparando o ataque com a Notung enviesada. — Por que não bate em alguém do seu tamanho?

— Do meu tamanho? — Os jötnar eram incapazes de entender uma piada. Surtr tentou empurrá-lo, mas, ainda que fosse maior e mais forte, a espada de Siegfried era legendária, um artefato divino, e permitiria ao anjo suster as pancadas, embora não garantisse que ele escaparia de todas elas. — Seu verme! Tire a Gram do meu caminho.

— Ou então o quê?

— Ou então vou fritá-lo. — Enraivecido, Surtr se desviou de Dáinn, enfim se concentrando no capitão dos aesires. — Quer lutar comigo, estrangeiro? Muito bem. — Como a disputa era inevitável, o monstro resolveu aceitá-la. — Nesse caso, lutarei com você.

* * *

Nas planícies geladas, Sif e os anões continuavam a enfrentar os hamhleypa. Os dvergar tinham se programado para dar cabo de mil lobisomens na primeira investida, simplesmente erguendo suas lanças, restando apenas dois mil para os turnos seguintes. Em um segundo momento, a mesmíssima estratégia exterminou outros quinhentos lupinos, mas o problema de usar armas de haste em uma parede de escudos é que elas não resistem por muito tempo. O "leque" de espetos perde a eficácia à medida que os inimigos são empalados, formando uma barricada de corpos que dificulta o progresso das tropas. É nesse ponto que — geralmente — a muralha ambulante se desfaz, os infantes sacam suas achas e partem para o combate cerrado.

Considerando que o exército dos nibelungos se conservara quase intacto, que as baixas eram ínfimas, não seria uma tarefa tão árdua acabar com os indivíduos restantes — seriam agora cerca de mil e quinhentos lobisomens contra pouco menos de doze mil dvergar. Sabendo disso, o príncipe Fjalar ordenou que os regimentos se espalhassem, destacando quatro soldados para cercar cada um dos hamhleypa. O plano teria funcionado a contento, não fosse o contingente inimigo muito maior do que eles esperavam. Passados os minutos iniciais, os portões da fortaleza seguiam regurgitando as feras, como se seu número não tivesse mais fim.

Imerso na luta contra três lupinos, o general Brokkr se perguntava *de onde* eles vinham, posto que o edifício, embora muito grande, não suportaria alcateias tão copiosas.

Por todo o decurso do prélio, a rainha Sif aguardava a chegada de Thrymr, para que pudesse afrontá-lo, vingando assim seu marido. Sendo a única amazona em campo, ela se concentrara nos ogros, que eram de certa forma gigantes, e até então já decapitara perto de quinze com a Gungnir. Mas o chefe dos jötnar não aparecera, e talvez nem pretendesse sair para o confronto aberto, o que significava que Urakin estava em perigo, bem como Dáinn, os "estrangeiros" e evidentemente o deus Heimdall.

— Vou entrar — ela avisou a Fjalar. Sobre a neve, acumulavam-se animais degolados, anões feridos e muito sangue. — Cavalgarei até Iðavöllr.

— Não pode, senhora, não deve — sugeriu o jovem príncipe, no intuito de protegê-la. Fjalar era o mais glorioso entre os anões, bem diferente do pai e do avô. — O percurso é tortuoso, e com certeza o filho de Ymir a espera lá dentro. Não vá — suplicou.

— Se sobrevivermos a esta peleja, eu me lembrarei de suas palavras — elogiou a monarca. — Pois estou convencida de que o espírito de Bláinn ainda pulsa em seu coração. Por razões semelhantes não posso satisfazê-lo, alteza, mas digo que conto com a sua companhia, que quero tê-lo ao meu lado quando chegar o Ragnarök.

E assim a rainha partiu como um aríete, picotando ogros e lobisomens, a égua saltando sobre os defuntos, como se ninguém pudesse detê-las.

No aposento principal de Iðavöllr, Urakin jazia estirado, as vísceras expostas, à mercê dos caprichos de Thrymr.

Com a vista embaçada, ele olhou ao redor. O salão era triangular e contava com quatro passagens. Uma delas era o portão de entrada, por onde ele tinha chegado. No canto oposto, isto é, no bico do triângulo, ficava uma porta fechada, que conduzia ao pátio externo e à Ponte Bifrost. Nas laterais, umbrais arqueados terminavam em escadas, uma que subia para as câmaras superiores, à esquerda, e outra que descia para os calabouços, à direita. Essa última era de onde os hamhleypa saíam, brotando aos montes, passando por eles e se jogando na rampa, e de lá para o campo de batalha.

O sangue de Urakin se misturara aos fluidos de Sleipnir, e de repente o piso da fortaleza estava ensopado. Thrymr esperou que ele se arrastasse até o Mjölnir, talvez pelo simples prazer de vê-lo rastejar, ou talvez pelo desejo de assassiná-lo com o martelo na mão. Seja como for, o querubim a certa hora alcançou o pomo sagrado, ainda que não tivesse mais forças para erguê-lo. Foi então que o soberano dos gigantes preparou seu machado, agitou-o, mas no último segundo interrompeu o golpe e fez um desvio, em defesa da própria vida.

Uma lança — a famosa Gungnir — foi propelida em sua direção. O jötnar se esquivou, torceu o pulso e com a empunhadura da arma bloqueou o tiro de Sif, que cavalgava rumo à torre pelo mesmo caminho através do qual Urakin a adentrara. Perdida a oportunidade, a Gungnir ricocheteou no teto, caindo no pavimento central, sem ferir ogros, gigantes ou feras.

— Ao que vejo não se esqueceu de mim, majestade. — Thrymr contemplou a ex-esposa com malévola satisfação. — Sinto-me lisonjeado.

Desarmada, Sif presenciou o momento em que o monstro, com as mãos nuas, segurou as pernas dianteiras de Yrsa, sua égua, para então jogá-la contra a parede, empregando excepcional truculência. A rainha deslizou da sela e caiu de bruços perto de Urakin, enquanto o animal era feito em pedaços, manchando para sempre, e em colorações escarlates, um dos mais belos saguões da fortificação mitológica.

Nas masmorras, Denyel se engajara no combate contra Surtr. Súbito, ele se deu conta da enrascada em que se metera. O gigante lutava em seu território, em sua *casa*, era grande e poderoso, e a Notung não tinha o poder de matá-lo. O que aconteceria nos próximos minutos (ele tinha certeza) seria uma troca de golpes, uma sequência de esquivas e bloqueios, e, quando o exilado se cansasse, o monstro o acertaria de jeito. Nessas condições, ele realmente não tinha esperanças, todavia, diferentemente de Dáinn, o capitão dos aesires não era afetado por constrangimentos ou bravatas. Sua experiência como anjo da morte o ensinara a ignorar todo tipo de coação, e que a intimidação era a arma dos fracos. Os fortes não ameaçam, eles *agem*, pois são seguros e não precisam de artifícios externos.

Surtr atacou duas vezes. Denyel aparou e depois se esquivou, recuando até o fim do corredor. No outro extremo, Kaira tentou novamente conjurar a lâmina da espada angélica, a *sua* espada, mas por algum motivo o fio não germinava. O Ýdalir era ineficaz contra o adversário vulcânico, o que a deixava sem opções, tanto de ataque quanto de defesa. Mas, observando o inimigo de costas, enquanto ele e Denyel se batiam, a arconte reparou que o cajado de Heimdall — o mesmo que o deus tanto queria e com o qual prometera anular o campo de força — continuava preso a seu cinto, os cristais balançando na ponta. Então ela teve uma ideia e gritou alto, para ser escutada:

— Denyel! — Guardou o sabre, puxou uma seta do arco, e ao enxergá-la, mesmo de longe, o querubim deduziu o que ela pretendia. Os dois relutavam em admitir, mas estavam conectados por laços fortes, de coleguismo, amizade e amor. — Prepare-se.

O celeste, portanto, em vez de retroceder, deu uma guinada adiante, movendo-se para dentro do alcance da Bági. O jötnar mordeu a isca e inclinou a espada, porém Denyel foi mais célere e rolou por baixo de suas pernas. Nesse exato segundo, a flecha disparada por Kaira rasgou a argola que atava o bastão ao cinto de Surtr, e o objeto caiu.

— Peguei — o anjo o segurou no ar e seguiu em cambalhotas até os pés da amiga. — Só temos uma chance — ele disse, já ereto e ostentando o bordão. — Quer fazer isso?

— Não. — A ruiva visualizou o gigante, que agora se virava de frente para eles. — Sua pontaria é boa também. Confio em você. Boa sorte.

O exilado calculou a distância de um ponto a outro da galeria, memorizando o espaço com exatidão. Tomou impulso e arrojou o cajado como se fosse um dardo olímpico, tendo como alvo a cela de Heimdall. O artefato passou feito um míssil rente aos joelhos de Surtr, descendo com um silvo agudo, transpondo a janelinha e penetrando o cubículo.

O monstro se deteve e apalpou a cintura, procurando a relíquia sagrada, até perceber que ela havia sumido.

Tornou a se voltar para o cárcere, determinado, de uma vez por todas, a cumprir a ordem do irmão, pronto para exterminar o último dos deuses, mas foi então que as paredes congelaram e a porta da cadeia começou a rachar.

Nas pradarias de Iðа, a batalha entre anões, ogros e lobisomens assumira proporções gigantescas. O caos se estendia agora por toda a campina, até os limites do bosque real. Os dvergar combatiam individualmente ou em dupla, tentando conter os hamhleypa, estraçalhando os ogros, mas sendo mortos também. Em um terreno mais próximo à fortaleza, às margens do congelado rio Gjöll, o general Brokkr inspirava os soldados lutando como um touro, ignorando o frio e o perigo da morte. Com o tridente cheio de sangue, ele dizimara pelo menos cem lupinos, sendo ferido nos braços e na cabeça, tendo a ombreira arrancada. Perdera o elmo em razão de uma mordida, mas mesmo cansado não deixara seu posto, atuando como um obstáculo de carne, osso e *aço* contra os monstros que desciam a ribanceira.

Entre uma e outra estocada, Fjalar estudou a situação e decidiu que era o momento de fazer uso de sua estratégia secreta. Seu pai lhe instruíra a evitá-la, afinal, conforme se pensava até pouco tempo atrás, as três legiões seriam suficientes, e além de tudo "essa vitória deveria pertencer aos anões". Mas, diante do cenário atual, o príncipe não teve escolha e soprou seu berrante, o mesmo que tocara ao chegar ao Valhala.

Previamente treinados, os infantes se reagruparam, agora em três blocos de duas linhas, estando os demais guerreiros na retaguarda, batalhando contra as feras remanescentes.

Essa nova muralha vivente tinha a mesma fraqueza da anterior, ou seja, era aberta e vulnerável nos flancos. Foi por esse espaço que os hamhleypa penetraram, com o claro objetivo de contornar a barreira de escudos e se juntar aos demais lupinos, tencionando engolir os nibelungos *por trás*. Mas, ao segundo soar da corneta, a planície tremeu e da floresta eclodiram dois regimentos montados. O primeiro era liderado por Hildr, a loura capitã das valquírias, e o segundo por Brunhildr, sua irmã de mechas negras. Cada unidade era composta por três mil amazonas, que se dividiram ao pisar na estepe, galopando ao sul e ao norte, diretamente às extremidades por onde os lobisomens avançavam.

O choque que se produziu foi impressionante, com as guerreiras varrendo as crias de Fenris, alvejando-as com suas lanças de cavalaria. Os lobos que não morriam em consequência dos golpes eram atropelados pelos corcéis, terminando pisoteados, amassados e enterrados sob metros de neve. Em uma das pontas, Hildr trazia uma bandeira com o estandarte do corvo, o símbolo de Odin, o brasão de Asgard, o mesmo pendão que outrora estivera hasteado no topo da Fortaleza Solitária, o baluarte que ela, os anjos e os anões esperavam hoje retomar.

22

HQFUÐ

Sif se pôs de joelhos. Depois, levantou-se.

Frio.

Perscrutou Thrymr com seus olhos azuis. Um iceberg. Era o que ele parecia. Um bloco de gelo. Sólido. Impenetrável.

Imóvel.

Além da Gungnir, que agora repousava no canto oeste da sala, ela não trouxera nenhuma outra arma ao combate. Seriam inúteis, ela sabia.

O estrangeiro. Sif girou a cabeça. Urakin permanecia caído com o martelo na mão e em tese não podia ajudá-la.

— Sif, maldita seja — o gigante do gelo a encurralou. — É assim que retribui a minha generosidade? Eu poderia ter destruído o Valhala e matado as valquírias, mas fui piedoso e as poupei, a elas e aos einherjar.

— Para usá-los como reféns.

— Ainda assim, um ato de piedade — ele rugiu. — Sei agora que cometi um erro. — Mirou o corpo de Sleipnir, o querubim destronado e os hamhleypa que cruzavam seu caminho. — Hoje, você cavou a sua sepultura, pois existem fronteiras proibidas aos deuses.

Outra vez, o soberano dos jötnar erigiu o machado. O monstro era egoísta e violento, mas no fundo não queria matá-la. Embora bruto, fora apaixonado por Sif, tanto que a tomara como esposa, até Thor desfazer o matrimônio, deixando-o indignado e possesso. O problema era que Cabelos de Trigo tinha ido longe demais, tinha quebrado os termos do armistício, e um ataque a Iðavöllr não podia ficar sem punição. Por mais que seu gélido coração relutasse, era imperativo ao rei castigá-la, ou ele nunca teria os nove reinos a seus pés. Thrymr deu um grito, um berro de ódio e de dor, depois baixou sua arma como quem atira no próprio peito, como quem corta o próprio pescoço.

Quase morto, Urakin avistou o inimigo se aproximando e optou pelo sacrifício. Deitado, conseguiu, num último esforço, bater com o Mjölnir sobre o piso. Como o gigante lhe revelara, o artefato tinha uma série de propriedades mágicas, e era necessário muito tempo e experiência para conhecer todas elas. Na tentativa de salvaguardar Sif, o martelo, impregnado com o espírito de Thor, reagiu segundo suas diretrizes, emitiu um estrondo e gerou uma espécie de redoma elétrica, que se projetou a partir do centro, empurrando a tudo e a todos que cercavam a monarca.

O corpo de Thrymr foi repelido, a armadura de gelo rachou, seu machado regrediu com uma chispa.

Mais nada.

O colosso não se feriu. Um atraso. Um susto.

Só isso.

O estrondo teve consequências para além do saguão, propagando-se às câmaras subterrâneas. No calabouço, a porta que trancava Heimdall em sua cela despedaçou-se, já fragilizada pela crosta de gelo que aos poucos revestia as masmorras. Quem conjurara esse sopro invernal fora o deus em pessoa, utilizando-se de seu cajado mágico, feito com uma pitada da substância dos nove reinos, inclusive de Niflheimr, a terra do frio e da neve.

O clima era desagradável — porém não debilitante — ao gigante Surtr, que estacou no meio do percurso quando notou a presença do velho. Heimdall surgiu através da soleira como uma figura cinzenta, um homem idoso, apoiado em seu bastão. Essa relíquia, aparentemente ordinária, batizada de Hǫfuð pelos aesires, era perniciosa aos gigantes, bem como às outras raças que se opunham a Odin. Consciente da ameaça, o jötnar apertou o passo, para que pudesse alcançar o Observador antes que ele invocasse outras magias. Como era muito grande, logo venceu a curta distância que o separava do cárcere, esbravejou e acometeu com a Bági, num rompante de cólera e desgosto.

O impacto desceu torto e perdeu a força no instante em que Surtr foi trespassado por duas flechas de gelo, que por serem frígidas podiam, agora sim, molestá-lo. Os tiros eram originários do Ýdalir, o arco de Kaira, cujas setas captavam a essência do arqueiro — e a Centelha, por sua vez, era capaz de sugar a energia ambiente. Mas não foi só ela que fez sua parte. Na hora em que o monstro se curvou, Denyel saltou sobre seus ombros e o agrediu com a Notung, muitas vezes e de maneira feroz. Perfurou-lhe a nuca, retalhou-lhe a orelha e enfiou-lhe a espada na garganta.

O jötnar largou a Bági.

Estava fraco. Cansado.

Tonto.

Era o gelo. *Gelo. O maldito gelo!*, ele urrava internamente. Gelo mágico. Gelo do Hǫfuð. Gelo do Ýdalir.

— Não — Surtr exalou ácido. Cuspiu fogo, baforou enxofre. — Não — engasgou-se. — Gelo, não. Malditos sejam os aesires.

Mas não adiantava resmungar. Não havia tempo de reagir. Denyel o fustigou sem parar, machucando-o com o instrumento de Siegfried.

Mais afastada, a ruiva fechou um dos olhos, fez pontaria e efetuou o disparo de misericórdia, atingindo-lhe as costas, na exata altura do coração, e foi assim que Surtr desabou finalmente, tropeçando numa pilha de escombros.

Fumaça.

Pó.

Vapor.

O filho de Ymir ruiu feito um castelo de areia, mas seu cadáver não apagou por inteiro, transformando-se em uma massa incandescente, que por séculos ainda poderia brilhar. Heimdall deu um passo para fora da cela, avançou pelo corredor e circundou o defunto. Evitando seus veios, ele se encontrou com os celestes, ajoelhando-se para amparar o anão.

— Heimdall? — Sentado em uma esquina, Dáinn seguia taciturno, balbuciando frases desconexas, a atenção fixa em um ponto distante. — Iðavöllr. — Com a mão direita, ele segurava o cotoco do braço decepado. — O anel — gritou. — O anel. O meu anel.

— Ele vai ficar bem? — Kaira se juntou a Heimdall. Denyel apareceu um segundo depois, ofegante. — Surtr o envenenou?

— Não. — O último dos deuses tateou o busto de Dáinn, examinou suas pálpebras e fez um diagnóstico preciso: — É uma ferida da alma, que só o tempo pode curar. — E se virou para eles. — Vocês são estrangeiros, mas portam as armas sagradas. O que fazem aqui?

— Somos leais a Sif, Cabelos de Trigo — garantiu a arconte. — Meu nome é Kaira, Centelha Divina, e este é Böðgæðir, capitão dos aesires. Viemos para libertá-lo e reconquistar a Ponte Bifrost. Lá fora, o príncipe Fjalar...

— Espere — Heimdall a cortou educadamente. — Por enquanto, é só isso o que eu preciso saber. — Dirigiu-se a Denyel, que era o mais forte dos três, e apontou para o soberano dos nibelungos. — Ajude-me a carregá-lo, capitão.

— Carregá-lo para onde? Há uma guerra acima de nós.

— Imaginei. Por isso precisamos chegar às dependências de Thrymr — ele disse. — O quanto antes.

— Por quê? — O exilado embainhou a Notung, recolheu a Tyrfing em meio aos entulhos e ergueu Dáinn pelo bíceps.

— Como você deve saber, capitão Böðgæðir, não sou o único refém dos gigantes. O pleno triunfo de Asgard depende de também salvarmos os einherjar, que compõem o grosso do exército de Odin.

— Concordo. — Denyel abraçou o anão debaixo da axila direita e o ajudou a caminhar. — Sabe onde eles estão?

— Na última câmara desta torre.

— Conhece o caminho?

— Claro. Esta fortaleza costumava ser minha, antes da invasão. — O Observador tomou a frente do grupo e andou até a escada. — Sigam-me.

Guiada por Heimdall, Kaira galgou a escadaria ascendente, seguida por Denyel, que vinha trazendo o anão. Os subsolos de Iðavöllr eram mais antigos que a própria torre, e muito profundos. Do calabouço onde estavam até o andar térreo, somavam-se doze pavimentos, compostos por masmorras, laboratórios de feitiçaria, arsenais, bibliotecas e salas de armazenagem. Cada nível era separado do próximo por um lance de escadas, e, à medida que subiam, os sons do combate aumentavam, especialmente os gritos, uivos e rosnados dos hamhleypa, cujo número se multiplicava a olhos vistos, contrariando todas as previsões — e mesmo a lógica — dos experientes generais nibelungos.

O mistério, contudo, estava prestes a ser desvendado. Quando o grupo de resgate atingiu o último lance, encontrou Ikol, o trasgo que servia como escravo de Thrymr, imóvel sobre um bloco de pedra, com os braços esticados, os olhos comprimidos, recitando palavras ininteligíveis. Da parede a suas costas se abria o que Kaira entendeu como um portal, um duto mágico, os contornos brilhantes, as dimensões alongadas, e dessa passagem os lobisomens esguichavam às centenas, pulando sobre os degraus, correndo para o saguão, encolerizados e famintos.

Parecia claro o prejuízo que aquela janela cósmica causara — e continuaria a causar — às forças de Fjalar e de Sif. Dessa forma, e se aproveitando do efeito surpresa, Heimdall bateu com o cajado no solo, conjurando um tipo de onda sônica que se propagou adiante. Uma das principais funções do Hǫfuð, além de conter a substância dos nove reinos, era dispersar — ou *cancelar* — outros feitiços, e assim ele atuou. O estalo, desafinado aos tímpanos humanos, quebrou a concentração do troll, que despertou abruptamente do transe, e com isso o portal se fechou.

Kaira não esperou pelos comentários de Heimdall nem aguardou mais instruções. Disparou uma seta abrasada, mas errou, acidentalmente atingindo um dos lobos. Quase ao mesmo tempo, Denyel arremessou a Tyrfing e o acertou em cheio.

O trasgo caiu. Só que não virou pedra.

Droga. Que azar, pensou Denyel. *Não era para isso que ela servia?*

Era. De fato. Mas não serviu. Ikol não virou pedra. Em vez disso, o ser pequenino cresceu, metamorfoseando-se na figura de um homem adulto, os cabelos pretos, os olhos castanhos, o corpo magro. Usava uma túnica negra, e a cabeça estava coberta por uma touca de aço, rematada por um par de chifres metálicos, finos e retorcidos, semelhantes aos de um antílope.

— Loki? — Heimdall, o grande sábio dos aesires, Heimdall, que a tudo e a todos enxergava, ficou estático ante a visão. — Você?

— Surpresa — o mestre da trapaça, Loki, de Muitas Faces, como era conhecido o filho adotivo de Odin, retrucou com um sorriso travesso. — Como tem passado, meu velho?

23

O DESPERTAR DA PRIMAVERA

Os combates que se sucediam em Iðavöllr encontravam reflexo nas pradarias de Iða. O aparecimento das valquírias engrossara o exército de Fjalar, mas ainda assim a luta era intensa, e do lado dos anões ao menos cinco mil haviam caído. Esse assombroso número de mortos somava-se às carcaças dos lobisomens, que jaziam esmagadas contra e *sob* a neve, cortadas e perfuradas, tendo a campina assumido uma gradação carmesim que se estendia por quilômetros, até a linha das árvores. O chão era uma pasta lamacenta e ganhara ondulações perigosas, obstruído por fragmentos de armaduras, escudos e lanças destroçadas. Tornara-se impossível, nessas condições, manter qualquer ordenação de ataque, tampouco deslanchar cargas de cavalaria. Como resultado, tanto os nibelungos quanto as amazonas guerreavam cada um por si, escolhendo aleatoriamente uma fera e a abordando (ou sendo abordados) em meio à balbúrdia, às vezes sozinhos, às vezes em pequenos grupos, às vezes matando, às vezes morrendo.

O caos, no entanto, era benéfico aos dvergar, pois sua fúria interior — o *berserk* — insurgia sempre que a peleja esquentava. O primeiro a incitar esse surto foi o general Brokkr, que resistira ao assédio das bestas e até o momento matara nada menos que trezentos lupinos. O sucesso, porém, tinha consequências nefandas. O idoso campeão encontrava-se no limite de suas forças, exausto e seriamente ferido. Sua couraça estava em frangalhos, e o tridente perdera uma das pontas, o que não o impediu de continuar batalhando.

Ora, os hamhleypa eram seres híbridos, netos e bisnetos de Fenris. Mas quem os liderava era Sköll, um dos rebentos do monstro, um enorme lobo negro que se destacava em meio às alcateias brancas. Sköll corria através da estepe, não só estraçalhando suas vítimas como também as devorando, o que, acrescido a seu uivo, fazia com que todos os anões o temessem. O único imune a seu grito era Brokkr, que tivera a oportunidade de encarar o próprio Fenris em campo aberto, durante a primeira guerra contra os gigantes. Sköll sabia que precisava matá-lo, ou os nibelungos nunca desistiriam da briga. Então, quando julgou já ter liquidado um número suficiente de legionários, circundou a planície, posicionou-se de costas para a fortaleza e afrontou o supremo general dos anões.

O monstro retesou as patas traseiras, saltou sobre os defuntos e abocanhou o pequeno guerreiro, que já não tinha energia para revidar. Os dentes rasgaram-lhe o peitoral, triturando-lhe os ossos — do quadril até a espinha — e chegando ao coração. Quando Sköll inclinou o focinho para morder-lhe o pescoço, um risco dourado passou rente a seus olhos, quase o cegando num átimo. O lobo se afastou como que por reflexo, sacudiu a cabeça e exclamou:

— Quem se atreve? — Sua voz era rosnada, parte humana, parte ferina. — Quem ousa atacar Sköll, o preferido de Fenris?

— Eu — retorquiu o agressor, com o escudo e o gládio empunhados. — Fjalar, filho de Dáinn e neto de Andvari.

— Só você? — zombou o canídeo, mas, antes que ele pudesse se adiantar, foi fustigado no calcanhar por uma lança, que o penetrou e foi puxada de volta. De repente, Sköll se viu defrontado não apenas por Fjalar, mas por outros dois adversários, ou melhor, *adversárias*. — Quem...

— Sou Hildr, Grito de Batalha — anunciou a capitã das valquírias, que desmontara da égua para combater o lupino. — E esta é minha irmã, Brunhildr, Estrondo de Guerra. Esta noite serviremos um banquete e sua carne será a iguaria — ameaçou. — Prepare-se.

— Loki? — recém-liberto do cárcere, Heimdall repetiu o nome do mestre da trapaça, Loki, de Muitas Faces. — Mas você não foi...

— Banido? — gargalhou a entidade. — Ah, isso faz séculos. Seria desperdício alguém como eu se conservar afastado, não acha? Sou um camarada de muitos talentos. — Os "muitos talentos" a que Loki se referia eram principalmente sua capacidade de mudar de forma. Nem todos sabiam, mas Loki não era filho legítimo de Odin. Ele fora gerado por Þrúðgelmir, o gigante das colinas, e entregue ao Pai de Todos como parte do acordo de paz, uma maneira perturbadora que os jötnar encontraram de estar sempre presentes na corte dos aesires. Para que Loki não fosse discriminado, Odin o apresentou à feiticeira Gróa, que lhe ensinou a arte da transmutação. As lições iniciais somente permitiam que ele se disfarçasse na figura de um asgardiano comum, mas, com sua inteligência e astúcia, mais tarde ele aprenderia a se transformar em qualquer criatura, até em animais. Como se não bastasse, ele também viria a roubar outros dons da feiticeira, como a sabedoria de abrir portais para os outros reinos nórdicos, podendo assim se transportar instantaneamente entre as nove terras, sem precisar cruzar os galhos da Yggdrasil. — E ademais quem me expulsou foi *Odin*, que em todo caso está morto.

— Você é uma abominação, Loki — acusou-o o Observador. Os dois continuavam frente a frente, o Trapaceiro sobre o lance de escadas, em um terreno mais elevado, e Heimdall nos degraus logo abaixo. Denyel estava na retaguarda, dando apoio a Dáinn, e Kaira seguia escutando a conversa, sem saber se atirava ou não. — Planejou tudo desde o começo, premeditou a morte de Balder, armou a queda de Odin.

— Isso é uma crítica ou um elogio? Se for um elogio, acrescente o aprisionamento dos einherjar, o exílio dos aesires e o assassinato de Thor.

— Devo atirar? — perguntou a Centelha.

— Não, ainda não — respondeu o ancião e se dirigiu ao deus de cabelos pretos. — O que pretende, Loki? — indagou. — O que você quer, afinal?

— Eu não quero. Eu *já* consegui. — E sendo assim ele abriu a mão, mostrando um anel dourado sobre a palma. Dáinn, mesmo entorpecido e maneta, arregalou os olhos escuros, reconhecendo o adereço forjado por seu pai, a "joia dos reis desde o princípio dos tempos". — Abracadabra!

— O Anel dos Nibelungos? — Heimdall não podia acreditar. — Como? Há poucos minutos...

— Um mágico nunca revela seus truques — ele o cortou novamente. — Nos vemos quando o mundo chegar ao fim, velhote. Nos reencontraremos no Ragnarök.

Loki deu três passos para trás, tocando com as costas a parede de rocha. Determinada a não deixá-lo fugir, Kaira disparou uma flecha em brasa, ao mesmo tempo em que Dáinn, transtornado, subiu as escadas correndo, catou a Tyrfing do chão e se lançou sobre o Trapaceiro. Mas nenhum dos ataques surtiu qualquer efeito prático. Empregando um de seus dons raciais, misturado a uma dose de feitiçaria, o filho postiço de Odin se fundiu aos blocos de pedra, desaparecendo diante de todos, escapando através dos sólidos muros de Iðavöllr.

Incrédulo, o soberano dos nibelungos castigou o granito com sucessivos golpes da acha, depois com socos e pontapés, até ser tomado pela exaustão.

E parou.

Chega.

Cambaleou. Denyel o susteve.

Desde então, até o Ragnarök, Loki não seria mais visto. Ou, como acreditavam alguns, não seria *descoberto*. Mas permaneceria na mente — e nos pesadelos — dos aesires por séculos a fio. Como uma sombra. Uma mancha nos salões do Valhala. Uma nódoa no destino dos deuses.

Poucos degraus acima, no saguão principal, o estrondo causado pelo Mjölnir desnorteara Thrymr por alguns minutos. Nesse intervalo, Sif poderia ter optado pela vingança, poderia ter recuperado a Gungnir e o trespassado, mas preferiu acudir Urakin, que de tão ferido mal conseguia se mover. Sentou-se a seu lado, cruzou as pernas e o puxou para o colo, acariciando-o com suas palmas macias, usando a própria capa para estancar o sangramento. Cabelos de Trigo não tinha dons especiais de curandeira, mas o simples fato de estar por perto, de aquecê-lo com suas roupas e de zelar por ele energizara o pobre guerreiro, que tinha agora um novo motivo para não se entregar ao vazio.

Esse ato de piedade, embora altruísta, deu tempo ao chefe dos gigantes, que se levantou e apanhou o machado.

Frio.

O frio regressou. Frio mágico. Mortal.

Frio divino.

Thrymr discerniu sua amada no chão, abraçada a outro homem, e se irritou sobremaneira. Já não bastava ela ter fugido com Thor e quebrado o armistício, agora essa traição?

Meretriz.

O jötnar se precipitou para decapitá-los, quando uma série de projéteis o acertou pelas costas. Protegido pela armadura de gelo, ele mal sentiu as fincadas, mas estacou e deu meia-volta, curioso para saber quem o agredia, àquela altura.

Sob a curvatura de acesso às escadas estava parado o deus Heimdall, com seu famoso cajado mágico, acompanhado por um guerreiro de barba negra e cota de malha, que vinha escoltando Dáinn, o rei dos anões. Na frente deles, uma mulher segurava um arco. Contemplando seu rosto sardento, os cabelos longos e ruivos, os olhos verdes, Thrymr reagiu com espanto e empalideceu, como se visse um fantasma.

— Herja? — O colosso a tomou com a quarta valquíria. — Por Ymir, como é possível? Eu... eu a matei.

No campo de batalha, estava para acontecer a grande disputa. Sköll herdara a voracidade de Fenris, Hildr e Brunhildr defendiam o nome de Odin, e Fjalar carregava nas costas o peso de uma linhagem.

As valquírias se posicionaram à esquerda e à direita do monstro, com o anão de frente para ele. Uma vez cerrado o portal, os hamhleypa escasseavam nas pradarias, e alguns, acuados, já começavam a bater em retirada, mas nenhuma conquista seria completa sem a morte de Thrymr. Contava-se que, durante uma das guerras contra os aesires, ele e Surtr foram responsáveis, sozinhos, pela destruição de oito legiões de infantaria, sendo parados apenas pela coragem dos príncipes, no caso, Thor e Tyr, seu irmão mais velho, à época vivos e atuantes.

Próximo do cadáver de Brokkr, os três heróis apertavam suas armas, esperando que Sköll os atacasse primeiro. Os seres se estudavam mutuamente, sabendo que em uma luta como aquela qualquer deslize significaria a morte. O lobo rosnou e mostrou os dentes, encarou-os com seus globos coruscantes e fintou com as patas dianteiras. Enganada pela manobra, Brunhildr investiu com sua enorme espada de duas mãos, mas apesar do tamanho a besta negra se esquivou com rapidez nunca vista e contra-atacou ferozmente. Suas garras de dez polegadas fatiaram-lhe a armadura, desenhando quatro veios sobre a dureza do aço, subindo até o pescoço, rasgando-lhe o queixo e a jogando na lama.

Sköll era uma entidade poderosíssima, mas, assim como os anões, tinha também sérias fraquezas. No caso dos lobos não era a ganância, era a *fome*, a sedutora vontade de triturar, de mastigar e comer. Respondendo a esse impulso, farejando o sangue que a morena vertia, a cria de Fenris pulou sobre ela, buscando objetivamente a garganta, mas se esquecendo dos demais oponentes, abrindo-se e expondo-se nos flancos.

Dessa vez, Hildr não perdoou e enfiou-lhe a lança na região do abdome. Salivando, com a refeição a seu alcance, pronta para ser degustada, o monstro fez uma pausa, deu um uivo prolongado e agarrou o espigão que lhe cruzava a barriga, para que a capitã não pudesse mais recuperá-lo. Triunfante, ele se virou para a asgardiana, que o encarou, desarmada. Certo de que finalmente acabaria com ela, Sköll esticou o focinho, mas foi atingido por um soco no olho, um murro tão forte que quase o pôs a nocaute. Grito de Batalha não descansou e o abateu outras vezes, mirando a cabeça, o rosto e a testa, espancando-o com os próprios punhos, que pareciam feitos de chumbo. Quando a criatura tombou, castigada pelas marteladas de carne, Hildr a segurou pelo cangote e a empurrou na direção de Fjalar.

— Alteza — ela berrou. — Essa honra é sua.

— Que se desfaçam o frio e o negrume — recitou o príncipe dourado. — Morra, ser repugnante. — O gládio tilintou e refulgiu. — Dedico este sacrifício ao general Brokkr. Gloriosa seja a aliança entre os anões e os deuses.

Fjalar então se moveu contra Sköll, espetando-lhe a artéria carótida, promovendo um esguicho de sangue e depois o degolando com sua espada curta. O lobo perdeu as forças, encolheu as pernas, mas ainda gemia quando Brunhildr surgiu por trás e o atravessou com a haste da Bandeira do Corvo. O objeto ficou lá, erguido sobre o defunto, como um farol, um símbolo, um pendão da justiça, para todos que pudessem — e quisessem — enxergar.

— O sol... — Fjalar olhou para o alto e constatou que, apesar do esforço, o astro solar continuava encoberto. — Já passa do meio-dia. Os hamhleypa foram derrotados, mas o inverno persiste. — No campo, os sons metálicos tinham desaparecido, e os gritos de morte não eram mais escutados. O silêncio cobria a neve avermelhada, enquanto os tenentes e capitães nibelungos se organizavam para tratar dos feridos. — Thrymr segue com vida. — Apontou adiante, através da campina e do rio congelado. — Iðavöllr, a Fortaleza Solitária. É para lá que nós vamos.

Uma vez, Egill, o grande poeta das terras nórdicas, escreveu que poucas coisas são capazes de assustar os gigantes, e os fantasmas, ou *náir*, são uma delas. Os espectros, aparições e zumbis eram geralmente originários de Helheim, o reino dos mortos, o domínio mais distante — e mais obscuro — sob os galhos da Yggdrasil. Quem reinava em Helheim era a deusa Hela, que tinha a capacidade de matar qualquer criatura com um simples golpe de vista e, de tão poderosa, poderia ter os nove reinos a seus pés. Mas Hela era conhecida pela neutralidade, por isso ela e seu palácio, Helgardh, a Casa das Névoas, permaneceram intocados ao longo de todas as guerras anteriores, e assim continuariam até o Ragnarök, quando, segundo a profecia, ela ingressaria na batalha convocando seu interminável exército de mortos. Quando Hela despertava um corpo da sepultura, era sinal de que algo muito grave estava para acontecer. Não à toa Thrymr foi tomado pela dúvida e hesitou antes de rodopiar o machado.

Herja.

Cercado de inimigos, o maior dos gigantes preferiu não dar chance ao azar, achou melhor não brincar com o destino e usou a famosa tática que o consagrara. Inflou as bochechas, tomou fôlego e soprou longamente.

Um bafo.

Frígido. Cortante.

Polar.

Seu hálito níveo engoliu o salão e, de tão denso, congelou os presentes, paralisando-os, confinando-os em uma gélida poeira de cristais granulares. Os únicos que não se afetaram foram Kaira, por ser um anjo do fogo, e o próprio Thrymr, que nela encontrou seu alvo. Precipitou-se para cortá-la à metade, girou a arma e golpeou. Obrigada a afrontar o gigante sozinha, a ruiva evitou a tragédia erguendo o arco encantado.

O Ýdalir fez sua parte. Bloqueou o ataque.

Salvou-a.

Mas se partiu.

Quebrou.

Choveram farpas para todos os lados. O machado passou a centímetros de sua testa, desceu torto e abriu uma cratera no chão. O piso se dobrou para dentro, as vigas rangeram, o teto rachou. Sif e os demais, que estavam nas margens do aposento, permaneceram incólumes, mas Kaira e Thrymr foram sugados e despencaram para a escuridão sepulcral.

Fjalar, Hildr e Brunhildr chegaram a Iðavöllr naquele exato instante e presenciaram o escarcéu, sem poder fazer nada.

Kaira e Thrymr caíram por dezenas de metros, através dos doze níveis que compunham o subterrâneo. O impacto contra o solo certamente os teria matado, não fossem suas armaduras, feitas para resistir a ofensivas piores.

De repente a arconte estava, de novo, no mais profundo corredor das masmorras, de volta ao local por onde ela, Denyel e Dáinn haviam chegado e — coincidentemente ou não — sobre o ainda escaldante cadáver do odioso Surtr.

Graças ao desabamento, o ambiente se modificara, coberto por destroços, apinhado de farelos, estilhaços, poeira, enxofre e vapor. Olhando para cima, a celeste enxergou o buraco pelo qual despencara e teve a impressão de estar, concreta e metaforicamente, nas entranhas de um poço, longe de seus amigos, confrontando um adversário notável.

Então, escutou-se um trincar de gelo.

Estalidos.

E uma trepidação.

Das ruínas Thrymr ressurgiu, crescendo feito uma sombra azulada. Cautelosamente, ele observou o cenário. Reparou na galeria, divisou a cela aberta, reconheceu os restos do irmão.

Surtr.

Surtr estava morto. Seu irmão.

Morto.

Ódio, ira, cólera... essas eram palavras curtas, abreviações para traduzir sua angústia. Isso, somado aos desaforos de Sif, apagou em seu peito qualquer traço de piedade e ele acometeu, furioso, trazendo consigo um odor glacial.

Kaira procurou os fragmentos do arco, mas do Ýdalir nada sobrara. Só o que restava em seu cinto era o cabo da espada, a mesma cuja lâmina, mais cedo, insistira em não germinar. Desesperada, ela a sacou e pela última vez tentou conjurá-la.

De pé sobre o defunto vulcânico, a Centelha, ao manifestar a ponta do sabre, acabou por sugar a energia residual de Surtr, que em vida era tão imbatível quanto Thrymr, seu parente. De seus esforços nasceu não uma chapa de aço, como Denyel, seu antigo portador, costumava invocar, mas uma espiga em brasa, sólida, resplandecente e pegando fogo. Com essa arma Kaira desferiu um único golpe, que varou a armadura de gelo e subiu enviesado através das costelas, terminando por perfurar o torso do opulento filho de Ymir. No chão, os resíduos secaram e os veios de magma endureceram, convertendo-se em um rígido amontoado de cascalhos cinzentos. Thrymr caiu sobre essa ruma, os olhos vítreos, a face perdida, os braços abertos, e, no segundo em que seu coração parou de bater, os cristais degelaram, permitindo, trinta metros acima, que Denyel, Urakin, Heimdall, Dáinn e Sif se recobrassem da hipotermia.

Habituado a tomar decisões instantâneas, o capitão dos aesires confiou o rei dos anões aos cuidados de Fjalar e desceu escalando a fissura, até alcançar o fundo da cratera onde os jötnar repousavam, agora mortos, estirados um sobre o outro, sob os auspícios da Centelha Divina. Kaira, que servira como canal para potências lendárias, estava pálida, completamente exaurida.

— Nada mal para uma principiante. — Denyel a socorreu, agarrou-a pela cintura. — Quem andou lhe ensinando essas coisas?

— Que coisas? — ela arquejou.

— Esquece. — O anjo não a atormentou com mais perguntas. Em vez disso, decidiu encontrar ele mesmo as respostas. — Já tem planos para hoje à noite?

Sentada sobre um pedaço de rocha, Kaira enfim relaxou. Respirou fundo e apreciou a calmaria, o clássico silêncio que sucede à batalha. Um silêncio *vazio*, meio onírico, meio surrealista. O silêncio dos vivos. O silêncio dos mortos.

Depois do que acontecera, era impossível não refletir sobre a natureza dos deuses e como eles eram vistos na terra. Quem os podia julgar, afinal? No âmago de cada homem ou mulher há um gigante, ela pensou, dentro de cada ser humano há um anão ganancioso, um lobo faminto, um príncipe honrado, uma rainha nostálgica e uma guerreira impetuosa. Então, uma voz soou algures em seu espírito, declamando uma frase que ela certamente escutara, só não sabia *onde*, nem quem, ou *o quê*, a tinha pronunciado: "Todos os mundos, céus e infernos vivem eternamente dentro de nós".

Entrementes, nas colinas e prados, um fiapo de sol reluziu. O nevoeiro, parcialmente disperso por Sif, deu lugar ao orvalho, a neve parou de cair e o sopro congelante se transformou em uma agradável brisa de primavera. O firmamento clareou, e pela primeira vez em centenas de anos os céus de Asgard se coloriram de azul. Na câmara superior de Iðavöllr, os guerreiros einherjar foram libertos. O rio Gjöll se liquefez, o pátio externo se reabriu e para lá seguiram os sobreviventes, apreciando as águas que tornaram a fluir e a cachoeira que novamente escorria.

O Ginnungagap recebeu seus respingos. Um véu se formou, traçando sete cores no espaço infinito. Era Bifrost. A Ponte do Arco-Íris.

— Uma só vela é capaz de iluminar a escuridão mais profunda — disse Sif, com os olhos marejados. — Não há treva maior que a luz. Não há noite que não termine em dia. Viva Odin! Não há inverno que não preceda à primavera.

Para os aesires, o confronto nas planícies de Iða era um prelúdio, um ensaio para o Ragnarök. Mas não para os anjos. Não para Kaira e Urakin.

Para eles, a aventura chegara ao fim.

Era hora de voltar para casa.

24

O SALÃO DOS HERÓIS

Com o avanço do dia, os aesires, liderados por Sif e acompanhados pelos anões, iniciaram a marcha através da planície em regresso ao palácio dos deuses. Quem os aguardava era Myst, Tempestade da Vitória, que não participara dos confrontos em Iðavöllr. Ela e seu regimento foram ordenados a permanecer no Valhala e defender suas muralhas, o que, diferentemente do que alguns pensariam, não era uma tarefa menor, e sim uma demanda sagrada, afinal a casa de Odin era o ponto mais cobiçado de Asgard e não podia ser conspurcada, tampouco invadida.

Mas nem todos aceitaram o convite para as celebrações do triunfo. Dáinn preferiu continuar na fortaleza, com o deus Heimdall, não só para vigiar a Ponte Bifrost, mas porque, segundo ele, estaria "mais perto" de seus antepassados, considerando que o edifício fora uma construção de seu pai. Os anjos, contudo, sabiam que a razão era outra, que ele estava envergonhado (e deprimido) por não ter matado o gigante Surtr e consternado com a perda do Anel dos Nibelungos, ainda mais para Loki, o Trapaceiro, que certamente o usaria para fins obscuros.

No banquete que aconteceria mais tarde, o príncipe Fjalar seria o representante dos dvergar, que ofereceram à rainha e a seus convidados (incluindo eles próprios, claro) seiscentos tonéis de cerveja e oitocentos barris de hidromel. Outro grupo que regressava à cidadela eram os einherjar, após séculos congelados. Os einherjar eram os espíritos dos grandes heróis e monarcas de outrora, mortos nas batalhas de Midgard e renascidos como soldados de Odin. Embora alguns soubessem montar, quase todos se agrupavam em pelotões de infantaria, sendo as valquírias responsáveis pelas operações a cavalo. No passado, seu líder era Tyr, o filho mais velho de Odin, mas desde o exílio dos deuses não havia quem os chefiasse. Dois indivíduos, entretanto, despontavam como candidatos. Um deles era Gunther, que governara a região da Borgonha entre os anos 436 e 407 antes de Cristo, e o outro era Hagen, que rivalizara com Siegfried pelo amor de Brunhildr.

O retorno dos chefes, a visita dos anões e a felicidade no coração das valquírias contribuíram para que aquela fosse uma noite histórica, a noite que encerrara o Fimbulvetr, o Inverno de Mil Anos, tido como um prenúncio do Ragnarök. As nuvens cinzentas se dispersaram, e agora, das praças, arenas e estalagens, era possível vislumbrar as estrelas, a lua e as galáxias em movimento. Conforme sabiam os celestes, o céu noturno de Asgard era um reflexo do Ginnungagap, sendo portanto um mapa do cosmo às avessas, riquíssimo para aqueles que soubessem estudar seus mistérios.

Além de Heimdall, Dáinn e um pequeno destacamento de anões, que resolveram, por vontade própria, ficar em Iðavöllr, houve quem não pôde comparecer à festa por questões de saúde. Entre eles estavam os soldados e as amazonas gravemente feridos, imediatamente transportados ao Sessrúmnir, o salão de cura abençoado pela deusa Freya, o mesmo para onde Denyel fora levado após sua jornada para matar o dragão. Sem elmo, mas trajando suas placas de guerra, a rainha Sif e o príncipe Fjalar serpenteavam através dos leitos, agradecendo a cada um dos enfermos. A certa hora, Cabelos de Trigo parou diante de Urakin, que fora medicado e agora descansava com o Mjölnir sobre o peito. Quando ele a viu, tentou se sentar, fazer uma vênia, mas só conseguiu curvar a cabeça.

— Majestade. — O querubim se esforçou para estender-lhe o martelo. — Por favor, pegue-o. Que o Mjölnir retorne aos aesires.

— Hoje você *é* um dos aesires, e assim será enquanto estiver no Valhala. Guarde-o por mais um dia. — Ela sorriu. — É a minha vontade.

— Obrigado. — O guerreiro recolheu o instrumento. — Mas me pergunto se sou digno de possuí-lo.

— Já deu inúmeras provas de sua bravura. — Sif apoiou a Gungnir na parede e se ajoelhou a seu lado. — Qual é a dor que o aflige?

— Sinto-me fraco por ter sido desbancado por Thrymr — confessou. — Pode alguém assim portar o Mjölnir, mesmo que por uma noite?

— Ninguém sabe o que pode acontecer em uma guerra. Portanto a maior qualidade de um guerreiro deve ser a coragem. Um guerreiro corajoso e leal é um guerreiro pleno, não importa se ganha ou perde, se vive ou morre. Não era o seu destino, nem o *meu*, destruir o rei dos gigantes do gelo. Essa tarefa estava reservada à Centelha, e não nos cabe inferir o motivo. Um homem pode driblar seus inimigos, mas nunca pode escapar de sua sorte. Foi o que o dia de hoje nos ensinou, Urakin. Foi o que *eu*, Sif, Cabelos de Trigo, aprendi com a sua chegada e a de seus amigos. Há uma semana, quem diria que seria possível reconquistar Iðavöllr? Desde então, Böðgæðir matou a serpente, você recuperou o martelo e Kaira aniquilou os dois filhos de Ymir. Cada um de nós fez a sua parte.

— Entendo. — Urakin aceitou as palavras e as tomou como absolvição definitiva, o que lhe provocou uma inigualável sensação de alívio. — Mas diga-me ao menos como posso compensá-la por ter salvado a minha vida. Como pago essa dívida?

— Não há dívida ou obrigação entre amigos. Ademais, não sou curandeira e não tenho o poder de salvar vidas. No entanto aceito a sua oferta. Se no futuro completar a missão que prometeu aos seus líderes, saiba que sempre haverá um lugar para você neste palácio. Rezo para que o nosso destino se cruze e para voltarmos a lutar juntos um dia.

— Esse é também o meu desejo — exclamou o celeste. Embora estivesse apaixonado, embora fosse um *bravo*, como a própria rainha destacara, faltava-lhe coragem para se declarar, e tudo o que ele pôde dizer, antes que ela se despedisse, foi: — Grato, minha senhora.

Quem morria em Asgard (ou em qualquer ponto dos nove reinos) tinha o espírito transportado para Helheim, ficando sob a custódia da deusa Hela, que podia usar essa energia para construir seus zumbis (os *gengånger*) ou transformá-la em espectros (os *gasts*). Para evitar essa terrível sentença, os parentes do morto precisavam dar a ele um sepultamento decente. O cadáver, segundo a tradição, deveria ser queimado ou enterrado sob um dólmen, monólito ou pedra rúnica, o que lhe garantiria o eterno descanso longe de Helgardh, a Casa das Névoas. Era esse o motivo, a propósito, da prolongada tristeza de Brunhildr, que por anos fora privada de ter em seus braços os restos mortais de Siegfried, seu amado, e impedida, até a derrota de Grimhildr, de conduzir um funeral à altura.

Em virtude desses ritos, em cada praça ou arena ardia agora uma pira, e sobre cada fogueira repousava o corpo de uma valquíria ou de um anão, mortos em combate nas planícies de Iða. Durante a noite, muitos outros seriam cremados, clareando os pátios com pontos de luz tremulantes. Circundando essas chamas, os amigos mais próximos recitavam uma prece, comiam e bebiam, lotando as cervejarias e estalagens locais. Finda a cerimônia, o destino tanto dos moradores quanto dos visitantes era o Vingólf, o Salão dos Heróis, o maior pavilhão do Valhala, usado normalmente para as festividades relativas às conquistas militares e que já não era ocupado fazia alguns séculos.

O que não podia faltar em ocasiões como essa eram música, carne, cerveja e hidromel. O prato mais saboroso era o guisado feito com as entranhas de Sköll, o lobo que matara Brokkr e fora morto por Fjalar. Salvo o fato de ser imenso, o Vingólf não era muito diferente das outras salas do palácio. Sustentado por pilastras cilíndricas, com as paredes decoradas por tapeçarias riquíssimas, o lugar contava com dezoito lareiras e quarenta fornos, além de milhares de mesas e bancos para acomodar os presentes. Os tonéis se empilhavam, com furos fechados por rolhas através dos quais os convivas podiam encher o copo. Das varandas, avistavam-se não apenas o brilho das casas, o fulgor das tavernas, as chaminés e lamparinas, mas também as paragens distantes, o bosque, as pradarias e lá longe, muito longe, o pináculo da Fortaleza Solitária, seguido pelo negrume do Ginnungagap.

Pouco antes da meia-noite, Sif e Fjalar chegaram da caminhada pelos galpões e deram início oficial ao banquete. Os dois subiram em um tablado e propuseram um brinde à morte de Thrymr, à reconquista de Bifrost e à libertação dos einherjar, mas não havia só louros.

— Deste dia em diante — declarou o príncipe dourado — não haverá mais atritos entre os anões e os deuses. — Sua couraça fora polida, e ele agora carregava a Tyrfing, a famosa acha de seu pai. — Dvergar e aesires caminharão sobre uma única senda, a trilha que conduz ao Ragnarök. Desfrutem do triunfo, apreciem o momento, pois vocês merecem esta festa, mas tenham em mente que nem todo o mal foi expurgado.

Sif completou o discurso:

— O inimigo continua à espreita — ela assentiu, o queixo empinado. — Em cada gruta ou caverna, em cada buraco no solo, em cada esquina da noite. — Fez-se no salão completo silêncio, porque no íntimo todos sabiam quem era o inimigo sobre o qual ela falava. — Suas forças são numerosas e por todos os meios tentarão se vingar. Os gigantes, os trolls das montanhas, o lobo Fenris, a serpente Jörmungandr e os ogros... todos nos atacarão de uma vez, e no ponto mais fraco. Odin não nos contou quando será esse embate, portanto devemos estar preparados. O tesouro do dragão será repartido entre as nossas nações e ajudará a formar um novo exército, composto de unidades mistas, copiosas, bem treinadas. — E se dirigiu objetivamente a seu povo: — Os aesires precisam se multiplicar, e uma nova geração de guerreiros precisa nascer. — Ergueu uma taça de prata. — Proclamo esta a Noite da Fertilidade e convido as valquírias a encontrarem seus pares entre os einherjar. O breu se combate com a luz; a morte, com a vida.

Quando Sif deu o primeiro gole, houve uma longa aclamação. Canecas se chocaram, espadas foram erguidas, os anões bateram os escudos. Cabelos de Trigo desceu do estrado escoltada por Hildr e por Denyel, que conservava a cota de malha e a Notung devidamente embainhada. Mais iguarias foram servidas: leitões assados, bacalhaus fritos no óleo, omeletes com bacon, pães, salames, linguiças, saladas de tomate, além de uma grande variedade de frutas e legumes.

De um canto afastado, meio oculta nas sombras, Kaira escutava a preleção. Discreta, ela se esgueirou até a sacada e se sentou nas escadarias do grande palácio. Por algum tempo ficou ali, sozinha, como se meditasse, observando os telhados, escutando o canto dos grilos, o gotejar das fontes de água, apreciando o reluzir dos vaga-lumes.

Sua mente vagava distante, em outro lugar, em outro universo. Uma vez desocupada a Ponte Bifrost, o caminho estava aberto à Haled, o que a lançava de volta à sua primeira missão. O problema eram as variáveis que surgiram nesse entremeio, e talvez a mais delicada delas fosse o desaparecimento de Ismael, seu antigo parceiro de lutas. Kaira cogitava a hipótese de adiar novamente a missão, com o intuito de procurá-lo, mas dessa vez não tinha uma pista sequer, e além disso, se o fizesse, a busca por Metatron nunca seria completada.

Metatron.

Eis o nome que a perturbava, que lhe tirava o sono e a afligia. Metatron, o Primeiro Anjo. Metatron, o Rei dos Homens sobre a Terra. Metatron, o grande antagonista do céu, antes mesmo de existir o Diabo.

Onde ele estaria?

O que planejava?

Como encontrá-lo?

Instintivamente, enquanto refletia sobre essas questões, enquanto organizava em silêncio os pensamentos, ela tomou a espada que Denyel lhe dera e que a ajudara a matar o gigante. Começou a brincar com o cabo da arma, girando-o entre os dedos, quando escutou as tábuas rangerem. Imaginou que fosse um dos einherjar, um anão bêbado ou uma amazona perdida e simplesmente não deu atenção, até que um vulto se agachou a seu lado.

— Terá de inventar um nome para ela — afirmou Denyel. — É a tradição.

— Ora, é você, capitão? — Ela deu um sorriso, feliz por poder chamá-lo dessa maneira. Tudo o que a Centelha queria, desde que o conhecera, era que o exilado se ajustasse, e parecia que em Asgard ele tinha encontrado seu rumo. — Para *ela* quem, exatamente?

— Para a espada, quem mais?

— Está certo. Pensarei em alguma coisa. Mas não me lembro de *você* tê-la nomeado.

— Como eu disse, é a tradição. E eu sempre fui do tipo rebelde.

— Nesse caso eu a chamarei de *Fagulha*, pois é isso que ela parece, uma chapa cintilante, recém-saída da forja. — A ruiva guardou a empunhadura no cinto. — Mas tem certeza que não a quer de volta? É improvável que Sif nos deixe ficar com as armas mágicas, que dirá levá-las para... — Ela ia dizer "para a Haled", mas parou ao se dar conta de que, apesar de tudo o que acontecera, Denyel nunca prometera acompanhá-los. Seus olhares se desviaram, o anjo ficou calado, e coube à Centelha retomar a conversa. — Você decidiu ficar, não é? Vai continuar em Asgard?

— Olha, eu poderia discorrer por horas sobre o Ragnarök — ele começou. — Poderia lhe dizer que os aesires me acolheram quando eu mais precisava, e que agora contam com a minha ajuda. Por outro lado, eu poderia criticar o seu comandante, o arcanjo Gabriel, dizendo que eu não significo nada para os anjos rebeldes, e que se fosse por ele, isto é, por Gabriel, nós nunca teríamos nos reencontrado. Eu poderia usar todos esses argumentos, mas estaria mentindo. — Chegou mais perto dela e a fitou, austero. — O dragão, Faísca. O *dragão*. Ele estava certo sobre mim. Meu coração está cheio de mágoa e angústia, e para um soldado esses sentimentos são perigosos. Você viu o que aconteceu com Grimhildr, viu o que ela se tornou. A dor se transforma em ódio, e esse ódio leva ao sofrimento. Pelo menos aqui, nos nove reinos, eu sei contra quem estou lutando, posso enxergar claramente o bem e o mal, o que me faz manter o equilíbrio. Mas regressar à Haled seria como perder o controle, seria como retornar ao abismo, ao poço sem fundo de onde, com muito custo, eu consegui escapar.

— Não devia se preocupar tanto. É *meu* o trabalho de mantê-lo na linha. Já o fiz antes e posso fazer de novo — Kaira garantiu, segura de si. — Sem falar que, pessoalmente, não acredito no que o dragão disse, e você também não devia dar ouvidos àquele lagarto. Alguém com o coração tão negro não teria se sacrificado por nós, como você fez em Athea.

— Sei que tem fé em mim, garota, mas essas são apenas palavras românticas. O mundo não é como você pensa. Eu sou um crápula, um assassino, e nunca fiz nada pelos outros — Denyel retrucou, em tom amargo. — Às vezes eu me questiono se fiz aquilo por vocês ou se foi por *mim*. — Estalou a língua. — Não que a minha intenção não tenha sido boa, ela *era*, mas talvez o meu desejo de fugir, de me punir pelos meus crimes, fosse mais forte que a vontade de ajudá-los, de completar a missão ou de qualquer outra coisa. Talvez a minha queda no Oceanus tenha sido mais uma tentativa de suicídio que um sacrifício. Confesso que a ideia já me perseguia fazia algum tempo. — E, ao chegar a esse ponto, algumas de suas mais dolorosas lembranças relampejaram, especialmente aquelas relativas ao fatídico dia 1º de maio de 1978, ao apartamento de Londres, a Zac e a seus velhos amigos. — Entende o que eu digo?

— Claro — ela respondeu com naturalidade. — Óbvio que entendo a sua dor. Mas acho que você está se fazendo de vítima.

— Fácil para você dizer. — O celeste conteve-se. Não queria brigar com ela, não agora. — Nunca esteve na minha pele, não passou pelo que eu passei.

— Não me entenda mal. Não estou menosprezando os seus sentimentos. Mas acredite. Eu *sei* do que você está falando.

— Sabe?

— Transferência Espiritual. Uma "técnica terrível", era como Andril a classificava. E é mesmo, Denyel. Eu chamaria de *perturbador* o que Yaga, ou melhor, o que os hashmalins podem fazer. Como você sabe, eu ainda carrego as emoções de Rachel. Para ser mais exata, suas lembranças são minhas. É como se eu realmente as tivesse vivenciado.

— Rachel? A garotinha?

— Isso. — Kaira fez uma pausa e olhou para as estrelas. — No túnel florestal, você disse que o meu heroísmo era "patético".

— Não acredito que ainda está aborrecida. — O capitão deu de ombros. — Estávamos sob a influência de um feitiço.

— Eu sei. Não estou aborrecida.

— Então por que tocou no assunto?

— É melhor resolvermos logo as nossas desavenças. O feitiço expunha os sentimentos ocultos, não os criava do nada.

— Veja. — Denyel fez menção de se levantar. Desde os tempos de Sophia, não suportava discussões conjugais. — Quer realmente falar sobre isso?

— Não teremos outra chance. Partirei amanhã — insistiu a arconte. — Sente-se. E esclareça-me. Por que acha o meu suposto heroísmo "patético"?

— Não quis ofender. É que às vezes as suas motivações me parecem artificiais, como aqueles heróis de cinema ou de livros de autoajuda. — Ele riu de si mesmo. — Olha quem fala, afinal sou *eu* o clichê ambulante. Mas, cá para nós, que experiência você tem para falar de heroísmo? Que exemplos teve ao longo dessa sua vida tão curta?

— Só o que aprendi com os meus pais.

— Seus pais?

— Os pais de Rachel — ela retrucou. — Bom, você sabe que o meu pai foi torturado, e eu assisti à sua execução.

— Sim, claro. — O capitão sabia disso, tinha inclusive testemunhado o processo de regressão, na cidadela yamí, mas esquecera. — Andril, aquele puto. — Coçou o nariz, constrangido. — Sinto muito. Pelo menos nós o vingamos, não foi?

— Não era só ele. Minha mãe lutou contra o câncer durante quatro anos — ela revelou. — Talvez você não tenha ideia do que seja isso, soldado. De qualquer maneira, nenhum dos dois desistiu, e eu não tenho o direito de fazê-lo.

— Aonde quer chegar?

— Será que você não compreende que nós, anjos, e também os deuses, somos um reflexo do que acontece lá embaixo?

— Lá embaixo?

— Na terra. No plano físico.

— Alguns discordariam — Denyel a contestou, com cuidado para não magoá-la. — Somos muito mais antigos que os seres humanos. Pelo menos os celestes são, com toda certeza. Como seríamos um "reflexo" da espécie mortal?

— O que eu quero dizer é que a luta contra as trevas não é exclusiva dos anjos, dos heróis ou dos deuses. Essa batalha é universal, verdadeira e constante. Do mesmo modo que nós, no céu, em Asgard ou no inferno, enfrentamos dragões e demônios, duelamos contra ogros, raptores e ecaloths, os homens também travam seus próprios combates, lutas tão ou mais perigosas, que exigem igual dose de coragem. Os heróis não existem apenas nas lendas, nas páginas dos livros ou nas telas do cinema. O problema é que a maioria só enxerga essas coisas quando é tarde demais, quando é lançada à aventura, muitas vezes contra vontade, como eu fui, como você foi, como a minha mãe foi. E nenhuma dessas jornadas é menos importante, menos difícil ou menos heroica.

— Longe de mim desprezar os seres humanos — Denyel admitiu. — Eu os invejo.

— Por quê?

— Não sei. É mais simples ter uma vida, ao invés de várias. Seria uma maravilha poder viver, amar e descansar no final.

— Entendo o seu ponto. Mas, se é a morte que você procura, o que eu posso dizer, logo de cara, é que o seu lugar é conosco. Comigo e com Urakin. Porque as nossas chances de vitória são infinitamente menores que as dos aesires.

— Está começando a ficar interessante — o celeste afagou a barba. — Por que não me fala mais sobre essa sua missão?

— Porque ela é secreta.

— Não confia em mim?

— Confio. — Nisso, a arconte emendou uma pergunta, meio brincando: — Mas como posso saber que você não é Loki, disfarçado?

— Me deixe pensar... — O capitão a puxou pela mão. — Venha comigo. — Os dois se levantaram. — Tenho uma ideia.

Kaira e Denyel desceram as escadarias e ganharam as ruas, praticamente vazias agora que a festa no Vingólf alcançava o ápice. Muitas piras funerárias se haviam apagado, restando apenas o carvão em brasa, cinzas quentes e fumaça negra. O percurso terminou defronte de uma casa de três andares, projetada em madeira, os telhados íngremes, ornada com frisas e detalhes de ouro. Subindo até o último piso, eles chegaram a um quarto modesto, porém aconchegante, equipado com uma cama, uma mesa redonda, duas cadeiras e com o chão forrado de tapetes de pele de lobo. O capitão abriu as janelas e alimentou a lareira, que começou a crepitar sem demora. Em um canto, sobre um pequeno baú, a Centelha reconheceu a velha jaqueta de couro marrom que ele costumava usar na Haled, e lá estavam também suas outras peças de roupa mundanas: a calça jeans, o cinto, os sapatos e a camiseta.

— Este lugar é a sua cara. — Ela deu uma boa olhada na aposento, depois se sentou à mesa. — É aqui que você mora?

— Hoje passo as noites no palácio, como exige o protocolo dos capitães. Esta foi a minha casa por alguns anos, de quando cheguei ao Valhala até Sif me consagrar cavaleiro. — O anjo descansou o cinto e a Notung sobre a cama, abriu o baú e mostrou à amiga o conteúdo. No fundo da arca, só o que havia era uma miúda placa de metal, retangular, as pontas arredondadas, gravada com algumas letras e palavras em inglês. — Aí está. O meu diário.

— Como?

— Não queria uma prova de minha identidade?

— Era uma piada, Denyel.

— Pensei que você só falasse sério. — Ele segurou o objeto contra a luz. — Vamos, admita. Não quer saber mais sobre mim?

— Sinceramente? Não. Já sei o bastante sobre você. — Mas ela estava curiosa e incentivou o diálogo. — O que é isso, afinal?

— Uma *dog tag*. É como se chamam as placas militares de identificação, carregadas pelos soldados em volta do pescoço, para que sejam reconhecidos em caso de óbito. Mas esta não é uma *dog tag* comum, é uma quimera, um item místico que capta a energia ambiente e armazena tudo o que se passa ao redor. Os registros dessa chapa datam do início do século XX e revelam os pormenores da minha jornada, os conflitos de toda uma vida, de muitas vidas, até o fim dos anos 70. Originalmente, havia duas dessas plaquetas, além da corrente. Eu me desfiz de ambas, entregando uma delas aos Sete, um grupo de malakins que ameaçava me matar. Um desses malakins era Teth, com quem você esteve na Índia. Quando os meus antigos arcontes foram expulsos do paraíso, ele me encontrou e me devolveu. Guardo-a comigo desde então.

— Teth?

— Sim, ele mesmo — reforçou o querubim. — O "monge" de Bihar.

— Você o conhece?

— De longa data.

— Mas como sabe que visitamos a Índia? — Kaira estava confusa. — Nunca lhe falei a respeito.

— Ele me contou.

— Quem? Teth?

— Claro.

— Quando?

— Não lembro exatamente. Nos anos 90.

— Impossível. Só viríamos a conhecê-lo faz pouco tempo, enquanto procurávamos por *você*.

— O *déjà vu*, Faísca — ele a lembrou. — O *déjà vu*.

— Então é verdade?

— Não me importa. Para o inferno com essas teorias malucas. — O exilado desviou-se da resposta e estendeu-lhe a *dog tag*. — Vamos, pegue. Basta um simples toque e todos os meus segredos lhe serão revelados.

— Não. — A Centelha fechou a mão dele, sem encostar no metal. — Já lhe disse uma vez e repito. Quem você foi ou o que fez é irrelevante. Não estou em posição de julgar os erros de ninguém e, mesmo se estivesse, não ousaria fazê-lo.

— Não ousaria? Por quê? — Ele riu de mansinho. — Também tem algum segredo obscuro?

— Talvez. — Kaira não riu. Para ela, esse era um tema seriíssimo. — Minhas lembranças ainda não retornaram. É possível que, como você, eu tenha feito coisas horríveis, tenha sido uma assassina, uma carnífice, um monstro.

— Tudo é possível, de fato. Confiamos um no outro, então?

— Você me ganhou pela insistência. Vou lhe contar sobre a missão — Kaira cedeu. — Tem certeza de que estamos seguros?

— Prefere que eu feche a janela?

— Não. Prefiro que fique ao meu lado — ela pediu. — E que escute o que eu tenho a dizer. — Indicou a cadeira. — É melhor se sentar.

O exilado aceitou a sugestão, acendeu uma vela e a posicionou bem no centro da mesa, enquanto Kaira cochichava em seu ouvido o que escutara no céu, a epopeia dos sentinelas — que o capitão já conhecia, a propósito — e a informação secreta de que Metatron escapara do cárcere na Gehenna, que agora queria se vingar dos arcanjos e que curiosamente Gabriel a enviara para matá-lo, logo *ela*, uma simples arconte, não um de seus generais, não um de seus arautos ou comodoros.

— Bom, se eu fosse Metatron, também ia querer uma revanche — o celestial ponderou. — O que me intriga é Gabriel estar tão preocupado com a fuga dele, sendo os arcanjos, ao menos em tese, os seres mais poderosos do universo.

— Os sentinelas dominaram a terra no período anterior ao primeiro cataclismo, por mais de cinquenta mil anos, antes da ascensão dos elohins — acrescentou Kaira. — Quem sabe que tipo de conhecimento eles detêm? Quem sabe o que Metatron está planejando?

— Sem dúvida é uma missão suicida. Já sabe por onde começar?

— Ismael era o cérebro, eis a razão de eu tê-lo recrutado, depois que você sumiu. Sem ele, voltamos à estaca zero.

— Que pena, garota. Eu gostaria de ajudá-los, mas dessa vez não me vem nada à cabeça. E, se quer saber a minha opinião, um anjo a mais ou a menos não vai fazer a menor diferença.

— O destino já nos mostrou o contrário. Se pensar bem, todos os nossos inimigos eram supostamente imbatíveis.

— Metatron não é um inimigo. Metatron é *o* inimigo. Vencê-lo é impossível.

— Nada é impossível.

— Muito bem. — Denyel arrastou a cadeira para mais perto dela e apertou delicadamente seu pulso. — Escute, sei das suas ordens e as respeito, mas você precisa entender que eu também tenho uma missão a cumprir.

— Uma coisa não impede a outra. Venha conosco, lute e sobreviva para o Ragnarök.

— Não me refiro ao Ragnarök. — Com a mão esquerda, ele a abraçou pela cintura. — Como eu disse, devo muito aos aesires, e levo a sério seus comandos. — A voz baixou uma oitava. — Sif proclamou esta a Noite da Fertilidade. Eu andei pensando que, como seu vassalo...

— Ah... — Kaira teria achado a proposta engraçada, se também não o desejasse. — É aí que você quer chegar?

— Ordens são ordens.

— Está falando sério?

— Evidente que não. Não quero um filho, quero você. — Denyel se aproximou, mas a ruiva o afastou, então ele insistiu: — Não há o que temer. Lembre-se do que Levih lhe disse. Nós, anjos, não podemos procriar entre nós. Falta-nos a alma. Portanto — ele enfatizou, convicto — não há absolutamente nada com que se preocupar.

— Tenho a sua palavra?

— Sempre.

— Muito bem. — A Centelha o desafiou. — Me dê uma boa razão para esse... — ela buscou uma palavra pomposa — ato de luxúria.

— Dou-lhe três razões. Uma delas sou eu, a outra é você.

— E a terceira?

— Esta é a nossa última noite juntos.

— Teth lhe disse isso?

— É mais simples ainda. Não tenho certeza se você completará a tarefa, mas estou certo de que não sobreviverá a ela. E eu não sobreviverei ao Ragnarök. Depois que você entrar em Bifrost, nunca mais nos veremos.

— É verdade. — Impregnada da magia de Asgard e do universo que a cercava, tão abundante, tão fértil, Kaira foi tomada por uma repentina libido. — Acho que você me convenceu, capitão. — Ela o olhou e o beijou longamente. — O que está esperando?

25

BIFROST, A PONTE DO ARCO-ÍRIS

Os anjos não sonham. Nunca sonharam. Pelo menos, não como os seres humanos. Isso é tido como um *fato*, uma verdade inquestionável, embora ninguém, até hoje, tenha descoberto o motivo. Os malakins, a casta que estuda os fenômenos do cosmo, acreditam que os mortais são criaturas únicas — à sua maneira — por possuírem alma, e que é justamente ela, a *alma*, que lhes permite explorar a chamada *zona onírica*, uma região entre os planos astral e etéreo que esconde mistérios antigos, supostamente indecifráveis.

Kaira, no entanto, parecia ser a exceção à regra, pois se lembrava claramente de ter sonhado, inclusive em seus tempos de faculdade. Durante esse período, ela vira muitas coisas estranhas. Seu sonho mais frequente, e possivelmente o mais lúcido, era aquele em que ela se deparava com um ser radiante, cujas palavras ainda ecoavam em seus tímpanos toda vez que ela dormia. "O primeiro entre vocês ainda caminha sobre a terra", teria dito, e alertado: "Tenha cuidado".

A voz a despertou como um sino, e lá estava ela, ao lado de Denyel, no pequeno quarto onde os dois fizeram amor. O fogo da lareira apagara, mas o carvão ainda estalava, criando um ambiente tão confortável que o exilado não acordou — ou *fingiu* não acordar —, mesmo quando ela se esgueirou para fora da cama, trajou a armadura e saiu em direção ao palácio. Preferiu não se despedir, porque *já* se despedira. Seria melhor não quebrar a magia, seria melhor se lembrar dele assim, como seu amante, como seu amigo, como seu soldado e mentor.

Cruzou os muros do Valhala e no pátio interno encontrou Urakin, plenamente recuperado após descansar por toda a noite em Sessrúmnir. Usava o peitoral de aço, restaurado e lustroso, mas não trazia o Mjölnir, tendo-o entregado a Sif, conforme prometera. Junto a ele, Brunhildr selava sua égua, ao mesmo tempo em que preparava outras duas montarias, uma delas Gísl, o garanhão negro que ajudara Kaira no hipódromo, que a auxiliara a vencer o torneio.

— Um mensageiro chegou hoje cedo de Iðavöllr — disse Urakin. — Bifrost foi reaberta. Cabelos de Trigo nos aguarda na ponte.

— Bom, não podemos deixar a rainha esperando. — Kaira olhou para o céu, as montanhas e a imensa fortificação de madeira, cujos adornos agora refletiam ao sol. — Nunca pensei que diria isso, mas sentirei saudades deste lugar.

— Eu também — ele concordou, sem ressentimentos. — No fim das contas, ninguém pode culpar Denyel. Este é o paraíso dos soldados.

— Denyel tomou um caminho diferente do nosso. Todo mundo traça os seus limites e faz as suas escolhas. É disso que a vida é feita, Urakin, de *escolhas*. E é melhor que seja assim.

Brunhildr apertou os estribos de Gísl e os ofereceu a Kaira. Montou em sua égua, ao passo que Urakin assumia as rédeas de um alazão, Grani, filho de Sleipnir. Os anjos seguiram Estrondo de Guerra através da ponte sobre o rio Oceanus, desceram a escadaria e atravessaram o bosque, agora pela estrada regular, trotando em linha reta até alcançar a planície, palco da Batalha de Fimbulvetr, ou do Confronto do Inverno, como fora batizado o combate que ensanguentara as pradarias na véspera. Por toda a campina, a neve degelara, criando poças de lama e atraindo centenas de corvos, que desciam sobre os cadáveres dos lobos e dos ogros. Finalmente, ao divisar o estandarte de Odin, a Centelha compreendeu o significado da Bandeira do Corvo, o pendão dos aesires, cujas pelejas eram um saboroso convite aos pássaros negros, ávidos pelos corpos que permaneciam em campo, apagando seus vestígios e purificando o terreno.

O Gjöll corria na direção leste, contornando a ilha ao redor de Iðavöllr e arrastando para o Ginnungagap os fragmentos de armaduras, os escudos quebrados, as lanças e espadas tortas. Uma ponte improvisada fora posta sobre o rio, ligando uma de suas margens à Fortaleza Solitária, no alto da ribanceira. O enorme prédio resgatara a fachada cinzenta, bem diferente das paredes branco-azuladas que a revestiam quando Thrymr o ocupava, menos de um dia atrás.

Sobre a rampa que conduzia ao saguão, um dvergar avistou o trio que serpenteava nos prados, driblando defuntos e valas, e gritou a plenos pulmões, para que todos escutassem:

— Lá vêm a deusa Herja, Fogo de Odin, e seu guardião, Þundr, Trovoada. — O brado ecoou às câmaras e átrios. — Que seu nome seja louvado.

— Eu agradeço — disse Kaira ao anão que os recebera na torre. — Mas meu nome não é Herja. E nós não somos deuses.

— Não? — Heimdall surgiu como uma sombra, apoiado no Hǫfuð, seu bastão encantado. Conservava a mesma capa longa, cinzenta e encardida, que usara por anos no calabouço, sob a guarda do monstruoso Surtr. — Nem *eu* tenho certeza disso. — Fitou-os com os olhos brancos, a aparência envelhecida, a barba crespa. — E eu já vi muita coisa — garantiu, convidando-os a entrar. — Nesta dimensão e nas outras.

— Obrigada por nos atender. — A arconte transpôs os umbrais da fortaleza, escoltada por Urakin, que os nibelungos agora chamavam de Trovoada, ou Þundr, segundo o alfabeto rúnico. Brunhildr desejara boa sorte aos celestes e ficara na parte externa, vigiando a soleira e guardando as montarias. — Estou grata por aceitar nos transportar a Midgard, através de Bifrost. Mas — ela fez questão de repetir — não acho correto assumir a identidade de uma das filhas de Odin nem me fazer passar por deusa, coisa que eu realmente não sou.

— Para vocês, Deus é a fonte, a energia primordial de onde todas as forças emanam — murmurou o velho. — Para nós, espíritos etéreos, os deuses são a manifestação dessa energia, o *veículo*, não a fonte, e cada entidade incorpora um de seus múltiplos aspectos. Nesse ponto, somos um pouco como os anjos, mas, além de agirmos como mensageiros, também inspiramos as pessoas. Se vocês não eram deuses, o Confronto do Inverno certamente os tornou. — E prosseguiu: — Sigam-me, por favor. Bifrost está pronta para servi-los, e Sif os espera lá fora.

Os três deram a volta no salão principal, evitando o grande buraco no centro, por onde Kaira e Thrymr tinham despencado na tarde anterior. No canto oposto à entrada, o portão fora enfim reaberto e se conectava ao pátio traseiro de Iðavöllr. Era nesse pequeno espaço que começava Bifrost, uma ponte grossa, larga e extensa, construída a partir de uma robusta chapa de quartzo. Para todos os efeitos, essa estrutura cristalina funcionava como um prisma, refratando os raios solares e brilhando com as sete cores do arco-íris.

Olhando para os lados e depois para baixo, Urakin enxergou, agora bem de perto, o estonteante abismo do Ginnungagap, com seus infinitos pontos de luz, uns grandes, outros pequenos, claros, escuros, piscantes e refulgentes. O curioso era que a escuridão terminava abruptamente na linha do horizonte, e então começava o céu azul, como se houvesse uma clara fronteira entre o dia e a noite. Nas laterais, os dois braços do Gjöll desaguavam nas cachoeiras gêmeas de Ginn-Heilagr e Ginn-Regin e escoavam através do penhasco, desaparecendo no vazio estelar.

A ponte acabava em uma plataforma redonda, com o mesmo piso translúcido, mas que aqui recordava uma lente, uma *lupa* talvez, que, ao que parecia, focalizava a região desejada. Sif os aguardava com a Gungnir, o vestido branco, os cabelos soltos, o rosto marcado pelas escoriações da batalha. Heimdall colocou-se a seu lado, e de repente Kaira lembrou que ainda usava a armadura escarlate, a armadura de Herja, que lhe fora emprestada para o duelo contra Hildr e que desde então permanecera em seu corpo.

— Sinto pelo que aconteceu ao Ýdalir, majestade. Não posso devolvê-lo aos aesires, como Urakin fez com o Mjölnir, mas aceite de volta a couraça de Herja — fez menção de desafivelar as ombreiras. — Estas placas me serviram honrosamente, e tenho certeza de que serão úteis às valquírias na grande disputa do Ragnarök.

— O Mjölnir é um símbolo, assim como a Gungnir, e deve continuar no Valhala. Todavia o mesmo não se aplica a suas armaduras — explicou Cabelos de Trigo. — Esta é a minha oferenda a vocês, embora eu saiba que é pouco, considerando o que fizeram por nós, o que fizeram por *mim*. Peço que fiquem com elas. Mas saibam que estes são artefatos etéreos, não celestes, e não têm a capacidade de se manifestar fisicamente. Contudo as relíquias permanecerão unas a seus espíritos e reaparecerão tão logo vocês deixem a esfera material ou desfaçam seus avatares.

O presente de uma rainha não deve ser recusado, então Kaira e Urakin agradeceram apenas e se posicionaram no meio do círculo, conforme Heimdall os instruíra. Os dois deuses, quando vistos tão próximos, eram o reflexo da contradição. Sif conservara-se jovem, bela e altiva, enquanto o outro parecia um mendigo, cinzento e coberto de trapos. Observando-os mais atentamente, naqueles últimos minutos em Asgard, Urakin meditou sobre o que o ancião lhes dissera às portas de Iðavöllr, e sobre como os deuses incorporavam certas energias, certos *aspectos*. Parecia-lhe lógico, agora, após a jornada pelos nove reinos, que o supremo ícone da sabedoria fosse um homem decrépito, já que a verdadeira erudição não está no que se tem, mas no que se *sabe*, no que se conhece a respeito do mundo. O conhecimento é o maior tesouro da humanidade, algo que não se pode tirar, que não se pode destruir, que representa o poder genuíno. Talvez por isso Thrymr o tenha prendido, o tenha *guardado*, em vez de matá-lo ou exilá-lo, como fizera com as demais figuras do panteão.

— Bifrost está ligada a Midgard e pode dar acesso a qualquer porção do planeta, seja no plano físico, no astral ou mesmo no etéreo profundo — disse Heimdall, movendo o cajado. — Digam-me *onde* querem sair. O vórtice é preciso e em mil anos nunca errou o alvo.

— Onde? — Kaira não tinha em mente nenhum lugar específico. Gastara todo o seu tempo tão preocupada em desobstruir a ponte que não parara para refletir que carecia de pistas (ou teorias) que lhe indicassem um ponto de partida para a caçada. — Não sei...

— Nova York — uma quinta voz sobrepôs-se às demais. — É para lá que nós vamos, senhores. Direto para o caldeirão borbulhante.

— Denyel? — Kaira quase não o reconheceu a princípio. O exilado chegara sem que ninguém o notasse. De barba feita e cabelos mais curtos, estava idêntico ao Denyel que ela conhecera na terra. Dispensara a espada e a cota de malha, substituindo essa última por suas vestes mundanas: a calça jeans, a camiseta preta e a clássica jaqueta de couro marrom.

— Em Roma, faça como os romanos. — Ele deu um sorriso, depois se ajoelhou perante a rainha. — Majestade, suponho que, como cavaleiro e capitão da guarda, eu precise da sua anuência para deixar o Valhala.

— Concedida. — A viúva de Thor o estudou, curiosa. — O que o fez mudar de ideia?

— Sei lá, tive uma luz. — O anjo ergueu-se, fez outra vênia e se juntou aos amigos no núcleo da plataforma de quartzo. — Lembrei-me de algo. — E se voltou para Heimdall, dando-lhe as coordenadas correspondentes a uma determinada esquina de Nova York, que pelos seus cálculos os levariam à intercessão da Rua 72 com a Avenida Central Park West. — Entreguei a Notung a Brunhildr — avisou aos asgardianos. — Agora a Ceifadora de Dragões poderá repousar junto ao túmulo de Siegfried.

— Dispensou a Notung? — Kaira o mirou, incrédula. O que a impressionava não era o fato de um espadachim se desfazer de seu sabre, mas de ser Denyel a fazê-lo, já que ele normalmente agarrava todas as vantagens que lhe apareciam. — Este lugar mexeu com você.

— Nem tanto — ele retrucou aos sussurros. — A Notung não funciona na terra, e além disso — abriu discretamente o casaco, mostrando que escondia na cintura uma pistola antiga, a Beretta 1951, a arma que matara Andril e que lhe servira por anos, em seus dias de anjo da morte — estou bem armado. — Piscou para Urakin. — Como nos velhos tempos.

— E o que encontraremos em Nova York? — a ruiva quis saber.

— O pote de ouro.

— Pote de ouro?

— No final do arco-íris. — Enigmático, Denyel se virou mais uma vez para a rainha. — Estamos prontos, senhora. Quando quiser.

— Preparem-se, celestes — aconselhou Heimdall. — Bifrost se abrirá como um duto, e vocês deslizarão por ela. Os mortais não vão enxergá-los até que seus corpos toquem o solo. Não se aflijam, pois a experiência é inócua, mas poderá transformá-los... para sempre.

— Envio-os agora a Midgard, meus amigos, e que a bênção dos deuses os acompanhe — proferiu Sif, em tom épico. — Asgard sentirá sua falta e rogará por seu breve retorno. Böðgæðir, Auxílio em Batalha, meu cavaleiro negro, Herja, Fogo de Odin, a assassina de gigantes, e Þundr, Trovoada, o portador do Mjölnir. Batizo-os com esses títulos. Será assim que ficarão conhecidos. E por essas alcunhas serão lembrados. — E pediu ao velho: — Heimdall, abra a ponte. — Depois segredou, para que só ele a escutasse: — Observe-os, vigie-os e me mantenha informada.

— Seu desejo é uma ordem. — O homem selecionou um dos cristais pendurados no bastão, fixando-o na ponta da haste e o esticando contra o sol, em uma inclinação específica que só ele conhecia. Um facho esbranquiçado os banhou, e sob seus pés os forasteiros contemplaram o globo terrestre, conforme é visto do espaço, com seus mares e continentes, rios, montanhas e cordilheiras, desertos e oceanos. Súbito, o chão se apagou, e Kaira, Denyel e Urakin desabaram como cometas, depois como meteoros através da atmosfera, apreciando aquela esfera azul que os arcanjos chamavam de Éden. O mundo, reparou a Centelha, quando encarado a partir da órbita, não diferia tanto do mesmo planeta avistado milhões de anos antes. De cima, ontem e hoje, não se viam divisões políticas, não se enxergavam nações ou países, apenas a *Terra*, nua e crua, sem fronteiras culturais, como era e sempre fora ao longo dos séculos. Com os olhos pregados no orbe, a arconte entendeu que o Éden não era um lugar, era um *ideal*, um santuário onde não deveriam existir distinções sociais, um refúgio construído para abrigar uma única espécie, a raça humana, sendo todos os homens iguais.

Esse era o grande projeto de Deus. O último desejo de Yahweh. Era por isso que eles deveriam lutar, antes e acima de tudo.

Então, ela sentiu um frio na espinha. Teve medo. Muito medo. Medo do que acabara de ver, medo do que fora um dia e do que estava prestes a se tornar.

— Denyel. — Kaira se segurou ao amigo como quem se agarra a uma boia. — Minhas memórias — ela ofegou. — Estão voltando.

INTERLÚDIO

UZIEL, O MARECHAL DOURADO

Etéreo profundo, tempo presente

Um meteoro caiu nos charcos do Hades. Chocou-se no solo com um estrondo, abrindo uma cratera de proporções gigantescas. Desse buraco ergueu-se uma figura de armadura dourada, asas brancas, pele escura, olhos castanhos. Seu nome era Uziel, o *arcanjo* Uziel, um dos cinco seres mais poderosos do cosmo, nascido antes da luz, descendente direto de Deus. Guerreiro valente e estrategista feroz, Uziel era o patrono dos querubins e despontava, a cada dia, como o verdadeiro comandante da guerra civil, na medida em que seu irmão, Miguel, se isolara no monte Tsafon, na suposta companhia do pai. Invencível em batalha, ele chegava sozinho ao centro da terra, determinado a cumprir sua missão, e não sairia de lá sem completá-la.

Uziel alçou voo e observou a paisagem. O céu era preto, encoberto por nuvens de coloração escarlate. O chão tinha áreas secas e úmidas, pontilhadas por estranhas ruínas, que se traduziam em colunas rotas, frontispícios quebrados, escadas sujas, muralhas antigas, uma verdadeira necrópole sob a crosta terrestre. Contornando-se esse pântano, avistava-se uma cordilheira, e através dela serpenteava um rio, o famoso Styx, para então desabar no abismo de Lethe, o único ponto de luz naquele ambiente de trevas. Sobre esse imenso poço escaldante pairava a fortaleza de Agartha, um octaedro de basalto, somando novecentos metros de ponta a ponta, que se mantinha no ar graças aos poderes de seu construtor, o anjo Metatron. E foi ele, o próprio Metatron, quem recebeu Uziel na Estígia.

— Salve, ó grande marechal dos alados — o Rei dos Homens pousou a cem metros do visitante. — Sua presença nos honra.

— Metatron. — Sempre austero, compenetrado, Uziel não tinha dons para a diplomacia. Entre as legiões, era conhecido como Marechal Dourado, estando acima dos generais. — Finalmente o encontrei.

— Nunca precisei me esconder, na verdade — ele respondeu. — E, ademais, você é bem-vindo. Como vão as coisas lá no poleiro?

— Não perca seu tempo tentando me lograr. Sua retórica não funciona comigo.

— Retórica? Não é retórica. Certamente, não neste caso. Gosto de você — confessou. — Uziel, tão justo, tão reto. Uziel, tão inocente.

— Chega desta conversa. Nós o tratamos com respeito no cárcere, e é assim que nos retribui? Fugindo? Agora, não nos resta opção a não ser liquidá-lo. Eis o motivo de eu ter sido enviado — revelou. — Escolha o seu destino. Duelo ou execução?

— Nenhum dos dois. — O sentinela apertou os lábios, numa leve expressão de tristeza. — Me recuso a destruí-lo, marechal.

— Destruir-me? — Uziel teve vontade de rir. — Está louco, sem dúvida. Enlouqueceu na prisão. Será que preciso lembrá-lo de que sou um arcanjo, que nunca fui superado e não posso ser destruído por um anjo comum? Sim, é verdade que você não é um anjo comum, é o primeiro deles, o Primeiro Anjo, mas eu sou um gigante, um primicério, um dos cinco rebentos de Yahweh. É inútil me desafiar. Portanto exijo que se entregue. Prometo lhe dar uma morte limpa, digna e indolor.

— Morte digna? Existe tal coisa? — Metatron gesticulou, as palmas para cima. — Sabe, a ignorância é uma bênção. Às vezes o ato de esquecer é uma defesa involuntária, porém crucial, para suportar determinadas verdades que de outra maneira seriam insuportáveis. Você é um sobrevivente, Uziel. Como soldado, apegou-se às suas tropas, dedicou-se a treiná-las, rejeitou a política, tudo para não enxergar o que está diante de seus olhos. Compreendo o seu dilema e não o julgo por isso.

— Você não tem salvação. Insiste nessa revolta, continua a acreditar que somos *nós* os tiranos. Compreendo agora por que Miguel ordenou que eu o matasse, não que o recapturasse à Gehenna.

— Uziel — o Rei dos Homens falou pausadamente —, Miguel não o mandou aqui para me matar, ele o enviou para *morrer*.

— Basta! — pisou forte no atoleiro. — Não vou ficar parado a escutar suas falácias. Equipe-se, se quiser. — Mas, ante a inércia de Metatron, o arcanjo disparou: — Muito bem, se prefere assim, que seja. — Tocou o cabo da espada, mas não chegou a sacá-la. — O código dos querubins me impede de erguer armas contra um oponente inerme, então eu o golpearei com as mãos nuas, o que infelizmente lhe trará uma morte mais dolorosa. — Retraiu os punhos e focou neles a energia celeste. — Prepare-se.

Por três segundos, Uziel permaneceu estático. Durante esse tempo, seus contornos fremiram em ondas difusas. O marechal tomou fôlego, como se respirasse aquela essência, e saltou sobre o adversário com um grito de guerra. Em resposta, Metatron semicerrou os olhos, abriu os braços e invocou seus poderes. O abismo de Lethe efervesceu, como um gêiser que anuncia seu cuspe. Nesse instante, o generalíssimo atacou, mas foi detido por uma muralha transparente, que não só protegeu o rival como *reagiu* ao assalto. Chispas clarearam o cerne do mundo, e Uziel foi jogado para trás. Saiu rolando, arrebentando as pilastras, destruindo as ruínas, estraçalhando a necrópole.

— Digo e repito. — Metatron voou até ele. — Não quero matá-lo. Não serei eu a fazê-lo.

— Telecinese? — Boquiaberto, o mais honrado dos filhos de Deus desgrudou a testa do lodo. — Mas como?

— Só uma coisinha que aprendi com seu irmão. — Arregalou um sorriso. — Repare que nós, sentinelas, somos parcialmente humanos e, como os mortais, guardamos certo talento para a adaptação. Miguel não lhe contou sobre isso? — Uziel não respondeu, e o monarca prosseguiu: — Hmm, entendo. Pelo que vejo, o príncipe não lhe contou várias coisas.

Os antagonistas se encararam, quietos. Um relâmpago estalou no firmamento, destacando o perfil das montanhas ao longe.

— Engana-se se pensa que este combate está acabado. — O marechal se levantou. — Confesso que o subestimei. Não acontecerá de novo. Já que se valeu de uma divindade secreta, nada me impede de utilizar *todos* os meus recursos nesta batalha. — Enfim ele puxou a espada, cuja lâmina crepitava com labaredas vermelhas. — Imagino que já tenha ouvido falar desta arma. Chamo-a de Piedade Fatal, pois proporciona uma morte sem aflição, até prazerosa, e *certeira*. Usei-a para derrotar os deuses primevos, foi com ela que matei a criatura Enuma, e desde então nunca perdi uma luta. Considere isso um privilégio, pois a sua queda se igualará à dos grandes antigos. Tem algo a dizer antes de partir?

— Sim, tenho — o anfitrião retrucou, calmoso. — Reconheço que a Piedade Fatal é um instrumento incrível e poderia, como qualquer chapa mística, rasgar a minha barreira telecinética. Se empunhá-la contra mim, você me obrigará a contra-atacar.

— Isso não vai acontecer — garantiu Uziel, a fisionomia sisuda, a aura clara, pulsando. — Porque não haverá contra-ataque.

Dito isso, o caçula dos arcanjos subiu às nuvens da Estígia e desceu com a rigidez de um cometa. Parecia uma esfera dourada, o núcleo branco, a ponta incandescente. Do chão, o Rei dos Homens também cumpriu sua promessa e, em vez de conjurar a muralha invisível, decolou como um foguete, os olhos fixos no adversário acima. Os duelistas colidiram no ar, produzindo uma ruidosa bola de fogo que sacudiu as fundações do planeta. Quando o calor se dispersou, Uziel estava vencido, a armadura em pedaços, o nariz sangrando, a pele queimada, as asas tortas, despenadas. Flutuando sobre o Lethe, sem um ferimento, sem um único arranhão, Metatron o segurava pelo calcanhar, ameaçando soltá-lo nas chamas de Hélios, o sol interior, de onde nada nem ninguém escapa com vida.

— Não é possível — Uziel só conseguia gemer. — Como fez isso?

— Sou imbatível no Hades — ele declarou, afinal. — Miguel sabe disso, então o mandou — repetiu — para morrer.

— Por quê?

— O príncipe quer se livrar de você, porque é um dos únicos que vislumbraram o segredo, embora já o tenha esquecido. Seria, portanto, muito conveniente que *eu* o matasse, sem que ele sujasse as mãos. Mas não o farei. — Metatron o rodou e o agarrou pelo pescoço. — Da mesma forma que seu irmão, que baniu os renegados para a Haled, eu também conheço a técnica de abrir túneis cósmicos, e o mandarei de volta aos Sete Céus, como um recado aos primogênitos.

— Que... — o arcanjo balbuciava. — Que segredo?

— Pergunte ao seu comandante. Visite-o em Tsafon e então saberá do que se trata — afirmou. — Faça boa viagem, ó marechal. E boa sorte nessa disputa.

Do modo como chegou, Uziel partiu, ou melhor, foi despachado — dentro de um raio, um tubo de luz. Sem ele, sem seu brilho, o Hades tornou a ser o que era: uma dimensão obscura, sombria, um cemitério para os heróis e os deuses etéreos. Gracioso, Metatron planou até a ponte fina, sem corrimãos, que ligava a fortaleza de Agartha aos charcos da Estígia, sobre os respingos do Lethe. Quem o aguardava era um de seus servos recém-engajados, um indivíduo caolho, quase idêntico a Ismael, o antigo companheiro de Kaira, mas que agora atendia por outro nome e tinha outro amo.

— Cerberus — o Rei dos Homens se dirigiu ao agente, trajado em mantos negros, a cabeça raspada. — Começou. Este é o sinal que esperávamos. — Adentrou o octaedro. — Use o poder que lhe dei. — E ordenou: — Convoque os juízes.

PARTE II

ANTES DO DILÚVIO

O MUNDO EM CERCA DE 35.000 A.C.

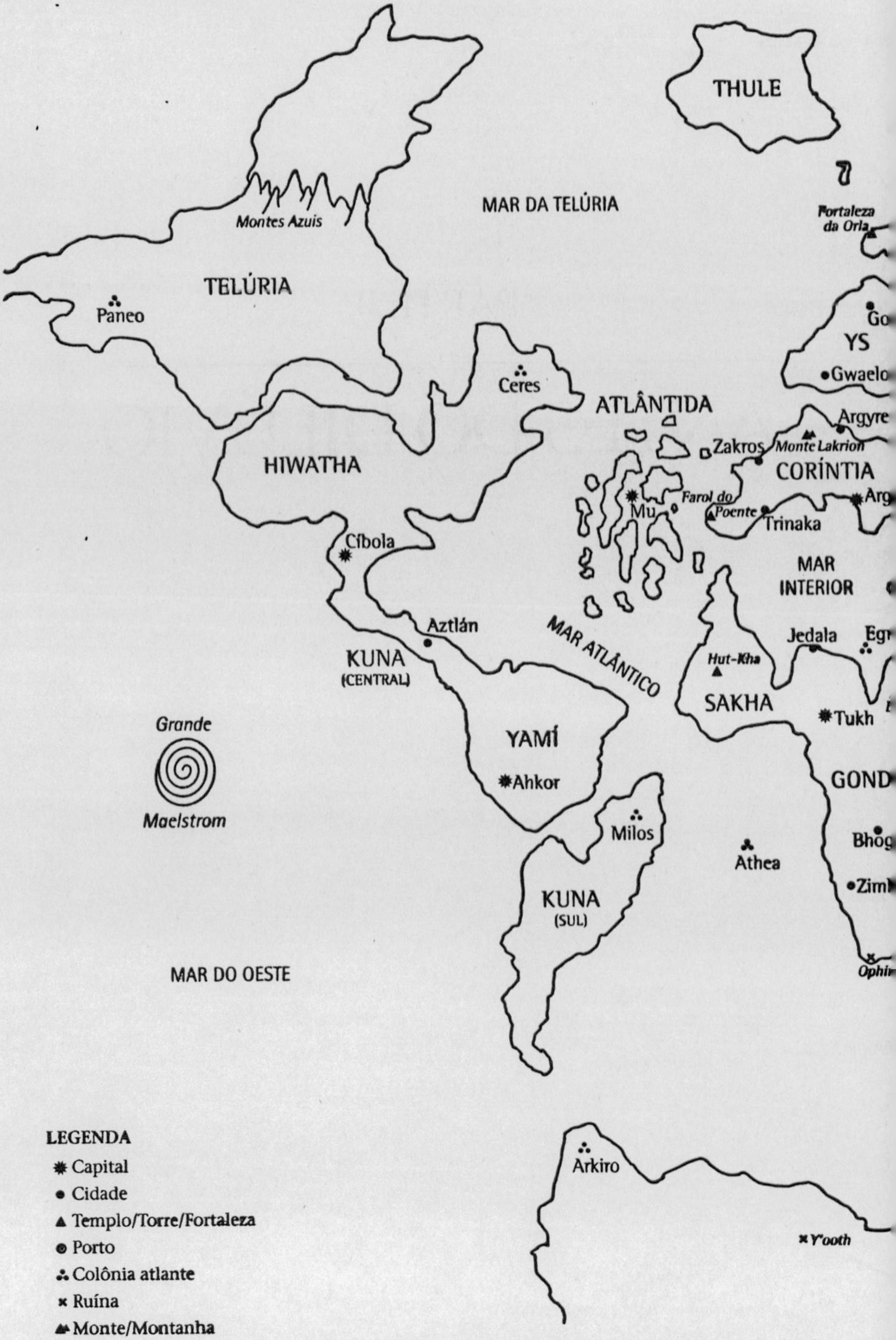

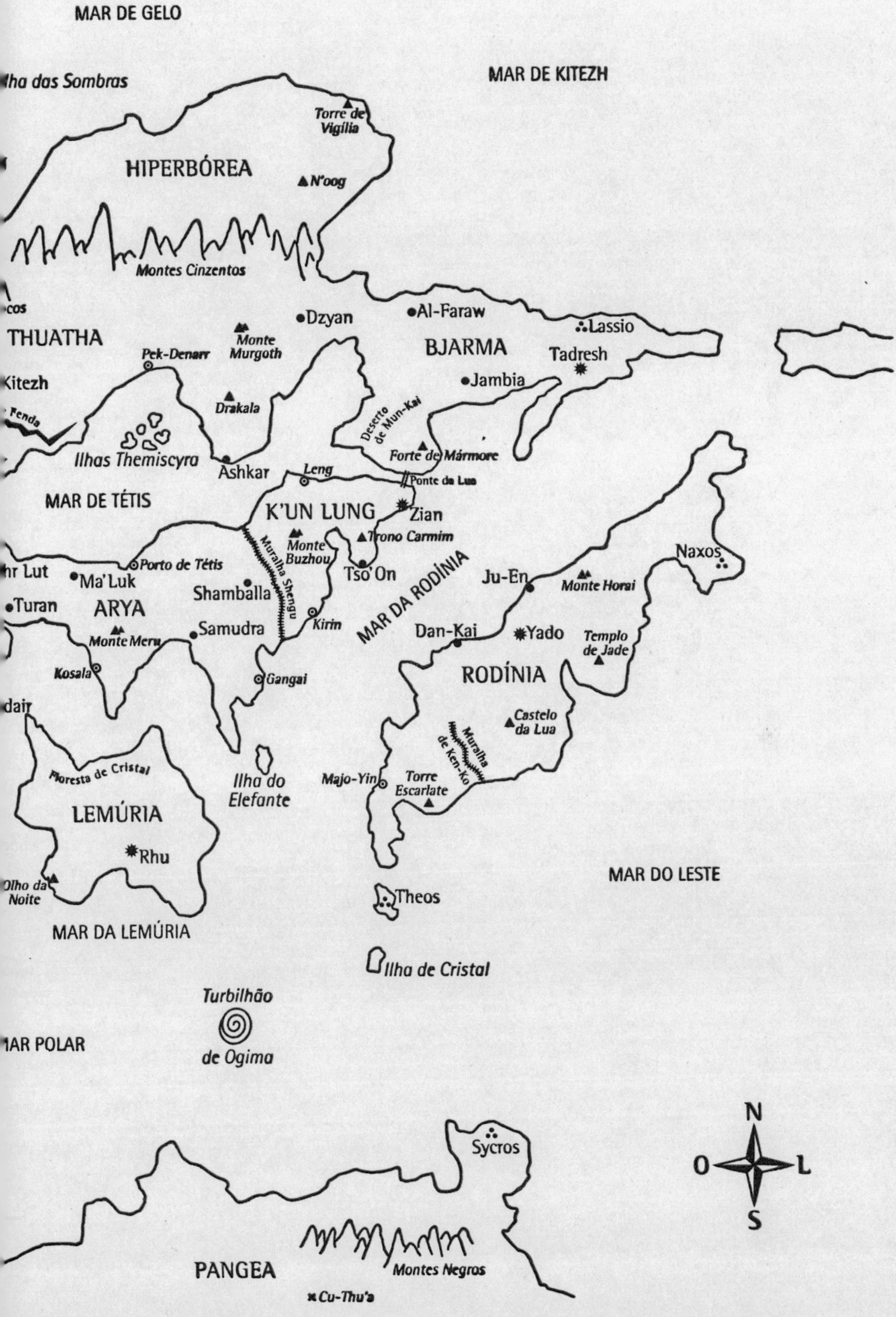
MAR DE GELO
MAR DE KITEZH
Torre de Vigília
HIPERBÓREA
N'oog
Montes Cinzentos
Dzyan
Al-Faraw
Lassio
THUATHA
Monte Murgoth
Pek-Denarr
BJARMA
Tadresh
Jambia
Kitezh
Drakala
Deserto de Mun-Kai
Ilhas Themiscyra
Ashkar
Forte de Mármore
Leng
Ponte da Lua
MAR DE TÉTIS
K'UN LUNG
Zian
Monte Buzhou
Trono Carmim
Muralha Shengu
Porto de Tétis
Tso'On
MAR DA RODÍNIA
Naxos
Ma'Luk
Shamballa
Ju-En
Monte Horai
Turan
ARYA
Kirin
Monte Meru
Samudra
Dan-Kai
Yado
Templo de Jade
Kosala
Gangai
RODÍNIA
Castelo da Lua
Muralha de Ken-Ko
Floresta de Cristal
Ilha do Elefante
Majo-Yin
Torre Escarlate
LEMÚRIA
Rhu
Olho da Noite
MAR DO LESTE
Theos
MAR DA LEMÚRIA
Ilha de Cristal
Turbilhão de Ogima
N
O
L
S
Sycros
PANGEA
Montes Negros
Cu-Thu'a

26

O REI UNGIDO DE ATLÂNTIDA

Cidade de Atlântida, cerca de 35.000 a.C.

OUTROS TEMPOS.
Inigualáveis.

Quem hoje explora as ruínas do mundo, quem visita o Taj Mahal, a Grande Muralha da China, a cidade de Chichén Itzá ou mesmo as pirâmides de Gizé não imagina que esses monumentos são *retratos*, reflexos miúdos de uma era perdida.

Em um passado longínquo, permanentemente apagado dos registros da história, uma certa raça de primatas, os eridais, espalhou-se pelo globo terrestre. O evento, mais tarde chamado de Grande Migração, propiciou o surgimento da espécie humana e sua divisão em três ramos: os homens, mais versáteis, os neandertais, mais fortes, e os atlantes, mais refinados. Por quase duzentos mil anos, antes dos egípcios, antes dos sumérios, antes dos babilônicos, nosso planeta viveu um período de glória e opulência inimagináveis, cujos reinos, impérios e sociedades seriam devastados pelas catástrofes subsequentes, pelos terremotos, pela erupção dos vulcões e enfim pelo grande dilúvio.

Naqueles dias antigos, o poder estava concentrado em duas cidades-Estado. Uma delas era Enoque, a Bela Gigante, a pátria dos homens, fundada por Caim, filho de Adão, e a outra era Atlântida, a Joia do Mar, regida por Orion, a Estrela de Prata. Muito antes disso, quem governava a terra era Metatron e seus sentinelas, mas eles foram banidos por se recusarem a ajudar os arcanjos na tarefa de exterminar a humanidade, durante a era do gelo. Como se não bastasse, deram abrigo aos mortais, permitindo que eles sobrevivessem à glaciação, e por tais crimes foram caçados. Seguiu-se ao degelo o primeiro cataclismo, e nesse ínterim muitos sentinelas acabaram mortos ou capturados. Seus postos nas nações terrenas foram ocupados pelos elohins, anjos devotos ao príncipe Miguel. Orion, o Rei Ungido de Atlântida, era um desses agentes, condecorado nas alturas e extremamente fiel aos primogênitos celestes.

Enoque — ou Nod, como se chamavam o Oriente Médio e arredores — e Atlântida não eram apenas países, eram potências expansionistas e, como seria de esperar, tornaram-se rivais. Enquanto a segunda, sob o ministério de Orion, cultuava os arcanjos, a primeira não se submetia à vontade dos alados ou de qualquer criatura oriunda dos céus. Os atritos entre esses dois magníficos impérios terminariam por levá-los à guerra — às Guerras Mediterrâneas, como foram nomeadas —, resultando em uma série de campanhas militares, escaramuças e contendas políticas que persistiriam por séculos. Mas, enquanto homens (ou melhor, *enoquianos*) e atlantes guerreavam, a preocupação no paraíso era outra. Os arcanjos temiam, ainda, uma insurreição dos sentinelas, já que alguns deles, incluindo seu líder, Metatron, continuavam à solta. Para acabar de vez com o problema, eles enviaram à Haled o arcanjo Gabriel, mas ele falhou na tentativa de prender o Rei dos Homens sobre a Terra. Sabendo que aquele seria sobretudo um duelo de princípios, e não de força, Miguel escolheu um de seus generais mais persistentes — Ablon, da casta dos querubins — para completar o serviço. Ordenou ao herói que liquidasse os últimos insurrectos e apanhasse Metatron *vivo*, para que ele não fosse tomado como mártir, arrastando-o ao cárcere no Segundo Céu, a Gehenna.

Ablon era um guerreiro formidável, disciplinado e talentoso, mas à época pouco conhecia acerca da humanidade, suas regiões e territórios. Miguel sugeriu, então, que ele procurasse por Orion, que poderia ajudá-lo em seu nome. Foi assim que, em uma manhã quente de primavera, com a brisa sacudindo os pendões, agitando as velas das naus capitânias, o Rei de Atlântida escutou uma movimentação incomum nas escadarias que conduziam ao palácio. Percorreu os jardins, as antecâmaras, as piscinas termais, os salões de mármore, cruzou um extenso corredor, ganhou o terraço e parou à sombra do frontispício, de onde tinha uma clara visão de sua capital adorada.

Naqueles tempos, a Joia do Mar vivia seu esplendor. A cidade-Estado fora erguida sobre uma ilha redonda — a ilha de Mu —, pois não há defesa mais eficiente que o mar. Uma muralha de quarenta metros de altura a cercava, e para alcançar a fortaleza central era necessário transpor três anéis paralelos de água, todos protegidos por muros e cortados por quatro canais — a norte, sul, leste e oeste —, como enormes avenidas marinhas que seguiam até o coração da metrópole. Ao passo que a cidadela era reservada aos membros da corte, aos nobres e diplomatas, a primeira faixa de terra (de dentro para fora) estava ocupada por prédios religiosos e santuários de adoração aos heróis mortos nas Guerras Mediterrâneas. Na segunda faixa de terra ficavam o setor militar, os quartéis e os campos de treinamento, e na terceira multiplicavam-se os armazéns, as estalagens, os banhos públicos e os portos onde os navios atracavam. Conta-se que os gregos, ainda no período mítico, chegaram a encontrar resquícios dos edifícios atlânticos, tendo-os copiado, daí a antiga capital projetada por Orion parecer, se vista por olhos modernos, uma grandiosa acrópole, com suas descomunais colunas cilíndricas, templos branquíssimos, aquedutos, praças, torres de guarda e monumentos de proporções colossais.

Mas o que Orion discerniu, à luz do sol meridiano, não foram as proezas da engenharia. Poucos degraus abaixo, um homem era açoitado por dois guardas de armadura polida. Esses soldados usavam lanças, sua pele era ligeiramente azulada, e os cabelos, níveos, desciam soltos até os quadris. Já o alvo das pancadas, desferidas com o cabo das armas, tinha a cútis rosada, os fios louros, presos em um rabo de cavalo, e a barba curta, formando um cavanhaque em volta do queixo. Diferia de seus agressores, de porte magro e andrógino, por ser alto e ter os músculos proeminentes, revelando uma constituição de guerreiro. Os olhos eram cinzentos, a expressão felina, de um tigre selvagem, pronto a atacar sem demora, mas curiosamente ele não reagia, parecendo também não sentir as bordoadas. Sobre o corpo trazia uma couraça de ouro, um par de perneiras e dois braceletes, e do cinto pendia uma espada, o que levou os vigias a cercá-lo, tentando deter seu avanço.

— Alto — a voz de Orion se projetou num crescendo. Quando reinava sobre o trono de Mu e por todo o período anterior ao dilúvio, o monarca se apresentava aos humanos com seu avatar atlante, que seria destruído pela inundação, obrigando-o mais tarde a assumir outra forma. Trajava armadura completa, forjada em platina branca, ou *oricalco*, como fora apelidado pelos gregos, um tipo de mineral já extinto, mais resistente que o aço e mais leve que a seda, supostamente capaz de resistir a qualquer investida. Sua aparência era semelhante à dos guardas, magro, os traços finos, joviais, o rosto de um azul esbranquiçado, os olhos turquesa e os cabelos prateados, compridos e lisos. Mas o título Estrela de Prata era na realidade inspirado em seu bidente, isto é, um tridente com duas pontas, centralizado por uma esfera metálica do tamanho de uma mão fechada, que costumava reluzir nas noites de inverno. — Alto! Parem — ele repetiu. — O que está acontecendo aqui?

— Uma tentativa de invasão, Senhor dos Mares — respondeu um dos atlânticos, evocando outra das muitas alcunhas de Orion. — Um invasor. Não sei como conseguiu penetrar as muralhas.

— Já falei que não sou invasor — o louro protestou entredentes. Justamente para não causar alvoroço, ele se materializara sem as asas, esperando ser confundido com um homem ordinário, e *foi*. O que ele não sabia era que os homens, mais precisamente os homens de Enoque, estavam em guerra contra os atlantes. — Sou um mensageiro de Yahweh e estou aqui para falar com o seu rei.

— Decerto que está — Orion relaxou a guarda. Era fácil para os anjos reconhecerem uns aos outros, graças às vibrações de sua aura pulsante, um tipo de energia característica dos entes alados, tendo como cerne o coração. — Chega — virou-se para os soldados. — Já chega dessa balbúrdia. Deixem-nos agora. — E se dirigiu objetivamente a um deles, que despontava como o líder da dupla: — Este homem é meu convidado. Libertem-no.

— Mas, meu mestre — o oficial fez questão de alertar. — O enoquiano está armado. Se fosse realmente um diplomata...

— Não acho que ele seja um diplomata — cortou-o o rei prateado. — Com efeito, penso que é perfeitamente o contrário. — Estudou o visitante, encarando-o de perto. — Presumo que seja Ablon, dos querubins. — Deu um passo na direção do guerreiro. — Soube que viria ter comigo. Por que não se cobriu, afinal? Ninguém lhe avisou que homens e atlantes estão em guerra por estes dias?

— Não sou ladrão para me cobrir nem criminoso para me esconder — disse Ablon. — Sou um anjo de Deus e carrego uma demanda sagrada. Também não me importa contra quem estejam lutando ou com quem façam a paz. Minha tarefa é *divina*, está acima das brigas carnais.

— Uma coisa é certa. — Orion estendeu a mão às colunas, dispensando os soldados e ao mesmo tempo cumprimentando seu hóspede. — Definitivamente, você não é um diplomata — afirmou, referindo-se a seus modos, bastante diretos, típicos de um militar em serviço. — Me acompanhe, general. Como os arcanjos lhe contaram, meu nome é Orion, o Rei Ungido de Atlântida, e estou aqui para ajudá-lo. Dou-lhe as boas-vindas à minha cidade. — E gesticulou. — Siga-me.

O fato de Ablon ter se anunciado como "um anjo de Deus" não causou estranheza aos guardas, não naqueles dias em que tudo era mágico, em que nada era impossível. O próprio Orion nunca escondeu ser um emissário dos céus. Seus súditos o enxergavam como um ídolo, um ser divino em todos os aspectos, bondoso, sábio e onisciente, desde que ele passara a guiá-los, ao fim da idade do gelo. Sob seu bidente, aqueles sofisticados seres humanos o seguiram à mística ilha de Mu, a terra prometida, "onde o sol é abundante", e lá fundaram sua capital. Localizada algures no oceano Atlântico, ligeiramente acima do trópico de Câncer e a poucas léguas da atual costa da África, Mu era tida como a antiga pátria dos eridais e estava carregada de energias telúricas, sendo um símbolo, antes de tudo, um ideal para as linhagens terrenas.

Orion e Ablon caminharam até o centro do palácio, no ponto mais alto da fortaleza de mármore. Nesse pátio havia um jardim, e no meio dele erguia-se um obelisco muito estranho, se comparado à arquitetura padrão. Os engenheiros locais trabalhavam com ângulos curvos, suaves, cônicos e cilíndricos, suas torres geralmente tinham abóbadas e os umbrais eram arqueados. Já o monumento em questão parecia uma pirâmide negra, alongada, com dez metros de altura, gravada com caracteres atlânticos, um sistema bastante complexo, que nem o próprio general entendia.

Era quase a hora do almoço. O Rei Ungido andou até a sacada. De frente para a escarpa havia uma mesa elíptica e sobre ela um banquete de cereais, legumes e frutas cultivados nas colônias, de sabor, nutrição e qualidade incomparáveis, muitos dos quais não existem mais hoje em dia. Os atlantes eram vegetarianos e não costumavam criar animais, usando como força motriz, em vez de cavalos, a energia do vento, do sol e da água. Os copos, pratos e talheres eram de prata, e as garrafas continham o famoso vinho lemuriano, forte e delicioso ao paladar.

— Sente-se — Orion acomodou-se em um dos lados da mesa e convidou o celeste a acompanhá-lo. — Coma quanto quiser.

— Obrigado — o general agradeceu. — Obrigado, majestade. Mas não estou com fome.

— Me chame de Orion — ele pediu. — Toda a gente de Atlântida me trata por títulos solenes, o que é necessário quando se governa um país. Mas você não é meu súdito, é meu colega. Há muito anseio ter alguém com quem conversar mais abertamente sobre as questões do paraíso. E, embora não sejamos da mesma casta, pertencemos à mesma espécie, "o povo alado", como me refiro à nossa raça quando converso com os meus sacerdotes. — E reforçou o convite: — Sinta-se em casa e aprecie este almoço. É assim que os terrenos confraternizam, e você veio a mim para conhecê-los, não foi?

— Está certo — concordou Ablon. — Se esse é um ritual humano, eu aceito me submeter a ele. — O querubim se acomodou na outra cabeceira. — Contudo não posso demorar. Tenho um soldado de prontidão, aguardando instruções.

— Um soldado? — o rei estranhou. — Onde ele está?

— Na parte externa da cidade.

— Por que não o trouxe consigo?

— Precaução básica — o anjo retorquiu. — Eu não sabia o que ia encontrar. Um avança, o outro dá suporte. — Correu os olhos pelo banquete, perdido ante a comida. — Por onde devo começar?

— Prove este refresco — Orion apontou para o vinho. Descansou o bidente no canto da mesa, serviu-se de pão e de uvas e esperou que o visitante começasse.

— Mas não exagere. Nunca exagere. O álcool é como a força da natureza. Pode ser um elixir ou então um veneno.

— Seguirei o seu conselho. — O querubim degustou o néctar lemuriano e em seguida cortou uma fatia de pão. Da sacada onde estavam, eram visíveis os atracadouros, construídos com uma espécie de marfim vegetal, de tons brancos, opacos e leitosos, e os navios atlânticos, ostentando velas azuis e prateadas, os mastros altíssimos. Mas, sendo Ablon um guerreiro experiente em vários tipos de armas, foram o bidente de Orion e a esfera prateada que lhe chamaram a atenção. — E quanto a este orbe? — ele perguntou, já que Orion insistia que fossem amigos. — Não me parece nem de longe um fragmento comum. Há uma forte radiação que emana de seu núcleo. O que ele faz?

— Meu caro general — o elohim falou com satisfação e orgulho. — O que você enxerga com seus olhos cinzentos é o que sobrou de Saphiro, uma das estrelas mais antigas do universo. Foi ela que deu origem à nebulosa de Orion e à constelação que carrega o meu nome.

— Uma estrela? — O anjo custou a acreditar, pois nunca vira um astro daqueles. — Como pode ser tão pequena?

— Saphiro não é pequena, é *densa* — explicou. — Ela já foi uma gigante vermelha, e nesse período perdeu quase toda a sua massa, despejando partículas que depois formaram a nebulosa, bem como outros corpos celestes. O que restou foi apenas o seu núcleo, muito concentrado, e a solidez permite que ela permaneça estável, impedindo que entre em colapso, o que provocaria uma distorção, um redemoinho de negritude infinita, de onde nem a luz poderia escapar. — Bebeu um gole de vinho. — Quando estão no espaço, alguns chamam essas estrelas de "anãs prateadas".

— Que arma fabulosa — o celestial maravilhou-se e sentiu-se obrigado a retribuir a história. — Pois esta lâmina que trago na cinta é a Vingadora Sagrada. — Sacou o artefato da bainha e o exibiu contra o céu. — Não tenho muito a falar sobre ela, exceto que é a minha espada e que minha aura pulsa através do seu aço. Ganhei-a do arcanjo Miguel, luto em sua honra, por isso às vezes me chamam de *Vingador*.

— Vingador? — Orion o estudou novamente e não achou que aquele fosse um título adequado. Ablon parecia mais um espírito da justiça, não da vingança, mas certamente Miguel tinha seus motivos para nomeá-lo assim. — É isso o que veio procurar? Vingança?

— Só cumpro ordens. — Recolheu a espada. Bebeu vinho. Comeu mais um pouco. — Se é justiça ou vingança, não cabe a mim dizer.

— Claro. — O Rei Ungido já sabia do que se tratava. — Metatron. Foi por ele que veio.

— Sim, para capturá-lo. E para exterminar os outros sentinelas que ainda insistem em sustentar essa causa.

— Bom, nesse caso você deveria ser chamado de Exterminador — descontraiu Orion, mas havia um fundo de verdade no que ele dissera. — O que sabe acerca dos indivíduos que pretende caçar? Especialmente daquele intitulado Primeiro Anjo?

— Quase nada — admitiu. — Esperava que você me instruísse.

— E eu o farei — o Senhor dos Mares aquiesceu. Encerrada a refeição, levantou-se, recuperou o bidente e deslizou até a amurada. Ablon o imitou. — Escute bem, general, pois o que vou lhe contar é a primeira história, a saga original, de onde todas as outras nasceram. — Tomou fôlego. — Os arcanjos são seres excelsos, supremos defensores da humanidade. Em certo ponto, eles congelaram o planeta, com o objetivo de tornar os mortais ainda mais fortes, de forçar sua evolução. Os sentinelas se amotinaram, pois tinham gerado filhos e filhas entre os homens e não queriam perdê-los, não estavam dispostos a fazer um sacrifício pelo bem maior. Miguel os removeu de seus cargos e mandou que nós, elohins, os assumíssemos. Começou a perseguição a Metatron e seus acólitos, e eu mesmo capturei alguns deles, com minhas próprias mãos. Os que não quiseram se render foram mortos, mas muitos escaparam, o que obrigou os primogênitos a arquitetar o cataclismo. — O cataclismo a que Orion se referia era o primeiro, e único, na época. Depois haveria outros dois, sendo o dilúvio o terceiro. — Os terrenos pagaram o preço, muitas pessoas morreram, mas finalmente quase todos os sentinelas foram destruídos. Desde então, Metatron desapareceu, o que preocupa os arcanjos. O que ele está planejando? Por que está se escondendo?

Ablon tentou pensar a respeito. O discurso do Rei Ungido, como os dois constatariam anos mais tarde, refletia a retórica do príncipe Miguel e não correspondia absolutamente à verdade. A glaciação não tivera como meta "tornar os mortais ainda mais fortes", e sim *dizimá-los*. E, não fosse pela intervenção dos sentinelas, hoje não haveria mais seres humanos na Terra.

— É o que pretendo descobrir — disse o querubim, fitando os templos e prédios mais abaixo. — Por onde devo começar?

— Bahr Lut seria a escolha mais lógica. Porém tenho uma ideia melhor.

— Qual?

— Como eu disse, Metatron desapareceu. — O monarca se virou para oeste, e sua armadura refletiu os raios de sol. A platina branca era muito lustrosa, quase um espelho metálico. — Mas creio que você poderá encontrá-lo se acossar primeiro os demais insurgentes.

— Sugere que eu os use como isca?

— Exato.

— Metatron os socorreria?

— Talvez. No mínimo, serviria como experiência de combate. Uma experiência crucial para derrotar o líder deles.

— Faz sentido.

— Muito bem. — Orion começou a andar pelo jardim, e o guerreiro o acompanhou. — Sabe-se da existência de seis sentinelas remanescentes. Três deles passaram à clandestinidade, incluindo Metatron. Os outros três continuam no comando de suas terras. São denominados de "Os Três Pilares", porque nenhum anjo, espírito ou homem até agora conseguiu derrubá-los, nem os querubins enviados por Miguel, nem o cataclismo, nem os elohins que deveriam substituí-los. Tão fortes e confiantes eles se tornaram que o poder os enlouqueceu. Hoje eles se consideram deuses, *deuses vivos* — afirmou. — Um deles é Kali, a Devoradora, um monstro de crueldade e sadismo que vive nas selvas ao sul de Gondwana, uma região inóspita, tropical e perigosa. Outro é Muzhda, o Colosso de Ferro, um ser ainda adorado nas montanhas de Arya, e o terceiro é Kha, alcunhado por seus seguidores de "o Sol", governante do vasto império desértico de Sakha.

— Entendo agora a aflição dos arcanjos. É uma vergonha para os celestes que esses três amotinados ainda reinem abertamente, e sem punição. — O general julgou-os petulantes e decidiu que iria destroná-los. — Mas custo a acreditar que nenhum anjo tenha conseguido batê-los.

— Pois acredite. — O monarca enrugou o semblante. Os olhos turquesa ficaram tristes, menos por ele e mais por Ablon, o Vingador, que embora forte não era páreo para os inimigos que viera enfrentar, sobretudo para Metatron. — Travei um duelo com Kha, o mais influente dos Pilares, e fui derrotado, escapando por pouco da morte. Não quero que isso aconteça com você, general. Seu propósito é justo, seu coração é limpo, suas intenções são nobres e verdadeiras — elogiou. — Oh, como eu gostaria de acompanhá-lo — admitiu num suspiro. — Como eu adoraria embarcar nessa missão, nessa aventura. Mas eu sou um rei agora, e um governante tem obrigações para com o seu povo, ainda mais em tempos de guerra. Todavia, farei tudo o que estiver ao meu alcance — prometeu e foi caminhando na direção do obelisco, o monólito negro que ficava no interior do jardim. — Eu o entregarei aos cuidados de Soma, o almirante de minha frota. Ele o transportará ao porto de Tétis, o maior entreposto comercial destes tempos. De lá, você encontrará caminhos e estradas para todos os cantos do planeta.

Orion estacou diante do obelisco e o tocou com delicadeza e fascínio. Os caracteres atlantes, inscritos no basalto, eram obviamente recentes, mas a estrutura em si, como Ablon reparara mais cedo, parecia ser bem mais antiga, um fragmento do mundo ancestral.

— Este pilar é diferente dos outros. — O guerreiro sentiu que era a hora certa para abordar o assunto. — Foi você que o ergueu?

— Gosto de dizer que sim. — O Senhor dos Mares continuava encantado, dedilhando a pirâmide e suas inscrições. — Porque escavei o topo deste morro e o descobri, projetando depois esta praça. Então, poeticamente, eu o levantei. Mas ele já existia quando chegamos.

— E para que ele serve?

— É uma chave.

— Para abrir o quê?

— O segredo da minha onisciência — disse o rei. — Esses objetos surgiram misteriosamente durante a era do gelo e podem ser encontrados em vários recantos do globo. Nós localizamos dezenas e ao redor deles construímos nossas colônias. Tudo o que eu sei é que estão ligados por meio de uma teia energética, e, conhecendo as frequências certas de meditação, é possível receber e enviar mensagens através deles.

— Muito útil para controlar um império. É assim que você enxerga as diversas partes da terra?

— Sim — Orion inclinou a cabeça. — Ordenarei o imediato deslocamento do *Baghti*, a nau capitânia de Soma, da fortaleza de Athea para cá. Enquanto isso, vocês serão meus hóspedes. Convoque o seu amigo para dentro de Atlântida. Não há razão para que ele aguarde fora dos muros.

— *Ela* — corrigiu Ablon. — Seu nome é Ishtar, subcomandante da Legião das Espadas e uma das minhas oficiais mais graduadas.

— Tanto melhor — o elohim murmurou. — Dessa maneira vocês poderão viajar como um casal de seres humanos, o que reforçará o disfarce.

— Não preciso de disfarce. Se os tais Três Pilares operam à vista de todos, por que nós temos de nos esconder?

— Os sentinelas não são o único perigo que assola este mundo, general. Há outros. — Fechou a cara. — Muitos outros.

27

BAGHTI, O CISNE

De pé sobre a proa, Ishtar observava o cair da tarde, os faróis de Atlântida, os portões flutuantes, as gaivotas sublinhando o mar vespertino. Seu apetite pela batalha era legendário entre os querubins, que a batizaram de Fúria Dourada, não apenas pelos cabelos louros, compridos e ondulados, mas pela couraça peitoral que envergava, feita de ouro maciço. Do cinturão pendia uma espada de um só gume, a Vontade do Céu, que lhe permitia executar golpes precisos, capazes de cortar um adversário a distância. Subcomandante da Legião das Espadas, Ishtar era considerada o elemento de ação entre as tropas, uma flecha, uma *bala*, a primeira peça a ser lançada contra o inimigo, sempre que ele era avistado em combate. Como tal, era de personalidade ousada, feroz e impulsiva, o que obrigava Ablon a contê-la às vezes, sobretudo em ocasiões estratégicas.

O *Baghti*, cognominado "o Cisne", uma das principais naus capitânias atlantes, continuava estacionado no porto, sendo abastecido de provisões. O navio somava duzentos e quarenta metros de extensão, tinha quatro mastros, três âncoras e o casco feito com um tipo de madeira branca, que justificava seu nome. Os adereços eram de platina (isto é, de oricalco), e a tripulação, composta exclusivamente por marinheiros locais, indivíduos de pele escura, muito diferentes dos guardas reais e do próprio Orion em seu avatar. Os atlantes estavam divididos em dois clãs, ou linhagens: os *devas*, que compunham a casta guerreira, mais claros e de fios brancos, e os *asuras*, de cútis quase negra e olhos anil ou violeta. Enquanto os devas eram obcecados pela perfeição, os asuras se orgulhavam de sua natureza nômade e gostavam de viajar, sendo excelentes mercadores. Foram os asuras que fundaram a maioria das colônias ultramarinas, entre elas a da Lemúria e a de Arya, tendo gerado até filhos com os homens, os chamados "arianos".

O almirante Soma era um dos asuras. Suas melenas pretas escorriam cacheadas pelos ombros, e sobre o nariz ele pintara uma lua em quarto crescente, marca de sua dinastia, os Nara-Narayana. Em vez de armadura, Soma vestia calças largas, tinha os pés descalços e ostentava um colete de seda, aberto e com vários cordões, alguns de ouro, outros de pérolas. Convocado por seu monarca, ele deixara às pressas a fortaleza de Athea, uma pequena ilha no Atlântico Sul, célebre por abrigar uma das raras passagens ao rio Oceanus, escondida dos navegantes comuns por meio de um feitiço que mascarava suas portas. Dois dias depois, a ordem fora cumprida e o *Baghti* aportara na capital.

Como convidado de honra, Ablon estava ao lado de Soma na ponte de comando do Cisne. O timão era controlado por um piloto, ou timoneiro, sendo o capitão — nesse caso, o almirante — responsável por dar as ordens e organizar sua equipe, formada por cem marujos, quinze alferes e cinco suboficiais. Ablon estava agradecido a seus anfitriões e particularmente encantado com os seres humanos, que tinham um grande amor pela vida e sabiam gozá-la a contento. Soma lhe contara que o *Baghti* era um cruzador militar, o que intrigou o general, que não vira armas no convés. Então, uma vez que a nau ganhou o oceano e passado o escarcéu da zarpada, ele resolveu perguntar:

— Quanto tempo acha que levaremos até o porto de Tétis, almirante? — O anjo reparou nas velas azuis, que refletiam o sol do poente. — Não tenho ideia de como as distâncias são medidas na terra.

— Vou lhe mostrar. — Soma apanhou um rolo de papiro e o esticou sobre um balcão. O mapa exibia não só as rotas de navegação, como também o tracejado dos continentes e dos mares antediluvianos. O reino de Atlântida, como Ablon agora sabia, era formado por um enorme arquipélago localizado no Atlântico Norte, e sua face oriental se estendia até o estreito de Gibraltar, então chamado de Corredor de Hércules. O mar Interior (atual Mediterrâneo) era na época mais largo e se conectava ao mar de Tétis, que cortava a Ásia em dois, terminando no mar da Rodínia (hoje, mar do Japão). Portanto quem detivesse o controle desse estreito dominaria todas as estradas marítimas. — Estamos aqui — o almirante tocou um ponto específico do planisfério, acima do trópico de Câncer. — Em menos de dois dias cruzaremos o mar Interior. Depois disso, a viagem pode levar semanas, dependendo do vento e das condições meteorológicas.

— Parece que há algo de estranho nesse manuscrito. — O celeste reparou que a distância a partir de onde eles estavam até o mar Interior e, a seguir, deste até o porto de Tétis era praticamente a mesma. — Por que viajaremos primeiro tão rápido, e depois tão lentamente? Se mantivermos a mesma velocidade, o trajeto será feito em quatro dias, mesmo sob tempestades e circunstâncias adversas.

— O mapeamento das vias atlânticas termina nos arredores de Nod — disse Soma e explicou o conceito: — As vias atlânticas são o que nos permite avançar tão depressa sobre as ondas. Entenda, general. O planeta é cortado por linhas energéticas cujas faculdades são ainda desconhecidas. Nos nódulos mais fortes, onde mais de quatro linhas se entrelaçam, existe um obelisco, como aquele que você viu no palácio. Se um barco for capaz de navegar sobre uma dessas linhas, sem desvios, como estamos fazendo agora, todas as suas distâncias serão abreviadas.

— Como?

— Não sei — confessou. — Como o Rei Ungido provavelmente deve ter-lhe dito, o enigma dos obeliscos é antigo. Mas sabemos que tais linhas criam uma dobra, ou melhor, *dobras* no espaço, encurtando o percurso. O importante não é teorizar sobre o fenômeno, mas investigá-lo para fins práticos. Infelizmente estamos em guerra com Enoque — indicou a região hoje equivalente ao Oriente Médio. — E precisamos passar por lá para chegar ao nosso destino.

— Essas águas não são perigosas? — O mar Interior, segundo os desenhos do mapa, era justamente o que separava o arquipélago de Atlântida das terras de Nod, além do estreito de Hércules. — Se estão em guerra, não há o risco de sermos interceptados?

— O risco sempre existe, e talvez por isso sua majestade o tenha enviado em um cruzador, em vez de despachá-lo em um navio mercante — supôs o almirante, recolhendo o mapa. — Mas o perigo é menor do que se pensa. Temos um acordo com os enoquianos, e ele prevê que os confrontos fiquem restritos às colônias. Como estaremos dentro do território de Nod, e considerando que somos um barco oficial, com a bandeira do Senhor dos Mares, duvido que eles nos ataquem, pondo tudo a perder. Além disso, o mar de Tétis é zona neutra, não pertence a nenhum dos dois povos.

— Ainda assim é bom se precaver. — Como soldado, Ablon sempre raciocinava taticamente. — Percebi que o Cisne não dispõe de armas.

— Com todo o respeito, você está enganado. — Soma sorriu em regozijo. — Nós temos uma arma que vale por todas. — E, dizendo isso, exibiu um arco prateado que trazia consigo. O objeto era decorado com anéis de ouro em toda a extensão e tinha as pontas de diamante. — Apresento-lhe o Gandiva, o arco mais poderoso do mundo. Ele pertenceu ao meu pai, Indra, e nunca conheceu a derrota. Suas flechas mágicas são infinitas, e um só de seus projéteis é capaz de derrubar um muro de granito, esburacar a dureza do mármore ou perfurar o casco de uma fragata, pondo a pique qualquer embarcação, mesmo as nossas próprias naus capitânias.

— Demonstre, por favor — pediu o anjo, genuinamente interessado em conhecer as propriedades da arma. — Que tal naquela ilhota?

— Não posso. — Soma não chegou a ficar ofendido, pois sabia que Ablon não perguntara por mal, mas acrescentou, com a expressão séria: — O Gandiva só pode ser usado a serviço da justiça, nunca por motivos pessoais. Oxalá nunca precisemos dispará-lo. Oxalá esta guerra termine logo.

— Compreendo, almirante. — O alado se desculpou e mudou de assunto: — Será que poderia me emprestar alguns destes documentos? — apontou para os mapas que jaziam enrolados num tubo. — Já que temos alguns dias para chegar a Tétis, pensei em estudá-los.

— Por que não fica com uma cópia? — o asura ofereceu. — Tenho várias. E meus cartógrafos podem preparar uma especial para você.

— Obrigado, mas, quanto menos carga, melhor. — Viajar rápido era crucial naquela jornada. — Prefiro memorizá-los. Será mais eficiente.

Soma separou uma dúzia de planisférios e cartas náuticas e os entregou ao anjo guerreiro. Ablon passaria as próximas seis noites enfurnado em sua cabine, decorando gráficos e desenhos, aprendendo sobre os países e as regiões do planeta. E foi assim que ele elaborou seu plano.

— Começaremos nossa empreitada por Arya — o general se aproximou de Ishtar, que havia uma semana montava guarda sobre a proa do *Baghti*. — O porto de Tétis é controlado pelos atlantes, que nos prestarão toda a assistência. De lá, tomaremos a estrada para o sul, através das montanhas Tay-Pin. Muzhda, o Colosso de Ferro, vive oculto nas cavernas mais altas, chefiando um culto de adoradores fanáticos. — E acrescentou: — Nós o mataremos.

— Já não era sem tempo. — A comandante tocou o cabo da Vontade do Céu, sem desviar a atenção do horizonte. Fazia cinco dias que eles trafegavam fora das vias atlânticas. O navio transpusera a costa de Nod sem contratempos e percorria agora o estuário que os levaria ao entreposto naval. — Tétis é mais uma das colônias atlânticas?

— Não exatamente. Está mais para uma cidade livre — Ablon reproduziu o que Soma lhe dissera. — Trata-se do maior empório deste tempo, mas esconde também uma trilha secreta, que segundo o almirante sobe as cordilheiras ao "topo do mundo", até um posto de controle de onde os súditos de Orion monitoram os obeliscos e suas fortalezas. Daí a necessidade de o rei manter uma guarnição permanente para defender essa entrada — explicou, mirando-a de cima a baixo. — Não prefere descer ao convés? O pior já passou. E, mesmo se houver um ataque, está fora das nossas responsabilidades.

— Esta calmaria não me agrada. — Entre os legionários, Ishtar era famosa pela percepção afiada. — Não me agrada nem um pouco — repetiu. — Tem algo errado, general. — Ela seguia concentrada no mar, perscrutando o oceano e suas marolas. — Sente esse cheiro?

— Sinto. — Ablon farejou o vento. O que lhes chegava era um odor acre, de suor, de madeira podre, de *sujeira*, que no entanto dizia pouco, uma vez que os únicos aromas que eles conheciam eram aqueles experimentados em Atlântida, onde tudo era lustroso e asséptico.

— Vem do leste — a Fúria o alertou. — E está em nosso caminho. — Apertou as pálpebras. — Mas eu não vejo nada.

— Nem eu. — O anjo não enxergava porções de terra ou embarcações adiante, contudo o fedor persistia. — Vou avisar ao almirante.

— Espere. — Ela o segurou pelo braço e apontou para o céu. — O que é aquilo? — Com seus sentidos predatórios, os dois avistaram uma sombra que se movimentava ordenadamente, feito uma revoada de andorinhas. — Que nuvem é aquela?

— Não é uma nuvem. — O rosto de Ablon se encrespou e ele imaginou o pior. — Fique aqui. E aguarde minhas ordens.

Dito isso, o Vingador atravessou o convés e com um único salto alcançou o tombadilho. Encontrou Soma em sua cadeira de comando, supervisionando o trabalho dos pilotos, dos navegadores, dos marinheiros que caminhavam na popa.

— General. — O atlante reparou em sua expressão alarmada e imediatamente se levantou. — O que houve?

— Veja — o guerreiro indicou a mancha, que vinha crescendo a cada minuto. Soma virou-se para ela, sacou uma luneta e a espiou.

— O sol está contra nós — coçou o olho, ofuscado. — Consegue ver o que é?

— Não.

— Então por que o alarde?

— Farejo uma emboscada. — O herói foi tão direto quanto podia. — Estão se aproximando contra o vento. Seja o que for, sabe o que faz.

— Não é possível — o asura recusava-se a acreditar. — Enoque não quebraria o acordo. Sua marinha é deficiente. E ninguém atacaria o *Baghti*.

— É o que farão.

— Como pode ter certeza?

Os querubins — nem todos, mas *quase* todos — possuem um extraordinário senso de perigo e podem antever a maioria dos ataques imediatos. Não era algo que se pudesse traduzir em palavras, algo que se pudesse ver ou cheirar; era apenas uma sensação, puramente instintiva.

— Confie em mim.

— Está bem. — Mesmo cético, o almirante o satisfez. — Veremos. Se realmente estivermos envoltos em perigo, o Gandiva nos alertará.

Soma puxou o arco e o direcionou para cima. Retesou a corda e entre seus dedos surgiu uma seta mágica, composta de energia cósmica, parecendo um raio em miniatura. Então, ele disparou contra o firmamento. O projétil fez o som de trovão e explodiu alguns metros acima deles, produzindo um relâmpago esverdeado que chamou a atenção dos marujos e por uns instantes superou o brilho do sol. Nisso, grandes esferas começaram a resplandecer sobre o mar, formando círculos em volta deles, até que se apagaram e em seu lugar surgiram belonaves. Esses navios, muito menores que o *Baghti*, eram feitos de mogno, contrastando imensamente com o casco alvo da nau capitânia. Tinham dois mastros, velas triangulares e, apesar de serem comandados por homens, não exibiam a insígnia de Enoque.

— Almirante! — um marinheiro gritou, agarrado ao cordame. — Três fragatas saindo da camuflagem a estibordo, e mais duas a bombordo.

— Camuflagem? — O feitiço da camuflagem, ou da distorção, era utilizado, a exemplo de Athea, para esconder o acesso a certas fortificações importantes, mas Soma nunca o vira ser empregado em transportes marítimos. O encantamento tinha uma fórmula complexa e estava restrito aos membros da corte, o que significava que os homens no interior das belonaves eram liderados por um mago, e assaz poderoso. — Postos de batalha — ele tomou fôlego e berrou aos marujos. — Peguem seus arcos — esbravejou, enquanto a misteriosa nuvem entrava ao alcance do olho nu, revelando seres monstruosos, pré-históricos. — Não se preocupe, general — disse, meio nervoso. — Está tudo sob controle.

28

RISCO DE PRATA

— NÃO! — ABLON LANÇOU UMA ORDEM DIRETA À COMPANHEIRA, ISHTAR, QUE, impetuosa, já reunia forças para materializar suas asas. — Já disse que esta guerra não é nossa, comandante. — E acrescentou, retornando ao convés: — Não estamos aqui para matar seres humanos. — Mas ele mesmo precisou se conter ante as feras que desciam em rasante. Os monstros, ao que se percebia, não eram aves, eram *répteis*, enormes répteis alados, com o bico longo e cheio de dentes, o pescoço comprido e as asas fibrosas, com ao menos dez metros de envergadura. Tinham uma crista óssea e as patas anteriores musculosas, com quatro presas e um esporão. Quem os controlava eram homens montados, cavaleiros em armaduras de bronze, com o rosto coberto por um véu carmesim. — O que... — o general ficou surpreso, porque tais seres, mais tarde nomeados pterodáctilos, já estavam extintos fazia milênios. — Que sorte de bestas são estas?

— São os apaks — respondeu Soma, que se juntara a eles na fronte do barco, os pés firmes, o Gandiva empunhado. — As feras voadoras de Nod.

— Acerte-os — sugeriu Ishtar, impaciente. O bando planava em formação ofensiva e somava quinze criaturas, prontas para principiar o combate. Conhecendo suas limitações e sabendo que não eram tão poderosos quanto os anjos nem tão refinados quanto os atlantes, os enoquianos utilizavam em suas guerras todas as ferramentas (ou armas) disponíveis, das mais comuns às mais extravagantes, incluindo certas raças pré-históricas criadas em cativeiro. — Dispare antes que eles alcancem o navio.

— Não — o almirante hesitou. — O tratado não permite. Não posso atacar antes de ser atacado. Não serei eu a romper o acordo.

Ishtar resmungou sozinha, obrigada a assistir, quieta, à carnificina que se anunciava. Quando escutara sobre as Guerras Mediterrâneas pela primeira vez, e após conhecer todas as belezas de Atlântida, Ablon se questionara como seria possível que um povo tão rústico, como os homens, enfrentasse os atlantes em pé de igualdade, considerando que esses últimos eram mais inteligentes e mais versados na arte da magia, possuindo armas místicas poderosíssimas, a exemplo do Gandiva. Mas os atlânticos padeciam de certas fraquezas também. Eles eram sinceros, honrados e não conheciam a malícia, coisa que os homens tinham de sobra. Ademais, os enoquianos eram mais numerosos e não viam problema em despachar soldados à batalha, enquanto, para os atlânticos, cada guerreiro era especial, e sua morte, uma tragédia insuperável. Quem arquitetara aquela cilada — o general tinha certeza — previra a atitude de Soma e sabia que ele não derrubaria os apaks antes da primeira investida, o que lhe dava uma importante vantagem contra os asuras, conhecidos pela pontaria e destreza.

Desta feita, os pterodáctilos deslizaram sobre o *Baghti*, balançaram as asas, trazendo consigo um odor de poeira. Ablon e Ishtar só tiveram tempo de rolar para o lado, enquanto as feras passavam rente à sua cabeça. Soma se agachou, escapando das garras que quase o fizeram em pedaços. Mas isso era só o começo. Os cavaleiros de bronze conduziram os apaks à ponte de comando, onde as bestas, com suas patas, agarraram os oficiais, os cartógrafos e os timoneiros, esmagando-os e os largando do alto. Um dos répteis mergulhou como um arpão e usou a crista para decepar o mastro principal, que desabou sobre os marujos, matando quatro, ferindo nove e abrindo um buraco na superestrutura.

Ishtar se ergueu, ávida pelo combate. Estava ansiosa, como um tigre preso na jaula. Mais uma vez, levou a mão à espada.

— Nem pense nisso — Ablon reforçou sua ordem. — Estamos em missão secreta — insistiu. — Se agirmos, os sentinelas nos descobrirão.

A guerreira trincou os dentes. Estava proibida de revidar, mas o mesmo não se aplicava a Soma. O Gandiva conjurava um míssil sólido de energia, e seu estouro era retumbante. Para não ensurdecer a tripulação, ele esperou pacientemente, até que os monstros se distanciassem.

Sacudiu o punho.

Esticou a corda.

Fez mira.

O bando se afastou, contornou o horizonte e se posicionou para um novo assalto pela proa. O almirante aproveitou a oportunidade e efetuou o disparo. De seus dedos surgiu um projétil resplandecente, que correu enviesado e detonou no meio da revoada, como se um possante relâmpago a tivesse atingido. O fulgor obrigou anjos, homens e asuras a proteger a vista, à medida que, no céu, mais da metade dos pterodáctilos era incinerada, seus cavaleiros destroçados. Dos quinze monstros, onze foram mortos na hora, os seis na dianteira reduzidos a pó.

Quatro apaks escaparam e fizeram um desvio. Um deles inclinara-se demais à esquerda e perdera seu condutor. Ferido, incapaz de voar, o bicho despencou sobre o convés. O estrondo provocado pelo Gandiva o tonteara, mas ele fora treinado para avançar sem descanso, então moveu as patas traseiras, andando como se fosse um morcego, espreguiçou as asas e entre elas surgiu sua cabeça. Seu alvo mais contíguo era uma mulher de cabelos dourados, a pele bronzeada, o corpo protegido por uma couraça torácica. Partiu contra ela com seu bico afiado e baixou a crista para estripá-la. O movimento teria liquidado qualquer pessoa comum, mas Ishtar agiu primeiro, antes que o animal a tocasse. Sacou a Vontade do Céu e traçou uma linha de baixo para cima, empregando uma técnica que os querubins chamavam de Risco de Prata. Manobrando dessa forma, de um jeito tão rápido, ela era capaz de, literalmente, *projetar* seus golpes, deslocando o ar e acertando o inimigo a distância, dez, vinte ou até trinta metros ao longe.

O sabre refulgiu, arranhou o piso e subiu feito um disco cortante. Com a mistura de silvo metálico e golfada de vento, a Vontade do Céu rasgou o pterodáctilo ao meio, ignorando a dureza de sua pele e a rigidez de seu esqueleto, fazendo-o tombar com um jato de tripas. Um centésimo de segundo depois, a lâmina estava de volta à bainha, intacta, limpa e desprovida de sangue, pronta para chispar novamente.

Ablon era contra a intervenção dos celestes nas guerras humanas, ainda mais naquelas circunstâncias, mas precisava se defender e se precipitou para ajudar a amiga. Foi quando um segundo réptil — um dos três sobreviventes, esse incólume e com um cavaleiro no dorso — pousou com as garras sobre a amurada e emitiu um grito esganiçado, similar ao de um corvo, porém mais alto e agudo, que atordoou os terrenos. Em seguida, cheirou o vazio procurando por Soma, que, ainda desnorteado, jazia no chão, paralisado, as mãos em concha ao redor dos ouvidos.

O apak deu três passos à frente, mas por sorte ou destino o anjo guerreiro estava em seu curso. O ser escancarou a boca e arremeteu contra ele. Ablon poderia ter usado a espada para afastá-lo, mas a Vingadora Sagrada continuava na bainha, de onde aliás até então não saíra. Numa ação de reflexo, jogou-se adiante, deu uma cambalhota e parou sob o ventre do monstro. Segurou-se ao arreio, escalou-lhe o pescoço e montou, empurrando para longe o ginete que o controlava. O homem escorregou da sela e caiu no deque sem ferimentos, mas ao retomar a postura foi alvejado por uma saraivada de flechas, todas disparadas pelos marinheiros atlantes.

Uma vez sobre o pterodáctilo, o general puxou-lhe as rédeas. O animal empinou o nariz, aprumou-se e Ishtar degolou-o no ato. O sangue escorreu, sujando o terraço da nau capitânia. Ablon se desvencilhou do cadáver, tornou a pisar no soalho e regressou à companhia de Soma.

— Estão fugindo — o almirante constatou que as últimas bestas, um par delas, retrocediam às belonaves. — Triunfamos!

— Melhor não celebrar. — O querubim tinha sérias dúvidas quanto à vitória recém-proclamada. Estava quase óbvio para ele, versado em brigas e tocaias, que a ofensiva fora planejada nos mínimos detalhes, minuto a minuto, etapa por etapa, por alguém que conhecia as fraquezas do *Baghti*. Mas o Vingador não podia fazer nada. Afinal, como dissera à parceira, sua missão era outra, sua guerra era outra, e os sentinelas estavam à espreita. — Não ainda.

— Destrua as fragatas — Ishtar deu um conselho ao asura. — Faça-o agora. Use o Gandiva enquanto há tempo.

— Não há necessidade de mais assassínios. — Soma era avesso à violência. — Os enoquianos empregam mão de obra escrava em suas cidades e em seus cruzadores. Pode haver inocentes naqueles transportes — justificou-se, orgulhoso de sua tradição pacifista. — Só não entendo como eles nos descobriram. Só eu, vocês e Orion tínhamos conhecimento prévio sobre esta jornada.

Num golpe de vista, sem sair do lugar, o almirante observou o navio e avaliou suas perdas. O mastro central se partira e a superestrutura fora avariada, mas o casco podia ser consertado, portanto não havia risco de a embarcação naufragar. Dos cento e vinte tripulantes, trinta foram mortos e outros quinze estavam feridos. Dessas baixas, a maioria era composta por oficiais que trabalhavam no passadiço, atingidos quando os apaks sobrevoaram o timão.

— Não há mais perigo — Soma falou alto para animar os presentes. — Vencemos — repetiu. — Vencemos esta batalha.

— Não se precipite, filho de Indra — Ablon renovou o alerta. — Se vencemos, por que os navios não estão recuando? Por que...

— *General!* — Súbito, Ishtar deu um berro, abraçou o Vingador e o compeliu para longe. No próximo instante, uma esfera incandescente, que fazia lembrar uma bala de catapulta, apareceu como mágica a apenas dez metros deles, despencando perigosamente do céu, soltando faíscas, descrevendo uma trajetória mortífera. O mais estranho era que o artefato surgira *do nada*, tremulando feito uma miragem, sem que ninguém, nem os celestes, tivesse notado sua chegada ou escutado seu zumbido. Tomando por base o que se sucedera mais cedo, Ablon só podia supor que o objeto fora camuflado, ou melhor, *distorcido* pelo mesmo encantamento que ocultara as fragatas. — Cuidado!

Salvo pela perspicácia de sua companheira em armas, o general testemunhou o momento em que o balázio acertou o almirante no crânio, esmigalhando-o, perfurando o casco, infligindo ao Cisne um dano irreparável. O piso se envergou para dentro, sugando os atlantes, que deslizaram para o mar infinito. Mais ágeis e resistentes que os homens comuns, os querubins deram um salto e se agarraram à popa, depois subiram até o leme, que agora se inclinava. Do ponto onde estavam, bastava se atirar no oceano e eles estariam livres do turbilhão, do sorvedouro que ameaçava engoli-los, mas de repente a cabeça de Ishtar começou a girar. O misterioso projétil, concluiu o herói, expelira um gás que sufocara os asuras. E tão tóxica era essa substância, tão forte e perniciosa, que afetou também os celestes, fazendo-os esmorecer.

— Pule, comandante — disse Ablon, em meio às farpas e ao ranger da madeira. — Mergulhe. O que está esperando?

— Olhe — Ishtar apontou na direção dos cruzadores. — Os apaks. — Soltou um pigarro, quase muda, asfixiada. — Estão retornando. — Mas, ao dizer isso, seu corpo amoleceu e ela tombou sobre as ondas. O general a segurou e caiu junto.

Bolhas.

Sons abafados, distantes.

Espuma.

O guerreiro emergiu. Sozinho. Os pulmões queimavam. Doíam. Era o *gás*. Mas que gás? Que gás teria o poder de enfraquecê-lo?

Olhou para o sol. *Bolhas*. Céu azul. Sem nuvens. Não conseguiu respirar. *Vertigem*. Perdeu o fôlego. Ficou zonzo.

Um pterodáctilo deu um mergulho. Como um albatroz. Içou-o com as garras, apoiou-o no esporão. Carregou-o às belonaves.

O anjo desfaleceu.

29

FILHA DAS TREVAS

O CHEIRO.

O que os despertou não foi a luz. Foi o *cheiro*. Um cheiro mundano, ordinário. Novo para eles. De terra. De pedra. De ferro.

De primata.

Cheiro de *gente*.

O corpo de Ablon doía, a cabeça latejava, mas ele só conseguia pensar no gás. O gás que os abatera. De onde viera? Como fora capaz de afetá-los, sendo os anjos geralmente imunes — ou, ao menos, incrivelmente resistentes — aos venenos comuns?

Não era gás, era *mágica*, ele concluiu. Feitiçaria. Eis o trunfo dos seres humanos. Uma arma inigualável, que podia debelar os alados. O general se arrependia agora de tê-los subestimado. Os mortais eram mais espertos do que ele imaginara a princípio e, uma vez conhecendo seus oponentes, poderiam superá-los, como Orion lhe contaria nos meses vindouros.

Olhou ao redor. Estava preso em uma cela espaçosa, de paredes irregulares, revestida de pedra calcária. Grades enferrujadas bloqueavam a saída, guinchos podiam ser ouvidos nos aposentos acima. Os cantos eram escuros, tão negros que ele não conseguia enxergá-los, nem se os observasse de perto.

Ergueu-se. Não sentiu o peso da armadura. O artefato fora-lhe tirado, assim como a espada, os braceletes, as perneiras e o cinturão. No lugar, alguém lhe pusera uma gargantilha de bronze. O guerreiro se preparou para arrancá-la quando percebeu um gemido.

Ishtar.

Perseguiu os débeis ruídos e encontrou a parceira estirada em uma das quinas da sala. Sentou-se e a amparou. A feroz comandante também perdera o sabre, a couraça e os demais acessórios, restando-lhe apenas uma tira de couro que lhe cobria os seios, normalmente usada para preservá-los do atrito. Uma gargantilha, idêntica à do Vingador, envolvia-lhe o pescoço, mas ela não estava ferida. Nenhum dos dois se machucara.

— Comandante — Ablon a sacolejou. Desnorteada, a Fúria respondeu com outro gemido e segurou-lhe os pulsos com afeição. Os lábios se entreabriram, e pela primeira vez o celestial experimentou uma estranha sensação, como se um calafrio lhe percorresse a espinha, como se uma brasa o queimasse por dentro. Talvez fosse o perfume da amiga, o aroma de sua pele, talvez a condição dela, tão frágil, tão delicada. Teve uma espontânea vontade de abraçá-la, mas resistiu e acabou se contendo. — Ishtar — ele sussurrou de novo, procurando afastar os pensamentos lascivos. — Comandante, acorde.

— General? — A loura tossiu, as pálpebras tremeram. — O que aconteceu? — Ela se apoiou em seus ombros. — Onde estamos?

— Não sei. — Os dois se ajoelharam na rocha e em seguida ficaram de pé, tontos ainda, mas a salvo por ora. — Em um calabouço, suponho. Os apaks nos trouxeram para cá. Eu os vi antes de desmaiar — ele disse. — Nos carregaram para as belonaves.

— E os atlantes?

— Mortos.

— Não estamos em alto-mar, não mais — ela estudou o ambiente, notou que o solo era rígido. — Por que não saímos daqui? — Reparou nas grades de ferro. Podia quebrá-las sem esforço. — Precisamos recuperar nossos equipamentos e regressar à missão.

Sem esperar o aval de seu líder, Ishtar andou até a porta, segurou duas barras e as chocalhou.

Nada.

Empregou mais força, mais violência, sacudiu-as para trás e para frente, chegou a dar chutes na fechadura, mas as hastes continuavam duras, fixas no lugar.

— Não adianta — uma terceira voz ecoou de um ponto afastado. — Será que não perceberam? Seus poderes são inúteis.

— Quem disse isso? — Ablon se virou à esquerda, para deparar-se com uma entidade oculta até então, que se mantivera recolhida no breu. Seu corpo era igual ao das fêmeas humanas, com a exceção de que tinha um par de asas de morcego. Os olhos eram rubros e os cabelos haviam sido raspados, por vontade própria ou à força. O nariz e as orelhas estavam adornados por agulhas, que também decoravam os mamilos e a ponta da língua. Salvo por uma tanga e pela gargantilha de bronze, ela estava nua, sem calçados ou armas. — Quem é você?

— São as coleiras — a voz continuou. — O feitiço que delas emana inibe os nossos poderes. Como se sentem agora, vocês dois? — Riu-se com escárnio. — Como se sentem os soberbos anjos de Yahweh, sem suas divindades para salvá-los?

— Pergunto-lhe o mesmo. — O general não se dobrou à zombaria. — Pelo que vejo, estamos em condições semelhantes.

Ishtar tateou a gargantilha e constatou que havia uma tranca na parte traseira. Segurou o ornamento e o apertou com força, tencionando esmigalhá-lo, mas o efeito foi inverso e o bronze começou a comprimir-lhe o pescoço. Ablon pensou em ajudá-la, mas estava óbvio que o objeto era encantado e continuaria a se condensar enquanto eles não o soltassem, então jogou a companheira no chão e a imobilizou pelos punhos. Feito isso, em poucos instantes o anel metálico estabilizou e a argola reverteu ao tamanho normal.

— Idiotas — praguejou a mulher. — Celestiais estúpidos. Sempre se acham superiores. É bom vê-los por baixo de vez em quando.

— Não nos achamos superiores — o general rebateu. — Somos servos de Deus, só isso. Meu nome é Ablon, o Vingador, e esta é Ishtar, Fúria Dourada. Diga-me quem é você. Gosto de saber com quem falo.

— Vocês não têm noção de com quem estão se metendo, não é? — Esticou as asas. — Sou Inanna, Filha das Trevas, uma das lilins.

— Lilins? — Ishtar rouquejou.

— Muitos nos veem como monstros, mas a verdade é que somos tão versáteis quanto os seres humanos. — Os lilins, como os celestes só viriam a saber anos depois, eram os rebentos de Lilith, a primeira mulher de Adão, que fora expulsa do Jardim do Éden por não se submeter às leis de Metatron. Lilith, após seu exílio, fora se refugiar às margens do mar Vermelho, onde copulara com algumas centenas de seres humanos, dando à luz entes híbridos. Os lilins eram tidos como demônios e perseguidos pela maioria das sociedades terrenas, daí a necessidade de caminharem escondidos, não revelando a ninguém sua origem, a não ser, claro, a outros seres fantásticos. — De todo modo, não importa quem sou. Nem quem são vocês. Só importa onde estamos agora e para onde estão nos levando.

— Certo. — O Vingador se aproximou dela. — Onde estamos?

— Na região mais obscura que permeia a Haled, no grande bastião da necromancia — explicou. — Estes são os calabouços de Barak-Maru, o zigurate de Kothar-wa-Khasis, aquele que chamam de o Arquimago. Foi ele que nos capturou.

— Mas por quê? — Ishtar estava confusa. — Não estamos aqui para fazer guerra aos mortais.

— Não? — Inanna deu uma gargalhada sarcástica. — Então para que vieram?

— Nossa missão... — a subcomandante elaborou uma réplica, um argumento para se defender das acusações, mas Ablon a cortou.

— Nossa tarefa só diz respeito a *nós* — ele sublinhou e se voltou à lilin. — Mas posso garantir que lutamos a favor da humanidade.

— Mentiras — reagiu Inanna. — Mentiras e mais mentiras. São *anjos*, ora essa. Sanguinários, arrogantes, cruéis. Vêm à terra para matar, para mutilar, para executar os nossos irmãos. É isso o que os anjos fazem. Por todo o país de Nod, os ataques têm se tornado frequentes. Celestes em corpo de leão devastam aldeias, devoram crianças, percorrem o firmamento.

— Devoram crianças? Do que está falando? — Pela descrição, Ablon reconheceu os "celestes em corpo de leão" como os shedus, uma determinada estirpe de querubins particularmente vorazes, tidos como os cães de caça do príncipe Miguel. No entanto não acreditava que mesmo eles pudessem fazer mal aos terrenos. — Os primogênitos nunca permitiriam tais atrocidades. Suas alegações são falsas, Filha das Trevas. — E a desafiou: — O que sabe sobre os arcanjos?

— Tudo — ela redarguiu, triste e revoltada a um só tempo. — Minha mãe foi seduzida pelo mais belo deles, Lúcifer, a Estrela da Manhã, e eu sou o resultado dessa luxúria — disse, sem revelar a identidade de sua progenitora. — Lúcifer lhe prometeu uma cadeira no paraíso, mas depois a abandonou. O que eu procuro é fazer jus ao meu nome, ao meu *sangue*. Encontrarei o meu pai e cobrarei o meu lugar nas alturas. — Ergueu-se. — Me diga agora, Vingador. Diga-me que líderes são esses que vocês seguem, que mentem, matam e usam a palavra para justificar os seus crimes?

— Nossa lealdade é para com o arcanjo Miguel — disse Ablon. — Mas não acredito em você nem no que diz sua mãe, seja ela quem for. Lúcifer é um servo de Deus, como nós, e já o provou várias vezes. De qualquer maneira, se o tal arquimago que nos raptou deseja vingança contra os anjos, o que *você* faz aqui, encarcerada conosco?

— Eu não disse que ele procura vingança. Quem procura vingança sou *eu*! — E, depois de uma pausa, prosseguiu: — Kothar era o grão-feiticeiro mais respeitado de Enoque, um dos Buscadores, membros da corte interna, e continua a ser o mago mais poderoso do mundo, mestre em todas as escolas mágicas. Ele tentou usurpar o poder do rei e foi afastado para o deserto, onde construiu este zigurate e organizou um exército. Não sei o que ele planeja, mas fará de tudo para conquistar a cidade e assumir o trono da Bela Gigante.

— Então, o assalto ao *Baghti* não teve nada a ver com as Guerras Mediterrâneas?

— Não. Trata-se de um acerto de contas. Kothar estava atrás de *vocês* — apontou o dedo para eles. — Desde o princípio.

— De nós? — Ishtar definitivamente não compreendia a ligação. — Por que e para quê? — indagou. — E, ademais, como ele teria nos descoberto?

Inanna estava inclinada a responder quando cinco guardas surgiram no corredor, vestindo couraças de bronze e usando véus carmesins, análogos aos cavaleiros que os atacaram no barco. Como arma, traziam lanças e espadas curtas. Era esquisito para os querubins não escutá-los chegando, agora que não podiam mais contar com seus sentidos angélicos nem com sua força e sua rapidez sobre-humanas.

— O Grandioso quer vê-los — grunhiu um dos soldados, indicando os três prisioneiros com a ponta da lança. — Agora.

— Vamos acabar com eles — Ishtar cochichou no ouvido de Ablon. — Com ou sem poderes, podemos submeter estes coitados.

— Não — o general a proibiu. — Seria precipitado de nossa parte. Temos que conhecer o inimigo antes de atacá-lo. Controle-se.

Sem dizer mais palavras, o Vingador aceitou seu destino, saiu na frente e permitiu que os militares o conduzissem. Ishtar engoliu o orgulho e foi atrás, fazendo conforme seu chefe mandara.

Inanna os acompanhou, indignada, ainda, por ter sido capturada, mas de certa forma satisfeita em ver os celestes domados. Tudo o que ela mais gostaria, agora, seria de testemunhar sua queda, vê-los pendurados em uma estaca, sofrendo, trucidados, mortos em desonra.

Nada neste mundo lhe daria tanto prazer.

30

BARAK-MARU

"O Grandioso" era mais um dos títulos atribuídos a Kothar-wa-Khasis, o arquimago de Enoque. Kothar fora um dos Buscadores, como se chamava o concílio de mágicos a serviço do rei e teoricamente os mais leais ao povo de Nod, responsáveis por forjar armas mágicas e aconselhar os generais em batalha. Fazia trinta anos que os nobres tinham votado a favor de seu exílio, por considerarem-no uma ameaça, tendo em vista sua imprevisibilidade e sua ganância. Kothar se achava superior aos demais feiticeiros — e *era*, realmente, tendo dado à sua deportação um caráter revanchista e a encarado como uma chance de se voltar contra a pátria fundada por Caim. Logicamente, ele não poderia enfrentar o conselho inteiro sozinho, sendo assim encontrou uma forma de incrementar seus poderes.

O zigurate de Barak-Maru tinha duzentos metros de altura e seis andares. Por definição, um zigurate é uma pirâmide de degraus, com seus níveis ligados por uma rampa externa, geralmente na face norte, em formato de escada. Sobre suas plataformas laterais, apoiavam-se jardins de vegetação contorcida, uma flora soturna que não se via em lugar algum do planeta. O projeto inicial previa que as paredes — originalmente de rocha — fossem reforçadas por chapas de prata, mas Kothar não conseguira, ainda, reunir todo o material necessário, esperando fazê-lo quando confiscasse os cofres de Enoque. Construída na fronteira dos ermos, entre os impérios de Nod e de Sakha, a pirâmide estava localizada fora do limite dos dois estados, o que contribuiu para que ambos os países a negligenciassem, querendo, a princípio, evitar uma guerra, mas ao mesmo tempo permitindo seu crescimento.

Os mitos acerca de Barak-Maru eram incontáveis, a começar por sua edificação, completada em dez anos por nada menos que cem mil escravos. Nas tavernas, nas caravanas e nas estradas costeiras, especulava-se sobre os segredos que o palácio escondia, suas riquezas e maravilhas, seus haréns, suas piscinas termais e salas do tesouro. O prédio se tornaria tão famoso que inspiraria outros edifícios, incluindo o zigurate de Babel, desenhado muitos séculos depois por Zamir, o Feiticeiro do Deserto, sob ordens de Cush, governante e soberano da Mesopotâmia.

Era noite quando Ablon, Ishtar e Inanna foram empurrados através das escadas até o segundo pátio, sobre o qual se estendia um canteiro de árvores grisalhas. Do chão germinava uma relva cinzenta, e as sombras estavam em toda parte, dando a impressão de que os caules, as folhas e as flores eram línguas, pênis ou beiços pustulentos, membros vivos de abominações repugnantes. No céu, radiava o brilho prateado da lua em quarto minguante, e das trevas os vigiavam seres quadrúpedes, mistura de cão, hiena e morcego. O odor era de grama morta, de podridão, de carne azeda, como aquele normalmente encontrado nos cemitérios, nas tumbas e nas valas comuns.

No centro do jardim havia uma macieira outrora bela, mas que agora parecia muito triste e doente. Uma seiva gosmenta escorria através de sua casca, como se estivesse sangrando. Os frutos estavam murchos, e os galhos, retorcidos. Sentado sobre suas raízes enxergava-se uma figura sombria, coberta por um manto encardido. O rosto, as mãos e os pés tinham sido envolvidos em grossas bandagens, tapando cada pedaço do corpo magro, restando apenas um buraco sobre os olhos. Diante dessa estranha criatura luzia uma arca de ouro, que por ser tão rica e cintilante destoava de tudo o mais que existia no horto. Tinha cerca de um metro de comprimento por setenta centímetros de largura, estava aberta, e sobre sua tampa se destacavam duas estátuas de querubins ajoelhados, com as asas e os braços esticados para frente, como se estivessem louvando algo ou *alguém*. Num misto de inocência e curiosidade, Ishtar deu um passo para espiar o fundo da caixa, distinguindo, além de moedas, joias, estatuetas, anéis e colares, alguns objetos místicos, entre eles suas espadas e armaduras, colocadas sob um arpão, tudo acondicionado em um espaço que, por dentro, era muito maior do que por fora. O instinto de batalha a fez caminhar adiante, quando a gargantilha apertou novamente, obrigando-a a recuar.

— Ishtar — Ablon a deteve, segurando-a pela cintura. — Quantas vezes eu preciso dizer, comandante? Não se precipite.

— Este canteiro — a lutadora arquejou, à medida que a argola afrouxava. — Nunca vi nada igual. É sujo, profano, como se a natureza tivesse sido modificada, conspurcada por atividades insalubres. Que espécie de força sustenta estas árvores?

— Bruxaria — o anfitrião murmurou através do capuz, utilizando, a exemplo dos guardas, a linguagem básica dos descendentes de Caim. Diferentemente dos atlânticos, que se comunicavam com sons inspirados na grafia angélica, portanto mais suaves e refinados, os enoquianos contavam com um dialeto próprio, adotado pela maioria dos povos daquela época e tomado como base para todas as demais línguas da terra, no período após o dilúvio. O idioma de Nod era intuitivo, e, embora Ablon e Ishtar só viessem a dominá-lo muitos anos mais tarde, observando a miscelânea de gestos e entonações já era possível deduzir seus conceitos. — Magia negra.

— Kothar. — O Vingador imaginou que aquele fosse o mago que os raptara, o homem que "distorcera" os navios e o projétil que os surpreendera no *Baghti*. — O que deseja conosco? — Lembrou-se do que Inanna lhes contara na masmorra, mais cedo: que a disputa do feiticeiro era contra os Buscadores, contra os membros da alta corte de Enoque, não contra os anjos, e tentou ser diplomático. — Não somos seus inimigos.

— Claro que não, precisamente porque não os considero uma ameaça. — Mirou as plantas, sereno, e completou o discurso que começara: — Estas árvores foram cultivadas por meus escravos e transformadas graças à arte da necromancia, o que lhes garante propriedades incríveis. — Inclinou a cabeça. — A macieira que brota às minhas costas floresceu sobre uma muda da Isidrath, a Árvore do Conhecimento do Bem e do Mal, que crescia a leste do Éden, quando o mundo era jovem, nos tempos mais inocentes. Suas sementes são tóxicas aos entes mortais e inebriantes aos anjos, capazes de derrubar o mais forte dos querubins.

— Chega de conversa. — Por mais que tentasse, Ishtar não conseguia controlar seus instintos. — Devolva nossas armas, ou então as tomaremos à força.

— É tarde para isso. — Confiante, Kothar nem sequer se mexeu. — Suas armas, assim como vocês — e nisso ele incluía Inanna — são um presente.

— Um presente? — O plano de Ablon era ganhar tempo até que Ishtar se acalmasse, ou então estariam os dois, *os três*, perdidos. — Para quem?

— Covarde — a Fúria praguejou. Não desviava a atenção do mágico, apesar das instruções de seu chefe. — Lute comigo — pediu. — Veremos se é páreo para qualquer um de nós. Não fossem estas coleiras, já o teríamos estraçalhado.

— Acha mesmo? — o bruxo divertiu-se. — Façamos um teste, então. — Deu uma ordem a um de seus soldados: — Tamuz, remova o colar da prisioneira.

O guarda obedeceu, apanhou uma chave e destravou o mecanismo de bronze. O anel caiu no solo com um baque, e imediatamente Ishtar sentiu seus poderes voltando. Força e vigor foram restaurados à plenitude, e com sua visão predatória ela avistou os "cães" que rondavam o gramado, antes só percebidos como borrões. Reparou que tinham patas de cabra e mãos de macaco, com bocarras imensas, repletas de dentes caninos. Não eram animais deste mundo, ela refletiu, eram *monstros*, feras sobrenaturais, tendo sido conjurados à terra por magia. Outro item que chamava atenção era a arca, cujas vibrações se projetavam para além do tecido, confirmando que era dotada de poderes místicos extremamente apurados, embora a querubim não soubesse (ainda) dizer *quais* poderes eram esses.

Mas todas essas impressões passaram num sopro. Ishtar estava determinada a exterminar seu captor e saltou contra ele, os músculos rijos, a face vermelha. Sem perder a compostura, o mago ergueu o braço direito. Da manga saiu, em vez de uma mão enluvada, um par de tentáculos castanhos, apêndices que nada tinham de humano, recordando duas lesmas gigantes. Os pseudópodes se contraíram em rugas nojentas e a seguir se expandiram, agarrando o pescoço da legionária, içando-a no ar, apertando-lhe a nuca e a subjugando na hora.

Ablon movimentou-se em resposta, fez menção de atacar, mas a gargantilha esquentou, provocando-lhe espasmos.

Inanna assistia à cena, estática. Gostava de ver os anjos sofrendo e celebrava a cada vez que eram vencidos, mas naquelas circunstâncias, considerando que tinham um adversário em comum, experimentou certa simpatia pelos colegas de cela, sobretudo após a manobra covarde do bruxo. Mas, ainda que quisesse, ela nada podia fazer. Se arriscasse uma reação, terminaria como o Vingador, prostrada, então preferiu se abster, afinal nenhum celeste valia o esforço.

Quando Ishtar estava para apagar, praticamente estrangulada, os tentáculos enfim recuaram. O capitão dos lanceiros recolocou-lhe a gargantilha, agora para não mais retirá-la.

— Kothar... — Ishtar regurgitou bolas sangrentas. — Você é uma abominação! — gritou, a cara pálida, os olhos inchados.

— Basta desta ladainha. — O mago enrolou os pseudópodes e seus dedos reverteram à forma humana. — Estou desapontado. Seres antigos, eternos, que percorrem o espaço, rasgam as estrelas e singram as ondas cósmicas, comportando-se assim, como formigas na palma da mão? — Fez um muxoxo. — Trouxe-os aqui para que conversássemos sobre os mistérios do universo, mas vocês são rústicos e não estão preparados. Que seja. — Sinalizou para o guarda, rodando duas vezes o polegar. — Capitão Tamuz, escolte-os às câmaras subtérreas. E prepare-os para a viagem.

Incapazes de usar seus poderes, os dois celestiais mais a enigmática filha de Lilith foram guiados à rampa exterior e de lá, outra vez, para os calabouços de Barak-Maru. Tão logo saíram do pátio, digerindo a amarga sensação de fracasso, Ishtar fez um comentário:

— Não é possível. — Afagou o próprio colo, que doía como se uma rocha o tivesse acertado. — Esse bruxo não é humano, não pode ser.

— Ele *foi* — revelou Inanna.

— Por que não nos ajudou? — ela se virou para a lilin, inconformada, repudiando sua expressão de desdém. — Não tem honra?

— Por favor, não me venha com sermões — a entidade rebateu. — O que é a honra senão uma série de normas destinadas a proteger os mais fracos? Os fortes não conhecem a honra. Os fortes não precisam de códigos morais que os guiem. Os fortes *desprezam* o que você chama de "honra". Os fortes vencem quando podem vencer e perdem quando merecem perder.

— Não, Inanna — Ablon discordou. — Os fortes não perdem, *nunca* perdem, mesmo quando são derrotados. Os fortes lutam. E é isso o que vamos fazer.

31

SHEKHINAH, A PRESENÇA DE DEUS

Esgotados após o confronto com o mago, Ablon e Ishtar se acomodaram em um dos nichos da masmorra e pegaram no sono. Outra sensação nova. Os anjos não dormem, nunca, a não ser quando estão no plano físico e seu corpo material é ferido. Uma vez danificado, o avatar necessita de tempo, comida e descanso para que a carne e os ossos se regenerem. O Vingador tivera o pescoço queimado, e a Fúria Dourada sofrera com o esmagamento da traqueia, provocado pela contração dos tentáculos do mago, o que forçosamente os levou ao repouso. Quando acordaram, estavam famintos. O general pensou no banquete que Orion lhe oferecera em Atlântida e que na ocasião ele recusara, desejando um só naco daquelas frutas exóticas, uma taça de vinho ou ao menos uma colher de cereais. O que os guardas lhes trouxeram, porém, foram tão somente alguns pedaços de pão e uma garrafa de água, prontamente degustados gota por gota, migalha por migalha, como se aquelas fossem as mais saborosas iguarias da terra.

— É fácil defender ideais de pureza quando não estamos sujeitos às necessidades carnais. — Agora era Inanna quem tecia o sermão. — É cômodo ser íntegro no céu, mas nem tanto quando se está na miséria, quando seus filhos morrem de fome.

— Fome é uma coisa, ganância é outra — mais uma vez, o general a contestou. — Se fosse verdade o que diz, todos os miseráveis seriam corruptos, e o que vemos é justamente o contrário. Os verdadeiros monstros vivem em palácios como este, na opulência de seus castelos, e jamais estão satisfeitos. É a ambição que os move, não as necessidades básicas, tampouco o amor pela família. Mesmo conhecendo pouco sobre os mortais, isso é algo que infelizmente eu já aprendi. — E acrescentou: — Da pior maneira.

Inanna deu de ombros. Não sabia — *ainda* — o que pensar sobre aqueles dois querubins. Todos os alados que conhecera eram sanguinários, cruéis e arrogantes, enquanto Ablon e Ishtar, ao menos naquela situação, mais pareciam crianças, ignorantes ante os perigos do mundo. Seriam os anjos iguais aos lilins, então? Será que tinham características próprias e diferiam uns dos outros, no fim das contas?

No começo da tarde, os prisioneiros foram conduzidos ao entorno do zigurate, onde uma caravana se preparava para sair em jornada. A multidão era formada por cinco mil soldados, organizados em quatro falanges. Outros cem indivíduos, os aprendizes de Kothar, vestindo túnica marrom e trazendo cilindros de bronze, viajariam em camelos. Havia ainda uma turba de escravos domésticos, pessoas comuns, subtraídas de seus lares, gente de Gondwana, da Rodínia, da Lemúria e das terras geladas do norte.

Ablon foi posto em uma gaiola sobre rodas, que seria puxada por três bisões, e sua amiga acabou confinada em outra jaula, na companhia de Inanna. O bando iniciou a marcha antes do pôr do sol, com Kothar na dianteira, ao lombo de um mastodonte. Ishtar pensou que veria alguns dos apaks, mas nenhum deles apareceu novamente. Com efeito, as feras contra as quais eles haviam lutado eram as últimas que caminhariam neste mundo, e mesmo nos cativeiros de Nod elas estavam morrendo, graças às condições climáticas adversas àquelas nas quais haviam nascido. Não obstante, os homens continuariam a empregar outros bichos como máquinas de guerra, a exemplo dos mamutes e dos tigres-dentes-de-sabre, até que o dilúvio os liquidasse, entre 12.000 e 10.000 antes de Cristo.

Durante boa parte do trajeto, Ishtar ficou taciturna. Por trás das barras, silenciosa, ela estudava o terreno, observava os magos e os guardas do bruxo. Esses soldados, ela notaria depois, tinham cicatrizes, o rosto queimado, e só continuavam vivos por conta de determinada poção que os tornava submissos ao Grandioso, fanáticos adoradores de sua causa. O ritual de iniciação começava com a ingestão de ao menos um litro da droga, que logo se espalhava pelo organismo e causava forte dependência, fazendo-os ignorar a dor e os transformando em maníacos.

O calor deu trégua quando a noite chegou, mas a caravana prosseguiu sem pausas através do deserto. O quarto minguante da madrugada anterior se afinara em uma pequena estria reluzente, destacando o brilho do céu e a imensidão do espaço sobre eles.

— As estrelas estão se alinhando — Inanna pensou em voz alta. — Amanhã será lua nova, e todas as constelações estarão claramente visíveis.

— E daí? — Ishtar não enxergava nada de insólito no fenômeno descrito. — O que isso significa?

— Talvez seja melhor você não saber — a Filha das Trevas fez uma expressão de mistério. — O que posso dizer é que Kothar é um homem, não um atlante. Os atlantes têm a magia incrustada na alma. Já os homens são mais fracos de espírito e não podem criar efeitos do zero. Portanto, eles alteram o ambiente, distorcem o que já existe, como as árvores que você viu no jardim. Por não serem mágicos natos, os enoquianos precisam codificar seus encantos e gravá-los em tomos ou em outros objetos — apontou para os cilindros de bronze que os encapuzados traziam. — Kothar é um arquimago, mestre em todas as tradições esotéricas, conhece centenas de fórmulas, mas é um homem, e mesmo o seu poder é limitado, pois só dispõe da essência de sua própria alma. É por isso que muitos bruxos procuram fontes externas para incrementar feitiços.

— Fontes externas?

— Sacrifícios — revelou a mulher careca. — Não raro os feiticeiros preparam sacrifícios humanos, roubando assim a energia de outrem. — Contemplou novamente as estrelas. — O alinhamento dos astros é outro padrão cerimonial que pode servir a inúmeros propósitos.

— Que propósitos?

— Inúmeros.

— Não faço questão de saber. Tudo o que quero é a minha espada. — Ishtar espremeu o rosto contra as barras de ferro. Mais adiante, seis escravos transportavam a arca como quem carrega uma liteira, ou seja, por meio de duas varas de mogno, presas por argolas às laterais. — Se ao menos eu conseguisse reaver o meu sabre... — divagou. — Aposto que a Vontade do Céu cortaria estas gargantilhas como se fossem papiro.

— Sei como se sente. — Inanna suavizara o discurso, agora que as duas eram obrigadas a se aturar. — Também tenho uma arma mística, um arpão que me foi presenteado por minha mãe. Está com as outras relíquias, energizando o aparato sob os auspícios do bruxo.

— Que aparato?

— O objeto dourado para o qual está olhando.

— A arca?

— Não é uma arca. É um aparelho de comunicação.

— Não entendo.

— Então, preste atenção — disse Inanna, sem muita paciência. — O objeto que você chama de arca não é fruto da engenharia humana, mas da sapiência celeste. Sua estrutura foi projetada por Shekhinah, a Presença de Deus, o maior dos elohins, enviado à Haled com Orion após a era do gelo, para organizar a caçada aos sentinelas e removê-los de seus antigos postos. Como você deve saber, os elohins são exímios construtores, e o aparato foi desenhado para captar e transmitir ondas cósmicas. Dessa forma, Shekhinah podia falar diretamente com os arcanjos, sem deixar o plano físico. Kothar o matou usando a lança de Nod, um instrumento feito para exterminar os alados, e assim obteve sua "arca".

— Ondas cósmicas. — Ishtar refletiu por alguns segundos, até que um pensamento lhe surgiu. — Então foi assim que Kothar descobriu sobre nós e a rota que tomaríamos. Usou as propriedades do artefato para interceptar a comunicação entre Orion e Soma, através dos obeliscos.

— Que obeliscos?

— Esqueça. — A guerreira se deu conta de que o uso dos monólitos para fins de comunicação e estudo era um segredo de Estado para os atlantes e procurou se desviar do assunto. — Como sabe de tudo isso?

— Não sei tanto quanto pensa — admitiu a lilin, tomando a pergunta como elogio. — Vocês é que sabem pouco.

— Definitivamente, este é um mundo de fortes contrastes. É um ambiente terrível e ao mesmo tempo sublime. Dias atrás eu estive na ilha de Mu, avistei os pendões de Atlântida, conheci o Senhor dos Mares, depois fui levada aos mórbidos canteiros de Barak-Maru e agora estou aqui, prestes a ser executada. — Apoiou as costas na jaula e se posicionou de frente para a companheira de cela. — É por isso que deseja ir embora? É por isso que quer tanto ter com o seu pai e assumir um lugar nas alturas? Ou o que está fazendo é por orgulho?

— Já disse que é por *vingança*, mas não é esse o único motivo. É também uma questão de sobrevivência. — A inflexão de Inanna ficou mais triste, mais poética. — Nós, lilins, somos um pouco como os apaks, que já fizeram e não fazem mais parte deste planeta. Somos criaturas místicas, profundamente ligadas ao plano espiritual. Nas cidades, nos portos e até no campo, o tecido da realidade se engrossa. Cedo ou tarde toda a magia se esvairá, a razão dominará as mentes humanas, e nós estaremos condenados. Muitos resistirão por algum tempo, como os deuses e as fadas, mas depois... ah, depois os mortais se esquecerão do que somos, do que fomos. É sempre assim... sempre.

— Eu queria saber tudo o que você sabe, conhecer o que você conhece. — Ishtar não podia negar: estava encantada com as palavras daquela mulher, que parecia tão fria, tão rancorosa, mas também tinha muito a ensinar. — Onde aprendeu essas coisas? Quem a instruiu?

— Minha mãe. Ela sabia e ainda sabe mais sobre a humanidade do que qualquer outra criatura vivente.

— Conte-me sobre ela. Sobre sua mãe.

— Outra hora, quem sabe — esquivou-se. — Mas, em relação aos seres humanos, você também pode aprender, não precisa sequer de um tutor. — A voz se encolheu. — A chave é se comportar como eles. — Espiou a outra gaiola, onde jazia o Vingador. — Por que não se entrega ao seu líder? Parece-me vigoroso, e aposto que seria um ótimo amante.

— Me entregar como? — De início, Ishtar pensou que tivesse interpretado errado o termo "amante", afinal ainda não dominava satisfatoriamente o idioma de Nod. Claro, os anjos sabiam que os mortais fornicavam, apenas não compreendiam a sensação nem estavam interessados nela. — Sim, eu o amo — dobrou-se. — Eu o amo como meu general.

— Me refiro à cópula, ao ato sexual — Inanna despejou, sem melindres. — Nunca pensou em experimentar?

— Não! — a legionária se espantou, chocada menos com a pergunta e mais com a *ideia*, que factualmente já lhe passara pela cabeça. — Seria repugnante. Que propósito haveria em nos submetermos ao coito, se não somos capazes de procriar?

— Prazer. — A Filha das Trevas deu um sorriso, tocou a perna de Ishtar e escorregou os dedos até sua virilha. — Posso lhe ensinar uns truques.

— Oh, não. — Pega de surpresa, a loura refugiou-se no outro canto da cela. — Esse foi o pecado dos sentinelas, que se entregaram à luxúria e desprezaram as ordens de Deus. Não fosse essa fraqueza, não estaríamos agora em apuros.

— Ah, entendo... — A lilin sentou-se de pernas cruzadas. — Então, é essa a sua missão? Vieram atrás dos sentinelas?

— Talvez. — Ishtar não podia nem sabia mentir, mas por outro lado estava proibida de revelar a verdade. — Nossa missão é secreta.

— *Era* — Inanna constatou o óbvio. — Bom, quanto a mim, não se preocupe. Não contarei a ninguém. Provavelmente estaremos mortas amanhã, e, mesmo se escaparmos, seus objetivos não conflitam com os meus. Se querem perseguir os Três Pilares, desejo-lhes boa sorte, pois é do que vão precisar. Só acho que você deveria se empenhar mais. Conheça os hábitos do inimigo antes de enfrentá-lo. Se a luxúria foi o pecado dos sentinelas, então faça o mesmo. Deite-se com o seu general. Garanto que será prazeroso.

— É só nisso que você pensa?

— Lógico. — Outra risada. — Há algo mais a se pensar?

32

N'GLALEK, O RASTEJANTE

Os escravos e os guardas, além do arquimago e seus aprendizes, andaram ininterruptamente a noite inteira e por todo o dia seguinte. Quando o crepúsculo ia chegando, a caravana fez uma curva, penetrou um vale protegido por imensas elevações arenosas e enfim estacionou nas proximidades de um campo circular, onde a terra era delgada e macia. O lugar impressionava pelo clima seco, pelas planícies intermináveis, mas principalmente pela espessura do tecido, tão tênue, tão frágil naquela região específica. Mesmo desprovido de seus poderes, Ablon podia sentir a membrana oscilando e considerou que talvez estivessem sobre um dos tais nódulos energéticos citados por Soma. Talvez essa suposta interseção tivesse gerado, como no caso da ilha de Mu, um santuário ao ar livre, permitindo que os feitiços e os demais efeitos místicos fossem executados sem a menor dificuldade. O próprio general se sentiria à vontade para lutar plenamente, para materializar suas asas e queimar sua aura, mas a gargantilha o impedia, então não lhe restava saída a não ser esperar.

Na outra gaiola, Ishtar e Inanna também observavam o cenário. A certa hora, um grupo de cinco soldados as abordou, bêbados, com garrafas e odres na mão. Para todos os efeitos, Ishtar era uma moça normal, sem nenhuma característica anômala. Mas Inanna, esta sim, parecia uma aberração aos olhos humanos, por conta das asas de morcego, das íris vermelhas, das orelhas e do nariz adornados por agulhas e da cabeça raspada, incomum às mulheres da época.

— Monstro — gritou um deles. — Abominação!

— Demônio — um outro cuspiu na direção da carroça. O véu que normalmente usavam estava caído, mostrando sua face queimada. — São demônios.

— Será que... — Um terceiro militar se aproximou, enquanto falava aos parceiros. — O que será que elas têm entre as pernas?

— Chegue mais perto, rapaz — Inanna o atraiu. — Eu lhe mostro. — Abriu as coxas em um ângulo médio. — Olhe aqui.

Curioso, o guarda deslocou-se até o veículo, espichando o pescoço para olhar dentro dele. Foi quando a cria de Lúcifer deu o bote. Esticou o braço, segurou-o pela nuca e puxou-lhe a cabeça através das barras de ferro. O rosto do homem se chocou nas grades, o nariz quebrou, os dentes racharam. Instruídos a não molestar fisicamente as cativas, os outros guerreiros, surpresos, ficaram sem ação, paralisados. Inanna se aproveitou da apatia e insistiu no massacre. Era forte e musculosa, não conhecia a piedade, estava cheia de ódio e usou essa raiva para continuar espancando o rapaz. Por mais quatro vezes, ela o forçou contra as hastes da jaula, o sangue espirrou, os olhos saltaram, até que o crânio se desfez em seus dedos.

Enfim, soltou-o.

— Ei, vocês — um dos encapuzados chamou os soldados, despertando-os do choque. — O mestre está convocando a todos. Mexam-se.

Uma hora depois, as quatro falanges estavam reunidas em volta do campo, em formação, como que se preparando para uma silenciosa vigília. Era noite de lua nova, as estrelas estavam ordenadas, e a Via Láctea era vista em todo seu esplendor. Os escravos puseram o baú na margem sul da campina, que à luz prateada fazia lembrar uma arena, com as dunas a circundando feito arquibancadas de um estádio primevo. Mas não era um estádio, pensou Ablon, era um *teatro*, um palco especialmente montado para a grande cerimônia de magia negra — a "liturgia" — em que eles seriam os coadjuvantes, figuras de apoio à atração principal.

Kothar desceu do mastodonte e andou até a arca, o "aparato", segundo o entendimento de Inanna. Era a primeira vez que o general o via caminhar com as próprias pernas, e foi com surpresa que notou seus movimentos, tão firmes e elegantes, pouco condizentes com a imagem que sugeria: a de um ancião que precisava usar mantos sobre o corpo e ataduras sobre a pele. *Não*. Aquele homem não era um velho, era um indivíduo vigoroso, talvez mais jovem do que se imaginara a princípio.

Do outro lado da esplanada, Ishtar constatou que ele trazia um bastão. Na extremidade superior fora encaixada uma ponta de bronze, ornada com caracteres mágicos, o bico fino, o gume cortante.

— Que cajado estranho — ela comentou.

— Não é um cajado — disse Inanna. — É uma lança, a legendária lança de Nod, a mesma sobre a qual eu lhe falei, a arma utilizada por Kothar para exterminar Shekhinah, o maior dos elohins. — E acrescentou: — Talvez ele faça o mesmo conosco.

— Está se ajoelhando. — A Fúria percebeu que ele se agachava para louvar o baú. — Está recitando uma prece... não, um cântico.

— Faz parte do culto. O ritual está começando. — Inanna tinha certo conhecimento de feitiçaria e reconheceu o padrão da cerimônia como parte de um rito de conjuração. — Provavelmente isso vai levar a madrugada toda.

— Por que a demora?

— Por que a pressa? — Deu um riso enviesado. — Ele está fazendo um chamado. Está usando o aparato para se comunicar.

— Com quem?

— Não sei. Com algo ou alguém que está muito distante, talvez em outra dimensão. Por isso as estrelas precisam estar alinhadas. Não só a Terra, mas todo o universo está ligado por ondas cósmicas, linhas magnéticas, e é através delas que se faz o contato.

— Então, é bom estarmos prontas para lutar.

— É bom estarmos prontas para *morrer*. — Inanna não cultivava esperanças. — Sem os nossos poderes, desarmadas, presas a estas gargantilhas e com o inimigo de posse da lança, não temos chance alguma. Seria melhor que aceitasse o seu fado. — E afirmou, como se tivesse absoluta certeza: — Quando o dia raiar, seremos sacrificadas. E será o nosso fim.

Os cânticos avançaram noite adentro. Quando o sol nasceu, Kothar estava exaurido, suava litros sob o capuz. Perto da aurora, ele fez uma pausa e se enclausurou em sua tenda. Era uma manhã seca, de calor insuportável, com a temperatura beirando cinquenta graus centígrados. O silêncio era tétrico. Não havia uma brisa, um pássaro ciscando, e até os animais de carga estavam quietos. Os lanceiros permaneciam sólidos nas orlas do vale, apoiados nas armas e segurando os escudos. Ninguém falava nada. Era como se o espaço e o tempo estivessem parados, como se o centro do campo fosse um *altar*, e os presentes, convidados de honra para o sacramento final.

O astro de fogo ascendeu a leste. Finalmente, houve movimento. Soldados arrancaram Ablon, Ishtar e Inanna de suas celas e os prenderam com algemas de cobre. Ciente do que estava por vir, a geniosa herdeira de Lilith tentou lutar, se debater, mas foi imobilizada por uma dor no pescoço. Era a gargantilha, que entrava em ação mesmo com Kothar a distância.

— Maldita. — O guarda deu-lhe uma escarrada na cara. Era um dos que a tinham xingado na noite anterior. — Vamos ver como se sai agora.

Dominados, os anjos e a lilin foram postos de joelhos de frente para a arca, e mais além estava o círculo que delimitava o campo de areia. Kothar-wa-Khasis saiu de sua cabana andando normalmente, sem sinais de agonia ou fraqueza. Tinham se passado seis horas desde o alvorecer. Trajava o mesmo capuz, ostentava a lança e aparentemente removera as bandagens, embora ainda estivesse coberto pela túnica encardida. Seguiu até os alados e estacou aos pés da arca. Fez uma rápida mesura e depois visualizou os escravos. as tropas e seus asseclas reunidos.

— Ele *já* chegou — exclamou em voz alta. O timbre era grave e, sem as ligaduras sobre a boca, suas palavras soavam eloquentes. — Está entre nós. — E se virou para os anjos. — Esse que vamos chamar vocês certamente conhecem, talvez até melhor do que eu. Em língua comum ele é nomeado N'glalek, o Rastejante. É o mais sublime dos netos de Tehom e remonta a uma era perdida, anterior à criação do universo, quando nem *vocês* existiam.

— Tehom? — Inanna ciciou para Ishtar. — Quem é Tehom?

— Talvez seja melhor você não saber — a Fúria reproduziu o que Inanna dissera dias antes. — Digamos que ela foi inimiga do seu pai.

Kothar ignorou os cativos a partir de então. Apesar de maligno, ele era um estudioso, fascinado pelos segredos do cosmo, e gostaria, verdadeiramente, de ter alguém como Ablon ou Ishtar (ou mesmo Inanna) para partilhar seus mistérios, alguém com quem pudesse debater, interagir, travar diálogos profundos. Tentara fazer isso em Barak-Maru, mas os querubins têm natureza agressiva e não costumam ser razoáveis, especialmente sob o fio da espada. Agora, não havia um minuto a perder. Chegara a hora de realizar sua façanha. Dirigiu-se ao largo de areia, respirou fundo e despiu-se do manto, jogando os trapos no chão escaldante.

Como o Vingador presumira, Kothar não era um homem decrépito, nem mesmo idoso em sua aparência. Longe disso. Esbelto, de músculos rígidos e alongados, aparentava, no máximo, quarenta anos de idade, se bem que na prática ele era antiquíssimo. Inanna, que dos três era quem melhor conhecia os rumos da mágica, sabia que os necromantes comumente se utilizavam de um procedimento ritualístico para conservar a juventude. Esse encanto se fragmentou após o dilúvio, tendo chegado em partes aos cultistas dos séculos vindouros, que aprenderam a executá-lo pela metade. Drakali-Toth, o necromante do Egito, conseguiria mais tarde refazer a fórmula original e ensiná-la a seus alunos, entre eles a célebre Feiticeira de En-Dor.

Contudo, o segredo da imortalidade não era a técnica mais poderosa de Kothar, nem a mais exclusiva. Seu feitiço singular não estava gravado em cilindros ou tomos, mas na própria pele. Finalmente, assim, era exposta a razão para que ele cobrisse o corpo, ocultando e preservando suas fórmulas secretas. Dos pés à cabeça, o arquimago tinha a cútis tatuada com símbolos místicos, sendo *ele* o grimório. Estampadas sobre a carne, impossíveis de ser roubadas, estavam as instruções para o rito de conjuração, os poemas e as regras que, ao ser declamados, trariam N'glalek ao plano físico, desde os mais obscuros quadrantes do espaço.

Com a coluna reta e a lança hasteada, Kothar retomou a cantoria, dessa vez com todo o vigor, e seus versos ganharam o firmamento.

— Oh, N'glalek, do tempo antes do tempo, do mundo antes do mundo, do universo anterior às estrelas — começou. — Oh, N'glalek, que lutou a primeira guerra, que tem o poder de destruir e criar. — Estendeu os braços. — Oh, N'glalek, escute-me agora, eu o conjuro. Pelo negro do céu, pelo brilho dos astros. Oh, N'glalek, invencível e proibido. Oh, N'glalek, você que nasceu quando só a noite existia.

E, à medida que as orações se encorpavam, à medida que as frases se tornavam mais nítidas, o chão do deserto começou a vibrar. Seguiu-se um abalo sísmico, acompanhado por um estranho rugido. Os soldados, embora fanáticos, sentiram o sangue gelar, mas defronte de cada falange havia um adepto, um dos aprendizes do bruxo, treinados para situações como essa.

— Covardes! — gritou um dos encapuzados. — Fiquem onde estão. Não se movam. Mantenham posição. Tenham fé em Kothar.

— Oh, N'glalek, escute-me agora, eu o conjuro — o Grandioso prosseguiu, aos berros. — Pela carne dos vivos, pelo anil do crepúsculo, pelas gotas dos mares, pelo sangue dos patriarcas. — Pousou a lança no solo. — Oh, N'glalek, levante-se. Eu lhe ofereço o céu e a terra, eu lhe ofereço os homens e os anjos. Oh, N'glalek, erga-se agora, erga-se e caminhe de novo.

Súbito, um fenômeno esquisito teve início. No centro da campina, a terra começou a ser sugada, como areia engolida por uma ampulheta. O orifício foi se ampliando rapidamente, até que mais terra escorresse, até que o buraco se alargasse em uma depressão afunilada, e dentro dela se abriu uma *cova*, um abismo negro de grande amplitude. O vento fez os grãos de areia rodarem em espiral, numa espécie de torvelinho que os inebriava, os envolvia e os pinicava. Os soldados, quase todos, estavam apavorados e fizeram menção de recuar, de *debandar*, de fugir como loucos para o deserto, mas os cultistas esbravejaram.

— Ignóbeis. Tenham fé — dizia um dos asseclas, e os ameaçou frontalmente: — Os desertores serão crucificados. Confiem no Grandioso.

Àquela altura era óbvio, mesmo para Ablon, leigo nos assuntos mágicos, que em instantes eles seriam entregues a alguma criatura extraplanar. Seus avatares eram, portanto, um presente, uma *oferenda* a esse ser, que assim como seus antepassados tinha por instinto devorar os celestes, tendo outrora desafiado os arcanjos, durante as chamadas Batalhas Primevas. Era assim que a magia negra operava, ele raciocinou, não apenas naquele caso como em todos os outros, com o mago propondo um suborno, usando uma isca para alcançar seu intento.

— Inanna — Ablon falou à lilin. — O que sabe sobre essa criatura?

— Nada.

— Muito bem. — O Vingador encarou as duas prisioneiras, depois olhou diretamente para a filha de Lilith. — Escute. Sei que não gosta da nossa raça, mas, seja o que for que saia daquele buraco, teremos melhores chances se permanecermos unidos.

— Que belo discurso, general — ela retrucou, debochada. — Mas que fique claro que eu *jamais* lutarei ao seu lado.

— Faça como quiser — ele maneou a cabeça. — Lutaremos juntos ou morreremos sozinhos — disse. — A escolha é sua.

Nisso, o que estava previsto — o que fora profetizado — aconteceu, e os recitais mostraram sua eficácia. Quando o sol atingiu o zênite, com Kothar rouco, novamente fadigado, alguma *coisa* despontou do buraco. O que inicialmente parecia ser a antena de uma lesma gigante acabou por se expandir em um tentáculo, como aquele que o bruxo invocara no pátio. O bico era escuro, viscoso e se empinou feito uma cobra no cesto, alongando-se terrivelmente até chegar a uns trinta ou quarenta metros de altura. Outro membro brotou do redemoinho, e outro, perfazendo três apêndices titânicos, como línguas enormes, oriundos das vastidões estelares. Os lanceiros, que antes queriam fugir, estavam agora paralisados, mergulhados no mais profundo estado de catatonia. O ruído que o monstro produzia era também alucinante e não pode ser descrito em palavras. Quando ele (ou *eles*) se articulava(m), ouviam-se sons análogos a ossos se quebrando, galhos se partindo, brados de morte e aflição, provindos de criaturas já digeridas.

Um dos pseudópodes se curvou, e sua ponta desceu ao encontro do mago. Ishtar supôs que N'glalek os estivesse avaliando com suas capacidades psíquicas, estudando suas oferendas e decidindo se as aceitaria ou não. Os outros dois membros se abriram como asas para norte e para sul, obscurecendo os raios solares, trazendo ao vale uma aura de misticismo e loucura. O sopro cósmico se intensificou, o horror e o medo se fizeram presentes. Se fossem seres humanos, Ablon e Ishtar teriam enlouquecido, mas, como querubins, eram imunes às sensações debilitantes, aos pensamentos covardes e à ojeriza que acomete os mortais.

O Vingador sabia que aquela era sua última chance, sua última oportunidade de reagir. Forçou as algemas e tentou se levantar, esperando que o bruxo estivesse distraído, cansado, no limite de suas forças, e que a gargantilha pudesse enfim ser rompida.

Mas não.

Não.

Kothar estava forte, mais do que nunca. E, *pior*, contava dessa vez com um aliado, alguém que não só podia como *queria* exterminá-los.

Os tentáculos se erigiram, aceitando a oferta. O arquimago compreendeu o gesto e sorriu. Estava feito. O pacto estava selado.

Os prisioneiros seriam sacrificados. E o general entendeu que Inanna estava — e sempre estivera — correta. Não havia nada, absolutamente *nada* que eles pudessem fazer para mudar seu destino.

Nada.

33

OS DEUSES PRIMEVOS

Deus não criou o universo do nada. Há bilhões de anos, antes da feitura da luz, Yahweh e os cinco arcanjos travaram uma guerra pelo domínio do cosmo. Contra eles estavam outros deuses, os deuses do caos, os deuses primevos, liderados por uma entidade chamada Tehom. Derrotados, Tehom e seus agentes — a saber: Behemot, Leviatã, Tanin, Enuma e Taurt — foram mortos, e seus herdeiros, banidos. Mais fracos que seus antepassados, esses monstros órfãos não encontraram lugar na criação, e o que lhes restou foram as dimensões paralelas. Conta-se que até hoje eles singram o espaço, percorrem as estrelas, aguardando uma chance para regressar ao contínuo. Os anjos, por sua vez, foram concebidos depois, no segundo dia, com o princípio da claridade. Destacados para, entre outras coisas, fazer a ponte entre o céu e a terra, quase todos escolheram formas bípedes, o que facilitaria a interação com os mortais. Ora, os netos de Tehom nunca tiveram essa função e, como seria lógico imaginar, nada têm de humano. São abominações, no exato sentido do termo, bestas cujo tamanho e aspecto não se assemelham a nada que existe, existiu ou existirá neste planeta.

Desde que o homem surgiu na face da terra, sua mente é um enigma que intriga os alados. Sabe-se, contudo, que ela funciona por associação, usando as experiências passadas para compreender as ocorrências futuras. Quando uma pessoa se depara com o inexplicável, o cérebro sofre um colapso, levando o indivíduo a reações destoantes. Os soldados que avistaram N'glalek, por exemplo, ficaram catatônicos, enquanto os aprendizes do bruxo acabaram maravilhados, eufóricos com a chegada da fera.

Kothar-wa-Khasis era um caso à parte. Os feiticeiros, por via de regra, são mais abertos aos fenômenos sobrenaturais, pois aprenderam a lidar gradualmente com eles. Era de esperar, portanto, que alguém como ele suportasse a visão do inconcebível e resistisse ao contato com uma entidade estrangeira.

Só que N'glalek não era simplesmente uma entidade estrangeira. Era filho de Leviatã, sendo ele próprio um deus, um deus das trevas. Um deus genuíno.

Séculos depois, Ablon se lembraria de quanto aprendera sobre a humanidade em um único dia e de como a natureza terrena acabaria por salvá-lo, no fim das contas. Diante do indescritível, perante o inominável, a mente de Kothar também colapsou. Ganancioso como era, em vez de perder a sanidade, em vez de apavorar-se e fugir desvairado, o que lhe aflorou foi a *cobiça*. Quando enxergou o Rastejante se espremendo para fora do abismo, o Grandioso julgou, por motivos que ninguém explicaria, que era também um deus e poderia controlar outros deuses. Tomado pela arrogância, com os dois braços abertos e a lança na mão, ele continuou a declamar seus poemas, mas agora improvisados, fruto de sua própria avidez e cinismo.

— Oh, N'glalek, que se apresenta diante de mim — ele cantava, em meio ao turbilhão. — Oh, N'glalek, reconheça Kothar-wa-Khasis, que o conjurou. Oh, N'glalek, curve-se. Oh, N'glalek, adore-me. Oh, N'glalek, você enfim encontrou o seu amo.

Demorou uns quatro segundos. Os tentáculos pararam e se esticaram ao máximo. Kothar deu um sorriso lunático. Era um deus, finalmente.

Um deus.

Não.

O que ele não sabia (ou talvez soubesse, no íntimo) era que, apesar da aparência grotesca, os netos de Tehom são argutos e ao menos cem vezes mais inteligentes que qualquer ser humano, não aceitando, portanto, ser dominados por eles.

Um dos pseudópodes inclinou-se. Foi se agachando, curvando-se, como o mago queria. Os adeptos, fascinados, curvaram-se também. Por um instante houve regozijo, exaltação e contentamento. E no momento seguinte teve início o terror.

O tentáculo chegou a centímetros de Kothar. Cheirou-o. E então o atacou. Foi tão rápido que nem Ablon conseguiu enxergá-lo. Quando olhou melhor, o apêndice se erguia de novo, com o bruxo espalmado, grudado à pele gosmenta, urrando, sofrendo, os olhos abertos, a boca escancarada, babando. O general nunca se esqueceria daquela expressão, uma carranca de medo, dor e angústia, mas, acima de tudo, de frustração. Como uma língua gigante, o membro se dobrou na vertical e Kothar deslizou por ele, até o buraco. Os cultistas, desorientados, não se moveram, na vã esperança de que N'glalek os ignorasse. Mas a divindade estava com fome e não partiria sem seu almoço.

Enquanto um dos braços deglutia o feiticeiro, o segundo massacrou as falanges. Despencou pesadamente sobre o exército em formação, esmagando uns trezentos homens de uma vez. Era fácil notar, para aqueles que ainda viviam, que a parte inferior das "línguas" vertia uma substância aderente, usada para reter suas presas, impedindo que elas fugissem.

De qualquer maneira, os guardas eram só aperitivo. O deus não estava lá por causa deles nem viera por conta do bruxo. Sua refeição era mais saborosa e seria apreciada com calma.

Enfim, o terceiro tentáculo desceu contra os celestes. O Vingador sabia que chegara a sua hora, mas não se entregou. Rolou à direita e, para sua completa surpresa, o desvio foi célere. Todos os seus sentidos tinham voltado!

— General. — Era Ishtar, que também escapara do golpe. Veloz, ela cambalhotara à esquerda, arrebentando os grilhões e deslocando-se às proximidades da arca. Virou o baú ao contrário, e lá estavam suas armas. Jogou para ele a Vingadora Sagrada. — Pegue.

Ablon partiu as algemas como quem parte gravetos e segurou a espada no ar. Deu-se conta de que não sentia mais o peso da gargantilha e percebeu então que ela havia se esfarelado. Eram itens criados por Kothar e estavam ligados a ele por mágica. Com o bruxo morto, seus artefatos também pereciam, e agora os anjos podiam lutar.

— Inanna? — O herói olhou ao redor em busca da cria de Lilith, que não tivera a mesma sorte, sendo capturada por um dos membros gigantes. — Comandante, deixe essa comigo — ele ordenou à parceira. — Me dê cobertura pela retaguarda.

Dito isso, o querubim deu um suspiro e materializou suas asas. O processo, normalmente demorado e cansativo, mostrou-se ágil e até confortável naquela região, onde o tecido era fino. Ishtar o imitou, recuperou seu sabre, e assim os dois ascenderam, feito águias que saíssem em caçada.

De volta à antiga forma, os celestiais captaram sensações alheias aos seres humanos. Sua percepção era aguda, a visão, telescópica, e a audição, perfeita, capaz de escutar uma gota pingando a quilômetros. Foi com esse ímpeto, aliado à sua natureza de casta, que eles partiram para resgatar a companheira de cela. Sem tempo para vestir a armadura, os dois brandiram suas lâminas e principiaram o combate.

O general assumiu a dianteira. Desfraldou as asas brancas e subiu. Era quase como um inseto ante N'glalek. Todavia, diferentemente do que se observa na terra, no vazio do espaço apenas o tamanho não diz muita coisa nem assegura a plena vitória.

Adejando, Ablon percebeu que a face anterior dos tentáculos era de fato adesiva, e que, uma vez presa, a vítima tinha poucas chances de se libertar. Deu a volta então no apêndice e o agrediu pela superfície externa, que era viscosa e deslizante. Pressionou os pés contra a carne do monstro, usando a força das asas para estabilizar a pisada. Depois, rasgou-lhe a pele e os músculos até chegar a Inanna, do outro lado. Meteu um dos braços através do corte, segurou-a pela cintura e a puxou com toda a energia. Como a lilin também tinha asas, o guerreiro a jogou para cima, e ela saiu voando qual uma pomba atirada aos céus, ou, mais precisamente, um morcego em noite sem lua.

Nesse ínterim, os outros dois pseudópodes prosseguiam a matança. Batiam no chão como um mata-moscas, exterminando e apanhando os soldados indefesos. Lançados para fora da catatonia, esses homens agora corriam para todos os lados, desvencilhando-se da fera, tentando escapar aos tropeções. Inanna fez uma manobra aérea, deu um rasante sobre a arca, recuperou seu arpão e gritou aos combatentes:

— Muito bem! — Ela erigiu sua arma. — Pronto. Já consegui — anunciou com certo descaso. — Agora, vamos dar o fora, querubins.

— Não. — Ablon circulava as "línguas", pensando na melhor estratégia para destruí-las. — O duelo só começou. Se não banirmos este monstro, ele continuará na Haled, devorando e matando. — Voltou-se à criatura e falou a Ishtar: — Vamos, comandante. Em guarda!

— O quê? — Inanna não acreditou no que escutara. — Vocês estão loucos? Querem enfrentar esta *coisa*?

— Não — garantiu o general. — Queremos *vencê-la*.

34

A ŁANÇA DE NOD

Inanna fora salva por Ablon e agora tinha uma dívida de honra para com os celestes. Isto é, teoricamente. Conforme ela mesma afirmara nos calabouços de Barak-Maru, os lilins não cultivam ideais de pureza, e além disso ela "jamais" se associaria a um anjo. Não bastasse, parecia-lhe evidente que a luta contra N'glalek era infrutífera, que mesmo os três juntos não seriam páreo para a entidade. Por todos esses motivos, a Filha das Trevas fez o que julgou ser o melhor para ela. Por que se arriscar, se a batalha *já* estava perdida? Saiu voando pelo deserto, fugiu o quanto antes da briga, nem se deu o trabalho de agradecer. E por que o faria?

Entrementes, Ablon e Ishtar se focaram no deus rastejante. Cada um se ocupou de um tentáculo, mas eram três, no total. As dimensões do monstro eram um benefício e um problema para os guerreiros sagrados. Se por um lado eles conseguiam escapar de suas pancadas, por serem proporcionalmente minúsculos, por outro suas espadas eram apenas agulhas, que cortavam e furavam, porém sem machucá-lo, causando pouca dor e quase nenhum dano expressivo.

— Precisamos achar o ponto fraco. — Ablon rodopiou o sabre e o enfiou na criatura. O fio penetrava e saía, fazendo jorrar um líquido asqueroso, que não parecia sangue ou nada do gênero. — Temos que encontrar o centro nervoso.

— Creio que esta fera... — Ishtar se esquivou de uma das "línguas" — não tem pontos fracos nem um centro nervoso.

No chão do deserto, o morticínio acabara. Os soldados e cultistas ou estavam mortos, ou tinham fugido. O solo fora devastado pela tempestade, com pedaços de tendas espalhados, animais mutilados, liteiras e carroças viradas.

No céu, os querubins intensificaram seus golpes. Ablon usou de toda a pujança para encravar a espada na carcaça do bicho, depois escalou o tentáculo, rasgando-lhe a epiderme. O que ele não esperava era que o terceiro apêndice, tendo encerrado a chacina no campo, o assaltasse pela retaguarda. Essa língua imensa e escura finalmente o capturou, retendo-o com sua seiva pegajosa. Enrolou-se então como um caracol, sugando-o para dentro da cova. O buraco se abriu mais um pouco e Ishtar reparou que era na realidade um portal, uma passagem não ao subterrâneo, mas a alguma dimensão obscura, formada por ira, medo e escuridão infinitos.

Talvez Inanna tivesse tomado a decisão mais sensata, pensou a Fúria por um instante, quando viu seu general ser engolido, dragado àquela região de onde não havia mais volta. O Vingador sucumbira, fora derrotado, mas o que a afligia tanto, afinal? Estava acostumada com a guerra, com a morte, já presenciara outros companheiros falecendo e nunca antes se sentira tão consternada. Por algum motivo, Ishtar não queria perdê-lo. Não suportaria. Era doloroso demais. Uma dor que excedia cortes ou chicotadas, uma dor que lhe rasgava o espírito. Mas por quê?

Por quê?

Por que dessa vez haveria de ser diferente? O que *ele* tinha de especial? O que ele *agora* tinha de tão especial?

Com os lábios secos, o coração saltitante, ela se lembrou do que Inanna dissera sobre o prazer. Será que a carne os tornava mais frágeis? Será que a simples presença de um anjo na terra poderia corrompê-lo dessa maneira? Será que fora assim que os sentinelas caíram?

Não importava. O Vingador estava morto. Ela teve certeza quando o abismo se contraiu e um dos tentáculos se encolheu.

Era o fim.

O fim.

O peito de Ishtar latejou. Bateu forte. E mais forte quando N'glalek rugiu. Um rugido trêmulo. Um urro de aflição.

Uma luz coruscou no vazio.

Um reflexo.

Um brilho. O brilho do aço. Era a Vingadora Sagrada, e quem a empunhava era o seu portador. Estava vivo. Sim, Ablon estava vivo, a legionária só não sabia *como*. Ele retornou voando ao firmamento, a lâmina imunda com o sangue da besta, o corpo sujo, úmido, todo arranhado, as asas feridas nas pontas, mas em plenas condições de continuar batalhando.

— General? — Ishtar quase perdeu o fôlego.

— Temos que trazer o resto para fora — ele anunciou, sem reparar na satisfação da amiga. — O ponto fraco. Creio que o encontrei.

— O quê? — Ela não escutou.

— O ponto fraco — gritou. O vento era muito forte, os grãos de areia incomodavam. — A cabeça. Está lá embaixo. Ajude-me.

O ataque do Rastejante, embora violentíssimo, dera ao celestial uma tática. Ele agora sabia ao menos *como* combatê-lo, e quem sabe vencê-lo. Na companhia de Ishtar, voou até o bico de um dos tentáculos, onde a língua se afunilava. Meteu a espada entre um vinco e outro, como quem enfia uma agulha para costurar o tecido, ou como quem prende uma isca no anzol. Segurou as extremidades, uniu-se à parceira e começou a puxar.

— Força — Ablon a estimulou, pois a tarefa era quase impossível. — Força, comandante. Puxe!

— Não consigo — ela rosnou. O pseudópode era imenso e, logicamente, muito mais corpulento que eles. — Ele é forte demais.

— Continue.

Os dois não desistiram, porém a contenda era desigual. O membro foi baixando, baixando e estava prestes a se recolher quando se ouviu um disparo.

— Inanna? — Ishtar olhou para o alto. Um tipo de arpão perfurara N'glalek, atravessando-lhe a carne e o prendendo como se ele fosse um molusco. — Você?

— Ei, não me olhem assim. — A herdeira de Lilith não queria dar o braço a torcer. — Este é também o meu planeta — justificou-se. — Nada de sentimentalismos, está bem? Agora, vamos mandar esta lesma de volta para o lugar de onde veio.

Finalmente, graças ao esforço conjunto, um dos tentáculos se deslocou para trás. Não muito, mas o suficiente. O monstro tentou se opor, apoiando os outros apêndices na borda do abismo, como um polvo que não quer deixar a toca, impondo aos heróis força contrária, mas o espeto de Inanna entrou fundo em seu couro e o dilacerava quanto mais N'glalek resistia. Os dois anjos e a lilin sacudiram suas asas, forçaram os tendões, até que um novo membro emergiu do buraco. Não era propriamente um membro, não dessa vez. Era uma enorme cabeça ogival, repleta de olhos. Os dentes, pontiagudos e negros, poderiam ser comparados aos espinhos de um ouriço, cobrindo não só as gengivas, mas também os beiços, a garganta e o céu da boca.

— É agora — disse Ablon, removendo sua espada. — Aguentem firme.

— Espere. — Inanna ofereceu-lhe uma espécie de adaga, um utensílio comprido, a arma que Kothar ostentara e que em algum momento ela apanhara em meio aos destroços. — Use-a.

— O que é isto? — Por razões que ele só saberia anos depois, esse fragmento, a lança de Nod, não emitia auras místicas. Em outras palavras, à primeira vista tratava-se de um item mundano, sem nenhum poder extraordinário. Se Ablon a utilizasse para agredir N'glalek, perderia sua última chance de destruí-lo. Como opção, poderia atacar com a Vingadora Sagrada, mas estaria menosprezando a ajuda de Inanna, que retornara ao deserto para acudi-los. — Para *que* serve?

— Não há tempo para explicar — ela insistiu, duelando contra o pseudópode titânico. — Confie em mim.

O celestial hesitou. Por um segundo, ele hesitou. O que fazer? Deveria acreditar naquela mulher que afirmara odiá-los, que fazia menos de dois dias jurara se vingar dos alados, que prometera nunca associar-se a um querubim?

Na dúvida, ele optou por seguir seus instintos, estendeu o braço e aceitou o presente. Poucos o teriam feito, mas, para o supremo comandante da Legião das Espadas, todos eram inocentes até que se provasse o contrário. Quem sabe Inanna guardasse, *sim*, uma gota de honra escondida no peito, só não tivera, ainda, a oportunidade de expressá-la?

O general saiu voando como um falcão, tão rápido quanto podia. Circulou as dunas e pairou no ar, com as asas abertas, cara a cara com a feroz entidade. Durante um minuto, estudou-a nos mínimos detalhes, observou os olhos múltiplos, a boca imensa, o crânio adiposo. Só dispunha de um tiro antes de N'glalek se acobertar novamente. Percebeu então que sua testa — que não era bem uma testa — parecia ser a região mais vulnerável. Se a acertasse em um ângulo perfeito, entre os múltiplos globos oculares, poderia infligir-lhe sérios danos.

Fez mira.

Disparou.

O artefato riscou a paisagem, traçou uma listra chamejante e trespassou o monstro como um dardo de bronze. Uma faísca chispou no torvelinho e a lança surgiu do outro lado, intacta, pegando fogo, soltando fumaça, expelindo vapor.

— Venha — Inanna arrastou Ishtar pelo braço, enquanto mergulhava para recuperar o objeto. — Vamos sair daqui.

O conselho da lilin se mostrou valioso. Logo que as duas tomaram distância, os tentáculos se contorceram, girando como uma hélice descontrolada, estapeando o chão numa ciranda de horror catastrófico. Os morros de areia foram derrubados, o turbilhão se intensificou, o portal começou a fechar. Mas o pior não foi isso. Antes de partir, exausto, ensandecido, N'glalek proferiu um silvo, um estridente assovio de morte que ressoou pelos campos e vales. Era um som que, a exemplo dele próprio, não tinha paralelo com nenhum ruído já pronunciado no universo palpável. Se ainda havia seres humanos por perto, eles morreram imediatamente, vítimas da sobrecarga na atividade sináptica.

Ablon, Ishtar e Inanna drapejaram, até que o abismo se retraiu com outro barulho, formando um ralo de proporções gigantescas. Do solo brotou um chafariz de argila, que terminou numa explosão surda, para então — e mais uma vez — apenas o silêncio imperar no deserto.

Quando a poeira baixou, os sobreviventes, cansados, pousaram sobre as ruínas do acampamento. Muito do que a caravana trouxera jazia agora sob a terra, incluindo a arca dourada, o "aparato de Shekhinah", que segundo Inanna permitiria a comunicação com o além. Ablon preferiu deixá-la ali mesmo, longe da ganância dos homens, e soterrada ela ficaria por milênios a fio, até que os hebreus a descobrissem, em cerca de 1100 antes de Cristo. Já suas armaduras foram encontradas, e os celestes tornaram a vesti-las. Como conheciam suas vibrações, era mais fácil rastreá-las e quase impossível perdê-las.

O combate fora tão intenso que o trio nem sentiu o tempo passar. O sol se movera para oeste, e muito em breve seria noite de novo. Reunidos naquele fim de mundo, distantes quilômetros da aldeia mais próxima, os anjos olharam para a Filha das Trevas, que apesar de tanto ódio mostrara que tinha, afinal, certa dose de gratidão. Estavam quites. Sem o auxílio dos querubins, ela teria sido engolida, e não fosse por Inanna eles nunca teriam cerrado o portal, tampouco banido o deus rastejante.

— Por quê? — Ishtar estava curiosa para saber. — Por que voltou para nos ajudar?

— Eu é que pergunto. — A lilin também não entendia. — Por que me salvaram? Eu lhes avisei que detestava sua raça.

— Como eu disse, não tínhamos escolha. Era lutar ou morrer — Ablon reforçou sua tese. — Ademais, não somos sanguinários como você acredita.

— Mas os anjos...

— Não me refiro aos *anjos*. Refiro-me a *nós*. Eu e Ishtar. Falo por nós.

— Se é assim, retiro minhas acusações. Julguei-os precipitadamente. O que posso fazer para compensar?

— Não nos deve nada — Ishtar retrucou. — Já pagou sua dívida.

— Em combate, talvez. Mas eu os discriminei e agora devo me redimir. — Inanna apoiou-se no arpão. A arma, o general reparou, era toda feita de aço, inclusive o cabo, tornando-a praticamente inquebrável. — Um indivíduo deve ser julgado por seus atos, não por sua origem.

— Sem dúvida — Ablon meneou a cabeça. — Mas eu não sabia que você pensava assim. Não costumava desprezar a excelência moral?

— Não se trata de moralidade, trata-se de princípios. Nós, lilins, somos mestiços e, apesar de cruéis, aprendemos a não segregar. É uma das nossas diretrizes, e eu a descumpri. — E perguntou novamente: — Como posso ajudá-los?

— Muito bem. Se nos quer ser útil, há uma coisa que pode fazer — o herói teve uma ideia. — A lança que me ofertou — sua mirada desviou-se à mão esquerda de Inanna, que agora detinha a relíquia. — Ela me parece perigosa demais para cair em mãos erradas.

— Concordo. O que tem em mente?

— Um artefato como este desestabilizaria a balança de poder nos Sete Céus e poderia levar o paraíso a uma guerra civil. — Ablon era um soldado, um soldado leal, mas não adiantava se enganar. Havia, e sempre houvera, rivalidade entre os arcanjos. E não seria ele a acalorar essa disputa. Então, pensou no único anjo em quem confiava, alguém que conhecera havia pouco tempo, mas que já podia chamar de amigo. — Inanna, você deverá entregar a lança aos atlantes.

— Mas a ilha de Mu fica longe. — Ishtar calculou a distância. — Não seria arriscado mandá-la através do oceano?

— Certamente — anuiu o Vingador. — Com a morte de Kothar, imagino que os Buscadores invadirão os ermos, moverão suas tropas. A cidade de Atlântida é distante, mas os pergaminhos de Soma falavam sobre uma colônia nesta região. Chama-se Egnias e é regida por Thera, o General Turquesa. — E se voltou à filha de Lilith. — Se quer nos ajudar, você deve transferir a arma a ele.

— Como quiser. — Se esse era o preço, ela o pagaria. — Mas o que faz você pensar que ela estará segura entre os atlânticos?

— Não é a solução perfeita, mas é a menos pior. Os atlantes vivem sob certos códigos de ética, como Orion e Soma já nos mostraram. Duvido que o Senhor dos Mares use um instrumento de Nod em suas guerras. O mais provável é que ele o destrua. E é justamente isso o que eu quero.

— Se é essa a questão — disse Ishtar —, por que não a destruímos nós mesmos?

— Porque — ele repetiu a diretiva que o guiava (ou que *deveria* guiá-lo) na terra — esta guerra não é nossa.

— Está bem — Inanna retomou a palavra. — E quanto a vocês? Para onde irão agora?

— Não sei — reconheceu o celeste. — Inicialmente, eu planejava viajar até Arya, mas todo esse contratempo nos atrasou — ele disse, sem revelar os pormenores de sua missão ou quem eles pretendiam caçar. — Teremos de reavaliar o nosso trajeto.

— Pois eu os aconselho a começar por Shadair. É a maior metrópole destes tempos. Lá poderão comer, descansar e regenerar suas feridas. Do porto zarpam navios para todas as regiões do planeta, todos os dias. — Ela recolheu uma algibeira do chão, recheada de moedas de ouro. — Fiquem com isto.

— O que é?

— Dinheiro. Há o suficiente aí para várias noites de hospedagem e para as passagens de barco. Procurem a estalagem do Cedro Vermelho. — Inanna despiu dois cadáveres e subtraiu suas túnicas. — Vistam estas capas, escondam suas armaduras e dissipem as asas antes de chegar às muralhas. Caminhem nas sombras, misturem-se aos homens.

— Não é a primeira vez que alguém nos orienta a sermos discretos. Seguiremos à risca os seus conselhos. — O Vingador agradeceu: — Obrigado, Filha das Trevas. Se eu sobreviver a esta jornada, intercederei junto ao seu pai e farei de tudo para que se cumpra a justiça.

— Não se incomode — ela riu com indiferença. — Isso é assunto meu, e eu sei me cuidar. Mas agradeço a boa intenção.

Sobre o horizonte rosado, Ablon e Ishtar decolaram, subiram às nuvens e voaram na direção norte, até avistar os portões de Shadair.

Inanna tomaria a estrada para oeste, entregaria a lança a Thera, o regente de Egnias, e nos próximos séculos reuniria os lilins, unificando-os sob um mesmo propósito. Então, quando Lúcifer fosse expulso do paraíso, muitos anos depois, ela lhe ofereceria o serviço de seus meios-irmãos, que agiriam como a força de elite do arcanjo e o ajudariam a consolidar o poder no Sheol, ante a resistência dos nove duques do inferno.

Hoje, Inanna tem o próprio domínio nas profundezas. Como ela alcançou esse patamar, é outra história, a ser contada em momento propício.

35

SHADAIR, A PRECIOSA

Ablon e Ishtar seguiram o conselho de Inanna e entraram em Shadair disfarçados, conforme aliás Orion já lhes tinha sugerido. Shadair foi a primeira cidade humana que eles conheceram. Os atlantes, claro, eram humanos também, mas suas colônias eram utópicas, perfeitas, muito diferentes dos centros urbanos que povoavam a Haled. "A Preciosa", como era chamada, ficava na confluência entre quatro importantes rotas de comércio. A oeste, estradas a conectavam ao império de Sakha, famoso por suas dunas e paragens desérticas. Ao norte estava o reino de Nod, ao sul chegava-se às selvas de Gondwana, e o porto, ao leste, abria-se para o mar da Lemúria. De lá, podiam-se alcançar a costa de Arya e, navegando mais alguns dias, as distantes praias orientais da Rodínia.

Shadair, apesar do título que ostentava, possuía, já naquela época, todas as belezas e os vícios que caracterizariam as metrópoles futuras. Nos distritos próximos às docas, bordéis exploravam escravas, forçadas a se prostituir por comida. No entorno das casas de jogos e das arenas de gladiadores, era comum o tráfico de drogas, principalmente das substâncias derivadas da papoula, seivas perigosas que induziam o usuário à loucura. Outro problema, clássico em cidades do tipo, era a superpopulação. Dentro dos muros, Shadair contava quatrocentos mil habitantes, com uma massa flutuante de mais trinta mil, quase todos marinheiros ou peregrinos que nos meses de verão vinham prestar homenagem a Dagon.

Dagon era a mais respeitada das divindades locais. Seu clero mantinha o controle sobre os prostíbulos, os estaleiros e o mercado de escravos. Seus sacerdotes se diziam descendentes dos chefes tribais, que teriam feito a paz com os ashimas e permitido, assim, à região prosperar. Os ashimas eram animais, peixes bípedes que haviam sobrevivido à era do gelo buscando refúgio no fundo do mar. Com a escassez de alimentos que se seguiu ao cataclismo, foram obrigados a caçar na superfície, atacando os portos e as vilas costeiras. Os antigos governantes de Shadair, então, estabeleceram um pacto com eles: nas três primeiras semanas do verão, os clérigos ofereciam aos seres um barco com trinta virgens, que eram mortas e arrastadas às profundezas. Com carne estocada em suas cavernas para o período de um ano completo, as feras deixavam os pescadores em paz, não assaltavam os navios e não perturbavam os cidadãos.

Era noite quando Ablon e Ishtar atravessaram os portões. A arquitetura de Shadair era uma mistura de opulência e miséria. Nas cercanias mais pobres, tendas de couro dividiam espaço com casebres de pau a pique, buracos de esgoto serviam como dormitório, becos e esquinas eram transformados em cortiços. Os burgueses, nobres e teocratas moravam isolados em uma cidadela ao sul, sob a proteção de seus guardas e exércitos particulares. Ao longe, avistavam-se suas torres de madrepérola, encimadas por cúpulas em formato de gota, um modelo que séculos à frente inspiraria as construções persas e depois as islâmicas.

A estalagem do Cedro Vermelho ficava em uma região elevada, entre ladeiras e pequenas travessas, sobre uma colina de rocha vulcânica. O bairro era limpo e arborizado, sendo frequentado, majoritariamente, por estrangeiros que buscavam sossego e podiam pagar pelo conforto. O edifício parecia um casarão retangular, acrescido de um pátio central em torno do qual ficavam os quartos. Em vários aspectos, lembrava um palacete doméstico, com belíssimos mosaicos, passagens arqueadas e um chafariz, ao redor de onde era possível relaxar ao som das folhagens, beber um copo de aguardente e apreciar o céu vespertino.

Mesmo voando alto, pegando carona nas correntes de ar, os anjos levaram um dia para completar o percurso, e agora estavam famintos. O homem que os recebeu, um sujeito gordo, careca, de pele clara e usando uma espécie de toga, conduziu-os ao salão comum, no piso térreo, e lhes apresentou as opções de jantar. Sem noção do valor do dinheiro, Ablon pagou adiantado, oferecendo-lhe uma quantia particularmente vultosa, e em menos de quinze minutos a mesa estava posta. O carneiro assado, dissera o cozinheiro, viera das estepes de Bjarma. O azeite e o pão, das pradarias de Enoque. As frutas eram originárias de Gondwana, e as especiarias haviam chegado "hoje mesmo" de Arya. O vinho — esse o general já conhecia — era proveniente da Lemúria, uma bebida muito forte e ao mesmo tempo suave. Não se tinha o hábito de ingerir água pura em Shadair, apenas chá ou substâncias alcoólicas. Sabendo disso, o homem gordo mandou buscar dois tonéis para agradar os clientes, que se recolheram a um canto afastado, sempre discretos e monossilábicos, cobertos pelas túnicas que Inanna lhes dera.

Durante a viagem desde o deserto, Ablon tivera a oportunidade de pensar sobre qual seria a melhor estratégia a seguir, considerando o atraso que os tirara do curso. Os Três Pilares logicamente não seriam derrubados até que eles o fizessem, mas a urgência era necessária para que os sentinelas não os descobrissem. Quanto mais o tempo passava, maior a chance de Kali, Muzhda, Kha e Metatron tomarem conhecimento de sua missão, e assim os querubins perderiam o efeito surpresa. Como eram adversários poderosíssimos, o herói esperava pegá-los desprevenidos, antes que eles acionassem seus cultos, movessem seus exércitos ou invocassem suas fabulosas técnicas psíquicas.

— Teremos de nos dividir — ele informou a Ishtar. — Sorte que estamos no centro do mundo. Inanna nos aconselhou muito bem. — Com um talher, ele saboreou um pedaço de carne. Bebeu o vinho para limpar a garganta. — Amanhã partirei para Gondwana e você tomará um barco para o país dos arianos, e de lá para as montanhas Tay-Pin. — A essa altura, o Vingador tinha o mapa do planeta na mente. — Nos reencontraremos em Tukh dentro de duas luas cheias.

— Tukh? — perguntou a Fúria. — Onde fica isso?

— A noroeste. É a capital do império de Sakha, o último sob o domínio de um sentinela. Quem o governa é Kha, o Sol, tido como o mais elevado dos Três Pilares e o mais próximo a Metatron. — E declarou, como se fosse uma ordem: — Devemos combatê-lo *juntos*.

— Claro — Ishtar concordou. Mas não concordava inteiramente. Não com a primeira parte do plano. Temia pela segurança do amigo, mas, antes de tudo, temia perdê-lo.

Ablon, por sua vez, sentia o mesmo pela companheira de lutas, mas, como general, precisava descartar sentimentos fugazes, os quais considerava inúteis à sua empreitada. Chegara a cogitar que essa fraqueza, a *libido*, era uma maldição enviada por seus oponentes, ou mesmo pelo próprio Metatron, então era imperativo resistir a todo custo, *rechaçá-la* a todo custo.

— Nunca pensei que seria diferente — ela disse e então se calou. Comeu um gomo de tangerina, cortou uma fatia de costela e a levou à boca. O gosto era formidável, nada parecido com o pão que os guardas lhes trouxeram no zigurate.

— O que há com você, comandante? — Ablon notou sua apatia, o olhar perdido no fundo do prato. — Em que está pensando?

— Esqueça. — Com uma bicada, ela degustou o vinho lemuriano. — Não é nada com que deva se preocupar.

— Não deve haver segredos entre nós. — Ele não queria pressioná-la. Queria ajudá-la. — Sou responsável por você. Se algo a aflige, me aflige também.

— Estou pensando no que Inanna nos contou. — Ela chegou a um passo de se confessar, mas recuou na última hora e abordou outro assunto. — Nos tais massacres que ela afirmou ter visto, nas carnificinas promovidas pelos shedus.

— Ah... — O Vingador deu pouca importância ao comentário. Mordeu outro naco de carneiro e encheu a taça mais uma vez. — Então é isso?

— Não só, mas principalmente — esquivou-se. — Qual é a sua opinião? — ela agora precisava saber. — Acha que Inanna estava mentindo?

— Não. Inanna não é mentirosa. Só acredito que ela interpretou os fatos erroneamente, escutou rumores e escolheu a versão mais sanguinária, porque para alguns é mais fácil odiar. Conheço querubins propensos à rebeldia, até à malícia, mas os shedus são excepcionalmente fiéis ao arcanjo Miguel. Não os vejo promovendo chacinas, muito menos agindo de forma independente.

— Logo...

— Logo, Inanna estava enganada — afirmou, sem abrir espaço para a discussão. — De qualquer maneira, reportarei o caso ao Príncipe dos Anjos, assim que retornarmos ao céu. Se houver um responsável por esses boatos, ele será devidamente punido. — E continuou com seu discurso: — Miguel é um líder forte e coeso, que sabe recompensar quem merece e aplicar castigos na hora certa. É isso o que eu chamo de justiça. Eis por que eu o sigo e o seguirei pelo resto dos meus dias.

— Mas e se... — Ishtar insistia em formular teorias. Sua mente fervilhava de hipóteses. — E se o próprio arcanjo...

— Cuidado, comandante — o Vingador erigiu o indicador. — Cuidado com o que diz e com o que pensa. — Pousou o copo no tampo da mesa. Os dedos formigaram. — Miguel foi ungido por Deus, e nós somos seus servos. — E reforçou: — Servos leais.

— Leais? — Ela não tinha tanta certeza. — Talvez sim, talvez não. — Tomou como ponto fixo uma estrela que nascia a leste, sobre a linha do horizonte. — Se fôssemos tão fiéis, tão comprometidos com o paraíso, teríamos guardado a lança para entregá-la aos primogênitos, não acha?

— Está questionando as minhas decisões?

— De forma alguma — a Fúria o encarou com uma sensualidade latente. — Sua decisão foi sábia. Mas será que podemos dizer o mesmo dos nossos líderes? Será que eles fazem *sempre* as escolhas corretas? Será que nunca falham?

— Chega desta conversa. Contestar os arcanjos é o mesmo que contestar Yahweh. — Ablon se levantou. O corpo fervia, e não era só pelo vinho. — Já não basta o trabalho que os sentinelas nos dão, agora tenho que enfrentar um motim dentro da minha própria legião? — Sorveu o último gole e afastou a taça. O objeto quase escorregou de sua mão. — Vamos subir — segurou-a pelo braço. — Esqueça tudo o que Inanna lhe disse. *Tudo*. É uma ordem.

O quarto reservado aos celestes tinha uma sacada espaçosa, o que deixava o ambiente arejado. Lá de cima, a partir da varanda, enxergavam-se as docas, os armazéns e os estaleiros. O porto de Shadair era protegido por um quebra-mar, um muro aquático com quatro portões, centralizado por um farol de arenito. O vento quente agitou as cortinas, e ao olhar para fora Ablon reparou nos casebres que pontuavam a encosta. À noite, aqueles miseráveis barracos formavam uma paisagem tranquila, com as lareiras acesas e as janelinhas piscando.

O aposento tinha as paredes de mármore e o teto curvado em abóbada. O chão era revestido de ladrilhos azuis, compondo um mosaico de ondas e peixes. No canto esquerdo havia um tablado, e sobre ele fora posta uma esteira, que comportava até duas pessoas. O anjo despiu a armadura, apoiou a espada na porta, soprou as lamparinas e se deitou, ainda dolorido pelos cortes e hematomas. Ishtar chegou logo depois e também removeu a couraça. Estava sem a tira que lhe tapava os seios. Seu corpo refletiu ao brilho das luzes da cidade baixa. Os cabelos ondularam ante a brisa noturna, os quadris desenhavam curvas no escuro, e de repente Ablon não a via mais como um soldado.

— General. — Nua, ela se sentou a seu lado. — Está sentindo o mesmo que eu?

— Comandante... — o Vingador a tocou, e a sensação foi diferente de tudo o que ele já experimentara na vida. — Sabe que... se continuarmos o que estamos fazendo... — Ele não sabia o que dizer, então disparou: — Isso nos enfraquecerá.

— Não. Inanna me explicou sobre os prazeres do sexo. O coito nos tornará mais fortes. Nos unirá.

— Está fazendo isso por causa de Inanna?

— Não. Estou fazendo isso por *nós*. Eu o desejo desde que pisamos na terra — Ishtar revelou. — Não me deseja também?

— Não nego. — Ele era incapaz de mentir, ainda mais à sua primeira oficial. — Mas e quanto aos sentinelas? Veja como eles terminaram. Se nos entregarmos ao desejo, não seremos melhores do que Metatron. Seremos rebeldes.

— Então, nós *já* somos rebeldes. — Ishtar chegou mais perto e o beijou. Ela não sabia por que fizera aquilo, apenas agira por instinto. Um instinto carnal. E descobriu que isso era bom. Terrivelmente bom.

O celeste retribuiu.

E os dois foram além.

Foi assim, sob as estrelas de Shadair, que o mais reto dos generais sucumbiu. Não pela força das armas, mas graças a um impulso lascivo, que no começo lhe parecera capricho, mas acabaria por se revelar algo maior.

Muito maior.

O plano de Ablon era partir logo cedo de Shadair, mas eles só acordaram ao meio-dia, com o sol a castigar-lhes o semblante. O aspecto positivo era que, além de estarem bem alimentados, tinham descansado por uma noite completa e agora estavam curados, sem feridas ou cicatrizes. Por outro lado, o general sentia-se culpado. Culpado pelo que se sucedera na madrugada. Culpado por várias razões. Por não ter resistido à tentação, mas sobretudo por não ter instruído corretamente a parceira. Se havia um responsável, não era ela, era *ele*.

O general.

O líder.

O culpado era *ele*.

Os anjos são geralmente imunes às substâncias inebriantes, ou ao menos muito resistentes a elas, mas o vinho lemuriano era exceção e, a exemplo do veneno da Isidrath, podia afetar os celestes. Sedentos após o combate com N'glalek, eles haviam bebido quatro galões e como resultado despertaram zonzos. O Vingador lamentou não ter escutado os conselhos de Orion sobre o álcool e suas propriedades narcóticas, entretanto nada disso apagaria os fatos já consumados. Era um rebelde, afinal? Era um traidor dos arcanjos, como foram os sentinelas em outra época? Como poderia continuar a caçá-los? Que legitimidade teria para julgá-los, condená-los ou mesmo matá-los?

Ablon estava envergonhado. Todavia, sob outra perspectiva, não se sentia arrependido. Era uma impressão estranha, um sentimento confuso. Sua consciência pesava, mas se pudesse voltar no tempo faria a mesma coisa, com ou sem o vinho no sangue. Justamente por isso, precisava ser rigoroso, precisava *reprimir* suas emoções, ao menos até concluir a demanda.

— O que aconteceu ontem — o anjo murmurou para Ishtar, os dois ainda nus, juntos sobre a esteira — não deve acontecer novamente.

— Pensei que tivesse gostado. — Ishtar não achava, ou melhor, não achava *mais* que tinha feito algo errado, pelo contrário. Talvez as conversas com Inanna a tivessem ajudado a ver o sexo como algo normal, não como um crime ou uma ação repulsiva. — Como pode ser indiferente?

— Não sou indiferente. E, por não ser indiferente, temos de esquecer o passado e seguir adiante. — Levantou-se. — Não viemos à Haled buscando prazer. Estamos aqui para cumprir uma função. Somos colegas, não amantes.

— É uma ordem?

— Não. — Ablon vestiu a tanga e as roupas de baixo. — Não posso dar ordens ao seu coração, nem ao meu. — Trajou a armadura. — É um pedido.

— Se prefere assim... — Ishtar olhou para o sol através da janela, para os barquinhos atracados no cais. — Mas, não importa o que aconteça, eu sempre o amarei. E, se for preciso, o amarei em silêncio.

— Não sei o que dizer. — O Vingador a ergueu do chão. — Exceto que o nosso romance termina hoje. — Virou o rosto. — Termina aqui.

— Está bem — ela obedeceu. Ficou de pé. — Mas, já que é um pedido e não uma ordem, eu tenho uma condição. Uma só. — E disse: — Um beijo. Um último beijo. Como aquele de ontem. Beije-me e eu o guardarei na memória.

Sem opções, o anjo capitulou. Beijou-a profundamente. Beijou-a pela segunda vez. E esse acabou sendo seu erro. Seu grande erro.

Um erro que salvaria sua vida.

Naquela tarde — assim como em todas as outras — o porto de Shadair cheirava a urina e água de peixe. O esgoto era despejado sob os atracadouros, através de grandes canos de cobre, e manchava a baía com uma substância viscosa. Ratos mordiscavam o lixo, cães procuravam sobras, baratas infestavam os bueiros. No mar, flutuavam pétalas de rosa, uma preparação para a grande cerimônia de sacrifício a Dagon, que tomaria a metrópole nos próximos dias.

Por sua natureza cosmopolita, Shadair atraía todo tipo de gente, povos que se detestavam em sua terra natal, mas que ali coexistiam em paz relativa. Sacerdotisas ruivas de Ys frequentavam as mesmas tavernas que os magos negros das ilhas Themiscyra. Bárbaros louros de Einhgard toleravam os feiticeiros da Thule, seus principais rivais e algozes. Comerciantes de Sakha negociavam tinta, papel e tecido com os mercadores de Nod, trocavam produtos, assistiam aos jogos, bebiam juntos e faziam apostas.

Ishtar pagou quatro peças de ouro para embarcar em um navio com destino a Samudra, o maior porto de Arya. Quase na mesma hora, às portas de um depósito a três quadras dali, Ablon conseguiu emprego em um barco cargueiro, uma galé com velas e remos que, segundo seu capitão, costearia Gondwana, buscaria víveres do outro lado do continente e retornaria à Preciosa antes do fim do verão.

Ocultos em suas túnicas pardas, escondidos sob o capuz, os celestes se despediram como profissionais, como querubins, prometendo se reunir na cidade de Tukh em exatos dois meses, e cada um zarpou ao pôr do sol, sem nenhuma demonstração de afeto.

Enfim eles iriam no rastro dos sentinelas. Finalmente dariam início à missão, à tarefa para a qual foram escolhidos, à jornada para a qual foram destinados.

Uma jornada que os transformaria.

Que *já* os transformara.

36

O VALE DOS OSSOS

O DIA A DIA EM UMA GALÉ NÃO ERA TÃO PENOSO — NEM TÃO HUMILHANTE — quanto se comentava nos estaleiros. Especialmente no caso do *Kelos*, cujos assentos eram ocupados por homens livres, não por trabalhadores escravos.

O *Kelos* usava as velas como força motriz e os remos como motor secundário. Tratava-se de um navio mercante e precisava viajar depressa, sem depender exclusivamente dos caprichos do vento ou da flutuação das marés. O capitão, seus marinheiros e o próprio transporte eram procedentes de Argos, uma poderosa cidade-Estado situada ao norte do mar Interior. Os argosianos (ou coríntios, como se autodenominavam) cultuavam a liberdade, eram avessos à escravidão e sustentavam um regime de governo incomum para a época: a *república*. Contudo, eram também conhecidos pelo nacionalismo exacerbado e, uma vez dentro de suas fronteiras, agiam como xenófobos, maltratando os estrangeiros e coibindo os focos de imigração.

Argos era o estado mais próximo de Enoque, localizado do outro lado do mar. Por sua posição estratégica, os argosianos formaram uma coligação militar com os atlantes. No entanto, diferentemente de Arya, que sustentava um intercâmbio social com os asuras, os patrióticos habitantes de Argos não se miscigenavam com os súditos de Orion. Sua relação era bem simples: em troca de ouro, prata e mármore, os coríntios vigiavam a costa, espionavam os barcos de Nod e cederiam a capital como base para os atlantes no caso de uma ofensiva à ilha de Mu. Fortalezas inspiradas na arquitetura de Atlântida foram então erguidas na orla, e após dois séculos de aliança o próprio palácio, o fórum e o capitólio eram cópias simplórias dos prédios atlânticos. Argos seria, séculos mais tarde, parcialmente devastada pelo dilúvio. Os sobreviventes fundariam uma nova base no Peloponeso, a Argos micênica, que evoluiria para a Argos homérica, a cidade de Ínaco, Perseu e Agamenon.

O ufanismo coríntio, todavia, não impediu que os marinheiros empregassem Ablon como um dos remadores nem que o incorporassem à tripulação. Existe um tipo de companheirismo muito peculiar entre os marujos, algo que não se reproduz nas viagens por terra. O oceano é deslumbrante a quem o navega, mas pode ser também um impiedoso assassino. Nos momentos mais críticos, é preciso confiar no amigo, no colega ao lado. Como era mais forte e mais ágil que os homens comuns, Ablon mostrou-se um excepcional remador, e além de tudo não fazia perguntas, não perturbava ninguém e, em consequência, também não era importunado. Não bastasse, ele aceitara receber o pagamento somente na volta, o que agradara o capitão desde o início, mas na verdade o general não esperava voltar.

Seu plano era abandonar o navio em segredo, em algum lugar entre as faces leste e oeste de Gondwana. No ponto onde hoje se situa o cabo da Boa Esperança, havia naqueles tempos um imenso paredão marinho, com mais de duzentos metros de altura. Para lá desse paredão existia uma vasta floresta tropical, evitada por seu caráter obscuro.

— São os domínios de Kali, a Devoradora, a deusa da morte e dos sacrifícios humanos — sussurrou um dos marinheiros, durante uma noite particularmente estrelada. — Todos que adentram seu território acabam como crânios no vale dos Ossos.

Mas não era só o medo do desconhecido que mantinha os barcos afastados — as cartas de navegação também recomendavam cautela. O mar naquele trecho era coalhado de pequenos recifes, e as condições climáticas não permitiam a abordagem. Chovia sem parar, dia e noite, e as correntes de ar morno provocavam grandes vagas no oceano, ameaçando de naufrágio quem se aventurasse para além dos corais.

O *Kelos* fez uma curva acentuada, distanciando-se do continente. Mesmo assim, uma nuvem negra o alcançou, arrastando a galé para dentro de um tufão que os obrigou a remar com toda a energia. Raios e granizo se precipitaram sobre o convés, tambores rufaram, e após duas horas de lutas severas os marujos enxergaram a luz do sol. Graças à perseverança daqueles homens tão bravos, o navio saíra intacto, contudo uma perda os deixou abalados.

— O estrangeiro? — perguntou Ério, filho de Oros, o capitão do *Kelos*, quando o céu clareou. — Para onde ele foi?

— Estava conosco até o final — afirmou um dos remadores. — Deve ter caído no último momento.

— Kali — murmurou o mais velho dos tripulantes, um sujeito chamado Parcos, que desempenhava a função de barbeiro. — É ela — olhou para os contrafortes, cobertos pela neblina. — De uma forma ou de outra, ela sempre consegue o seu sacrifício. Honremos a memória do forasteiro, que deu a vida para nos salvar. Ou era ele, ou éramos nós.

Simpático à causa humana, Ablon certamente teria dado a vida pelos companheiros a bordo, mas não foi necessário. Não daquela vez. Embora a tempestade parecesse — e *fosse* — realmente sinistra, nada tinha de mágico. Os ventos provenientes de Sakha e de Nod ganhavam força sobre a selva e se chocavam contra a face interna dos promontórios, transformando a floresta em uma espécie de caldeirão. O vapor que dela escapava condensava-se acima do mar, ocasionando tufões e intempéries diárias. Como a baía era abarrotada de antigos destroços, o risco para os barcos era extremo e, para os náufragos, ainda maior. Quem porventura caísse naquelas águas dificilmente conseguiria sobreviver, sendo progressivamente arrastado pela correnteza e atirado contra as cavernas marinhas.

Ablon aproveitou a euforia dos marujos, tão logo o *Kelos* se esquivou da borrasca, para saltar da galé e nadar até os recifes, sem que a tripulação o notasse. Tomou fôlego e mergulhou o mais fundo que pôde, usando sua constituição sobre-humana para serpentear entre as algas, até emergir a cem metros do litoral.

Galgou uma pedra para melhor enxergar o cenário. Chovia impetuosamente, o céu era negro, e as ondas castigavam a falésia. O paredão se estendia por quilômetros, então não havia saída a não ser escalá-lo. O problema era que os raios batiam minuto a minuto contra o penhasco, dando a impressão de que ele era rico em metais condutores. Observando o ambiente uma segunda vez, o Vingador reparou que aquela impressionante muralha talvez não fosse só geológica. Em certas partes, veios e nichos irregulares sugeriam que, em algum ponto da história, aquelas pedras haviam sido tocadas por mãos conscientes. Se isso ocorrera de fato, pouco sobrara dessa misteriosa estrutura, agora rasurada pelas descargas elétricas.

Ablon submergiu e, quando veio à tona novamente, estava a poucas braçadas do costão. Uma onda o jogou de peito nas rochas, mas a armadura dourada o protegeu. Ileso, ele se agarrou às paredes endurecidas, às gretas e aos orifícios porosos, olhou para cima e encarou a tarefa que o aguardava, os clarões, as trovoadas, o regurgitar do oceano.

Estava prestes a iniciar a subida quando avistou uma fenda estreitíssima, que começava na base do rochedo. Desceu até lá, penetrou no buraco e descobriu uma escada, um conjunto de degraus esculpidos no solo. Encharcado, o general removeu o capuz, a túnica e a algibeira, escondendo-os em uma reentrância. Sacudiu o cabelo, esfregou a barba e continuou progredindo, até que farejou o cheiro de terra úmida, o odor de plantas, de musgo e orvalho.

Segurou a Vingadora Sagrada e alongou o pescoço. Uma floresta. Uma floresta dentro de um vale. Um vale úmido, tropical. Primitivo. Um vale perdido.

O vale dos Ossos.

Kali. O vale dos Ossos. Sacrifícios humanos. A deusa da morte. Ablon refletiu quão pouco sabia sobre esses assuntos, quão pouco sabia sobre o adversário — *a adversária* — que viera enfrentar. Ocorreu-lhe de repente que chegava ao combate desprevenido, armado apenas de sua espada e dos fragmentos que ouvira em Atlântida, em Shadair e no *Kelos*.

Quem era Kali, afinal? Que tipo de poder tinha? O que era capaz de fazer? Que influência possuía sobre os súditos que comandava?

Essas perguntas, bem como todas as outras, seriam gradualmente respondidas à medida que ele explorasse o terreno. Furtivo como uma pantera, aproveitando-se da combinação de luz e sombras, o anjo caminhou pela mata. Desviando o rosto para cima, ele se deu conta de que o vale tinha o formato de um cálice, sendo ele todo — e não apenas a encosta — rodeado por contrafortes. O chão era pontuado por áreas de instabilidade, saturado de lodo e com zonas ocasionais de areia movediça. Para o celeste, entretanto, isso não chegava a ser um obstáculo. Os querubins são hábeis em controlar o centro de gravidade do corpo, o que lhes permite dar longos saltos e reduzir o impacto dos pés contra o solo. Movendo-se sobre a lama, suavemente pulando de raiz em raiz, Ablon percebeu objetos esféricos, alguns afundados, outros flutuando nas poças de barro. Examinando-os atentamente, ele notou que essas peças eram nada menos que crânios — crânios humanos! O detalhe perturbador residia no fato de que não eram dois, três, dez ou cem crânios. O vale inteiro, ele logo viu, estava pavimentado por essas caveiras, centenas de milhares de caveiras decapitadas, constituindo ossadas de famílias completas, de crianças, idosos, mulheres e até de bebês.

Mas a dúvida persistia. *Quem?* Quem deslanchara o morticínio? Quem sacrificara essas pessoas?

Kali?

Talvez. Possivelmente.

Mas onde ela estava?

Estudando as cercanias, o general discerniu os restos de uma civilização decadente, que a selva já engolira. Um resquício de calçamento o guiou ao centro do vale, através de samambaias e plantas carnívoras, até o que seria o cerne daquela cultura pré-histórica. Guarnecida pelos escombros de uma antiga muralha, havia uma cidadela em ruínas. Dos edifícios ainda em pé, destacavam-se três construções estranhíssimas. Lembravam zigurates, porém a base era circular, não quadrada, como no modelo padrão. Em outras palavras, eram torres, torres cônicas, secionadas por oito plataformas e cortadas por uma escada em linha reta, que levava diretamente ao topo. O acesso ao interior dessas "pirâmides" ficava no pico, e a mais alta delas exibia, no cume, uma porta elíptica, que conduzia a uma espécie de templo.

O que mais o intrigava, no entanto, não era o aglomerado de crânios, mas a atmosfera de apatia — não só física, como espiritual — que do vale emanava. Se Kali estava por perto, por que ele não a sentia, por que não captava suas vibrações? Que técnica especial a ocultava? Como fazia para esconder sua aura?

Sorrateiro, Ablon avançou às avenidas centrais, tomadas por cipós e trepadeiras, e concluiu que, se a Devoradora ainda estivesse no vale, estaria sobre a torre mais alta. Era só um palpite, mas na hora lhe pareceu razoável. Pelo que escutara, Kali alegava ser uma divindade, e para tal necessitava de um altar.

Redobrando a atenção, o general escalou o prédio por trás, ignorando o óbvio trajeto pela escadaria frontal. Chegou à plataforma superior e espreitou pela porta. Seus olhos se adaptaram à negritude. E lá estava ela.

Kali, a Devoradora. Kali, a deusa da morte e dos sacrifícios humanos. Kali, um dos Três Pilares de Metatron.

Um suspiro.

Kali não era bem o que ele esperava. Não era *nada* do que ele esperava. Então, o Vingador deu um passo à frente. E recolheu sua arma.

37

OPHIR

Quando Deus criou os anjos, no princípio do segundo dia, ele os organizou em sete castas, cada qual com sua função no universo. Dentro das ordens, porém, há categorias, ou grupos, ainda mais específicos, os quais os celestes chamam de *estirpes*. Os shedus, por exemplo, são também querubins, contudo possuem temperamento mais agressivo e são menos racionais que os legionários comuns, o que faz deles "cães de caça" perfeitos.

Da mesma forma, a casta dos serafins, supostamente a mais nobre, possui suas próprias estirpes. Os serafins são estadistas por natureza, obcecados pelo controle e pela perfeição. Alguns são burocratas, emprestando seus dons à política, outros — os comodoros — rivalizam com os generais querubins, elaborando minuciosos planos de guerra, e há aqueles que se dedicam a preservar a integridade do cosmo, percorrendo as galáxias e trabalhando para mantê-las coesas, evitando assim que o espaço se desfaça e seja engolido pela entropia. No passado, essa linhagem de serafins, que se autodenominam *suryas*, trabalhou com os ishins na construção dos planetas e dos corpos celestes. Os ishins fabricavam os sistemas solares, e os suryas eram — e ainda são — responsáveis por monitorar suas órbitas, por garantir que as constelações continuem a girar em perfeita harmonia.

Enquanto os shedus se diferenciam dos outros querubins pelo aspecto animalesco, os suryas se destacam dos demais serafins por possuir dois pares de braços e três pares de asas. Sua pele é normalmente — porém não sempre — preta como carvão, negra como o espaço que os cerca. Tão formidáveis, tão belos eram esses seres que causaria espanto a qualquer um vê-los em situação humilhante. Foi por isso — e só por isso — que, embora estivesse diante de um suposto inimigo, Ablon declinou sua espada, recolheu-a à bainha e se aproximou, intrigado.

O interior do templo, erigido no cume da torre, era feito de granito, o mesmo que compunha as falésias, e o teto se alongava em funil. Nas paredes, painéis de rocha, agora ilegíveis, narravam uma profecia anterior ao cataclismo. Um poço no meio desse salão descia às entranhas da terra, aos subterrâneos do zigurate redondo. E mais além, no canto oposto à entrada, estava Kali, descansando sobre um trono adornado.

Ao ser enviado à Haled, antes da era do gelo, Metatron recebera permissão para formar seu círculo de ajudantes, que foram recrutados entre os mais poderosos membros das sete castas. Kali, o general compreendeu, fora selecionada a partir dos serafins e era uma surya. De cútis negra e longos cabelos pretos, os cachos revoltos, tinha os quatro punhos atados por grilhões e correntes. As seis asas haviam sido cortadas, sobrando, nas costas, apenas o relevo dos ossos. Usava uma coroa de ouro, pulseiras de bronze, brincos de jade e um colar enfeitado com crânios de recém-nascidos. O mais chocante, porém, no entendimento do lutador, era o rasgo que ela exibia no tórax, através do qual lhe fora retirado o coração, deixando no lugar um buraco.

O coração é tido como o centro de poder de um anjo. É de onde emana sua aura e o que lhe permite executar suas proezas fantásticas. Sem o coração, um celestial não só fica indefeso como acaba morto, mas Kali não estava morta.

Por quê?

Ablon se achegou ao trono, até que seu senso de perigo o fez recuar. O rosto esquentou, os músculos tremeram, os tendões formigaram. Deu um passo firme à retaguarda. Apanhou uma pedrinha e a jogou na direção do altar. O objeto esfarelou-se, como se imerso em uma bacia de ácido. Desapareceu completamente.

Como? O que gerava aquela barreira?

Olhou para o chão. O solo em volta do trono estava, ele enfim podia notar, cercado por gravuras em baixo-relevo, inscrições traçadas em semiesfera, e talvez fossem elas que levantassem a barreira. Uma muralha perfeitamente invisível, que não só impedia como *desintegrava* qualquer um que ousasse tocá-la. Aqueles eram símbolos mágicos, ele não tinha dúvida. Não eram idênticos, porém guardavam fortes semelhanças com os caracteres que ele vira nos cilindros dos encapuzados, no deserto, e no corpo do arquimago Kothar.

Incapaz de prosseguir, mas determinado a completar sua missão, o general precisava encontrar um meio de apagar o feitiço, de destruir o selo, para que pudesse chegar à deusa da morte. O que ele não esperava era que a própria Kali o ajudasse.

— General? — a voz ecoou como um gemido. Era feminina, suave e carregava uma entonação pesarosa. — É um general, não é?

— Nos conhecemos? — foi só o que Ablon conseguiu murmurar.

— Não.

— Então, como sabe quem sou?

— Sei que é um anjo pelas radiações de sua aura — ela explicou através da barreira. — E que é um general pelos desenhos em sua armadura. — Moveu-se um pouco no trono. Os seios e os pulsos sangravam. Sua expressão era de absoluta tristeza, de uma melancolia e um desgosto infindáveis. — Não tem ideia de como esperei por este dia.

— Como sabia que eu estava a caminho? — O herói estava confuso. Será que, apesar dos esforços, os sentinelas já estavam cientes de sua caçada?

— Eu não sabia que estava a caminho. Mas aconteceria cedo ou tarde. Veio me matar, não é? — Uma sombra de alívio se destacou em seu rosto. — É como tem sido há sessenta mil anos.

— Minhas ordens são para destronar os Três Pilares e capturar Metatron. — Ele hesitou. — Não preciso necessariamente matá-la, a não ser que não tenha outra opção.

— Você *não* tem outra opção — afirmou Kali, como se estivesse pronta para o sacrifício. — Se quer me destronar, terá de acabar comigo. Não tem outro jeito. E eu lhe mostrarei como fazê-lo.

— Não! — Ablon levou a mão ao cabo da espada. Ele se lembrou do que o arcanjo Lúcifer lhe dissera: que os sentinelas eram astutos e tinham oratória excelente. Ainda que Kali não estivesse em condições de usar seus poderes, sua retórica, por si só, já seria uma grave ameaça. — Cale-se — puxou a Vingadora Sagrada. — Cale-se!

— Ou então o que fará? — ela o desafiou, com a entonação sempre mortiça. — Irá embora? Ou me atacará? Mas como chegará até mim? — Olhou para as inscrições no piso, que delimitavam a bolha mágica. — Como eu disse, você não tem escolha. Se quiser completar sua missão, terá que escutar o que eu digo.

— Por quê? — Ele se rendeu. Definitivamente, não tinha alternativa. Era escutá-la ou desistir da tarefa. — Por que alguém iria querer morrer?

— Ninguém quer morrer. Mas, assim como você, eu não tenho saída. A morte me libertará deste cárcere. É a minha única forma de deixar esta torre. E, como vejo que não é um assassino, terei de convencê-lo a subtrair a minha vida. — Kali correu os olhos pelas paredes de rocha, encarou os painéis desgastados. — Esta cidade onde estamos é muito antiga, tão antiga quanto Enoque e Atlântida. Já foi chamada de Ophir, o Reino de Ébano e Marfim, e em seu apogeu foi o estado mais rico do mundo. No fim da era glacial, seu povo se refugiou aqui, ao sul de Gondwana, onde era mais quente, e a comida, mais abundante. Neste local eles ergueram seus templos, pirâmides e edifícios, bem como suas praças e avenidas. Os painéis deste santuário datam do período imediatamente posterior à idade do gelo, e falam sobre uma profecia segundo a qual uma deusa cairia do céu. De acordo com a tradição, a presença dessa deusa viva no templo de Ophir faria o reino prosperar, salvando-o inclusive de um novo cataclismo, que acabaria com mais de três quartos da população da Terra.

— Você é essa deusa?

— Não — ela respondeu enfaticamente. — Eu *não* sou uma deusa. Eu sou um anjo, um serafim e, como você agora sabe, uma sentinela. Fui recrutada por Metatron no sexto dia para cuidar da harmonia deste planeta. Durante a glaciação, nós trabalhamos para salvaguardar os mortais, ameaçados pela extinção idealizada pelo arcanjo Miguel.

— Os arcanjos nunca planejaram destruir a humanidade — o general defendeu seus líderes. — O objetivo era forçar sua evolução, para que os homens se tornassem mais fortes. E vocês, sentinelas, se rebelaram contra nós.

— Que plano mais engenhoso — Kali acrescentou, com toques de ironia. — Deslanchar uma chacina para que os sobreviventes evoluam. Isso nunca me pareceu um ato muito sagrado. — E decretou: — Yahweh não concordaria com ele.

— Como pode saber?

— Porque este foi o nosso juramento. Defender os homens acima de tudo. — Encostou-se no trono, cansada. — Como você também sabe, recebemos a nossa incumbência diretamente de Deus, e no passado nos apresentamos a ele.

— Não acredito. — Ablon seguiu a orientação de Lúcifer, de não dar ouvidos aos insurrectos. — Não acredito em você.

— Não preciso que acredite. Ouça, apenas. Com o fim do degelo, nós passamos a ser caçados. Fui encontrada por um dos seus, um querubim, um dos caçadores, contra quem eu lutei, pois ninguém quer morrer, afinal. Embora eu tenha ganhado, fui seriamente ferida e desabei algures nas matas perto daqui. Inconsciente, fui trazida a este templo, onde estou desde então. Os teocratas que me prenderam eram feiticeiros gananciosos e decidiram me usar como peça de dominação. Por meio de cerimônias profanas, eles retiraram o meu coração e o empregaram como ingrediente, como uma fonte de energia para o ritual de aprisionamento. O encanto, ativo até hoje, cria esta barreira invisível, impedindo que qualquer um entre ou saia do trono. Com uma suposta deusa viva em seu templo, e apoiados numa falsa profecia, eles jamais seriam desafiados, tampouco vencidos.

— Mas isso foi há sessenta mil anos — o celeste a contestou. — Não é possível que os teocratas que a prenderam tenham vivido por mais de um ou dois séculos. Se você era uma deusa para essa gente, por que não ordenou que a soltassem? Por que não exerceu o seu legítimo papel como divindade, ou pelo menos fingiu, para que pudesse escapar?

— Eu tentei. — Uma lágrima escorreu dos olhos de Kali. — Falei com eles inúmeras vezes, mas ninguém queria escutar. — Com os punhos acorrentados, ela apontou para as formas esculpidas na parede. — Os homens que sucederam os teocratas não eram todos maus nem ambiciosos. Mas eram cegos. Tudo o que lhes importava era a profecia. Ela era muito clara e afirmava que o único jeito de agradar a deusa da morte era oferecendo-lhe sacrifícios humanos. Sempre que uma batalha era perdida ou a colheita estava ameaçada, centenas de pessoas eram decapitadas. Por mais que eu falasse, que tentasse convencê-los do contrário, eles nunca ouviam. — E as palavras seguintes foram ditas com pesar, não com rancor: — Pobres homens. Tolos, surdos e ignorantes, arraigados a uma tradição, incapazes de escutar o que transcendia a ela, impossibilitados de alcançar a verdade. Com o tempo, e à medida que um novo cataclismo se anunciava, com os terremotos, os ciclones e as erupções, mais sacrifícios foram feitos. E assim, quando não sobraram mais inimigos para degolar, os sacerdotes passaram a matar seu próprio povo, primeiro os enfermos, depois os velhos e em seguida os jovens, tudo para me agradar. Finalmente, houve um grande ato de suicídio coletivo, que, segundo eles acreditavam, impediria o cataclismo. Mas é claro que não impediu. — A sentinela fez uma pausa. — E aqui eu continuo — enxugou as lágrimas. — Eu falhei, general. Fracassei na minha demanda sagrada, na tarefa que prometi ao Criador.

— Mas pelo que entendi — argumentou o celeste — nada disso foi culpa sua.

— Culpa? — Ela meneou negativamente a cabeça. — Culpa e redenção não são o que está em jogo, nem são o que eu procuro. Não lhe contei essa história para que sentisse pena de mim, ou para que me poupasse da morte. Contei-lhe tudo isso para que compreenda os meus motivos e concorde em me assassinar. Não como vingança ou punição, mas porque é o que precisa ser feito. — Então, Kali moveu o braço superior esquerdo e com ele indicou o poço de trevas que ocupava o centro do grande salão. — Esse duto termina nos subterrâneos da torre. É de lá que provém o feitiço. Como eu disse, a fonte desse encantamento é o meu coração, que se encontra dentro de um recipiente de ouro. Para que a magia se apague, você precisará destruir a fonte, ou seja, o meu coração. Isso derrubará a barreira e me libertará, mas também causará a minha morte.

— É isso o que quer? — O herói sentia-se tocado. — Sacrificar-se como fizeram os seus súditos? O que ganhará com isso?

— Sua atenção, talvez — a deusa o surpreendeu com a resposta. — Entenda. Em certos aspectos não somos tão diferentes dos seres humanos, e você, não tão distinto dos sacerdotes que me ignoravam. O que eu espero é que você me escute, que seja capaz de enxergar o que está além dos seus olhos, que pense, raciocine, perceba o mundo e tire suas próprias conclusões sobre ele.

— Mas... — Ele não entendia, não ainda. — Foi o que eu fiz. Eu a escutei.

— General. — Kali deu um suspiro, um suspiro de frustração, e não insistiu no assunto. — Por favor, faça o que eu lhe peço. Desça até o fundo do abismo e me traga o coração.

O anjo observou o buraco. Era muito longo e profundo, sem quase nenhum ponto de apoio, sem cordas, escadas ou correntes que o ligassem ao breu. Entretanto, os querubins são ótimos escaladores, e para Ablon aquela seria uma tarefa rotineira, que nem o obrigaria a materializar suas asas. Se era só isso, apenas descer ao poço e buscar o recipiente, ele o faria em poucos minutos. Mas havia implicações.

— Cuidado — a sentinela o advertiu. — Há um guardião à espreita, uma perigosa entidade conjurada pelos teocratas, um espírito considerado uma rainha pelos outros de sua raça.

— Títulos e postos não me assustam. — Ele se recordou de como enfrentara N'glalek, o Rastejante, o terrífico filho de Leviatã. — Carrego comigo a Vingadora Sagrada — mostrou sua espada. — Minha arma mística, que a tudo corta.

— Ela não o salvará desta vez — a serafim o alertou, em tom dramático. — Lâmina e aço não têm serventia lá embaixo.

Ablon fez como Kali sugeriu e desceu escalando o tubo de pedra. As laterais eram úmidas, escorregadias e cobertas de limo, o que o obrigou a encravar os dedos na rocha, abrindo pequenas rachaduras onde elas não existiam. Continuou assim por dezenas de metros, até que a certa hora escutou o que lhe pareceu ser as batidas de um coração, sempre pulsando, num ritmo constante, e aumentando à medida que ele se aproximava do fundo.

De repente, um terrível pensamento o assaltou. E se tudo não passasse de um engodo? E se a serafim estivesse mentindo, como Lúcifer o precavera? E se o que ela dissera no grande salão, sobre a profecia e o antigo reino de Ophir, fosse um ardil, um plano para enganá-lo, para conduzi-lo a uma armadilha? Não faria diferença, ele concluiu. Diferença alguma. Sendo ou não uma cilada, Ablon teria de encará-la, ou então não cumpriria a missão.

Nisso, a sensação de vazio cresceu a seus pés, mas para a sorte do Vingador os querubins são capazes de se guiar no escuro, graças à visão apurada, ao olfato, à audição e ao tato, que os ajudam a captar as emanações de calor. Não bastasse, para além dos cinco sentidos, os alados têm um sexto, com o qual podem enxergar o mundo espiritual e sua camada mais rasa. O tecido da realidade, já incrivelmente tênue no santuário acima, desmantelara-se nos níveis abaixo, criando o que os anjos chamam de *vértice*. Nessas áreas — nesses vértices — ocorre uma interseção entre os planos físico e etéreo, permitindo que os espíritos lá se manifestem como se estivessem na terra. O vértice, ao que tudo indicava, fora criado pelos teocratas para abrigar o guardião, mas quem era ele, afinal?

Chegando ao limite do túnel, Ablon deu um pulo e aterrissou sobre uma pilha de lingotes de ouro. Sacou a Vingadora Sagrada e se agachou, observando a câmara enquanto podia. O aposento era circular, muito amplo, porém com o teto relativamente baixo, somando não mais de três metros. Essa primeira impressão, no entanto, revelar-se-ia enganosa. Originalmente, a sala era altíssima, mas os tesouros se acumulavam em montanhas, revestindo o assoalho com toneladas de moedas, gemas, estatuetas de prata, tiaras de jade e outros objetos preciosos.

No centro dessa câmara se elevava um altar, e sobre ele repousava um vaso dourado, de onde partiam os batimentos cardíacos. Espalhadas sobre essa mesa estavam ainda as seis asas de Kali, as penas brancas toscamente cortadas. Dessa vez, o traço inusitado estava nas paredes, que não eram feitas de pedra. Desniveladas e macias, pareciam forradas de escamas, escamas negras, escamas ofídicas. Ablon duvidou de que fossem realmente orgânicas, até que elas começaram a se mover e, depois, a girar em um carrossel soporífico. Nauseado, o celeste fechou os olhos, e então, a partir daquela roda, surgiu um gigantesco pescoço, que se alongou e ficou em pé. Ao ouvir seu rastejar, o anjo ergueu as pálpebras e o encarou, mas era justamente isso o que o guardião desejava.

O monstro que pairava à sua frente podia ser comparado a uma imensa naja, com cinco cabeças, o colo dilatado, a língua oscilante. Mas classificá-lo como uma serpente seria um erro dos mais absurdos, e até injusto com os ofídios comuns. O guardião não era um animal, era uma *naga*, mais exatamente a famosa Nagaraja, chefe e rainha de todas as nagas.

Os animais são agentes da natureza e, como tudo o que há no meio ambiente, possuem aspectos tanto positivos quanto negativos. As serpentes, mesmo as mais peçonhentas, são essenciais para a manutenção do ecossistema, além de anunciar aos aldeões o período das chuvas. As nagas, por sua vez, são criaturas puramente espirituais, entidades etéreas que incorporam apenas o caráter maléfico — e predatório — das víboras terrestres. Para tal, são dotadas de certos poderes que as tornam invencíveis. Um desses poderes é o veneno. O outro é a *hipnose*.

Não raro os predadores usam os movimentos do corpo para atrair suas vítimas, imobilizá-las e em seguida atacar. No caso de Nagaraja, essa era sua técnica mais primorosa, com a qual vencera todos os seus oponentes e mantivera a câmara intocada por sessenta mil anos. No momento em que ergueu a vista, Ablon foi apanhado nesse feitiço. As cinco cabeças se agitavam, as íris rodavam feito um caleidoscópio de cores vibrantes. O encantamento não era somente óptico, era mágico, e agia diretamente no cérebro. As imagens penetravam através da retina, seduzindo o observador, convencendo-o a entrar naquele "túnel", a se entregar àquelas sensações agradáveis.

Lâmina e aço não têm serventia lá embaixo — as palavras de Kali repentinamente ganharam sentido. O talentoso general, que triunfara sobre N'glalek, que vencera copiosas batalhas, que era quase imbatível com sua espada, agora nem sequer conseguia erigi-la. Estava rígido, paralisado, como um rato acuado num canto, como uma mosca na presença da aranha.

Com toda sua força, ele tentou se mexer, agitar os braços, piscar os olhos, mas as pernas travaram. Era difícil até respirar.

Caíra na armadilha.

Tornara-se uma *presa*, um alvo fácil, e naquelas condições nem a armadura o salvaria. O monstro expandiu o pescoço, abrindo-o em forma de leque. Das cinco bocarras gotejava veneno, um veneno oleoso, fedorento e mortal. O corpo se inclinou à direita, mirando a jugular do celeste. Ablon notou a estratégia e se esforçou mais ainda. Tensionou os músculos, brigou contra a própria inércia, buscou energia e bombeou o sangue.

Falhou.

Continuava sólido, duro como uma estátua de pedra. E então chegou a hora de Nagaraja atacar. Ela mostrou os dentes.

E desferiu o seu bote.

38

NAGARAJA

OPHIR, O REINO DE ÉBANO E MARFIM. OPHIR, A CIDADE PERDIDA, TOMADA PELA floresta. Ophir, que ainda, mesmo morta, escondia incomensuráveis riquezas. Desde que o cataclismo a destruíra, alguns exploradores incautos — a maioria ladrões — haviam se aventurado no vale dos Ossos. Ablon não era o primeiro a visitar suas câmaras, nem seria o último. Ninguém antes dele, porém, retornara com vida, muito menos com os formidáveis tesouros sobre os quais se falava. Ninguém sobrevivera ao veneno da naga, tampouco resistira a seus padrões hipnóticos.

Da mesma forma que seus antecessores, o general fora apanhado no perigoso feitiço. "Lâmina e aço não têm serventia lá embaixo", advertira-lhe Kali, conhecendo os riscos que o aguardavam e as táticas empregadas pelo espírito-serpente.

O conselho, tão curto e singelo, acabaria, no entanto, por se mostrar valioso. Mas como era possível que algumas palavras o salvassem? Como uma só advertência o livraria da morte?

Nos poucos segundos que antecederam o ataque, no intervalo em que as cabeças salivantes se projetavam contra ele, o Vingador tentou digerir os ensinamentos da surya e encontrar seu significado intangível. Não podia se mover, o *corpo* não respondia. Seu corpo falhara! Seus músculos não lhe obedeciam, não importava a força que empregasse. Mas e quanto à mente?

Ablon era um querubim, e sua natureza sempre o empurrava ao combate. Força, agilidade, resistência, vigor, esses são todos atributos marciais, indispensáveis a quem vive da guerra. Talvez esses instintos mais básicos o tenham, anteriormente, impossibilitado de enxergar a solução, de vislumbrar a chave para aquele problema.

O corpo não respondia porque o encanto agia na *mente*. Pela primeira vez, o que o general travava não era uma batalha física, mas uma luta psíquica, uma disputa em que a vontade era o principal elemento. Persistência, tenacidade, confiança, esses eram os ingredientes daquele confronto. Seriam eles que, uma vez postos à prova, o ajudariam a vencer o duelo, quem sabe a tempo de revidar.

Em certos cantos da sala, avistavam-se esqueletos humanos, ossos de antigos gatunos que sucumbiram ao guardião. O que esses homens tinham em comum era a cobiça. O que os movia era o desejo pelas riquezas, pelas joias e pelo poder que viria com elas. Nessas condições, era fácil para Nagaraja paralisá-los, porque essas são causas frívolas, transitórias e puramente egoístas. Assim como as deles, a causa de Ablon, embora não fosse avarenta, era também inconsistente. Outrora herói das legiões, ele agora servia como capanga, como um vingador — literalmente — a serviço dos primogênitos. Deixara o céu convicto de que os arcanjos eram justos e de que os sentinelas eram maléficos, mas depois de Barak-Maru tinha suas dúvidas. E se fosse verdade o que Inanna lhes contara sobre os shedus? E se Kali tivesse razão sobre a era do gelo, sobre a intenção de Miguel e seu plano de extermínio?

Esses questionamentos eram nobres, mas por si sós não o teriam preservado, só o teriam feito hesitar, permitindo que a entidade o mordesse. O que o acudiria, a despeito do resto, era o fato de que ele tinha, agora, outros motivos para seguir adiante.

Ishtar.

Ishtar, a Fúria Dourada. Ishtar, sua amiga e fiel companheira. Então ela o amava. Ela o amava de tal maneira que estava disposta a abandonar o paraíso por ele. Ablon, por sua vez, não tinha certeza do que sentia por ela. Desejo, talvez. Admiração, amizade. Mas *ela* o amava. Era isso o que importava, era o que o comovia. E havia também o beijo, o último beijo. O beijo à luz do sol vespertino. Foi esse beijo que o despertou, que o fez compreender que há outras coisas neste mundo além do poder, do ouro e do impulso de obedecer a seus chefes. No fim das contas, foi *ela*, a legionária, que o salvou, foi o amor dela que o resguardou, pois desde Shadair ele tinha um *propósito*, um novo estímulo para lutar bravamente.

No último instante, então, com o gosto de Ishtar ainda vívido nos lábios, o anjo guerreiro se esquivou para o lado, moveu a espada e contra-atacou. O pescoço do monstro passou rente a ele, à medida que a Vingadora Sagrada dilacerava as escamas. O primeiro golpe saiu impreciso, com o herói recém-liberto do transe, mas o segundo, aplicado no mesmo lugar, quase liquidou a serpente. Um terceiro assalto, executado com perfeição, enfim a decapitou, separando as cinco cabeças da cauda. Posto que o tronco e o rabo permaneciam agitados, Ablon esmagou-lhe os crânios, um por um, destruindo-lhe o sistema nervoso e dando um basta na rainha das víboras.

Na escuridão do aposento, o coração de Kali continuava batendo. O Vingador pisou sobre as tripas, caminhou em meio às costelas, atravessou o chão ensopado e chegou à base do altar. Pegou o vaso dourado e sentiu o que não sentira antes, o que até então era para ele um mistério.

A aura de Kali. A essência de um serafim. A energia de um surya. A vida dela estava em suas mãos. E era *sua* a tarefa de extingui-la.

Com o recipiente sob o braço, Ablon subiu o poço de trevas, retornando ao grande templo construído pelos teocratas de Ophir. Ao divisá-lo sem nenhum arranhão, com a armadura suja pelo veneno da naga, Kali deu um sorriso, o único e verdadeiro sorriso em dezenas de milhares de anos. Ainda presa ao trono, tanto pelos grilhões quanto pelos ritos de bruxaria, ela o olhou com satisfação e alívio, mas, para que fosse consumada sua vontade, para que o general a libertasse de vez, ela teria de persuadi-lo, teria de convencê-lo a matá-la, o que não seria uma tarefa tão fácil.

— Eis o objeto que tanto queria. — O anjo depositou o vaso no chão, a cerca de um metro da bolha invisível. — E agora, o que faço?

— Faça conforme eu lhe disse — ela o instruiu. — Primeiro, tire o meu coração do receptáculo. Depois, perfure-o com sua arma.

O general obedeceu no começo, mas, ao segurar o órgão com a mão esquerda, o músculo ainda pulsando, ele vacilou. Tocar o coração de um anjo era o mesmo que captar sua essência, suas emoções e lembranças. O que Kali tinha visto, o que ela havia passado, suas impressões deste universo, seu amor pelos entes terrenos, seu nascimento a partir do fulgiston... Eram todas imagens tão belas, tão lindas e delicadas. Como podia assassiná-la? Como podia roubar-lhe a vida, ainda mais a sangue frio?

— Deve haver outro meio — o querubim refletiu em voz alta. — Precisa haver um jeito de anular o feitiço. Tem de haver.

— Se houve, esse conhecimento se perdeu com o declínio de Ophir — afirmou a serafim. — Mas eu quero lhe contar um segredo. Quando Deus nos convocou, consagrando-nos sobre a Haled, ele nos entregou um pouco mais do que as rédeas deste planeta. É isso que incomoda os arcanjos: a *alma*. O livre-arbítrio. Esse foi o nosso presente, o instrumento que nos faria governar. Yahweh nos agraciou com a alma, para que nos misturássemos aos seres humanos, para que compreendêssemos seus medos, seus anseios, e para que nos adaptássemos à terra. Minha essência é, portanto, imortal. Quando eu morrer, meu espírito será desmantelado, mas minha energia persistirá, se não nesta, em outra dimensão. — E pediu-lhe novamente: — Então, faça. Destrua o meu corpo. Liberte-me. Confie. Tenha fé.

Fé.

Os anjos não precisam de fé. Não precisam acreditar. Eles têm certeza. Esse é seu grande trunfo — e, paradoxalmente, sua maior fraqueza.

Mesmo a contragosto, o Vingador anuiu. Desembainhou sua lâmina. Apertou o coração e, sem dar uma palavra, o trespassou.

Um grito surdo.

Dor. Sangue.

E quietude.

Com o fluido de Kali nas mãos, com a substância física dela a escorrer entre os dedos, o celeste contemplou um quinhão de suas memórias, testemunhou seus lampejos, em tons pálidos e coloridos. Vê-la falecer era como assistir à dissolução de uma galáxia, à explosão de uma estrela, à supressão de uma nebulosa. Sua aura começou a se dispersar, e imediatamente o feitiço cessou, o selo mágico ruiu, as inscrições desapareceram, até as correntes se desfizeram.

O anjo saltou para frente e a amparou, enquanto o órgão ainda pulsava, antes que enfim se calasse.

— Kali...

— Está feito. — Ela o encarou. — General... — Sorriu, a boca sangrenta, a língua vermelha. — Não chegou a me dizer o seu nome.

— Sou Ablon. — O guerreiro a abraçou. — Ablon, o Vingador. Ablon, dos querubins.

— Ablon? — Kali mirou o teto e sua face exibiu regozijo. — Então era você o tempo todo? — Fungou profundamente. — Metatron o aguarda. — E, antes que se produzisse a derradeira batida, ela murmurou: — Nós *sempre* estivemos à sua espera.

39

OS TRÊS IRMÃOS

DOS MUITOS POVOS QUE HABITARAM A TERRA NO PERÍODO ANTERIOR AO DILÚVIO, talvez os mais notáveis tenham sido os arianos. De natureza ordeira e pacífica, interessados tanto pela religião quanto pela ciência e adeptos da doutrina do *carma*, suas obras, ensaios e pensamentos foram gravados em pedra, tendo resistido às catástrofes que destruiriam, mais tarde, os todo-poderosos reinos de Enoque e Atlântida. O país dos arianos era chamado de Arya e na época compreendia o atual território da Índia, a região de Bengala, a cordilheira dos Himalaias e o oeste da China, considerando que grande parte do norte chinês era então cortado pelo mar de Tétis, que o separava do resto da Ásia.

Arya não constituía um império coeso. Era formada, na verdade, por uma série de províncias e pequenos estados unidos por semelhanças étnicas. Os arianos eram homens comuns, mas muitos de seus antepassados tinham se miscigenado com os atlantes, enquanto outros buscaram seus pares entre os vizinhos da Lemúria, famosos por suas habilidades mentais. O resultado dessa combinação racial era uma sociedade muito rica culturalmente, receptiva aos estrangeiros e adversa à violência, o que a conservava praticamente incólume às guerras que devastavam o planeta.

Arya contava com dois portos principais: Kosala, no lado ocidental, virado para Shadair, e Samudra, na face oriental, mais ou menos onde hoje se encontra a cidade de Calcutá, então colada ao oceano. Ishtar desembarcou nesse empório e de lá iniciou a viagem. Evitou as paradas tradicionais, as estalagens, as fontes de água, optou pelas estradas secundárias e dentro de três semanas estava aos pés das montanhas Tay-Pin. Esses incríveis picos delimitavam a fronteira de Arya com o Extremo Oriente e eram uma das mais estonteantes belezas naturais que o mundo antigo já vira. Circulada pelo rio Lon, protegida por encostas íngremes e precipícios inacessíveis, a cadeia rochosa escondia no topo um altiplano florido, com inúmeros cursos d'água, cataratas e poços cristalinos. O solo era fértil, os verões amenos e os invernos agradáveis, com colheitas muito fartas e caça abundante. No coração desse santuário, quase seiscentas famílias viviam isoladas, tirando o sustento da terra e praticando a religião diariamente. O nome do "deus" a quem eles prestavam louvores era Muzhda, o segundo dos Três Pilares, o Colosso de Ferro, como era conhecido no leste. De acordo com as informações transmitidas por Orion, Muzhda assumira o controle das mais altas cavernas de Tay-Pin e lá residia, oculto em seu complexo de grutas, de onde instruía seus sacerdotes e organizava uma seita em adoração a si próprio.

O único acesso ao vilarejo dava-se através de uma ponte robusta, sustentada por grossas vigas de cerejeira. O rio Lon serpenteava quatrocentos metros abaixo, sendo a queda tão perigosa que ninguém se arriscaria a chegar lá escalando. Ishtar era uma exceção e poderia ter invadido o local às escuras. Mas na época ela sustentava o mesmo pensamento de Ablon, de que era uma guerreira, não uma ladra, portanto não tinha por que se esconder. Manteve, porém, a túnica fechada sobre o corpo, o peitoral coberto e a Vontade do Céu presa às costas, envolta por tecidos que mascaravam sua lâmina.

De rosto velado sob o capuz, a querubim estudou o percurso. A ponte cobria os cem metros que a separavam da aldeia e tinha ao menos oitenta pés de largura. Um trio de homens a guardava em postura ociosa, pouco preocupado com os eventuais viajantes, que costumavam evitar aquelas plagas, apesar de seus encantos bucólicos. Um deles estava encostado no corrimão, saboreando um bolo de arroz sem tempero. Tinha os cabelos cheios, a barbicha preta, os olhos puxados, a pele morena e usava uma túnica de couro revestida por dezenas de pequenos retângulos de ferro. Conservava uma espada curta presa ao cinto, o cabo rústico, toscamente polido. Seus dois companheiros estavam mais recuados, defendendo uma espécie de pórtico que marcava a entrada do povoado. Os três eram fisicamente muito parecidos, trajavam as mesmas roupas e não tinham atentado, ainda, à presença da Fúria Dourada. Ela pisou na ponte e por ali seguiu, ignorando-os, até que o primeiro vigia a advertiu, os dentes sujos, a boca cheia:

— Ei — o sujeito falou de modo grosseiro, ao som dos rouxinóis e das corredeiras lá embaixo. — A estrada é pelo outro lado.

A mulher-anjo não respondeu. Continuou caminhando, então o soldado engoliu o bolinho e andou rigidamente até ela.

— É surdo? — rugiu. — Já disse para dar meia-volta! — Tocou-lhe o ombro. — Vamos, fuja antes que nós o espanquemos.

Ishtar se libertou da pegada.

— Encoste em mim novamente e nunca mais tocará em nada nesta vida — ameaçou-o. — Dou-lhe a chance de recuar.

— Recuar? — O homem achou engraçado e se afastou, não por medo, mas pelo espanto de ouvir uma voz feminina. — Lao, Kumada — gritou para os outros guardas. — Olhem só isso, rapazes.

Imediatamente, a dupla que vigiava o pórtico se aproximou correndo. Eram indivíduos carrancudos e estavam armados de lança. Ao vê-los e reparar em sua disposição agressiva, Ishtar tomou o avanço como desafio e parou, pronta para o que desse e viesse. Estava agora cercada pelos três guardiões, dois à frente e um pelas costas.

— Uma rapariga do norte — um dos brutamontes a encarou, distinguindo os fios louros por dentro da capa. — Ys? Einhgard? De onde você é?

— Não quero feri-los — ela declarou, fitando-os com a expressão predatória. — Então, vou dar-lhes um último aviso, como se o primeiro não tivesse sido o bastante. Se vocês se aproximarem mais, correrão sério perigo. — A comandante não era tão indulgente quanto seu general e os atacaria sem piedade. — Afastem-se, se dão valor à vida.

— Mocinha idiota — rosnou um dos guardas na dianteira. — Desde quando uma mulher pode bater em um homem? Isso é totalmente contrário aos nossos princípios religiosos. Quanto a nós, não damos a mínima para suas palavras.

— Estamos desperdiçando tempo — exclamou o soldado à retaguarda, aquele que a tinha abordado primeiro. — Por que não a subjugamos ainda? O que estamos esperando? — E, ao terminar a frase, esse mesmo homem tentou agarrá-la, dessa vez pelo pescoço. Ishtar cumpriu a promessa, apertou-lhe o punho e o puxou em um movimento veloz. O bote foi tão violento que lhe arrancou a mão, o sangue jorrou, escutou-se um grito, e depois, com um coice, ela o pôs a nocaute.

Atônitos, os outros vigias brandiram suas lanças, mas seus golpes eram tão lentos aos olhos de um querubim que em menos de dois segundos ambos estavam derrotados. Um agora jazia no chão, banguela, e o terceiro recebeu um soco que o empurrou na direção do penhasco. O corrimão se despedaçou e ele escorregou para o precipício. A Fúria o capturou no ar e o ergueu pelo tornozelo, de cabeça para baixo, ainda sem saber se o largava.

— Clemência — suplicou um dos guerreiros. — Clemência! — gritou. — Por favor, não mate o meu irmão.

— Ah, então vocês três são irmãos? — Bem que ela notara a semelhança. — Me dê um bom motivo para que eu deixe impune uma corja de malfeitores. — Pressionou-o: — Vamos lá. Pense rápido.

— Não somos malfeitores — ele gaguejou entre os dentes rachados. — Lao tem uma filha de treze anos que está prestes a se tornar mulher. Talvez o Colosso de Ferro aceitasse sacrificar *você* no lugar dela. O que fizemos foi por amor à nossa família.

— Como é? — Intrigada e disposta a escutar o argumento com calma, Ishtar lançou o soldado de costas na ponte, preservando-o da queda. Estalou os dedos e os inquiriu: — Vocês são obrigados a oferecer suas jovens em sacrifício?

— Sim. — Mostrou as palmas em atitude pacífica. — Sim, senhora.

— Então, não há mulheres adultas nesta região das montanhas? — ela estranhou. — Como vocês se reproduzem?

— Os sacrifícios são sexuais — ele explicou, com uma combinação de repugnância e vergonha. — As mais novas servem a ele como consortes por dez anos. Depois, algumas se tornam sacerdotisas. As que engravidam morrem, gerando bebês natimortos. Mas a maioria retorna para casa. — E completou, taciturno: — Nenhuma delas, porém, volta a ser o que era. Assim, eu lhe digo, forasteira: este não é um lugar que se visite. Não há felicidade nestas paragens.

— Não me convenceu ainda. — Ishtar sacou a espada. — Se a vida é tão dura para vocês, por que simplesmente não fogem? — Olhou para trás. — O caminho está livre. Por que aceitam submeter-se a tais atrocidades calados?

— É o nosso *carma* — justificou-se. — Lei universal. É o nosso fardo, do qual não podemos escapar, o qual carregaremos até morrer.

— Muito bem. Se é assim — ela apontou-lhes a Vontade do Céu —, podem se considerar mortos a partir deste momento. Se continuam caminhando nesta terra, é graças à minha piedade. E eu, como sua salvadora, liberto-os do que chamam de "carma". — Deu um passo à frente. — Façam já sua escolha. Me ajudem a chegar até o Colosso de Ferro e eu os pouparei. — Indicou o buraco na murada, agora aberto ao precipício. — Caso contrário, podem se jogar na ravina.

Os três irmãos se entreolharam. Um deles se arrastou até o parente mutilado e o assistiu, improvisando um torniquete. Juntos, eles fizeram sua escolha.

40

O CÍRCULO ESCARLATE

No dia seguinte, Ishtar foi levada pelos três irmãos ao templo de Muzhda e apresentada às sacerdotisas do Círculo Escarlate, como se autodenominavam as "mulheres santas do leste". Desarmada, seminua, algemada e amordaçada, absolutamente nada a diferenciava de uma moça comum, à exceção das vibrações de sua aura pulsante, que em todo caso as religiosas não saberiam identificar.

— Bom trabalho, guardiões — elogiou-os uma mulher na casa dos quarenta anos, envergando um quimono sedoso, os cabelos negros, o rosto maquiado. — Sinto muito pelos seus ferimentos. Veremos o que pode ser feito em relação à sua irmã. — Sentada a uma mesa de pedra, ela fazia anotações num papel. A seu lado estavam outras seis sacerdotisas, figuras amargas, que esquadrinhavam Ishtar como se desejassem esganá-la. — Consultarei o Deus sob a Montanha e ele julgará o destino dela.

Os três irmãos se curvaram e saíram. O templo de Muzhda fora construído no interior de um labirinto de cavernas, e suas câmaras eram grutas, na realidade, adaptadas às necessidades da seita. O chão fora aplainado com blocos de rocha, o que o tornava a única superfície lisa, uniforme, entre paredes irregulares e estalactites pontudas. O aposento onde Ishtar se encontrava era usado como antecâmara e contava com uma janela natural, oblonga, que se abria para o altiplano, a partir da qual se tinha uma excelente visão da aldeia, das terras aráveis, dos bosques e dos riachos sobre o vale mais alto do mundo. Era um dia ensolarado, mas a luz se perdia nas inúmeras passagens que acessavam as salas e os gabinetes, iluminados por piras e candelabros de bronze.

— Quer me dizer o seu nome? — a matriarca retirou-lhe a mordaça. — De onde veio? Por que e como chegou aqui? — Mas, perante o silêncio, a mulher continuou discursando: — É uma guerreira. De Einhgard. Do norte. Eu sei. — Deu uma risada maliciosa. Ishtar tinha não só corpo, mas fisionomia de soldado, então era perfeitamente razoável confundi-la com uma amazona nortista. — Ninguém engana o Deus de Ferro. Escutou? — elevou a voz. — Ninguém! — E finalmente, irritada com a apatia, ela deu uma ordem às garotas mais novas, que as observavam de longe: — Levem-na. Preparem-na e depois a entreguem ao Colosso. Vamos ver por quanto tempo ela sustentará seu orgulho.

O plano de Ishtar era simplório, mas parecia estar funcionando. Com a ajuda dos três irmãos, estava a um passo de ser conduzida à presença de Muzhda. Da antecâmara, ela foi encaminhada a uma gruta adjacente, banhada em uma piscina termal, perfumada e vestida com duas peças de seda: uma tanga e um porta-seios. Depois, as sacerdotisas a submeteram a um estranho ritual de "purificação", que consistia em untá-la com ervas e óleos enquanto as concubinas a rodeavam, cantando e agitando incensários. Desses vasinhos escapava uma fumaça narcótica, que causava surtos de alucinação e provocava sensações anestésicas. Resistente como era às drogas normais, Ishtar não chegou a sentir seus efeitos, mas deu asas à farsa e simulou um desmaio quando a cerimônia acabou.

Certas de que a tinham atordoado, as cultistas tiraram-lhe as algemas e a carregaram ao cerne do complexo cavernoso, ao grande salão de adoração ao Colosso. Lá, a querubim foi largada aos pés de uma estátua de ferro com quase três metros de altura, que, segundo parecia, fora esculpida para servir como totem, um tributo ao venerado e temido Deus sob a Montanha.

Imóvel, Ishtar piscou para melhor enxergar o cenário. Aquela galeria era a mais espaçosa de todas, repleta de nichos, frestas e corredores, a maioria levando às dependências sacerdotais, alguns terminando em covas e abismos, outros se abrindo aos precipícios e às cachoeiras externas. A luz vinha do topo, penetrava através de uma cavidade redonda e se projetava como um feixe sobre o ídolo metálico, fazendo-o brilhar.

Numa segunda espiada, ela compreendeu que não era a única a ser ofertada ao carnífice. Por todo o aposento espalhavam-se divãs, almofadas, coxins, e sobre eles repousavam cerca de duzentas ou trezentas moças, louras, morenas, negras, orientais, todas dopadas. As que acordavam entregavam-se a seu destino, a seu "carma", bebiam, comiam e voltavam a tragar os narguilés, mais uma vez se lançando ao delírio, ao estado de semiconsciência por meio do qual suportavam as torturas. O que existia no coração da montanha, a legionária agora sabia, era um *harém*, um harém de jovens escravas, obrigadas a se submeter a uma década de humilhações, de envenenamento, à medida que o sentinela as violentava dia após dia, para só então devolvê-las aos parentes. Os moradores do vilarejo, conforme lhe disseram os irmãos, não eram vítimas apenas dos abusos sexuais de Muzhda, mas também de suas convicções religiosas. A seita pregava que tudo na natureza cobrava um preço, e o sangue que escorria das virgens era — convenientemente — o que sustentava a fertilidade do solo. Sem isso, o rio Lon secaria, as plantas murchariam e os animais morreriam de fome. Distorcendo as leis cármicas, Muzhda lhes impunha uma ideologia cruel, fatalista, que os transformava em marionetes, em bonecos sem vontade, sem energia para questionar o "deus vivo".

Ingênua nos assuntos carnais, Ishtar era esperta no tocante ao combate. Ela traçara sua estratégia e estava confiante em que derrotaria o segundo dos Três Pilares, mas antes precisava encontrá-lo, precisava achá-lo naquele emaranhado de túneis. A fim de surpreendê-lo, ela então resolveu esperar, preferiu conservar o oportuno disfarce de amazona nortista e atacá-lo de supetão logo que ele aparecesse para tentar estuprá-la.

Por um longo tempo, nada aconteceu. A comandante lá ficou, estática, atirada à base do ídolo. A manhã deu lugar à tarde, a tarde deu lugar à noite e a noite deu lugar à madrugada. E da madrugada nasceu um novo dia.

E nada.

Ninguém.

O sentinela não veio. Será que viria?

Onde estava?

Pacientemente, Ishtar se manteve rígida até cerca de meio-dia, quando decidiu entrar em ação. Ergueu-se, o andar cambaleante, fingindo ter acordado com fome, e avançou em silêncio até os coxins. Mas ao fazer isso sentiu uma sombra crescer às suas costas, acompanhada por um bafo metálico, uma pisada forte e um tremor de terra.

Virou-se na hora, tentou se esquivar, mas não foi rápida o suficiente. Uma enorme mão prateada a segurou pela goela e a imprensou contra o chão, apertando-a tanto que seu corpo começou a afundar, os blocos do pavimento estalando. Perplexa, ela reparou que a criatura que a prendia a estivera vigiando o tempo todo, a noite inteira. O ídolo não era uma peça esculpida em honra a Muzhda, era o *próprio* Muzhda, o deus vivo, o Colosso de Ferro!

— Desperte, menininha. — A voz era cava, como o rolar de pedregulhos. — Já devia saber que nós, sentinelas, aprendemos a ocultar as pulsações de nossa aura, diferentemente de vocês, celestiais. Pensou mesmo que poderia me enganar? Achou realmente que eu não sentiria a sua presença?

— Solte-me — Ishtar balbuciou.

— Julgam-nos pervertidos, não é? Os arcanjos nos caçam porque nos entregamos ao sexo, à devassidão. — O colosso deu uma gargalhada satânica. — O que dirão quando souberem o que aconteceu com você? — Forçou-lhe a garganta. — É isso mesmo, querubim. Vou deflorá-la. E sabe o que é melhor? Você vai gostar. — Riu ainda mais alto. — Não se preocupe, sou bom amante. Prometo-lhe que nunca mais pensará no céu, ou em suas legiões, pois eu a satisfarei por completo.

— Como... — A celeste tentou se libertar, mas o gigante era no mínimo três vezes mais forte. O aperto cortou-lhe a circulação, a visão apagou, a audição desapareceu, e ela enfim desmaiou. E dessa vez não era fingimento.

41

O COLOSSO DE FERRO

— O CÉU NÃO É MAIS O MESMO. — A FRASE ECOOU COM UM TIMBRE SARCÁSTICO. — Pelo que vejo, alguém já passou por aqui.

Ishtar sentiu que um corpo estranho a penetrava, um corpo úmido, trepidante e macio. Quando abriu os olhos, estava de cabeça para baixo, a tanga aberta, os seios nus. Muzhda a segurava pelos calcanhares e a bolinava com a ponta da língua. Com o rosto enfiado em sua genitália, o monstro a lambia, babava e cuspia. Enojada, ela se agitou em resposta, mas a pegada era duríssima e, uma vez capturada, não havia como se libertar.

Muzhda, ela saberia depois, fora um dos capitães de Metatron, um ser tão poderoso que era superado apenas por Kha, o Sol, o terceiro dos Três Pilares. Contava-se que ele enlouquecera após a idade do gelo, passando a agir por conta própria e se autoproclamando divindade. Muzhda e Kha não foram os únicos, entretanto, a sofrer tais delírios. Durante o período glacial, os sentinelas assumiram a tarefa de proteger os seres humanos, de dar-lhes conforto e abrigo, e foram vistos como ídolos pelas sociedades as quais ajudaram. Alguns incorporaram tão profundamente esse aspecto que não conseguiram abandonar seus seguidores após o degelo nem suas funções como "deuses". Isso, somado ao fato de que os arcanjos agora os caçavam, de que seus companheiros estavam morrendo, acabou por afetar-lhes a razão, fazendo-os agir como entidades lunáticas, que subjugavam e oprimiam seus povos.

Fazia milhões de anos, Metatron recrutara Muzhda entre os querubins. Então chamado de Iz'ael, ele era um proeminente membro da casta, pertencente a uma estirpe conhecida como *erelim*. Os erelins são, até hoje, os guardiões das catedrais e dos palácios do Quinto Céu e, ao contrário dos shedus, que têm a ferocidade aflorada, são famosos pela estatura, pela frieza e pela capacidade de permanecer séculos parados, vigiando determinado posto ou castelo. Talvez por ter inibido suas emoções no passado, ele as tenha extrapolado posteriormente, agora que não precisava mais responder a ninguém. Era o preço, o gozo e o prejuízo de descer à Haled, conforme aprenderam Ablon e Ishtar em Shadair, e como também teriam aprendido os sentinelas, séculos antes. Desde o dia em que chegaram à terra, os asseclas de Metatron se empenharam em desenvolver certas técnicas e poderes singulares, que só eles conheciam e que os ajudariam a governar o planeta. Muzhda, apesar de ter sido, como Kali, agraciado com o livre-arbítrio, era ainda, e acima de tudo, um querubim, um erelim, e na condição de vigia aprendera a revestir sua pele de ferro, uma casca metálica que o tornava imbatível. Ishtar notara essa característica em particular e temia agora não conseguir derrotá-lo. Poderia cortá-lo com a Vontade do Céu, que afinal era uma lâmina sagrada, mas sem ela dificilmente o feriria.

O cuspe de Muzhda continuava a descer pelas coxas da Fúria, à medida que ele se deliciava com seus fluidos corpóreos. Após satisfazer-se oralmente, o ser a empurrou de costas no solo, deslizou as mãos até seus pulsos, prendeu-a pelos braços e ficou de cócoras, preparando-se para constrangê-la com seu enorme pênis metálico.

— Ei, soldadinha. Guerreira. — O ser a estapeou. — Chega de dormir. Vamos, acorde! — gritou. — Diga-me, como vai explicar isso aos seus superiores? Como dirá aos arcanjos que perdeu a castidade? Um tanto vergonhoso para uma comandante, não acha?

— Simples — ela gemeu, meio rouca. — Eu direi que me violentou. E nessas condições, será uma medalha, não uma vergonha.

— Mentirosa — sorriu Muzhda. — Mas eu gosto disso, sabe? A transgressão me excita. De qualquer maneira, não importa o que você dirá. Sabe por quê? — Agachou-se mais ainda. — Bom, vou lhe contar um segredo. Mudei de ideia. Quando terminar o que tenho a fazer, eu a estrangularei. Desculpe se lhe dei falsas esperanças.

De olhos saltados, o gigante curvou a lombar para se deitar sobre ela, mas ao mudar de posição seus dedos se moveram um milímetro. Ishtar não teria sido capaz de escapar mesmo assim, porém tivera o corpo untado de óleo pelas sacerdotisas, o que o tornava mais deslizante. Como que por reflexo, ela retraiu os cotovelos e então seus punhos escorregaram.

Era sua chance.

Sua *única* chance.

Livre, ela não esperou a reação do inimigo. Rolou por baixo dele e parou em pé, às suas costas. Com toda a energia, deu um salto e esmurrou-lhe a nuca, uma, duas, três, quatro, cinco vezes, mas seus golpes só produziram estalidos.

Enfrentar Muzhda no combate cerrado provou ser uma estratégia ineficaz. O sentinela segurou-a pela cintura, rodou-a sobre a cabeça e a arremessou contra uma das estalagmites, numa incrível demonstração de potência. A mulher-anjo estatelou-se nas pedras, o chão balançou, a gruta inteira tremeu. O detestável ente de ferro se aproximou dela outra vez, cruzou os braços em postura de superioridade e com um riso jocoso deixou que Ishtar o atacasse, como e *onde* quisesse. A celeste o agrediu à vontade, com socos, chutes, cotoveladas e encontrões, pulando de um lado para o outro, sem no entanto conseguir machucá-lo.

— Inútil. — O Deus sob a Montanha aprumou-se. — Foi uma péssima ideia entrar aqui desarmada. Sei que todos os querubins têm armas místicas, pois já fui como vocês. E também sei o que aconteceu no deserto, sei da morte de Kothar e do seu combate contra o Rastejante. Sim, as notícias correm rápido. — E, dito isso, ele a capturou novamente, apanhando-a pelos ombros e a trazendo para perto. — Compreendo o que sente, garota. Prometi ser bom amante, mas esqueci as preliminares — zombou. — Devia antes tê-la beijado. Sim, é do que as fêmeas gostam, não é? — Forçou os lábios contra os dela. — Beije-me.

Quanto mais Ishtar resistia, mais o colosso se entusiasmava. O monstro abriu-lhe a mandíbula à força e a beijou ferozmente. Sua língua grande e viscosa encheu-lhe a boca, e enfim ela compreendeu o que na verdade já sabia: que o antigo erelim não tinha o corpo inteiramente metálico, era apenas *revestido* de ferro. Com efeito, a tez funcionava como armadura, mas por dentro havia nervos, ossos e músculos, como qualquer outro. Olhando-o com atenção, reparou que ele tinha dentes comuns, amarelados, então chegou a nuca para trás e o agrediu com uma cabeçada.

E outra.

Outra.

Mais uma.

Outra.

Dolorido, espantado, o sentinela imediatamente a largou, cuspiu sangue, engoliu os incisivos, tossiu, rosnou, escarrou.

— Oh. — Ishtar se afastou com uma cambalhota. — O que é isso? — fingiu assombrar-se. — Seu corpo não era inquebrável?

— Sua vaca. — O "deus" enfiou o polegar nas gengivas, regurgitando agora os dentes molares. — Vou matá-la. — Deu um berro, enraivecido. — Vou matá-la!

Sabe-se que o ódio produz efeitos imprevisíveis, às vezes benéficos, às vezes nocivos, especialmente quando associado à batalha. No caso de Muzhda, o mesmo ódio que deveria energizá-lo, que deveria dar-lhe forças para esmagar a rival, acabou por cegá-lo. Descontrolado, o gigante passou a atacar a esmo, destroçando o que surgia à frente com golpes fortes, pesados, mas pouco precisos. Menor e mais ágil, Ishtar escapava facilmente de suas garras, com uma sequência de desvios e esquivas ligeiros. E, a cada falha, a cada soco frustrado, a ira do monstro crescia, o que só o tornava mais lento, mais insano e desajeitado.

— Enfrente-me — o sentinela a provocou, ciente de que os anjos guerreiros não recuam quando desafiados. — Enfrente-me. — Pegou uma mesa de jantar e a zuniu. — Eu a desafio. — Chutou um divã, ofegante. — Ataque-me.

Só que, em vez de atacá-lo, Ishtar fez algo que o deixaria ainda mais furioso. Deu meia-volta e correu na direção dos túneis que cingiam o grande salão. Indignado, o Colosso de Ferro praguejou, grunhiu e disparou atrás dela, penetrando na escuridão das passagens cinzentas, prometendo a si mesmo que a encontraria. Era uma questão de honra. Afinal ele já fora — e *ainda* era — um querubim.

42

SÓLIDO COMO ÁGUA

— CEM ANOS — MUZHDA PENSOU EM VOZ ALTA. — SIM, É UM BOM TEMPO. Eu a estuprarei por cem anos. Ou duzentos, talvez. E farei outras coisas... coisas *piores* — murmurava o sentinela com olhar de maníaco, vasculhando as frestas, os nichos, as reentrâncias, os corredores umbrosos. — Onde está você, menininha? Enfrente-me! — vociferou. — Ei, guerreira. Você mesma. Está me ouvindo? — Mas tudo o que se escutava eram os ecos perdidos, as goteiras, o sopro do vento, até que o colosso captou a aura de Ishtar, a essência angélica a qual ela ainda não sabia esconder e que denunciava sua presença. — Ah... — Riu-se baixinho, depois urrou: — Está por aí, não é?

Salivando, Muzhda perseguiu seu rastro. Caminhou por quilômetros nas trevas, chegando a uma galeria estreita, parcialmente alagada, aberta pela erosão. Conforme acontecia naquelas montanhas, as nascentes ficavam nos picos, a água era gradualmente absorvida, escoava entre as pedras, ganhava velocidade dentro das grutas e despencava em jatos sobre o rio Lon. No final desse duto, enxergava-se um radiante ponto de luz, combinado ao odor das plantas silvestres. Continuou avançando até onde terminava a passagem. Do buraco fluía uma cachoeira, traçando um fiapo branco rente à encosta, culminando em um estouro de respingos azuis, quatrocentos metros abaixo. Determinado a recapturar sua presa, o Deus sob a Montanha enfiou a cara através da ranhura, vislumbrou a queda-d'água, o vapor espumante, as gotículas prismáticas, o sinuoso curso do Lon, mas onde estava a celeste? Para onde fora? Será que fugira? *Não*. Ainda podia sentir sua aura, suas pulsações, muito próximas. Mas onde? Onde se escondera?

Quando o Segundo Pilar rodou o pescoço, uma sombra se projetou sobre ele. Uma sombra dourada. E houve um risco.

Um risco de prata.

E sangue.

Muzhda se moveu para o lado, mas ainda assim a Vontade do Céu trespassou-lhe a pele, varou-lhe a clavícula, ao passo que Ishtar o fustigava do alto. Pendurada no teto, a legionária o atraíra àquele túnel porque fora *lá* que ocultara sua lâmina, tendo antes explorado o complexo por fora. Uma tocaia, um plano perfeito, que tinha tudo para dar certo.

Mas o monstro se esquivou.

E ela errou o coração.

Surpreso, ferido, o colo sangrando, os dentes rotos, Muzhda perdeu o equilíbrio e desabou da catarata. Montada sobre ele, Ishtar caiu junto, tentando açoitá-lo, ao mesmo tempo em que buscava um apoio que a poupasse do choque.

Não encontrou.

O corpo de Muzhda colidiu sobre as pedras. Parecia uma avalanche compacta, esmigalhando os seixos, despedaçando os calhaus, espalhando terra, água e barro em todos os sentidos e direções. O baque nem sequer o atordoou, graças à dureza da crosta metálica. Contudo, o embate nas cavernas, o jogo de gato e rato nos túneis e, mais exatamente, a suposta fuga de Ishtar o fadigaram sobremaneira. Irritava-o a perspectiva de ter sido enganado, de ter sido passado para trás, logo ele, que era um *deus*, que vencera e humilhara todos os celestes que, no passado, tentaram destroná-lo sob as ordens do céu. Não era aceitável que alguém, fosse homem ou anjo, entrasse em seus domínios, ferisse-o e escapasse sem receber a punição adequada. Por isso, Ishtar *deveria* ser localizada.

E seria.

Ishtar, a Fúria Dourada, Ishtar, subcomandante da Legião das Espadas, não tinha de forma alguma fugido. Jamais fugiria.

Muzhda ergueu-se. Sentiu doer a omoplata. O talho provocado pela Vontade do Céu era fundo, mas não seria suficiente para matá-lo.

Uma carpa agitou-se no rio.

Silêncio.

O vento trouxe uma flor. Pétalas rubras. De cerejeira.

Silêncio.

De repente, Ishtar veio à tona, uns trinta metros ao longe. Trazia o sabre embainhado, preso ao cinturão, pronto para ser sacado. Sem a proteção da armadura, ela se machucara ao rolar a encosta, raspara os joelhos, os braços e os quadris, e estava também coberta de sangue. Munida da arma celeste, ela agora podia rasgá-lo, mas para isso teria de se aproximar dele, correndo um novo risco de ser capturada.

— Sua tola — o sentinela a insultou. Os dois continuavam próximos à cachoeira, ela submersa até a cintura, ele até as panturrilhas. — Crê realmente que esta espada poderá me matar?

— Não será a espada que o matará — ela retrucou. — Serei *eu*.

— É? — Muzhda soltou uma daquelas gargalhadas sonoras. — Que idiotice. Como? Para me acertar você teria de dar uns passos adiante, expondo-se aos meus punhos. — Fez uma pausa, durante a qual nenhum dos dois ousou se mexer. Ishtar colocou-se na posição exata para desferir o golpe, e o colosso se pôs no ângulo perfeito para agarrá-la. — Ah, já sei. — Outra risada. — O Risco de Prata. Escutei falar sobre ele. É a sua técnica principal, não é? Com a qual consegue deslocar o ar e atingir um inimigo a distância. — Escarneceu: — Hmm. Muito bom. Excelente. Mas entenda, garotinha, você está perdida, derrotada, porque o *ar*, simplesmente, não é sólido o bastante para me esfolar.

— Eu sei. Eis o motivo de eu tê-lo atraído para cá.

— Você o quê?

— A cachoeira — ela explicou. — Você está certo. O ar não tem a consistência necessária para afetar superfícies minerais. Por mais que eu me esforçasse, trata-se de um composto gasoso, pouco denso e concentrado. Para que o Risco de Prata seja eficiente contra objetos tão duros, eu preciso deslocar partículas sólidas... — apertou o cabo da espada — ou *líquidas*.

— Hã? — o monstro gaguejou. — C-Como disse?

Naquele último segundo, é bem provável que Muzhda tenha descoberto a cilada, mas, se o fez, não conseguiu evitá-la. Com o sentinela na mira, a mulher-anjo extraiu da bainha a Vontade do Céu, descrevendo o clássico semicírculo ascendente com o qual fatiara os apaks. Mas, dessa vez, por estar cercada por um ambiente aquático, lodoso, o gume da espada se prolongou em um disco resplandecente de água, terra e argila, que enfim encontrou seu destino.

O leito se abriu.

O solo trincou.

Com o ruído de mil pedrinhas sendo atiradas, o filete dilacerou o gigante, separando-o desde os testículos ao cimo da testa, deixando à mostra seu bojo, os órgãos, os tecidos, os tendões e, é claro, sua extraordinária casca de ferro.

A face esquerda tombou sobre o banco de areia, estilhaçou-se nos pedregulhos, e a outra caiu para trás, como um naco podre de melancia, sujando de vermelho o sagrado rio Lon, impregnando as margens com um odor de ferrugem.

Um suspiro.

De alívio. De vitória.

O Deus sob a Montanha estava morto. E a querubim, esgotada. Os pulmões ardiam. O olhar era turvo, o coração saltitava.

Ishtar rastejou para a floresta. Nunca antes enfrentara um oponente tão forte, o que a fez refletir sobre os próximos adversários, sobre Kha, que tinha a fama de ser ainda mais poderoso, e sobre o inigualável Metatron.

Metatron.

A Fúria confiava — sempre confiara — em seus talentos e na persistência do Vingador, mas, depois de batalhar contra Muzhda, ela entendeu o que Orion lhes dissera sobre a excelência dos sentinelas e a ameaça que representavam.

Ela agora sabia que nunca poderiam derrotá-los — não todos eles. Que, por mais que tentassem, jamais superariam Metatron.

Jamais.

43

TUKH

HOJE, HÁ CERTO CONSENSO EM AFIRMAR QUE A CIVILIZAÇÃO OCIDENTAL NASCEU nos charcos da Mesopotâmia e que o primeiro grande império foi o egípcio. Há registros de faraós reinando no país do Nilo desde o fim do Neolítico, quando uma suposta guerra unificou a região e permitiu que a sociedade enfim prosperasse. Há outros motivos, no entanto, que contribuíram para seu crescimento. O território que após o dilúvio seria chamado de Egito floresceu a partir das ruínas de uma nação anterior, Sakha, que como muitas seria destruída pelas catástrofes e inundações subsequentes.

Nos tempos em que Ablon e Ishtar esquadrinhavam o planeta, Sakha atingia o apogeu. Formado por colinas e desertos infindáveis, o país tinha a população reduzida e um exército pequeno, mas era governado por Kha, o último dos sentinelas que ainda se apresentava abertamente ao mundo. Batizado por seus seguidores de "o Sol", Kha morava isolado em seu templo, Hut-Kha, a Montanha Solar, afastado de tudo e de todos, mas sua aura podia ser sentida por qualquer um que cruzasse a fronteira. Kha não precisava se esconder, pois tinha vencido, um por um, todos os celestiais que o arcanjo Miguel enviara contra ele, incluindo Orion, a Estrela de Prata, que chegara a desafiá-lo antes de assumir o trono de Atlântida. O Rei Ungido nunca revelara os pormenores desse combate, limitando-se a afirmar, quando indagado, que o Terceiro Pilar não podia ser derrubado sem provocar consequências irreversíveis ao bem-estar "de seu próprio povo".

Situada no que atualmente é o nordeste da África, Sakha era delimitada, ao sul, pelas savanas de Gondwana e, a nordeste, pelas estepes de Nod. Os monarcas de Enoque, embora expansionistas, nunca chegaram a considerar uma invasão, pois não havia, naquelas bandas, nada que realmente lhes interessasse. O Nilo então não existia, tendo sido formado milênios à frente, como resultado de um terremoto que reajustaria a terra durante o segundo cataclismo. Sakha era, portanto, um reino de vegetação árida e campos estéreis, que contava com apenas três cidades: Tukh, a capital, Jedala, que servia como porto ao mar Interior, e Sen-Zar, fronteiriça ao império de Nod.

Outra localidade importante era — obviamente — Hut-Kha. No solstício de inverno, os sacerdotes organizavam peregrinações até a Montanha Solar, para uma semana de ritos e cerimônias em homenagem ao Senhor do Universo, como Kha era também conhecido. O mês de janeiro era a única época em que o templo ficava acessível. No resto do ano o calor era tanto e a travessia tão longa que nenhum homem suportaria o percurso, sozinho ou em grupo. Mesmo assim — e, talvez, especialmente por isso — os habitantes de Sakha eram leais a seu "deus", à entidade que, segundo acreditavam, lhes fornecia o sustento. Ao contrário de Muzhda, Kha não exigia sacrifícios, apenas obediência e devoção. De acordo com suas normas, o fiel deveria visitar a Montanha Solar ao menos uma vez a cada dez anos e rezar três vezes ao dia, demonstrando completa submissão a seus dogmas. Quem não cumprisse tais mandamentos amanhecia com o corpo queimado, e, dependendo da transgressão, alguns eram carbonizados à luz do dia, sofrendo uma espécie de combustão instantânea.

Embora não contasse, àquela época, com rotas fluviais ou marítimas, Sakha possuía oásis abundantes, e sobre o maior deles fora construída Tukh, a Cidade de Argila. O nome era uma alusão a seus prédios e zigurates, erigidos em pedra calcária, dando vida a uma paisagem de aspecto arenoso, bege e acastanhado. Desde tempos imemoriais, o poço fora canalizado, e suas águas alimentavam as colheitas em um raio de cinquenta quilômetros além das muralhas, fornecendo irrigação às fazendas de trigo e cevada, aos campos de oliveiras, aos pomares, às figueiras e à criação pecuária. Esses canais convergiam para um reservatório central, no coração da metrópole, que funcionava como porto às canoas, às jangadas e aos pequenos barcos. De lá se enxergavam a cidadela, cercada por palmeiras e fossos, os palácios teocráticos e o templo urbano de Neph-Kha, uma pirâmide em degraus administrada pelos "sacerdotes solares".

Os distritos reservados à gente comum tinham casas de dois andares, com pátio central e amplos terraços. As ruas eram estreitas e curtas, um verdadeiro labirinto ao ar livre. No bairro mais ao sul, o "setor dos estrangeiros", localizavam-se os albergues e as estalagens destinados aos viajantes. Não à toa, foi nesse lugar que Ablon se instalou, enquanto esperava para reencontrar sua parceira. Os dois haviam combinado de se reunir em Tukh após enfrentarem Kali e Muzhda, mas três meses haviam se passado e Ishtar não chegara, o que naturalmente o deixou preocupado. Ele não podia sentir sua aura, então, das duas uma: ou ela estava (ainda) longe, ou tinha morrido. Teria sido derrotada pelo Colosso de Ferro?

O correto seria dar continuidade à empreitada, sem culpa ou remorso, afinal é isso o que os soldados fazem. Mas ele preferiu esperar. Recusava-se a aceitar que a Fúria estivesse morta, não apenas porque confiava em suas capacidades, mas porque não suportaria perdê-la. Aqueles eram sentimentos censuráveis, ele sabia, sobretudo no caso de um oficial, mas ele não pôde evitar. Ponderou sobre o assunto e concluiu que, de uma perspectiva sóbria, seria até razoável aguardá-la. Se Ishtar estivesse viva, seu auxílio seria fundamental nessa penúltima batalha. E, se por acaso um dos dois — Ablon ou Ishtar — perecesse naquela disputa, ainda sobraria um deles — general ou comandante — para acossar Metatron.

Em vez de alugar um dormitório, o Vingador optou por passar as noites em uma taverna que ficava aberta madrugada adentro. De quebra, estudaria os costumes daqueles que entravam e saíam, tentando aprender os sotaques e maneirismos, a fim de se adaptar à Haled, que agora era seu campo de guerra. O estabelecimento, fora da jurisdição da cidade, tornara-se conhecido pelas competições, às vezes mortais, que aconteciam exclusivamente dentro de um ringue de gladiadores. O curioso era que, fora da arena, todos os clientes se respeitavam, e as discussões nunca terminavam em sangue. Ablon refletiu sobre essa peculiar faceta do comportamento humano e observou que, em certas ocasiões, a ausência de leis torna os homens ainda mais corteses, já que não há regras que impeçam alguém de estourar-lhes a cabeça ou cortar-lhes a garganta quando provocado.

Por quatro semanas, o anjo cumpriu a rotina de sentar-se a uma das mesas, pedir a refeição mais cara, dar boas gorjetas e assistir aos duelos quieto, imperceptível à populaça. Durante esse tempo, não houve quem o perturbasse, até que certa noite uma sombra lhe tocou o ombro, toda coberta por uma túnica parda, o rosto oculto sob o capuz.

— General.

— Comandante? — Ablon arregalou os olhos ao identificar sua companheira. — Você? — Ele se levantou e, mesmo sem querer, os dois se abraçaram. — O que aconteceu? Como chegou até aqui? — Encarou-a de perto. — Sua aura me parece tão fraca.

— Minha aura não está fraca. — Ela se acomodou junto dele e revelou, objetivamente: — Aprendi alguns truques.

— Que truques?

— Os sentinelas. — Ela reparou que a barba do Vingador crescera, dando-lhe uma aparência mais máscula. — Eles aprenderam a camuflar sua essência e a mantê-la disfarçada por eras — disse, separando uma porção do jantar sobre a mesa.

Havia utensílios de cerâmica sustentando fatias de figo, cachos de uva, rabanetes e longas tiras de palmito cozido. — Observei essa técnica utilizada por Muzhda e tentei reproduzi-la. É algo que nos pode ser útil no futuro.

— Com certeza — o herói se interessou pela oferta e a considerou seriamente. — Mas o que houve? Por que se atrasou?

— Longa história. — Ishtar bebeu um gole de leite de cabra e discorreu sobre os três irmãos, o Círculo Escarlate, o harém nas cavernas e seu confronto sob a cachoeira do rio Lon. Mostrou-lhe ainda os hematomas e explicou que tais ferimentos, agora quase sarados, acabaram por retardar seu trajeto. — Mais dois ou três dias e estarei como nova.

— Ótimo. — Ablon já tinha considerado esse cenário. — Isso nos dará tempo para marchar até a Montanha Solar.

— Marchar?

— Claro. — Ele reforçou o que dissera semanas antes: — Seguiremos o plano e viajaremos como seres humanos.

— Não fará diferença. Os sentinelas já sabem sobre nós.

— Sabem?

— Se Muzhda sabia, Kha certamente já sabe. — Ela tentou procurar uma explicação, mas só podia especular. — Imagino que as circunstâncias envolvendo a morte de Kothar devem ter repercutido em muitas regiões do planeta. Ele era um dos Buscadores, um arquimago e inimigo de Enoque, não? E muitos de seus adeptos conseguiram fugir.

— Hmm... — o anjo ponderou. — Que notícia desagradável. Mas mesmo assim vamos manter a discrição. Carregaremos porções de água e comida para que você esteja recuperada ao encontrarmos o Terceiro Pilar.

— Às ordens — Ishtar concordou. Deliciou-se raspando o figo com uma colher, depois o engoliu. — E quando partiremos?

— O quanto antes. — O Vingador se levantou. — Termine a refeição. Usarei minhas últimas moedas para comprar mantimentos. Nos encontramos no portão oeste ao nascer do sol — o que seria dentro de duas horas. — Não suma, comandante. — Ele usou um tom que tornava impossível saber se era um pedido ou uma ordem. — Não suma de novo.

Ishtar anuiu, sem entender, no princípio, o motivo de tanta pressa. Kha nunca deixaria seu templo nem abandonaria a Montanha Solar, então eles sabiam exatamente onde encontrá-lo. Mas depois, poucos minutos depois, ela se deu conta do que o general pretendia — ou melhor, do que *não* pretendia. O abraço, o toque, o olhar, tudo entre eles indicava o que poderia acontecer — o que *iria* acontecer — se passassem mais uma noite juntos. Colocar-se em movimento era um jeito de evitar as tavernas, o vinho, os quartos escuros, ou, em poucas palavras, o fantasma da tentação. Mas por quanto tempo eles dariam as costas a seus desejos? Será que o retorno aos Sete Céus apagaria as lembranças noturnas de Shadair, ou, ao menos, esfriaria seus instintos carnais?

Pelo sim, pelo não, eles se fecharam ao prazer e se focaram — apenas — no que lhes fora ordenado. Quando o dia nasceu, Ablon e Ishtar vagavam longe das muralhas de Tukh, caminhando pelas fazendas de trigo rumo à vastidão do deserto.

De lá, andando em linha reta, sem pausas para dormir ou descansar, seriam duas semanas até o templo de Kha.

Kha, o faraó.

Kha, o sentinela.

Kha, o *Sol*.

44

COROA SOLAR

Deuses e homens sempre tiveram uma relação psicótica. De acordo com as religiões mais antigas, especialmente aquelas ditas "pagãs", as verdadeiras divindades moram em áreas — ou planos — inacessíveis aos entes terrenos. Talvez por isso, Kha, que se considerava um deus genuíno, tenha decidido construir seu santuário no ponto mais ermo do reino, afastado quilômetros da civilização e ao menos uma semana do oásis mais próximo.

Hut-Kha era cercado por uma vasta planície de areia fina, que atrasava o forasteiro com seu solo macio, ferindo a sola e prejudicando o avanço. No auge do verão, a temperatura chegava a insuportáveis sessenta graus centígrados, e a partir de certa altura o sol nunca se punha. Esse estranho fenômeno, apelidado de Alvorecer Permanente, não era gerado por forças naturais, mas pelos "sagrados" poderes de Kha, ou, mais precisamente, pelas radiações de sua aura pulsante.

De longe, Ablon e Ishtar enxergaram sua meta. A Montanha Solar era com efeito uma imensa pirâmide calcária, projetada com os ângulos retos, a fachada triangular, muito parecida com as estruturas que sobrevivem até hoje em Gizé. Diferentemente das atuais pirâmides do Egito, entretanto, Hut-Kha se destacava pelo revestimento de ouro, sendo impossível aos mortais encará-lo a olho nu. Sua base somava quatrocentos metros quadrados, e do chão ao pináculo eram exatamente trezentos e cinquenta metros de altura, mais que o dobro da famosa pirâmide de Quéops. O acesso a suas câmaras se dava através de uma escadaria na face leste, e a entrada, retangular e sem portas, ficava no topo desses intermináveis degraus, a uns cento e cinquenta metros a partir do deserto.

O que mais os preocupava, todavia, era a presença de Kha, que além de poderosa era sufocante — e *viva*. De alguma forma, o Terceiro Pilar aprendera a expandir sua aura e a torná-la consciente, como se sua energia vital fosse uma extensão do corpo, estando ele, então, presente lá, aqui e em vários lugares. O general enfim compreendeu o que Ishtar lhe dissera em Tukh, e agora tinha certeza de que o sentinela já sabia sobre eles, que os sentia e os monitorava.

— Para mim chega deste teatro. — O anjo jogou fora a túnica, mirou a pirâmide e parou defronte ao colossal monumento. — Chegamos à metade do nosso objetivo. Kali e Muzhda estão mortos. Faltam Kha e Metatron. Está pronta, comandante?

— Sempre pronta, general. — Ishtar o imitou, desfez-se dos trapos e ajustou o cinturão. — Vamos. Estou bem atrás de você.

Sem perder nem mais um minuto, os dois querubins galgaram os degraus, com um tipo de rapidez e de vigor que só aflorava entre a casta guerreira. Cruzaram em disparada o pórtico externo, transpuseram um corredor equilátero e ganharam o salão no interior da pirâmide. Uma vez lá dentro, o clima se transmutou. Graças a uma proeza da engenharia, rachas minúsculas filtravam as correntes de ar, regulavam a umidade, inundando o aposento com uma brisa fresca, confortável e *divina* a quem ali chegasse após uma caminhada tão longa. O templo era quadrado, espaçoso e suspenso por colunas grossas, ornadas com diversas tonalidades de ouro, formando desenhos, símbolos e caracteres pictográficos que decoravam o teto, as paredes e o chão. O sentimento que se tinha era o de estar invadindo um oásis, um sítio de paz, paciência e tranquilidade, e Ablon refletiu que essa era, ou deveria ser, a função de qualquer templo religioso, isto é, transportar o visitante, ao menos espiritualmente, a um ambiente alheio à existência mundana, catapultá-lo a um patamar elevado, transcendental, mais adequado ao êxtase e à meditação induzida.

Mais uma vez, porém, essas eram sensações dispensáveis, pirotecnias que não interessavam aos heróis. O alvo de sua caçada pairava no núcleo do santuário, levitando dez centímetros sobre o altar, completamente imóvel, as pernas cruzadas, os olhos fechados, as mãos apoiadas sobre os joelhos. Kha, conforme a eles se apresentava, era uma figura magra, careca, de traços jovens, quase infantis, a face delicada, andrógina, a pele dourada, os lábios finos, o nariz pequeno. Suas asas refletiam um brilho metálico, *solar*, cobrindo os ombros e descendo até os quadris, como se fossem uma capa. Do coração germinava uma luz amarela, tão forte que ofuscava, e de sua aura só radiava harmonia. O rosto era uma máscara de quietude, como os semblantes estampados nos sarcófagos, hirtos e até cadavéricos.

— Que estranho. — Desconfiada, Ishtar parou para estudá-lo melhor. — Será que ele está enfiado em um tipo de transe?

— Não, acho que não. — O guerreiro freou a seu lado. — É mais como... — Formulou uma teoria: — Como se ele estivesse nos *desprezando*. Como se não representássemos uma ameaça, como se fôssemos corpos ínfimos, satélites girando à sua volta.

— Sim, exatamente como o sol, reinando absoluto sobre o sistema planetário — a Fúria entendeu a analogia. — Bem, se ele se acha tão poderoso, então que tente rechaçar minha espada. Veremos como se sai.

— Espere, comandante — Ablon esticou o braço, mas não conseguiu segurá-la. — Não se aproxime dele!

Como de costume, o alerta não surtiu efeito. Ishtar era de natureza indômita e agiu por impulso, lançando-se contra o sentinela, planejando fatiá-lo com a Vontade do Céu. Chispou velozmente, apertou o sabre com ambas as mãos e penetrou no raio de ação do inimigo. Mas, quando estava a cerca de três metros dele, surgiu um anel de chamas douradas, que envolveu Kha como um rodamoinho de luz, protegendo-o e girando no sentido anti-horário. Recuado, Ablon percebeu que essa coroa não era composta de fogo, mas de *plasma*, o mesmo plasma que crepita na superfície do sol, uma substância a um só tempo sólida, líquida e gasosa, que está muito além dos três estados usuais da matéria. O ciclone atuou como uma barreira incandescente, bloqueando o avanço da Fúria, sugando-a à sua órbita, sacudindo-a por duas vezes e depois a cuspindo de volta ao ponto de partida. Ishtar estatelou-se aos pés do comparsa, ferida, a ponta dos cabelos queimada, salva unicamente pela armadura mística que envergava.

— Seres inferiores. — Enquanto o Vingador se acocorava para ampará-la, uma "voz" foi escutada de cima a baixo na câmara. Não era um ruído comum, astral ou etéreo. Não era masculino nem feminino, não era calmo nem agitado, nem provinha de um local específico. Brotava, sim, de todos os cantos, do solo, do alto, dos lados, das quinas, e falava diretamente ao espírito, não aos ouvidos, ressoando nas funduras do cérebro. — Criaturas grosseiras. Como ousam?

— Quem está aí? — Ablon olhou para Kha, mas os lábios dele estavam selados. O único movimento partia dos feixes centralizados em seu peito. — Apareça. — O querubim ajudou a companheira a ficar de pé. — Revele-se.

— Patéticos — a mesmíssima "voz" se expressou novamente. — Ao que percebo, ainda usam meios físicos para se comunicar. Por certo, encontram-se em um grau de evolução muito atrasado. — E, após escarnecê-los, respondeu à pergunta: — Como podem imaginar, sou Kha, o Sol, e falo através de minha aura. Provo, toco, vejo, farejo e escuto através dela. Os meus sentidos se estendem para além do meu corpo, de um jeito que vocês, pobres capachos do arcanjo Miguel, nunca poderão conceber. — Fez uma pausa e completou: — O que acharam da minha técnica? Eu a chamo de Coroa Solar. Gostaram? Na realidade, trata-se de uma evocação muito básica.

— Que se dane a sua Coroa Solar — Ishtar praguejou. — Porcaria! — Ela, que havia instantes sentira na pele as oscilações de calor, que sofrera com o poder da "coroa", não via a hora de se vingar. — Suas técnicas podem servir muito bem para estorricar seres humanos, para fumegar infiéis e hereges, mas lhe garanto que não são o bastante para nos impressionar.

— Essa foi só uma demonstração — declarou o sentinela. — Sou benigno e condescendente. Não vejo utilidade em matá-los. Poderia tê-lo feito assim que adentraram as minhas terras. Mas sou piedoso e dou-lhes a chance de servirem a mim, de me amarem e me adorarem até o fim dos seus dias. E é o que vocês farão, se não quiserem ser destroçados. Curvem-se, ajoelhem-se, depois encostem a testa no chão e implorem por minha clemência.

— Está completamente louco — Ablon constatou. — Então você de fato acredita que se tornou um "deus", o deus do sol?

— Não, general — esclareceu o Terceiro Pilar. — Eu não acredito que me tornei o "deus do sol". Eu sou *o* sol. O astro que arde no céu, que fecunda as lavouras e aquece o deserto, é apenas um reflexo da minha imagem. — E repetiu: — *Sou* o sol.

— Não há argumentos diante de tamanha insanidade — retrucou o querubim. — E, quando não há argumentos, só existe um jeito de resolver a contenda. — Ele se virou para Ishtar e falou baixo: — Fique aqui, comandante. Me dê cobertura. Acho que já sei como transpor a coroa.

— Irei com você.

— Não! — o celeste endureceu. — Estou cansado de suas insubordinações. Daqui para frente, agiremos taticamente. — E insistiu: — Fique aqui.

Montada a estratégia, Ablon sacou a espada. De todos os seus oponentes, Kha parecia ser o mais arrojado, não só pela grandeza de sua aura, mas porque enlouquecera, o que fazia dele um adversário imprevisível. No entanto, o Vingador descobrira — ou, ao menos, achava que tinha descoberto — um método eficaz de desbancá-lo e estava disposto a pô-lo em prática *imediatamente*, antes que mais sangue fosse derramado.

Confiante em sua manobra, ele correu com a lâmina em riste, dando a impressão de que executaria um golpe frontal. Mas, ao chegar próximo do altar, o lutador saltou para cima, descreveu uma hipérbole e desceu sobre a cabeça de Kha, procurando, assim, evitar a coroa que o protegia nos flancos. Mirou a jugular do faraó e estava a um passo de acertá-lo quando o halo se deslocou da posição horizontal para a *vertical*, criando um obstáculo arqueado, repelindo o general e seu sabre. O plasma queimou com intensidade suprema, chocalhou-o num turbilhão e o arremessou contra o teto. Ablon subiu, bateu nos pilares e despencou de costas no piso. O baque entortou o calçamento de ouro, revelando o áspero chão de calcário.

— Estão acabados — decretou Kha, à medida que o círculo regressava ao posicionamento anterior. — É deprimente vê-los assim. Por que insistem em lutar?

— As frases permaneciam rígidas, sem emoção. — Agora, se eu der mais um comando, a Coroa Solar vai se expandir e incinerá-los. Mas, antes, eu lhes concederei uma graça. Aproveitem que já estão se arrastando e me aceitem como o senhor supremo do universo. Implorem meu perdão. Beijem o solo, rastejem aos meus pés e façam uma reverência em meu nome — ordenou. — O que estão esperando?

Três segundos.

Kha lhes deu três segundos.

E foi só.

Ablon e Ishtar se calaram. Nada disseram. Nada fizeram. Não tinham o que dizer. Não *sabiam* o que fazer. Estavam perdidos, indefesos ante aquele ser fulgurante, que conhecia tão bem suas fraquezas e podia trucidá-los a seu bel-prazer. Seja como for, nem passava pela mente dos querubins se render, tampouco adorá-lo. Em vez disso, o Vingador preferiu desafiar a supremacia de Kha. Ergueu-se, mas foi então que um fluxo lhe subiu através da garganta.

Sangue.

Tossiu. Engasgou. Cuspiu sangue. Não bastasse o ardor da coroa, o impacto contra o pavimento também o machucara internamente. Transcorreu-se um longo momento de pura tensão, até que Kha declarou:

— Entendi. Querem se sacrificar, perecer como heróis. Bom, não posso negar-lhes o martírio. Se preferem assim, está bem. Recitarei uma oração e, quando ela terminar, vocês serão reduzidos a pó. Que fique aqui registrado que fui piedoso, justo e benevolente. Se vocês caem agora, é por decisão própria, não minha.

E, tendo dito essas palavras, o brilho no coração de Kha radiou com magnitude desconcertante. O anel de plasma que o contornava se dilatou, como as vagas tempestuosas do vento solar, repletas de energia, radioatividade e calor infindáveis. Os querubins usaram os braceletes para tapar a vista, mas isso não os impediu de ser apanhados. O alargamento da Coroa Solar os alcançou na forma de uma onda de luz, que terminou por arrojá-los como se fossem grãos de pólen. Ablon colidiu com as pilastras, atravessou-as e só parou quando seu corpo se chocou na parede. Ishtar rolou para trás feito um meteoro cadente, ralando a cabeça e os braços, abrindo uma fenda no soalho metálico.

Outra vez, contudo, as armaduras os salvaram, mas a verdade era que general e comandante estavam vencidos. Inconscientes, os dois jaziam agora sob os caprichos do faraó, que poderia — e *iria* — aniquilá-los sem piedade.

— Sinto-me triste — Kha falou consigo mesmo. — São estes os campeões que o arcanjo Miguel envia contra mim? São estes os seus melhores guerreiros? — Ele não podia acreditar. — Chega a ser degradante a tarefa de dizimá-los, mas não tenho alternativa. Que sirva de exemplo para os caçadores futuros. — E desejou: — Repousem em paz, querubins.

O "Sol" então tornou a ampliar sua essência, como fizera segundos antes, e agora não havia escapatória aos soldados. Estavam mortiços e não possuíam meios de se defender. O plasma se intensificou e o coração de Kha chamejou, chamejou e...

... esfriou.

Como?

Quando Kha deu por si, grânulos prateados o circulavam. Grânulos frios, cheios de minúsculas partículas gasosas, átomos gélidos e moléculas de nitrogênio. Poeira cósmica! Mas de onde vinha? Dos guerreiros, certamente que não.

Quem?

Quem teria o poder de resfriar seu plasma?

Quem?

Concentrado em esmagar os invasores, o Terceiro Pilar se esquecera de observar seus domínios, dando espaço para que um antigo rival o penetrasse. Esse velho inimigo ingressava agora em Hut-Kha usando uma armadura de platina, empunhando um bidente com uma estrela condensada no meio, invocando seus dons para resguardar os feridos.

— Kha, você parece ter esquecido que mesmo os sentinelas devem agir em nome de Deus, e não se considerar deuses eles próprios — exclamou o recém-chegado. — Não era essa a sua missão? Não era essa a sua demanda?

— O Senhor dos Mares não tem poder no deserto. — O faraó discerniu a fisionomia de Orion, a tez branco-azulada, o corpo delgado, elegante, os olhos turquesa, os cabelos longos. — Soube que estava envolvido nisso, só não imaginava que lhe restava coragem para me desafiar novamente. Se eu me esqueci do passado, o que dizer de *você*? Não se lembra do nosso último encontro? Não se recorda de como *eu* o derrotei?

— Sim, eu me lembro, por isso estou de volta. — E fez um pedido inusitado: — Poupe-os. — Orion olhou para o chão. Ablon e Ishtar continuavam desmaiados. — São meus amigos. *Eu* lutarei com você — sugeriu. — Terminaremos o que começamos. De uma vez por todas.

— De acordo — o sentinela aceitou a proposta, até porque, para ele, os querubins eram desprezíveis. — O sol contra a estrela.

— O sol contra a constelação — corrigiu-o o atlante. — Que seja assim. E que seja agora.

45

GIGANTE VERMELHA

— Levante-se. — Orion se agachou e tentou erguer o Vingador pelo braço. — General? Está me ouvindo?

— Orion? — Ablon coçou os olhos, colocou-se de joelhos e reconheceu o amigo. — O que está fazendo aqui?

— Estou fazendo a minha parte. Como, aliás, já devia ter feito.

— Você o venceu?

— Não. A poeira cósmica apenas o paralisou por alguns minutos. Fuja e carregue sua companheira junto. Deixe essa tarefa comigo. Sou um elohim. Deter os sentinelas é a *minha* demanda, afinal. — E insistiu: — Rápido, antes que ele se recomponha.

O general estava pronto para replicar quando os átomos conjurados por Orion se desfizeram à volta do Sol. O Senhor dos Mares deu um passo adiante, decidido a salvaguardar os comparsas. Kha continuava incólume, sem um arranhão. Era incrível, Ablon pensou, como ele não se movia, não se alterava, os músculos rígidos, os olhos fechados, o rosto sereno. Parecia que nada nem ninguém poderia afetá-lo, tão confiante era sua postura, tão soberba sua imagem.

Então, o coração do "deus" faiscou e a Coroa Solar se alastrou em golfadas de plasma. Orion elevou o bidente e também projetou sua aura, que se manifestou em grânulos gélidos e prateados, tão frios quanto as fossas galácticas. Essas duas energias — uma de ouro e outra de prata — se encontraram no centro do grande salão, e por um momento houve um embate de partículas minúsculas, um átomo contra o outro, os elétrons duelando, os nêutrons se chocando, os fótons colidindo em microscópicas fissões nucleares, tão pequenas que só os anjos podiam enxergar. De repente, essas detonações se tornaram mais violentas e cresceram, à medida que a força solar superava a poeira emitida por Orion através de sua estrela concentrada, a Saphiro. Enfim, a coroa dispersou as moléculas de nitrogênio, derreteu os glóbulos frios e avançou como um maremoto de radiação. Mais afastado, Ablon deu um rolamento, apanhou Ishtar pela cintura e buscou refúgio atrás de uma pilastra, pondo-se de costas e usando o próprio corpo como escudo. De frente para o sentinela, o Rei Ungido não teve tanta sorte. O calor o engolfou, arrastando-o à soleira do templo, rachando-lhe a armadura, estourando-lhe a ombreira e chamuscando sua face.

— Impossível — Orion arquejou, estupefato. — Ele está mais poderoso do que nunca. Que oponente extraordinário.

— Sim. Infelizmente, para nós, ele é muito forte. — Ablon se juntou ao parceiro. Ishtar o acompanhou, recém-desperta do choque. — Isso explica por que Kha não teme os arcanjos e como superou todos os agentes que tentaram caçá-lo.

— Sua técnica é perfeita — constatou o atlante. — Ele não abre brechas para o ataque. Está muito além de nossas capacidades.

— Tem razão — o herói retrucou. — Sozinhos, jamais o bateremos. Somente juntos nós três conseguiremos vencê-lo.

— Absurdo. — Orion mostrou-se preocupado. — Olhe para vocês. Não têm a menor condição de seguir batalhando.

— E daí? — Ishtar entrou na conversa. — Estamos todos feridos. — Era verdade. Orion acabara de ser atingido e também não estava mais em plena saúde. Ela virou-se para o seu líder. — O que tem em mente, general?

— Vamos *cercá-lo*.

— Boa ideia — compreendeu a legionária. — Pelo que notei, a Coroa Solar se manifesta como um círculo, não como uma esfera. O anel pode se deslocar em todas as direções, mas não ao mesmo tempo.

— Exato. — O guerreiro detalhou seu plano: — O que precisamos fazer é atacá-lo de uma vez, por ângulos diferentes e no mesmíssimo instante. Orion avançará pela direita, você pela esquerda, e eu por cima.

— É um cenário mortífero — advertiu o Senhor dos Mares. — Se o que está propondo der certo, um de nós penetrará a coroa, e os outros dois serão... — Ele se deteve, deu um suspiro e completou: — Os outros serão desintegrados.

— Não necessariamente. — Ablon o convenceu com uma previsão otimista: — Creio que nossas armaduras ainda podem suportar um último impacto.

— Combinado. — Ishtar se moveu para o combate, e assim o coro formou um triângulo diante de Kha, com o Vingador no centro e os demais nos flancos.

Quieto, levitando sobre o altar, o faraó os observou e disse:

— O que estão fazendo? — Mas, após lançar a pergunta, logo percebeu o intento. — Ah, compreendi. Querem me atacar juntos, não é? Pois venham. — Pela primeira vez, a "voz" esboçou um sorriso. — Tenho algo que vai impressioná-los.

* * *

A ameaça — que bem poderia ser um blefe — não intimidou o trio de alados. Orion e Ishtar desapareceram em sentidos opostos e dispararam pelas naves laterais, determinados a golpear Kha à direita e à esquerda, respectivamente. Ablon correu em linha reta e a certa hora deu um pulo, subindo alto e descendo com a Vingadora Sagrada nos punhos. Como eram muito mais rápidos que os seres humanos, tudo aconteceu a uma velocidade espantosa. Conforme o general calculara, a Coroa Solar delineava uma roda e não era capaz de proteger o faraó por todos os ângulos. Surpreendentemente, então, o anel se desfez, permitindo que os adversários chegassem mais próximos de Kha e quase — *quase* — o tocassem.

Muitas vezes, porém, a calmaria serve como prenúncio da tempestade. E foi isso o que ocorreu naquele início de tarde, no interior da Montanha Solar. A supressão da coroa visava à conjuração de outra técnica, ainda mais ostensiva, a qual o sentinela apelidara de Gigante Vermelha. Os dons de Kha eram — ou haviam se tornado — tão semelhantes aos processos estelares que ele também podia imitar seus efeitos. Tal qual uma gigante vermelha real, seu coração se estufou, tornando-se menos denso e, em consequência, mais quente e difuso. O plasma que o envolvia passou de dourado a carmim, liberando cargas positivas e a energia derivada do núcleo. Como resultado, produziu-se uma explosão de partículas atômicas, tão violenta que toda a pirâmide foi pelos ares. Ablon sentiu que sua armadura estalava e em seguida foi arremessado aos céus, para depois despencar, cego, surdo, tonto e nauseado.

Ficou tudo preto.

Um zumbido.

Cinzas. Pó. Então, a luz.

E a claridade.

Sangrando pela boca, o guerreiro tateou o chão e reparou que o templo não existia mais. Jazia sobre destroços. Só o que restava eram pedregulhos, cacos, um morro de escombros apinhados de rocha, lascas de ouro e colunas partidas.

Mas ele não estava morto, ainda não. Os querubins são dotados de poder de regeneração exemplar e, passados alguns segundos, suas córneas distinguiram o firmamento, as areias do deserto e os contornos do que sobrara de Hut-Kha.

Deslizou a vista pelas ruínas e localizou Ishtar, desmaiada, inconsciente, as mãos ainda fechadas sobre a Vontade do Céu. Orion estava do outro lado, as placas atlânticas trincadas, mas com o bidente intacto. E, mais acima, flutuando no mesmo lugar, estava Kha.

O altar fora despedaçado, mas ele não se movera, não se deslocara um centímetro, nem sequer se sujara.

— Imbecis — o sentinela os contatou. — Eu lhes disse que a Coroa Solar era uma conjuração básica. O que vocês acabaram de presenciar foi a minha arte mais célebre. Será que se convenceram agora? Estão vencidos — decretou. — Não podem me derrotar por nenhum meio. Façam sua escolha. Morte ou adoração. Não há outra saída.

— Morte! — exclamou o Vingador. — Escolhemos a morte, mas uma coisa eu lhe garanto: nós o carregaremos conosco.

— Não acredito. — Trôpego, Orion caminhou até o general. — Como ele pode ser tão poderoso? Nunca vi algo assim.

— Ele não é tão poderoso quanto parece. — Ablon se levantou e os dois acudiram Ishtar. — Kha tem um método, um programa de luta, agora eu enxergo — decifrou. — É a sua postura que o torna invencível.

— Sua postura?

— Veja, Orion, observe que ele não se mexeu desde que começamos esta batalha. — Encarou-o com percepção de soldado. — Já vi isso antes. Ele está mantendo uma posição segura de combate.

— Entendo — o Rei de Atlântida captou a metáfora. — Como um esgrimista com a espada na bainha, prestes a ser sacada?

— Como o sol parado em seu eixo — o lutador foi mais preciso. — Os planetas giram à sua volta, mas servem também como alicerces. Se um desses corpos perde a trajetória, o campo gravitacional é rompido, e então a estrela se move.

— Em outras palavras, temos de quebrar a sua posição segura de combate.

— Temos de tirá-lo de *órbita*.

— Mas como?

— Não será fácil. Um de nós terá de morrer. Um de nós terá de ir na frente e perfurar a coroa, enquanto o outro segue o rastro e o ataca na sequência. — Ablon olhou para Ishtar em seus braços. — Eu serei o aríete. Eu morrerei.

— É uma medida extrema — Orion se opôs à sugestão. — E nos colocaria face a face com um dilema moral.

— Que dilema?

— Como você sabe, esta não é a primeira vez que eu e Kha nos batemos. Já o enfrentei antes e me permiti ser derrotado. Decidi ajudá-los hoje porque pensei ter evoluído, achei que pudesse usar os meus artifícios para esfriar-lhe o coração, mas falhei. *Nós* falhamos — afirmou. — Ouça, soldado. Kha não pode ser morto pela força dos punhos, não enquanto seu peito estiver ardendo. Ele é idêntico a uma estrela. E você sabe o que acontece quando uma estrela morre? — O Vingador ficou calado, e assim o Senhor dos Mares completou: — Isso mesmo. Se o busto de Kha for destruído, sua morte dará início a uma supernova que engolirá grande parte do deserto e certamente desintegrará a todos nós. Tukh, Jedala,

Sen-Zar e aldeias serão devastadas. O que se sucederá vai ser um genocídio. Será que vale a pena assassinar milhares de pessoas para exterminar um só indivíduo?

— Talvez. Imagine quantos outros morrerão se ele continuar existindo — refletiu em voz alta. — De qualquer maneira, não serei eu a carregar esse fardo. Se Kha é o deus dessa gente, ou pelo menos assim se considera, vamos jogar para ele o impasse. Quanto à minha missão, terá que ser cumprida por outrem. — E, tendo dito isso, o celeste acariciou o rosto de Ishtar, que só agora voltava à razão. — Comandante — sacudiu-a. — Escute-me, comandante. Pode me ouvir?

— General? — a Fúria acordou, meio azoinada. — O que houve? Kha, ele... — Fitou os destroços da Montanha Solar. — Ele está...?

— Não, ainda não. — Ablon a balançou pelos ombros. — Comandante, escute. Consegue se mover? Acha que ainda pode voar?

— Sim. — Ela imaginou que o chefe a mandaria à batalha, mas era precisamente o contrário. — Sim, estou bem. Posso lutar.

— Nesse caso, recomendo que guarde suas forças, pois eu a estou designando para outra empreitada — ele disse. — Preste atenção. Eu e Orion nos lançaremos contra Kha, e essa será a nossa última peleja. Ordeno que voe para o mais longe possível, o mais rápido possível. — E anunciou: — Deixo em suas mãos o privilégio de capturar Metatron.

— Não. Eu jamais poderia... — Ela iria dizer "abandoná-lo", mas o anjo entendeu outra coisa e a interrompeu, precipitado:

— Sim, você pode. Confio em seus talentos. — Soltou-a. — Nós lhe daremos alguns minutos. Diga aos arcanjos que pereci em combate e assuma o controle da minha legião, bem como das minhas tropas e unidades celestes — pediu. — Agora, vá.

Ishtar meneou a cabeça. Não acreditou a princípio. Ficou paralisada, confusa, indecisa. Depois, digeriu o que se passava.

Ela não tinha escutado o debate entre Ablon e Orion nem estava a par de seus planos, mas não era difícil, ainda mais para ela, que conhecia o Vingador no íntimo, prever o que eles fariam. Estava óbvio que os dois — rei e general — partiriam para uma ação suicida. E a ela, só a ela, seria reservada a obrigação de encontrar e submeter o Rei dos Homens sobre a Terra.

O Rei dos Homens sobre a Terra, ela ponderou. Metatron, o mais elevado dos anjos, o mais perigoso entre seus oponentes. Por mais impossível que fosse a tarefa de capturá-lo, não era algo que ela temesse. Mesmo que acabasse morta, obliterada, não tinha medo de afrontá-lo. Seu único temor, esse sim, era perder seu líder e amigo, aquele que ela amava como nunca amara ninguém. Então, como poucas vezes acontecera a um querubim, Ishtar deu ouvidos ao coração, não ao dever, desobedeceu às ordens de Ablon e suprimiu sua aura, como aprendera com

Muzhda. Ficou ali, escondida nas ruínas, pronta para ajudá-los, pronta para defendê-los, para dar sua vida por eles.

Entre viver junto e morrer sozinha, ela optou pelos colegas. E só o tempo revelaria que essa única escolha, essa decisão de momento, mudaria o destino do mundo, alteraria o curso da história e transformaria o próprio contínuo do universo.

46

SAPHIRO

— Então, vocês ainda resistem? — a pergunta de Kha era recheada de sarcasmo e desdém. — O que estão pensando? Acham que não posso escutá-los? Sim, ouvi o que disseram e sei o que desejam fazer. E digo-lhes que é inútil.

— Suas ameaças são levianas — Ablon contestou sua força. — Já prometeu nos destruir e aqui estamos. Se é verdade que nos escutou, renda-se agora e nós o pouparemos — o general inverteu os papéis. — Se tem amor pelo seu povo, entregue-se e assim preservará suas terras. — Brandiu a espada. — Recuse e todos nós morreremos.

— Se alguém vai morrer, são *vocês*, pobres criaturas revestidas de carne — o Sol retrucou, e suas vibrações eram austeras, não pacatas como outrora. — Estou cansado de lhes oferecer meus favores. Até um deus tem seus limites, e a minha paciência se esgotou. A próxima Gigante Vermelha vai pulverizá-los. — O peito tornou a brilhar, coruscando em feixes dourados. — Aproximem-se e morram.

Ablon olhou para trás. Orion estava com a couraça em pedaços, os pés plantados entre as gretas e os desníveis do solo.

— Tem certeza de que quer fazer isso? — O atlante tentou freá-lo e reforçou: — Pense em quantos inocentes serão vitimados.

— Isento-me de toda a culpa — redarguiu o guerreiro. — Sou eu quem manobra a espada, mas é Kha quem a finca em seu reino. Demos a ele uma alternativa. — E exigiu: — Está comigo, afinal, Rei Ungido? Estamos juntos ou não?

O silêncio indicava concordância. Os dois celestes galgaram a colina de pedra e se aprontaram para a trajetória até o coração do Sol, ou, mais exatamente, até o núcleo da Gigante Vermelha. O último ataque. O derradeiro sacrifício.

* * *

O mundo dos homens é feito de escolhas, o que o torna tão confuso aos anjos do céu. Como governante de uma grande nação, Orion, e os elohins em geral, conhecia bem essas contradições e sabia dosá-las com sabedoria e bom senso, diferentemente da maioria dos celestes recém-chegados à terra. Na Haled, nada é perfeitamente claro ou perfeitamente escuro, como se sucede em outros planos de existência. Aqui, a dualidade está presente em tudo, e são dois aspectos que se completam — não há dia sem noite, vida sem morte ou bem sem mal. Com frequência, portanto, aqueles que caminham sobre o planeta são forçados a tomar decisões, às vezes críticas, e a agir com astúcia para distinguir o certo do errado. O próprio Orion fora apresentado a um impasse meses atrás, quando recebera o general em seu templo. Desejava ajudá-lo, mas não podia negligenciar seu povo, que precisava dele mais do que nunca, agora que as Guerras Mediterrâneas se aguçavam. Ishtar, da mesma forma, fizera sua escolha e permanecera oculta nas ruínas de Hut-Kha em vez de fugir, como lhe fora ordenado, pondo em risco a missão, a caçada a Metatron, entretanto não abandonando seus pares.

Mas era sobre os ombros de Ablon que repousava o maior dos dilemas. Como querubim, sua natureza o impedia de recuar do combate, todavia prosseguir com aquela empreitada significava não apenas morrer, mas arrastar consigo Orion, Kha e outros milhares de inocentes. Logo ele, que sempre fora um defensor da raça humana, que julgara absurda a sugestão de Inanna a respeito das carnificinas perpetradas pelos shedus, que prometera nunca castigar os mortais. O que aconteceu naquela tarde era previsível e deveu-se, como observado em Shadair, à sua inocência nos assuntos terrenos. O confronto em Hut-Kha seria emblemático e o faria entender, de uma vez por todas, como as coisas funcionam na terra. Decisões erradas, injustas, podem, *sim*, nos levar à vitória, à imediata superação de um adversário ou problema, mas sempre acarretam consequências, geralmente nefastas, àqueles que se entregam a elas.

No período anterior ao dilúvio, contudo, Ablon não estava ciente dessas questões. Simplesmente agiu como um soldado agiria, indiferente ao remorso. Esticou a Vingadora Sagrada diante do rosto e galgou a pilha de rochas que surgira após a destruição da Montanha Solar. Orion subia na retaguarda, seguindo-o como se ele fosse um escudo, empunhando o bidente com a estrela concentrada no meio. Os dois correram na direção de Kha, que, ainda imóvel, repetiu a oração e desfez a coroa, conjurando, pela última vez, a enorme esfera rubra que simulava os efeitos de uma gigante vermelha.

Penetrar a redoma era como mergulhar num turbilhão. Não bastasse o calor, forças magnéticas os empurravam no sentido contrário, emitindo vagas nocivas e erupções muito quentes. Orion ejetou sua poeira cósmica e a centralizou sobre a espada de Ablon, que aos poucos começou a traçar um cone pontudo, repelindo as ondulações subatômicas. Em condições normais, eles teriam sido projetados à revelia, mas uma variável, que mesmo eles não tinham notado, pesou a seu favor. Kha era o mais poderoso dos três, no entanto até ele se cansava. Ora, a Coroa Solar, como Ishtar percebera, tinha propriedades defensivas e brotava de maneira espontânea, mas para a invocação da Gigante Vermelha era necessária uma quantidade excepcional de energia. Kha já os tinha agredido com essa técnica antes e, embora não demonstrasse, estava virtualmente esgotado.

O percurso até o núcleo, ainda assim, prometia ser árduo. Orion recorreu à Saphiro, a anã prateada que trazia consigo. A seu comando, a superfície da estrela rachou, liberando partículas gélidas e resfriando ainda mais o gume da Vingadora Sagrada. Graças à combinação de quente e frio, a lâmina de Ablon se estilhaçou, e o que parecia ser o fim da linha para os combatentes celestes revelou-se sua salvação iminente. Os fragmentos metálicos acabaram sendo atraídos — e não repelidos — para o centro do Sol, ou melhor, para o busto pulsante de Kha, que se encontrava quase exaurido. O que provocou essa atração foi um fenômeno bastante conhecido, que anos mais tarde seria chamado de "fusão nuclear". Só que, dessa feita, em vez de causar uma regeneração atômica, o aço e o ferro sobrecarregaram o peito do "deus", tornando instáveis seus batimentos cardíacos.

Num ronco de agonia, o faraó perdeu o fôlego e abriu a boca para respirar, contorcendo o rosto em uma carranca de medo e observando — agora com os próprios olhos — os adversários, a cada instante mais próximos.

— Não, parem! — Era aquele o primeiro som a lhe sair da garganta. — Querem se matar? — Kha soltou um grasnido. — Detenha-se, general. — Sua voz era esganiçada, idêntica à dos garotos na puberdade. — Detenha-se. Vamos todos morrer.

— Não me importo — o querubim retrucou com um berro. — Eu lhe disse que morreríamos, demos-lhe uma opção, e você recusou.

— Por quê? — O sentinela não entendia de onde eles tiravam tanta bravura. — Por que está fazendo isso? — esgoelou-se. — *Por quê?*

— Metatron — disse Ablon, e era preciso esbravejar para ser escutado. — Diga-me onde ele está. — Propôs um acordo: — Diga-me onde está o seu líder e nós o pouparemos.

Desbancado, vencido afinal pela persistência dos mártires, Kha aceitou se render, mas a verdade era que, no ponto em que estavam, ele não tinha mais controle sobre seus poderes. O coração latejava, batia forte, inflado pelos átomos de ferro e carbono. O Vingador tentou conter sua espada, mas as leis físicas do universo a sugaram ao coração do faraó, até que o coto dela, já carcomido, se encravou profundamente em seu seio.

— Metatron... ele o está esperando. — No último suspiro, como que admitindo a derrota, Kha encarou seu algoz frente a frente, olho no olho, e repetiu a advertência que Kali fizera, acrescentando porém um detalhe: — É uma cilada.

Desta feita, a terrível projeção antevista por Orion se cumpriu. O torso de Kha se abriu e dele jorraram todos os tipos possíveis de radiação, em uma violenta cusparada de fótons, grávitons e elétrons despedaçados. Essa onda estraçalhou a couraça de Ablon e o atirou quinhentos metros ao longe. Logo atrás, o Rei Ungido de Atlântida teve tanto a armadura quanto o bidente esfarelados. A Saphiro, mais resistente às singularidades do cosmo, foi lançada para baixo feito um projétil de canhão, só parando na base do morro, aos pés de uma figura até então esquecida, que se mantivera alheia à investida final: a legionária Ishtar.

Ishtar estava praticamente cega. O clarão resultante da supernova excedia em cem vezes o azul do céu, o brilho do sol e seu reflexo nas dunas. Tudo era branco, desbotado, e o calor estava a centímetros de atingi-la quando ela reparou em um objeto no chão. Era uma bola, um orbe de prata que por obra do destino caíra ali perto e cuja crosta começara a ruir, desenhando gretas na face metálica. Tendo acompanhado a batalha a distância, a celeste sabia que aquela era a Saphiro, a estrela compacta que Orion transportava em seu — agora destruído — bidente.

Com a esfera a seu alcance, uma ideia lhe ocorreu. Ela se lembrou do que Ablon lhe contara, citando as palavras de Orion, segundo o qual as anãs prateadas, ao entrar em colapso, produzem uma "distorção" no tempo e no espaço, de onde nem a luz pode escapar. Com essas frases em mente, Ishtar tomou uma atitude extrema, porém necessária. Ergueu a Vontade do Céu, deu um brado e golpeou a Saphiro com força. O globo se partiu ao meio, e o que saiu de dentro foi uma porção de trevas, trevas sólidas, as trevas mais profundas que alguém, fosse homem, anjo ou deus, poderia contemplar naquele canto do espaço.

Por uma fração de segundo o planeta enegreceu, de norte a sul e de leste a oeste. No instante seguinte, esse quinhão de negrume se transformou em um buraco, um ralo preto que passou a absorver a energia da supernova, não apenas amenizando sua luz como a *consumindo*, se é que isso era de fato possível.

O processo durou só um minuto. Quando terminou, ficou óbvio que a manobra de Ishtar os salvara, mas ela não contava com o que estava por vir. O rodamoinho devorara os raios, inibira a explosão, contudo, ao se fechar, expeliu uma descarga final, traçando uma coluna de plasma que subiu à estratosfera, para depois se extinguir num rompante.

Parada às margens da cova, a comandante recebeu, sozinha, toda a potência do facho. Foi impulsionada para cima num chafariz de relâmpagos, depois tragada ao solo. O peitoral de ouro estourou, o corpo sofreu, o sabre desapareceu para sempre.

Os ruídos de trovão se calaram.

E então veio o frio.

Frio.

Fez frio no deserto. Pela primeira vez em milênios. Não o frio galáctico, conjurado por Orion, mas o frio natural. O frio comum.

O frio noturno.

— O sol está se pondo. — Prostrada sobre os restos do que um dia fora a Montanha Solar, a guerreira vislumbrou o horizonte. Discerniu o firmamento. — Finalmente, enxergar-se-ão as estrelas — ela gemeu, moribunda. — Nós conseguimos — sorriu. — Vencemos.

O crepúsculo findou. A lua nasceu.

Kha estava morto.

E Ishtar também.

— *Não!* — o insistente clamor de Ablon ecoou na planície, à medida que ele corria de volta ao campo de batalha. — Ishtar — ele a chamou pelo nome, como raramente fazia. — Ishtar — gritou e tomou seu corpo entre os braços.

Mas, como ele aprenderia naquela noite, lamentos são inúteis aos que já pereceram. Ishtar estava morta, sua aura tinha apagado, sumido com o sol poente. O general fizera de tudo para preservá-la, mas *tudo* não fora o bastante.

Exausto, ajoelhado nas pedras, surgiram em sua cabeça muitas possibilidades, rotas alternativas que ele poderia ter assumido. A começar pela caçada aos Três Pilares. Será que aquela matança era necessária, no fim das contas, essencial para que ele completasse a missão? Se nem Kali sabia o paradeiro de Metatron, por que ele insistira em vir para Sakha, por que teimara em desafiar o Senhor do Universo?

O ofício da morte estava em seu sangue. Ablon era um soldado. Mas isso não o obrigava a ser um assassino. Na verdade, um guerreiro deve ser justamente o oposto. E fora essa essência que ele perdera, que se diluíra através da jornada. Tornara-se tão obcecado em alcançar sua meta que não dera importância à própria vida e, pior, nem à vida dos homens e mulheres que seriam dizimados com a explosão. Sob essa óptica, a queda de Ishtar fora uma consequência natural, uma resposta lógica, e até branda, ao sacrifício — ao *genocídio* — que ele estava disposto a cometer.

O *Vingador* — o título agora lhe soava estranho — não podia, absolutamente, permitir que aquilo acontecesse. Era um general e jurara zelar pelo bem de seus legionários, pela saúde daqueles que amava.

— Orion — ele estendeu uma das mãos. — Orion?

— Estou aqui. — Muito ferido, o atlante se agachou a seu lado. — O que ela fez foi nobre. Poucos teriam o privilégio...

— Privilégio? — Sem esperar que ele terminasse, Ablon discordou com a cabeça. — Não é privilégio. É um erro. Foi um erro. Um erro meu.

— Ela decidiu ficar.

— Não. É culpa minha. — O herói não se conformava. — Ishtar não devia pagar esse preço. Eu é que deveria morrer. Eu é que...

— Acabou — o rei o puxou à realidade. — A aura dela extinguiu-se, general. Lembre-se: não somos homens, somos anjos, e não temos alma. Somos dotados apenas de espírito. E, quando ele falece, não há mais retorno. Sabe disso, sempre soube.

— Não — repetiu. — Eu lhe imploro, ó Rei Ungido. Não é você que dispõe da onisciência na terra? Então eu lhe peço que me ajude desta vez. Só desta vez. Use a sabedoria dos obeliscos. Deve haver um meio. Tem de existir. Precisa existir.

— O poder dos obeliscos não pode nem *deve* ser usado levianamente — Orion falou como monarca e, a seguir, como amigo. — Mas quem sou eu para arbitrar sobre essa tarefa? — Ele se recordou de algo que enxergara uma vez, que soubera através dos monólitos. — Sim, talvez exista uma chance. Uma única chance. Se conseguir chegar aos Campos Elísios.

— Campos Elísios? — O nome não dizia nada a Ablon. — O que é isso? Um reino? Um país? Um império?

— Nem uma coisa, nem outra. É uma lenda. Um lugar místico que existiria além do mar de Gelo, para onde, acredita-se, rumam as almas dos santos já mortos. É onde a vida é restaurada, onde toda a energia pode ser recomposta. Pelo menos é a história que se conta. — E relatou o que ouvira aos sussurros sobre essa localidade hipotética, oculta até da percepção dos celestes. — Siga até o norte sombrio, na direção da estrela polar. Cruze os portões brancos da Hiperbórea e nunca, *nunca* abandone a esperança. E não se preocupe — ele disse e o abraçou candidamente. — Eu estarei lá. Eu estarei com você.

47

FÚRIA VERMELHA

DESDE AS RUÍNAS DA MONTANHA SOLAR, O CAMINHO ATÉ O EXTREMO NORTE ERA longuíssimo, então o melhor seria completá-lo voando. Orion e Ablon estavam, porém, tão feridos que não lhes restavam forças para materializar suas asas. O transtorno seria contornado, segundo o monarca, após uma curta visita a Egnias, uma de suas dez colônias, onde eles poderiam comer, beber e descansar em segurança. Egnias situava-se a apenas alguns quilômetros de Jedala, o único porto marítimo de Sakha, e havia sido construída no fundo do mar, dentro de uma caverna que tinha a reputação de ser impenetrável, graças aos feitiços que a encobriam e ao regente que a administrava: Thera, o General Turquesa, um dos braços direitos de Orion, versado tanto em técnicas de combate quanto na manipulação da alta magia.

Sozinhos, com suas couraças destruídas e carregando o cadáver de Ishtar, os dois amigos se dirigiram a Jedala, ainda regida pelos sacerdotes solares. Lá chegando, tiveram uma surpresa ao enxergar os atracadouros repletos de navios atlantes, e uma revelação terrível ao saber o motivo. Valendo-se da ausência de Orion, os homens de Enoque, seus inimigos, descobriram que Egnias escondia, fazia algumas semanas, um de seus artefatos nacionais: a lança de Nod, entregue a Thera por Inanna. Esse evento foi o estopim (uma desculpa, na verdade) para que os enoquianos rompessem a trégua e atacassem as colônias. Cercado, sangrando e com a cidade já devastada, Thera, que ainda lutava, lançou dois encantos praticamente ao mesmo tempo, um deles destinado a lacrar a caverna e o outro com o objetivo de chamar os ecaloths, as entidades nativas do rio Oceanus, criaturas compostas de plasma concentrado, cujo único propósito é destruir e matar. Os ecaloths chacinaram os invasores e liquidaram Thera em seguida, mas não conseguiram escapar para a superfície. Sendo assim, Egnias permaneceria selada, conservando a lança de Nod fora do alcance dos homens e dos anjos pelos próximos trinta e sete mil anos. Esse ataque levaria as Guerras Mediterrâneas a outro patamar, mais feroz e sangrento. Seus confrontos ainda vitimariam milhões de pessoas nos séculos por vir, antes que o dilúvio enfim sepultasse essas duas civilizações magníficas.

No porto de Jedala, cara a cara com seus almirantes, Orion enfrentou outro dilema. Prometera a Ablon acompanhá-lo ao extremo norte, mas, se não regressasse de imediato à ilha de Mu, toda a sociedade atlântica seria extinta num intervalo de meses, tamanho era o ímpeto de seus oponentes. O Vingador não o culpou nem guardou ressentimentos, afinal o dever de ressuscitar Ishtar era *dele*. E, ademais, não havia nenhuma garantia de que os tais Campos Elísios de fato existissem. Orion sentiu-se culpado por abandonar o colega, culpa essa que o atormentaria pelo resto de seus dias, mas que também seria, de alguma forma, responsável por mantê-los ligados, mesmo depois dos eventos que abalariam o céu e a terra nos milênios vindouros.

Como compensação, o Rei Ungido ordenou que um de seus barcos, o *Paruna*, conduzisse o general à enseada de Pek-Denarr, ao norte do mar de Tétis, de onde ele poderia iniciar sua caminhada até a Hiperbórea. Utilizou ainda um restinho de poeira cósmica para encerrar o corpo de Ishtar em um esquife de gelo, dando forma a um ataúde que a protegeria das intempéries. Uma vez em terra, Ablon improvisou um trenó, próprio para travessia na grama, na areia e na neve, e começou sua jornada de fé, renunciando, por ora, à tarefa de capturar Metatron.

Os riscos dessa viagem eram incalculáveis, e o pior deles encontrava-se atrás dos montes Cinzentos. A Hiperbórea, hoje correspondente à Sibéria, era nesse período cercada por uma cadeia de montanhas altíssimas, que a isolava das demais nações antediluvianas. Não bastasse o inconveniente do frio, comentava-se que aquele era o lar de uma perigosa linhagem de feiticeiros, os Magos Brancos, também referenciados como "thulianos", em razão da terra de onde supostamente provinham, a ilha de Thule, atuais Islândia e Groenlândia. Os thulianos eram tão reclusos que ninguém, nem os atlânticos, conhecia seus hábitos. Nas cortes do sul corria ainda o boato de que esses cultistas observavam em segredo as metrópoles e as influenciavam por meio de espiões, agentes infiltrados e, é claro, bruxaria. Se isso era ou não verdade, o próprio Orion jamais saberia, contudo a paranoia associada a eles era frequente, fosse em Mu ou em Enoque, na Lemúria, em Arya ou em Shadair.

A duras penas, Ablon percorreu o continente e alcançou os montes Cinzentos. Os montes Urais, que atualmente separam o leste e o oeste da Rússia, são resquícios dessas elevações, que à época se prolongavam também no sentido norte-sul, delineando uma cordilheira em meia-lua. Naqueles tempos, só existia uma passagem através das montanhas: um desfiladeiro fechado por um portão duplo, incrustado de gelo, somando trinta e cinco metros de altura. O general fez uma pausa e o observou, pensativo. Em condições normais não seria difícil transpô-lo, mas agora, além dos cortes e das queimaduras, ele carregava o esquife. Os poderes de Kha afetavam não só corpo, mas o espírito, e após o combate no deserto ele não parara um segundo para descansar, não dormira, tampouco comera.

De feridas abertas, espada rota e armadura em pedaços, ele primeiro tentou a alternativa mais lógica: aproximou-se das seções e bateu nelas com força. Por alguns minutos, ouviu apenas o sopro do ar, as gélidas correntes a circundar a montanha. Gritou. Clamou por reis e soldados, mas não percebeu nenhuma movimentação nas guaritas. Quando já perscrutava a encosta, buscando pontos e gretas para a escalada, um ruído metálico ecoou e as portas gêmeas se desmembraram. O Vingador aguçou os sentidos. Não imaginava que os thulianos seriam amistosos, mas esperava que fossem minimamente corteses, razoáveis o bastante para aceitar um diálogo.

Pouco a pouco, o desfiladeiro se revelou. Dentro dele, a temperatura era morna, graças ao aconchego dos paredões e a uma série de encantos climáticos. O anjo calculou que a garganta teria uns vinte quilômetros de extensão e atravessaria as cordilheiras de ponta a ponta, terminando num segundo portão. Nas laterais, enfileiravam-se fortalezas e torres escavadas na rocha, de ângulos retos, vagamente azuladas ao reflexo do céu. Não havia sinais de plantas nem de madeira, o que dava à cidadela um aspecto de luto, perturbador e sinistro para os que não fossem habituados à vida no ártico.

Ablon entendeu o gesto como um convite e avançou, trazendo consigo o trenó. Logo após a soleira, o ambiente se prolongava em um pátio redondo. No bojo dessa praça despontava um obelisco, idêntico ao que Orion lhe mostrara em Atlântida, à exceção da superfície, marcada, aqui, não por runas ou letras, mas pelos contornos de um círculo, com outro menor no centro, e do eixo partiam doze hastes que se entortavam nas pontas, como a figura de um sol estilizado. Cingindo o monumento, espalhavam-se seus guardiões. Eram tão humanos quanto os povos do sul, mas exibiam a pele clara, o corpo raquítico, os olhos profundos, o nariz pequeno, os lábios murchos, os cabelos ralos, presos por argolas de prata. O curioso era que, apesar da magreza, eram todos muito altos, com mais de dois metros, e tinham a expressão apática, tornando difícil antever suas ações. Vestiam-se com túnicas finas, grisalhas, e não portavam nenhum tipo de arma, nem sequer bastões ou cajados. Três desses indivíduos se posicionavam à direita do obelisco, outros três à esquerda, e no meio permanecia o chefe, de costas para a construção, como se estivesse a defendê-la. Ablon concluiu que eles estavam receosos e curvou-se em atitude pacífica. Depois, erigiu-se e encarou o que presumiu ser o líder, mas antes de abrir a boca o próprio anfitrião o saudou.

— Bem-vindo, celeste. — O hiperbóreo tinha a voz rouca, combinada a um sotaque esquisito. — Estávamos cientes de sua empreitada.

— Ah... — O anjo não decidira se isso era bom ou ruim. Se já o conheciam, sabiam que sua missão era justa, mas que interesse teriam em monitorar o trajeto? — Salve, então. Sou Ablon, dos querubins. A quem tenho a honra de me dirigir?

— Meu nome é Hash'tir, da casa Bh'lon, nascido na ilha de Thule, descendente dos primeiros homens. Sou o responsável por defender este desfiladeiro, a serviço dos Magos Brancos, confraria da qual faço parte — ele disse e apontou para os dois trios, a seus lados. — Estes são os k'aryi, meus fiéis discípulos. Os outros estão ocultos nas torres.

— São feiticeiros, como diz a lenda? — Ablon não cultivava especial antipatia pelos magos, todavia a experiência em Barak-Maru lhe ensinara que, salvo os atlantes, os utilizadores de magia, sobretudo de magia negra, empreendiam sacrifícios de carne, objetivando incrementar seus poderes. Será que Hash'tir seguia esses termos? Será que os Magos Brancos eram também carniceiros? — Consideram-se inimigos de Deus, como é a gente de Nod?

— Não somos como eles. O sistema mágico de Enoque é ultrapassado, e *sujo*. Nossa fonte é limpa, mais rica e eficiente. — E, assim dizendo, Hash'tir ficou de lado e esticou o braço na direção do obelisco. — Subtraímos a energia telúrica, o magnetismo da terra, que em nosso idioma chamamos de vril. Esses monólitos, como você deve saber, são centrais de força e marcam os nódulos onde as correntes místicas se encontram. É deles que retiramos a nossa quintessência — contou-lhe. — Não vemos, portanto, necessidade de efetuar sacrifícios.

— Alegra-me sabê-lo, Hash'tir, da casa Bh'lon — o general sentiu-se aliviado e retorquiu com sinceridade. — Meu destino são os Campos Elísios — com a ponta do dedo, ele indicou a estrela polar. — Solicito a sua permissão para atravessar este desfiladeiro, bem como para cruzar seus domínios.

— Negada.

— Como? Há pouco afirmou que não imolavam seres vivos, e agora...

— Não posso lhe dar salvo-conduto — o bruxo o cortou com um aceno. — Entenda, Ablon, dos querubins: o fato de não realizarmos matanças não significa que o deixaremos passar. Em verdade, quem adentra estes portões nunca regressa ao mundo lá fora, e você já viu demais, já escutou demais, já sabe demais. Existem muitas coisas para as quais os celestes nos são úteis, afora os tais sacrifícios. — Lançou um olhar para o ataúde e completou, neutro: — Estando eles vivos ou mortos.

— Ora, saia do meu caminho — o sangue do general borbulhou. — Saia da minha frente.

— Quanta presunção — o feiticeiro empinou o nariz. — Está tão ferido que mal consegue andar. Suas armas estão despedaçadas. Em contrapartida, este é o nosso território, a nossa *casa*. Nunca estivemos tão fortes, e você, tão fraco. Ainda que a sua raça supere a nossa, dessa vez, pelo menos, estamos em plena vantagem. Só um tolo deixaria escapar essa chance. Declaro-o prisioneiro da Thule e o agarro à minha custódia. Como legítimo representante dos homens antigos, eu determino que...

Súbito, Hash'tir se calou. Foi *calado*. Num excesso de cólera, o anjo o imprensou contra o obelisco, os dedos fechados em sua garganta. O que o mago dissera era a mais pura verdade. Ablon estava fraco, abatido e desarmado. Mas a favor de si tinha uma *causa*, um propósito, uma meta que estava além das obrigações militares. Ishtar, sua melhor amiga. Ishtar, sua parceira. Ishtar, que em certo momento o amara. Precisava salvá-la e ninguém o deteria, nem que para isso fosse necessário matar. Deparado, então, com aquele obstáculo, o general sentiu uma fúria crescer-lhe por dentro, uma explosão, uma força primitiva, visceral e incontrolável, que ele nunca antes experimentara, tão frio e disciplinado costumava ser em batalha. Suas íris se enrubesceram, suas feições se encresparam, sua aura se multiplicou em vibrações sanguinárias, e naquele instante ele não era mais um querubim, era um *monstro*.

Içando o mago com um só punho, ele o fitou duramente, a cara assassina, os olhos de tigre, os músculos rígidos, os pelos ouriçados.

— Hash'tir, dos Magos Brancos, você me acusa de presunção, mas eu lhe garanto que não sou do tipo que ameaça; eu *cumpro*. Eis o que farei caso não se abram os portões. — O celeste apertou-lhe a goela, e a voz se ampliou num rugido. — Com um movimento, vou esmagar-lhe a traqueia, quebrar-lhe a espinha como quem parte gravetos. Depois, trucidarei seus discípulos, destruirei esta cidade e queimarei a fortaleza, com tudo o que há dentro. Destruirei códices, painéis e grimórios. Em seguida, voarei à sua pátria natal, a ilha de Thule, e ceifarei seus parentes, acabarei com cada homem, mulher e criança da casa Bh'lon. Esta é a promessa que lhe faço em nome dos céus, em honra de Deus, é a sentença que lhe imponho se me negar a passagem.

Pendurado, o bruxo se debateu. Guardava um sem-número de feitiços na manga, mas nenhum pareceu funcionar, mesmo estando ele colado ao obelisco. O ímpeto de Ablon o superava, sua aura fervia, como que anulando os encantamentos mais básicos. Os seis asseclas, nos flancos, continuavam livres, as mãos soltas, e poderiam ter reagido, mas o medo os paralisara, congelando-os internamente.

Sem se dar conta, o general mergulhara em uma espécie de transe. Sedutora era a face da morte, e nessas condições seria fácil — e cabível — se entregar à barbárie. Afinal, não era ele o Vingador, o glorioso campeão do arcanjo Miguel? Uma coisa, porém, estava clara desde o início: se cruzasse aquela linha, a linha do *ódio*, não poderia mais voltar, então resistiu.

Inflou-se.

Ofegou.

Derrubou o thuliano no solo. Conteve-se. Respirou. Segurou firme as rédeas do trenó, virou-se de costas e saiu caminhando. Dera o recado, garantira o acesso, mas a que custo? Que fúria era aquela? De onde vinha? Como domá-la?

Estirado no chão, os joelhos dobrados, o pescoço roxo, Hash'tir tomou fôlego e, impotente, observou o algoz se evadindo.

— Mestre, o que devemos fazer? — um dos aprendizes o socorreu. Nunca cogitara ver seu amo dominado. — Devemos detê-lo?

— Não vale o esforço. Ele sucumbirá de qualquer forma. — O mago soltou um pigarro. — Há séculos os nossos antepassados chegaram à Hiperbórea atrás dos Campos Elísios, e nunca os encontraram. Esse rincão não existe. Todos que insistiram na busca caíram, e ele também cairá. Só existe desgraça e infortúnio para além do mar de Gelo. — E concluiu: — Já se abriram os portões do sul. Que se abram os do norte — ordenou. — Deixem-no passar.

INTERLÚDIO

OS JUÍZES DO MUNDO INTERIOR

Etéreo profundo

SOB A CROSTA DO PLANETA, NA MAIS PROFUNDA CAMADA DO PLANO ETÉREO, HÁ UMA região que os antigos chamavam de Estígia, e que os celestes conhecem como *Hades*.

O Hades é um mistério aos que o estudam. Segundo os malakins, ele teria surgido espontaneamente, como um bolsão em volta do abismo de Lethe, o poço que conduz ao centro da terra, ao "sol interior", como alguns o chamam, batizado pelos gregos de *Hélios*. Os principais braços do Styx convergem, quase todos, para esse imenso buraco, não à toa os deuses, quando mortos, eram entregues a suas águas, para ser, então, cremados nas fornalhas do mundo.

Com o passar dos anos, o Hades se tornou, também, uma espécie de prisão para os heréticos. Nos tempos mitológicos, o hábito de copular com os seres humanos não era exclusivo dos aesires, nem de Odin, que gerou Siegfried. Os olimpianos, supremos ídolos da Grécia, partilhavam do mesmo costume. Zeus, o chefe do panteão, tivera vários filhos carnais, outrora denominados *heróis*, ou semideuses. Alguns, como Héracles, Perseu e Helena, caíram nas graças do pai, enquanto outros se insurgiram contra ele. Esse foi o caso de Minos, o tirânico rei de Creta, e de seu irmão, Radamanthys, tido como o maior guerreiro humano que já existiu. Por volta de 2300 antes de Cristo, em plena era mítica, os dois, influenciados pelo ódio que a mãe nutria por Zeus, reuniram um exército de quinhentos mil soldados de elite, os famosos *mirmidões*, e marcharam contra o monte Olimpo.

Derrotados, foram confinados ao Hades e lá se encontram até hoje, adormecidos em seus templos, descansando em seus mausoléus de granito.

O maior desejo de Minos sempre foi conquistar um lugar entre os deuses. Zeus lhe dera um escudo mágico, mas nem isso aplacou sua fúria, de modo que, uma vez derrotado, seu castigo foi perpétuo. Impedidos de deixar a Estígia, o monarca cretense, seu irmão e os mirmidões construíram uma necrópole no Hades e sob seus jazigos aguardam, quietos, deitados, uma nova chance de mover suas tropas.

Metatron conhecia essa lenda e enviou um de seus agentes ao templo de Cocytus, no sopé das montanhas, com a missão de recrutar os "juízes", como Minos e Radamanthys seriam apelidados mais tarde. O nome desse agente era Cerberus, e sua aparência guardava semelhanças com a do anjo Ismael, ex-aliado de Kaira, com a única diferença de que era caolho. Fazia poucos meses ele se entregara a Metatron, que o usaria como emissário, como seu anjo das trevas, com o poder de despertar os caídos.

Cerberus, seguindo as orientações de seu mestre, adentrou as ruínas de Cocytus. Por algum tempo, apenas caminhou, sozinho, pelos corredores desguarnecidos, apreciou os frontões e as colunatas, explorou as câmaras e antecâmaras, apreciou os tesouros de perto e enfim chegou ao salão dos juízes. Usando a técnica de controlar os espíritos, característica dos hashmalins e aprimorada graças à sua mais recente aliança, ele convocou o tirano e o herói de uma vez, chamou-os pelo nome, até que as pesadas lápides se arrastaram.

— Quem ousa? — Do sarcófago, ecoou uma voz poderosa. — Quem se atreve a perturbar o meu sono?

— Erga-se, Minos, governante de Creta — exclamou o anjo das trevas. — Erga-se, ó soberano, pois o dia de sua vingança chegou.

Da cova, erigiu-se o rei Minos, um homem de meia-idade, o tronco robusto, a face coberta por um elmo taurino, com um par de chifres dourados. Sobre o peito ostentava uma couraça de bronze, muito bonita, na mão trazia um escudo e como arma portava uma maça. Do esquife à esquerda surgiu, com os ágeis movimentos de um gato, o herói Radamanthys, um jovem de corpo delgado, armadura brilhante, capacete de queixada pontuda, segurando uma lança, também presente de Zeus.

— Quem? — trovejou Minos, dando um passo para fora da tumba. — Quem é você que nos atormenta?

— Sou Cerberus — ele se curvou — e trago os cumprimentos de meu amo, Metatron, o Rei dos Homens sobre a Terra.

— Rei? — O monarca avançou, irado. — Só existe um rei supremo, e seu nome é Minos, filho de Zeus, herdeiro do Olimpo.

— Ora, mas como, ó grande senhor, pretende conquistar o Olimpo, uma vez preso no Hades? — ousou o emissário, e logo acrescentou o seguinte: — O que Metatron lhe oferece é um futuro de glórias, um universo de batalhas, de louros. — E completou, com ar sedutor: — E a chance de retornar à superfície, ao mundo dos homens, com o qual tanto sonha.

— Libertação da Estígia? — Minos o observou com cautela. Radamanthys agora o escoltava por trás. — Quem é esse Metatron?

— Metatron é um rebelde. Alguém que, como você, procura justiça. Ele foi o primeiro anjo de Deus, mas se revoltou contra os arcanjos, usurpadores do céu, e agora está a um passo de conquistar o planeta. Queremos empregá-lo e a seu exército, para que atuem na condição de lutadores, de soldados dessa nova era, para que não sejam mais esquecidos, e sim lembrados como heróis. Mas, antes, precisamos que defendam as portas do Hades em nosso nome.

— Contra quem?

— Contra os inimigos da nova ordem, contra todos aqueles que pretendem se opor à nossa vontade, à vontade de Metatron e de Minos — declarou e emendou com um desafio: — Será que os seus mirmidões estão à altura dessa tarefa?

— Garanto-lhe que os mirmidões estão à altura de qualquer tarefa — afirmou o monarca com elmo de touro. — Se é verdade que esse Metatron tem o poder de nos guiar à superfície, de reviver os nossos corpos físicos, então que prove.

— Siga-me, por favor — pediu-lhe Cerberus, e assim os três, servo, rei e herói, andaram até os portões de Cocytus, que estavam entreabertos. De lá, eram visíveis não só os charcos em volta do Styx e o próprio rio despencando no Lethe, como a gigantesca fortaleza de Agartha, flutuando sobre o abismo, parada, erguida por alguma força psíquica.

Na base da escada, poucos metros abaixo, Minos distinguiu um ser alado, as penas cor de areia, usando uma tanga de pele, que o encarava com autoridade superior. Sua presença era marcante e muito forte, apesar do aspecto rústico, da barba longa, não aparada, dos trajes singelos. De pés descalços, Metatron galgou os degraus e contemplou os helênicos. Radamanthys, à retaguarda, se preparou para arremessar a lança, caso o irmão fosse atacado ou atacasse, mas não aconteceu nem uma coisa, nem outra.

— Salve, cretenses. Sou Metatron — o Primeiro Anjo se apresentou. — E venho ao Cocytus para recrutá-los. Serão meus generais nesta batalha.

— Fora, celeste. Este é um santuário sagrado, e sua presença o conspurca — Minos o fitou, carrancudo. — Sou o verdadeiro e único rei. Não sirvo a ninguém. Os outros é que servem a mim.

Com o intuito de demonstrar sua força, de provar que era imbatível, o grego esticou a maça e golpeou Metatron. Os movimentos do sentinela, porém, foram mais velozes e incrivelmente precisos. Em vez de responder com truculência, ele o içou pelas axilas, segurou-o com firmeza e decolou, desaparecendo no céu como um raio, tão rápido que nem Radamanthys conseguiu acertá-lo. Num curto instante os dois atravessaram, incólumes, o manto sólido da terra, as diversas camadas de rocha, de sedimentos e minerais. Depois, seguiram voando, sempre juntos, até o firmamento, e do alto Minos enxergou muitas coisas, algumas belas, outras terríveis, que em todo caso o deixaram abismado.

Suspenso às estrelas pelo Anjo Supremo, o ex-chefe cretense maravilhou-se ao notar que os homens, na maioria, não viviam mais em casas, e sim em *torres*, torres cristalinas, com cem janelas ou mais. Os carros e as bigas, fossem de corrida ou destinados à colheita, eram puxados por animais invisíveis, que gritavam, rugiam e cuspiam fumaça. Os navios, sobretudo os barcos de guerra, exibiam couraças de ferro, e no convés descansavam pássaros metálicos, rematados por caudas de fogo. Os gafanhotos daquele tempo eram enormes. Sobre sua cabeça pairavam coroas giratórias, e o som que emitiam era igual ao de cavalos trotando. Os soldados modernos empunhavam bastões inflamáveis, pedras de tempestade e hastes de trovão, instrumentos perigosíssimos, capazes de matar com um sopro.

O vislumbre durou apenas uns segundos, uns preciosos segundos. Minos queria ver mais, queria conhecer mais, queria tocar, sentir, porém regressou às escadarias do templo, às profundezas do Hades, e então Metatron o soltou.

— Eis a minha oferta, Minos de Creta — declarou o sentinela, em tom de ultimato. — Vai se dobrar à minha palavra?

— Eu me dobrarei — ele respondeu, convencido de que não era páreo para seu concorrente. — Se me prometer a cabeça de Zeus.

— Isso você tomará sozinho. Quando os arcanjos estiverem vencidos, a terra abrir-se-á para nós.

— E quanto às minhas falanges? E quanto aos mirmidões? — protestou o helênico. — Como os despertaremos, após tantos anos?

— Cerberus — apontou para o anjo negro — tem o poder de conjurá-los, e o servirá, sob as minhas ordens diretas — afirmou. — Curve-se. Jure lealdade a mim.

Então, Minos e Radamanthys, acompanhados de perto por seus contratantes, caminharam até as águas do Styx e às margens fizeram seus votos, prometendo lealdade eterna ao Rei dos Homens sobre a Terra. Conforme todos sabiam, desde os tempos mitológicos uma promessa feita às bordas do rio não pode ser quebrada.

Por ninguém.

Nem pelos heróis. Nem pelos deuses.

E foi assim — sem recorrer à força das armas, sem derramar uma gota de sangue — que Metatron angariou seu exército.

O maior de todos os exércitos.

PARTE III

VIAGEM AO CENTRO DA TERRA

48

DAKOTA

Nova York, dias atuais

O primeiro entre vocês ainda caminha sobre a terra, escutou Kaira pela centésima vez. *Tenha cuidado.*

Quem?

Quem pronunciara aquelas palavras?

E por quê?

Confusa, Kaira, a Centelha Divina, balançou a cabeça. O globo terrestre surgiu a seus pés. Os cabelos ruivos esvoaçavam. Olhou para cima, fitou o céu de esguelha. Asgard não era mais visível. Sif, Heimdall e o forte de Iðavöllr tinham desaparecido, e agora ela, Denyel e Urakin despencavam através de Bifrost.

Direto para Midgard.

Para a Haled.

O Éden. A terra.

Bifrost, como a Rainha Branca lhes contara, encerrava uma anomalia das mais curiosas. A Ponte do Arco-Íris funcionava como um vórtice, ligando os planos astral e etéreo ao sagrado reino dos aesires. Mas, para aqueles que, como os anjos, tinham a capacidade de se materializar, ela agia também como um portal, catapultando os alados para o mundo físico e reformando seus avatares, sem o gasto adicional de energia. Desde o Valhala trajando roupas comuns, Denyel não sentiu grandes mudanças, transformações essas que viriam a surpreender os demais. Sobre o corpo de Kaira, a armadura escarlate se converteu em uma jaqueta vermelha, completada por camisa escura, calças marrons e longos sapatos de couro. As botas de Urakin se manifestaram como coturnos, o peitoral metálico como um colete militar, cheio de bolsos. Mas essas não eram, nem de longe, as propriedades mais intrigantes do vórtice. Havia outras, potencialmente dramáticas.

Bifrost costumava ser empregada como túnel da morte e estava repleta de atividades psíquicas. Não raro, quem a utilizava podia recordar os momentos críticos da vida e talvez refletir sobre eles. Muitas lembranças vinham à tona, antigos vislumbres regressavam num tranco. Denyel, o anjo exilado, e Urakin, o Punho de Deus, contemplaram essas imagens, mas para eles não havia nada de particularmente novo nem alguma coisa que de fato os assustasse. Já para Kaira, a história era outra. Privada de suas memórias desde que Yaga a atacara, no condomínio serrano de Santa Helena, a Centelha teve um choque quando parte de sua mente destravou e ela enxergou um lugar onde nenhum anjo estivera em milhares de anos: o Elísio, a antessala do Éden Celestial, os portões do Terceiro Céu, o antigo lar dos ofanins, hoje fechado às sete castas, aberto apenas às almas humanas, às almas dos justos, dos santos e dos mártires. Fora no Elísio que ela estivera, conectada ao espírito da menina Rachel, após sua queda na fortaleza de Athea. E fora a espada do arcanjo Rafael que a trouxera de volta, que a ressuscitara, que a devolvera à fortaleza oceânica. Era esse o segredo que pairava sobre o Quinto Arcanjo, a Cura de Deus, a entidade que governava os espíritos desencarnados, o primogênito que impusera a si mesmo o exílio. Era lá que ele estava, afinal, na terceira camada do paraíso, zelando pelos seres humanos, tentando protegê-los contra a danação da Gehenna e a condenação do Sheol. E fora ele que lhe dera o conselho: "O primeiro entre vocês ainda caminha sobre a terra. Tenha cuidado".

Por mais estranho que parecesse, ao se deparar com aquelas verdades, Kaira sentiu muito medo e pensou: Por que ela? Por que *logo* ela, uma simples arconte, chegara ao Elísio e os outros anjos, não? Por que não Levih, que era mais digno? Teria sido sua conexão com Rachel? Teria a menina a rebocado consigo, por meio do fio de prata? Em todo caso, era um privilégio sufocante. O que deveria fazer? Deveria contar a seus amigos ou preservar o mistério? Tinha ela o direito de revelar ao mundo o que existia na Morada dos Santos? O que desejava Rafael em pessoa? O que ele diria sobre isso? O que significava a mensagem cifrada? O que ele estaria planejando?

De repente, a Centelha perdeu o fôlego. Não estava mais caindo, estava afundando, como se submergisse em um lago. Então, ela se deu conta de que não era apenas uma impressão metafórica — encontrava-se realmente sob as águas, prestes a se afogar, quando alguém a arrastou para a margem.

— Tudo certo aí? — Denyel a deitou de costas na grama, mas, ao notar que ela estava bem, acrescentou: — Quer um boca a boca?

— Outra hora, talvez — ela ensaiou uma resposta bem-humorada, mas uma crise de tosse a fez engasgar. — Chegamos?

— Que situação mais humilhante — resmungou Urakin, todo molhado. — Heimdall parece ter errado o alvo pela primeira vez.

— Ninguém é perfeito. — Denyel preferiu não julgar as habilidades do deus. — Quem sabe fui eu que errei ao dar-lhe as coordenadas? Ou quem sabe o tecido é mais suave entre as árvores do que no meio da rua? Quem sabe?

Kaira ergueu-se. Era estranho, e até um tanto bizarro, estar de volta à realidade comum, depois de sua passagem por Asgard. Embora o mundo físico fosse a matriz, e os demais planos, secundários, parecia-lhe que aquela era uma dimensão transitória, uma baldeação entre o aquém e o além. Torceu os cabelos, deixou a água escorrer e visualizou o cenário. Conforme Denyel solicitara, Bifrost os transportara para o coração de Nova York, mas, em vez de aparecer na esquina da Rua 72 com a Central Park West, o trio caiu no The Lake, um dos maiores lagos do Central Park. De lá, avistavam-se à esquerda alguns dos mais famosos complexos de apartamentos da cidade, como o exclusivíssimo San Remo, o Majestic, em estilo *art déco*, o Century, com suas torres duplas, e, mais além, o número 55, imortalizado na comédia *Os Caça-Fantasmas*. À direita estava a Ponte Bow, uma graciosa estrutura de ferro que fazia a ligação entre os lados norte e sul do parque, e a seguir o terraço da Fonte Bethesda.

O sol era forte e o clima, abafado, como geralmente é a ilha de Manhattan no auge do verão. *O auge do verão*, refletiu a Centelha. Então eles tinham retornado só alguns dias após o ingresso no rio Oceanus, confirmando a teoria de que o tempo passa mais rápido nos reinos nórdicos. Devia ser princípio ou meados de agosto, manhã de sábado ou domingo, pela agitação dos barquinhos, pela quantidade de crianças a brincar no gramado, pelo cheiro de pipoca, cachorro-quente e algodão-doce.

— Não chegou a nos dizer por que viemos para cá — Kaira dirigiu-se a Denyel. Ela nunca estivera em Nova York, ou pelo menos não lembrava, mas a conhecia pelos filmes, livros e séries de TV que vira em seus tempos de faculdade.

— Viemos em busca de informações — ele respondeu, mais sério. — Conheço alguém que as tem de sobra.

— Até sobre Metatron?

— Espero que sim. — O capitão dos aesires alisou os cabelos, verificou se a Beretta estava no lugar, escondida no cós, e começou a andar na direção oeste. Graças aos poderes da Ponte Bifrost, nenhum dos populares os enxergara na beira do lago, o que lhes era conveniente e até útil para afastar curiosos. — É o que veremos.

— Isso me lembra a ocasião em que Ismael nos levou a Abul. — A visão do monstro lhe provocou calafrios. Copiando os movimentos do amigo, ela apalpou a cintura. O cabo da Fagulha, a espada mística que o exilado lhe dera, também seguia preso à traseira da calça, coberto pela jaqueta. — Não me diga que esse seu contato é também um demônio.

— Não, não é. — Denyel encolheu os ombros e acrescentou, sem muita certeza: — Pelo menos, não tecnicamente.

— Está me deixando curiosa — ela admitiu, e assim o grupo caminhou até a tão falada esquina da Rua 72, onde se erguia um dos marcos centrais de Nova York. Cruzando a avenida, eles toparam com o Dakota, um prédio residencial de luxo, projetado nas últimas décadas do século XIX. Construído com base em uma mistura de tendências, mas principalmente inspirado na arquitetura *art nouveau*, o Dakota abrigara muitos hóspedes e moradores famosos ao longo dos anos, desde empresários a artistas e intelectuais de renome. Miúdo perto dos arranha-céus que cortavam o horizonte, esse castelo urbano tinha telhados de ardósia, balaustradas e varandas em estilo francês. Kaira o reconheceu de um longa-metragem a que assistira, *O Bebê de Rosemary*, um clássico do terror norte-americano.

Para preservar seus residentes, o Dakota era (e continua sendo) fechado ao público externo. Denyel não se inibiu, ignorou o segurança e atravessou o arco de entrada. Enfiou a cabeça no guichê que dava para o saguão.

— Apartamento 65, sexto andar — falou ao porteiro, com jeito autoritário. — Estamos com um pouco de pressa.

O funcionário apertou algumas teclas no interfone. Urakin cogitou sugerir aos colegas que se desmaterializassem, a fim de transpor as paredes, mas logo percebeu que toda a construção estava envolta por uma Cortina de Aço, como aquela que Yaga (supostamente) levantara na caverna de gelo, em Santa Helena. No linguajar celeste, a Cortina de Aço é uma técnica mística que tem como objetivo lacrar o tecido da realidade em certas regiões, impedindo que um celeste em seu corpo espiritual invada determinada fortaleza, por exemplo, ou escape de um calabouço simplesmente desfazendo seu avatar. O poder, exaustivo ao conjurador, era quase sempre empregado em espaços limitados, como quartos, porões ou pequenas grutas. Quem quer que tivesse coberto o edifício inteiro, compreendeu Urakin, sabia muito bem o que estava fazendo, e não era uma entidade qualquer.

— Ninguém atende — anunciou o homem no guichê. — Mas vocês podem subir — fez um movimento indicando o portão.

— Grato. — Denyel cruzou o gradeado e chegou ao pátio interno. De lá, acessavam-se os elevadores e as escadas de incêndio.

Os anjos passaram reto pelo jardim, se esforçando para não ser notados, contudo um senhor careca, muito velho, talvez na casa dos noventa anos, sentado em um banco comprido, observou os visitantes e lhes esticou a bengala.

— Senhor Tate? — O idoso vestia um paletó com o brasão do condomínio, mas, a julgar pela calça e pelos sapatos, que não condiziam com o uniforme, devia ser um zelador aposentado. — Eric Tate? — Apontou para Denyel: — Senhor Tate?

— Não — o anjo negou com veemência, esperando que o homem o deixasse em paz. — Deve estar me confundindo com outra pessoa.

— Ah, claro. — O ancião tinha algo de irlandês no sotaque. — Não poderia ser mesmo. Seria impossível. — Apertou os olhos. — Mas a semelhança é impressionante. — Enfim satisfeito, o velho se voltou ao jardim, ruminando sozinho: — A semelhança é impressionante.

— Já esteve aqui? — Kaira interpelou Denyel, quando eles entraram no elevador. A cabine era pequena e ficava menor com Urakin dentro. Decorada à moda clássica, tinha o chão atapetado, as paredes de madeira e as portas pantográficas de bronze escovado. Os botões haviam sido esculpidos em madrepérola. — Quem é esse Tate?

— Eric Tate era uma das minhas identidades secretas — ele revelou. — Já morei aqui, nos tempos em que fui casado.

— Você foi casado? — foi Urakin quem se espantou.

— Fui — o exilado retrucou com a maior naturalidade. — Se quiser, aliás, posso lhe dar umas dicas matrimoniais. — Ele imaginou a figura de Sif e de Urakin no altar e teve vontade de rir. — A começar por: *nunca* se case. Vai por mim, grandalhão.

— Quando eu achei que já tinha visto de tudo... — Kaira recebeu a notícia sem embaraço, uma vez que o próprio Denyel não tinha pudores de falar sobre isso. Sinceramente, não ficou com ciúme. Por mais astuto que ele fosse, nunca a traíra, nem a seus camaradas. — É ela que viemos encontrar? Sua ex-mulher?

— Pois é — ele confessou, um pouco sem graça. — Um mal necessário.

— Dá para confiar nela?

— Bom... — titubeou. — E se eu lhes dissesse que ela tentou me matar?

— Eu lhe seria solidária, capitão. — A arconte pensou na ironia, afinal Hector, seu antigo namorado, também tentara matá-la, e por pouco não conseguira. — Sei como se sente. Somos dois, então, nesse caso.

O elevador parou e Denyel saiu na dianteira. O corredor estava vazio. Ele fez um sinal, pedindo silêncio, e sacou a pistola. Tinha apenas um pente de munição, contendo oito balas, as que haviam sobrado do combate em Athea.

— Fiquem atentos, está bem? — Gracioso, ele deslizou através da passagem. — Deixem tudo comigo, mas estejam prontos.

Com o polegar, o exilado tocou a campainha. Nada. Tocou de novo. Sem resposta. Esperou mais um pouco. Nenhum ruído ou sussurro.

— Quer que eu arrombe? — ofereceu-se Urakin.

— Acho que não precisa. — Denyel afastou o capacho com o pé, e sob ele havia uma chave. Usou-a para destrancar a fechadura. Rodou a maçaneta e a porta se abriu com um tranco. Um cheiro de mofo encheu-lhe as narinas. — Não há lugar algum como o lar.

Juntos, os três adentraram o recinto. O apartamento tinha um extenso corredor e três quartos, além de sala, cozinha e dois banheiros, mas não era tão espaçoso, o que em situação menos tensa o deixaria aconchegante. Os móveis jaziam forrados por lençóis brancos, e o assoalho acumulava camadas de poeira e fuligem. Os eletrodomésticos estavam desligados. Os itens pessoais, como roupas, livros, talheres, porta-retratos e bibelôs, haviam sido recolhidos, dando a clara impressão de que o local fora abandonado fazia no mínimo uma década. Na borda das pias e no fundo dos ralos cresciam musgos. O rodapé do lavabo escondia um buraco de ratos. O vidro de uma das janelas estava rachado, e na sacadinha lá fora as folhas secas se acumulavam em montículos.

— O estranho não é o abandono — comentou Urakin. — É o fato de o zelador ter nos deixado subir.

— Este lugar ainda reserva surpresas. — Denyel não daria o braço a torcer. Pusera todas as suas fichas em Sophia, seu antigo caso amoroso, sua "ex-mulher", como ele a classificara, a elohim que colhia as informações para os anjos da morte, e não sairia do prédio sem obter uma pista, uma indicação que fosse sobre o próximo caminho a tomar. — Vamos procurar.

— E o que estamos procurando? — quis saber o guerreiro.

— Indícios. — O exilado abriu gavetas, arrastou a mobília. — Cheiros, impressões digitais, fios de cabelo. Qualquer coisa ajuda.

O plano era desesperado, ele sabia. Sophia era uma espiã das mais capacitadas e, se desejava sumir, obviamente não deixaria vestígios. Kaira e Urakin assim constataram ao procurar sob as mesas, nas quinas, ao revirar os sofás, ao investigar estantes e prateleiras. Claro, havia a sujeira trazida da rua, ácaros, grânulos de poluição, mas nenhum traço pessoal, nenhum odor característico, nenhuma pegada ou sinal, nenhuma marca útil ao rastreio. Denyel então se lembrou do *closet*, o marco físico que Sophia (ou alguém ligado a ela) escolhera para construir o portal, o túnel místico que servia de atalho às outras dimensões e que certa vez o conduzira ao Sexto Céu, Raqui'a. O portal — ou pelo menos *aquele* portal — só funcionava quando destravado por uma chave específica. Sem isso, não passava de um armário embutido. Mesmo assim, o capitão achou que seria uma boa ideia vasculhá-lo, por via das dúvidas. Andou até o quarto de dormir, retesou o cão da Beretta e escancarou a porta. Deu um passo ágil à retaguarda.

Vazio. O cubículo estava desocupado, à exceção de um envelope caído — ou depositado — num canto. O objeto não tinha selos, carimbos ou inscrições. De dentro dele escorregaram um cartão de metrô e um papelzinho dobrado, cortado na forma de tira. Estava escrito à mão, com caneta esferográfica. Denyel o esticou sob a luz.

Refúgio invadido. Inimigo à espreita. Fuja. Encontre-me onde tudo começou. Use o metrô. Corra!

O tom de urgência o preocupou. Sophia não costumava ser trágica; o trágico da dupla era *ele*. Se ela realmente fora expulsa de seu refúgio, o "inimigo" devia ser — e certamente era — alguém de poder incalculável. Mas quem teria o interesse, a sagacidade ou mesmo a força para abatê-la? Sólon, que em outros tempos coordenava as atividades dos Sete, estava morto, e os malakins restantes haviam sido destronados pelo arcanjo Miguel.

O capitão releu o bilhete. Dois trechos em especial lhe chamaram a atenção: "Inimigo à espreita", releu outra vez. "Corra!"

Nisso, antes que ele pudesse correr, o tecido da realidade oscilou, como nunca oscilara naquela região do planeta. De uma hora para a outra, tudo ficou preto, encobrindo a visão da rua, dos prédios e das construções. Não era uma escuridão noturna nem nada que tivesse origem neste mundo. E com ela veio uma *presença*, uma energia tão forte — ou quase tão forte — quanto aquela que Kaira experimentara na Cidadela do Fogo, diante de Gabriel, e depois, no Elísio, ao conferenciar com o Quinto Arcanjo.

O breu cósmico desapareceu e a presença materializou-se no meio da sala, desafiando a lógica da Cortina de Aço. Por suas emanações, Urakin imaginou que veria um ser reluzente, mas a entidade que se condensou nada tinha de suntuosa — pelo contrário, era rústica. Surgiu como um homem de meia-idade, nem jovem, nem velho, a cabeça ligeiramente calva, a barba áspera, escura e comprida. Os músculos eram dotados de rigidez primitiva, os dedos eram grossos, e a face, robusta. Trajava roupas modernas, porém simples, sapatos escuros, calça marrom, camisa cinzenta e um sobretudo leve, apropriado aos dias de chuva. Se fosse visto na sarjeta, alguém poderia tomá-lo como mendigo, mas ele era um rei, na verdade, um rei entre os homens, o Rei dos Homens sobre a Terra.

— Metatron? — Kaira murmurou, perplexa. Não se recordava de tê-lo visto anteriormente, mas a potência de sua aura não abria margem à dúvida. — Metatron!

— Kaira, Centelha Divina — o sentinela deu um sorriso malicioso e falou com a voz de trovão. Suas intenções não eram nem de longe pacíficas, e ele reuniu forças para atacar. — Enfim nos encontramos.

49

CAÇADORES CAÇADOS

— METATRON! — KAIRA TORNOU A REPETIR E SÓ ENTÃO TEVE CERTEZA DE QUE não estava sonhando. Metatron, o líder dos sentinelas, o anjo que ela jurara perseguir e matar, materializara-se no apartamento, entre os móveis, e não parecia inclinado ao diálogo. Sua aura era agressiva, e a ruiva entendeu que só teria chance de sobreviver à batalha se atacasse primeiro.

Urakin, logo atrás, sentiu-se como um animal acuado e hesitou por um momento. Nesse ínterim, Kaira poderia ter sacado a espada, mas achou que seria mais rápido conjurar suas chamas. Em resposta, Metatron lançou contra ela um cone de ar frio que congelou seus pulsos, tornando-os dormentes. No próximo instante, esse mesmo sopro despedaçou os vidros, rachou a parede, e a Centelha foi cuspida através da janela direto para a rua, uns vinte metros abaixo. Denyel, que chegava à sala nesse exato segundo, cruzou o aposento e mergulhou de encontro à amiga. Deu impulso com os pés e a agarrou em plena queda, segurou-se a um poste de luz e escorregou à calçada.

— É aquele o nosso homem? — ele perguntou. — Metatron?

— O próprio.

— E o braço?

— Tudo bem. Não foi nada. — Ela moveu os dedos para afastar a dormência. — Estou bem. — Olhou para cima. — Mas Urakin...

— Cuidado! — Denyel a empurrou com o ombro. Do sexto andar, engalfinhados, Urakin e Metatron despencavam. O querubim tentava acertá-lo, mas seus golpes eram repelidos, até que o Rei dos Homens o apanhou pela garganta e o girou para baixo. Os dois caíram com um estrondo, abrindo uma cratera no meio-

-fio. Carros, motocicletas e ônibus tiveram de frear abruptamente. Os civis se detiveram, assustados.

O sentinela saiu do buraco, sozinho, e flutuou na direção dos celestes. Kaira pegou o cabo da Fagulha, porém não conseguiu manifestar sua lâmina.

— De novo?

— Não adianta nem tentar, boneca — advertiu-a o capitão. — O tecido da realidade é consistente demais aqui. Bem-vinda a Nova York.

— Sim, mas... — Ela focalizou Metatron, que vinha levitando a seu encontro. — Mas, então, como *ele* consegue?

— Deixe essa comigo. — Denyel puxou a Beretta e apertou o gatilho, mas a pistola falhou. O Primeiro Anjo contra-atacou com uma técnica incomum. De repente, o exilado viu-se diante de uma carroça, depois de um calhambeque e a seguir estava de volta à Nova York moderna, para ser mais uma vez atirado ao passado. Essa divindade, exclusiva dos malakins, transportava a vítima a diversas eras, para frente e para trás, numa fração de segundo, fazendo-a vislumbrar pessoas, máquinas, construções e objetos de outrora, deixando-a totalmente confusa e a impossibilitando de agir no tempo presente. Em um minuto, Denyel se esquivava de cavalos, no outro era ejetado ao futuro.

Metatron pousou a dois metros de Kaira. Gritos de pânico eram escutados, sirenes de polícia já começavam a soar. Sujo de terra e betume, Urakin pulou de dentro da cratera, visando as costas do ente barbudo, que se virou e o acertou com um soco. O impacto foi tão possante que o projetou como um meteoro por duas quadras, até a mureta do Central Park, traçando um rastro no solo, destruindo hidrantes, derrubando semáforos.

Indefesa, a Centelha limitou-se a encarar o inimigo, que se utilizou da Telecinese, o poder de deslocar objetos com a força da mente, para grudá-la na parede externa do Dakota. Com Denyel pego no Furacão Temporal e Urakin jogado a distância, Kaira não tinha quem a acudisse. Ela e seu grupo estavam completamente derrotados, antes mesmo de a missão começar. Metatron os tinha vencido sem a menor dificuldade, mostrando que poderia trucidá-los a qualquer hora e em qualquer terreno, mesmo no coração da maior cidade do mundo — e à luz do dia.

— Este é o meu primeiro e último aviso — ele disse, marcando as palavras. — Desista desta caçada, ou então matarei todos os seus amigos, como Teth lhe mostrou em Bihar. — A frase era uma alusão ao malakim disfarçado de monge, o anjo que eles haviam encontrado na Índia. — Desista, arconte. *Desista.*

Kaira fez um esforço para abrir a boca, para responder, e finalmente conseguiu, sendo também descolada do muro. Recuperou o cabo da espada, mas Metatron não estava mais lá — desaparecera tão repentinamente quanto surgira.

Concluído o episódio, ela reparou no estrago que o sentinela deixara. Da greta no solo espirravam jatos de água e esgoto. O poste da esquina desmoronara, três automóveis haviam se chocado no cruzamento. O curioso, porém, era que nenhum ser humano saíra ferido. Livre do transe, Denyel disparou até a entrada do prédio e voltou à companhia da arconte.

— Como? — Ela tinha a sensação de ter sido arrastada por um maremoto. — Como ele pôde usar todos esses poderes, logo nesta região, onde o tecido é espesso?

— Não sei, mas vou descobrir. — Denyel escondeu a pistola sob a jaqueta. — É melhor darmos o fora. — Apontou para o Central Park. Urakin trotava até eles. Exibia uma leve escoriação na testa e nada mais. — Vamos.

Um helicóptero cortou o céu. Duas viaturas de polícia e uma ambulância estacionaram no acostamento. Antes que eles pudessem fugir, quatro guardas e três paramédicos os abordaram, mas, em vez de dar-lhes voz de prisão, apenas os socorreram.

— Fiquem calmos — um dos enfermeiros aconselhou, oferecendo-lhes cobertores. — Sentem-se. — Outro socorrista trouxe uma maca. — Estão bem?

Kaira aceitou o agasalho, sem entender o que se passava. Até que escutou a comunicação pelo rádio:

— 9124, dois ataques a bomba na Rua 72, lado oeste, em frente ao número 1. Três feridos. Nenhum em estado grave.

— Ataque a bomba uma ova! — Denyel deu uma pancada no tampo da mesa. Liberados pelas autoridades, eles caminharam até uma lanchonete na rua de trás, a Avenida Columbus, para que pudessem conversar com mais discrição. Já passava da hora do almoço, e o local estava praticamente vazio. Os três se reuniram em um canto reservado, sob uma escada que levava aos banheiros. — O nome disso é *Desatino*, uma divindade própria dos elohins, que mistura técnicas mentais e projeções ilusórias. Já lidei com essas coisas, infelizmente. O Desatino mascara os poderes angélicos e faz com que os seres humanos os percebam como ocorrências normais, aceitáveis no mundo "real". Um jato de fogo, por exemplo, é visto como o estouro de um coquetel molotov. Dessa forma, eles podem usar os seus dons à vontade, sem causar abalos no tecido — explicou. — Uns putos, esses elohins.

— São mesmo, todos eles? — Kaira coçou o queixo e não resistiu ao comentário. — Pensei que tivesse sido casado com uma.

— Eu fui — o exilado torceu o nariz — e falo com propriedade. Mas como sabe que ela era uma elohim?

— Intuição feminina.

— Até parece. — Ele riu, contrariado. — Está blefando. — Outro sorriso, canastrão. — Aprendeu comigo.

— Então, esse Metatron — Urakin ainda estava confuso sobre várias questões — é um elohim?

— Não, amigo. — Denyel às vezes se irritava com a lentidão do comparsa. — Metatron, o Rei dos Homens, o Anjo Supremo, ou como queira chamar, foi o primeiro anjo criado por Deus e serviu de molde para as sete castas. Isso explica o sopro de gelo que estraçalhou a janela, o Furacão Temporal que me prendeu ao passado e o soco possante que o derrubou.

— E a Telecinese — acrescentou Kaira.

— Sim. Que eu saiba, Telecinese é uma divindade secreta, a que só o arcanjo Gabriel teria acesso — recordou-se. — O que foi que ele lhe disse, Faísca? — perguntou. — O que foi que o sentinela lhe falou quando a colou à parede?

— Ele mandou que eu cancelasse a missão, caso contrário mataria todos vocês. E desapareceu em seguida.

— Blefe — opinou Denyel.

— Por que diz isso?

— Se Metatron quisesse, já teria nos matado, é óbvio. — Através da vidraça, ele mirou a fumaça que saía dos bueiros e teve um pressentimento ruim. — Por que não matou?

— Talvez ele se considere um justiceiro — ela supôs. — Talvez seja como os terroristas, com causas maiores que lhes dão combustível. — A analogia era pertinente, sobretudo depois do que acontecera mais cedo. — Como eu vou saber?

— Bom, teoricamente, você *deveria* saber. — A crítica não era direcionada a ela, mas a seu líder de guerra, a quem Denyel não era muito simpático. — Gabriel não lhe deu informações concretas sobre como e onde encontrar Metatron?

— Não. Pelo menos, não na ocasião em que estive no céu. O Mestre do Fogo me enviou à Haled e garantiu que cuidaria dos pormenores. Disse que eu tivesse fé, e eu tive, mas confesso que agora estou perdida.

— Quem não estaria? — Denyel respirou fundo. Lá fora, a tarde avançava. — Não tem jeito, esses arcanjos não mudam. O que nós somos para eles? Só buchas de canhão — resmungou. — Não vão mover uma palha para nos ajudar.

Urakin, bem ou mal, era um soldado de Gabriel e não gostava de ouvir alguém falando mal de seu chefe. Mas não tinha contra-argumentos. Denyel estava certo. Como alguém mandaria uma oficial — Kaira, no caso — a uma missão secreta sem informações, sem nem mesmo indicar-lhe um ponto de partida? Desolados, os três fizeram silêncio, um silêncio que por muito pouco não marcou a conclusão da empreitada. Sucedeu-se, no entanto, que a porta da lanchonete se abriu, e uma menina de no máximo dez anos andou até eles. Sua tez era pálida, os cabelos negros, o vestido preto e os olhos sombrios. Embora aparentasse ser só uma criança, era um *anjo*, uma celeste que eles já conheciam.

— Yaga? — Pelas vibrações coronárias, Kaira reconheceu sua antiga adversária, cujo avatar ela destruíra em Santa Helena, a hashmalim que a prendera ao espírito de Rachel, a peça que dera início a toda aquela catástrofe.

— Desculpem-me. — Yaga era arrogante por natureza, mas, ao menos daquela vez, esforçou-se para soar respeitosa. — Não consegui reunir forças nem tive tempo para reformar um corpo adulto, depois do incidente na caverna de gelo. — Dirigiu-se à ruiva. — Sem ressentimentos. — Fez um gesto amistoso. — Estávamos em guerra naqueles tempos. Mas, hoje, garanto-lhes que venho em paz. — E declarou, tão educada quanto podia: — Nossos comandantes firmaram uma trégua, e eu trago os cumprimentos do arcanjo Miguel. — Apontou para uma cadeira vazia. — Posso me sentar?

50

ONDE O MUNDO ACABA

Polo norte, antes do dilúvio

Cruzando as planícies da Hiperbórea, chegava-se aos promontórios de Erídano, tidos como o ponto mais extremo da Terra, "o fim do mundo", segundo a maior parte das mitologias de então. Era de lá que os thulianos se atiravam para a morte, quando se consideravam velhos e inúteis. O lugar não fora escolhido por acaso. Desde o rochedo, enxergavam-se ondas verdes no firmamento, todas dançando em simetria. Mais além, estendia-se o mar de Gelo, uma região inacessível por todos os meios, com temperaturas que beiravam noventa graus abaixo de zero e ventos de até quatrocentos quilômetros por hora. Nevascas deslocavam partículas sólidas, erigiam dunas e paredões azulados. O céu era turvo, carregado de cristais e granizo, mas a estrela polar seguia fixa em seu eixo, visível mesmo através da borrasca.

Ablon estava no limite de suas forças. Já começara a viagem debilitado e durante o trajeto sofrera todo tipo de provações, não só físicas. Nos portões brancos descobrira que o ódio era — *podia ser* — um aliado eficaz, mas soubera resistir à tentação, e agora precisava aprender a controlar essa fúria, ou então *ela* o controlaria. Isso, é claro, se sobrevivesse à travessia, o que lhe parecia pouco provável. O mar de Gelo era tão inóspito que nem feitiços climáticos conseguiam aquecê-lo, como tinham constatado os magos da Thule fazia algumas centenas de anos. Desde o cataclismo, nenhuma forma de vida era avistada naquelas paragens, fossem animais ou plantas, nem bactérias.

Por semanas o general vagou e não encontrou sinal dos Campos Elísios. Para todos os efeitos, o lugar não existia, como lhe advertira Hash'tir, da casa Bh'lon. A certa hora, o anjo parou. Sentou-se sob a luz da estrela polar e fez o que lhe restava: esperou. E esperou. Por quanto tempo, ele jamais saberia, e também não lhe importava. Quando o clima recrudesceu, o frio o envolveu por completo e o arrastou muito próximo da morte. Mas o herói conservou a esperança, conforme Orion lhe instruíra. Não desistiu, não sucumbiu. Não deu nem mais um passo.

Seria um teste?

E se não fosse? E se tudo não passasse de mito? Uma fábula?

E se...

O inverno.

O verão se foi. Depois, o outono. O inverno o abateu. O frio. Sua aura se apagou. Quase ao mesmo tempo, outra, porém, se acendeu. Era *a* estrela, a estrela polar. Do céu, o astro desceu, segurou-o e o levou para cima.

— Você é Ablon, a quem chamam de "o Vingador" — disse o lampejo. — Sou Nathanael, dos ofanins, alcunhado de "o Mais Puro". — Cercou-o com um abraço e o alçou às alturas. — Descanse. Prometo que nenhum mal o alcançará. Voe comigo. O meu mestre o aguarda.

— Onde estou? — Desnorteado, Ablon franziu as pálpebras. Ao invés da escuridão, o que o cegava era a luz. — Que lugar é este?

— Não se mova por enquanto. Se quiser fazer perguntas, mentalize-as — pediu-lhe uma voz, que, ele supunha, era de outro ser, ou de *outros*, pois soavam em uníssono. — Seu espírito sofreu danos gravíssimos; estou a tentar repará-los.

— O que fizeram com Ishtar? — O herói teve a impressão de estar deitado em uma espécie de mesa, e sobre ele debruçava-se um ser reluzente, ostentando uma auréola, um par de asas e uma espada translúcida. Aquele não era, por certo, Nathanael, o ofanim que o resgatara, mas outra entidade, de presença fortíssima. — Onde está minha amiga?

O ser estendeu o braço e tocou-lhe a testa. Não era um toque humano, tampouco de um anjo comum. O guerreiro não sentiu carne ou matéria, apenas uma radiação que o aquecia. Toda a tensão se foi, os músculos se regeneraram, os tendões se refizeram, os ossos quebrados voltaram ao lugar. O sangue fluía novamente em suas veias.

— Quem é você?

— Logo, todas as suas dúvidas serão sanadas. Por favor, tenha paciência — insistiu a mesma voz, ou seriam *vozes*? — O seu corpo não está em sintonia com o nosso ambiente. Estou regulando as forças para um nível que você possa tolerar.

Um clarão.

Súbito, o Vingador estava de pé.

Vivo.

E saudável.

O que mais o impressionou foram seus equipamentos, restaurados, como novos. Os olhos já não doíam. Tudo ao seu redor tremeluzia com uma substância opalescente. Era como andar sobre um vasto oceano esbranquiçado, até que as cores se concentraram em uma única criatura, a mesma que o havia medicado. Como ele notara antes, sua essência superava em milhares de vezes a energia dos celestiais ordinários. Ablon tinha certeza de que já a encontrara, só não lembrava onde e em quais circunstâncias.

— Como se sente? — indagou-lhe a imagem.

— Pleno. Inteiro. Como novo. — O general firmou-se no solo. Estava agradecido, mas desconfiado. — O que fez comigo?

— Eu o operei em um grau, por assim dizer, *etéreo*. As feridas psíquicas são as mais graves. Sempre são.

— E as minhas armas?

— Uma maravilha, não é? Elas são parte do seu eu espiritual e se reajustaram à medida que sua consciência se purificava.

— Que lugar é este? — O anjo o bombardeou com mais perguntas, tantas quanto podia. — Onde está a minha parceira?

— Olhe para trás.

O general obedeceu e se virou para trás. No centro da câmara, cujas quinas, teto e chão eram ainda indistinguíveis, ele viu dois pedestais retangulares, feitos de luz sólida. Um deles, o *seu*, estava vazio. No outro, à esquerda, jazia o cadáver de Ishtar, fora do esquife, mas perfeitamente conservado. Ablon caminhou até o leito e tomou-lhe a mão.

— Estou morto?

— Você? — o anfitrião estranhou. — Não. Claro que não.

— E ela?

— Sim.

— Pode ressuscitá-la?

— Depende.

— Depende do quê? — exigiu Ablon. — Peça-me o que quiser — implorou. — Se for necessário, estou disposto a entregar minha vida.

— Calma. Não é bem assim que funciona. — A entidade notou quanto ele estava agitado e procurou confortá-lo. — Seu coração bate forte e está cheio de confusão. Isso é normal neste estágio. Peço que me acompanhe.

— Não irei a lugar algum — o celeste se recusou e expôs seus motivos, que eram óbvios. — Não vou deixá-la a sós.

— Confie em mim.

— Gostaria, mas não posso, e lamento por isso. Estou grato por terem me salvado, sejam vocês quem forem. Mas toda esta jornada me ensinou a ser cauteloso. Só confio em meus amigos e só recebo ordens de meus líderes, os arcanjos.

— É justo, e peço desculpas por não ter me anunciado. — Ele expandiu a aura, e o Vingador o reconheceu, afinal. — Sou Rafael, o Quinto Arcanjo, chamado de Cura de Deus, um de seus líderes. — E repetiu: — Venha comigo. É uma ordem.

51

O INIMIGO DO MEU INIMIGO

Nova York

— Em *paz*? — Denyel deu um riso de escárnio. — Yaga, Sombra da Morte, veio em paz? — Desceu a mão à Beretta. — Que piada.

— Não faço piadas. — Naquele breve instante, ela falou com o timbre usual, o mesmo que usava nos anos 70, quando atuara como espiã, agente e comissária dos malakins, a "intercessora", como eles a alcunharam. — Senso de humor não é o meu forte.

— O que você quer? — Kaira interveio. — Quem a enviou?

— Já disse. Quem me enviou foi o arcanjo Miguel. — Yaga se sentou. O garçom, que se preparava para atendê-los, deu meia-volta, fingiu que não os vira e foi servir outro cliente. Os hashmalins, como juízes e torturadores do céu, costumam provocar certa repulsa (e até náuseas) nas pessoas comuns, que tendem a evitá-los, um sentimento oposto ao que os ofanins causam, despertando compaixão e simpatia. — Venho em nome dele e trago informações que somente nós possuímos. Os espiões legalistas são sem dúvida os melhores. — Tornou a olhar para Denyel. — Não concorda, soldado?

— Está louca — ele rosnou em resposta. — Nunca trabalharemos juntos. Nunca mais. Em nenhuma hipótese.

— Eu não estaria tão certa.

— Parece bastante segura. — Kaira cruzou os braços sobre a mesa. — O que a faz pensar que confiaríamos em você?

— Vocês confiarão em mim devido ao único motivo pelo qual um inimigo confiaria no outro: porque temos um adversário em comum. — E foi além com a proposta: — O que ofereço é a peça que lhes falta, a chave para derrotar Metatron.

— Não, obrigado. — Denyel fechou a cara. — Da última vez que segui seus conselhos, acabei metido em uma emboscada. — De través, ele espiou Urakin, que de fato o havia atacado em Beirute, na primavera de 1978. A cizânia entre os dois lutadores, agora amigos, já tinha sido apaziguada, mas a presença de Yaga ameaçava trazer à tona antigas contendas.

— Se está se referindo ao Líbano, garanto-lhe que também fui enganada. Nunca existiu um elohim naquela área, muito menos um integrante da teia. Eu só soube dessa missão anos depois, e presumo que ela foi arquitetada por Sólon, que o denunciou aos rebeldes.

— Sozinho? Duvido. Sólon sempre usava um intercessor, nunca dava as caras. Tinha de haver um cúmplice. — Mas, ao despejar essas acusações, ao expor esses fatos, Denyel se deu conta de que tinha uma testemunha ocular da história bem à sua frente. — O que você tem a dizer sobre isso, grandalhão? — virou-se para Urakin. — Quem era a sua fonte?

— Eu lhe disse na época. — O Punho de Deus mostrou que também tinha boa memória. — Fui enviado pelo comodoro Astron, que era o meu superior na ocasião, o serafim que morreu ao nos enfrentar no Tibete. Como ele obteve os dados acerca de você, não sei e provavelmente jamais saberemos. É contraprodutivo especularmos a respeito.

— Foi o que concluí, faz mais de trinta anos — assentiu Yaga, retomando o discurso. — Entendo que vocês têm princípios fortes, mas não estão sendo egoístas? Estamos lutando outra batalha, não relacionada à guerra civil. Não acham que é hora de deixar o orgulho de lado? — Pregou os olhos na ruiva. — Fiz coisas que vocês julgam desprezíveis, eu sei, mas paguei o preço. Meu avatar foi destruído, e esse é o pior trauma que um anjo pode suportar, ainda mais entre os membros de minha casta, que consideram a derrota tão humilhante. Nem por isso me acovardei. Não guardo mágoas ou busco vingança. O que aconteceu fez parte da guerra. A morte de Andril, de Levih e até de Zac — ela se voltou para Denyel — são todas consequências da guerra.

— E quanto a Rachel? — O capitão se enfureceu ante a menção a Zacarias, o ofanim que o salvara na França. — Ela era também consequência da guerra? — exigiu, o cenho encrespado, a postura dura, agressiva. — Quantas crianças você ceifou, Sombra da Morte? Quantos bebês separou dos pais, quantos jovens assassinou, quantas pessoas já executou sob as ordens do céu?

— Não mais do que você. Quantos inocentes você acha que matou, direta ou indiretamente, nos desertos da África? Na Sicília? Na Normandia? Nas Ardenas?

Em Hué? No Camboja? Em Roma, no tiroteio em que empregou os raptores? — Se era para discutir, Yaga tinha argumentos. — E, no caso de Zac, bom, nós sabemos muito bem quem puxou o gatilho.

Furioso, Denyel sacou a pistola por baixo da mesa, mas Urakin o segurou pelos ombros. Yaga, por sua vez, não se abalou. Sua figura, sentada à cabeceira, era especialmente perturbadora, não apenas pela combinação de frieza e malícia, mas por ela ter se materializado em um avatar de criança.

— Espere, Denyel — Kaira deu uma ordem, e o exilado se conteve. — Vamos ao menos escutá-la, até o final. — Dirigiu-se à sua antiga oponente. — Você alega que os nossos líderes, Miguel e Gabriel, estabeleceram uma aliança. É isso?

— Não é uma aliança. O termo correto é "pacto". Um acordo que entra em vigor durante certo período de trégua.

— Nunca ouvi falar desse pacto.

— Nem ouvirá. O pacto precisa ser secreto por vários motivos, a começar porque os arcanjos são agora rivais. Que motivação teriam os exércitos para continuar pelejando se soubessem que seus generais são, ou *estão*, aliados? Eis a razão de o Príncipe dos Anjos ter me enviado, e não as suas unidades militares. De qualquer maneira, não faria diferença alguma. Nem o maior exército do mundo seria capaz de derrotar Metatron.

— Hmm... — Urakin achou o comentário estranhíssimo. — E o que a leva a crer que *nós* seríamos capazes de tal façanha?

— Não nós, ela — a hashmalim apontou para Kaira. — Só *ela* tem o poder de vencê-lo, embora, logicamente, o triunfo não esteja de forma alguma garantido.

— Eu? — A ruiva começava a entender a fúria de Denyel. Só podia supor que Yaga estava mentindo, pois a história era muito bizarra. — De onde tirou essa ideia?

— Por que acha que Gabriel a selecionou para esta demanda, e não um dos arautos? Por que ele não escolheu Aziel, a Chama Sagrada? Ou então Varna, dos querubins, sua arqueira e braço direito?

— Diga-me você.

— Não tenho a resposta. Mas sei que, ao longo da história, Gabriel profetizou muitos eventos, por isso é também chamado de Anjo da Revelação, entre outros títulos solenes. Ele anteviu a supressão cósmica, o nascimento do Salvador, o exílio de Rafael, e já vaticina a Batalha do Apocalipse. Não sei por que nem *como* você teria a capacidade de superar Metatron, todavia essa é a nossa melhor chance, a *única* chance.

Kaira refletiu sobre o assunto e cogitou até que ponto o trauma psíquico, decorrente da morte física, poderia ter afetado a mente de Yaga. Não que isso a absolvesse, mas todos perpetraram seus crimes, não apenas Denyel, que era (*fora*) um assassino confesso. Que tipo de pecados ela mesma, Kaira, teria cometido antes de renascer, antes de se fundir ao espírito da menina Rachel? Bifrost lhe mostrara o Elísio, o encontro com Rafael, mas não revelara nada sobre sua vida anterior a Santa Helena. À exceção de alguns fragmentos que captara em sonhos, como o episódio da Deusa que Arde, o estouro do fulgiston e o embate com Andril, durante a era do gelo, ela não sabia quem era ou o que fizera nos tempos antigos.

— É contraproducente. — Mais calmo, Denyel reproduziu as palavras de Urakin. — Esta discussão não nos leva a nada. Se você sabe onde está Metatron, então nos diga de uma vez.

— Eu direi, se for a vontade da arconte. — Yaga inclinou a cabeça na direção da ruiva, oferecendo sua lealdade. — O Príncipe dos Anjos me ordenou que a servisse, sendo ela a líder do coro. Sou submissa à Centelha e a mais ninguém.

— O que tiver para dizer — Kaira rebateu, sem pensar duas vezes —, pode falar na frente deles.

— Sem conversa fiada, Wandinha. — O capitão mexeu os dedos num sinal de urgência. — Onde é o refúgio de Metatron?

— Vocês o conhecem como Hades, o mundo interior. Outros o chamam de Estígia, pois marca a foz do rio Styx, onde seu curso deságua no Lethe, o crematório dos deuses. Metatron construiu uma fortaleza sobre esse abismo e agora a mantém flutuando.

— Que bom para ele — caçoou Denyel. — Por que não o deixamos lá?

— O Hades fica no centro da Terra — continuou Yaga —, e ele pretende usá-lo como ponto de partida para a sua dominação mundial.

— No centro da Terra? — Kaira contestou o raciocínio. — O que existe no centro da Terra é uma composição de gases, metais e outros elementos químicos. Não há dimensões ou abismos através da crosta terrestre.

— No plano físico, lógico que não. — Yaga deu uma curta sondada no ambiente. — O Hades fica no plano etéreo, mais especificamente no etéreo profundo, e só pode ser acessado por meio de rotas místicas ou técnicas especiais. Uma dessas rotas, claro, é o próprio Styx.

— Entendo. — A ruiva se ajeitou na cadeira. — Mas por que o Hades? O que fez com que Metatron escolhesse esse lugar, e por que os arcanjos ainda não o atacaram, já que são mais poderosos e sabem exatamente onde ele está?

— Os arcanjos não podem derrotá-lo na Estígia. Os sentinelas estão ligados à Terra, e a fortaleza de Agartha fica no coração do planeta. Lá, Metatron é mais forte que os gigantes, mais forte até que o príncipe Miguel.

— Vamos com calma. — Kaira ainda não se convencera. — Os arcanjos não podem derrotar Metatron, então enviam a *nós*?

— Sim.

— Que disparate — a arconte redarguiu com uma pitada de ironia, influenciada, talvez, pela convivência com Denyel, mas depois se recordou de como ela e seu time venceram Andril, os ecaloths, o dragão Níðhöggr e Thrymr, o rei dos gigantes do gelo, todos desafios teoricamente insuperáveis, sobre os quais, no entanto, eles haviam triunfado. Houvera perdas, sim, como aliás sempre há em uma guerra, mas bem ou mal eles alcançaram a vitória. — Bom, vamos ver. Digamos que eu a incorpore ao meu coro. Digamos que eu acate esta aliança. Qual seria o próximo passo?

— O próximo passo, acredito, seria tomarmos o Styx — respondeu Yaga — em direção às entranhas do globo.

— Como faríamos isso?

— Não sei.

— Não sabe?

— O arcanjo Miguel me disse que *vocês* saberiam.

— Nós?

— Exato — disse Yaga. — Cada um deve fazer a sua parte. Eu sou, ou *seria*, apenas um elo do grupo, um elemento da equipe. São nossas forças combinadas que garantirão o sucesso.

Kaira, Denyel e Urakin se entreolharam. Outro minuto de silêncio. Um silêncio que, esse sim, serviu para que a arconte confirmasse sua escolha. Naquele momento, não por acaso, ela decidiu confiar em Yaga. Não aprovava seus atos, mas a aceitaria naquela empreitada. Por quê? Não apenas porque era necessário, mas porque o desconhecimento dela em relação ao Styx sugeria — embora não comprovasse — que sua intenção era justa. Se fosse uma cilada, Yaga a teria planejado e tentaria induzi-los a determinado caminho. O fato de Kaira, e não Yaga, ter o controle sobre essa encruzilhada dizia muita coisa e denotava certo grau de sinceridade. Isso era bom por um lado, mas ruim por outro, pois agora eles estavam novamente perdidos, sem pistas que lhes indicassem um atalho à Estígia.

— Fortaleza de Sion — murmurou Denyel, de repente. — Sion detém o único porto fixo do Styx na terra. Os demais são oscilantes, abertos segundo a vontade dos barqueiros, os misteriosos seres que controlam as passagens.

— Como sabe? — Urakin surpreendeu-se.

— Os elohins são obcecados por essas trilhas, e, como você descobriu esta tarde, eu fui casado com uma — Denyel ruborizou. — Não me olhe assim, grandão. Está bem, admito que o matrimônio tem suas vantagens.

— Sion está fora de questão — exclamou Yaga. — Embora o etéreo raso nos seja perfeitamente acessível, o Príncipe dos Anjos me proibiu de usar esse porto.

— Faz sentido — Kaira encostou-se no assento. A Fortaleza de Sion era o maior bastião das forças legalistas na terra e reunia centenas de legiões a serviço do arcanjo Miguel, que lá se concentravam à espera do Apocalipse. A Torre das Mil Janelas, como fora batizada pelos malakins, ficava no plano etéreo raso, sob a cidade física de Jerusalém. — Se ele quer manter a aliança em sigilo, nunca permitiria que nós, rebeldes, usássemos o seu principal atracadouro.

— O que precisamos — sugeriu Urakin — é de um porto neutro, de onde possamos embarcar sem alarde.

— Esqueçam a terra, então. — Denyel veio com outra solução, mais obscura: — Se não podemos recorrer a Sion, o que nos resta é o Sheol.

— O Sheol? — Urakin achou que tivesse escutado mal. "Sheol" era como os alados chamavam o inferno. — Está se referindo...

— Gostando ou não, é a opção menos ruim — o capitão defendeu seu ponto. — Existem outras entradas, em outras dimensões, mas no inferno, pelo menos, nós sabemos o que vamos encontrar. Imagine se pegamos um vórtice e topamos com os ecaloths.

— Os ecaloths são nativos do rio Oceanus — disse Urakin —, não do Styx.

— Só dei um exemplo.

— Concordo — Yaga se manifestou. — É a melhor alternativa. Só nesta cidade, conheço dezenas de túneis ao Sheol, a maioria saindo do plano das sombras. Um deles está abandonado faz décadas. Talvez possamos chegar ao inferno sem ser notados.

— Talvez. — A Centelha estava prestes a acatar a proposta, mas, antes, queria a aprovação de Denyel. — O que acha desses túneis, capitão?

— Confiáveis. O plano é bom, não tem como negar. E acho que vocês deveriam ir em frente com ele.

— *Vocês?*

— Como eu disse, não voltarei a trabalhar com Yaga. — Ele se levantou, espanando a jaqueta. — Mas desejo-lhes boa sorte.

Denyel passou por Urakin, deu as costas ao grupo, cruzou a lanchonete e saiu porta afora. O guerreiro fez menção de detê-lo, mas Kaira o proibiu com um gesto. Preferiu ela mesma ir atrás do amigo e o interceptou na calçada. Já era noite, uma típica noite de verão em Nova York. Carros circulavam na pista, traçando rastros e círculos de luz. Um homem fechava sua carrocinha de cachorro-quente, contando as notas e recolhendo os produtos. Sobre os arranha-céus, a lua nascia em quarto minguante.

— O que está fazendo? — Kaira tocou-lhe o ombro. — Perdeu a cabeça? Viemos juntos, desde Asgard, para você desaparecer assim? Se tem um problema com Yaga, nós a dispensamos. É simples.

— Não, Faísca — o anjo se achegou a ela. — O plano é excelente e Yaga lhe será fiel. Os hashmalins são cruéis, mas sabem manter a palavra. É que eu... eu tenho essa *coisa* dentro de mim.

— Que coisa?

— Indescritível — ele sentiu um aperto no peito. — Se você tivesse visto o que eu vi, se tivesse feito o que fiz... *Não.* Eu simplesmente não posso. Já cedi muito no passado, já me curvei, agora chega. Um sujeito como eu precisa de limites, senão... — Encarou o asfalto, fez uma pausa e mudou de assunto. — Onde você deixou a minha moto?

— O quê?

— A Hayabusa.

— O que isso tem a ver?

— Tem tudo a ver.

— Bom... — Ela limpou a garganta. — No velho porão. Na cidade praiana. Onde nos conhecemos. Não está pensando em voltar lá, está?

— Ouça. — O exilado a envolveu pela cintura. — Não se preocupe com nada, está bem? Apenas faça a sua parte e deixe o resto comigo.

E, antes que ela o contrariasse, Denyel a beijou. O sabor foi o mesmo do beijo roubado em Athea, que precedera o sacrifício, e trouxe de volta um turbilhão de memórias, um furacão de emoções. Kaira teve, pela primeira vez, certeza de que o amava, não apenas como amigo, como parceiro de lutas, mas como homem, se é que isso era aplicável aos celestes. Um segundo depois, porém, aflorou-lhe a mais completa tristeza, pois ela teve a sensação de que não o veria de novo.

O exilado afastou os lábios, recuou uns dois passos, girou nos calcanhares e saiu caminhando pelo meio da rua.

— Espere — Kaira o chamou. — Não quer me dizer ao menos para onde você vai?

— Sabe como é, essa discussão me bateu nos nervos. — Ele sorriu, um sorriso sincero. — Preciso de uma cerveja.

52

CAMPOS ELÍSIOS

Etéreo profundo, 35.000 a.C.

RAFAEL NÃO ERA UM LÍDER NOS MOLDES TRADICIONAIS. DIFERENTEMENTE DE Miguel, ele acreditava que governar não significava espalhar-se em um trono, muito menos comandar legiões ou exércitos. Desde que Yahweh adormecera, o Quinto Arcanjo estava comprometido com a salvação da humanidade e não visitava os irmãos fazia alguns séculos. Como general, Ablon também tinha seus afazeres e só encontrara o gigante uma vez, na gênese, isto é, no *centro* do universo.

— Fulgiston — disse o querubim. — O estouro que deu origem às dimensões. Era você, não era?

— Sim — Rafael confirmou com um aceno. Os dois percorriam agora um corredor extenso, todo branco. — E do que mais se lembra?

— De quase nada. Tanto quanto um ser humano se recorda do próprio nascimento.

— Ótimo.

— Ótimo?

— Excelente, eu diria. — Os ruídos vocais eram confortáveis, até terapêuticos. — Existe uma razão para que um homem não se lembre claramente do momento em que veio à terra, e para que não se lembre, também, do que existe *antes* disso.

— Qual é a razão?

— Qual é o sentido da existência? — o primogênito devolveu-lhe a pergunta. — Veja, é preciso gozar a vida com certo sabor de mistério, e o que lhe digo não é só poesia. Imagine-se sabendo de tudo, conhecendo tudo, ciente de todos os segredos universais. Que sentido teria uma existência como essa? Que busca alguém assim poderia almejar? Esse princípio é aplicável aos mortais, bem como aos alados e aos deuses, inclusive.

— Concordo, mas como *você* lida com isso? — O lutador trouxe à tona o debate. — Supõe-se que os arcanjos saibam de tudo.

— Não sabemos de tudo. Talvez de quase tudo. Eis o motivo pelo qual eu e meus irmãos nos ocupamos com nossos projetos, sempre tão intrincados. De minha parte, não os condeno nem os encorajo. No fundo, estamos apenas tentando sobreviver, cada um à sua maneira. Miguel, por exemplo, escolheu a trilha da guerra, e Lúcifer, o caminho da política. E eu... — Rafael fez uma pausa. Os dois haviam chegado ao fim da passagem. — Eu construí este lugar.

O corredor terminava em uma plataforma coberta. Os pilares eram feitos de luz e se assemelhavam a holofotes brotando do solo. Dessa galeria era visível um campo florido, de colinas verdes, que se prolongava até o horizonte. Nesse vasto espaço havia fazendas, chácaras, colônias e cidades arborizadas, e nelas moravam homens, mulheres e crianças desencarnados, que ali se mantinham sob a proteção dos ofanins.

— Estes são os Campos Elísios? — Maravilhado, Ablon contemplou bosques e rios, trilhas, jardins e estradas, algumas pavimentadas com blocos de mármore, que conduziam às aldeias e aos centros urbanos. À sua traseira, ele reparou, erguia-se uma torre em formato de candelabro, com sete braços, a base redonda e o cimo que tocava as nuvens. Os raios de sol desciam como tubos dourados, banhando os vales, os montes, as estátuas e os monumentos.

— Campos Elísios? — Rafael meditou por um breve segundo. — É verdade. Os atlânticos e os hiperbóreos assim o chamam, às vezes. Gosto do nome, até porque nunca o batizei. Mas esta — apontou para trás — é a Torre da Eternidade.

— Que lugar é este, afinal? — Ablon ainda não compreendia. — Onde estamos?

— Estamos sobre o mar de Gelo. Como os thulianos concluíram, os Campos Elísios não existem como uma realidade palpável, então é inútil tentar procurá-los no Ártico. Estamos agora muito além do tecido.

— Sim, mas em que camada? Nos planos astral e etéreo, logicamente que não. Explorei o mar de Gelo e não avistei um fiapo destas gramas, uma folha destas árvores, mesmo sendo capaz de enxergar as múltiplas fatias espirituais.

— Estamos no etéreo profundo — esclareceu o arcanjo. — O etéreo profundo corresponde a certas regiões do plano etéreo que estão, por assim dizer, ocultas e devidamente lacradas. O ingresso só pode ser feito por meio de trilhas específicas ou mediante certos critérios. Uma vez estabelecidos esses critérios, as normas não podem ser alteradas. Só os justos alcançam os Campos Elísios, e o nome de seu portão é Esperança. Eu o observei da minha torre, mas não poderia trazê-lo para dentro sem que sua persistência fosse testada. Compreenda, há energias traiçoeiras que nos cercam, e as regras servem como muros, como barreiras intransponíveis aos que não estão prontos.

— Entendo perfeitamente. Mas qual é a função destas plagas?

— Conservar o equilíbrio. Sendo um arcanjo, não estou preso aos desígnios das castas, mas à minha própria demanda vital. Este é o meu propósito: sustentar o equilíbrio no céu e na terra. — E continuou a história, que era longa e complexa: — Quando Yahweh nos empossou, ele nos deu o controle sobre os sete níveis celestes. Os hashmalins ganharam o domínio do Segundo Céu, a Gehenna, e Lúcifer, seu patrono, a transformou em um purgatório, atraindo todas as almas para lá, boas e más, cruéis e íntegras, e as retendo em suas câmaras escuras, impedindo-as de subir ao Terceiro Céu, o céu dos ofanins, mesmo após o período de torturas que ele chama de "purificação". Dando asas à ganância, Lúcifer causou uma desarmonia no cosmo, e sempre que a balança pende para um lado é meu dever, como Quinto Arcanjo, contrapesá-la em todos os níveis.

— Este é o seu plano?

— O meu propósito — insistiu. — Convencidos por Nathanael, os ofanins concordaram em me entregar a sua morada, a terceira camada celeste. O que pretendo fazer, tão logo seja possível, é selar suas entradas aos demais alados e aos meus irmãos, principalmente, e construir, no céu, um lugar idêntico a este, contudo muito maior, onde os santos possam descansar, recompor-se e em seguida se dedicar eternamente à evolução da raça humana. Hoje, consigo usar meus poderes e atraí-los até aqui, mas para levá-los ao Terceiro Céu eu precisaria construir um *desvio*, um túnel que se abrisse no instante da morte. E talvez você possa me ajudar.

— Não. — Ablon foi pego de surpresa. — Sinto muito, mas... *não*. Respeito a sua demanda e entendo que esteja agindo com a melhor das intenções e de acordo com o seu ímpeto natural. Mas eu sou um querubim, e minha lealdade está com o arcanjo Miguel. Não posso ajudá-lo sem que ele me autorize. Se o fizesse, seria um rebelde, ao pior estilo dos sentinelas.

— De certa forma você já é um rebelde — argumentou Rafael. — Não pôs de lado a sua missão para buscar os Campos Elísios?

— Bem — o Vingador inclinou a cabeça —, preciso de Ishtar para cumprir a tarefa.

— Essa é uma opinião, não um fato.

— É uma opinião incontestável.

— Nenhuma opinião é incontestável. Nem os fatos são. O fato de o sol nascer todos os dias nos leva a crer que ele nascerá amanhã, mas e se tudo o que observamos até hoje for apenas uma das inúmeras possibilidades que o universo nos reserva?

— Uma fatia de probabilidades, dentre várias?

— Exato.

— Pode ser. O argumento é útil aos ofanins, admito. Não a soldados como eu.

— Não obstante, você fez uso dele, afinal as ordens do arcanjo Miguel eram rígidas. — A Cura de Deus deu meia-volta e regressou ao corredor, convidando o general a segui-lo. — Falemos agora sobre Ishtar, que lhe é tão preciosa. Quer revivê-la?

— Sim.

— Então terá de fazer uma escolha. Não temos saída, *você* não tem saída, a não ser praticar um ato de... *rebeldia*.

— É esse o preço que me pede? — Ele estava desapontado. — Sempre escutei que você era o mais bondoso dos arcanjos, e o mais reto. No entanto, o que está fazendo é extorquir-me. Quer me induzir a desobedecer aos meus chefes?

— General, você não entendeu. — Juntos, eles reentraram na câmara onde o corpo de Ishtar descansava. — Sou o arcanjo da cura, e minha espada é o único instrumento capaz de restaurar a vida de uma entidade celeste. Eu ressuscitaria a sua amiga de bom grado, mas, como já disse, mesmo eu estou limitado pelas leis naturais. Uma vez usei esta lâmina para trazer um anjo de volta, e as consequências foram nefastas, porque, em todos os casos, a morte faz parte do fluxo da vida, e ao desafiá-la nós interferimos no equilíbrio das coisas. Dessa forma, o que estou tentando explicar é que eu só posso ressuscitá-la se outra vida for oferecida em troca.

— O dilema se resolve, então. — Ablon sentiu-se aliviado, apesar do destino que o aguardava. — Ofereço-lhe a minha vida.

— Não sou assassino, tampouco carrasco. Eu nunca o mataria, jamais executaria ninguém. É a minha vida que pretendo ceifar, mas preciso que você me ajude a tirá-la.

— O quê? — O Vingador estava aturdido. — Por que você daria a sua vida por Ishtar e... — Ele não compreendia. — Por que quer morrer?

— Eu lhe contei há pouco que almejo construir um desvio para as almas humanas. Mas para abrir esse túnel, esse túnel da morte, eu evidentemente preciso morrer. Entretanto, na condição de arcanjo da cura, sou o único celeste verdadeiramente imortal. Mesmo as possantes espadas místicas dos meus irmãos são inúteis; nem a Chama da Morte ou a Flagelo de Fogo seriam efetivas. Se você descobrir um jeito de me matar, então eu poderei utilizar a minha espada, a Redentora, para ressuscitar sua parceira sem causar uma dissonância. — E concluiu: — Sei que é um enigma complexo, e não espero que o decifre de pronto.

— Pois eu lhe dou a resposta agora mesmo, Cura de Deus. — Era a vez de Ablon surpreender o gigante. — Nas fortalezas do Quarto Céu, conta-se a história de um artefato chamado Fogo Negro. Essa espada teria sido forjada por Behemot, um dos generais de Tehom, para combater Yahweh, antes da feitura da luz. Seu gume, especula-se, foi fabricado com o intuito de exterminar os arcanjos, durante as Batalhas Primevas. Não há ninguém mais indicado que *você* para corroborar essa lenda, mas se ela for genuína, se essa Fogo Negro de fato existir, então certamente poderá matá-lo, pois foi concebida com esse exato propósito.

— Fogo Negro. — Claro, a arma não só existia como Rafael já a vira de perto. Uma solução tão simples, tão lógica, que ele, todavia, nunca teria alcançado, pois se fechara à guerra e aos assuntos relacionados à batalha. Eis mais um indício, ele pensou, uma *prova* de que ninguém, por mais poderoso que seja, é uma ilha, um organismo autônomo. Somos todos parte de uma trama, de uma rede cósmica invisível e energética que compõe o universo, e devemos nos conectar a seus fios. — Só você, general, para me iluminar desse jeito. — E murmurou, baixinho: — Fogo Negro.

— Cumprirá agora a sua promessa?

— Farei o possível. — E, sem mais delongas, ele sacou a Redentora. A lâmina, que parecia um facho, encravou-se no peito de Ishtar, sem tirar-lhe sangue, sem perfurar-lhe a carne. A seu toque, diversos pontos do corpo da Fúria reluziram. O coração cintilou, a Vontade do Céu ressurgiu, a couraça se recompôs, mas ao final do processo ela não levantou.

— Só isso? — Ablon não estava satisfeito e protestou a favor da parceira: — Jurou que iria trazê-la de volta.

— Eu disse que tentaria. O corpo e o espírito de sua companheira foram reformados. Sua consciência está agora no limiar entre a vida e a morte, e só depende *dela* escolher se regressará ao contínuo. Nisso eu não posso interferir.

— Por quê?

— Porque às vezes não é o bastante viver, é preciso ter algo pelo que viver. Um motivo, uma razão. Já fizemos tudo o que estava ao nosso alcance. Se você quiser, poderá ficar conosco, como hóspede, ou sair pelo mundo e continuar sua caçada, enquanto Ishtar repousa nos Campos Elísios. Vocês dois estão conectados por laços fortíssimos, e suas auras se atrairão quando chegar o momento. *se* chegar o momento.

— Não há como prosseguir a caçada. Minha missão na Haled fracassou — o querubim reconheceu a derrota. — Sou um rebelde, um subversivo, e o único jeito de conservar minha honra, diante das atuais circunstâncias, é voar ao paraíso e me confessar ao arcanjo Miguel.

— É isso que o incomoda? — Rafael percebeu que, para certos assuntos, Ablon era ainda um bocado inocente. — General, a experiência que estou conduzindo neste santuário vai contra a vontade dos meus irmãos, e eu seria tolo em apresentá-la a você sem tomar as precauções necessárias. Uma das normas que testamos aqui determina que aqueles que voltam ao mundo exterior, salvo os ofanins, não se lembrem do que viram, do que escutaram e sentiram. Essa é uma diretriz essencial aos espíritos humanos elegíveis à reencarnação. Sua única memória dos Campos Elísios, portanto, será o brilho e o rosto de Nathanael, e você atribuirá a ele sua cura. O fato nos será conveniente, pois o Mais Puro é também o meu braço direito. Sempre que eu quiser lhe enviar uma mensagem, será ele a entregar.

— Então, para todos os efeitos, os hiperbóreos estavam certos desde o início — o Vingador refletiu. — Este lugar não existe, no fim das contas. Os Campos Elísios são uma lenda. Um mito. Um *sonho*. É isso o que está me dizendo?

— Nada existe, general. Eis a verdade inquestionável — revelou-lhe o Quinto Arcanjo. — Excepcionalmente, permitirei que se recorde dessas palavras. São as armas, a espada e o escudo que lhe entrego e com os quais poderá vencer Metatron. Não se esqueça: nada existe. — E tornou a repetir: — *Nada existe.*

53

RED HOOK

Nova York

Kaira se lembrava distintamente da primeira vez — após Santa Helena — em que visitara o mundo espiritual. Fora durante a batalha na fortaleza de Athea, quando a torre onde ela e Urakin estavam ruiu, obrigando-os a desmaterializar seus corpos. Na ocasião, ela concluíra que atravessar o tecido era como mergulhar em uma piscina gelada: havia um choque inicial, um calafrio, depois vinha a sensação de alívio com o espírito leve, solto para manifestar seus poderes. Naquela tarde, eles haviam cruzado a membrana em direção ao plano astral, um ambiente descolorado, sem consistência ou gravidade, que serve de confinamento aos fantasmas. Sendo a camada mais próxima ao plano físico, repleta de vórtices às dimensões superiores, qualquer anjo pode — e costuma — acessar o astral. O mesmo, porém, não se pode dizer do plano das sombras.

Já era noite quando Yaga guiou Kaira e Urakin até um beco escuro, deserto àquela hora. Lá, nos tempos da lei seca, seis mafiosos foram assassinados a tiros, e o local ainda conservava os resquícios desse passado sangrento. O tecido, naquele ponto, conectava-se não ao plano astral, mas ao plano das sombras, o lar dos espectros, fantasmas cuja dor se transformara em angústia, em *fome*, estimulando-os a devorar a energia dos vivos. À exceção dos celestes, alienígenas àquele contexto, tudo ao redor se apresentava em nuanças cinzentas, e havia um denso nevoeiro nas ruas. Muitas construções eram intangíveis, mas também existiam objetos (e até prédios) sólidos, que haviam, com o passar dos anos, se incorporado à esfera sombria.

Salvo os hashmalins, os anjos não têm — ou dizem não ter — interesse em se aventurar naquelas plagas. Mesmo os ofanins as evitam, afinal os espectros, consumidos pelo ódio, encontram-se permanentemente afastados da redenção. Nas sarjetas, nas esquinas e nas avenidas vagam espíritos jovens, perambulando aos tropeços, berrando e grunhindo. Mas, a despeito dessa fauna bizarra, não se pode negar que o plano das sombras oferece aos celestes certas vantagens, permitindo, por exemplo, que se apresentem em suas formas originais. Kaira e Urakin viram-se novamente trajados com as armaduras nórdicas. Yaga dispersara o avatar de criança, sendo percebida como realmente era, isto é, uma entidade negra, o rosto branco, as asas longas e pontiagudas. Juntos, eles voaram às docas a oeste do distrito do Brooklyn, chegando ao bairro de Red Hook, cujos edifícios e galpões centenários escondiam uma herança de violência e abusos.

— O vórtice para o inferno. — Kaira deu um rasante e pousou sobre o asfalto. Na frente dela, enxergava-se um portão de ferro espremido entre dois prédios baixos, guardando a entrada para um terreno baldio. — É lá que ele fica?

— Em algum lugar aí dentro — Yaga corroborou a suspeita. — No início do século XX, erigiram-se aqui três casarões, que desabaram após um ritual satânico. Um certo bruxo que liderava a cerimônia teria recitado as fórmulas incorretas e, em vez de convocar os demônios, acabou sendo ele próprio dragado. É um vórtice de mão única, que só *leva* ao Sheol.

— Parece perfeito para nós. — A Centelha tocou as grades metálicas. — Mas você disse que o local estava abandonado.

— Sim.

— Por quê?

— Não tenho certeza. Mas abandonado não significa *vazio*. De qualquer modo, é sempre bom estarmos prontos para eventuais surpresas.

— "Eventuais surpresas" sempre acontecem conosco — comentou Urakin. Com efeito, muitos desses contratempos tinham sido, em ocasiões anteriores, planejados por Yaga, Andril e pelo demônio Sirith, então seus oponentes. — Não precisa nos alertar.

— Shhh... — Kaira escutou gemidos a distância e pediu silêncio com o indicador entre os lábios. — O que é isso?

— Espectros — respondeu a Sombra da Morte. — Estão nos farejando. — Apontou para a esquina. — É melhor nos apressarmos.

O gradeado era um dos obstáculos sólidos, mas Urakin o entortou sem dificuldade, alargando as barras e abrindo passagem. Os três avançaram ao terreno baldio, delimitado por um muro de tijolos e, ao fundo, pelas altas paredes de um armazém. Um alçapão brotava do solo, com escadas que conduziam a um porão malcheiroso. Nas ruas, os espíritos se acotovelavam, famintos, atraídos pela energia — a energia *vital* — que dos celestiais emanava. Kaira se recordou de Ismael, que certa vez lhe contara que os feiticeiros de Nod, antes do dilúvio, se valiam de magia negra para aprisionar os espectros à carne de pessoas mortas, assim criando os famosos zumbis, criaturas materiais, retiradas das sepulturas. Logo na descida, eram visíveis sinais de necromancia. Inscrições nos alfabetos grego, árabe e hebraico decoravam o teto, delineando nomes infernais, como Sabaoth, Saday, Agla e Agyros. Pinturas e afrescos tentavam reproduzir uma orgia em que os participantes eram híbridos, mistura de gente, bicho e algo mais. O odor era desagradável, de produtos químicos e carne podre — ainda que não existisse *carne* no plano das sombras, os espectros podiam apodrecer, caso não se alimentassem com certa frequência.

Enfim, o coro ganhou a antessala. Como eles agora podiam notar, o subsolo ocultava uma rede de catacumbas, interligadas por oito galerias em arco.

— É por aqui. — Yaga caminhou ao corredor principal. — Não se preocupem. Minha casta vive nas sombras e nós sabemos lidar com os espectros. Posso detê-los por algum tempo, caso se aproximem para nos atacar.

— Pode? — indagou Kaira. — Por quanto tempo?

— O suficiente.

— Pois é, sei muito bem — resmungou Urakin. — Foi assim que você invocou aquele guardião, não foi? — Ele se referia ao monstro que o ferira nas grutas de Santa Helena, na época em que Levih ainda era vivo. — Na saída da caverna de gelo?

— Guardião? — A hashmalim mostrou-se surpresa. — Que guardião? Não sei do que está falando. Não invoquei nenhum guardião.

O assunto morreu e o trio prosseguiu através do complexo. Cem passos adiante, o corredor terminava em um salão, com as paredes sujas, untadas de sangue. O cômodo era muito amplo e estava entulhado de pequenos cadáveres. Quando Kaira os olhou de perto, reparou que eram defuntos de crianças, provavelmente nascidas nos subterrâneos, acondicionadas em celas e criadas apenas para servir como ingrediente aos rituais necromânticos.

— Entende agora por que nós existimos, Centelha? — Yaga não aprovava tais atrocidades e advogou em defesa da casta. — Existimos porque há pessoas que cometem atos como estes e não merecem perdão. Na Gehenna, nós cuidamos deles.

— Ninguém está além da redenção. — Kaira desviou-se da conversa: — De qualquer maneira, não é meu trabalho julgar.

— Perfeitamente. Esse é o *meu* trabalho.

— Onde está o vórtice? — Urakin as interrompeu. Não queria ficar nem mais um minuto naquele buraco. — Não temos tempo a perder.

— Deve ser ali — Yaga indicou um pentagrama gravado no chão, ornado com símbolos estranhos, indecifráveis aos celestiais. Embora a maioria das ordens iniciáticas use como base os caracteres de Enoque, as fórmulas mágicas só podem ser lidas por aqueles capazes de lançar encantamentos, isto é, os seres humanos. Os anjos, desprovidos de alma, não estão aptos a manipular a magia, e alguns até dizem que essa era (ou seria) a função primária da mágica, ou pelo menos da "magia suja" de Nod: criar um sistema de comunicação inacessível aos alados.

— Muito bem. — Urakin pisou forte o assoalho. — E agora? Como abrimos a conexão?

— Já era para estar aberta. — A hashmalim deu um passo para investigar o desenho, mas parou de repente.

Da pilha de crânios infantis ouviu-se alguma coisa — ou *coisas* — a borbulhar, e desse ninho flutuaram seis imensas esferas de carne, as quais Urakin (felizmente ou infelizmente) já conhecia. Faziam lembrar cânceres vivos, cada qual com quatro tentáculos, rematados por gigantescas bocarras. Os devoradores, como os ofanins os batizaram, eram espectros antigos, tão ou mais fortes que certos demônios. O Punho de Deus enfrentara um deles fazia alguns meses, mas terminara o combate gravemente ferido e duvidava de que, sem a ajuda de Denyel, eles conseguissem vencê-los, todos os *seis*. Para sua surpresa, no entanto, as bestas não os atacaram. Em vez disso, conservaram-se imóveis, suspensas no ar, paradas a três metros do solo.

— Rápido. — Yaga tinha os braços esticados, os olhos fixos nas criaturas, esforçando-se para mantê-las estáticas. — Não posso segurá-las para sempre. Fujam! Regressem ao plano físico. Procurem por Denyel. Talvez ele possa ajudá-los.

— Denyel? — Kaira não digeriu o alerta. — Mas e o vórtice?

— Conspurcado. Eu me enganei — ela disse. — Cometi um erro, guiei-os ao local errado e devo enfrentar as consequências.

— Sim, mas e depois? — Ela precisava ter certeza de que Yaga ficaria em segurança. — Vai nos encontrar em seguida?

— Difícil. — Os monstros eram factualmente enormes, os caninos trincavam de fome. — Encerro aqui a minha participação nesta empreitada. *Vão.*

Grunhidos.

Urros. Ódio palpável. Raiva sólida.

Ira.

Três segundos depois, um dos devoradores se libertou do controle psíquico, soltou um longo rosnado e mergulhou sobre Yaga, a tez viscosa, a língua agitada, pingando saliva. Concentrada nos outros cinco, a celeste não teve como se defender. Um dos pseudópodes se estendeu para mordê-la, mas, antes que a boca a alcançasse, um risco em brasa o cortou à metade.

— Centelha? — Yaga não compreendia. — O que ainda estão fazendo aqui? — Havia sido a Fagulha, a espada de Kaira, que brilhara no ar e decepara o tentáculo. — Saiam — ela sinalizou para a porta. — Corram! O que estão esperando?

— Quem dá as ordens sou *eu*. — A ruiva sacudiu a lâmina como quem balança uma tocha. — Não sei que tipo de arconte era Andril, mas nós não deixamos os nossos amigos para trás. — E, à medida que falava, ela calculava suas chances. Os devoradores eram temidos, e derrotá-los, ainda mais no plano das sombras, era praticamente impossível. Contudo, não podia abandonar Yaga à própria sorte, afinal ela agora era parte do grupo. Rodou o sabre de novo, mantendo o espectro afastado. Olhou para frente, para trás e para cima, quando, instintivamente, sua mirada se desviou para *baixo*, para as inscrições do pentagrama. Os símbolos começaram a fazer sentido em sua mente, e da boca nasceu uma palavra, que ela pronunciou sem querer: — *Orcus!*

Orcus.

O que significava?

O que era?

Quem era?

Magia é uma arte imprevisível. Uma sílaba dita com entonação diferente, uma fórmula anotada de modo errado, um ingrediente faltando ou sobrando e todo o feitiço se corrompe, gerando, às vezes, situações extraordinárias. O que se verificou naquela cripta talvez tenha sido resultado dessas leis improváveis, desse fio de caos que permeia o universo.

O pentagrama, conforme eles já tinham notado, era o *foco*, o epicentro que se conectava ao inferno. Uma vez proferido o comando, o vórtice, que em condições normais os teria transportado, reagiu de maneira obtusa, fazendo a sala estremecer, o piso ruir e o teto rachar. No solo abriu-se uma greta, igual às clássicas fendas de terremoto, e, aturdidos, desequilibrados, os celestes simplesmente escorregaram por ela. Kaira ainda tentou bater as asas, mas tudo aconteceu muito rápido. Quando eles deram por si, estavam prostrados, a cara no chão, diante de uma planície queimada, de colinas rubras, e nelas se encravavam estacas, sustentando figuras empaladas, porém *vivas*. Não se viam sinais do armazém, do plano das sombras nem do buraco que os levara até lá.

— Chegamos? — Urakin espanou a poeira.

— Sim. — Yaga observou o cenário. — Não do jeito que planejávamos, mas aqui estamos — ela confirmou. — No Sheol.

— Não esperava que o inferno fosse tão calmo. — Kaira colocou-se de pé. Não sofrera escoriações, não estava tonta ou exausta. — O que aconteceu?

— Você recitou a palavra de comando — explicou a Sombra da Morte. — Conseguiu decifrá-la.

— Como?

— Não sei. Vamos descobrir no tempo devido. — Yaga se voltou para trás. Os anjos não haviam sido os únicos a ser engolidos. Um dos espectros, um dos devoradores, também fora sugado. — Mas, antes, temos que lidar com este pequeno problema.

54

"ONDE TUDO COMEÇOU"

Paris

DENYEL DESACELEROU A HAYABUSA. FEZ UM GIRO NA ROTUNDA DO ARCO DO Triunfo, pegou a Champs-Élysées, cruzou a ponte sobre o rio Sena e desceu o Bulevar St.-Germain. *Verão*. Era uma tarde de verão na capital francesa, com os passarinhos saltando nos galhos, as folhas agitadas ao vento, os cafés cheios à hora do almoço. Um buraco à direita marcava a descida para uma das estações de metrô, a fachada antiga, o chão grafitado. À esquerda, um executivo de terno, parado no ponto de ônibus, um carro de polícia e um prédio em restauração davam um contraste especial àquela metrópole que sobrevivera ao tempo, que nascera com os gauleses, fora ocupada pelos romanos, vira a peste negra, passara à mão dos absolutistas, de Napoleão e de Hitler.

Denyel nutria (sempre nutrira) certo fascínio pela cidade. E finalmente, após anos, sabia o motivo. Paris era um pouco como ele, e ele era um pouco como Paris. Um sobrevivente. Um elemento na paisagem, uma peça no cenário. Como exilado, ele assistira a tudo da perspectiva terrena, tomara parte em cada evento e carregava consigo essas marcas — essas cicatrizes —, boas e más. De certa forma, ele era quase humano, mas os homens envelhecem, os homens têm filhos, os homens morrem, e, se ele quisesse ser um homem, também precisava morrer. Era só isso o que lhe faltava.

Sob outra óptica, Denyel queria ter mais tempo de vida. "Que merda, eu tinha tanta coisa para fazer", dissera-lhe um amigo nas trincheiras do Somme. "Era o que eu mais temia", falara-lhe outro, numa cama de hospital. "Quem dera eu pudesse continuar combatendo." E eles estavam certos, à sua maneira. Quem não quer viver, no fim das contas? Somos soldados, divagou. Todos nós. Soldados. E a vida é uma guerra. Vencer ou perder não importa. O que vale é lutar.

E Denyel lutaria. Como sempre lutara. Mas, agora, não seria do jeito de Yaga, de Sophia ou dos arcanjos. *Que se fodam os arcanjos*, ele pensava. Seria do seu jeito. Por mais que sofresse, por mais que lhe custasse. Seria do *seu* jeito.

O anjo dobrou à esquerda na Rua de l'Ancienne-Comédie. Desligou o motor e estacionou sobre o meio-fio, em local proibido. O Café Le Procope, à sua frente, não tinha mudado quase nada desde a última vez em que ele o visitara, no verão de 1944. Tido como o restaurante mais antigo de Paris, sofrera algumas reformas, mas conservava, ainda, o piso de mármore, os lustres de cristal, as poltronas de veludo e as grandes janelas que davam para a rua. Denyel entrou pela porta principal e sentou-se a uma das mesas do primeiro andar, de olho na agitação da calçada, nos automóveis, no vaivém de pessoas. Pediu ao garçom um copo de uísque, recostou-se na cadeira e começou a beber. Por volta das cinco da tarde, quando já esvaziara a terceira garrafa, uma mulher de cabelos castanhos na altura do pescoço, lábios fartos e olhos verdes adentrou o recinto. Usava um sobretudo leve, próprio para os dias de chuva, vestido decotado e botas pretas. E o perfume. O perfume era o mesmo. Inconfundível. Mas, contra esse veneno, Denyel conhecia o antídoto.

— Denyel, o anjo exilado. Quanto tempo. — Ela despiu a gabardina e a pendurou no encosto da cadeira. — Ouvi dizer que você descambou para o outro lado, virou rebelde e matou um arconte. — Deu um sorriso e se sentou. — Curtindo a vida?

— Se está se referindo ao Anjo Branco, não posso me gabar. Só dei uma mãozinha. Já você desapareceu da face da Terra.

— Normal. É uma prática da minha casta sumir de cinquenta em cinquenta anos, construir uma nova identidade. Mas eu sabia que você ia aparecer uma hora ou outra, por isso deixei o bilhete no *closet*. Só não entendo o porquê do atraso.

— Atraso?

— Esperei por você ontem, na estação, até tarde da noite. Não encontrou o passe do metrô? — Ela o examinou. — Soube pelos jornais o que aconteceu em Nova York, então tive certeza de que viria até mim.

— Sim, encontrei o passe e o bilhete. Me atrasei porque tive que dar uma passada em casa, resolver uns assuntos, buscar umas coisas.

— Em casa? — Ela fez um esforço de memória. Sophia, como era chamada entre os seres humanos, era uma elohim, mais precisamente a elohim com quem

Denyel fora (não oficialmente) casado, nos anos 70. Os dois não se viam desde 1989, quando se haviam encontrado sobre o muro de Berlim, no dia de sua queda. De lá para cá, Denyel aprendera muito, tornara-se um espírito livre e não a percebia mais com os mesmos olhos. — Refere-se àquele porão? Àquele *buraco*?

— Isso.

— Sei. E como chegou aqui?

— Dirigindo. — Ele indicou a Hayabusa, estacionada na rua. — Usei primeiro a zona secreta, depois cobri o trajeto de moto. — Então, ele tirou de dentro da jaqueta um mapa surrado e o ergueu. — Peguei uns desvios, claro.

— Ei — ela o fitou, indignada. — Este mapa é meu. — Arrancou-lhe o objeto das mãos. — Sabe quanto procurei por ele? Você roubou isto de mim, Denyel.

— Não seja dramática. — O anjo não se deu o trabalho de reaver o artigo, até porque não precisaria mais dele. — Éramos casados. O que era seu era meu. O que era meu era seu. — Fez um balanço com a cabeça. — Só peguei emprestado.

— Só? — Ela continuava furiosa, como se o acusasse de um crime gravíssimo. — Quem pega emprestado devolve.

— Estou devolvendo agora. — Ele se desculpou, mas não adiantou muito. O mapa, tão precioso para Sophia, mostrava uma série de atalhos rodoviários, construídos pelos elohins e presentes nas estradas, ruas e avenidas do mundo inteiro. Seguindo certos procedimentos básicos, como "andar sobre a faixa da direita entre os quilômetros onze e doze" ou "fazer três voltas na rotunda a leste do rio", o motorista abreviava o tempo de percurso, embora ele nunca fosse instantâneo. Dessa forma Denyel conseguia chegar rapidamente a qualquer lugar, e fora assim que viajara à floresta Amazônica, desde a região metropolitana do Rio de Janeiro, enquanto fugia dos raptores com Kaira. Esses atalhos eram ultrassecretos, privativos da ordem, talvez por isso Sophia tivesse ficado tão irritada. — Por que não relaxa e bebe alguma coisa? — o exilado sugeriu, para apaziguar os ânimos. — Você paga, estou duro.

— Como sempre.

— É, como sempre — ele riu, concordando. — Mas, me diga, como vão as coisas?

— Péssimas.

— Por quê?

— Por quê? — A dúvida a revoltou sobremaneira. — Você ainda pergunta? — Ela ia responder, mas o garçom se aproximou e Sophia pediu uma bebida, "a mesma coisa que o *monsieur* está tomando". O atendente a serviu e os dois continuaram a conversa. — Você ainda pergunta? — ela prosseguiu em voz baixa. — Eu perdi o meu refúgio. Perdi o meu *portal*.

— O portal para o Sexto Céu?

— Não era um portal para o Sexto Céu, era um portal múltiplo. O destino dependia da chave, do jeito como era aberto, da hora do dia e de outras coisas. Para ser mais direta, eu perdi o acesso às minhas fontes, às bibliotecas dos malakins, às informações sigilosas e daí por diante. E agora preciso recuperar tudo isso.

— Entendo. — Denyel deu um gole no uísque. — E o responsável por esse ultraje é quem estou pensando?

– É.

— Hmm... Mas, se agora ele tem acesso ao seu portal, por que ainda não invadiu o paraíso?

— Não acho que esteja nos planos dele invadir o paraíso — disse Sophia. — Aliás, não faria o menor sentido. Metatron sempre teve acesso aos Sete Céus e escapou sozinho da Gehenna. Também não acredito que ele necessite do portal para se transportar entre as dimensões. O mais provável é que o esteja vigiando, que o esteja guardando para impedir que outros o usem.

— Outros? Quem?

— Sua namorada, por exemplo. — O tom foi mais de desprezo que de ciúme. — Os elohins já sabem que Gabriel a enviou.

— Sabichões de uma figa — Denyel retorquiu em seu antigo linguajar de cinema. — O que mais vocês sabem? Conte-me tudo.

— Bom... — a celeste hesitou, ou pelo menos fingiu hesitar. — Diga-me antes por que veio me procurar e o que você quer.

— Não, *chérie* — soltou um riso debochado. — Diga-me *você* o que quer. — E, antes que Sophia protestasse, ele pôs as cartas na mesa. — Nada é de graça, não é? Não teria me deixado o bilhete se não quisesse algo de mim.

— O que eu poderia querer de você?

— Por que não me diz?

Fez-se um instante de silêncio, durante o qual os dois se encararam, não como amantes, mas como colegas. Denyel não sentia mais nada por ela, nenhum afeto, nenhuma atração, nenhum amor, o que de certa forma era triste, afinal eles haviam passado bons momentos juntos. O que se perdera, pouco a pouco, fora a confiança, que é a base para todos esses sentimentos. Sem ela, os pilares desabam, as fundações desmoronam e a casa não pode mais ser reerguida. Simples assim.

— Você está mudado — ela assentiu, como quem aceita a derrota. — Deve ter sido alguma mulher, só pode. Mas, enfim, vamos direto aos negócios, se é como prefere. — Sophia pigarreou e começou a falar, aos sussurros: — Ela... — olhou para os lados, incrementando a cautela — ainda está com você?

— Sempre esteve comigo.

— Está com você *agora*?

— Está em lugar seguro. É tudo o que posso dizer por enquanto.

— Onde?

— Calma. Não posso me desfazer da lança, não ainda — encolheu-se também num murmúrio. — Preciso dela para matar Metatron.

— Você... — A elohim não se conteve e gargalhou, uma gargalhada sincera. — É esse o seu plano? Quer matar o líder dos sentinelas?

— Ex-líder — corrigiu. — E, sim, eu o quero morto. Não deseja o mesmo? Não pensa em se vingar desse puto?

— Denyel — ela perguntou, ainda em meio às risadas —, é sério isso?

— Não brinco em serviço.

— Está bem. — Sophia respirou fundo. Recompôs-se. Estava quase sem fôlego. — Está certo, então. Essa eu pago para ver.

— Sabe, desisto de tentar entendê-la, boneca — o querubim abriu os braços em sinal de isenção. — O cara invade o seu apartamento, rouba o seu portal, conspurca o seu refúgio, e você acha engraçado quando eu digo que quero matá-lo?

— Querer matá-lo é uma coisa. Matá-lo, efetivamente, é outra. Óbvio que quero vingança. Mas não cultivo a ilusão de matá-lo, eu própria.

— Então, para que quer a lança?

— Eu não, bonitão, *nós*. — Ela se ajeitou no assento. — Nós, elohins. Precisamos dela para nos proteger contra os arcanjos.

— Eles estão atrás de vocês agora? — o capitão estranhou. — Pelo que sei, os elohins não são e nunca foram inimigos dos primogênitos.

— Eu já lhe contei essa história um milhão de vezes — disse Sophia. — Os elohins se estabeleceram na Haled após a era do gelo, para ocupar os postos deixados pelos sentinelas junto às nações humanas. Diferentemente deles, porém, nós nunca contrariamos as ordens do céu, e nem toda essa devoção nos poupou do dilúvio ou impediu que nossos reinos e os povos que governávamos fossem devastados pela inundação. Depois da catástrofe, nos tornamos autônomos, passamos a nos esconder entre os homens e a influenciá-los discretamente, não mais sobre tronos ou púlpitos. Hoje, agimos de forma independente, e os arcanjos só nos toleram porque não sabem como e onde nos encontrar. Se um dia eles resolverem nos destruir, seja por qual motivo for, é importante que tenhamos uma garantia — ela explicou. — A lança de Nod é a arma mais poderosa de que se tem notícia e nos serviria como a bomba atômica serve aos mortais, como uma precaução que traria segurança às nossas fronteiras. É para isso que a queremos, e é por isso que lhe pergunto: quanto ou *o que* quer por ela?

— Não sei por quê, mas algo me diz que você já sabe a resposta — o anjo a alfinetou e desembuchou o que tinha: — Quero passagem para o Hades.

— Suponho que você saiba, ou que alguém já tenha lhe contado, que Metatron construiu uma fortaleza na Estígia e que lá ele é invencível. E suponho que o seu plano seja este: chegar ao Hades e matá-lo com a lança de Nod.

— Digamos que sim.

— É suicídio. Se quer a minha opinião, você precisa de um plano melhor.

— Não quero a sua opinião. — E tornou a repetir, bem objetivamente: — O que quero é a sua ajuda para chegar ao Hades.

— Certo — ela anuiu, irônica. — Bom, se você quer meter o pescoço na guilhotina, tudo bem. Mas não me peça para fazer o mesmo.

— Imagine, mocinha, eu jamais lhe pediria uma coisa dessas — o exilado rebateu, cínico. — Só peço que me indique a passagem, que me mostre o túnel, a trilha, o caminho que seja. O resto é comigo. Sei me virar, e até prefiro trabalhar sozinho.

— Quem dera fosse tão fácil. Metatron lacrou todas as entradas para o Hades, restando somente o rio Styx e uma ou outra rota secreta. Você nunca chegaria lá sem a minha ajuda, e em troca da lança eu o ajudarei, mas tenho uma condição.

— Diga.

— Escudo Humano. Lembra-se do Escudo Humano?

— Me dê uma pista.

— O Cardeal.

— Lógico. — À menção do nome, Denyel recordou-se do caso, e tudo ficou claro em sua mente, inclusive a "condição" proposta por Sophia. O Cardeal fora um dos elohins que ele assassinara em Roma, nos anos 70. O primeiro e o segundo tiros que, na ocasião, o exilado disparara contra o alvo acabariam por ser absorvidos por dois de seus capangas. O Escudo Humano era, ele saberia depois, uma técnica exclusiva da casta, que transferia qualquer ferimento mortal sofrido por um elohim para alguém próximo a ele, contanto que o receptor fosse voluntário. — Quer que eu seja o seu escudo?

— É o mínimo que exijo para aceitar tomar parte nesta sua loucura. Sem minha orientação, você não chegará vivo ao Hades, então, na prática, do seu lado nada muda. Já para mim, faz toda a diferença do mundo — a celeste justificou-se. — O que diz?

— Nada é de graça — Denyel reforçou, outra vez, seu clássico mote de assassino. — Está bem, eu aceito. — Bateu com o copo no tampo da mesa, como um juiz que bate o martelo. — Mas também tenho uma condição. Duas, na verdade.

— Estou intrigada.

— Obviamente só poderei lhe entregar a lança depois que a minha missão for completada, isto é, depois que Metatron estiver morto. Essa é a primeira condição.

— Concordo — ela riu. — E a segunda?

— Preciso de um mecânico.

— Um mecânico? De quê? De automóveis? — Sophia achou o pedido grotesco e respondeu na mesma moeda. — Um ferreiro serve?

— Se ele for bom.

— O melhor.

— Então, serve.

— Combinado. — Ela sinalizou para o garçom, pedindo que lhe trouxesse a conta, e foi levantando. — Que horas são?

— Dez minutos para as sete — o capitão espiou o grande relógio de madeira, em pé, colado à parede. — Por que quer saber?

— Só existe uma maneira completamente segura de entrar em segredo na Estígia, mas para isso temos de estar na costa da Bretanha dentro de... — ela conferiu o mesmo relógio — antes do pôr do sol. Será que consegue?

— Depende.

— Do quê?

— Do mapa. — Denyel se ergueu com ar de vitória e estendeu a mão para Sophia. — Partilha de bens.

Contrariada, ela se rendeu com um suspiro, retornando-lhe o documento. Pagou uma pequena fortuna pelas quatro garrafas de uísque, malte escocês envelhecido por vinte e um anos. Os dois saíram do Le Procope, montaram na Hayabusa, o anjo ligou o motor e assim eles partiram.

— Que lugar da Bretanha? — ele quis saber.

— Port-Blanc. Pegue a rota por Chartres, Le Mans e depois Rennes. E acelere.

— O que estamos procurando? — Denyel passou para a quarta marcha, fez uma manobra e dobrou a esquina. — Outro portal?

— Não. Desta vez, não — Sophia respondeu, enigmática. — Uma festa. Um festival. E um *deus*. É o que procuramos.

55

FOGO CRUZADO

Sheol

Um relâmpago estourou sobre as nuvens. O chão fedia, soltava fumaça. Sugado com os anjos através da passagem, o devorador usou seus poderes para erguer-se do solo.

Urakin o encarou.

— O que este monstro está esperando? — O guerreiro se colocou à frente do grupo. — Por que não ataca?

— Não sei. — Kaira virou-se para Yaga: — É você?

— Não — disse a Sombra da Morte. — Ele já escapou do meu laço. Deve estar farejando alguma coisa.

E estava. Os devoradores, como o próprio nome diz, são entidades famintas, instintivamente atraídas para onde a carne — ou a energia — é abundante. O espectro, que no porão os acossara, enfim descobrira presas mais fáceis, mais numerosas e suculentas, cujo odor, embora pútrido, satisfaria até melhor seus desejos por nutrição e carniça.

Sobre uma colina ao sul, os celestiais então enxergaram não uma, mas centenas de entidades decrépitas, sacudindo bastões e tacapes. À primeira vista, quem os contemplasse poderia compará-los a mortos-vivos, dado o jeito que andavam, o corpo decomposto, os ossos saltados, a tez pálida, as bolhas de pus. Mas esses supostos zumbis eram na realidade demônios, soldados da dor, servos de Orcus, o Gordo, um dos mais proeminentes barões sheonitas.

O Sheol é, desde a queda de Lúcifer, dividido em nove reinos, governados por noves duques satânicos. Dentro desses reinos há incontáveis territórios, chamados "províncias", controlados por barões ou baronesas. Há províncias de vários tamanhos e senhores igualmente distintos. Uns são anjos caídos, outros lilins, alguns são antigos deuses pagãos que aderiram às fileiras abismais, e há ainda os que nasceram como seres humanos e, após falecidos, galgaram seu posto. Orcus, que respondia diretamente ao obeso duque Mammon, era reconhecido como o senhor dos mortos, daí seus súditos se parecerem com cadáveres ambulantes. Seu rosto era essencialmente humano, mas o nariz imitava o dos porcos e as pernas também tinham características suínas, com pelos marrons e cascos flamejantes. Os chifres eram de carneiro, a cauda lembrava a dos ratos, e o abdome, roliço, fazia jus à sua alcunha: o Gordo. Com quase três metros de altura, esse gigante monstruoso exibia um pentagrama na testa, um símbolo associado aos bruxos, aos feiticeiros e à magia negra. Cultuado como um deus pelos etruscos, depois pelos romanos, Orcus exigia sacrifícios de seus adoradores — tanto melhor, dizia ele, se os sacrificados fossem crianças.

O Gordo surgiu entre seus vassalos, coçando a barriga, os dentes à mostra. Na mão esquerda portava um cetro e na direita agitava um mangual. O devorador, nesse entremeio, flutuou contra as legiões de vanguarda e as atacou, engolindo três infantes, abocanhando mais cinco. O surto, tão inesperado, dera algum tempo aos celestes, mas não deteria o avanço das hostes, cujos peões seguiam em marcha, sem se preocupar com os próprios colegas.

— Como eles nos descobriram? — Kaira tomou posição defensiva. — Yaga, você não tinha dito que o vórtice era secreto?

— E é, mas duvido que eles estejam aqui por nossa causa. — A hashmalim rodou os quadris. — Olhem para trás.

Sobre outra colina, ao norte, aglomeravam-se mais tropas, essas formadas por demônios chifrudos, o rabo em seta, a pele vermelha, segurando tridentes, facões e espadas, milhares deles, que se opunham ao exército de Orcus. Quem os liderava era uma entidade feminina, a cabeça raspada, as asas de morcego, os olhos rubros, que como arma trazia um arpão.

— Que lado escolheremos? — Urakin não sabia ao certo para que direção olhar. — Quem é quem nesta peleja?

— Não sei. — Yaga estava apta a instruí-los sobre muitas coisas, mas não todas. O que ela tinha certeza, no entanto, era de que o vórtice os trouxera ao núcleo de um dos muitos campos da chamada "Guerra da Fúria", o eterno conflito entre os barões diabólicos. Diferentemente do paraíso, o inferno recebe milhões de almas a cada dia, e os confrontos servem para eliminar os mais fracos, promover os mais fortes, tornando-os ainda mais competentes. Essa disputa vil, cruel e desonrosa é cotidiana para os novatos e se estende aos senhores mais velhos, com todos trabalhando para superar seus rivais, conquistar mais poder, usurpar os vizinhos, roubar seus domínios. Em um lugar onde os concorrentes são imortais, é preciso abrir caminho à força, por meio de intrigas, escaramuças, traições e todo tipo de recursos disponíveis. — Não sei, ainda, em que província estamos — ela admitiu. — O que faremos?

— Só podemos fazer uma coisa — Kaira retrucou. — Sobreviver. — Brandiu a Fagulha. — Fiquem juntos. Sempre juntos. E lutem!

Raios. Trovão.

Um enxame de monstros.

Chuviscos de ácido.

No bojo do escarcéu, a situação dos celestiais era tensa. O simples fato de serem anjos já seria suficiente para que fossem trucidados, mas o cenário se agravava, porque cada um dos exércitos os enxergava como inimigos, como uma arma (secreta) do oponente, tomados como escravos para servir naquela guerra. Sendo assim, Kaira, Urakin e Yaga logo se tornariam o principal alvo tanto dos "defuntos" de Orcus, ao sul, quanto dos diabretes que desciam o outeiro.

Costas coladas, coração batendo, os três se prepararam para o impacto. Os monstros correram na direção deles, desviando-se das estacas, das pedras soltas e dos demônios empalados, fincados no solo desde outras batalhas.

— Urakin, Yaga, fiquem juntos — Kaira repetiu a ordem aos colegas. — Mais perto. Não se movam, não ainda.

Sob aquele céu de gases tóxicos, o clima quente, abafado, os chifrudos foram os primeiros a alcançá-los, grasnindo, rodando os machados. Kaira ajoelhou-se e encravou a Fagulha na terra, até a metade. Usando a espada como foco, como gatilho de seus poderes, ela os envolveu com uma redoma de fogo, que cresceu e explodiu de dentro para fora. Os seres que os ameaçavam foram incinerados, jogados para frente, para trás, para cima, para todos os lados. Um cabo de picareta caiu aos pés de Urakin, a poeira subiu, carne e tripas encharcaram o terreno.

Se havia uma coisa que Kaira aprendera em Asgard, com Hildr, fora a técnica da intimidação. Como mestres na arte do combate, os aesires, e as valquírias, obviamente, sabiam quão valioso era demonstrar bravura, eficiência e superioridade logo no princípio de uma contenda. A estratégia, quando bem usada, inibia os covardes, afastava as massas, peneirava os adversários e garantia larga vantagem ao soldado. Essa postura, entretanto, precisava ser mantida, não podia ser apenas um *blefe*, e assim a ruiva partiu, a arma em riste, pronta para lutar como lutara em Iðavöllr.

Indiferentes a eles, às laterais, sublinhando os morros até o horizonte, as demais linhas se chocaram, num turbilhão de facas, correntes e martelos enferrujados. Tambores rufaram, berros foram escutados, gargantas foram cortadas. Os "zumbis" de Orcus mordiam os diabos, atacando-os sobretudo no crânio, quebrando seus chifres, arrancando-lhes as orelhas. Os servos da mulher satânica, disciplinados, defendiam-se com seus escudos, espetos e lâminas, esquivando--se, decepando pescoços, enfiando-lhes as azagaias, rasgando-os com as garras, chutando, socando. Desarmado, Urakin fazia em pedaços qualquer um que se aproximasse, sem distinção. Os golpes eram pontapés, murros e encontrões, mas também enforcamentos e chaves. Depois de tantos duelos, Kaira sentia-se à vontade manobrando a Fagulha e, quando necessário, disparava suas chamas, erguia muros escaldantes, projetava radiações abrasivas.

Yaga não era experiente em confrontos corpo a corpo e nunca estivera em uma batalha campal, portanto corria perigo. Sua técnica de solidificar a escuridão a preservara, criando tentáculos de sombras, mas a certa hora três dos recrutas de Orcus a cercaram e um deles a acertou de raspão, com a ponta de uma machadinha dentada. O assalto foi o bastante para atiçar os instintos do devorador, que levitou até ela e agrediu as criaturas, protegendo a Sombra da Morte como um cão que protege o dono. Os espectros, sempre famintos, são conquistados pelo estômago, e Yaga, por assim dizer, oferecera-lhe um banquete, o que, de um jeito nefando, mas eficiente, acabou por conectá-los num laço. Finalmente domado, a hashmalim podia comandá-lo, psíquica e mentalmente, e o fez para defender os parceiros, para atacar, para estabelecer um perímetro seguro, para mantê-los livres das hostes.

— Yaga? — Kaira gritou para ela, no meio da confusão. — Urakin? — voltou-se para o amigo. — Por quanto tempo acham que aguentam?

— Meu problema não são estes insetos — o guerreiro declarou sobre uma pilha de ossos. — São os chefes, os barões.

Os barões. Sim, Kaira concordava com ele — esses eram, sem dúvida, os combatentes mais arrojados. Orcus girava o mangual e esmagava dez, vinte diabretes por bordoada, e na colina adjacente a mulher-demônio fatiava os "cadáveres", já tendo ceifado uns trezentos, no mínimo. Nesse ritmo, a Centelha percebeu, logo um dos chefes os convocaria ao duelo, e eles não teriam saída a não ser enfrentá-los — ou morrer no processo.

Como Urakin realçara, a infantaria não lhes impunha nenhum obstáculo. Passadas duas horas, as divisões do sul, de Orcus, pareciam estar próximas do extermínio. Kaira abriu as asas, drapejou e do alto estudou a paisagem, antes de descer novamente. O que mais transbordava no inferno, ela podia entender com clareza, não era o ódio, o desespero ou a angústia — era a *solidão*. Superlotado de espíritos maléficos, não havia, entre duques, escravos e barões, em quem confiar em um momento de crise, o que só os tornava a cada dia mais vis. No calor da briga, Yaga, por sua vez, compreendeu melhor o que diferenciava o Sheol da Gehenna. Na Gehenna, apesar das torturas, do sofrimento e da aflição, ainda havia esperança, ainda existia uma frágil promessa de redenção para aqueles que se humilhassem, para homens e mulheres que suportassem os tormentos. No inferno, *não*. Quem caía às trevas do abismo estava eternamente condenado, não tinha saída, e essa era sua verdadeira face, o verdadeiro significado do inferno, mais triste que os atos de felonia, mais cruel que qualquer batalha ou contenda.

Com o sangue borbulhando, embriagados pela adrenalina, os anjos não sentiam mais dor, medo ou cansaço. Graças às armaduras nórdicas e à inestimável atuação do espectro, seus ferimentos se resumiam a hematomas, escoriações sem gravidade. Então, tendo vencido grande parte dos adversários no entorno, eles fizeram uma pausa para respirar, para se reagrupar e avaliar os estragos, e o silêncio os perturbou. Só agora eles começavam a notar que a querela estava praticamente no fim, com os corpos recheando os calvários, ocupando os vales, entulhados de ponta-cabeça. Mas nem todos sucumbiram nem capitulariam tão fácil. Uma das peças mais árduas daquele tabuleiro era Orcus em pessoa. De modo talvez semelhante ao devorador, ele não apenas matava, mas também comia suas vítimas, torcendo-lhes a espinha, mordiscando suas caveiras e chupando seus cérebros. O Gordo se sentava, fazia a refeição calmamente, erguia-se de novo, capturava mais alguns soldados e se alimentava novamente em seguida, causando um efeito moral devastador. Se Kaira pensava ter intimidado os peões com sua bola de fogo, o que dizer daquela besta que tomava os adversários como petisco, que os assava sob seus cascos, os pisoteava e os deglutia?

O senhor dos mortos encerrou o jantar — o sétimo — e quase teve uma indigestão ao ver o que acontecera a seus regimentos. Grunhiu como um javali, olhou por cima dos cadáveres — agora eram realmente cadáveres — e avistou os celestiais em destaque. Furioso — afinal aquela era a *sua* província —, ele pegou o cetro, sacou o mangual e se deslocou até eles.

— O *fogo*! Olha o fogo, que se precipita — versejou o barão. — Como um alento, conduz e conduz o animal virulento.

Kaira não deu ouvido às estrofes. Mais ágil que os demais, ela usou as asas para acelerar, voou, mergulhou e aterrissou às patas de Orcus. Investiu com a Fagulha, tentando encravá-la em seu tornozelo, mas o aristocrata tinha os cascos ardentes e nem sentiu a fincada. Balançou o mangual, mirou o peito de Kaira, quando Urakin se lançou contra ele, servindo de escudo e sofrendo as consequências do baque. O globo de ferro o alcançou numa colisão, entortando-lhe a couraça, fazendo-o tombar. O querubim pôs-se de bruços, arquejou, ergueu-se, mas sangrava litros.

Não resistiu.

Os joelhos bambearam.

Vertigem.

Sangue. Tudo preto.

Urakin desmaiou.

Imediatamente, Yaga deu uma ordem ao devorador, que escancarou as bocarras, almejando a goela de Orcus. O Gordo, porém, contra-atacou duramente e o estraçalhou com sua arma, imprensando o oito vezes no solo, espremendo-o até virar uma pasta.

— O céu nunca verás, desesperada — proclamou Orcus, num linguajar arcaico. — Às trevas te carregarei, estás condenada!

Lado a lado, suadas, Kaira e Yaga encontravam-se indefesas, sem o espectro para preservá-las, sem Urakin para escoltá-las e, pior, sem a proteção da Fagulha, cujo calor não afetava o barão. Mas a arconte confiava no sabre, que desde Asgard não lhe falhara, e arremeteu para um segundo ataque, que, na opinião da Sombra da Morte, era precipitado e — para ambas — seria fatal. Dessa forma, Yaga a segurou pelo ombro. Foi quando seus dedos formigaram, a tez empalideceu e *toda* sua energia se esvaiu. Nesse instante, nesse *exato* instante, o gume da Fagulha passou de escarlate a preto. Oportunamente, sem planejar, sem que nem mesmo pudesse evitar, Kaira dragara a essência da parceira, como fizera com o gigante Surtr, nos subterrâneos de Iðavöllr, e a transferira para sua espada. A união dessas duas forças primordiais — fogo e escuridão —, em vez de simplesmente tonificar o flagelo, produziu um fenômeno raríssimo, o extraordinário *fogo negro*, capaz de incendiar qualquer coisa, de consumir matéria e espírito.

Com a lâmina crepitando em labaredas obscuras, a Centelha não pensou duas vezes e trespassou a rótula de Orcus, penetrando-a de baixo para cima, traçando um risco na diagonal. O fogo negro aumentou, como a cabeça riscada de um fósforo, subiu pelas coxas do monstro e inflamou-lhe a pelagem castanha. Enquanto isso, Yaga desabou aos pés de Kaira, completamente esgotada, e a ruiva ficou lá, sozinha diante do Gordo, que embora aleijado não se entregaria à derrota.

Qual um porco que resiste ao abate, Orcus tinha a fama de se tornar mais perigoso quando ferido, como se a dor o motivasse. Irado, ele se apoiou no cetro e, torto, mancando, tomou impulso para sua última carga.

Bufou.

Cuspiu fumaça.

Ganiu.

Kaira se encolheu ante o crescimento da silhueta adiposa e escutou os elos do mangual tilintando. Estava prestes a ser esmigalhada, e só não foi porque a mulher-demônio — a baronesa com asas de morcego, que se opunha ao magnata suíno — despencou do céu como uma águia e o espetou com seu arpão, penetrando-lhe a jugular, dilacerando-lhe a clavícula.

Orcus deu um grito. Um ronco. Debateu-se. E parou. Flácido. *Mole.* A lança ficou encravada no chão, mantendo-o ereto, como um troféu, um tributo àquele que por séculos fora o senhor dos mortos — e que agora estava morto também.

Canalizar o fogo negro fora tão extenuante, e acontecera de maneira tão repentina, que, a exemplo de seus companheiros, Kaira desfaleceu. Estirada na planície, o sabre frio, as chamas extintas, a capitã de Gabriel foi rodeada pelos demônios cornudos, ávidos por recolher seus espólios. Os olhos de um deles brilharam ao identificar a Fagulha. Saltou sobre a espada, apanhou-a pelo cabo, mas o artefato queimou-lhe a mão, e o infernal a largou, assustado.

— Idiota. — Um dos diabos, à esquerda, divertiu-se com a trapalhada. — É uma arma divina. Não podemos usá-la, nem mesmo tocá-la.

— Que merda — boquejou o chifrudo. — Por que não me disseram antes, seus filhos da puta?

— Só se aprende na prática. — Uma terceira entidade cutucou a Centelha. — Bom, para que brigar por ninharia? A arma pode ser divina, mas e a armadura? É perigosa também?

— Não creio. Não parece, pelo menos — supôs o primeiro. — Só por precaução, por que não a matamos?

— Boa ideia — comemorou um quarto e moveu a lança para degolá-la. — Deixem esta beldade comigo. Dou cabo dela *agora.*

— Alto! — súbito, uma voz os paralisou. — Detenham suas armas, soldados. Parem!

— Baronesa? — Os seres se curvaram, em absoluto sinal de respeito. Era a mulher-demônio que os comandava. — Mas, alteza... eles são *anjos.*

— Claro que são. Sua aura é inconfundível. Mas estas armaduras não foram forjadas no céu. — Ela chegou perto de Kaira e a examinou, curiosa. — Digam-me, lilins: por que um celeste vestiria uma couraça sagrada de Odin e o que estaria a fazer no inferno? — Mas seus súditos não responderam, nem sequer sabiam quem era Odin, então a baronesa lhes despejou outra ordem: — Levem-nos à catedral. — E exclamou, veementemente: — Quero-os vivos. Entenderam? — Rugiu: — *Vivos!*

56

A ILHA DO VIDRO

Côtes-d'Armor, França

Longe da agitação de Paris, dos cafés, monumentos e bulevares, é comum, a quem visita o noroeste da França, ouvir histórias de cavaleiros em armaduras brilhantes, de magos poderosos e dragões invencíveis, de espadas mágicas e reis legendários. Batizada pelos celtas de Armórica, a Terra do Mar, a região da Bretanha (ou *Bretagne*, em francês), com seus menires, dolmens e sítios pré-históricos, é tida como a pátria dos bretões no continente. Os bretões, que escaparam da atual Grã-Bretanha após o ataque dos anglo-saxões, no ano 500 d.C., estabeleceram ali suas casas, levando seus costumes, personagens e crenças folclóricas. Dessas lendas, provavelmente as mais fascinantes são as que se relacionam ao chamado "ciclo arturiano", aos contos do exótico Merlin e ao antigo povo das fadas.

O termo "antigo", nesse caso, não é meramente retórico. O pouco que se sabe sobre as fadas sugere que elas coexistem com os seres humanos desde antes da era do gelo. Há quem diga, até, que os atlantes teriam se miscigenado com as ninfas marinhas, daí sua pele de tonalidade azulada e sua propensão especial para a mágica. Se isso de fato ocorreu, não há registros que o comprovem. O que se tem certeza é de que as fadas, ou *sidhe*, são entidades estrangeiras, provenientes de uma dimensão a que chamam Arcádia. Segundo as canções e os poemas, essas criaturas, em determinado momento de sua história, teriam se espalhado pelo universo — um evento descrito em seus tomos como "a Grande Migração" ou "o Êxodo do Outono" — e assim chegaram à Haled. Uma vez estacionadas no Éden, elas se adaptaram, dividiram-se em ramos, em famílias, fundaram companhias e cortes e aprenderam a se alimentar da energia dos sonhos, inspirando os mortais para que deles pudessem tirar o sustento.

Sendo figuras puramente espirituais, os sidhe, suas cidades e fortalezas regrediram ao plano etéreo faz muito tempo, quando o tecido da realidade engrossou. Mas sua raça continua a vagar através da película, lutando contra a vulgaridade dos homens, contra o racionalismo e o materialismo que corroem o planeta. Graças ao esforço das fadas, existem, até hoje, não apenas pessoas, mas áreas especialmente glamorosas, zonas inspiradoras e fascinantes onde as narrativas fantásticas, bem como os sonhos comuns, nos parecem mais próximos, menos fúteis e mais concretos.

Situada na costa norte da Bretanha, a península de Cap Fréhel é um desses lugares. No verão, o motorista que se aventure a dirigir até o fim da estrada encontrará um estacionamento para turistas em volta de uma magnífica torre de pedra, construída no século XVIII e encimada por um farol de aço pintado de verde, com parafusos grandes e janelas circulares. Se o forasteiro for mais ousado, poderá seguir adiante por um caminho de terra, alcançando as beiradas de um rochedo cuja última edificação é um paiol carcomido, datado de fins da Idade Média. De lá, o que se enxerga são as belíssimas falésias de Côtes-d'Armor, a oeste, as muralhas cinzentas do Forte La Latte, a leste, e as marolas azul-escuras do canal da Mancha, na direção norte. Poucos minutos antes de o sol se pôr, qualquer um que observe o horizonte é capaz de enxergar silhuetas translúcidas, provocadas pela condensação dos gases marinhos. É nesse instante que, em certos dias "abençoados", o tecido da realidade se afina, permitindo que os mais sensíveis tenham um vislumbre da ilha do Vidro, nomeada pelos celtas de Ynys Wydryn, pelos irlandeses de Tír na nÓg, a Terra da Juventude Eterna, e pelos bretões de Avalon, o Campo das Muitas Maçãs. Tão curto, tão fugaz é esse instante que, se Denyel e Sophia não chegassem rápido à península, se não estivessem sobre o rochedo dentro de uma hora, perderiam, até o próximo ano, a chance de transpor a passagem, que só se abriria durante uma fração de segundo.

O anjo acelerou a motocicleta, valeu-se das indicações contidas no mapa, mas as ruas estreitas dificultavam as manobras. O jeito foi tomar a sinuosa rodovia D34, ignorar cruzamentos, pegar atalhos e furar os semáforos vermelhos. Cerca das vinte horas eles enfim avistaram a colina, a torre e o farol, e dez minutos depois a Hayabusa estacionava sobre o pontão. O sol ainda não se deitara quando Sophia o convidou a segui-la através de uma trilha que descia a escarpa até uma praia de rocha ígnea, completamente deserta à luz do crepúsculo.

— Não acredito que vai levar a moto. — A elohim se espantou ao perceber que Denyel arrastava o veículo morro abaixo. — Deixe-a por aí.

— Nem pensar — ele negou com veemência. — Sabe quanto ela me custou?

— Não seja por isso. — Sophia estava disposta a pagar o preço que fosse para que ele se livrasse da máquina. — Compro-lhe outra depois.

— Duvido que encontre uma igual — Denyel respondeu de um jeito frio, meio lacônico, e mudou de assunto. — O que estamos esperando?

— O pôr do sol — ela disse. Os dois haviam se refugiado em um canto da praia, uma curta estria de terra forrada por minúsculos grãos de areia, pedacinhos de conchas e pequenos cascalhos. — E a baixa da maré. Sente esse cheiro?

— Ynys Wydryn?

— É — ela se surpreendeu. — Como sabe?

— Eu sei de um monte de coisas. Só não sei como entraremos na ilha. Os espíritos antigos, os deuses pagãos e as fadas nunca simpatizaram com a nossa espécie, desde a conclusão das Guerras Etéreas. Na realidade, muitos deles nos matariam por isso. — Ele se lembrou da experiência com os lobos e arqueiros na floresta Amazônica, e de outras que tivera ao longo da vida. — O mais provável é que sejamos enxotados.

— Não hoje. Hoje é dia de festa. Hoje é a noite do Alto Verão — Sophia explicou. — Os festivais são sagrados para os sidhe, e nessas datas, em particular, suas propriedades se abrem aos visitantes, que são recebidos com honras.

— Até os anjos?

— Pois é. — Ela fez um muxoxo. — Sua reputação está um pouco manchada.

— A minha? O que eu fiz?

— Não a sua. A dos celestiais em geral, afora os elohins — a morena comentou, orgulhosa. — Minha casta não tomou parte nas Guerras Etéreas, então somos, por via de regra, mais bem aceitos. Talvez você tenha problemas, mas ainda assim é o melhor plano que consegui imaginar. De qualquer maneira, é expressamente proibido, por decreto do rei, derramar sangue durante as noites de festa, então o pior que pode acontecer é você ser expulso. E aí a gente pensa em outra coisa.

Denyel não achou que o plano fosse infalível, mas o julgou aceitável, conformou-se e aguardou. Quando o sol tocou o horizonte, a maresia se intensificou e um nevoeiro branco os envolveu. O odor estimulava pensamentos nostálgicos, o que geralmente entorpecia as pessoas, fazendo-as se perder em recordações delirantes. Isso era na realidade um feitiço, um sistema de defesa idealizado pelas fadas, que impedia os homens comuns de enxergar a passagem, naqueles poucos segundos em que ela se abria. Mas, para aqueles que, como os alados, as crianças e os sensitivos, tivessem a capacidade de vislumbrar o além, a trilha se revelaria como um caminho de pedra, que se prolongava sobre as águas e penetrava nas brumas. Sem perder tempo, Denyel (trazendo a moto) e Sophia avançaram por ela em direção ao sol, cujo halo, agora, formava um arco acima do mar, encolhendo-se a cada segundo.

Pouco antes de o umbral se fechar, os celestiais o transpuseram, chegando (supostamente) às praias anciãs de Ynys Wydryn. O ambiente, contudo, não lhes pareceu glamoroso, pois não se avistava um palmo sequer, não se viam faróis ou construções, não se escutava o fervilhar das marolas, tão densa era a névoa que os cercava. Cegos pelas brumas, sem pontos de referência, eles estavam perdidos, não sabiam para que direção rumar, até que ouviram um ruído semelhante ao roçar de bengalas, de muitas bengalas, e ao mesmo tempo contra as pedrinhas espalhadas no solo. O som aumentou e de repente eles se descobriram cingidos por três aranhas gigantes (ou algo do tipo), o abdome peludo, inchado, as patas longas, malhadas, as presas negras, umedecidas.

— Bom, pelo jeito pegamos o caminho errado, *chérie*. — O exilado sacou a pistola. — Se isso é uma fada, eu sou...

— Fale baixo, não grite — Sophia o interrompeu, aos sussurros. — Estamos no lugar certo. Estas criaturas são chamadas de *noturnas*. São fadas, mas nascidas dos pesadelos. — Abriu os braços, lentamente. — Não demonstre medo.

— Medo? — ele achou engraçado. — É preciso mais que uma trupe de insetos para me apavorar.

— Aracnídeos, não insetos.

— Insetos, aracnídeos... dá no mesmo. — E, para atestar justamente seu ponto, para *não* demonstrar medo, como era a ordem do dia, Denyel mirou entre os olhos de uma das feras e apertou o gatilho. O disparo gorou, e em vez de um projétil de chumbo o que saiu do cano foi uma vareta de madeira, rematada por uma bandeirola que ao se desenrolar revelou uma palavra: "BANG". — Que merda é essa? — O celeste sacudiu a Beretta, arrancou a varinha e a jogou fora. — Quem mexeu na minha arma?

— Ninguém. — Sophia se esforçou para manter a compostura. — Estas bestas têm o poder de alterar a matéria dos sonhos, e nós estamos, agora, no reino das fadas. Quanto mais você lutar, soldado, pior — ela o orientou. — Fique calmo.

— Estou calmo — ele garantiu, mas era claro que não estava. Sua maior preocupação não era a própria integridade, mas a motocicleta, a Hayabusa, a qual ele protegia como quem protege um amigo. Os monstros pressentiram, isto é, *farejaram* sua compulsão e se dirigiram a ele, ameaçadores, esguichando veneno.

Denyel olhou para a pistola, sem saber se deveria — ou conseguiria — usá-la, quando uma flecha assobiou e se encravou no chão, a seus pés. O tiro era, com efeito, um aviso não a ele, mas às noturnas, que compreenderam o recado e se afastaram, desaparecendo na cerração. E foi da mesma cerração que aflorou uma dupla de guardas bípedes, de estrutura delgada, orelhas pontudas, trajando armaduras de escamas metálicas e portando arcos longos. O semblante era esguio e as feições delicadas, porém sisudas, seriíssimas e até arrogantes, pouco condizentes com a imagem que qualquer um teria das fadas, mais associadas à alegria, ao riso e à felicidade inocente.

— A ponte do sol já se fechou — disse o guardião, cheio de pompa. — O que faz um estraga-prazeres aqui, depois do crepúsculo?

— Estraga-prazeres? — Denyel sentiu-se ofendido. Logo ele, que se considerava um libertário. — Olha como fala.

— Olhe *você* como fala — aconselhou-o Sophia, inclinando-se até ele como quem conta um segredo. — Os sidhe são nossos anfitriões. "Estraga-prazeres" não é um desacato, tampouco um insulto pessoal a você, é como as fadas se referem a nós, anjos. Os celestiais só dormem quando estão feridos e, em todo caso, nunca sonham nem têm a capacidade de sonhar, por isso elas nos veem como entidades banais, como espíritos vulgares e "desgraçados".

— Desgraçados são eles. — Depois de quatro garrafas, Denyel não estava com paciência para engolir desaforos. — Se manda, orelhudo.

— Um passo a mais e serão alvejados — um dos guardas os ameaçou, o arco rígido, a flecha pronta. — Anunciem-se oficialmente, digam seus nomes, suas alcunhas e o motivo da visita, ou então podem dar meia-volta e regressar à penúria.

— Que seja. — Denyel deu um passo à frente, o tal passo que lhe fora proibido, e improvisou: — Eu me chamo Böðgæðir, Auxílio em Batalha, capitão dos aesires, e venho em nome da rainha Sif, Cabelos de Trigo, com uma mensagem para todos os sidhe. — E encerrou a troça com uma frase de cinema, para causar o desejado efeito dramático: — Levem-me ao seu líder.

Os guardiões se dobraram ao engodo, talvez pelo fato de que Denyel estivesse, de uma forma ou de outra, dizendo a verdade — não *toda* a verdade, é claro. Simulando eloquência, usando palavras sólidas, ele ganhara algum tempo dentro da ilha, mas não tinha ideia de como se livraria daquela enrascada nem do que diria ao ser apresentado ao rei, se é que as fadas, caóticas e imprevisíveis, realmente tinham um rei que as governasse.

Os arqueiros ignoraram Sophia — sua casta devia ter privilégios, o exilado deduziu — e permitiram que ela os acompanhasse através das névoas, sem escolta. Os quatro andaram por mais alguns metros, até que as brumas se dispersaram, dando lugar a um campo verdejante, banhado pelos raios da lua, estofado por uma relva macia e pontilhada por macieiras de tronco rugoso.

— Nos encontramos em duas horas, no Farol do Crescente — Sophia murmurou, despreocupada, confiante em que Denyel superaria mais esse obstáculo.

— Aí você me conta mais sobre essa história dos aesires. — Ela rodou nos calcanhares. — Não disse que preferia trabalhar sozinho? — E, antes de partir, sorriu discretamente. — Boa sorte na audiência.

O anjo não sabia onde ficava — nem o que era — o Farol do Crescente, mas logo sanaria sua dúvida, ou assim esperava. Algumas jardas adiante, todos os seus sentidos se multiplicaram. O aroma era de carneiro assado, batata quente, queijo derretido, mas também de maçã do amor, pipoca e algodão-doce. O burburinho incluía vozes finas, grossas, rugidos, sons de harpa, piano e violão. Gradualmente, coruscaram as luzes de Avalon, e Denyel discerniu uma alta colina de pedra, sobre a qual se fixava um castelo. Os muros externos, as guaritas e as barbacãs eram românicos, mas as torres internas, retas e triangulares, haviam sido erigidas em quartzo e bruxuleavam no topo, expelindo chamas azuis. Como o exilado viria a descobrir naquela mesma noite, as fadas são os únicos espíritos etéreos que se mantiveram atualizados sobre os avanços da sociedade, exatamente pela proximidade com os entes mortais. Enquanto as torres de cristal remontavam à arquitetura original arcadiana, as muralhas haviam sido incorporadas depois, projetadas por indivíduos mestiços, como o famoso mago Merlin, a sinistra bruxa Morgana e a adorável feiticeira Nimue, a Dama do Lago, todos gerados em ventres carnais, mas cuja alma guardava características — e potencialidades — feéricas.

O aspecto heterogêneo do povo das fadas seria mais bem desvelado nos próximos minutos. Contornando-se a fortaleza, na base do morro, emergia uma cidadela medieval, povoada por criaturas oníricas. Muitas delas eram elfos, tidos como os mais antigos e nobres dos sidhe, análogos aos arqueiros que o conduziam; outras eram pequeninas, similares aos duendes mitológicos, e havia ainda um sem-número de seres híbridos, que mesclavam características de animais e de gente. Os sidhe envergavam vestidos longos, túnicas romanas, peças renascentistas, ternos vitorianos, couraças e elmos de batalha, coroas de ouro, perucas principescas, mas raramente se via uma fada ostentando indumentárias modernas, afinal o século XX lhes sugara quase todo o *glamour*. Da mesma forma, objetos contemporâneos eram incomuns no reino encantado, à exceção das guloseimas, dos doces, bolos, refrescos, todos expostos nas praças e em barraquinhas nas imediações da calçada.

Na companhia dos elfos, usando calça jeans e jaqueta de couro e empurrando a Hayabusa, Denyel chamava atenção por onde passava. Os mais curiosos, figurinhas com olhos de lêmure e pescoço de suricato, seguiram-nos de perto, cientes de que o "estraga-prazeres" seria levado à presença do rei e que talvez seu diálogo inspirasse uma trova. Era o que o exilado também desejava, a propósito. Se o monarca não simpatizasse com ele, poderia executá-lo sem julgamento, e qualquer anjo exterminado em um vértice — em uma interseção planar como aquela

— resultaria permanentemente destruído, e não era assim que o capitão pretendia morrer. E nem iria. Tratou, então, de pensar em uma saída, de bolar uma estratégia, um argumento forte o bastante para ganhar a confiança dos sidhe.

Cruzando o portão em estilo gótico, chegava-se ao pátio interno de Ynys Wydryn. Ali, formações de cristais raiavam da terra, como árvores que brotam do solo. A ilha do Vidro fora assim apelidada por suas "colônias" de jaspe e "plantações" de diamante, sendo o cristal, em essência, o elemento mais abundante na Arcádia. O castelo tinha a entrada em forma de ogiva, o salão com o teto em abóbada e vitrais multicolores. Naquele espaço, concentravam-se o que Denyel preferiu classificar como "fadas adultas": os elfos, os sátiros, com cascos e pernas de cabra, os sluagh, obscuros e melancólicos, e os fomorianos, seres horrendos, deformados, com três ou mais braços, cuja missão é — como todo sidhe — tornar o mundo um lugar menos lógico, mas para isso eles recorrem ao medo, assustando os terrenos à noite, arrastando cadeiras, batendo portas e simulando os ditos "fenômenos *poltergeist*", com o objetivo de quebrar o racionalismo e forçar suas vítimas a acreditar no além.

O palanque superior fora trabalhado com ornamentos floridos, onde se destacavam dois tronos de cornalina. O assento à esquerda era reservado ao rei, Oberon, um elfo de cavanhaque negro e pequenos chifres caprinos, e à direita se acomodava a rainha, Titânia, de pele verde e orelhas agudas, que exibia uma tiara de louros. Um dos arqueiros se desvencilhou da escolta, subiu ao eirado e cochichou algo ao monarca quimérico. Seco, Oberon fechou a cara, empinou o queixo, olhou para Denyel e sinalizou com as mãos.

— Aproxime-se. — O tom era circunspecto, um tanto afetado, mas não necessariamente agressivo. — Que brisas o trazem?

— Ei, você — o anjo cutucou um dos guardas que o encaminharam ao palácio. — Fica de olho na minha moto, está bem? — Abusado, meteu a chave no bolso, entregou a Hayabusa aos cuidados do patrulheiro, avançou uns três passos e se ajoelhou diante dos tronos. — Salve, senhor. Salve, senhora. — Ele até então não sabia seus nomes, mas prosseguiu, fazendo uso das lições de fidalguia que aprendera em Asgard. — Brisas não, majestade. Furacões. Ventos tempestuosos.

— Erga-se. — Convencido de que o visitante era educado, o elfo o tratou com respeito. — Fale, plebeu. Diga a que veio.

— Não sou plebeu — Denyel pôs-se de costas eretas. — Como o seu servo deve tê-lo avisado, sou um cavaleiro. Capitão Böðgæðir, Auxílio em Batalha, vassalo de Sif, Cabelos de Trigo, a seu inteiro dispor.

— Mas isso é ultrajante. — Oberon fez uma careta indignada. — Como um celestial pode ser capitão dos aesires?

— Provei meu valor.

— Como?

— Oh, mas essa é uma história interessantíssima. — Era a deixa que ele esperava. Com um sorriso, o exilado contou em detalhes suas aventuras nos galhos da Yggdrasil, falou sobre o combate contra o dragão, que ocupara e destruíra o reino élfico de Álfheim, sobre a morte da ninfa Grimhildr, a recuperação da Notung, o resgate de Siegfried, o retorno do Mjölnir ao Valhala e finalmente discorreu sobre o Confronto do Inverno, às margens de Iðavöllr, que culminaria com a morte de Thrymr, o chefe dos gigantes do gelo. Quando encerrou a epopeia, o salão estava lotado, os convivas completamente extasiados com a descrição de eventos tão épicos. A fim de ratificar sua saga, Denyel arguiu o rei, colocando-o contra a parede, de maneira cautelosa e delicada. — Então, vossa majestade não escutou nada sobre a libertação de Bifrost?

— De fato — o sidhe alisou a barbicha. — Soube de algo nesse sentido.

— Suponho que esteja a par, nesse caso — continuou o exilado, melindroso —, da iminência do Ragnarök.

— Não. Disso, não — admitiu Oberon. — Não sei nada sobre o Ragnarök.

— Eis a minha missão, uma das razões de minha visita, entre outras — mentiu, mas não era exatamente mentira. Era mais uma oportunidade, uma chance de fazer a diferença (e de salvar seu pescoço). — Os aesires clamam por sua ajuda.

— Sim, mas, capitão... — O monarca ainda estava confuso com tanta informação misturada. — Como Oberon e Titânia poderiam ajudar Sif, Cabelos de Trigo?

— É simples. — Denyel não tinha pensado em nada, até que uma ideia lhe ocorreu. — Use suas fadas, que percorrem o mundo dos sonhos, que conhecem intimamente o reino dos homens, para reunir os nossos deuses, os deuses nórdicos, que foram exilados por Thrymr no plano etéreo, após o covarde assassinato de Thor.

— Hmm — refletiu Oberon e, a despeito dos esforços do anjo e da incrível fábula que relatara, parecia inclinado a recusar, quando a plateia, em especial as criaturas pequeninas, se manifestaram a favor do celeste. — Está bem, está bem — sacudiu as palmas para cima e para baixo, como se pedisse silêncio. — Está bem. — Olhou sobre a multidão. — Deste dia em diante, fica acertado que todo sidhe que encontrar um aesir em meio às suas andanças deverá reportá-lo a mim — determinou, reduziu o tom de voz e tornou a encarar Denyel. — Todavia, capitão Böðgæðir, não posso permitir que saia dos meus domínios sem que, antes, sua narrativa seja confirmada. Será meu hóspede até então.

— Peço que reconsidere, majestade.

— Por quê? — Era agora o rei que o colocava contra a parede. Os elfos são virtuosos, sábios, não tolos. — Não somos dignos de sua presença?

— Pelo contrário. Se existe alguém que não é digno de estar entre as fadas, esse alguém com certeza sou eu. — A modéstia era uma das virtudes da cavalaria, e o anjo a empregou magistralmente. — Entretanto, confesso que essa é só uma das causas de minha visita à prodigiosa ilha do Vidro. Outras são empreitadas de cunho pessoal.

— Veja, capitão. Compreendo e até acredito que suas palavras sejam sinceras. Mas seu espírito está ensopado pela banalidade, por dores e angústias essencialmente humanas. Deve expurgá-las, antes de tudo.

— É o que busco — ele declarou. — É esse o propósito da minha próxima demanda.

— Propósito justo, diga-se de passagem. Mas ainda não sei... — O monarca recostou-se no trono, apoiou os cotovelos sobre os braços do assento, respirou profundamente e se virou à esposa. — O que acha, minha linda Titânia?

— Vejamos. Chegue mais perto, Böðgæðir — a rainha solicitou que o querubim andasse até ela. — Dê-me a sua mão.

O exilado fez conforme instruído. Ofereceu a palma à soberana, que a acariciou como uma mãe afaga um bebê. Titânia era de personalidade distante, reservada, o que não significava, em absoluto, qualquer traço de submissão ou recato. Adorada pelos celtas sob o nome de Korrigan, a Senhora da Luz, deusa da fertilidade e protetora dos recém-nascidos, especialmente dos órfãos abandonados na porta dos conventos, ela possuía habilidades divinatórias, semelhantes às de Andira e do arcanjo Gabriel, atuando como conselheira dos sidhe e guardiã do tesouro das fadas.

— É verdade, meu amado Oberon, que este rapaz está corroído por sentimentos fugazes — afirmou Titânia. — Mas não completamente. Resta uma gota de esperança em seu coração, que ele mesmo germinou e que no final o salvará. — Ela soltou o punho de Denyel e com um suspiro o fitou, visivelmente triste por ter-lhe acessado as memórias. — Está livre para ir, capitão, mas saiba que não estamos fazendo isso por você. É pela menina. Está claro?

— Claríssimo. — O exilado curvou-se. — E, agora, me despeço desta corte, mas posso antes fazer-lhes um pedido?

— Muito bem — o rei anuiu. — Já que esta é uma noite de festa e que nos brindou com sua trova, concedo-lhe mais essa dádiva.

— Será que, por acaso, existiria em Ynys Wydryn um artífice, ferreiro ou metalúrgico que serviria às minhas necessidades?

— De bom grado? Duvido! — exclamou Oberon. — No entanto, se estiver disposto a pagar, bom, aí talvez. Pajens! — ele fez um gesto e dois elfos apareceram para atendê-lo. — Guiem o capitão Böðgæðir à tenda do mestre de armas.

— Não sei como agradecer.

— Então, não agradeça — pela segunda vez Titânia interveio, e fez questão de frisar: — Não é por você. É por *ela*. Pela menina.

57

TRÍPLICE ALIANÇA

Sheol

GEMIDO.

Odor de sangue. Carne. Putrefação.

Choro.

Medo.

O campo de batalha. Kaira só podia imaginar que fora deixada — ou esquecida — nas colinas, entre defuntos e soldados feridos. Seria uma conclusão lógica. Confortável, talvez. Otimista, sem dúvida. Mas não. Ela não jazia em uma vala comum, de onde poderia simplesmente espanar a poeira e sair caminhando. Não. Seria fácil demais. Era pior.

Bem pior.

Despertou. Sob ela, estendia-se o assoalho de uma catedral sheonita. Sim. Estava no Sheol, com certeza. O templo era como as catedrais góticas, com naves, transepto, colunas e galerias, mas sobre a região do oratório, pendurada acima do altar, destacava-se uma cruz invertida, e pregado a ela, de cabeça para baixo, encontrava-se um homem nu, sem pele, o corpo em carne viva, mas ainda consciente, os olhos abertos, os beiços costurados.

Quem seria ele? O que teria feito?

Kaira se levantou. O mesmo terror se repetia nos demais cantos da igreja. Nas capelas laterais, e havia dezenas, outras criaturas — pessoas ou entidades, ela não sabia — rangiam os dentes, ofegavam, amarradas a troncos com arame farpado, como santos em eterno suplício. O teto estava repleto de jaulas enferrujadas, e dentro delas mais figuras se apertavam, sujas, mutiladas, famintas, sedentas, sofrendo, chiando.

O detalhe perturbador é que havia certa beleza na arte satânica. Os vitrais expunham cenas — de batalha, na maioria — em que a personagem central era a mulher-demônio, a mesma que aplicara em Orcus o golpe final. Em um deles, a obra mostrava o combate contra uma espécie de polvo gigante, em um ambiente árido, provavelmente um deserto.

Surpreendentemente, apesar da carnificina, Kaira estava inteira, sem arranhões. Sua armadura fora poupada, e o cabo da Fagulha permanecia atado ao cinto. Mas e Urakin? E Yaga? Estariam mortos? Feridos? Presos? Torturados? Onde estavam?

— Não se preocupe — afirmou alguém que chegava. — Seus companheiros estão bem. Estão descansando nas criptas.

— Criptas? — a arconte olhou para trás. Era ela: a mulher-demônio. Careca, forte, armada de lança, as asas de morcego, os brincos e adornos nos lábios e nos seios. — Soa mais como um calabouço. O que pretende fazer com eles?

— Meus súditos acham que eu deveria matá-los.

— Mas você não vai. — E certamente não iria, não de início. Se a baronesa quisesse, já o teria feito. — Não é?

— Talvez. Não me decidi ainda. Tudo vai depender de você. — Ela se aproximou da arconte. — Sou Inanna, Filha das Trevas, um dos lilins, as crias de Lilith. — E foi direto ao ponto, sem rodeios: — Quem é você e o que faz no Sheol?

— Meu nome é Kaira, Centelha Divina — apresentou-se. — E tudo o que posso dizer é que a minha demanda é secreta.

— Bom, isso não é suficiente para salvar o seu grupo — falou Inanna, cortês, porém séria. — É a líder do coro?

— É, acho que eles me veem dessa forma.

— Então, deixe-me lhe contar uma coisa. — Calmamente, a baronesa pisou nos degraus e subiu ao presbitério. Sobre o altar havia uma urna de cerâmica no formato de vaso, larga na base e mais fina no topo. — Dentro desta ânfora estão os restos mortais de minha mãe, Lilith. Seu espírito foi incinerado pelo fogo negro, a mesma energia que você invocou.

— Olha, foi a primeira vez...

— Eu sei. — A aristocrata se afastou do objeto e ficou de costas para a capitã de Gabriel, de frente para o homem crucificado. — Na verdade, foi o meu pai quem a matou. Um capanga dele, para ser mais exata. Faz algum tempo.

— Sinto muito. — Kaira não sabia quem era o pai de Inanna, mas o crime lhe parecia gravíssimo. — E ele nunca foi punido?

— Não, não foi. — Ela deu um riso curto, sarcástico. — Nem será. Sabe por quê? Porque este é o inferno, e aqui vale a lei do mais forte. Mas vocês... vocês são diferentes. Soube disso quando os vi lutar contra Orcus. Talvez por essa razão eu ainda não os tenha exterminado, mas até a minha compaixão tem limites.

— Compaixão? — Kaira passou os olhos pelas figuras nas capelas, pelos corpos suspensos, observou o sangue nas rosáceas. — Não creio que a compaixão seja uma das suas virtudes, baronesa. — E respondeu: — Estou procurando por alguém, um inimigo, mas já disse que a minha tarefa é sigilosa, portanto peço que nos liberte, a mim e aos meus colegas.

— Não — Inanna assumiu uma postura agressiva. — Suas opções são estas, arconte: ou você me conta quem é o seu adversário, ou os seus companheiros terminarão os dias pendurados em uma destas gaiolas. — A careca fitou o teto por uns breves segundos. — E quanto a você, bom, a você será reservada uma das capelas mais nobres. O que acha?

— Tal pai, tal filha.

— Como é?

— Vocês, demônios, são todos iguais. — A celestial sacou a Fagulha. Sentiu o coração bater, bombear. — *Sempre* existe uma terceira opção.

Sabendo agora que no inferno valia a "lei do mais forte", Kaira agiu como os oficiais sheonitas. Não era adepta da violência, nunca fora, mas a perspectiva de que seus camaradas sofressem eternamente a fizera perder a razão. Inflamou as asas translúcidas, saltou, conjurou a lâmina da espada e mergulhou sobre a mulher-demônio, os olhos rubros, os cabelos esvoaçantes. Contudo, por mais que tentasse, por mais que tivesse evoluído no manejo da arma, Kaira era uma ishim, uma força da natureza, e nunca seria uma guerreira tão sagaz quanto Urakin, por exemplo, nem como Inanna, que confrontara seres antiquíssimos, inclusive um dos grandes antigos. Mais hábil, mais rápida e experiente, a cria de Lilith se desviou do pinote, acertando o busto de Kaira com a haste da lança, manobrando-a como se ela fosse um bastão. O peitoral escarlate a salvou, mas a Centelha foi jogada para o fundo da igreja, parando em uma das naves secundárias, tonta, os seios doendo.

— Você acha que só porque fez frente a Orcus pode me vencer, garotinha? — Inanna trotou até ela. — Diga-me o nome do seu alvo, quem ele é e por que o persegue. — Preparou o arpão. — Quem é o seu inimigo? — insistiu. — Qual é a sua missão?

Calada, Kaira ergueu-se, rodou a Fagulha sobre a cabeça e golpeou em semicírculo, mas o ataque foi aparado pela lança da baronesa, produzindo um intenso clarão de fogo, e por alguns segundos as duas ficaram cara a cara, olho no olho, medindo forças, quando a Filha das Trevas esticou um dos braços, agarrou-lhe o punho direito e a puxou para si. Girou o quadril e a arremessou para trás, contra uma das grandes pilastras. Kaira bateu com a testa na rocha, quase apagou, e no momento seguinte Inanna estava sobre ela, o fio encostado em sua garganta.

— Esta é a sua última chance — a aristocrata a ameaçou. — Quem é o seu alvo? *Diga!* — Mas a ruiva não disse, então ela estendeu a arma para enfim perfurá-la. — Se é assim que deseja, assim será, Centelha Divina. Sofra e morra.

— Metatron! — O nome ecoou pela catedral, mas não fora Kaira que o pronunciara. — É quem ela procura. Metatron, o Anjo Supremo.

Inanna deteve o assalto. À sombra das colunatas, já entrando no grande salão, esgueirava-se um indivíduo magro, de túnica alva, os cabelos longos, dourados, presos em trança, os olhos de um azul muito profundo, o rosto juvenil, sorridente, a postura soberba e as asas de morcego repuxadas e escuras, iguais às da anfitriã demoníaca.

— Você? — A cria de Lilith surpreendeu-se ante a visita. — O que... O que faz em meus domínios? Como entrou sem que eu...

— Saudações, Filha das Trevas. — O recém-chegado ignorou as perguntas. — Perdoe-me pela intromissão.

— Certamente...

— Certamente *o quê*?

— Certamente — a baronesa afastou-se lentamente de Kaira e se curvou, contrariada, porém submissa —, meu senhor.

— Assim está melhor. Eu quero lhe agradecer, Inanna. Por capturar estes celestiais desgarrados. Por mantê-los a salvo para mim. — A entidade seguiu até o cruzeiro. — Agora, deixe-nos. Eu assumo a partir daqui. — E esticou o olhar à Centelha. — Sinto muito por essa confusão, às vezes tenho problemas para controlar os meus filhos. — Estendeu-lhe a mão. — Venha. Levante-se. Talvez já tenha ouvido falar de mim. Sou Lúcifer, a Estrela da Manhã — ele disse. — Meu irmão me contou que viria.

Lúcifer, a Estrela da Manhã. Claro que Kaira já ouvira falar dele, até no tempo em que se considerava mortal. Não havia, no céu, no inferno ou na Haled, quem não o conhecesse, e até entre os humanos seu nome retumbava. Sua história era famosa, e seus feitos, absolutamente míticos. O Arcanjo Sombrio, como era também intitulado, fora (era, ainda, e de certa forma sempre seria) um dos primogênitos, um dos cinco filhos de Yahweh, mas no passado se rebelara contra o arcanjo Miguel, que acusara de tirania. Diferentemente dos rebeldes que o precederam, de Metatron e dos renegados, Lúcifer não reunira apenas um círculo de conjurados — ele arrastara nada menos que um terço das legiões ao seu partido, e, ao ser derrotados, esses anjos, os anjos caídos, foram atirados ao Sheol, uma dimensão obscura, transformando-se no que hoje se convencionou chamar de "demônios". Uma vez no inferno, a Estrela da Manhã dividiu a região em províncias, organizou os diabos em castas e estabeleceu um "governo no exílio", em oposição aos arcanjos que ainda reinam no paraíso. O Sheol passou a ser, então, o destino das almas corrompidas, dos espíritos maléficos, sem esperanças, e com essas forças Lúcifer montou seu exército, suas hostes, com as quais pretende vencer os irmãos e conquistar a terra quando o tecido da realidade cair.

Embora se tenha valido de intrigas, ardis, traições e assassinatos para chegar ao poder e para angariar mais seguidores, o Arcanjo Sombrio se dizia amante da liberdade e dos seres humanos, ao contrário de Miguel, que desde sempre os considerou uma mácula na criação. Os dois, arcanjo e diabo, eram e continuariam a ser, apesar de nunca mais terem se encontrado pessoalmente, adversários ferrenhos, portanto a ideia de Lúcifer estar aliado com qualquer um dos irmãos parecia a Kaira um tanto duvidosa. Todavia, a aliança entre Gabriel e Miguel era também improvável, talvez até *mais* improvável, e acabara por ser confirmada, então, em tese, tudo era possível, qualquer esforço era válido para desbancar Metatron.

Kaira não aceitou a mão de Lúcifer e se ergueu sozinha do solo. Entretanto, desconjurou o gume da Fagulha e a recolheu à bainha, em atitude pacífica. Depois do que acontecera, e levando em conta que seus amigos estavam presos, à mercê dos infernais, ela não tinha muita saída a não ser escutá-lo. Se existia mesmo uma tríplice aliança entre os irmãos, ou se tudo não passava de um engodo para convencê-la, era algo impossível de concluir àquela altura.

— Bem-vinda — foi o próprio Lúcifer quem começou. — Bem-vinda ao inferno, Rachel.

— Rachel?

— Ah, desculpe — agitou a mão na frente da cara, como quem espanta um inseto. — Não estava falando com você. — A expressão mudou, e ele sorriu gentilmente. — Kaira, não é? Kaira, Centelha Divina. É assim que a chamam, acertei?

— Acertou.

— Fez boa viagem?

— Não sei. — A ruiva não compreendia aonde ele estava querendo chegar. Suas palavras eram dúbias e sua aura, indecifrável. — Eu fiz?

Lúcifer não replicou. Em vez disso, andou até um dos vitrais e olhou através dele. Lá fora, demônios alados circulavam a catedral, como gárgulas de carne a proteger o seu templo. Mudou o rumo da conversa, de repente.

— Diga-me, como está o meu irmão?

— Pensei que estivesse em contato com ele.

— Não, refiro-me ao outro, o bonzinho. — Mas, ao vê-la confusa, ele acrescentou: — Deixe para lá. Sim, fiquei sabendo da importância de sua tarefa e quero ajudar. Seu time veio desde o plano das sombras buscando passagem pelo Styx até o Hades.

— Talvez.

— Não foi uma pergunta — ele disse, com uma pitada de rigidez. — Soube que Miguel e Gabriel se reuniram em segredo, que confabularam em segredo, que planejaram uma série de coisas em segredo, e me senti ofendidíssimo. Com ciúme, confesso. Então decidi entrar de corpo e alma nessa empreitada. Estou com vocês, sem dúvida.

— Certo. — Ainda não tinha ficado muito claro para Kaira se o suposto acordo entre Lúcifer e os irmãos era unilateral ou recíproco, e ela também não fez questão de insistir sobre isso, porque em qualquer um dos cenários nada mudaria, naquelas circunstâncias. — Se existe mesmo uma coalizão entre você, Miguel e Gabriel, sou forçada, como arconte, a aceitar o auxílio, mas algo me diz que um pacto com o diabo sempre traz consequências. O que quer em troca?

— Pacto com o diabo? Que coisa mais vulgar. Que conceito mais antigo. — Lúcifer alterou o semblante, imitando uma criança chorona, algo teatral, meio trágico. — Sabe, você me julga muito mal. Na realidade, é mais simples do que pensa. — Deslizou ao transepto. — Destrua Metatron e terá pagado a sua dívida.

— Só isso?

— Quer mais?

— Não. O que eu quero dizer é que essa *já é* a minha missão. — Ela fez uma pausa e se deu conta de que estava a conversar com um arcanjo, ou melhor, com um ex-arcanjo, não com seu líder, Gabriel, que só lhe despejava comandos. Aquela era uma entidade com a qual, por incrível que parecesse, podia dialogar abertamente, então aproveitou a oportunidade (única) para saciar sua curiosidade sobre temas que só eles, os primogênitos, saberiam esclarecer com precisão. — Me diga, então, Estrela da Manhã. Compreendo que Metatron escapou da Gehenna, que ele é um rival dos gigantes e uma ameaça para o céu, mas por que você, isolado no inferno, anseia tanto por seu extermínio?

— Coisa de família. Não é assim também entre os seres humanos? Diga-me você, que já foi quase humana, que já viveu na Haled e provou na carne o amor de pai e de mãe. Irmãos discutem, brigam, chegam a se agredir fisicamente, mas, quando um perigo externo se manifesta, eles se unem, se juntam e ficam mais fortes. Creio que o sentimento é esse, mais ou menos.

— Não me convenceu.

— Calma, já vou convencer. Existem outros fatores, lógico — emendou, com uma risadinha diabólica. — Metatron jurou destruir todos nós. Ele quer o Éden para si. *Só* para si. Sem acordo, sem partilha. E isso, obviamente, afeta tanto o céu quanto o inferno.

— Agora faz mais sentido.

— E tem mais, muito mais — ele prosseguiu, num rompante de exaltação. — O líder dos sentinelas está louco, daí minha simpatia pelos arcanjos nessa querela específica. Antes um tirano que um maníaco. Metatron recebeu sua tarefa de Deus, portanto considera-se o escolhido, acredita estar à frente de uma empreitada divina, empreitada essa que, ele não vê, se corrompeu no instante em que pisou na terra.

— Só porque ele teve relações com mulheres humanas?

— Com *uma* mulher humana. Justiça seja feita, ele era um homem fiel. Mas não — a Estrela da Manhã meneou o indicador na horizontal. — Até aí os elohins se relacionam com os terrenos, sistematicamente, e eu... — Riu-se e mirou os vitrais com a imagem de Inanna. — Bom, nesse particular eu também não sou nenhum santo. Foda-se o politicamente correto, a propósito. É uma praga dos tempos modernos.

— Continue — ela pediu, neutra.

— Perceba, o compromisso dos sentinelas era o de guiar a humanidade sem interferir em seu curso, mas Metatron tornou-se tão obcecado em alcançar a perfeição que passou de instrutor a patriarca e, como um rígido pai de família, criou suas regras, às quais os homens, que ele tinha como filhos, deveriam obedecer sem questionar. Dessa forma, ele, apesar da boa intenção, acabou por contrariar a vontade de Yahweh, privando os terrenos daquilo que lhes era mais caro.

— O livre-arbítrio.

— Isso — Lúcifer estalou os dedos. — Livre-arbítrio, essa beleza. Sem o livre-arbítrio, o inferno não existiria. Sem o livre-arbítrio, o mundo não existiria — a voz aumentou uma oitava. — É evidente que eu luto sob essa bandeira, sempre lutei, desde o começo, desde quando enviei o meu braço direito, Samael, disfarçado de serpente ao Jardim do Éden, para esclarecer o primeiro casal. Orgulho-me em dizer que, além desses, libertei muitos outros do jugo ideológico dos sentinelas, mas a liberdade tem seus reveses. Os humanos passaram a guerrear, a se matar, e então, como você sabe, Miguel tentou dizimá-los com a era do gelo. Metatron e seus asseclas tomaram partido a favor dos mortais, salvaguardando-os durante os dias gelados, conduzindo-os a zonas quentes, preservando suas linhagens e assim nos desafiando explicitamente, o que nos obrigou a caçá-los. Quando o Rei dos Homens foi enfim capturado, não podíamos executá-lo, sob o risco de transformá-lo em um mártir. Eu planejava matá-lo anos depois, mas aí veio a minha queda e Metatron foi esquecido no purgatório. De onde escapou faz alguns meses.

— Por que ele só escapou agora? — Kaira perguntou, interessada em sorver cada detalhe. — Qual é seu objetivo?

— Seu objetivo é converter a Haled em um santuário privado, sendo ele o único deus. Com o perdão da palavra, o que esse filho da puta almeja é pôr os arcanjos de escanteio, estabelecer uma era de paz e deter o Apocalipse. Parece digno, não? Uma utopia, um sonho. Sim, parece. Mas não é. Para que isso aconteça, o preço a pagar será alto. Os homens serão regidos pelas normas *dele*, perderão o direito de fazer suas escolhas, de decidir e pensar livremente.

— Por que eu deveria acreditar em você, Lúcifer, Estrela da Manhã? Muitos o acusam de demagogia, então me sinto instigada a perguntar — ousou a ruiva. — Se defende tanto essa bandeira, por que ainda não o encarou? Por que não o perseguiu e o enfrentou você mesmo?

— Yaga deve ter-lhe dito que, embora inferiores aos primogênitos, os sentinelas estão ligados ao planeta, portanto são invencíveis no Hades, o coração pulsante do mundo. Não sei o que Metatron planeja, mas especulo que ele tenha encontrado um jeito de transferir, sei lá como, essa energia à superfície da Terra.

— Os obeliscos — a conclusão de Kaira foi imediata. — Os obeliscos que encontramos em Athea e Egnias. São fontes, canais, centrais de força telúrica. Precisamos derrubá-los, todos eles, destruí-los, anulá-los.

— Hmm — Lúcifer refletiu e ficou quieto por um minuto completo. — Não, acho que não é o caso. Os obeliscos aos quais você se refere surgiram misteriosamente após a era do gelo. É bastante provável que os sentinelas os tenham construído com esse intento. Mas destruí-los, simplesmente, não resolveria o problema. Pelo que sei, eles são marcos, estruturas que indicam uma... — ele imaginou uma analogia — uma espécie de perfuração mística sobre os nódulos que compõem a trama energética da Terra. O buraco já foi feito. Ou seja, com ou sem eles, a essência continuaria jorrando.

Santa Helena. Kaira recordou-se das câmaras ocultas sob a universidade campestre, do poço de negritude infinita que eles encontraram ao explorá-las, do abismo que cheirava a água do mar, do salão repleto de relíquias antigas.

— É verdade. Mas como você sabe a respeito desses abismos?

— Como? — ele a olhou, indignado. — Eu sou o diabo, cacete!

— Tudo bem. — Ela tentou ficar séria, mas não conseguiu. Engoliu o riso e voltou ao assunto: — Então, o único jeito seria...

— O único jeito é derrotar Metatron na Estígia. E matá-lo antes que ele saia da toca.

— E o que ele está esperando? Por que ainda não saiu?

— Eis a grande pergunta.

— Não. A grande pergunta é: como superá-lo, se você acabou de dizer que nem os arcanjos poderiam destroná-lo no Hades.

— Os arcanjos, não. Mas você pode.

— De novo essa loucura. — Ela relembrou o discurso proferido por Yaga na lanchonete, em Nova York. — Por que eu?

— Gabriel não lhe contou? — Posto que Kaira não respondeu, Lúcifer retomou a palavra: — Bom, então não serei eu a contar. Direi apenas o que dizem os oráculos: que você está destinada. Mas não conte com isso, não se considere invencível nem se apoie em profecia alguma. Nenhum futuro é certo e nenhuma trajetória está determinada. No final, só você poderá encontrar o caminho e, se não encontrar, será derrotada e morta com os seus amigos, com todos eles. — E, quando o ex-arcanjo mencionou os amigos de Kaira, ela se lembrou da visão que tivera na Índia, em que Urakin e Ismael apareciam mortos, estirados sobre os degraus de uma longa escadaria de pedra. — Um dos meus servos sabe como entrar em contato com os barqueiros, as sinistras criaturas do Styx — ele disse. — Eu lhes concederei passagem, mas seria inútil oferecer-lhes meus exércitos, assim como seria inútil os arcanjos deslocarem suas tropas. Em vez disso, enviarei minha filha.

— Inanna?

— Sim.

— Por quê?

— Inanna é a mais forte das minhas guerreiras e, assim como você, está destinada. Perseguir Metatron é o seu desígnio, o seu propósito, a sua demanda vital.

— Eu nunca esperaria nenhuma ajuda de você, Estrela da Manhã — disse Kaira. — Mas, para o bem dos meus amigos, vou aceitá-la.

— Pois é, eu costumo surpreender as pessoas. É o meu truque, o meu segredo — revelou. — E não se esqueça: a qualquer hora que precisar, conte comigo. Páscoa, Natal, Corpus Christi, Finados, eu nunca paro. Minhas portas estão sempre abertas. *Sempre*.

58

O REI DOS LADRÕES

Ynys Wydryn

DOS MUITOS VÉRTICES QUE EXISTIAM NA TERRA, POUCOS SOBREVIVERAM ATÉ OS dias de hoje, consumidos pela vulgaridade, abandonados por seus habitantes ou simplesmente esquecidos pelas pessoas que, no passado, costumavam adorá-los — e visitá-los. Ynys Wydryn resistiu graças aos menestréis, poetas e artistas que ainda a descrevem em seus versos. Oculta no plano etéreo, perpetuamente afastada da influência — e, sobretudo, da corrupção — humana, porém repleta de cor e de vida, a ilha do Vidro tornou-se um refúgio não só para as fadas, mas para entidades que tiveram, ao longo dos séculos, seus panteões desmantelados, ou para aquelas que, cansadas, procuram isolamento da esfera comum. Afora os deuses, que a frequentam em períodos de festa, como acontecia, a propósito, naquela noite, há toda uma gama de criaturas que adotou os domínios feéricos como lar permanente, sendo recebida de braços abertos pelos sidhe, ansiosos para ver suas praias povoadas, seus salões animados, suas velas e tochas acesas, seus bares e tavernas ocupados.

A face oeste de Ynys Wydryn terminava em um rochedo íngreme, pontilhado de cavernas, pequenas e grandes, que se abriam para a vastidão do Atlântico. Era noite fechada quando os elfos, instruídos por Oberon, revelaram a Denyel uma trilha estreita, escavada na rocha, que permeava a falésia e morria ao nível do mar. Descendo por esse caminho, levando consigo a Hayabusa, o exilado chegou à boca de uma gruta de onde emanava uma luz tremulante. Seguiu por uma galeria rugosa, orlada de alcovas e nichos, dentro dos quais se destacavam bustos metálicos retratando o que, à primeira vista, parecia ser os ídolos helênicos, figuras como Zeus, Afrodite e Apolo. Alguns haviam sido esculpidos em bronze, outros em ouro, ferro e cobre, mas em todos os casos as obras eram perfeitas, de uma precisão e uma beleza incríveis, superiores ao trabalho de qualquer artista que já vivera.

O calor subia à medida que Denyel se aproximava da última câmara, entulhada de martelos, alicates, tenazes, morsas, cravos e talhadeiras, além de moldes para peças dos mais variados tamanhos. A luz oscilante, que radiava através da passagem, tinha origem em uma fornalha colada à parede, o bojo alaranjado, as portinholas abertas, de cujo interior, o exilado saberia mais tarde, brotava uma poça de magma telúrico, o mesmo utilizado pelos sidhe, milênios antes, para a construção da mítica espada Excalibur. No centro da sala eclodia uma imensa bigorna, e no canto sul, sentado a uma longa e robusta mesa de madeira, cochilando, debruçava-se um indivíduo corpulento, corcunda, os cabelos e a barba vermelhos, a pele bronzeada, os punhos calejados, sem camisa, trajando um grosso avental de couro, combinado com um par de braceletes de aço. Atrás dele nascia uma fonte de água, que escorria para um orifício no solo, e sobre o piso acumulavam-se baldes, espátulas, luvas, caixotes com metais pulverizados, argamassa, produtos químicos e outros objetos necessários aos ofícios tanto de ferreiro quanto de artesão.

Denyel estacionou a motocicleta na entrada da oficina e avançou, cauteloso. Os elfos o haviam prevenido de que o "mestre de armas" era grosseiro, intolerante e não gostava de receber forasteiros. Contudo, o celeste tinha um plano para dobrá-lo e sua confiança conseguir sem grandes problemas.

— Olá. — O exilado parou diante da bancada de trabalho. Identificou projetos rabiscados a lápis, desenhos de armas, escudos, barcos, castelos, um sem-número de rascunhos belíssimos, mas inacabados. — Olá, boa noite.

O homenzarrão ergueu o rosto, como se despertasse de uma letargia de séculos. Olhou para frente sem entender nada, sem compreender quem era o visitante e o que ele queria. Depois, soltou um pigarro, endireitou-se, esfregou com as costas da mão o rastro de saliva que escorria pela barba e falou, ranzinza, com cara de poucos amigos:

— Quem é você?

— Sou um freguês, apenas — respondeu Denyel. — Seus serviços me foram recomendados por todos aqueles com quem conversei, ó grande ferreiro, os quais têm muito apreço e admiração pelo seu trabalho.

— Ah, é? — o gigante corou. — Aproxime-se. Sente-se, por favor — ofereceu-lhe uma cadeira. — Quem me indicou a você, afinal? — Coçou os olhos castanhos. — Foi a moça que troca os cabelos?

— Moça? — O exilado não percebeu, de início, a quem ele se referia, mas não queria estragar a recepção favorável, então concordou. — Sim, sim, ela mesma, além, naturalmente, do rei Oberon e da rainha Titânia, que o idolatram.

— Oh, entendo. — O barbudo afagou a corcunda, deu um longo suspiro e continuou: — Em que posso servi-lo, então?

Denyel sacou a Beretta, escondida na traseira da calça, removeu-lhe o pente e a entregou ao ferreiro.

— Primeiro, gostaria de revertê-la às configurações de fábrica, se é que me entende. Não sei se é bem a sua área...

— É a minha área, sim — apressou-se a dizer. — Isso eu faço até de graça, em menos de cinco minutos — esnobou o ruivão. — O que mais deseja?

— Que forje novos projéteis, a partir das raspas de outra arma. — E acrescentou, dramaticamente: — Uma arma mágica.

— Rá — o anfitrião deu uma gargalhada seca, mais irônica que divertida. — Aí, veja bem, já não posso fazer de graça. Meus serviços são concorridíssimos. Sinto muito.

— Nunca me passou pela cabeça que o fizesse de graça — retrucou Denyel, num tom respeitoso. — Faço questão de pagar.

— Como? — o homenzarrão o desafiou. — Pelo que vejo — ele mirou o anjo, suas roupas surradas e a moto, parada ali perto — você não tem nada que me interesse.

— As aparências enganam. — Denyel, então, tirou do bolso um objeto em forma de ogiva, minúsculo e extremamente brilhante. Aquela era, com efeito, uma das balas do revólver com o qual Hector, ex-namorado de Kaira, tentara matá-la na Universidade de Santa Helena, fazia meses. O exilado a salvara na ocasião, removendo o estilhaço e o guardando a sete chaves dentro de um baú, no porão do apartamento praiano. — Que tal isso? É o bastante?

— Oricalco? — O rosto do ferreiro se transformou, e ele passou de velho ranzinza a criança faceira. — Onde conseguiu?

— Segredo — o exilado o tratou assim mesmo, como criança. — É o último fragmento disponível na Terra. Todas as jazidas se esgotaram, e os artigos atlantes, bem como seus cofres, foram desintegrados pela inundação. Esta peça é rara.

— Sim, rara, raríssima. Única. — O gigante contemplava o projétil exposto sobre a palma de Denyel, querendo tocá-lo. — Peço desculpas se fui rude, ou se desprezei suas posses. Não imaginava estar na presença do portador de tão inigualável tesouro.

— O tesouro é seu, se aceitar o serviço.

— Aceito. — Ele se levantou, meio estabanado, e o capitão notou que era coxo. — Quando podemos começar?

— O quanto antes. — Denyel correu a vista pela gruta, andou até a parede onde eram guardadas as ferramentas e escolheu uma delas: um martelo pesado, de cabo longo, feito para ser empunhado com ambas as mãos e que lhe parecia servir a seus propósitos. — Pode me emprestar este instrumento por um minuto?

— À vontade.

Erguendo o martelo, Denyel deu três passos na direção da Hayabusa e a fitou por alguns instantes, como se fizesse uma prece silenciosa a um amigo em seu leito de morte. Em seguida, toda a piedade se esvaiu, ele tomou fôlego e a golpeou, começando pela lataria, depois o guidão, as rodas, o cano de descarga, o aro, o painel. Já no primeiro choque a motocicleta tombou, e, como quem sacrifica um cavalo ferido, o exilado prosseguiu, mirando o tanque de combustível, até rasgá-lo completamente. No final, só restou uma massa metálica, as peças úmidas, espalhadas, feito os órgãos de um animal mutilado.

No meio de parafusos, correntes e roldanas, anjo e ferreiro divisaram uma lâmina de bronze, curta, pontuda, ainda misturada ao óleo que escapava do motor, decorada com runas místicas, algo semelhante a uma adaga comprida. Denyel franziu o cenho, revirou as entranhas da máquina e com as mãos sujas apanhou o artefato, trazendo-o à oficina do mestre.

— Pelas barbas de Zeus — exclamou o corcunda, gargalhando e afagando a barriga. — Mas se não é a lança de Nod.

— Exato — confirmou o querubim, pasmo. — Como sabe?

— Ué, já trabalhei nela antes. Durante um tempão, e mais de uma vez. Sorte sua. Tenho as formas já prontas. Quantos projéteis vai querer?

— Quantos consegue produzir em uma hora?

— Só uma hora? Uns dois — ele admitiu, envergonhado. — Mas, olha, se ficar um pouco mais, reponho as oito balas.

— Duas são o bastante — tranquilizou-o Denyel, ainda atônito com a inesperada revelação. — Sinceramente, só preciso de uma.

Quando indagado sobre quem, anteriormente, lhe encomendara os projéteis, o artesão foi reticente. Embora tenha deixado escapar certas pistas, sua ética de ferreiro não lhe permitia expor seus clientes. Denyel, por sua vez, tinha aprendido, graças à proximidade com os seres humanos, a manipular as pessoas, e a chave para tal consistia em encontrar o ponto fraco das vítimas — e explorá-lo. O ferreiro era manco, desajeitado, corcunda, desprovido de elegância ou beleza, vivia recluso em uma caverna e se apresentava ao mundo através de sua arte, então o jeito de conquistá-lo era bajulando-o nesse sentido, valorizando seu trabalho, amaciando-lhe o ego. Sabendo disso, e enchendo o anfitrião de elogios, o exilado o conquistara, mas mesmo assim o mestre de armas não se rendeu e economizou nas palavras, alegando profissionalismo.

— Já fiz itens para anjos e deuses, demônios e fadas, amigos e inimigos. Se começar a delatar meus fregueses, viro alvo — justificou-se.

Como não podia falar dos outros, discorreu sobre si, esclarecendo que não se encaixava "nos padrões" de sua gente, tanto no aspecto físico quanto no moral.

— Os olimpianos são traiçoeiros — disse, desabafando angústias reprimidas. — Nunca confie neles — enfatizou, enquanto esmagava um pedaço de bronze sobre a bigorna, em meio ao tilintar de faíscas. — Depois não diga que não avisei.

Denyel agradeceu o conselho, e, ao fim de uma hora, tendo utilizado a fornalha, os moldes pré-fabricados, a bigorna, um par de foles e, é claro, suas habilidades divinas, o homenzarrão removeu com todo o cuidado as balas de chumbo e as substituiu pelos novos projéteis. Durante o processo, o querubim reparou que eram necessários apenas dois ou três fiapos da lança para transformar os cartuchos em armas místicas, motivo pelo qual o artefato de Nod se conservava praticamente intacto até hoje. O ferreiro regressou a Beretta às "configurações de fábrica", conforme prometera, Denyel pagou-o com a pequenina ogiva de platina branca, recolocou a pistola e a lança no cós, uma de cada lado, sob a jaqueta, e deu uma última olhada no bolo compacto em que se convertera a Hayabusa.

Despediu-se, mas o anfitrião o abordou na saída, contaminado por sua simpatia, inclinado a ajudá-lo e também intrigado para saber quem era aquele celeste e o propósito que o trouxera a Ynys Wydryn.

— Gostei de você. É dos meus. — Estendeu-lhe a mão. — Quer que eu lhe conte quem encomendou as balas, afinal?

— Não se dê o trabalho, mestre. — Denyel deu-lhe uma pancadinha no ombro. — No íntimo, eu já sabia, você só confirmou.

— Não precisa de nada?

— Não. Se bem que... — coçou o queixo. — Ah, deixa pra lá. Não quero incomodá-lo.

— Não incomoda.

— Bom, já que insiste. — Alargou um sorriso. — Eu tenho uma ideia.

De volta ao topo do rochedo, Denyel vislumbrou as estrelas e, naquele momento, sentiu-se ao mesmo tempo triste e aliviado. Embora a Hayabusa o tivesse acompanhado fielmente, desfazer-se dela era como tirar um peso das costas, como revelar ao mundo um segredo devastador, que o consumira por décadas. O que o preocupava agora era a (suposta) participação de Sophia naquele conluio, e o que exatamente ela tramava. A "moça que troca os cabelos" só podia ser a elohim, o que explicava o fato de ela conhecer tão bem a ilha das fadas, suas pontes e seus habitantes. Que ligação, afinal, ela teria com os Sete e com o finado Sólon, que no século XX o delatara? Seria apenas uma mercadora, uma simples comerciante de informações, sem ideologia ou princípios, ou tinha conexões mais profundas? Se tinha, quais eram, com quem e sob quais pretextos?

Denyel podia suportar muitas coisas, mas nunca soubera lidar com a dúvida — preferia a verdade, doesse a quem doesse, e iria arrancá-la de Sophia, como já arrancara em ocasiões menos nobres. Como decidira anteriormente, aquela missão seguiria suas regras, e ele, *só* ele, teria a última palavra sobre todas as encruzilhadas. E ponto-final.

Nas duas horas que o exilado passara declamando suas aventuras aos cortesãos de Oberon, e depois na caverna, na companhia do corcunda, Sophia correu praças, ruas, tavernas, palácios e estalagens de Ynys Wydryn atrás de um antigo deus que era fugaz por natureza e costumava visitar, de tempos em tempos, os vértices e as propriedades dos sidhe. Entre os gregos seu nome era Hermes, tido pelos homens como patrono das estradas, dos viajantes, dos diplomatas e dos ladrões, entre outros atributos, não tão polêmicos. De personalidade tolerante, raciocínio rápido e mente sagaz, Hermes se adaptara como poucos aos novos tempos e, assim como as fadas, continuava a vagar pelo plano etéreo, mais sugando a criatividade das pessoas do que as inspirando — afinal ele era um gatuno, um "malandro", segundo o palavreado moderno. Seu aspecto permissivo e sua capacidade de desaparecer em ocasiões perigosas, todavia, o ajudavam a passar despercebido por ambientes inóspitos, o que permitiu que ele descobrisse, sozinho, muitas rotas escondidas, abandonadas ou esquecidas.

Uma dessas passagens — conhecida por ele e por mais ninguém — era aquela utilizada por Orfeu, na era mítica, para escapar da Estígia. Sophia tinha quase certeza (ou a esperança) de que Hermes estaria na ilha do Vidro durante a Noite do Alto Verão, sendo ele um amante da boa comida, da dança, dos vinhos e dos licores de qualidade. Localizando-o, estabeleceu com ele um trato, que incluía, pelo lado do deus helênico, a obrigatoriedade de guiá-los ao centro da Terra, agora ocupado — e completamente dominado — por Metatron e seus generais.

Selado o pacto, olimpiano e elohim se dirigiram à orla leste de Ynys Wydryn, cujas encostas eram justamente o oposto das altas falésias que delimitavam a ilha a oeste. Aqui, as colinas desciam paulatinamente até a vegetação dar lugar à areia branca, traçando uma estria de praias delgadas, compostas de recifes cristalinos e pequenos recôncavos. Sobre uma dessas colinas, erigia-se o magnífico Farol do Crescente, uma torre de mármore cujo fastígio ardia em chamas azuis. Construído fazia quatro milênios, esse farol tivera, no passado, a serventia de orientar os irlandeses na direção de Tír na nÓg e os bretões à ilha de Avalon.

Sophia e Hermes caminharam desde a cidadela até uma bifurcação na estrada e lá se detiveram para esperar Denyel. À esquerda, a alameda serpenteava morro acima e terminava no farol, e à frente descia em linha reta até o mar. Nesse ponto, o capim era tão alto que lembrava uma plantação de centeio, encurtando a visão do que os aguardava cinco, dez metros adiante. Impaciente, habituado à mobilidade e à rapidez do dia a dia, o deus acendeu um cigarro.

— Dez minutos atrasado. — O rapaz tragou. Sem camisa, usando jeans, o corpo esguio, os cabelos curtos, claros e cacheados, Hermes trazia um apito de bronze ao redor do pescoço e calçava um par de sandálias antigas, de couro, decoradas com asas de pombo nos flancos. Na mão esquerda, segurava uma pá. — O seu amigo ainda demora?

— Ele não é meu amigo — disse Sophia. — E, não, ele não demora. Já está vindo, aposto.

— Aposta? — a entidade se animou. — Aposta quanto?

— Não aposto nada. É só modo de dizer.

— E o que ele foi fazer?

— Pelo que me disse, procurava um ferreiro — a morena coçou o nariz. — Certamente os elfos lhe indicaram o seu irmão.

— Ele não é meu irmão. No máximo meio-irmão, nem isso — rebateu o jovem deus, simulando uma carranca de nojo. — Envergonha-me, aliás, imaginar que meu pai gerou um ser tão monstruoso. Fez de propósito, para nos assustar. Felizmente, ele mesmo se exilou. — Baforou fumaça, pegou o cigarro entre os dedos e o ofereceu à moça. — Quer um trago?

Silêncio.

Sophia não respondeu. Quando Hermes olhou ao redor, sua contratante desaparecera. Ele não vira nada, não escutara nada. Nem poderia. Quem a raptara fora um querubim, o mais versado dos assassinos. Furtivo como uma hiena que percorre as savanas, Denyel dera um bote silencioso e puxara Sophia para dentro da mata. Retendo-a pelas costas, ele encostou a lança em seu pescoço, usando o objeto como se fosse um punhal, a um movimento de degolá-la.

— Quieta. — A mão esquerda lhe tapava a boca. — Já vou deixar que fale. Mas, antes, escute. Quando eu liberar os seus lábios, você me dará uma boa razão para ter estado antes aqui, em Ynys Wydryn, e para ter contratado os serviços do ferreiro. Quero saber se era você, o tempo todo, que provia a minha pistola de balas mágicas e, se era, por que nunca me contou. Se a sua justificativa me convencer, eu a liberto. Se não, vou cortar a sua garganta e você morre agora. — O capitão deslizou os dedos da boca aos quadris, prendendo-a, mas lhe permitindo falar. — Muito bem. Comece.

— Não faça besteira, soldado. Não era eu "o tempo todo" — ela confessou, a voz trêmula. — Mas fui eu algumas vezes.

— Algumas vezes? — Denyel a virou de frente e moveu a lança da goela para o coração. — Algumas? Que vezes? Quantas vezes? Por quê? Para quê? Com que objetivo? Com qual propósito?

— Salvá-lo — Sophia o encarou, meio tristonha. — Não se lembra do Natal de 78? Os cartuchos extras? Eu me arrisquei indo em segredo ao Sexto Céu, subtraindo a lança, trazendo-a para cá e a devolvendo antes que os malakins dessem por sua falta. Não fosse isso, você agora estaria enterrado sob os escombros de Beirute.

— Então, sabia da emboscada. — Ele se referia ao combate que travara contra Urakin e seus guerreiros, em um estádio abandonado, no Líbano, na primavera de 1978. — Por que não me disse?

— Já me perguntou isso antes.

— E você não respondeu.

— O que quer que eu responda? — A elohim tinha os olhos marejados. — Que eu sabia? Que o traí? Não. É você quem escolhe, e você escolheu morrer. Em Nova York eu lhe contei que estava sendo caçado, e o que você respondeu?

— Eu...

— *Diga!* — exigiu Sophia, num grito. — Quero ouvi-lo dizendo.

— Eu disse que já tinha perdido tudo — recordou-se, cabisbaixo —, e que um erro a mais não fazia diferença.

— Mais ou menos isso. Você não tem amor-próprio, nunca teve, ou se teve o perdeu com a morte de Mickail. Eu lhe pergunto, agora: como alguém que não ama a si mesmo pode amar outra pessoa? — Uma lágrima escorreu pela face. — Será que compreende, afinal, por que não ficamos juntos, por que não daria certo?

— Por que você nunca fala as coisas? — O anjo recolheu a arma e se afastou. — Por que não conversa? Por que não discute?

— Porque você não escuta. — Ela fungou e engoliu o choro. — Chega dessa conversa — limpou a cara. — Temos uma missão a cumprir. Já consegui a nossa passagem — mudou de assunto, intencionalmente. — Venha. Está tudo acertado.

— Que gritaria é essa? — O rosto de um jovem desabrochou em meio ao capim. — O que está acontecendo? Cadê você?

Denyel e Sophia saíram do mato, aparentemente recuperados da traumática acareação. Nesse ponto, eles eram bem parecidos — ambos sabiam fingir, bem até demais, esconder seus sentimentos, enganar os outros, representar papéis.

— Quem é o frangote? — Denyel perguntou em voz alta.

— Nosso guia — ela disse, sem demonstrar grande afeição pela entidade que contratara. — Hermes, filho de Zeus, rei dos ladrões, nascido no Olimpo.

— Gosto que me chamem de Mercúrio. Os romanos me valorizaram mais — retrucou o andarilho. — E, a propósito, frangote é a mãe.

— Nunca tive uma, mas a sua não parece tão má. — Denyel chegou à encruzilhada. Já era quase meia-noite. — Bom, vamos ao trabalho?

— Claro, pode começar. — Hermes jogou a pá ao querubim, que a agarrou, mais por instinto. — Cave.

— Onde?

— Em qualquer lugar. — Nisso, o deus traçou com o dedo um retângulo no chão, medindo dois metros por um, entrou no perímetro dele e pisou forte contra o solo, quatro vezes seguidas, como se sapateasse. Depois, pulou para fora. — Pode ser aí.

— Já que é tão esperto, me diga uma coisa. — A contragosto, Denyel começou a cavar. — É você que nos levará ao Hades?

— Não tem mais ninguém por perto, tem? — Hermes fez uma careta e olhou em volta. — Por que a pergunta?

— Nada. Só para saber, mesmo. Curiosidade. É que, pelo que soube, as coisas não saíram muito bem da última vez.

— Não foi culpa minha.

— Percebe-se. — Experiente em sulcar trincheiras, Denyel produziu um buraco simétrico, até encontrar um fundo sólido. De início, achou que fosse um sarcófago, mas era na realidade um alçapão de portas duplas, sem trancas, com um par de argolas servindo de maçaneta. O exilado arremessou longe a pá e esticou as costas. — *Eureka*.

— Abra-o — ordenou o deus olímpico, e o celeste obedeceu. Dentro do alçapão surgiu uma escada de pedra escura, tosca, sem acabamento, que descia a um ambiente ainda mais negro. — Muito bem, agora vocês podem entrar.

— Não é o nosso guia? — instigou-o Denyel, abrindo caminho para o implicante Mercúrio. — O guia vai na frente.

— Está bem — o jovem rendeu-se. Cuspiu a bagana, amassou-a com a sola e tomou a dianteira, alcançando os degraus. — O último fecha a porta.

Denyel era o último, mas não a fechou por inteiro. Só por precaução, usou uma pedrinha como calço, deixando as seções entreabertas.

Quando eles desceram uns metros, a passagem foi engolida por um intenso negrume, e os celestes entenderam que não estavam mais em Ynys Wydryn, na terra ou em qualquer outro plano já visitado.

— Era isso, estes anos todos? — Sophia puxou assunto, indiferente à tensão. — Guardava a lança dentro da Hayabusa e precisava do ferreiro para removê-la. É a sua cara, totalmente previsível.

— Se o esconderijo era assim tão previsível, como não o descobriu? — Ele riu, debochado. — Vocês, elohins, são engraçados. Todos nós somos muito burros, e vocês, muito inteligentes. — E repetiu o que a parceira dissera antes, no matagal: — Chega dessa conversa, *chérie*. Temos uma missão a cumprir.

59

O POÇO DAS LÁGRIMAS

LÚCIFER DEIXOU A CATEDRAL DE INANNA LOGO APÓS O ENCONTRO COM KAIRA, alegando negócios a resolver entre os duques, mas deu instruções precisas à sua filha, que deveriam ser cumpridas à risca. Segundo sua vontade, os celestes — Urakin e Yaga, inclusive — seriam guiados por ela à sua caverna no vale dos Condenados, a região central do inferno, por onde serpenteava o caudaloso leito do Styx, cujos braços, canais e afluentes convergiam, se não todos, *quase* todos para o centro da Terra.

O percurso foi vencido do alto, com os quatro singrando os céus do Sheol. Os domínios de Inanna ficavam na fronteira entre as terras que antes pertenciam a Orcus e o vale governado por Lúcifer, estrategicamente posicionados para defender suas bordas. Os lilins, embora relegados à categoria de diabretes, tiveram grande importância no período que se seguiu à segunda guerra do céu. Expulsos do paraíso, o primeiro impulso dos anjos caídos foi principiar uma nova guerra, uma guerra civil, e, mesmo poderoso, Lúcifer teve enorme dificuldade de controlá-los. Para tal, ele necessitava de uma tropa de choque, de um grupo de entidades perversas, mas perfeitamente leais à sua causa, e assim pactuou com os lilins, os demônios terrestres, que o ajudaram a pôr ordem no caos. Confrontos breves e execuções sumárias o consolidaram como o senhor do Sheol, e uma vez acomodado no trono ele apontou um conselho de duques, dividindo a região em províncias. Em troca, os lilins ganharam prestígio, e Inanna, o título de baronesa real, conquistando o lugar que merecia e o posto que almejava desde os tempos antigos.

O vale dos Condenados marcava o ponto de partida de qualquer espírito que decaía ao inferno. Lá, os recém-chegados eram amontoados sobre infindáveis colinas cinzentas. Imobilizados por dores físicas e psicológicas, tinham suas entranhas devoradas por bestas híbridas, que pulavam de monte em monte, saboreando seus órgãos e às vezes os violentando sexualmente. O processo, que podia durar dias, anos ou séculos, sugava toda a humanidade do novato, destruindo-lhe a alma e o transformando em um autêntico demônio, desprovido de piedade ou remorso.

O vale era iluminado por pequenos nichos de fogo que brotavam ocasionalmente do chão. O Styx se apresentava mais largo e turbulento naquele trecho, mas suavizava-se adiante, próximo ao ancoradouro, uma plataforma construída com ossos e crânios, ao término de uma estrada que conduzia à caverna do diabo. Quem os esperava, rastejando, agitando a cauda, produzindo sons de chocalho, era Samael, a Serpente do Éden, o lugar-tenente de Lúcifer, um diabo com corpo ofídico, escamoso, os dentes pontudos, o rosto de cobra, mas com dois braços humanos, herança de seus tempos de serafim. À frente da comitiva, Inanna pousou sobre a vereda, recolheu as asas e fitou o conselheiro como se ele fosse uma criatura menor.

— Saudações, alteza — foi Samael quem a abordou. Sua voz era sibilante e a língua, bifurcada. — Sua presença...

— Sem formalidades — ela o cortou. — Não preciso e não gosto de bajuladores. — E perguntou, secamente: — Onde está o meu pai?

— Sua majestade está ausente — a serpente engoliu o desaforo. — Mas ele me deu a seguinte orientação. — Apontou para o píer, cerca de um quilômetro ao longe, onde os aguardava um ser trajando uma armadura faustosa, completa, mas carcomida pela ferrugem. Suas asas ardiam feito magma pastoso, e do rosto escorriam lágrimas flamejantes. — Amael, o Senhor dos Vulcões. Foi quem contatou os barqueiros. Ele os instruirá, não eu.

Sem se despedir, sem olhar para trás, Inanna deu meia-volta e marchou na direção do cais. Os anjos a seguiram, mantendo distância, só por precaução. Urakin, que desde que fora liberto não estivera sozinho com Kaira, aproveitou para comentar:

— É certo o que estamos fazendo? — Não era um questionamento, mas uma dúvida, de fato. — Aceitar favores de Lúcifer?

— Não. Seria errado — disse Kaira. — Mas não estamos aceitando favores dele. Nós é que estamos fazendo um favor para ele.

— Não entendi.

— Lúcifer jamais nos ajudaria, Urakin. Se ele não nos agrediu, não nos prendeu, não nos matou, é porque estamos em uma missão de interesse dele. Logo que a concluirmos, ele virá atrás de nós. O mesmo se aplica ao arcanjo Miguel.

— Mas... — o Punho de Deus confundiu-se. — Não foi você mesma quem disse que confiava em Yaga, que a aceitava no coro?

— Eu confio em Yaga, não confio em Miguel. Se conseguirmos matar Metatron, o que acha que vai acontecer depois?

— Depois? — O guerreiro ponderou. — Não sei, nunca pensei sobre isso. Qual é o seu palpite?

— Não tenho nenhum. Ismael teria, com certeza. Não eu. Tudo pode acontecer, então estejamos prontos para o pior.

— Para o pior, sim... Como sempre.

— É. — Ela sorriu, um sorriso dramático, recordando os maus bocados pelos quais haviam passado e que tanto os uniram, sendo o mais doloroso, indiscutivelmente, a morte do companheiro Levih. — Como sempre.

Enquanto Kaira e Urakin conversavam, Yaga, trinta metros atrás, observava a curvatura do vale. Os hashmalins, apesar de cruéis, consideram-se benfeitores, instrumentos criados por Deus para corrigir os seres humanos. Os criminosos, na opinião deles, são os demônios, que trabalham para corromper os terrenos, não para recuperá-los. O baque se deu, então, quando Yaga confirmou com os próprios olhos algo que já sabia, isto é, que muitos daqueles que se contorciam no vale, tidos como irregeneráveis, haviam sido despachados por ela ou por algum de seus colegas a partir da Gehenna. Esses seres em breve seriam alçados à categoria de larvas, depois de espíritos-escravos, em seguida de raptores e então poderiam ascender na hierarquia satânica. A perspectiva de ter, indiretamente, fornecido almas aos sheonitas a chocou sobremaneira, e mais: evidenciava uma derrota, mostrava que ela fora malsucedida em sua tarefa de casta, que, em síntese, era recompor esses espíritos e enviá-los purificados ao Terceiro Céu, o Éden Celestial, onde descansavam os santos, os justos e os altruístas.

Quando Yaga deu por si, seus companheiros iam longe. Apertou o passo e os reencontrou no atracadouro, que se precipitava cerca de cinco metros sobre as sangrentas águas do Styx. Inanna cumprimentou Amael, o diabo que chorava fogo, e ele a saudou respeitosamente. Então, ambos se calaram, e um silêncio se abateu sobre as margens.

— O que estamos esperando? — Kaira sussurrou para Inanna, mas foi o Senhor dos Vulcões quem respondeu:

— Os barqueiros. — Ele tinha a voz cansada, as olheiras profundas. — Serão eles que os transportarão ao centro da Terra — disse e deu uma recomendação não só à arconte, mas a todos os viajantes: — Escutem. Os barqueiros já foram pagos e estão orientados a guiá-los à Estígia. Aconteça o que acontecer, não abandonem o convés até cruzarem as montanhas do Hades, avistarem o abismo de Lethe e aportarem no destino final. É o único jeito de garantir a sua segurança.

— Não planejávamos mesmo sair, mas obrigada por avisar — a Centelha agradeceu em nome do grupo e discerniu, de perto, aquele que um dia fora um ishim, como ela, e que se convertera em um zanathus, a ordem infernal responsável por reger as forças elementais. — Escutei um bocado sobre você, Senhor dos Vulcões, no curto período em que estive no céu. Soube que foi o soberano da Cidadela do Fogo, hoje regida por Gabriel em pessoa.

— Sim — ele concordou, melancólico. — Naqueles tempos, antes do dilúvio, era eu quem organizava os interesses da casta.

— Recorda-se da última missão que me delegou? — Kaira aproveitou o momento para explorar um pouco mais o próprio passado, o qual, para ela, era ainda um enigma que se arrastava fazia meses. — Será que consegue se lembrar?

— Eu me lembro de tudo — ele afirmou, mas as próximas palavras a frustrariam. — No entanto, não me lembro de você. Imagino que suas funções estivessem ligadas a Gabriel, como ainda estão, ao que vejo, então só ele pode lhe falar sobre isso. — E, quando ia continuar, algo interrompeu o discurso. O demônio esticou o braço e os alertou: — Lá vêm eles. Preparem-se.

Descendo o rio Styx, os presentes distinguiram uma embarcação de madeira, nem muito larga, nem muito longa, com a popa e a proa finas, semelhante aos antigos flutuadores egípcios, porém sem as velas, munida de uma pequena cabine que se destacava no meio. O veículo, propriamente, não impressionava. O que a todos perturbou foram seus condutores, os *barqueiros*, seres cobertos de túnicas e capuzes, que não projetavam um só traço de energia vital. Se estavam mortos, vivos ou nenhuma das duas coisas, era uma questão que ainda intrigava os malakins, que por anos se dedicaram a estudá-los. Usando uma vara comprida, a entidade da frente deslocava o barco e dava-lhe impulso, enquanto a de trás movimentava o leme à direita ou à esquerda, à sua vontade.

Kaira, Urakin, Yaga e depois Inanna subiram a bordo. De um pequeno orifício na caverna, do outro lado da estrada de ossos, o mentiroso Lúcifer os contemplava.

— Samael?

— Sim, meu Altíssimo — silvou o demônio-serpente.

— Faça-me um favor, sim? — Ele se afastou da janela, torceu o nariz e pigarreou. — Mande chamar Apollyon.

— Seu desejo é uma ordem.

— Não, não — Lúcifer sacudiu a mão, meio afetado. — Pensando melhor, entre em contato com ele você mesmo. E diga que é sigiloso.

— O julgamento de vossa majestade é sempre sábio e prudente.

— Tenho um servicinho para ele — disse apenas, à medida que, lá fora, o flutuador desaparecia nas trevas. — Agora, vá.

* * *

No momento em que os celestes se juntaram aos barqueiros, em outro quadrante do universo Denyel, Sophia e Hermes — ou Mercúrio, como ele gostava de ser chamado — desciam a escada negra, às cegas, tateando-a pelos flancos. A certa hora, a impressão que se teve foi a de estar subindo, de as direções terem se alterado, sem lógica ou explicação aparente. Ouviu-se um ranger de dobradiças e um brilho fraco os banhou — era o jovem deus, que, adiantado uns dois degraus, escancarava outro alçapão e saía para o ambiente lá fora. Convidou-os a segui-lo com o indicador entre os lábios, e os anjos o acompanharam em silêncio, chegando a um cenário completamente adverso, lúgubre, sombrio e pantanoso, entremeado por árvores estranhíssimas, de raízes saltadas e galhos tortos. O solo, alagado até os joelhos, desprendia um cheiro vulcânico, diferente de tudo o que Denyel já farejara. No céu não havia luz — ele apenas a refletia, sendo a fonte em outras paragens, indistinguíveis àquela altura.

— Que lugar é este? — rosnou o capitão, o timbre grave, sem a descontração costumeira. — Onde estamos?

— Calma, não precisa se assustar. Ou melhor, *precisa* — caçoou Hermes. — Já estamos na Estígia e falta pouco para completarmos a jornada. O meu povo batizou esta área de Poço das Lágrimas. Trata-se de uma várzea, na realidade, uma depressão inundada pelas cheias do Styx. Estas planícies são muito vastas, têm quilômetros de extensão e cercam os charcos do Hades, que por sua vez é circulado por uma cordilheira intransponível. Conheço um caminho que atravessa as montanhas, uma entrada secreta, e é para lá que rumamos agora.

— Se este poço, ou esta depressão, é "muito vasto", como espera que o vençamos rapidamente? — Denyel voltou-se para Sophia, como se cobrasse dela a resposta. — O meu objetivo é chegar *logo* à fortaleza de Agartha, por isso o contratamos.

— Não entre em pânico — o olimpiano deu uma risada. — Basta seguir a minha trilha. Pisem sobre as minhas pegadas, antes que elas sequem — orientou-os. — São as minhas sandálias, não perceberam? Cada passo que dou com elas equivale a vários passos comuns. Mas sejam velozes e não percam o meu rastro, ou então ficarão para trás. — E reforçou: — *Bem* para trás.

Os três prosseguiram em fila indiana, obedecendo à formação que haviam estabelecido no túnel, com Hermes na ponta, Sophia no meio e Denyel na cauda. Caminhar sobre aquelas pegadas, divagou o exilado, era uma experiência singular. Esticava-se a perna e, ao tocar o solo novamente, eles eram catapultados a outra região, restando-lhes míseros segundos para vislumbrar o entorno. Gradualmente, o que surgia com mais profusão, afundadas no lodo ou envoltas por trepadeiras, eram esculturas de pedra em tamanho real, a maioria já gasta, representando guerreiros em armaduras helênicas, esculpidas com detalhes tão impressionantes que chegavam a causar certo repúdio, em vez de provocar fascinação. Denyel cogitou que tivessem sido modeladas na caverna sob o rochedo de Ynys Wydryn, pelo talentoso ferreiro corcunda, mas não era o caso.

E aquelas não eram estátuas. Ele teve certeza quando avistou um paredão de granito e uma entrada retangular, ao fim de uma escadaria coberta de musgo e erva daninha, que se prolongava para o interior do maciço. O problema era que essa passagem estava, ainda, a uns cem metros dele, enquanto seus cúmplices, Hermes e Sophia, já se encontravam a distância, eretos sob a fachada. Quando Denyel olhou para baixo, reparou que as pegadas de Mercúrio, sobre as quais ele pisava, já haviam secado, o que naturalmente explicava o atraso. Fez menção de correr a fim de alcançá-los, o que ainda levaria alguns segundos, mas a elohim o deteve.

— Fique onde está, Denyel — ela falou como se desse uma ordem. Apesar da lonjura que os separava, o pântano era silencioso, e as palavras ditas em voz alta produziram ecos tremulantes, mais ou menos como ocorre dentro dos poços, fenômeno que possivelmente dera nome ao lugar. — Não tente bancar o herói, não lhe cai bem. — E tirou de dentro da gabardina a lança de Nod, que instantes atrás estava com ele. — Olhe o que tenho aqui.

— O quê? — Desnorteado, o capitão apalpou as costas e confirmou que o objeto lhe fora roubado. — Como?

— Sou o rei dos ladrões, esqueceu? — Hermes se meteu na conversa. — Furtá-lo foi como tirar doce de criança. — Outra risada, histérica. — Depois, bastou pisar com mais leveza e você ficou para trás. — E repetiu: — *Bem* para trás.

— Já entendi. — Aquela não era a primeira vez que Denyel era traído, apesar de que essa traição lhe parecia um tanto óbvia, algo que ele já imaginava, um plano tão simples que chegava a ser humilhante para uma mente complexa como a de Sophia. Talvez por isso, por ter de certa forma antevisto a tragédia, o anjo tenha se recuperado tão prontamente da punhalada que lhe espetava a traseira. Longe várias jardas de seus algozes, agora prestes a desaparecer montanha adentro, ele sabia que o único jeito de apanhá-los seria com um disparo da Beretta, então a sacou, ato contínuo. — Parados! — Ameaçou-a: — Não se mova, *chérie*, ou então eu cravo uma bala na sua testa.

— Não seja mau perdedor, soldado — Sophia balançou a cabeça negativamente. — O que tem no cérebro? Primeiro tenta cortar minha garganta, e agora quer me alvejar? Já esqueceu que é meu escudo? Se atirar em mim, quem morre é você, ora essa. — Calma, ela retornou a lança ao sobretudo. — Pare de se vitimizar e reconheça que perdeu. Não dá para ganhar todas.

— Tudo bem. Eu me rendo — ele disse, mas estava longe de aceitar a derrota. — Se me contar o que significa essa loucura.

— Que loucura?

— Essa traição. Para que a choradeira em Ynys Wydryn? Qual é o seu plano? O que você quer?

— Não quero nada. Cumpro ordens, e só.

— Ordens de quem?

— Use a cabeça. Essa não é tão difícil. — E não era, de fato. O enigma era óbvio. Sophia era, e sempre fora, uma serva de Metatron, conforme lhe contara na França, usando palavras truncadas. — Encare pelo lado bom. Nem tudo foi desperdício. Nós sempre teremos Paris.

— É assim que termina, então?

— É assim que termina para *você*. — Olhou-o serenamente. — Se isso o consola, quero ao menos que saiba que não é pessoal.

— Tudo é pessoal. Não é o que você costumava dizer?

— Para certas coisas, a sua memória é bastante apurada. — A elohim achou cômica a discrepância. — Bom, eu menti — confessou e se justificou pelo embuste: — Como você sabe, a lança de Nod foi criada com o propósito de destruir os anjos, e é a única arma capaz de exterminar Metatron. Portanto, não deve cair em mãos erradas.

— Creio que concordamos nesse ponto. — Denyel pensou na ironia. Para ele, as "mãos erradas" eram as de Metatron e, agora, as de Sophia, que provara ser uma de suas comparsas. — De qualquer maneira, se eu não posso matá-la — o celeste fitou o jovem Mercúrio e mirou com a pistola seu coração —, vou mandar esse moleque para a cova.

O exilado estava pronto para apertar o gatilho, mas o olimpiano utilizou-se de sua velocidade excepcional e agiu antes, não batendo em retirada, como seria de esperar, mas soprando o apito cujo barbante ele trazia enrolado ao pescoço. O silvo, estridente, ampliou-se graças aos ecos característicos do Poço das Lágrimas, e o lodo encheu-se de bolhas. Preocupado em ser sugado pela areia movediça, Denyel recuou e buscou refúgio sobre uma das enormes raízes, contudo o perigo não era o solo nem o charco, mas um dos seres que dentro dele jaziam e que sob suas águas caçavam.

Nesse entremeio, Hermes e Sophia penetraram através do umbral, e ao tentar acossá-los o exilado foi surpreendido por uma criatura que emergia do atoleiro, interpondo-se entre ele e o paredão. Com o corpo idêntico ao de uma serpente e o crânio mais próximo ao dos lagartos, o monstro media quinze metros de comprimento e contava com escamas impenetráveis, resistentes mesmo às armas divinas. Conhecido pela alcunha de basilisco, era uma das górgonas, feras criadas na era mítica para servir a uma função específica. O basilisco fora enviado ao Poço das Lágrimas com a missão de vigiar quem entrava e quem saía do Hades, impedindo que Minos, Radamanthys, seus mirmidões e as demais criaturas aprisionadas por Zeus escapassem para o exterior do planeta.

Essa víbora gigante, todavia, não era famosa apenas pelas escamas, mas também pelo olhar assassino, capaz de transformar os adversários em pedra. Denyel, que escutara sobre as górgonas em Asgard, compreendeu a razão de as "esculturas" serem tão detalhadas, tão perfeitas e bem-acabadas. Como Kaira descobriria no inferno, exceto para Metatron e os arcanjos, hábeis em se transportar entre os planos e as dimensões, o único caminho à Estígia era através do Styx, cuja correnteza só permitia a descida. Em outras palavras, quem desejasse fugir desse ambiente caótico precisaria cruzar o Poço das Lágrimas, e o basilisco existia por esse motivo, atuando como carcereiro, guardião e verdugo.

Denyel não pretendia fugir. Ele queria *entrar*, ingressar no Hades, acionar seu plano e salvar seus amigos. Então, não se virou, não correu, não se afastou. Não deu as costas. Não se acovardou. Decidido, ele fez o contrário e encarou a serpente.

Salivando, o basilisco aprumou-se.

E abriu os olhos.

Kaira sentiu uma pontada no estômago. Posicionada na proa do flutuador, ela contava com a companhia de Inanna e do enigmático barqueiro, que com sua vara impulsionava o transporte. Yaga e Urakin se encontravam na popa, atentos às oscilações da água, ao céu e às margens. O barco navegava pelas orlas distantes do Styx, patrulhadas por grandes mosquitos fluorescentes, os insetos de Shan, uma raça que tivera sua dimensão destruída e agora vivia entre canais e ilhotas.

— O que foi? — a baronesa notou sua palidez. — São estes malditos insetos, não são? O brilho deles é hipnótico e, além de tudo, nauseante.

— Não, não são os insetos. — Kaira se recompôs. — Não sei o que foi. Um pressentimento, talvez. Uma visão.

— Uma visão de *quê*?

— Nada que seja digno de sua atenção, alteza. De um amigo, apenas. De alguém que eu amo. Não sei se ele está bem, se está vivo ou morto. Não sei nem sequer onde está. Como eu disse, nada a que alguém como você deva dar atenção.

— Só porque sou cria de Lúcifer?

— Não foi Lúcifer quem ordenou que construísse aquela catedral, foi? Um monumento ao ódio, à crueldade e à tortura. Com todo o respeito, Inanna, Filha das Trevas, não acredito que alguém como você entenda o que é o amor de verdade.

— Está errada, Centelha. — A lilin se ajoelhou rente ao convés e tocou com o dedo as marolas. — Eu já fui capaz de amar, mas isso foi há muito tempo, antes da guerra no céu, antes mesmo que o inferno existisse.

— Nesse caso, lamento pelo que aconteceu com você, seja o que for. — Kaira não desejava fazer acusações ou julgamentos, então preferiu não se estender em perguntas sobre o passado de Inanna, mas uma coisa ela precisava saber, algo que, possivelmente, estava relacionado à sua missão e ao destino de todos os celestes. — O seu pai me disse que, assim como eu, você estava destinada a esta tarefa. Foi por isso que resolveu nos acompanhar?

— Dívidas antigas. Velhas promessas. — Os olhos vermelhos reluziram. — Longa história. Nada que seja digno de sua atenção, arconte.

— Débitos, honras, promessas... Às vezes você fala como um anjo guerreiro. — A ruiva se lembrou de Urakin, de Zarion e dos outros soldados que conhecera. — Não me parece um demônio, nesse ponto, nem um rebento de Lúcifer.

— Não me julgue pelos atos de meu pai — disse a baronesa, e se afastou. — E eu prometo que não a julgarei pelos atos do *seu*.

60

BAHR LUT

Sudoeste asiático, antes do dilúvio

O ano que se seguiu à invasão de Egnias entrou para a história como o mais sangrento registrado durante o longo período das Guerras Mediterrâneas, o milenar confronto entre Enoque e Atlântida. Quem então governava o país de Nod era Irad, Aquele a Quem Se Deve Temer, neto de Caim e bisneto de Adão, o mais impetuoso monarca a ocupar o trono da Bela Gigante. Determinado a exterminar os atlantes, ele atacou diversas colônias espalhadas pelo continente e moveu seus barcos contra a ilha de Mu, obrigando Orion a convocar os regentes e a pedir o auxílio da cidade-Estado de Argos, que lhe ofereceu trinta naus e setenta e cinco galés. Na primavera, uma batalha naval sem precedentes despejaria sangue, suor e cadáveres nas águas azuis do Corredor de Hércules, terminando com a vitória total dos atlânticos, após nada menos que oito dias de combates em pleno mar arredio.

No inverno desse mesmo ano, dois meses antes da referida batalha, um forasteiro percorria o mundo com o intuito de completar sua missão. Desde que deixara os Campos Elísios, Ablon vagava solitário pelas terras setentrionais de Einhgard e Thuatha, tendo visitado algumas localidades importantes. O que sobrara em sua mente eram fragmentos, apenas, nada que revelasse o santuário escondido no extremo norte ou aqueles que lá residiam. Ele se lembrava de ter cruzado os promontórios de Erídano e encontrado um ofanim, Nathanael, o Mais Puro, cujo brilho era idêntico ao da estrela polar. Nathanael, conforme o guerreiro se recordava, além de cuidar de seus ferimentos e restaurar suas armas, prometera-lhe zelar pelo corpo de Ishtar enquanto ele, Ablon, continuava sua caçada através do planeta.

Era isso. Só isso. Somente a figura de Nathanael sobrevivera em seus pensamentos. Nada do arcanjo Rafael. Da Torre da Eternidade. Dos espíritos. Nada.

Como ele deduzira antes mesmo de iniciar a jornada, os Campos Elísios não existiam, salvo em lendas. Morria assim a esperança de reviver sua amiga, então o Vingador direcionou toda sua dor, toda a tristeza, toda a cólera e a frustração para a tarefa que o aguardava, afinal de que serviria a morte de Ishtar se ele não conseguisse capturar Metatron?

Uma vez que a queda dos Três Pilares só lhe trouxera mais dúvidas, ele decidiu ir à fonte dos mistérios e voou à cidade de Bahr Lut, um dos principais centros religiosos daqueles tempos, situado na fronteira leste de Nod, entre as pradarias do sul e as montanhas do norte. Governada desde o cataclismo por uma dinastia de teocratas fanáticos, Bahr Lut crescera e prosperara sobre o oásis onde, antes da era do gelo, Metatron vivera com sua família terrena, após abandonar o Jardim do Éden. Nessa área ocorrera também o duelo entre ele e o arcanjo Gabriel, evento que marcaria o início do motim e a subsequente perseguição aos sentinelas.

Os sacerdotes de Bahr Lut não reconheciam Metatron por seu nome angélico, mas se diziam herdeiros dele, a quem chamavam de Bahr Shaddai, ou simplesmente Shaddai, o Deus Crespo sobre o Jardim. O culto acreditava que o oásis era o centro do universo, e em volta dele seus engenheiros construíram um templo coberto por um imenso domo de ouro, a Cúpula do Sangue Sagrado, que podia ser avistada a quilômetros de distância no deserto. A cidade inteira era belíssima: um retrato preocupante do que o fanatismo é capaz de fazer, do que uma sociedade é capaz de alcançar, para o bem e para o mal, quando seus habitantes não questionam as regras impostas, apenas lhes obedecem. Os hábitos dos cidadãos, fiéis ou infiéis, eram, portanto, altamente ritualísticos. O consumo de carne, por exemplo, era vetado, pois a substância, imaginavam os teocratas, tornava as pessoas mais agressivas. Ablon escutara obliquamente essas informações e estranhou ao sentir cheiro de gordura queimada, logo ao sobrevoar as montanhas. Ele planejava aterrissar fora dos muros, desmaterializar suas asas e entrar na capital disfarçado, mas mudou de ideia ao discernir colunas de fumaça sobre o topo dos prédios. O sol acabara de nascer, e a impressão que se tinha era de que Bahr Lut ardera à noite, consumida por um incêndio que carbonizara, além das casas e avenidas, todos os seus cem mil moradores.

À medida que a cidade se aproximava, os apurados ouvidos de Ablon só captaram o silêncio, confirmando que nem os animais foram poupados. Os agressores, fossem soldados regulares ou unidades mercenárias, deviam estar a serviço dos Buscadores de Nod, ele pressupôs. O rei Irad provavelmente se sentira traído após Bahr Lut se recusar a tomar parte nas Guerras Mediterrâneas a seu lado e resolvera destruir a metrópole. O querubim pegou impulso em uma lufada de vento e do alto testemunhou a chacina, enxergou jovens, idosos e crianças mutilados, depósitos em brasa, ruas sujas, canteiros imundos. O grau de perversidade era tamanho que o Vingador se questionou se uma turba de seres humanos, por mais treinada e beligerante que fosse, teria apetite para algo tão vil.

A única estrutura que se mantinha em pé era o palácio, cujos edifícios convergiam, todos, para a Cúpula do Sangue Sagrado. Ablon pousou nos jardins, andou até a fachada, galgou a escadaria e penetrou em um corredor de mármore rosa, orlado por altos pilares. No momento em que caminhava, sentiu vibrações até certo ponto familiares, de outras entidades celestes, e, intrigado, sacou a Vingadora Sagrada, sem saber se a descoberta seria boa ou ruim. O sol brilhava lá fora, mas, com as piras derrubadas, os carvões apagados, o complexo mergulhara nas trevas, e assim ele progrediu, chegando ao "centro do mundo", ao precioso santuário sob a rotunda. Do oásis sobrevivera uma poça, uma fonte de água que emergia do solo. Debruçado sobre ela, parado no meio do grande salão, farejando o assoalho como se estivesse à procura de algo, encontrava-se um anjo guerreiro, que, diferentemente de Ablon, não se apresentava com características (inteiramente) humanas.

Pelo que se podia notar, era um dos shedus, tidos como os "cães de caça" do príncipe Miguel. Seu corpo, físico e espiritual, igualava-se ao dos leões, e o rosto era parcialmente terreno, adornado por uma barba encaracolada e escura, que se confundia com a juba felina. A boca parecia uma ferida infestada de dentes, e as asas eram cobertas de pelos. Suas insígnias não eram forjadas sobre a armadura, mas gravadas na própria carne, na forma de cicatrizes, e, ao identificar essas marcas, Ablon compreendeu que estava diante de um general como ele, então, embora perplexo, apresentou-se formalmente ao colega.

— Salve, excelência. — Essa era a maneira correta de se dirigir a oficiais de alta patente. — Sou Ablon, alcunhado de Vingador. E você, quem seria?

— Oh, general? — O ser se virou para ele, sem demonstrar constrangimento ou surpresa. — Saudações. Sou Uzza, o Invencível. Claro que sei quem você é, apenas não tinha certeza se ainda vivia. — Sua voz, percebeu o herói, soava como um rugido opaco, prejudicial a tímpanos sensíveis. — Então, veio se juntar a nós?

— A nós? — Ablon olhou ao redor. — A nós quem?

— À nossa matilha. — Uzza emitiu um som com a língua e das colunatas brotaram centenas de criaturas leoninas, umas trezentas, no mínimo. Os shedus são os mais ferozes dos querubins e se comportam como animais, sendo portanto incrivelmente furtivos, sabendo se esconder e ocultar sua aura.

— O que significa isso? — O Vingador sentiu o clima de ameaça. — O que estão fazendo? Qual é sua missão? O que estão tentando esconder?

— Não estamos tentando esconder nada. Nossa tarefa não é motivo de vergonha, mas de orgulho. Os primogênitos nos mandaram à Haled para capturar Metatron — redarguiu, desaforado. — Fomos escolhidos para completar a empreitada em que *você* fracassou.

— Pois estão errados. — A atmosfera era tensa. — Como podem ver, estou vivo e não fracassei. E, agora, dispenso-os dessa incumbência.

— É tarde para recuarmos. Sua aura desapareceu, e todos nós, inclusive os primicérios, concluímos que você fora derrotado. — Ele o encarou, como se o desafiasse. — Já estamos engajados nessa caçada. Se quiser nos ajudar, tanto melhor.

— De jeito nenhum. Suas intenções são corruptas, e seus métodos, inaceitáveis. — Estava claro, agora, que haviam sido os shedus a incendiar Bahr Lut. — Ordeno-lhes que interrompam sua busca e retornem ao Quarto Céu, imediatamente.

— Ordena? Ora, quem você pensa que é para determinar as nossas ações? Não bastasse o fato de eu ser também um general, portanto seu semelhante, não seu vassalo, nossas ordens vieram do arcanjo Miguel em pessoa, e são claras.

— Minhas ordens também vieram do arcanjo Miguel, e *eu* cheguei primeiro. O que ele dirá quando souber desse massacre? — Com a espada, Ablon traçou um semicírculo no ar, indicando os defuntos. — O que acontecerá a vocês quando o príncipe descobrir que exterminaram milhares de inocentes? — O semblante enrijeceu-se. — Não, Uzza. Sua missão acabou.

— Tolo. — O leão percorreu com a vista os comparsas, os trezentos shedus que acompanhavam o diálogo. — Como eu disse, e repito, foi o próprio arcanjo Miguel quem nos orientou a purificar este terreno, como já fez outras vezes.

— Chega de mentiras. — Ablon encerrou o assunto com a mesma autoridade com que censurara os argumentos de Ishtar, na estalagem do Cedro Vermelho. — Declaro-os presos e os exorto a se render. Conduzi-los-ei à Gehenna, onde serão julgados pelos crimes de assassínio, perjúrio e traição contra os arcanjos. Curve-se, Invencível, entregue-se e eu direi que não apresentou resistência.

— Seu discurso subversivo me ofende, legionário. Não há razão para nos rendermos. Não fizemos nada ilegítimo. E digo mais: se existe um rebelde nesta sala, é *você*. — O shedu tinha a boca aberta, os dentes brilhando. — Mas... por que estamos debatendo sobre essas questões, afinal? Não somos serafins. Não é nosso costume perder tempo em colóquios. — Encrespou o cenho, contraiu as patas, semicerrou os olhos. — Proponho-lhe um duelo. Sugiro resolvermos esta contenda como querubins, isto é, por meio de um combate. O que me diz? Vai me negar tal privilégio?

Não era um privilégio. Era um embuste, uma artimanha. Uzza perdera a razão, ficara sem defesa, e o que lhe restou foi sugerir a peleja. O correto seria declinar, mas o código dos querubins era rígido: um desafio feito abertamente, ainda mais por outro general, não podia ser ignorado. O Vingador cairia em desonra, então não teve saída. Com a espada desembainhada, prendeu as mechas flavas e deu um passo à retaguarda.

— Uzza, dos shedus — ele quis saber, antes de continuar —, se eu vencê-lo, o que me garante que seus soldados aceitarão meu triunfo?

— Não se preocupe. — A penugem castanha se eriçou, e ele assumiu postura de luta. — Garanto que não me vencerá.

E, tendo dito essas palavras, Uzza se apoiou nas patas traseiras e, após retraí--las, deu um salto impressionante. No outro extremo do salão, Ablon fincou os pés no solo, esperou que ele mergulhasse e ao vê-lo descendo moveu sua lâmina, procurando acertá-lo com a chapa, não com o fio — de acordo com as regras da casta, duelos entre oficiais querubins, ainda mais entre dois generais, nunca podiam ser mortíferos, apenas debilitantes. O ser leonino, contudo, não parecia inclinado à tradição. Bateu as asas e se deteve no ar por um breve segundo, tempo bastante para que a Vingadora Sagrada cortasse o vazio. O erro se mostraria crítico e teria consequências terríveis. Na vã tentativa de alcançar o rival, Ablon estendeu o braço além da conta, e só então o Invencível desceu, aproveitando--se dessa brecha para morder-lhe o pulso direito — o mesmo que segurava a espada.

Os dentes teriam dilacerado seus ossos, não tivesse o shedu o abocanhado sobre um dos braceletes, peça que, somada ao busto e às perneiras, completava o conjunto da armadura de ouro, manufaturada no paraíso e tonificada pelos poderes (secretos) do arcanjo Rafael. Face a face com o monstro celeste, preso a ele, o anjo de cabelos louros usou o cotovelo esquerdo como martelo, agrediu-o com pancadas no supercílio, no nariz e nos lábios, todavia Uzza tinha força e resistência excepcionais. Como seus caninos não eram suficientemente afiados para atravessar a couraça, ele balançou a cauda, agitando o pescoço para cima e para baixo, fazendo o Vingador de chicote, batendo-o múltiplas vezes contra o pavimento, como um cão que sacode um boneco, para enfim arremessá-lo de encontro às pilastras.

— O que está fazendo? — Ablon deu uma cambalhota e aterrissou suavemente. O ataque o teria mutilado, não fosse a proteção. — Desse jeito vai nos matar.

— Não. Vou *matá-lo*, excelência — zombou. — Fomos enviados para liquidar não só os sentinelas, mas todos os rebeldes, sem exceção.

— Não sou rebelde, mas, ainda que fosse, o que está propondo é ilegal. Quer um duelo até a morte? — espantou-se. — Por quê?

O Invencível não respondeu. Durante o primeiro assalto, ele assumira a vantagem, efetuando golpes mortais, enquanto Ablon, íntegro e leal aos princípios guerreiros, estava mais preocupado, acima de tudo, em *não* matá-lo. Cartas na mesa, o Vingador poderia dar o máximo de si e retrucar, ainda que a contragosto, com manobras igualmente atrozes.

O felino repetiu a estratégia e pulou, só que agora o herói não lhe permitiu chegar até ele. Lamentando o que faria adiante, mas sem opções, Ablon lançou sua espada. O objeto atravessou o salão, rodou e encontrou o tronco de Uzza, trespassando-lhe o músculo cardíaco. O defunto teria caído sobre ele, não tivesse o general rolado no piso e escapado da pesada carcaça.

Triunfante, mas de certa forma triste por ter acabado com um de seus patrícios, o querubim ergueu-se. Andou até o adversário morto e recuperou a Vingadora Sagrada. Vencera, mas não completamente. Os trezentos shedus agora o fitavam.

— Seu líder era fraco — esticando a lâmina, ele falou à matilha. — Não há por que continuarmos esta briga. Sei que estavam seguindo ordens e prometo-lhes anistia. — Mas impôs uma condição: — Contanto que se rendam.

Rosnados.

Olhos no breu.

Rugidos.

Não. Nada feito. Os shedus não procuravam anistia, não precisavam de perdão ou salvaguarda, e, como era de esperar, o bando não se entregou. Ablon era considerado — não apenas por seus legionários, mas até pelos príncipes — um general carismático, porém a retórica, somente, não era suficiente para convencer — ou para intimidar — seus encolerizados antagonistas, que só obedeciam àqueles que se mostrassem aptos a comandá-los. Insistir no confronto era suicídio, de qualquer maneira. Embora muito mais forte, ágil e competente, o Vingador não podia lutar contra três centenas de querubins, não do local e da posição em que estava, ou seja, no coração da cúpula dourada. O anjo estava *cercado*, e a certa hora, em meio ao combate, alguém o acertaria pelas costas, que estariam, em todo caso, desguarnecidas. Se ao menos Ishtar estivesse com ele, suas chances seriam ampliadas. Sozinho, a morte era certa.

E era a morte, precisamente, o que os "cães de caça" procuravam. Babando, grunhindo, amolando as garras no mármore, os seres avançaram em sincronia, como um enxame de vespas famintas.

De repente, um estrondo os paralisou. O ruído não vinha do chão, mas de cima. O domo rachou, o telhado veio abaixo. Sobre os combatentes, choveram telhas e fragmentos de ouro. Do alto, surgiu uma mulher, a cabeça raspada, as asas de morcego, trazendo consigo um arpão. Despencou feito uma ave de rapina, rápida como um trovão, e pousou à traseira do general, protegendo-o dos monstros que o circulavam e juntando-se a ele na disputa final.

— Inanna? — Ablon reconheceu a cria de Lúcifer, a lilin que o ajudara em Barak-Maru. — Nunca imaginei que a veria de novo, ainda mais nestas circunstâncias. — E, mesmo no calor que antecedia a batalha, ele não resistiu à pergunta: — O que faz aqui?

— Ishtar tinha me falado sobre sua missão. Trago informações valiosas — ela avisou, sempre atenta ao perigo. — Metatron, o líder dos sentinelas. — Tomou fôlego e brandiu seu arpão. — Já sei onde ele está, general. E o levarei até ele.

O embate contra os shedus durou cerca de uma hora. Como já haviam guerreado lado a lado, e contra ninguém menos que um dos netos de Tehom, Ablon e Inanna conheciam muito bem as técnicas um do outro, o que os ajudou a improvisar um estilo eficaz, fazendo-os praticamente imbatíveis. De dorsos unidos, cada um cobria um ângulo de cento e oitenta graus, usando suas lâminas para cortar, espetar e matar. O esforço lhes garantiu mais essa conquista, que no entanto teve seu preço. O Vingador, radiante em sua armadura, saiu apenas escoriado, mas a cria de Lúcifer terminou a querela gravemente ferida, tão fraca que nem sequer conseguia se mexer.

Deixando para trás os leões estraçalhados, Ablon a carregou a um quarto vazio — o que a propósito não faltava no palácio eram câmaras desocupadas —, encontrou comida na despensa real e acendeu uma fogueira quando a noite chegou.

— Devagar. Não se mova. — Ele lhe ofereceu um copo de água e uma tigela de cereais. — O que você precisa é descansar. Por alguns dias. Por *vários*, eu diria.

— Talvez... É verdade. — E, mesmo com a voz langorosa, Inanna perguntou: — O que aconteceu com Ishtar? Não a vejo mais com você. O que ela...?

— Ishtar está morta. — O anjo preferia dar as más notícias num tranco. — Kha, o Sol. O combate com ele a vitimou. Nossa cruzada contra os Três Pilares não serviu para nada, no fim das contas. — E acrescentou, pesaroso: — É assim que funciona na terra, Inanna. É o ciclo da natureza, o ciclo da vida. Sementes corruptas geram frutos defeituosos. Nós agimos como os shedus, optamos pela via sangrenta, procuramos a morte e foi exatamente ela que encontramos.

— Não deve se culpar.

— E a quem deveria?

— Culpe o arcanjo Miguel — afirmou a lilin, convicta de seu ponto de vista. — Você estava seguindo ordens. Ele é o verdadeiro responsável.

— Não — disse Ablon. — Fui eu que tracei a estratégia. Fui *eu* que tomei a decisão de perseguir Kali, Muzhda e Kha, não ele.

— Bom, pelo jeito o mesmo não aconteceu com os shedus. De longe, escutei a sua conversa com Uzza. O Invencível denunciou, sem meias palavras, o mandante desta carnificina. E você continua a proteger o seu príncipe?

— Uzza tentou me enganar. Ele era um soldado sem honra, um mentiroso. Seus argumentos eram pútridos. Não há como confiar no que ele diz.

— Julgue como quiser. — Inanna desistiu de tentar dobrá-lo, bebeu um gole de água e retomou o assunto anterior, que mais lhe interessava. — Eu soube do combate contra Kha. Mas e quanto aos Campos Elísios? Não era lá que residia a esperança?

— Os Campos Elísios não existem. São uma lenda, um mito dos hiperbóreos. — Ablon colocou um punhado de cereais na boca, mais para acompanhá-la, já que não estava ferido e não sentia fome. — Quem lhe contou sobre tais plagas?

— Orion.

— Orion? Encontrou-se com ele?

— Claro.

— E como *ele* a encontrou?

— Os obeliscos — ela começou. — Desde o ataque a Egnias, Orion não pode mais se afastar de seu trono, então resolveu acudi-lo com as ferramentas que tinha e passou a estudar o monólito, aquele erguido no palácio central. Finalmente, ele descobriu propriedades até então desconhecidas e aprendeu a usar o monumento como uma peça onisciente, a fim de encontrar qualquer criatura, em qualquer canto do globo. — E acrescentou, com um meio sorriso: — Dessa maneira, ele obteve o meu paradeiro, o seu e, lógico, o de Metatron.

— Diga, então. Onde ele está?

— Não é uma resposta simples. — Dolorida, a lilin se acomodou sobre um par de almofadas. — Orion me explicou que os obeliscos foram construídos pelos sentinelas, durante a era do gelo. O nosso planeta, segundo ele, é permeado por uma trama invisível, cuja procedência desconhecemos. Sobre os fios dessa rede percorrem forças magnéticas, elétricas, telúricas e muitas outras, que só virão a ser compreendidas séculos à frente. Onde duas ou mais dessas linhas se cruzam ocorre um *nódulo*. Sobre os nódulos mais potentes os sentinelas cavaram poços, poços místicos, que têm como objetivo fazer com que essa essência *vaze* para o plano físico. Os pilares são marcos que indicam esses nódulos, são *faróis*. Orion acredita que Metatron descobriu um jeito de controlar essas linhas, de manipular essa trama, mas para isso ele precisa, antes, encontrar a origem de toda essa força. Com os obeliscos posicionados, com os poços místicos em funcionamento, a próxima etapa é erigir um último marco, o principal, cuja função será indicar, justamente, a localização da fonte, a origem dessa potência. Esse marco deve ser edificado sobre o nódulo central, onde todas as linhas se entrelaçam.

— O nódulo central? — O querubim pensou por instantes e desvendou a charada. — O eixo da Terra. O polo magnético.

— Não é apenas magnético, como agora sabemos. — A resposta parecia muito óbvia, posta dessa maneira. — É lá que ele se encontra, recluso desde o fim do período glacial, empenhado na arquitetura do obelisco e na perfuração do último fosso. Tão logo esse monumento esteja finalizado, Metatron saberá como manipular a energia telúrica e a usará a seu favor, tornando-se mais poderoso que os arcanjos e retomando o controle do mundo.

— O Jardim do Éden — murmurou Ablon, recordando-se do experimento cósmico que o Primeiro Anjo desenvolvera na aurora da humanidade. — É isso o que ele deseja. Quer a Haled só para si. Quer um santuário onde ele seja...

— Um deus, sim... — Inanna achou a conclusão um tanto irônica, considerando que eles estavam em uma cidade onde Metatron era considerado um deus verdadeiro. — É o que ele planeja. Quer que a terra se torne um segundo Jardim do Éden. O seu jardim. Quer reconquistar o seu paraíso perdido.

— Não há um minuto a perder, então. Consegue se recuperar sozinha, ou precisa de mim?

— Não preciso de assistência, só preciso descansar. — Pôs a tigela de lado. — Espere alguns dias, e então eu estarei em condições de ajudá-lo. — E, antes que o Vingador intercedesse, ela emendou: — Sozinho, você não tem chance.

— Talvez. — Ele não podia negar. Derrotar o Rei dos Homens não era apenas improvável, era impossível. — Mas, se é verdade o que Orion lhe disse, que Metatron está recluso desde a idade do gelo, então cada segundo é crucial. Enfrentá-lo pode ser perigoso, ou, numa visão realista, *fatal*. Mais um motivo para eu não arrastá-la comigo.

— Ainda assim, peço que me leve com você — suplicou Inanna. — Ishtar precisa ser vingada, de uma forma ou de outra.

— Não é a vingança que nos motiva, ou pelo menos não deveria ser — ele deixou claro. — É uma questão de princípios, antes de tudo.

— Quem diria. Não é você o Vingador? — ela disse, sem esperar uma réplica. — De qualquer modo, se é esse o caso, eu tenho ótimas razões. — Cuspiu um pouco de sangue. — Devo-lhe isso, general. Devo a você e a ela.

— Muito bem. — O celeste sabia que, se a recusasse, estaria a desprezando, coisa que a lilin não merecia. Por outro lado, não podia esperá-la, era arriscado demais. — O que estou prestes a fazer nunca foi feito, mas situações extremas pedem medidas extremas. — Para resolver o impasse, ele sacou a espada. — Inanna, se por acaso eu falhar em minha demanda, você será a última esperança deste planeta. — Com a folha da Vingadora Sagrada, ele tocou o ombro direito da Filha das Trevas, depois o esquerdo e novamente o direito, pronunciando as seguintes palavras: — Em nome do príncipe Miguel, do arcanjo Uziel e de Yahweh, eu a proclamo legionária e lhe dou o poder de fazer justiça.

— E eu prometo não desapontá-lo — ela curvou o pescoço. — Perseguirei o Anjo Supremo, em qualquer época, em qualquer lugar.

Concluída a cerimônia, que, embora singela, era oficial e irreversível, Ablon garantiu à cria de Lilith que, se sobrevivesse à empreitada, levaria seu nome à atenção da Estrela da Manhã e tentaria incorporá-la às fileiras luciferianas, o que acabaria acontecendo anos depois, embora não da maneira que o Vingador planejara.

Em seguida, desfraldou as asas e voou na direção do polo magnético, ao suposto esconderijo de Metatron. Com a intenção de alcançá-lo mais rápido, o general subiu alto, pegou carona na órbita terrestre, descreveu uma hipérbole e lá de cima enxergou seu destino.

Conforme ele logo saberia, o que faltava para o Rei dos Homens desfechar seu plano não era a construção do obelisco — este já fora erguido, fazia séculos.

Era um encontro. Um combate.

Então, Ablon se lembrou do que Kali lhe dissera em Ophir: *Metatron o aguarda.* E, em seguida, do aviso de Kha: *É uma cilada.*

61

SANDÁLIAS DE HERMES

Hades, tempo presente

O UMBRAL POR ONDE SOPHIA E HERMES HAVIAM DESAPARECIDO ERA NA REALIDADE a porta dos fundos do templo de Cocytus, construído por Minos, Radamanthys e seus mirmidões inicialmente como um túnel através das montanhas. O objetivo dos guerreiros e semideuses era chegar à face oposta das cordilheiras e encontrar uma rota de fuga que os libertasse da Estígia, já que era impossível navegar (e, ainda mais, *subir*) pelo Styx sem a orientação dos barqueiros. No entanto os planos acabaram frustrados graças à presença do basilisco, que guardava o Poço das Lágrimas a serviço de Zeus. Mesmo assim, vários soldados, desesperados, arriscaram a travessia, só para terminar como estátuas de pedra, engolidas pelas raízes e afundadas no lodo.

Sozinho, tranquilo e com a expressão triunfante, Hermes sentou-se na escadaria do templo, de frente para o panorama do Hades. Disperso pela planície, avistava-se um exército composto por mais de quinhentos mil infantes, armados de lanças, escudos, couraças e elmos de queixada pontuda. Organizados em falanges, esses mirmidões treinavam sem parar, indiferentes ao cansaço, à fadiga e ao medo. Onde anteriormente ficavam os mausoléus, agora o que se via era uma esplanada coberta de terra escura, um pouco alagada, às margens do Styx. O rio percorria um desfiladeiro, ganhava força e despencava no abismo de Lethe, uma gigantesca cratera flamejante, em cujas profundezas ardiam as chamas de Hélios, o sol interior. Flutuando sobre esse buraco pairava a fortaleza de Agartha, um imenso octaedro de basalto com uma única entrada visível, frontal, alta e triangular, ligada às bordas do Lethe por uma ponte fina, sem parapeitos ou corrimãos. Quem a defendia era o campeão Radamanthys, que recebera ordens expressas para não permitir o ingresso de ninguém — fosse deus ou demônio — sem o consentimento de Metatron.

No sul da chapada, Minos de Creta passava em revista as tropas. Como as falanges são unidades de infantaria, secionadas em linhas e colunas compactas, o rei era o único indivíduo montado. Cerberus, que ganhara a habilidade de despertar os cativos do Hades, desde homens até feras, dera-lhe de presente uma manticora, espécie de leão com a cauda cheia de espinhos, famosa na era mítica e muito útil como besta de guerra.

Hermes observava essas coisas com a perspectiva de dias melhores — para ele, claro. O Rei dos Homens sobre a Terra prometera-lhe o mesmo que garantira aos demais: que eles teriam privilégios quando os arcanjos fossem derrotados e poderiam, com o tempo, governar o planeta e até almejar o trono do Olimpo. De sua parte, o que Hermes queria era voltar a ser adorado. Ele era lembrado até hoje, mas como um planeta (Mercúrio), como um ícone acadêmico, como uma figura mitológica, usado como exemplo e referência por artistas e psicólogos. *Não*. Ele não desejava isso. Não *mais*. Não queria ser visto como um símbolo, apenas. Ele queria ser louvado, como fora antigamente, queria orações em seu nome. E essa era a oportunidade que Sophia lhe trouxera, que Metatron lhe oferecera.

Com um fósforo, acendeu um cigarro. *O cigarro* — uma das melhores invenções dos últimos séculos, ele pensava. Tabaco em canudos. Alcatrão. Nicotina. Sem filtro. Prazer instantâneo, tudo comprimido em um bastonete. Um "milagre", ainda mais (e especialmente) para quem, como ele, era imune ao enfisema, ao câncer e às doenças cardíacas.

Sorveu.

Tragou.

Relaxou.

Comemorou internamente. Àquela hora, o basilisco já teria devorado Denyel, ou então o transformado em pedra. Cumprira sua parte do acordo. Agora, era esperar e colher os frutos. Ficou de pé, esticou a coluna.

Um barulho.

O que seria?

Virou-se.

Um soco o atingiu no rosto. *Crack*. O nariz quebrou. Sangue. Outro soco, um cruzado no queixo. O agressor o segurou pelo pescoço.

— Ai, ai. — Com a vista embaçada, o deus dos ladrões estarreceu-se. — O que é isso? Que é isso? Quem está aí? Quem é? Quem é?

— Quem você acha, seu cagão? — Denyel esmurrou-o, agora no estômago. O rapaz curvou-se de dor. — Gostou da surpresinha?

— Como? — O olimpiano choramingou. — Ai. — O fluido escuro jorrava pelas narinas. — Ninguém escapa do olhar do basilisco. Como...

— Me admira você, que se diz um malandro, não ter matado a charada. — O exilado fez um muxoxo. — O poder do basilisco age na parte posterior da retina, e só transforma em pedra aqueles que dão as costas para ele, aqueles que *fogem* dele, como eu observei pela posição das estátuas. Já quanto às escamas, elas não são completamente impenetráveis, não para a lança de Nod. — O celeste sacou a Beretta, o cano ainda quente. — O seu meio-irmão me forjou duas balas. — Encostou a pistola na testa de Hermes. — Sobrou uma. O que você acha que eu devo fazer com ela?

— Não, não, não faça isso, piedade... — implorou de joelhos, o rosto inchado. — Por favor, me poupe. Não me mate.

— Matar? Eu jamais faria isso. Tenho uma ideia melhor. Mas, antes, tire as sandálias.

— M-Minhas sandálias? — Hermes gaguejou, apavorado. — Não, soldado, isso não. Por favor. Sem elas eu fico... Sem elas eu não...

O querubim o calou com uma violenta joelhada na mandíbula, que quase lhe deslocou o maxilar. Atordoado, a cabeça rodando, o petulante Mercúrio teve as sandálias roubadas à força. Denyel as removeu e as depositou em um canto do santuário. Em seguida, segurou-o pelos cabelos e o arrastou de volta pelo túnel, até a porta dos fundos, aquela que dava para o Poço das Lágrimas. Lá, sobre as areias do pântano, além da carcaça da górgona, aguardava-o um sujeito corcunda, forte, a barba ruiva, trazendo um par de algemas.

— Segura essa. — O querubim arremessou o prisioneiro sobre as escadas, direto na lama. — Trato feito.

— Não. — O rapaz reconheceu um de seus parentes, o ferreiro de Ynys Wydryn. — Hefesto? — sorriu, dissimulado. — Meu irmão? Meu irmão querido?

— Bico calado, moleque. — O ruivão o prendeu com os grilhões e se virou para Denyel. — Obrigado, capitão. Agora é comigo.

— Hefesto? O que vai fazer? — Hermes falou de mansinho, tentando conquistar seu captor. — Como chegou aqui tão rápido?

— Caminhando — ele respondeu, impreciso. — Fui eu quem fiz suas sandálias, esqueceu?

— Decerto que fez. Bem como todos os itens divinos. Obrigado. Que orgulho. Somos sangue do mesmo sangue. Vai me soltar, não vai?

— Isso caberá ao nosso pai decidir. — Olhou-o com desprezo. — Hermes, nascido no Olimpo, aliado de Minos, inimigo de Zeus.

— Inimigo de Zeus? Nunca! — ele tentou se justificar, desesperadamente. — Não foi isso, não foi assim. Posso explicar.

— Claro. Vai explicar para ele. — Deu meia-volta, arrastando o jovem pelas correntes, mas antes acenou para o anjo. — Nos vemos de novo, Böðgæðir?

— Improvável.

— Que pena. Boa sorte, então. E adeus.

Refazendo a trilha que percorrera havia minutos, Denyel regressou ao mausoléu de granito. Tão triste, tão *vazio*, ele pensou. Caminhou à fachada e lá ficou por alguns minutos, contemplando as montanhas, a planície, o abismo de Lethe e seu objetivo: a fortaleza de Agartha. O campo ao redor estava apinhado de tropas, lanceiros, oficiais, entulhado de bandeiras, estandartes, cercado e guarnecido por todos os lados. Seria impossível acessar o octaedro, mesmo voando. Mas o celeste tinha um plano, que estava prestes a ser concluído.

Sentou-se. Tirou os sapatos e calçou as sandálias de Hermes, que se ajustaram sozinhas a seus pés, como geralmente ocorre com adornos, trajes ou itens mágicos. Pegou os próprios calçados com a mão esquerda e, com a direita, tocou o peito, a palma aberta sobre a camisa.

Suspirou.

Deu um passo adiante.

Quando tocou o solo de novo, estava no meio do acampamento, entre guardas e falangistas. Rapidamente, deu um segundo passo, que o conduziu à entrada da ponte. Antes que Radamanthys o notasse, ele pisou uma terceira vez, agora de leve, num ângulo menor, cruzou a porta triangular e num piscar de olhos estava, afinal, dentro do refúgio secreto de Metatron.

Simples assim. Não, não fora *tão* simples. Mas ele conseguira. Denyel conseguira. Lá estava ele. O anjo exilado. O anjo da morte. O capitão dos aesires, defronte do primeiro dos anjos de Deus.

Metatron. Sim. O Rei dos Homens sobre a Terra encontrava-se em seu trono, o mais elevado de três assentos, ao término de uma escadaria altíssima. O salão tinha ao menos trezentos metros de pé-direito, era úmido, abafado e faria lembrar uma caverna, um santuário pré-histórico, não fossem os ângulos geométricos, projetados em detalhes. Quem também se fazia notar, no topo dos degraus, era Sophia, conversando com seu chefe, oferecendo a ele a lança de Nod.

Ao que parecia, Denyel não se atrasara tanto assim e teria a chance de aguar a "festa" no auge. Bem ao seu estilo.

Ótimo.

O lugar, de tão amplo, contava também com regiões obscuras, e foi em uma dessas alcovas que ele se escondeu.

Quieto, tirou a Beretta. Se conseguisse acertá-lo, se conseguisse balear Metatron, seria o fim daquela contenda, e seus amigos — além dele próprio — estariam salvos! A distância não era um problema, sendo ele um atirador experiente, o melhor da casta, um dos poucos versados no uso de armas de fogo. Então, fez mira. E apertou...

Um baque.

Dor.

Uma pancada. Na nuca.

Quem?

Um choque o atingiu. Golpeou-o de jeito. O corpo oscilou. E ele desfaleceu.

Rodeado pela escuridão sideral, o leito do Styx sobressaía-se como o único elemento visível. O céu apagara, o manto de estrelas desaparecera. Iluminado por um par de candeeiros, o barco singrava o curso escarlate. Surgiu então um brilho que a todos ofuscou, incidindo sobre um aglomerado de cones, esferas, cubos, arestas e torres metálicas. Se tais estruturas haviam sido concebidas por criaturas inteligentes ou nascido casualmente, a partir do caótico fluxo do universo, era algo que nenhum dos passageiros saberia explicar. O próprio ordenamento dos prédios (se é que eram prédios) não obedecia a padrões conscientes, tornando-se, portanto, indescritível segundo a compreensão das entidades comuns. Curiosos eram também os faróis, de onde partiam fachos branco-amarelados e dentro dos quais dançavam organismos elegantes, compostos de luz e calor reunidos.

O flutuador se deteve. Dali, não se distinguiam atracadouros ou portos, e o ambiente em nada se assemelhava às planícies do Hades.

— O que houve? — Kaira se dirigiu a um dos barqueiros. — Por que paramos?

— Não adianta, eu já tentei — Yaga andou até a proa. — Eles nunca dizem nada. — Mas respondeu ela mesma: — É uma tempestade do Styx.

— Não enxergo... — a arconte começou a replicar, mas desistiu quando uma espécie de radiação coruscou nas alturas. Lembrava os efeitos da aurora boreal, comum nas regiões polares da Terra, em tons dourados e rubros. — O que elas são?

— Tufões, acredita-se. Refluxos causados pelo encontro do Styx com o Oceanus. Não tenho certeza, mas presumo que aquele conglomerado na linha do horizonte seja Tyia, a Cidade do Oriente. Sólon, um malakim para quem trabalhei, me contou certa vez que existem duas cidades nos cantos extremos do espaço: Tyia, o suposto lar dos barqueiros, e Nysa, onde em tese se reuniriam os ecaloths, e no meio delas localiza-se Xandra, a Cidade no Centro do Cosmo.

— É daqui que eles vêm, então? — A Centelha estava maravilhada. As "ondas" eram de fato sublimes. — Os barqueiros?

— O mais provável é que não. Contudo, seria razoável pensar que Tyia é um porto, um refúgio para essas criaturas.

— E o que eles são, afinal? — Kaira a sabatinou, já que os condutores eram mudos. — Quem ou o que são os barqueiros?

— A questão é quem eles *foram*. — A hashmalim se empenhou em explicar, mas tudo o que conseguiu foi apimentar o mistério. — Ninguém sabe, realmente. No Sexto Céu, popularizou-se a teoria de que eles foram como nós, anjos e demônios, que pertenceram a um universo anterior e escaparam da entropia dividindo sua essência, sobrevivendo assim como fantasmas, espectros cósmicos, nem vivos, nem mortos.

— Universo anterior? — O conceito, tão extravagante à primeira vista, era digerido mais facilmente se analisado sob a óptica do *déjà vu* que ela, Urakin e Ismael haviam experimentado no *ashram* indiano, o eixo governado por Teth. — O piscar de olhos de Brahma. Faz sentido agora.

— Se faz sentido para você, por favor, não me diga. — Como todos os membros de sua ordem, Yaga preferia focar-se no presente e não perdia tempo com conjecturas infundadas. — Só espero que não nos tornemos como eles.

— Imagino que não dependa exclusivamente de nós — Kaira retrucou, e pensou em voz alta: — Será que ainda falta muito para chegarmos ao Hades?

— Não, falta pouco. — Taciturna, Inanna voltou à conversa. — Basta descer o rio. — O barco tornou a mover-se. — Estamos próximos.

O colapso de Denyel durou poucos minutos, o suficiente para que ele fosse arrastado escada acima. Quem quer que o tenha golpeado, ele pensou, sabia bater, era astuto, conhecia os pontos vitais, mas não tinha a força física de um guerreiro treinado.

O anjo foi largado sobre o último degrau. Quando seus olhos clarearam, ele se descobriu a um passo da plataforma superior, um quadrilátero que culminava nos tronos, ocupados por Metatron, no meio, trajando sua antiga tanga de couro, o peito nu, as asas cor de areia, e por Sophia, à sua esquerda. A cadeira da direita estava vazia, mas à canhota do Rei dos Homens, em pé, mais próximo a ele, visualizava-se uma entidade de manto preto, careca, o corpo magro, um dos olhos furado, a face ossuda, a tez pálida, que Denyel prontamente reconheceu como Ismael, o Executor, ex-parceiro de Kaira, o hashmalim que desaparecera no rio Oceanus após a batalha na cidade de Egnias.

Levantou-se.

Lá de cima, o aposento era visível em todos os ângulos. O salão, ele notou, por mais amplo que fosse, representava apenas um setor da fortaleza, a antessala, provavelmente, aquela que se abria ao exterior. As câmaras internas deviam ser acessíveis através de um corredor hexagonal, que nascia à retaguarda dos tronos e brilhava com uma luz refulgente. Esta, somada às paredes cavernosas, imprimia ao local uma atmosfera de rusticidade sagrada, aludindo aos primeiros templos humanos, situados em grutas, em galerias subterrâneas, nas profundezas do mundo, onde os caçadores rabiscavam suas sagas.

Uma vez ereto, Denyel reparou que a Beretta descansava próxima a Sophia, sobre um dos braços do trono, e que as sandálias de Hermes estavam agora em poder da criatura que ele identificara como Ismael. Já a lança de Nod prendia-se à cintura de Metatron, que o espiava de modo cortês, até respeitoso, sem a ironia ou a arrogância comuns aos primicérios.

— Olá — o Primeiro Anjo o saudou. — Olá, capitão. — Sua voz era trovejante. — Estou impressionado. Desbancou Hermes, Radamanthys, o basilisco... — Fez um gesto na direção da elohim. — Sophia me contou que você sempre tem uma carta na manga. É um homem precavido; gosto disso. Qual é a sua próxima jogada?

— Acaba de roubar a minha última peça, velhote. — Com um olhar, ele indicou a lança de Nod, fixa à tanga de Metatron. — Quem foi que... — Ele estava curioso para saber quem o acertara pelas costas, mas, quando começou a falar, a figura que outrora se apresentava como Ismael esboçou uma risada, e Denyel entendeu perfeitamente o que se passava. — Você? Lógico. É bem típico da sua casta. — O ódio por aquele indivíduo, que ele considerava um traidor, agravou-se mais ainda. — Jurava que você tinha morrido. — Cuspiu no chão. — Seria melhor que tivesse.

— Estou tão morto quanto você — retrucou a entidade de capa negra, confiante sob a proteção de seu mestre. — E agora me chamo Cerberus.

— O que achou do nome? — Metatron pousou a mão sobre o ombro de Cerberus e o mirou como um pai orgulhoso. Depois, voltou-se para o exilado. — Resgatei o antigo e, por que não dizer, *finado* Ismael a partir da cidade de Tyia, onde os dois rios se encontram, como fiz com outros, sem dificuldades. Agora, ele é parte da família.

— Filho da puta. — O xingamento, nesse caso, era direcionado a Cerberus, não ao sentinela. — Kaira preocupada com você, e... Seu traidorzinho de merda. — Ele não conseguia encontrar adjetivos adequados, afinal o crime lhe parecia imperdoável. — E ainda por cima — olhou para as sandálias — é um ladrão.

— Sim, mas não tão bom quanto você — defendeu-se. — E, como diz o ditado, ladrão que rouba ladrão...

— Seu puto.

Irritado, com o sangue borbulhando, Denyel ameaçou avançar, mas uma energia invisível o impediu.

— Espere, capitão. — As palavras de Metatron e o modo como ele as pronunciava eram claramente conciliadores. — Não vamos brigar por causa disso. Se quer nos agredir, faça antes uma reflexão. Pergunte a si mesmo por que está lutando contra nós, se os nossos propósitos convergem. Por que não nos unimos de uma vez, e assim ficamos mais fortes?

— Está me oferecendo um emprego? — ele perguntou, ironicamente, mas o Rei dos Homens respondeu com toda a lisura:

— É o homem que procuro, sem dúvida. Como eu disse, foi bem-sucedido em todas as provas, sendo a última a do basilisco.

— Então — olhou-o com desconfiança — não estava querendo me matar? — Encarou Sophia. — Não mandou a mocinha aí para acabar comigo?

— Não. Sophia tinha a missão de testá-lo. Não foi assim desde sempre? Não foi assim desde que vocês se conheceram, em Paris? Não foi assim em Nova York? Claro que as provações envolviam riscos verdadeiros, mas eu precisava ter certeza de que você estava apto ao cargo. Só contratamos os melhores.

— Bom, então, sinto muito, coroa. Mas você ficaria muito desapontado se eu dissesse que jamais trabalharia para você?

— Denyel — ele riu gentilmente, como um ancião que dá sermões aos mais jovens. — Você *sempre* trabalhou para mim. Já esqueceu quem fornecia as informações para os Sete? E não eram os Sete que comandavam os anjos da morte? — Trocou olhares de cumplicidade com Sophia, que era de fato a informante de Sólon. — Ficou tudo esclarecido agora?

— Não, ainda não. Como? Por quê? Que interesse logo vocês, tão próximos à humanidade, teriam em estudar as guerras humanas?

— Nenhum. O estudo das guerras foi concebido como um despiste, uma desculpa para entreter os malakins e desviar a atenção deles, ocultando assim as nossas verdadeiras necessidades. Compreenda, capitão, somos apenas três, e éramos dois naquela época. O projeto dos anjos da morte era um jeito de convencer os Sete a trabalhar para nós, sem que eles soubessem. Era a única maneira de reunir um grupo de soldados para atender secretamente às nossas demandas. — E revelou, sem subterfúgios: — O que nos faltava era fazer o mapeamento energético da Terra, encontrar os nódulos abertos pelos outros sentinelas, já falecidos, durante a era do gelo.

— Nódulos? — Denyel só podia imaginar uma coisa. — Os obeliscos?

— Claro. — Metatron demonstrou satisfação ao ver que seu candidato ligara os pontos tão facilmente. — Os obeliscos de Marie et Louise, do Camboja... Todas aquelas eram missões nossas, e você as cumpriu com maestria. Mickail e os seus colegas correram o planeta e também fizeram a parte deles, tanto é que, no final do século XX, quase todos os monólitos haviam sido encontrados. Faltava--nos apenas um, que conforme sabíamos repousava em uma colônia atlântica, oculta algures no oceano. Graças a uma dúzia de encantamentos, essa estação, Athea, permanecera invisível até mesmo aos radares modernos, impossível de ser localizada. Finalmente, a ilha foi descoberta por acaso, e então nós entramos em ação. Com a sua ajuda. — E acrescentou, misterioso: — E com a de outros agentes.

— Que história sem pé nem cabeça. Não sei o que você pretende com esses nódulos, nem me importa, mas faz meses que Athea foi encontrada. Se os obeliscos são tão essenciais ao seu plano, seja ele qual for, o que está esperando?

— Falta a cereja do bolo. Quer saber o que ela é? Ou quem ela é? Então, junte-se a nós e eu lhe direi. É a sua grande oportunidade, capitão. Que lado você vai escolher? O dos legalistas, que sempre o desprezaram? O dos rebeldes, os quais você ajudou a matar? Ou o nosso? Por quanto tempo continuará a se esconder, a dormir em porões, a fazer acordos para sobreviver? Esses dias chegaram ao fim. É o mais competente dos nossos guerreiros, conhece os homens, seus medos, seus conflitos, suas dores. Você é uma criação minha, o meu melhor discípulo secreto. Sem você, nunca teríamos conseguido a lança de Nod. Você merece todos os louros, e alguns mais.

— Não tente me atribuir falsas vitórias nem me convencer de coisas que não fiz. Se queriam tanto a lança, por que não a tomaram logo, nos anos 70? — Mais uma vez, ele apontou para Sophia. — Não tinham acesso ao Sexto Céu?

— A rede, soldado — foi a própria Sophia quem respondeu, referindo-se à suposta organização dos elohins, chamada por eles de "rede" ou "teia", cuja função, no passado, teria sido contrabandear informações acerca dos legalistas diretamente para os anjos rebeldes de Gabriel, reunidos na Cidadela do Fogo. — Você entregou a lança para os malakins, e naquela época ela era mais útil entre eles, portanto nada fizemos. Preferimos, ao contrário, nos aproveitar da situação e inventamos a teia como uma forma de propagar a discórdia entre os arcanjos, de abalar a trégua que rebeldes e legalistas mantêm na Haled. Quando o século XX chegou ao fim, os próprios Sete resolveram desfazer o esquadrão dos anjos da morte, e havia o perigo de a arma ser enviada para Miguel. Fui até Raqui'a para reavê-la, mas Sólon a tomara para si. Então, nós o enviamos através da zona secreta e você agiu segundo as nossas expectativas. Matou o Primeiro dos Sete, capturou o artefato e o guardou em local seguro. Como o objeto não emite vibrações místicas, era impossível o localizarmos, então Metatron os atacou no Dakota, mostrando-se uma ameaça acima das suas capacidades, o que o obrigaria a usar a lança contra nós. Já sabíamos que Miguel enviaria Yaga ao seu encontro, e que você jamais trabalharia com ela. Sendo assim, o que lhe restava era recorrer a mim, como sempre fez nos momentos de crise. Certa de que você me procuraria cedo ou tarde, eu facilitei a sua vida, ou melhor, a *nossa*, deixei o bilhete no *closet* do apartamento da Rua 72 e daí em diante bastou esperar. — Deu um sorriso, com um misto de vitória e deboche. — Como eu lhe disse em Ynys Wydryn, e repito, você é um sujeito totalmente previsível.

Quando Sophia completou o discurso, Denyel já não escutava mais nada. Sua mente relampejava com cenas e rostos que havia muito tempo o assombravam. O primeiro personagem a atormentá-lo foi Gregorion, o rechonchudo vendedor de automóveis que ele tão covardemente assassinara nos anos 50, com uma bala no coração. Depois vieram Kazan, o comerciante de Istambul, Giuseppe di Lazio, chamado de Cardeal, que em vão tentara alertá-lo sobre a inexistência da teia, além de uma centena de seres humanos. Mas todos esses eram arranhões, ferimentos já suturados, que conduziam a uma só chaga, aberta e que ainda sangrava.

— Zac — o exilado murmurou para si mesmo, dando-se conta, enfim, do que desconfiava havia décadas: que havia executado um inocente a sangue-frio e, mais que isso, um amigo. Zacarias, o ofanim que o salvara e que acabaria sendo destruído por ele. — Zac — tornou a dizer e, com os olhos cheios de fúria, partiu para cima de Metatron. — Monstros. É o que são. Vocês não são anjos, sentinelas ou deuses. São monstros!

O avanço provou-se infecundo. Com um movimento de pulso, o Rei dos Homens o paralisou. Fazendo uso da técnica que aprendera ao duelar com Gabriel, a Telecinese, a habilidade de mover objetos com a força da mente, com a qual, inclusive, mantinha a fortaleza levitando, o sentinela o ergueu no ar, mais ou menos como um fantoche. Preso por uma energia que o segurava por todos os lados, Denyel só podia praguejar contra eles, ofensas que foram solenemente ignoradas.

— Eu lhe disse que ele era um caso perdido. — Sophia virou-se para Metatron. — Devo matá-lo? — Pegou a Beretta e apontou para o intruso.

— Deixe-o comigo, mestre — implorou Cerberus, faminto. — Suplico-lhe, ó rei. Permita que eu, Cerberus, seu criado, dê cabo dele.

— Não — o anjo de asas cor de areia os censurou. — Ainda não. — A resposta era sobretudo uma ordem a Sophia. — Servir-nos como agente não é a sua única utilidade, se é que eu preciso lembrá-los. Há outras, talvez até mais importantes. — E, com o intuito de mais uma vez desnorteá-lo, Metatron jogou-o de cabeça contra a dura escadaria de basalto e em seguida o sugou à plataforma elevada, finalmente o libertando do controle telecinético. Denyel desmoronou na base dos tronos, aturdido. — Leve-o para o salão oeste. Quero-o vivo até segundo aviso.

Submissa, Sophia retornou a pistola ao braço da cadeira. Com as duas mãos, agarrou o exilado pela jaqueta e o puxou para dentro do corredor hexagonal.

Zonzo, a última coisa que Denyel enxergou foi a lança de Nod, ainda presa à cintura do Anjo Supremo.

E sorriu.

62

"ABANDONAI TODA A ESPERANÇA"

Um saco de pancadas. Era assim que Denyel se sentia. Primeiro, fora nocauteado pelo tal Cerberus, o mais novo servo de Metatron, depois jogado de cara no chão e atordoado pelos poderes telecinéticos do Anjo Supremo. Grogue, foi conduzido através do corredor. Sophia não era particularmente forte e precisou arrastá-lo por vários metros, até soltá-lo de costas sobre uma rampa de pedra. O exilado rolou. E parou nos degraus. Recompôs-se. Não, não era uma rampa. Era uma escada. De basalto, como tudo na fortaleza. Com efeito, aquele devia ser o local que o Rei dos Homens mencionara, ele pensou, o "salão oeste", e lhe parecia idêntico à câmara de entrada, com as mesmas dimensões, à exceção dos três tronos e da porta que dava acesso à planície.

Uma vez solto, Denyel recuperou-se na hora. Com a energia do arremesso, Sophia ficara com a jaqueta dele presa aos dedos. Ele se levantou para reavê-la, mas acabou repelido por uma parede elástica, translúcida. O anjo não podia cruzar a soleira, mas era capaz de enxergar através, e gritou para a elohim, antes que ela sumisse.

— Ei, *chérie* — chamou-a pelo apelido, talvez como um jeito de convencê-la a voltar. — Aonde pensa que vai com a minha jaqueta? Ela tem valor sentimental.

— Eu sei, por isso preciso dela. — Deu meia-volta e apontou para os pés dele, calçados. — Eu lhe devolvi os seus sapatos. Dê-se por satisfeito.

— Estou decepcionado, boneca. Se tinha uma coisa que me atraía em você era o seu jeito de mulher independente. Uma feminista celeste, emancipada. Isso era o que me deixava maluco, o que me excitava para valer. E pensar, agora, que estava o tempo todo trabalhando para esse cro-magnon. — Riu de desgosto. — Que merda...

— Todo mundo trabalha para alguém. Até aí, nada de novo sob o sol. De qualquer maneira, quem é você para me julgar? Serviu por décadas como capacho de Sólon, baixou a cabeça para aquele "palerma", como você o chamava. E para quê? Não deu em nada. Se é para se curvar a alguém, por que não ficar do lado dos vencedores?

— Porque é errado. Já pensou nisso?

— Denyel, você é uma piada. Os mortais inventaram o maniqueísmo, não nós. Certo e errado são uma questão de ponto de vista. Não aprendeu isso morando na terra?

— Oh, Deus. Você entendeu tudo errado.

— É mesmo? — Sophia o desafiou, os braços cruzados. — Esclareça-me.

— Para vocês, elohins, a vida sempre foi muito fácil. Sempre tiveram tudo: o seguríssimo refúgio da zona secreta, as facilidades da casta, dinheiro, poder, desde os primórdios até hoje... Eu, não. Eu realmente vivi como um terreno, dormi nas sarjetas, amei, matei, senti na pele todos os sentimentos humanos. E a lição que aprendi é que existem parâmetros universais, que não podem ser ditos ou escritos, aplicáveis a homens e a anjos. Para certas coisas, não existem "pontos de vista". Nós sabemos muito bem o que é certo e o que é errado, nós temos, *sim*, o discernimento de entendê-los e, se optamos por seguir a trilha incorreta, a culpa é nossa, não do mundo que nos cerca. — Respirou fundo e opinou: — Olha, não sou idiota. Já saquei direitinho o que o seu chefe pretende fazer. Ele quer usurpar o poder dos arcanjos e se tornar um deus sobre a terra, impondo suas leis aos mortais na Haled. E ele não estaria, com isso, contrariando o maior desígnio de Yahweh? — Alfinetou-a no ponto fraco: — E você, ao segui-lo, não estaria indo contra as normas da sua casta, já que os elohins não podem, ou não devem, interferir no arbítrio dos homens?

— Sou uma sentinela, Denyel. O fulgiston me gerou como uma elohim, é verdade, mas eu não estou limitada pelos impulsos da ordem. Assim tem sido desde que o próprio Yahweh nos libertou, concedendo-nos a alma, para que cumpríssemos uma missão específica. Portanto, sou um pouco humana também. Foi isso que o encantou, era isso que o "deixava maluco". — Ela fez menção de se virar. — Posso ir agora?

— Espere. Me responda só mais uma coisa — ele pediu, as palmas coladas contra a barreira invisível. — Se a teia não existia, se os anjos que eu liquidei eram inocentes, no fim das contas, como vocês escolhiam os meus alvos?

— Foi conforme lhe dissemos. Era um teste. O esquadrão dos anjos da morte nos serviu para vários propósitos, entre eles selecionar um agente que nos fosse adequado, ou seja, *você*. Mas para que se juntasse a nós era necessário, *é* necessário, dedicação total à autoridade. Precisávamos saber se você era capaz de matar em quaisquer circunstâncias, se seria capaz de atirar em outro anjo a sangue-frio, encontrar uma presa no labirinto, fazer pactos escusos, enfrentar um dos netos de Tehom, assassinar um amigo, derrotar um bando de querubins raivosos. E, como frisou o Rei dos Homens, você passou em todas as provas. — E pela primeira vez ela o tentou: — Eis a sua chance de deixar de ser um anjo da morte para se tornar *o* anjo da morte. — Olhou-o de cima a baixo. — Permita que eu lhe dê um conselho, antes que seja tarde demais: aproveite que Metatron o poupou. Ele não o fará uma segunda vez. Use este momento e a solidão desta sala para refletir sobre o seu futuro. Seus crimes, como você mesmo diz, são imperdoáveis. O único jeito de revogá-los é mudar as regras do universo. Pense nisso. — Deu as costas e se afastou. — Mas pense com calma.

Ao longo do Styx, frequentemente os cenários se transformam sem que o viajante perceba. Mundos e dimensões se sucedem num piscar de olhos, criaturas estranhas aparecem e somem, planetas e estrelas acendem e apagam. A cada segundo mais próximos do Hades, os celestes avistaram um pântano de areias fumegantes, as árvores retorcidas, o solo lodoso. Kaira observou estátuas na orla e, sendo uma ishim, notou que aquelas não eram esculturas comuns, mas pessoas convertidas em pedra, então se lembrou do que o Senhor dos Vulcões lhe dissera: que não deixassem o convés até aportarem na Estígia.

Para além daquele brejo, o horizonte terminava em uma cadeia de montanhas, os picos altíssimos, com mais de oito mil metros, que circulava o Hades pelos quatro cantos, de norte a sul e de leste a oeste. O céu era negro e as nuvens, escuras, formadas por gases nocivos, principalmente enxofre, oxigênio e metano, uma combinação fatal às pessoas comuns.

Demorou mais uma hora e então o barco penetrou através de um desfiladeiro, que transpunha o maciço de ponta a ponta. No fim desse cânion, os mirmidões aprisionados, incapazes de fugir do cárcere, haviam esculpido, fazia séculos, um arco de pedra sobre a ravina, onde se liam os seguintes dizeres, no alfabeto grego arcaico:

Ó vós que entrais, abandonai toda a esperança.

Úmidos pelos respingos vermelhos, Kaira, Urakin, Yaga e Inanna chegaram, enfim, às cinzentas planícies da Estígia, vislumbrando pela primeira vez o abismo de Lethe e a fortaleza de Agartha. O que eles não contavam era com o exército que a defendia, o mesmo que Denyel contemplara sobre a escadaria do templo de Cocytus, organizado em batalhões e falanges.

— Que diabos é isso? — Urakin ficou boquiaberto. — Quem são estes aí?

— Denyel chamaria de comitê de recepção, aposto. — Kaira também não gostou do que viu e olhou melhor. — Eles parecem...

— Gregos — completou Yaga. — Sim, são espíritos da Hélade, confinados nas trevas por Zeus. Definitivamente, é um péssimo agouro. Significa que Metatron tem outros planos, projetos mais ambiciosos, ou então não os estaria usando como peões.

— Não dá para enfrentar todos eles. — A ruiva tocou a Fagulha. — E, mesmo se pudéssemos, levaríamos dias até derrotá-los.

— O contingente é numeroso, mas eles não têm asas. — Inanna se apressou em montar uma estratégia. — Vamos decolar agora e vencer o percurso *do alto*, direto ao octaedro. Se subirmos acima das nuvens, eles não poderão nos acertar.

— É uma ótima ideia, mas temos que desembarcar primeiro. — Kaira acatou o conselho de Amael. — Lembrem-se do que nos disse o Senhor dos Vulcões. Precisamos, antes, esperar que o flutuador encoste na margem. Depois, sim — ela definiu sua tática —, subimos o mais alto possível, e o mais *rápido* possível.

Não levou nem um minuto para que a embarcação se aproximasse de um fundeadouro de granito, parte da necrópole que existia nas profundezas antes de os helênicos terem sido acordados. Kaira assumiu a vanguarda e despejou instruções:

— Eu vou na frente. Saltamos sobre a plataforma e em seguida decolamos. — Os cretenses se encontravam alinhados a uns cem metros do cais, fitando-os como tigres na jaula. — Não deixemos que nada nos atrase — ela os alertou. — Entenderam? Elevem-se até alcançar as nuvens. Voltamos a nos reunir lá em cima.

Quando a arconte acabou de falar, os condutores aportaram o veículo. Kaira deu um salto, encostou os pés na esplanada, desfraldou as asas, mas um imprevisto a retardou. Do meio das colunas de lanceiros brotou um rosto conhecido, de alguém que ela não via fazia meses, e que não poderia negligenciar, tampouco esquecer.

— Ismael? — O coração bateu forte. O Executor não morrera, afinal. Só perdera um dos olhos. — Ismael? Está vivo.

— Olá, Centelha. — Ele a encarou não como o companheiro de outrora. Sua expressão estava completamente mudada. — Nos reencontramos, enfim. Esperei ansioso por este momento.

— Ismael. — Kaira deu um passo na direção do careca, para quem sabe abraçá-lo, mas Yaga a segurou pelo bíceps. — Ismael, o que faz aqui, entre estes soldados? Quem eles são? Como escapou do Oceanus? O que aconteceu com o seu olho?

— Não se preocupe comigo, nunca estive tão bem — garantiu Cerberus. — Quanto às suas perguntas, não cabe a mim respondê-las. Sou um mensageiro, somente. — Apontou para o octaedro. — O Rei dos Homens sobre a Terra a convida à sua presença.

— Lá se vai o efeito surpresa — resmungou Urakin, mais para si que para os outros. — Só pode ser coisa de Lúcifer. O canalha nos armou uma cilada.

— Lúcifer não tem nada a ver com isso, guerreiro — o próprio Cerberus isentou o diabo. — E esta não é uma cilada. Não precisamos montar armadilhas para vencê-los, pois vocês já estão derrotados. — Olhou ao redor, indicando o copioso exército de Minos. — Não bastasse o fato de estarem em menor número, Metatron não pode ser superado no Hades, nem pelos arcanjos, que dirá por vocês, meras entidades celestes. Só lhes resta aceitar seu destino.

— Sinto muito, Ismael — Kaira retomou a palavra. — Não sei o que aconteceu com você, e me entristece pensar que esteja aliado ao inimigo, coisa de que, sinceramente, eu ainda duvido. Seja como for, não vou a lugar algum sem o meu coro. Aceito ter com Metatron, mas iremos todos juntos, e prontos para a luta.

— Eu temia que dissesse isso. — A figura de preto, então, atirou aos pés deles uma peça de roupa que trazia sob a capa. — Reconhece?

— É a jaqueta de Denyel. — Urakin apanhou o objeto, farejou-o e confirmou a suspeita. — Não só a aparência. O cheiro é inconfundível.

— O seu amigo está conosco, sob custódia — informou-lhes o caolho. — Recuse os nossos termos e ele será executado.

De início, Kaira teve vontade de recusar. Não por não amar Denyel, mas porque não acreditava que ele, logo ele, tão esperto, tão furtivo, tivesse sido pego como refém. Mas depois se recordou de que em Nova York ele lhe dissera que cuidaria de tudo, então era bem provável que o exilado tivesse, sim, procurado outro caminho ao Hades. Era uma aposta perigosa, um preço caro a pagar. E se Cerberus não estivesse blefando? E se o capitão estivesse mesmo com eles?

— Está bem. Irei sozinha me encontrar com o seu líder. Peço apenas que não toquem nos meus companheiros. Quero que me prometa que eles não serão feridos.

— Isso eu não posso garantir. — A entidade de trevas espiou o rei Minos, montado sobre a manticora. — Veja, estes valorosos heróis descansaram por séculos e agora estão sedentos por entrar em ação. Quem sou eu para impedi-los?

— Não se aflija, Centelha — dessa vez foi Inanna quem declarou, num tom mais afável. — Os mirmidões são bons lutadores, mas são apenas espíritos humanos. Não só podemos lidar com eles, como descemos ao Hades com esse exato propósito.

— Por mais que vocês sejam poderosos, eles são muitos. — Kaira os preveniu: — Essa disputa está além das suas capacidades.

— Um risco calculado, eu diria — Yaga interveio. — O fato é que todos estamos enfrentando disputas além das nossas capacidades. Enquanto nos bateremos contra este exército, aqui fora, você combaterá Metatron, lá dentro, e sozinha. Difícil dizer qual dessas batalhas será mais árdua. O importante é que confie em nós. E nós confiaremos em você.

— Não temos saída, não é? — Kaira acabou por concordar, dobrando-se à sugestão de Inanna e ao sóbrio raciocínio de Yaga. — Eis que começa o maior desafio da nossa vida. Não acredito que sobreviveremos a este dia, se é que existem dia e noite neste local tão sombrio. Só o que nos resta é ter fé, e morrer dignamente. É o que quero, o que desejo. — Olhou para os comparsas, certa de que seria a última vez que os veria, rememorou o lema inscrito no arco sobre o Styx e o achou terrivelmente sugestivo. — Proíbo-os de desistir. Lutem como lutaram no inferno. — Passou à escolta de Cerberus. — Lutem até a última gota de sangue.

O exército de Minos abriu alas para Cerberus e Kaira, fechando-se às suas costas à medida que eles avançavam.

Adiante, erguia-se a fortaleza de Agartha, lar de Metatron e símbolo máximo da luta contra a opressão dos arcanjos. Outrora intimidada, Kaira agora experimentava um tipo de êxtase, uma sensação de euforia a percorrer seu corpo. O furor não era apenas psicológico — era físico, espiritual, como se ela estivesse adentrando uma grande fornalha.

Os dois chegaram à ponte sobre o abismo de Lethe. O guardião, Radamanthys, armado com duas lanças, virou-se de perfil, colocou-se em posição de sentido, o queixo empinado, o elmo elegante, permitindo que eles acessassem o portão.

Kaira não podia negar: estava curiosa para saber como era o interior do octaedro, que mistérios ele escondia, mas nesse ponto se decepcionaria um bocado, porque já o visitara, ainda que nunca tivesse estado lá, realmente. O salão norte, como o Primeiro Anjo o chamava, era igual ao aposento que ela explorara durante o transe sobre a mandala indiana, ao contemplar "o passado", como Teth sugerira, inclusive a escada, que terminava nos três tronos sobre a plataforma elevada. Do alto, sentado, Metatron a aguardava, acompanhado por outra entidade, Sophia, cujo semblante a ruiva não reconhecera (ou não lembrara) até aquele momento.

Galgados os inúmeros degraus, ela pisou sobre o estrado superior e parou a uns dez metros do Rei dos Homens, reparando, em silêncio, que ele mantinha uma adaga de bronze presa à cintura, arma que mais tarde ela viria a descobrir ser a mitológica lança de Nod. Sua armadura escarlate contrastava com as paredes, o teto e o chão, construídos em rocha negra, os ângulos retos, sem adornos ou ornamentos desnecessários.

— Onde está Denyel? — Kaira foi a primeira a falar, preocupada com o bem--estar do amigo. — Cumpri a minha parte. Estou aqui contra a minha vontade. — E exigiu, a fisionomia austera: — Diga-me onde ele está.

— Você não veio aqui para resgatar Denyel, veio para me matar — Metatron a acusou, esboçando um sorriso. — Fique calma, eu cumpro as minhas promessas. O seu companheiro está a salvo, e você poderá revê-lo a seu tempo.

— Quando?

O sorriso desapareceu e ele decretou:

— A seu tempo.

— Nunca imaginei que o todo-poderoso Metatron precisaria se valer de uma tática tão reles. Usar um refém para me atrair? Não é você o Anjo Supremo? O Deus do Jardim? É assim que sustenta sua majestade?

— Ah, não. Não me entenda mal. Não estou fazendo ninguém de refém. — Ele afagou a barba crespa. — Não vai dizer alô para a sua irmã? — abriu uma das palmas na direção de Sophia.

— Quem?

— Não se lembra dela? — o sentinela fingiu estranhar. — Sophia, anteriormente Samyaza, a Senhora dos Portais.

— Do que está falando?

— Uma coisa de cada vez. — Metatron levantou-se, expandiu as asas pardas, olhou-a com ar complacente. — É muita informação, eu compreendo. Milênios não podem ser resumidos em alguns minutos. Quero fazer um acordo com você.

— Outro?

— Esse é mais fácil. Eu lhe entregarei Denyel, são e salvo. Em troca, só peço que me escute.

— Aonde está querendo chegar?

— À fonte — rebateu, apurado. — Venham comigo. — Ele apontou não só para Kaira, mas também para Cerberus. — Vocês dois. — Então, virou-se e seguiu até o corredor que nascia à retaguarda dos tronos. — Chegou a hora, Centelha, de você saber quem realmente é e por que está aqui.

No segundo em que Kaira aceitou acompanhar Metatron, lá fora, nas planícies do Hades, Urakin, Yaga e Inanna se preparavam para "o maior desafio de suas vidas", como bem definira a Centelha. Distantes vinte metros dos falangistas, o trio certamente ceifaria muitas cabeças, produziria uma montanha de cadáveres, mas estava fadado a sucumbir cedo ou tarde, afinal a tropa era composta por centenas de milhares de combatentes, soldados fanáticos que jamais recuariam se seu líder não o fizesse primeiro. Urakin escutara por alto, não sabia quando ou onde, a lenda acerca daqueles poderosos guerreiros e, no exato instante em que as divisões estavam para atacar, ele teve uma ideia.

— Esperem! — esbravejou, para que todos ouvissem, e por incrível que pareça os infantes se detiveram. — O seu líder. Onde ele está? — desafiou-os abertamente, gritando. — Quem ele é? Se tem coragem, que o general se aproxime antes do prélio.

Orgulhoso, equipado com o escudo mágico, e ainda mais na companhia de seus mirmidões, Minos naturalmente não tinha por que se esconder. Trotando sobre a sela, guiando a manticora, o rei de Creta se adiantou no campo de batalha. Desmontou, arrogante, e caminhou até Urakin. Ostentava um elmo dourado, com um par de chifres bovinos, vestia uma couraça de bronze e na mão direita trazia uma maça.

— Sou Minos, filho de Zeus, soberano de Creta — anunciou-se, cheio de altivez. — O que deseja aquele que me convoca?

— Meu nome é Urakin, o Punho de Deus, guerreiro da 17ª legião, soldado dos exércitos do leste, acólito de Gabriel e subordinado a Kaira, Centelha Divina. — Tomou fôlego e rugiu: — Minos, eu o desafio para um combate singular.

— Não faça isso — aos cochichos, Inanna advertiu o colega. — Minos não é só um espírito humano, como são os seus campeões. É um semideus, quase tão forte quanto os seres do Olimpo. Melhor o combatermos juntos.

— Não. Melhor seria que eu o derrubasse *antes* — disse Urakin. — Se eu vencer, as tropas ficarão desmoralizadas, e depois será mais fácil afrontá-las.

— Você não vai vencer — a baronesa se viu obrigada a desencorajá-lo, pelo próprio bem dele, e pelo do grupo. — Vai perder, e então morrerá.

— Talvez. É muito provável que eu seja derrotado, mas preciso tentar mesmo assim. Não sou e nunca fui sagaz como Denyel, intrépido como Kaira ou inteligente como Yaga. Tudo o que tenho é a minha honra, a minha técnica e absolutamente mais nada. Já que vamos todos morrer, peço-lhes que me deixem cair dignamente, combatendo o líder dos mirmidões, e não os soldados. É a minha vontade, a minha demanda. Não me privem de cumprir o meu propósito.

— Compreendo — concordou a cria de Lúcifer, afinal ela também era obcecada por completar suas tarefas, não à toa os escoltara desde o Sheol, não à toa orgulhava-se de suas conquistas, eternizando-as em vitrais e rosáceas.

— Se já terminaram de debater — era Minos quem agora falava —, afirmo-lhes que aceito o desafio. — Chegou mais perto de Urakin. — Mas é desse jeito que pretende me vencer, ó Punho de Deus? Desarmado? — Ele riu, zombeteiro. — Capitães? — Gargalhou e perguntou a seus homens: — Quem pode emprestar uma maça a este pobre coitado?

Dois minutos depois, tempo durante o qual Urakin foi motivo de escárnio, coberto de injúrias e xingamentos, alguém atirou ao chão uma haste com cabeça de ferro, semelhante à arma usada pelo próprio soberano de Creta, e o anjo a apanhou. Deu três passos rumo ao exército da Hélade. Minos o imitou e progrediu na direção dos celestes.

Enfim, os adversários ergueram seus instrumentos.

Flâmulas se agitaram. Tambores rufaram. Bandeiras se sacudiram.

Iniciava-se assim, com um duelo corpo a corpo, a grande batalha do Hades, o principal confronto dos nossos dias, o enfrentamento que definiria o equilíbrio de forças na terra e que, após concluído, abriria caminho à destruição do planeta.

63

POLO MAGNÉTICO

Telúria, antes do dilúvio

Desde que surgiu sobre a face da Terra, a raça humana foi testemunha de quatro grandes catástrofes. No Paleolítico, a era do gelo esboçou-se como uma tentativa dos arcanjos, ainda velada, de exterminar a espécie mortal. Seguiu-se a ela o primeiro cataclismo, cujo objetivo era acabar não com os homens, mas com os sentinelas, que os haviam ajudado a resistir à glaciação. O segundo cataclismo, então, que só ocorreria séculos à frente, por volta de 35.000 antes de Cristo, seria caracterizado por terremotos tão fortes que reajustariam o planeta à disposição que permanece até hoje.

E depois viria o dilúvio.

No tempo em que Ablon conduzia sua caçada, após a primeira e antes da segunda hecatombe, o continente americano era uma zona praticamente selvagem. No sul, o fabuloso Império Yamí controlava a maior parte da selva, e ao centro destacava-se o reino de Kuna, tendo como capital Aztlán, uma das "sete províncias do ouro". Poucos eram aqueles, todavia, que se aventuravam além do equador. Contava-se — e a propósito era verdade — que nesses setores viviam os remanescentes dos gigantescos répteis que dominaram o mundo durante o período jurássico. A América do Norte era então dividida em dois subcontinentes, separados por um mar estreito que daria origem à bacia hidrográfica dos Grandes Lagos americanos. O sul era conhecido como Hiwatha, e a parte superior, como Telúria, uma região ainda mais gelada que a Hiperbórea, castigada o ano inteiro por tempestades de neve e ventos cortantes.

O polo magnético, naqueles dias, não era o mesmo de agora, uma vez que a inclinação do globo era outra. De qualquer forma, era lá que ele ficava, no setentrião, entre cabos e geleiras infindáveis. O ponto exato de convergência das linhas energéticas e o obelisco que o marcava estavam, ambos, ocultos e muito bem preservados no interior de um enorme vulcão, extinto desde a era mesozoica. De longe, o relevo e seus contornos faziam lembrar uma montanha solitária, o cimo encoberto de névoas, camuflando satisfatoriamente a cratera no topo. Dentro, graças ao solo fértil e às fontes termais, encontrava-se um vale florido, de extrema beleza, contendo algumas espécies vegetais que não existiam mais no ambiente lá fora. E no centro desse paraíso, quieto, silencioso, bucólico, distinguia-se um obelisco piramidal.

Quem residia no vale era ninguém menos que Metatron. Coubera a ele, como líder dos sentinelas, a tarefa de encontrar o nódulo central e fixar sobre ele o monólito. Feito isso, o Rei dos Homens estava prestes a localizar a fonte dessas energias, a descobrir o caminho para o coração do planeta, mas ele nunca seria um soberano completo se, antes, não submetesse seus inimigos. Vencera Gabriel no passado, e agora Miguel enviara outro assassino em seu encalço, um general que conseguira uma façanha quase impossível: derrotar Kha, o Sol. Conhecendo a persistência desse guerreiro, o Primeiro Anjo decidiu que iria superá-lo, para só então deslanchar seu plano. Mandou que uma de suas agentes, Samyaza, a Senhora dos Portais, infiltrada na casta dos elohins, revelasse a Orion seu paradeiro e então foi só aguardar. Logo, Ablon, o Vingador, o maior agente dos céus, viria à sua caça, e então ele o esmagaria, transmitindo aos primogênitos um recado à altura.

Foi assim que, em uma tarde de inverno, um raio atravessou o frio manto de névoas, caindo sobre as águas de um lago, despencando como uma flecha bem no meio do vale. Do espelho cristalino ergueu-se uma figura máscula, alta, de cabelos claros, aparência jovem, armadura dourada, polida e sem arranhões, trazendo uma espada na cinta, a barba crescida, denunciando o longo intervalo em que vagava na terra. Das árvores veio a seu encontro um outro indivíduo, um outro *anjo*, mais baixo, de estrutura rústica, compacta, as asas pardas, os pelos crespos, os pés descalços.

— Metatron? — Ablon o interpelou. Claro, ele o reconhecera pelas vibrações coronárias, mas precisava ter absoluta certeza, de maneira que não cometesse nenhuma injustiça.

— Sim. — O sentinela andou calmamente até ele. — E você é Ablon, dos querubins. Ablon, o Vingador, assassino confesso de Kha.

— Não sou assassino. Eu e mais dois celestes o destruímos em batalha justa, consentida por ambas as partes — explicou e partiu à questão principal: — Eu o desafio. Escolha as armas e ponha-se em guarda.

— Não preciso delas, garoto. Como você verá, os meus poderes são magníficos, e os meus punhos são armas. Mas, se é um duelo o que você quer, eu aceito. Concedo-lhe esse privilégio. Está ciente de que não pode me vencer, não está?

— Cale-se. — Como que num relâmpago, o Vingador recordou-se das palavras de Lúcifer, à época um de seus chefes, que o aconselhara a não deixar que o adversário falasse. "Os sentinelas são astutos e traiçoeiros", frisara a Estrela da Manhã, quando de sua audiência no Quinto Céu. "Deve pegá-lo antes que ele abra a boca."

Determinado a seguir à risca tais instruções, Ablon sacou a espada, alargou as asas e se precipitou contra Metatron. Para sua surpresa, porém, aquele que se julgava indestrutível retrocedeu e deu-lhe as costas. Decolou, deixando a cratera, traçando um risco no céu, voando para o sul, o mais rápido que podia.

O querubim o acossou.

64

O CENTRO DO MUNDO

Hades, tempo presente

MILÊNIOS NO FUTURO, KAIRA, CERBERUS E METATRON CHEGAVAM AO NÚCLEO DA fortaleza de Agartha, após percorrer vários metros através do corredor hexagonal. Lá, no centro do bastião flutuante, abria-se uma câmara alta, cercada por outros três corredores, idênticos àquele que os conduzira, perfazendo quatro passagens, uma em cada ponto cardeal. O teto tinha forma de pirâmide, como se acompanhasse o interior do octaedro, sugerindo que a mesma arquitetura se reproduzia abaixo. O fosso que deveria existir no chão, porém, fora coberto com uma plataforma circular, medindo vinte metros de diâmetro, os ângulos curvos, raríssimos naquela construção de quinas retas e lados precisos.

— É aqui que começa, Centelha. Este é o princípio e o fim de tudo — Metatron apontou para o assoalho rochoso. Gravada no piso, enxergava-se uma figura simples, esculpida em baixo-relevo. O desenho, redondo, ocupava quase todo o aposento e se assemelhava a um redemoinho, com múltiplas linhas que se agrupavam no eixo. — Reconhece esta imagem?

— Sim. Se bem me recordo... — Ela vasculhou a memória. — É parecida com a mandala gravada no *ashram* de Teth, na Índia.

— Parecida, não. É o mesmo diagrama. Sabe o que significa?

— Não — Kaira admitiu, sinceramente curiosa para desvendar o mistério. — Ele só me disse algo sobre o cerne do mundo.

— O cerne do mundo, sim. O centro do mundo. É onde estamos agora. E isso não é uma mandala, é um mapa.

— Um mapa de quê?

— Olhe de novo.

— Um mapa da Terra? — O enigma se esclareceu de repente. — Um mapa energético — decifrou. — Mas que energia é essa?

— Os thulianos e os hiperbóreos a chamavam de vril. Nós a chamamos de energia telúrica, mas o nome pouco importa. — Metatron fez uma pausa e se preparou para iniciar seu discurso. — Centelha, eu vou lhe contar uma coisa a respeito do nosso pai. Yahweh era obcecado pela perfeição. Primeiro, ele fez surgir os alados, com o único objetivo de servi-lo, de ajudá-lo na construção do universo. Por bilhões de anos nós vagamos pelo espaço infinito, criamos e destruímos galáxias, moldamos astros e nebulosas, até que aconteceu um milagre, e desse milagre surgiu o nosso planeta, um santuário único, especial, propício ao surgimento da vida. O *Éden* — ele enfatizou. — Como você já percebeu, a Terra não é apenas um amontoado de rochas, fogo e oceanos, como são muitos corpos estelares. É um organismo vivo, pulsante, onde todas as partículas estão interligadas. Bem como a raça humana, o Éden sobreviveu aos sucessivos cataclismos por sua capacidade de se regenerar, de se adaptar e de responder aos perigos que o ameaçam. — Indicou novamente o diagrama. — Estas listras sobre a mandala são como artérias, todas partindo do coração, e através delas percorre a seiva do mundo, carregando os seus compostos: físicos, etéreos, espirituais e telúricos.

— Prove — Kaira o instigou. Era uma ishim, conhecia as forças da natureza, mas não conseguia enxergar evidências de que a Terra fosse uma entidade, ainda mais *viva*. — Prove-me que tais potências realmente existem.

— Não preciso. Você já as experimentou, em ocasiões diferentes. Como acha que canalizou o poder do vulcão, em Athea? E no Tibete? Jamais se perguntou como um anjo do fogo seria capaz de solidificar placas de gelo? — O tom de voz aumentou. — E o que dizer do plasma que disparou sobre os ecaloths, ao tocar o obelisco de Egnias?

— Espere — a ruiva o cortou, indignada. — Como sabe tanto a respeito da minha missão?

— Sou o Primeiro Anjo e tenho poderes de todas as castas. Minhas técnicas são ilimitadas, supremas. Da mesma forma que os serafins, posso ler mentes. — Trocou olhares com Cerberus. — Pobre Ismael. Não teve a menor chance.

— Estou impressionada — ela rebateu ironicamente, e, posto que já deduzira, desde a conferência com Lúcifer, a utilidade dos obeliscos, preferiu ser direta. — O que você quer de mim, afinal?

— Quero que você faça o que faz de melhor, o que aprendeu e praticou ao longo dos séculos. — Pela terceira vez, ele fitou a mandala. — Quero que suba nesta plataforma e canalize a energia gerada em Hélios, o sol interior, o qual está bem abaixo de nós, e que a transmita à superfície da Terra, enquanto *eu* reconquisto o planeta.

— Certo. — A Centelha chegou a achar engraçado; não o plano, mas a confiança de Metatron. — E por que eu faria isso?

— Porque é a sua demanda vital. Porque você foi destinada. Porque *eu* a preparei para isso.

— Como?

— Não se faça de tola. Não diga que nunca desconfiou, nem por um momento — o sentinela arqueou as sobrancelhas —, ou mesmo que nunca se sentiu diferente.

— Sentir-se diferente não significa nada — deu de ombros. — São esses os argumentos que pretende usar para me convencer?

— Kaira, os indícios estão em toda parte. Nós, sentinelas, estamos ligados à terra, desde que Yahweh nos delegou a missão. Eis o motivo pelo qual você se sente tão bem na Haled e tão fraca quando se afasta dela. Imagino que tenha saboreado certa euforia ao se aproximar do abismo de Lethe, ao pisar nesta torre. Está mais forte do que nunca.

E o intrigante era que, de fato, ela se sentia assim, mais forte do que nunca estivera. Mas a dúvida persistia.

— Ridículo. Sou uma arconte de Gabriel. Como posso tê-lo servido, ainda mais estando você preso até pouco tempo atrás?

— Deixe-me concluir a história. — O anfitrião esfregou as palmas. — Quando o primeiro homem se esclareceu, Deus julgou ter finalizado o seu trabalho e passou o universo ao controle dos anjos. Os arcanjos governariam o céu, e os sentinelas regeriam a terra. Nossa empreitada era salvaguardar o planeta e seus habitantes, então, a fim de preservar o primeiro casal, eu construí um santuário, onde certas regras, as quais chamei de *mandamentos*, deveriam ser respeitadas. Nem tudo deu certo, porém. Lilith, a primeira mulher, rebelou-se e eu a expulsei. Vingativa, ela denunciou a localização do paraíso terrestre ao arcanjo Lúcifer, que me acusou de ir contra as inquestionáveis leis de Yahweh e de impedir que Adão, e depois Eva, a segunda mulher, exercessem o livre-arbítrio. Lúcifer enviou o seu braço direito, Samael, que corrompeu os meus protegidos, e assim eu capitulei, aceitei a derrota. Permiti que o primeiro casal deixasse o Jardim do Éden, constituísse família, e adotei uma nova estratégia, mais singela. Decidi estudar a natureza dos homens sob um prisma mundano e passei a viver entre eles. Tive filhos e os amei, até que Gabriel veio a mim, anunciando que destruiria a humanidade. Dessa vez, eu não me renderia. O que me motivava não era só o amor à minha prole, mas a todos os entes mortais. Desafiei os primogênitos, então o Mestre do Fogo devastou a minha aldeia, carbonizou os meus rebentos, mas eu o enfrentei e sobrevivi, com o único pensamento de livrar o mundo da tirania. Seguiu-se a era do gelo, que acabou por nos ser propícia, no fim das contas. Batalhamos no sentido de resguardar os seres humanos e aproveitamos o período glacial para iniciar a nossa campanha, percorrendo o globo, encontrando os nódulos energéticos, furando os poços e erguendo os obeliscos. Os sentinelas foram sistematicamente caçados, mortos, mas o trabalho foi completado, com todos os monólitos concluídos.

— E por que esperou até agora para pôr seu plano em ação, se poderia fugir da Gehenna facilmente?

— O impacto do segundo cataclismo deslocou o eixo da Terra, e as trilhas energéticas ficaram desalinhadas. Só hoje, trinta e sete mil anos depois, o planeta retorna à inclinação original. Finalmente, escapei do Segundo Céu e vim atrás de você.

— Sua história faz sentido — ela aquiesceu, relembrando o calor que sentira ante os fluxos de plasma. — Mas não completamente. Se durante todo esse tempo eu era uma espiã a seu serviço, se usou as técnicas psíquicas dos serafins para apagar a minha memória, por que simplesmente não as devolve agora? Não vejo melhor prova que essa.

— Não é assim que funciona — afirmou Metatron, com um sorriso paterno. — Sim, as minhas divindades são possantes, mas os arcanjos são também inteligentes. Se eu apenas escondesse essas recordações em um canto obscuro da sua mente, eles as encontrariam na mesma hora. Com você, empreguei uma tática mais refinada, que destrói as lembranças e preserva certos impulsos; no seu caso, o de procurar os obeliscos. Não obstante, resguardei um ou dois fragmentos, como o episódio da Deusa que Arde, sabendo que eles seriam úteis mais tarde.

A Deusa que Arde. O incidente, que a celeste revivera em sonhos, sucedera-se em um campo nevado durante a era do gelo, quando ela, então reconhecida como uma deusa, enfrentara um de seus principais antagonistas, Andril, o Anjo Branco, à época chamado de Deus Branco, superando-o após sorver a energia da Terra e a expelir sob a forma de plasma. Desde que vislumbrara essa cena, Kaira teve certeza de que o embate acontecera, não fora apenas uma ilusão, mas nunca o associara ao fato de ser uma sentinela, hipótese que, a propósito, jamais aceitaria — não fosse um detalhe, uma frase, um alerta, algo que o arcanjo Rafael lhe sussurrara no Elísio, além do túnel da morte, e que ainda lhe martelava no cérebro.

— O primeiro entre vocês ainda caminha sobre a terra — ela murmurou, sem acreditar no que dizia. O "primeiro", estava claro agora, era o primeiro anjo, Metatron, e "vocês" eram certamente os sentinelas. — Tenha cuidado.

— Percebe, enfim, o que a fez renascer em Athea, mesmo tendo sido morta em um vértice? — interferiu o Rei dos Homens, aproveitando o momento dramático. — A *alma*. Foi a sua alma, a sua face humana, que lhe permitiu atravessar o túnel da morte; foi ela que a prendeu ao espírito da menina Rachel; foi o seu sangue parcialmente terreno que destravou a armadilha que quase os esmagou na entrada de Egnias, conforme me revelou Ismael. Quer que eu continue?

— Não! — O brado, nesse caso, não era uma reação à pergunta, mas um surto de desespero. — Não. Não pode ser. Não é possível.

— Tudo é possível — Metatron falou como se a consolasse. — Tenha calma. Não é tão ruim quanto parece. Na verdade, as perspectivas são ótimas. Somos uma família de novo, e logo vamos ampliá-la. Não é promissor? — Mas, ante o silêncio, ele decretou: — Está bem, chega de revelações traumáticas. Vou cumprir o que prometi. Venha. Vou levá-la até Denyel.

Todo um minuto havia se passado sem que Urakin, de um lado, e Minos, de outro, desferissem um único golpe. Os duelistas se estudavam, andando em círculos, receosos de se expor, de ser o primeiro a abrir a guarda, de dar chance de contra-ataque. O soberano de Creta refugiava-se atrás do escudo mágico, a defesa mais acurada de que se tinha notícia, e o Punho de Deus o observava, lembrando o conselho que Inanna lhe dera de não subestimá-lo, afinal o monarca era filho de um deus, apesar de ter nascido na terra.

À frente, as falanges constituíam uma parede humana, impenetrável, delineando uma fronteira de escudos e lanças entre os recém-chegados e a fortaleza de Agartha. Mais perto do Styx, Yaga e a baronesa assistiam ao confronto.

— O que faremos se ele cair? — A Sombra da Morte era versada em muitas coisas, mas não conhecia as regras do campo de batalha, então perguntou à parceira: — O que faremos se ele morrer?

— O querubim foi esperto o bastante para não estabelecer termos antes do prélio — disse Inanna. — Sem meias palavras, isso quer dizer que nada nos impede de continuar batalhando, caso ele seja desbaratado. Não há necessidade de nos rendermos. De qualquer maneira, sugiro retomarmos o plano inicial, o de decolar e avançar ao octaedro pelo alto.

— Ótimo — Yaga assentiu, até porque não via muitas esperanças para o colega. O maior perigo, ela pensava, não era a ascendência divina de Minos, mas seu escudo, forjado por Zeus, então reforçou: — Estou de acordo.

Poucos metros adiante, cansado do jogo de gato e rato, Urakin tomou a iniciativa. Como não encontrava brechas na postura do oponente, valeu-se de uma tática que havia muito não empregava. Bateu as asas, levantando poeira. Como o solo do Hades era negro, a lufada enturvou o perímetro, e ele se aproveitou da distração para atacar.

O globo de ferro chocou-se contra o escudo umas cinco vezes, até que Minos deu o troco, movendo sua arma lateralmente. O celeste se desviou com rapidez excepcional, que faria inveja a lutadores esguios. Quando o pó assentou, o rei de Creta acometeu feito um aríete, então Urakin enxergou sua grande chance aberta à vitória. Deu um salto mortal sobre o adversário, aterrissou às suas costas e rodou a maça para esmagar-lhe a coluna. E teria conseguido, se algo não o tivesse rechaçado. No escudo, o guerreiro notou, radiava um orbe, uma esfera invisível que circulava o portador e o protegia por todos os ângulos, não só à dianteira.

Resguardado por seu poderoso instrumento, Minos acertou o anjo no peito, arremessando-o sobre as falanges, que se abriram e o deixaram estatelar-se. O que o salvou foi a couraça dos aesires, que, embora amassada, cheia de arranhões, era um artefato mágico também, forjado no Valhala e perfeitamente capaz de resistir ao impacto.

Sem apresentar sinais de desistência, Urakin ergueu-se e tomou fôlego para um novo assalto. Correu de volta à arena improvisada, enquanto Yaga e Inanna já se preparavam para fugir, tão logo o companheiro tombasse.

Lívida, perplexa com as revelações, um tanto convincentes, feitas havia pouco por Metatron, Kaira o acompanhou, com Cerberus, pelo corredor, que agora seguia para oeste, a partir da câmara central. O certo seria atacá-lo *já*, afinal era essa sua missão, sua tarefa desde o início, mas antes precisava saber onde, e *como*, estava Denyel, e o sentinela prometera levá-la até ele, então a Centelha preferiu aguardar.

O passadiço terminava em um salão idêntico à sala do trono, com uma plataforma superior, mas desprovida de assentos. Sobre ela o exilado descansava, sem a jaqueta, quando reparou na arconte que se aproximava.

Ergueu-se.

— Faísca?

— Denyel? — Kaira correu até ele, mas a porta invisível a repeliu. — O que... — Virou-se para o sentinela. — O que é isso?

— Só uma barreira telecinética. — Metatron apontou para Denyel. — Eis o meu presente a você, Centelha. O meu suborno, já que não gosta de meias palavras. Denyel, o anjo exilado. — Ele abaixou a cabeça, como se desse tempo para Kaira pensar no assunto, mas não havia tanto tempo. — Creio que a imagem fala por si.

— Denyel. — Ela continuava pálida, fitando o amigo cara a cara, sem poder tocá-lo. — Como chegou até aqui?

— Você me conhece. Eu sou o camarada que consegue as coisas — ele respondeu, descontraído. — E então, está pensando em se juntar a este homem-macaco?

— Não, não estava. Mas, agora, já não sei. Se eu não fizer o que ele pede, você...

— Relaxe — Denyel a silenciou com um gesto. — Está tudo acontecendo conforme eu planejei. Não há com o que se preocupar. Vai dar certo, mas você tem que encarar este puto. Eu estarei lá com você. Escutou? Eu estou com você. Eu *sempre* estarei com você.

— Chega. — Com um movimento do indicador, associado à força da mente, Metatron lançou Denyel escadaria abaixo, prendendo-o no solo. — É o bastante por hoje. — Virou-se para a ruiva. — E, agora, quero uma resposta *sua*. Está conosco ou contra nós?

— Esse é o destino que arquitetou para mim? — ela espiou o anjo de barba crespa. — Que trágico. Passar a eternidade enfurnada nesta fortaleza, servindo como fusível para as energias telúricas, enquanto você governa o planeta?

— A eternidade é muito tempo. Uns milhares de anos, talvez, até que a ordem seja restaurada. Pode ser menos. De qualquer maneira, o sacrifício é necessário pelo bem da humanidade, a mesma humanidade que você tanto venera, a mesma que você ajudou a preservar durante a era do gelo. — E continuou, meio poético, meio dramático: — O mundo está caminhando para o Apocalipse. Os sinais são inegáveis. O tecido da realidade está se esticando e logo vai se fragmentar. Se não interferirmos agora, os próprios seres humanos se destruirão, mas ainda há uma chance, a última oportunidade de salvar esta terra.

— Mas e a palavra? — Ela se referia ao principal ensinamento de Deus, o de não interferir no arbítrio dos homens. — E quanto à palavra?

— De nada adiantará a palavra se os mortais não estiverem aqui para exercê-la — rebateu, convicto. — Decida-se. *Agora.*

— Eu já me decidi. — E disse, surpreendendo a todos: — Proponho uma trégua. Se é que eu sou uma sentinela de fato, e ao mesmo tempo uma arconte, deixe-me ajudá-lo a negociar a paz. Não sei quanto ao arcanjo Miguel, mas estou certa de que Gabriel poderá perdoá-lo, se você também estiver disposto a fazê-lo.

— Kaira. — Ele disse a mesma coisa que dissera a Samael no Jardim do Éden: — Não sou do tipo que perdoa. Não fomos nós que começamos esta guerra, foram *eles*. Se os gigantes viverem, nós morreremos, sabe disso desde o início. Portanto, não existe um meio-termo. Não existe um caminho do meio. Mas quem sou eu para forçá-la? Se não quiser me ajudar, sem problemas. Outros o farão com maior entusiasmo — gesticulou para Cerberus, e então algo de assustador ocorreu. O rosto daquele que a ruiva julgava ser Ismael, seu antigo companheiro de lutas, transmutou-se. A nuca se espichou, dando forma a um pescoço comprido, áspero e careca. O nariz se prolongou em uma espécie de bico, semelhante ao dos abutres, o corpo se curvou, as asas atrofiaram. — Será que se recorda deste seu velho opositor?

— Sirith? — Ela engoliu as palavras e as digeriu com um gosto amargo. Sirith era um demônio, um dos raptores, que trabalhara para Andril e caíra no rio Oceanus com Denyel, após o combate na fortaleza de Athea. — Não pode ser — deu um passo para trás. — Está vivo?

— Eu os resgatei, a ele e a Ismael, a partir de Tyia, a Cidade do Oriente, onde os rios se encontram. O Executor, todavia, preferiu não colaborar, e não me deixou opção a não ser... — Fez uma pausa e encostou a palma no ombro de Sirith. — Veja, os raptores são criaturinhas insignificantes, mas dotados de uma habilidade extraordinária: eles podem sugar a essência daqueles que matam, copiando suas feições e, graças a mim, imitando também seus poderes. Cerberus roubou de Ismael a capacidade de erguer os mortos, e fará o mesmo com você. Um tanto cruel, eu sei, mas admita, foi uma tirada inteligente — rejubilou-se. — E então, quer reconsiderar? Sei que é uma decisão importante.

— Não. — Kaira só conseguia pensar em Levih, o ofanim que também fora assassinado por Sirith. O demônio, "insignificante", como Metatron destacara, a enganara duas vezes, vitimara *dois* de seus melhores amigos e não merecia perdão.

Ensandecida, ela sacou a Fagulha, manifestou sua lâmina e partiu contra Sirith, porém o sentinela defendeu seu pupilo. Conjurou não gelo, como em Nova York, mas uma rajada de fogo, justamente o elemento que a Centelha tão bem dominava e que, em tese, não poderia feri-la. Mas aquelas não eram chamas comuns, eram chamas sagradas, chamas de Metatron.

O jato atingiu primeiro a espada, despedaçando-a. O choque a capturou em seguida, incinerando seus cabelos, tostando-lhe a pele, afetando-a superficialmente, mas de um jeito assaz doloroso. Salva da desintegração pelas placas da armadura escarlate, a arconte entendeu que o Primeiro Anjo poderia tê-la matado, estando ela com ou sem a couraça.

— Cerberus — ela ouviu o barbudo dizer. — Chegou a hora. Faça a sua parte.

— Será uma honra, majestade. — Salivando, o demônio aproximou-se de Kaira. — Finalmente, depois de todos esses anos! Será uma honra.

Uma gota de sangue escorreu pela têmpora de Urakin. Constantemente fustigado pela arma de Minos, o guerreiro tinha cortes na testa, duas costelas quebradas, além de escoriações no pescoço e na nuca. O soberano de Creta, por sua vez, seguia incólume, o rosto oculto sob o elmo taurino, o corpo protegido pelo escudo de Zeus.

O confronto evoluía lentamente. De sua parte, Urakin só podia cansar o adversário, e este o agredia, contudo a armadura dos aesires o tornava resistente, uma tora que só desmoronaria após uma série de machadadas contínuas. Percebendo isso, Minos julgou que o combate já rendera o bastante e decidiu encerrá-lo. Deu três passos à frente e castigou o celeste com uma sequência de golpes, obrigando-o a recuar. Encurralado, este não teve opção a não ser atacá-lo de volta. Com uma investida possante, o anjo o rechaçou, mas sua maça se estilhaçou no processo.

Alvo fácil, o Punho de Deus foi atingido na cabeça. O cérebro nublou-se, as pernas bambearam, e ele desabou sobre as areias do Hades.

Onde estava ficou. Não se moveu. Ainda que recuperasse a compostura, não dispunha de ferramentas adequadas e nunca penetraria as defesas de Minos.

Na companhia de Yaga, Inanna lamentou a tragédia. Proclamada querubim honorária após os eventos que se seguiram à chacina em Bahr Lut, os atos heroicos a transportavam a uma época mais digna, a um mundo fantástico, onde *tudo*, literalmente, era possível, quando o tecido da realidade era fino e os lilins vagavam livres pela face da Terra, não confinados às regiões sheonitas.

Pronto para ser executado, Urakin fez uma prece. Não a Yahweh, mas a Sif, sua protetora. Sif, Cabelos de Trigo. Sif, dos aesires.

Sif, sua amada.

Que ela fosse sua derradeira lembrança, a imagem final a cruzar sua mente. Era o seu anseio. O seu último pedido.

65

ROTA DE COLISÃO

Hiwatha, antes do dilúvio

Singrando as paragens antediluvianas, Metatron traçava um rastro no céu. À sua cauda vinha Ablon, ambos se deslocando à velocidade do som. Nesse ritmo, deixaram para trás a Telúria, cruzaram o mar que separava o norte e o sul do continente e chegaram às planícies de Hiwatha, bege e arenosas se vistas de cima.

Quilômetros haviam transcorrido até que, incapaz de alcançar seu rival, o Vingador cedeu e o chamou com um grito:

— Espere! Rogo-lhe que pare, em nome de Deus.

— Em nome de Deus? — De ouvidos atentos, Metatron descreveu um semicírculo e se voltou para ele. — Como se atreve, fedelho? Como ousa falar em Deus? Não seria em nome do arcanjo Miguel?

Enfim atraindo o general ao diálogo, o que era sua intenção desde o início, o Rei dos Homens sobre a Terra desceu tão leve como uma pluma e tocou o solo com os pés. O local, escaldante mesmo no inverno, era um cemitério antiquíssimo, um túmulo a céu aberto, repleto de ossadas gigantes, parcialmente enterradas, pertencentes aos imensos lagartos que habitaram a região até o fim do Cretáceo.

— Não escutarei suas falácias — advertiu-o o celeste, pousando a uns duzentos metros do anjo barbudo. — Tampouco me dobrarei aos seus argumentos.

— Não quer ao menos me ouvir? Por que não? Do que tem medo? A verdade o incomoda?

— Não é o trabalho de um soldado separar a verdade da mentira. Sou um querubim e tenho uma missão a cumprir.

— Como imaginei. — O sentinela sorriu em desprezo. — É isso o que é. Um soldado. Um mero soldado. Nada além de um soldado.

— E será esse "mero soldado" que o vencerá. — Ablon desembainhou a Vingadora Sagrada, mas, em vez de empunhá-la, largou-a no chão. — Como está desarmado, dispensarei a minha espada. Vou vencê-lo nas mesmas condições.

— Idiota. O que você acabou de jogar fora não foi a sua lâmina, foi a sua vida.

— É o que veremos. — Embora mais fraco, mais jovem e menos excelso que seu oponente, o Vingador não se abalou. — Veremos.

Os dois alçaram voo novamente, tomaram distância, contornaram o céu e dispararam — dessa vez, um de encontro ao outro.

Como dois cometas.

Dois meteoros.

Em rota de colisão.

Nas alturas, duas gerações estavam prestes a se chocar. Metatron, o velho, era experiente, carismático e poderoso. Ablon, o jovem, fora escolhido por suas habilidades marciais, pela perseverança e força de vontade inabaláveis, características que, entretanto, não bastavam para derrotar seu rival. Mesmo assim, o Vingador estava confiante. Os embates contra N'glalek, nos desertos de Nod, contra Kha, na Montanha Solar, e, mais recentemente, contra Uzza, nas ruínas de Bahr Lut, ensinaram-lhe um bocado, mostraram-lhe que a vitória era possível, apesar das adversidades, quando se almejava um propósito maior.

Mas será que o propósito de Ablon era justo, no fim das contas? Metatron apostaria que não. O general acreditava que sim — ele era um soldado, e não é esse o compromisso de todos os soldados? Confiar em seus líderes e defender suas causas, acima de tudo e sobre todas as coisas?

Segundo a segundo, a distância entre os inimigos se reduzia. Sem a espada a seu alcance, o Vingador planejava golpear Metatron como um míssil, usando ambos os punhos, aproveitando-se do impulso para atingi-lo com força ampliada. Quando estava a um centímetro de encostar nele, porém, o sentinela girou a cintura e rodou as asas na horizontal, feito uma hélice, desviando-se da pancada e ao mesmo tempo passando às costas do oponente, em um movimento dinâmico. Ato contínuo, contra-atacou-o com uma violenta pancada na espinha. De tão duro, o baque fez o general perder os sentidos momentaneamente, recuperando-os a seguir e desabando de cara na planície arenosa.

Salvo pela couraça, mais sujo que machucado, o guerreiro se levantou. Metatron estava perto dele, ereto sobre uma pedra.

— Ablon, dos querubins, será que não percebe? Vencer-me é impossível. Seria mais provável que o universo congelasse do que você me superasse em batalha.

— Fale quanto quiser. Suas palavras são ocas. — O herói espanou o pó sobre a armadura. — Só porque me acertou, não quer dizer que tenha me derrotado.

— Ora, eu estava só me aquecendo.

— Eu também. — E, dito isso, ele avançou com o mesmo ímpeto, mas renovou a estratégia. Em vez de se projetar, estacou subitamente, dando uma fortíssima pisada no chão. O solo tremeu, Metatron perdeu o equilíbrio, agitou as asas, e Ablon o agarrou pela cintura. Os dois saíram rolando através da esplanada, destroçando os esqueletos jurássicos, trocando socos, até que o barbudo assumiu a vantagem. Segurou-o pelo antebraço, rodou-o sobre a cabeça e o arremessou longe. O querubim, no entanto, volitou, estabilizou-se no ar, deu um rolamento e se recompôs facilmente. Quando viu, estava de volta ao ponto de partida, na mesma posição em que começara o duelo. — Só isso? — Ablon esperava mais de seu antagonista. — Onde estão suas técnicas fantásticas?

— Calma. Não é desse jeito que se inicia uma peleja. Mas, enfim, como já começamos, não há por que retardar o inevitável. — O sentinela então desapareceu, ressurgindo um milésimo de segundo depois do outro lado do campo, a uns cem metros de onde estivera. — Olhe para cá. — Parado, ele chamou a atenção do celeste. — Faço-lhe um desafio. Vejamos se é capaz de me tocar. Se for, prometo que me entrego a você. Não é necessário me ferir. Só me *tocar*. Vamos, tente.

Sem compreender se aquele era um desafio, de fato, ou uma armadilha, o Vingador aceitou a contenda. Já o havia socado, então, imaginou, *tocá-lo* era o menor dos problemas. Disparou, usou as asas como reforço, mas de repente uma barreira invisível começou a empurrá-lo no sentido contrário. O estranho era que essa força crescia proporcionalmente à medida que ele se aproximava do alvo, tornando seu progresso custoso, cansativo e, enfim, inviável.

— Maldito. — O general rangeu os dentes. — Que artimanha é esta?

— Nenhuma — respondeu Metatron, os cotovelos esticados, as palmas abertas. — Chamo-a de Barreira Telecinética, uma das minhas divindades mais basilares.

— Trapaceiro. — Ablon convocara-o à briga, era verdade, e queria, sim, conhecer suas técnicas, mas aquele não era um movimento de combate, era algo secreto, ardiloso. — Enfrente-me cara a cara, com dignidade.

— Não sou trapaceiro. Da mesma forma que Kha aceitou bater-se com você e mais dois, eu deixei claros os meus termos e avisei para não dispensar a espada.

Você foi impulsivo, arrogante e ingênuo. Que sirva de lição. — E, com um comando mental, o Primeiro Anjo o afastou mais um pouco. — O melhor que pode fazer nessas circunstâncias é se render. Miguel acredita que você está morto, então, teoricamente, esta disputa nunca aconteceu. Quanto mais resistir, mais a barreira responderá. Não era o que queria? Testar os meus limites? Desista e estará livre. Prossiga e seus ossos serão esmagados. Não há escapatória. — E repetiu: — Não pode me vencer.

66

CERBERUS

Hades, tempo presente

COM OS CÍLIOS DERRETIDOS, OS CABELOS INCINERADOS, KAIRA JAZIA NO CHÃO, sem chances de reagir. O que a afligia não era a morte, sua velha conhecida, tampouco as queimaduras, mas a perspectiva de ter seus poderes assimilados por Sirith, o demônio que por duas vezes a enganara, que assassinara Levih e Ismael e se unira a Metatron sob o codinome Cerberus.

Cerberus ajoelhou-se a seu lado. Covarde por natureza, vinha por anos repetindo a mesma estratégia: a de se associar aos mais fortes, oferecendo seus serviços a quem melhor lhe pagasse. Servira inicialmente a Andril, o Anjo Branco, e mais tarde se curvaria ao Rei dos Homens sobre a Terra, em condições pífias. Suas habilidades, em todo caso, tornavam-no um espião competente, um instrumento útil — e potencialmente valioso — a quem o contratasse. Capaz de imitar a forma de qualquer uma de suas vítimas, Sirith retomava agora seu aspecto original, o de um abutre magricelo, despenado, as asas atrofiadas, o bico negro, os chifres pequenos, parecendo duas lascas de carvão retorcido. Oferecendo seu tradicional olhar faminto, ele tomou a arconte nos braços e se preparou para cumprir sua tarefa.

Sorriu discretamente e ergueu as garras numa consagração de vitória. No instante final, ele e Kaira se entreolharam.

O raptor se deteve.

Parecia confuso.

Os lábios tremeram. E deles brotaram murmúrios.

— Centelha. — A voz era grave, mais clara e firme que antes. — Escute-me. Ouça-me com atenção. O único jeito de liquidar Metatron é trespassá-lo com a lança de Nod. — E acrescentou, objetivamente: — Canalize o poder da Terra. *Use-o*.

— Sirith, o que... — Kaira gemeu sem completar a pergunta, quando o semblante do carrasco novamente se transmutou, compondo uma máscara de expressões variáveis, todas indistinguíveis, parcialmente ocultas através da fumaça.

Cerberus, então, deu um passo. Um só passo. Utilizando as sandálias de Hermes, o calçado que roubara de Denyel, seu avanço foi célere, imediato, e os levou, do corredor onde estavam, próximo do salão oeste, ao núcleo da fortaleza de Agartha.

— Kaira — Sirith a deitou sobre a mandala. — Por favor, seja rápida. O inimigo está a caminho. — E insistiu, com os olhos fixos nos túneis: — Este é o lugar, o cerne do mundo. Sugue a força do planeta, use-a, como já fez outras vezes.

— Mas quem é você, afinal? — Ela custava a acreditar que o perverso demônio, que tanto a odiava, que por anos a perseguira, tivesse mudado de ideia, logo agora, e de uma hora para outra. — Sirith? Cerberus? Quem é você? *O que* é você?

— Sirith, sim. Sou Sirith e outros, muitos outros — declarou, conforme o rosto de abutre revertia à imagem de uma dezena de seres humanos, para enfim copiar a face do saudoso Levih, depois a de Ismael.

— Vocês?

— Não. Seus amigos estão mortos, e nada os trará de volta. O que você acaba de enxergar é um reflexo, um último resquício da personalidade do Executor, combinada à memória do Amigo dos Homens. Juntos, suprimimos a vontade de Sirith para trazer-lhe a derradeira mensagem. — E concluiu, insistindo: — Faça-o, apenas. Lá vem ele. Aja depressa.

Debilitada, Kaira escutou o alerta e compreendeu o aviso. Os raptores estão acostumados a roubar a essência de suas presas, mas, ao fazê-lo, precisam aprender a lidar com todas essas personalidades em conflito — e a dominá-las. Quando o caráter e a individualidade de um alvo são mais fortes que os do demônio, antigas lembranças podem emergir, de tempos em tempos. Ismael sabia que Sirith estava sobrecarregado de recordações alheias, que era fraco para controlá-las e que a certa hora uma parte *dele*, de Ismael, poderia sobressair, para ajudar a Centelha no momento mais crítico.

E o momento mais crítico era *agora*. Eis o plano do Executor, o mais perspicaz dos membros do coro: entregar-se ao sacrifício, deixar que Sirith o absorvesse, ao mesmo tempo incrustando em seu ego uma só ordem prioritária, mais efetiva que todas as outras.

No instante em que Cerberus recuperou a consciência, que lhe fugira por alguns segundos, uma erupção de plasma destruiu a plataforma, despedaçou a mandala e inundou os corredores — a norte, sul, leste e oeste — com jatos e ondas telúricas, desintegrando desde o primeiro até o último átomo da criatura um dia chamada de Sirith. No setor ocidental, Denyel sentiu o solo estremecer, e no salão de entrada Sophia segurou-se no trono.

O fulgor tinha como origem o centro da Terra, mas quem o canalizava era uma entidade convertida em pura energia. O tronco, a cabeça e os membros cintilavam em chamas brilhantes, tão claras que era difícil mirá-las diretamente. Pairando sobre o vão aberto no piso, Kaira não sentia mais dor. Seguira as orientações do amigo, usara seus poderes, já testados em Athea, em Egnias e no Tibete, para degustar o coração do mundo, a seiva do planeta, e era com essa arma que ela pretendia sobrepujar Metatron.

Vencer o Primeiro Anjo prometia, ainda assim, ser uma missão complicada. O plasma não o afetava, e foi desse jeito, ignorando o calor, que o líder dos sentinelas andou até ela, os pés descalços sobre o assoalho.

— Ismael... — Metatron fez um muxoxo, sacudiu a cabeça, como se lamentasse sua morte. — Quem diria que ele aprontaria uma dessas. Nem eu percebi, admito. Tudo em vão. Que pena. Que desagradável. Vocês não desistem, me obrigam a usar força bruta.

— Força bruta? — Kaira agora falava através de sua aura, e o som era como o de magma jorrando. — É justamente o oposto. Não há mais nada que você possa fazer. Sem Cerberus, eu me torno uma peça indispensável ao seu plano. Se me matar, nunca poderá voltar à superfície, tampouco enfrentar os arcanjos. — O tom ficou mais ameno, e ela repetiu o que já dissera: — O que proponho é encerrar a cizânia entre o céu e a terra, entre gigantes e sentinelas, entre você e o Mestre do Fogo.

— O que você propõe é que eu faça as pazes com o inimigo?

— Só quero que considere essa opção.

— A paz nunca foi uma opção — afirmou Metatron, com um traço de amargura. — O que você busca não é o anseio de seus comandantes. Diga-me você mesma, Centelha. Para que Gabriel a enviou? Para negociar comigo? Ou para me matar?

— Talvez ele...

— Ingênua. Não há paz no fim dessa estrada. O que cada um de nós precisa fazer é escolher seu partido. Eu lhe contei a verdade, mostrei-lhe quem era, apresentei-lhe as alternativas, fui sincero como nenhum arcanjo jamais foi. E nada disso a comoveu. Suponho, então, que tenha nos traído, que tenha renegado o seu povo e passado a trabalhar para os primicérios. Se for esse o caso, sim, eu lamento, mas realmente não há nada que eu possa fazer.

Concluído o discurso, Metatron enrugou as sobrancelhas, e, levitando sobre o buraco, Kaira sentiu-se mais uma vez paralisada, como à mercê de um predador. O calor que a envolvia se esvaiu, cristais álgidos grudaram-se à sua pele, e em menos de um minuto ela estava presa em um esquife de gelo, completamente cercada por minerais transparentes.

— Nem tente se libertar, não vale o esforço — aconselhou-a o anjo barbudo. — O que a reveste não é gelo comum. Os gases ao seu redor nasceram do fulgiston. São as partículas mais frias do cosmo, só encontradas nos cantos mais negros das fossas galácticas. Derreter este ataúde é impossível. Fique aí enquanto eu me livro dos seus companheiros. Meu plano foi concluído. Não como eu pretendia, mas foi concluído.

67

EXPLOSÃO CÓSMICA

Hiwatha, antes do dilúvio

— Lute comigo! — Ablon não cansava de praguejar. — Lute comigo, miserável. — À exceção dele próprio e de Metatron, não havia quem o escutasse, só a vastidão da planície, os esqueletos dos dinossauros e a noite que ia caindo. — Enfrente-me!

— Mas eu estou a enfrentá-lo. Do meu jeito, é claro. — O Rei dos Homens sobre a Terra continuava imóvel, adejando à sua frente. — Quantas vezes preciso lembrar-lhe que não sou um querubim? Que faço o que quero, uso o que quero, destruo quem quero?

Nesse ponto, a Barreira Telecinética não se limitava a separá-los, apenas. Agora, essa potência invisível abraçava o Vingador qual uma serpente constritora, ameaçando esmigalhá-lo caso ele não recuasse. Recusando-se a ceder, Ablon foi cuspido a uns cem metros, tomou fôlego, recompôs-se e avançou, só para topar novamente com a mesma muralha, que, como ele já percebera, não podia ser derrubada por meios físicos.

— Já que o seu código de honra o proíbe de se render, facilitarei as coisas e o extinguirei — disse Metatron. — O impasse então se desfaz e, de uma forma ou de outra, ninguém sai perdendo. — Riu-se. — Não, não lamente. Pelo que soube, pelo que *sei*, é glorioso aos membros de sua casta morrer em combate, e eu sou um adversário superior, o que fará de você um herói!

O general experimentou então um aperto no peito, uma compressão na garganta, o ar fugindo, a armadura estalando. O oponente encontrava-se à vista, à distância de um palmo, mas ele simplesmente não conseguia tocá-lo.

Ofegante, exausto, Ablon caiu de joelhos, a mente falhando, a um passo de desmaiar. Estava só e em desvantagem. Nada nem ninguém o salvaria, a não ser que...

Olhou para baixo, a vista turva. Como notara instantes atrás, ele havia regressado ao exato lugar onde a batalha principiara, ao mesmíssimo sítio onde deixara a Vingadora Sagrada.

Uma coincidência fortuita, mas também muito lógica. Lá estava ela, a seus pés. A Vingadora Sagrada. Meio enterrada, coberta de areia.

A Vingadora Sagrada.

Estendeu o braço e a apanhou. Ora, a Barreira Telecinética — como se sabia na época e se sabe até hoje — não pode ser rompida por mãos nuas ou por objetos comuns, mas os artigos celestes não são objetos comuns: são incrustados de essência divina, tendo sido, durante sua construção, imbuídos da propriedade de afetar tanto matéria quanto espírito.

Ciente disso, o guerreiro moveu a espada na vertical, num rasgo de baixo para cima. A lâmina silvou feito uma vara e abriu uma brecha na parede energética. Sabre em riste, ele penetrou por essa fresta e armou um segundo golpe.

Um golpe infalível.

O golpe mortal.

Brandindo a Vingadora Sagrada, Ablon deu um salto para frente. Preciso. Veloz. Deslanchou um golpe calculado, perfeito. Um golpe indefectível, impossível de se desviar. Metatron só teve tempo de erguer o pulso, que, em todo caso, seria decepado. Experiente ou não, poderoso ou não, elevado ou não, o corpo físico do Rei dos Homens era feito de carne, de sangue e ossos, e não resistiria ao corte de um artefato celeste. Ninguém jamais resistira.

O general esperou que a lâmina o mutilasse e descesse suavemente até o solo. Contudo, o fio tilintou, como se bloqueado por um objeto maciço. Um escudo, talvez. Perplexo, o anjo de cabelos louros foi repelido e se esquivou para o lado.

Tomou distância.

Olhou.

Fitou o rival.

Não. Não era um escudo. O braço esquerdo do oponente se transformara, todo ele, em platina branca, o mineral dos atlantes, na época a substância mais resistente da terra. Ablon sabia, pelo que Ishtar lhe contara, que os erelins às vezes revestiam seus avatares com os elementos que dominavam, como Muzhda, que cobrira a pele de ferro. Essa técnica, entretanto, não imunizava o celestial por completo, apenas simulava uma armadura, uma *casca*, e nem sempre era eficaz contra armas divinas. Metatron, então, achou melhor não subestimar a Vingadora Sagrada e converteu não só a cútis, mas o braço inteiro em oricalco, inclusive a carne. Como desvantagem, o membro ficara rígido, consistente, as articulações duras, inflexíveis, mas, como benefício, ele ganhara um apêndice blindado, imune ao aço, ao calor e ao frio.

Valendo-se dessa nova ferramenta, o Primeiro Anjo se adiantou, truculento, empregando o braço como se fosse um martelo. Golpeou o querubim na testa, mas ele foi ligeiro, jogou-se à retaguarda e se livrou com os movimentos de um gato.

— Impressionante — Metatron elogiou sua destreza. — Formidável. Você se adapta muito rápido. Pena que esteja do lado errado.

O Vingador não deu ouvidos, tomou a iniciativa e o agrediu com a espada, prontamente coibida pelo cotovelo metálico. O choque produziu faíscas, coriscos azuis, desenhou um traço reluzente no ar. A seguir, outra tentativa, esta à lateral, igualmente bloqueada, e o contragolpe de Metatron, que o esmurrou com o punho direito, o punho comum, o punho de carne.

Ablon foi atingido na face, a cabeça inclinou-se para trás, o nariz estourou. Ignorando o perigo, superando a tontura, ele investiu de novo, num arco na horizontal. Metatron se agachou, esticou uma das asas e com ela acertou o celeste, que foi pego no tórax e lançado à traseira. No percurso, atravessou o enorme crânio de um brontossauro, bateu a espinha numa pedra, mas deu uma pirueta e aterrissou sem danos mais graves.

Longe de ser derrotado, Ablon voou, subiu e desceu de asas abertas sobre o inimigo. Os dois principiaram, então, uma disputa cerrada, corpo a corpo, olho no olho. O anjo mais jovem, cheio de vivacidade e energia, agitava o sabre loucamente, tentando rasgar, cortar e perfurar. O concorrente mais velho aparava e se esquivava, procurando dar o troco, até que o Vingador acometeu com uma estocada. Metatron se virou, agarrou-o pelo bíceps e o arremessou sobre o ombro. Ablon escapuliu, mas a espada deslizou de seus dedos e ficou em poder do sentinela, que olhou para a arma e sorriu, presunçoso.

— Chega. — Com força sobre-humana, ele a atirou longe, para fora do alcance da luta. — Cansei desse seu brinquedo — disse, e então, sem a necessidade de ter um escudo, Metatron dispensou o membro de platina, revertendo-o em carne, de modo que tivesse mobilidade para o que desejava fazer. — E cansei também de você.

Com ambas as mãos, o Rei dos Homens o apanhou pela gola e o imprensou contra o chão. Preparou uma cotovelada, mas o celestial era ágil, escorregou feito uma pantera e passou às suas costas, agarrando-o em um golpe do tipo gravata. O querubim pendeu para o lado, o sentinela caiu, e ele reverteu a posição. Montado agora sobre o adversário, despejou-lhe uma rajada de socos, todos no rosto, uns duzentos, no mínimo, ou trezentos por minuto.

A cada momento mais confiante, Ablon reparou em um detalhe que o preocupou. Por mais que o açoitasse, Metatron não se feria. Após receber umas mil, duas mil pancadas, ele não apresentava um único corte, uma só escoriação, nem sequer um hematoma. Estava pleno, saudável, inteiro, e com esse ímpeto revidou. O punho reluziu e encontrou o peito do Vingador, que teve a armadura feita em pedaços.

O general rolou. Foi projetado através do deserto.

Até que parou.

Fungou. Coçou o nariz.

O campo de visão enegrecera. Cuspiu saliva. Depois veio o sangue. Muito sangue. Algo por dentro havia se partido, um órgão, ou vários. Não fosse o colete de ouro — o mesmo que acabara de ser destroçado —, ele sem dúvida teria morrido.

— Que técnica mais poderosa. — Por um segundo, Ablon invejou seu rival. Não era um sentimento correto, mas ele não pôde evitar. — Concentra a força da aura nos punhos. — Arqueou a coluna, tossiu, escarrou uma nódoa hemorrágica. — É magnífico.

— Eu disse que não poderia me vencer — Metatron drapejou a seu encontro. — Suas técnicas são elementares. — Pousou a uns trinta centímetros dele. — Chega a ser patético imaginar que Miguel o enviou. O que ele esperava, afinal? — Chegou mais perto, à distância de combate. — Não vou negar que você é um bom lutador: inteligente, rápido e disciplinado. Mas até aí eu também sou. — E, assim, segurou o Vingador pelos cabelos, girou-o e o colocou de barriga para cima. Em seguida, pisou-lhe o tronco, prendendo-o, impedindo que ele se levantasse. — Como se sente, general? Qual é o gosto da derrota?

Ablon balbuciou, tentou construir uma frase. O som saiu fraco demais. Parecia engasgado com o próprio sangue.

— Diga — o Anjo Supremo o estimulou. — Conte-me, vamos. Quero saber. Como é sofrer? Fale, rapaz! Como é ser derrotado?

Outra vez, o celeste só conseguiu gemer. Um murmúrio. O sussurro de um moribundo no leito de morte. Mas Metatron queria genuinamente escutá-lo, então se acocorou a seu lado, apurou os ouvidos e abaixou a cabeça.

Foi o seu erro.

O seu grande erro.

Quando chegou próximo, o rosto exposto, notou que o punho de Ablon também ardia, com a mesmíssima nuança que minutos atrás ele conjurara. O campeão de Miguel contraiu a munheca, se levantou e o golpeou. Num instante. Num átimo. Direto no queixo.

Outra explosão.

Dourada. Sonora. Radiante. Carregada de potência angélica. O alvo, porém, era agora o predador. O mais velho. O primeiro.

O Primeiro Anjo.

Pego pelo punho energizado de Ablon, Metatron foi atirado não a distância, mas para cima. Para o *céu*. Determinado a aproveitar sua chance, o herói decolou à sua caça e o golpeou no trajeto, com mais um soco potente. O sentinela respondeu com chutes e murros, e na briga ambos ascenderam, subiram, até sentir muito frio. Um frio cósmico, paralisante. *Sideral*.

O firmamento escureceu e os dois contemplaram as estrelas. O ar era rarefeito. Sem perceber, eles haviam cruzado a atmosfera da Terra.

— Como é possível? — Do supercílio do Anjo Supremo, uma gota de sangue fluiu. O pingo flutuou no espaço. — Quando aprendeu isso?

— Faz uns dez minutos. Como você notou, eu me adapto rápido.

— Reproduziu minha técnica? — Metatron estava pasmo, mas, ao mesmo tempo, admirado. — Incrível. Você é um prodígio.

— Bajulações não mudam nada, tampouco me comovem. Entregue-se. Prometeu se render se eu o tocasse.

— Não. Ainda não.

— Claro. Era mentira, não era? É disso que são feitos os sentinelas, de mentiras. Lúcifer já havia me prevenido.

— Lúcifer? — O ente barbudo deu uma gargalhada, então se recompôs, bruscamente. — Não sou mentiroso. É comum os pais contarem histórias para entreter e estimular os pequenos. Não são mentiras, são lendas, fábulas que os ajudam a compreender o mundo que os cerca. Você é uma criança, general, pois acredita em tudo o que os mais velhos lhe dizem. Um dia, quem sabe, enxergará o universo com seus próprios olhos, e então será um adulto, um homem crescido.

— Já sei aonde quer chegar, mas é inútil. Digo e repito quantas vezes forem necessárias: não me dobrarei às suas falácias.

— Nesse caso, teremos que nos bater até a morte. Mostre-me a técnica que aprendeu. — Com o olhar, Metatron indicou os punhos de Ablon, que cintilavam, assim como os seus. — Vejamos se sabe usá-la melhor do que eu.

Sorte lançada, os antagonistas voaram no sentido contrário — Ablon para o norte e Metatron para o sul. O objetivo era ganhar distância, tomar impulso e potencializar a colisão. Os alados se cruzaram no outro extremo do globo, sem se encostar, e, ao completar uma volta, regressando ao mesmo ponto de onde haviam partido, o Rei dos Homens, agora pelo norte, e o Vingador, pelo sul, se chocaram frente a frente.

Nos mais remotos cantos da Terra, na ilha de Mu, nos portos de Shadair, em Tukh, às margens dos canais, nos palácios de Enoque, nas montanhas de Arya, nas geleiras da Hiperbórea, na Lemúria, toda a gente, ricos e pobres, jovens e velhos, foi testemunha de um clarão que transformou a noite em dia, copiando o brilho do sol.

Nas planícies de Hiwatha, além do mar Atlântico, um ser despencava do céu, enquanto outro descia, vitorioso.

Quem despencava era Ablon.

O vitorioso era Metatron.

68

RAIO DE ESPERANÇA

Hades, tempo presente

METATRON DEU AS COSTAS PARA KAIRA. ERA O FIM PARA ELA E O COMEÇO PARA ele.

Um novo começo.

Sereno, recolheu as asas, alisou a barba e caminhou ao salão norte, onde Sophia o aguardava.

Confinada no esquife, a Centelha se convertera em um *fusível*, segundo a analogia que ela própria tecera, uma peça mística, inanimada, que, mesmo contra sua vontade, serviria ao sentinela para captar a energia de Hélios e transmiti-la à superfície da Terra. Séculos após o período das grandes catástrofes, o planeta retornara ao eixo normal, e agora nada faltava ao Rei dos Homens para que ele recuperasse seu santuário sagrado, o Éden, seu paraíso perdido.

O que Metatron dissera era verdade, a propósito. Sozinha, Kaira não teria a capacidade de se libertar. Ele a conhecia melhor do que ninguém — melhor do que ela própria, inclusive — e regulara a densidade do gelo, de modo que a ruiva não pudesse sair.

Vencida, só o que lhe restava era pensar. Recordou a jornada que a trouxera até aquele ponto. Pensou na menina Rachel, imaginou quanto ela sofrera. Pensou em Levih e em Ismael, que deram a vida para salvá-la. Pensou em Urakin, seu amigo e fiel guarda-costas. Pensou em Denyel, que a amara como mulher. Talvez esses laços — laços familiares, estranhos aos celestiais em geral — os tornassem tão fortes. Talvez esses elos os tivessem salvado, em mais de uma ocasião. Talvez essa conexão os tivesse feito prosseguir e superar todos os desafios, um após o outro.

Talvez.

Ou talvez não. Talvez não existisse sorte ou destino. Talvez milagres não funcionassem. Talvez o mal às vezes vencesse.

Sentiu uma dor indescritível, pelas perdas passadas e pelas futuras. *Perdas futuras*. Medo. Nostalgia pelo que ainda estava por vir. Uma dor psíquica, uma dor na mente, no ego, na *alma*. Mas fora ela que escolhera sofrer, afinal fora *ela* que decidira voltar. "Verá seus amigos morrendo", o arcanjo Rafael a advertira no Elísio, "experimentará a dor e o luto."

O luto.

Ao refletir sobre essas coisas, algo por dentro começou a queimar. Uma sensação diferente de tudo, um amor mais forte que tudo reacendeu sua aura, religou sua essência, emprestou a ela um fervor até então desconhecido.

Um clarão.

Uma chispa.

Um *chute*.

Do nada, o esquife se desfez. Estilhaçou-se. Parte do solo derreteu. Uma racha serpenteou pelo corredor, abriu uma vala e sugou Metatron. Pegou-os de surpresa — a ele e a Kaira também. Nenhum dos dois teve tempo de reagir.

Caíram.

Sob eles, só se enxergava o abismo de Lethe. E, mais abaixo, Hélios, o sol interior, a fonte da energia telúrica. O crematório dos deuses. O cemitério dos ídolos. De onde ninguém jamais escapara.

Novamente, a fortaleza de Agartha tremeu.

Minos brandiu sua maça. Urakin teria fechado os olhos, mas desistiu — preferia estar consciente na hora da morte.

Então, como que por milagre, sobreveio um ruído. Um ruído metálico.

E o som de trovão.

O que era? O celeste estava vivo, então não podia ser a arma de Minos. Urakin olhou à esquerda. Rolou de costas. Estendeu a mão. Sentiu o cabo de um objeto familiar. Um objeto que repousava a seu lado. Um martelo que tombara do céu.

Mjölnir.

Mjölnir, o martelo de Thor. O instrumento com o qual ele atacara Níðhöggr, o dragão. O item mais sagrado dos aesires.

Como?

Sem pensar duas vezes, o guerreiro o tomou, ergueu-se e golpeou o rei Minos. O encontro do artefato nórdico contra o escudo helênico provocou uma explosão azul e dourada, levantou um vagalhão de poeira e jogou o soberano de Creta à traseira, para junto de seus batalhões. Hábil, ele deu uma viravolta, colocou-se de joelhos e olhou para o alto.

Uma espécie de rodamoinho, algo como um ciclone invertido, afastou o manto de nuvens, abriu uma fresta no firmamento e por ela um raio desceu. De tão reluzente, o facho iluminou os rincões da Estígia com as sete cores do arco-íris, e ao se voltar para ele o Punho de Deus deparou-se com um exército de amazonas, ostentando couraças lustrosas, portando lanças, espadas e escudos. Reunidas sobre uma colina, mais próximas às margens do Styx e de frente para as falanges de Minos, elas somavam cerca de duzentas mil guerreiras, transportadas ao Hades através de Bifrost.

De armadura prateada, empunhando a Gungnir, a líder dessas mulheres esporeou seu alazão, Grani, filho de Sleipnir, e trotou até Urakin.

O nome dessa senhora era Sif, Cabelos de Trigo, viúva de Thor e rainha dos aesires. Nascida entre os vanires, os deuses agrícolas, plantas floresciam em seu rastro, colorindo de verde os campos estéreis, trazendo vida ao ambiente soturno.

— Salve, ó Þundr, Trovoada — Sif o chamou pelo título. — Louvado seja o portador do Mjölnir.

— Majestade — Urakin fez uma reverência emocionada. — O que faz aqui? — Ele estava tão maravilhado que gaguejou: — Como... como nos descobriu?

— Bifrost pode dar acesso a qualquer ponto do universo, inclusive o etéreo profundo. Ordenei que Heimdall os vigiasse. Sua passagem pelo Valhala nos ensinou que é dever de um soberano proteger os seus súditos, no céu, na terra ou no inferno. — E indagou, olhando ao redor: — Onde estão Herja, Fogo de Odin, e Böðgæðir, Auxílio em Batalha?

— Presos, minha senhora. — Ele apontou para o octaedro. — Detidos no baluarte inimigo.

— Eis o nosso objetivo, então. — A Rainha Branca, como era frequentemente referenciada, deu meia-volta e fez um sinal para Hildr, Grito de Batalha, a loura, e para Brunhildr, Estrondo de Guerra, a morena, as duas valquírias na linha de frente. Myst, Tempestade da Vitória, a terceira e mais jovem das filhas de Odin, permanecera em Asgard com os einherjar, os soldados de infantaria, protegendo o palácio contra a invasão dos gigantes. — Sua demanda, Þundr, é destronar aquele homem — com a lança, ela indicou o soberano de Creta. — Deixe o resto conosco.

Cintilando sob os feixes coloridos, as duzentas mil valquírias se alinharam para enfrentar os quinhentos mil mirmidões. Um número insuficiente, não estivessem todas elas montadas e altamente treinadas. Quando Urakin deixara os nove reinos, fazia menos de um mês, o contingente das amazonas era mínimo, mas, conforme Denyel lhes contara, cada dimensão tem suas regras. Uma semana na Haled representa vários anos em Asgard, tempo bastante para que uma nova geração florescesse, para que os aesires crescessem e se multiplicassem, para que todo um exército se formasse, à espera do Ragnarök.

Finalmente, o balanço de forças se equilibrara no Hades. De um lado, a mais famosa das tropas femininas; do outro, a legendária milícia que desafiara os titãs.

— É a chance que aguardávamos — Inanna sussurrou para Yaga. — Vamos, Sombra da Morte. Temos a nossa própria tarefa a cumprir.

Entregando a sorte no campo de batalha a cargo de Sif e Urakin, a cria de Lúcifer alçou voo. Yaga a imitou e as duas subiram alto, longe do alcance das lanças.

Como andorinhas solitárias, elas rumaram à fortaleza de Agartha, com a intenção de auxiliar seus comparsas. Outrora responsáveis por atos cruéis, a baronesa do inferno e a torturadora do céu estavam unidas por uma causa comum. Uma aliança improvável, que, se não as destruísse, por certo as redimiria.

Para sempre.

Camufladas entre as nuvens negras, ignoradas pelas tropas inimigas — que agora tinham preocupações mais concretas —, Inanna e Yaga observaram a disposição dos exércitos. Sif voltara à companhia das amazonas, aglomeradas às margens do Styx. Sua tática era simples e consistia em abrir caminho a galope, libertar os heróis e regressar ao Valhala. Minos, por sua vez, fizera o juramento de defender o baluarte com unhas e dentes, nem que isso custasse sua vida.

Desde a chegada das valquírias, o negrume no Hades não era mais tão intenso. A Ponte do Arco-Íris continuava aberta, como um holofote aceso no céu, despejando sobre as guerreiras uma coluna de luz, clareando a Estígia com seus raios policrômicos. Enclausurados por séculos no interior do planeta, os mirmidões haviam se acostumado à escuridão, combatiam perfeitamente nas trevas e não toleravam o brilho do sol, que agora descia através de Bifrost. Uma desvantagem, um contratempo, nada mais do que isso. As falanges se espalharam ao longo da planície, organizando-se em uma série de colunas e linhas compactas. Do alto, Inanna notou que tais regimentos perfaziam uma multidão inacreditável, lembrando um formigueiro recém-aberto, salpicado de operárias, maior que qualquer contingente que já batalhara. Responsáveis por impedir o avanço estrangeiro, esses soldados da Hélade não precisariam, até segunda ordem, se movimentar, só aguardar o assalto, o que lhes era conveniente, afinal defender é muito mais fácil — e, sobretudo, muitíssimo mais seguro — que atacar.

O morticínio que se anunciava, embora brutal, não inibia os peões, tenentes e coronéis. O que Yaga não se dera conta, à primeira vista, era de que aquela contenda não seria travada por pessoas comuns, mas por entidades deificadas, ídolos, deuses e semideuses, treinados no curso de éons, dotados de perspicácia e compleição sem igual.

No meio daquele oceano metálico, quem deu o primeiro golpe foi Urakin. Destacado à frente, ele retomou a disputa que quase o matara e partiu contra Minos, ao mesmo tempo em que os cavalos mergulhavam à peleja. Os animais contornaram os duelistas, seguindo de encontro aos helênicos. Do lado grego, soaram tambores; da margem nórdica, escutou-se o rugir de berrantes, trombetas, e sobre eles avistava-se a Bandeira do Corvo, símbolo de Odin e estandarte dos aesires.

Outrora arrogante, Minos parecia compenetrado. O escudo de Zeus poderia inibir os raios do Mjölnir, mas só se os bloqueasse frontalmente. Suas investidas, então, precisariam ser muito bem calculadas, pois qualquer brecha se revelaria fatal. Urakin, por sua vez, não estava preocupado em formular estratégias. Diferentemente de Denyel, que combatia com precisão e argúcia, ele tinha um estilo mais intuitivo, mais bruto, e foi desse jeito que manobrou. O martelo chocou-se contra o soberano cretense, não chegou a feri-lo, mas o enfraqueceu, por pouco não lhe deslocando o braço esquerdo, o exato braço que sustentava o escudo. Um globo de eletricidade os circulou, formando uma esfera de capilares azuis, prevenindo que qualquer um — mirmidão ou valquíria — se aproximasse, sob risco de morte.

Nisso, as falanges, uma ao lado da outra e uma atrás da outra, ergueram suas lanças, compondo um leque de espigões afiados. Quem se precipitasse sobre tais flagelos seria perfurado na hora, não havia como escapar, não havia como sobreviver. Quebrar uma formação tão robusta parecia impossível, então Sif deu um grito — "Viva Odin!" — e atirou a dourada Gungnir. O artefato revelou mais um de seus poderes secretos, transformou-se em uma descarga de energia e explodiu entre a segunda e a terceira fileiras, bem no meio dos capitães. Os infantes que receberam o impacto — uma centena, aproximadamente — acabaram torrados, outros duzentos resultaram feridos, mais um milhar perdeu a visão. E foi assim, aproveitando-se do escarcéu, que a cavalaria alcançou os falangistas. Houve um tumulto de brados atrozes, misturado a um som abafado, de metal contra carne, e outro, mais agudo, de aço contra bronze. O chão tremeu como se o mundo inteiro fosse desabar, os cascos bateram e se arrastaram, a poeira subiu, o sangue jorrou.

Lanças em punho, as guerreiras romperam a barreira de escudos e foram além, limpando o terreno, cortando cabeças, despedaçando elmos, destroçando couraças, arrancando tripas, atropelando os adversários sem a menor piedade.

O contra-ataque não tardou e, quando aconteceu, foi fulminante. Os mirmidões se reajustaram ao perigo e giraram num ângulo de noventa graus, voltando-se para *dentro* da trilha que as amazonas haviam traçado. Um passo à frente foi o bastante para que as mulheres fossem trespassadas nas costelas, comprimidas por duas paredes de pontas mortais.

Trotando na dianteira, Sif e Hildr saltaram sobre os cadáveres e escaparam sem ferimentos. Dez metros atrás, Brunhildr não conseguiu preservar seu cavalo, que terminou estocado no ventre. A morena escorregou da sela, deu uma cambalhota, puxou a espada e massacrou os quinze homens que a cercavam. O que os cretenses não sabiam era que essa lutadora era duplamente perigosa a pé, mais que sobre quatro patas. Sua lâmina longa permitia que ela fatiasse todos ao redor, delimitando uma circunferência onde quem entrasse invariavelmente morreria.

Bufando, Brunhildr estraçalhou uns dois ou três batalhões, sempre pelos flancos, depois mudou o sentido e caminhou até as primeiras linhas, confundindo os lanceiros. A velocidade com a qual rodopiava sua arma era tanta que só se enxergava um borrão prateado, seguido por esguichos vermelhos, berros de dor e clamores de agonia.

No céu, Inanna desviou a atenção do campo de batalha para a fortaleza de Agartha, enfim muito próxima. Juntas, ela e Yaga emergiram das nuvens, mergulhando na direção da grande porta triangular. Sobrevoaram a ponte sobre o abismo de Lethe, quando, não se sabe de onde, um projétil subiu e rasgou uma das asas da baronesa.

Ela começou a cair.

— Continue! — gritou, num misto de dor e raiva. — Não pare, Sombra da Morte. Continue. Siga adiante.

Metódica, Yaga obedeceu, enquanto, ferida, Inanna desabava no Lethe, direto para as chamas de Hélios. Usando a outra asa, a lilin conseguiu planar à esquerda, para finalmente se agarrar às bordas da ponte, e lá ficou, pendurada.

Quem?

Quem a atingira? Minos estava ocupado, enfrentando Urakin, e os mirmidões não teriam perícia para um tiro tão longo.

De repente, um jovem de corpo delgado, trajando armadura brilhante e elmo de queixada pontuda, ofereceu-lhe a mão. Inanna a aceitou, sem opções. Ele a puxou para cima. Depois, afastou-se.

— Sou Radamanthys, irmão de Minos e filho de Zeus. Recebi a missão de guardar esta passagem — ele rosnou sob o capacete. — Se quiser entrar na fortaleza, terá de me enfrentar, e me *vencer*.

69

HERÓIS E SOLDADOS

Hiwatha, antes do dilúvio

Duas estrelas cortaram o céu. Eram fragmentos, resquícios de uma batalha travada acima das nuvens, além da esfera terrestre. Uma delas caía, o núcleo incandescente, a cauda pegando fogo. A outra descia em seu rastro.

De peito nu, sem a proteção da armadura, desintegrada mais cedo, Ablon teria sido esmagado. O que o salvou foi a potência concentrada em seus punhos, que servira de escudo e absorvera grande parte da energia de Metatron. O choque, entretanto, ainda que minimizado, foi o bastante para feri-lo mortalmente. Sem controle sobre seus músculos, o general desmoronou. O Rei dos Homens poderia tê-lo deixado se espatifar, mas queria ele próprio ter o privilégio de liquidá-lo, então usou a Telecinese para amortecer o impacto.

O querubim encontrou o chão feito uma pluma.

Como quem manipula um boneco, o sentinela o posicionou de barriga para cima, deitado sobre uma pedra oblonga. Com a mão esquerda, agarrou-lhe o pescoço. Com a direita, dobrou o cotovelo para executar o golpe de misericórdia.

— É o fim. Está me ouvindo, rapaz? Acabou. E agora vou exterminá-lo. Mas, antes, direi o motivo. — Metatron fez uma pausa, para que o discurso soasse dramático. — Quando eu soube da sua vitória sobre Kha, decidi afrontá-lo. No paraíso, muitos o reconhecem como um herói, e era isso que eu pretendia encontrar. Mas você não é um herói. Você é um soldado. Sabe qual é a diferença? — Apertou-lhe mais um pouco a garganta. O Vingador tossiu. Estava vivo, ainda. Quase cego, paralisado, mas vivo. — Um soldado nada mais é que uma ferramenta, uma marionete, um instrumento de carne. Um soldado é um autômato, que não pensa, não raciocina, não cria, apenas obedece. E lutas, como se sabe, não são ganhas só pela brutalidade, mas pela motivação. Ouça! Escute isto antes de morrer: o punho ataca, mas o coração é que vence. E você não foi capaz, não soube lutar com o coração. Por mais poderosos que sejam seus golpes, um soldado, apenas, jamais poderia me destronar. Só um herói poderia. É por isso que vou matá-lo, e não me arrependerei desse ato. — Esticou a mão, os dedos rígidos. — O mundo não precisa de soldados. O mundo precisa de heróis. — E concluiu, marcando as palavras: — Adeus, general.

E, assim, Metatron atacou. Sem remorso, sem culpa, sem pesar. Sem dó nem piedade. Atacou com toda a pujança.

Ablon não se esquivou, não contra-atacou, nada fez. Não podia. Não conseguia. Não tinha forças. Estava derrotado.

Era o seu fim.

O Rei dos Homens sobre a Terra estranhou quando, então, sua pancada encontrou o solo, a rocha crua, abrindo uma cratera, destruindo o entorno. Súbito, ele não sabia como, o Vingador sumira, desaparecera, não estava mais lá.

Olhou ao redor. Sentiu uma aura. Uma energia feminina. A alguns metros, um terceiro anjo surgiu. Um anjo guerreiro. Cabelos flavos, longos e ondulados, armadura de ouro, uma espada na cintura, carregando o amigo nos braços, tirando-o da linha de ataque. Pousou-o em área segura, franziu o cenho e se voltou ao mais velho.

— Ishtar? — o sentinela a esquadrinhou. Por incrível que parecesse, demonstrou entusiasmo com sua chegada. — Oh, é você que chamam de Fúria Dourada? — E emendou outro comentário, que era na realidade uma provocação: — Ouvi dizer que estava morta.

— Não sei nada sobre isso. — Ela tocou o cabo do sabre, a famosa Vontade do Céu. Todo seu equipamento, e sua saúde também, havia sido restaurado à plenitude. — Só o que sei é que senti a presença do meu general e estou aqui para ajudá-lo — afirmou, sugerindo que não se recordava dos Campos Elísios. — Pelo jeito, cheguei em hora propícia.

— Ah, chegou mesmo — divertiu-se a entidade barbuda. — Em hora propícia para se juntar ao seu comparsa. — Ele espiou o corpo de Ablon, que jazia aturdido, inerte no chão. — Bom, sou um homem de palavra. Disse ao seu comandante que o mataria, então não posso perder tempo com você. Se não se importar, serei rápido, depois cumprirei o meu juramento. Está pronta?

70

ESTRONDO DE GUERRA

Hades, tempo presente

— SOU INANNA, FILHA DAS TREVAS, REBENTO DE LÚCIFER, BARONESA DO INFERNO. — A lilin mirou seu rival, Radamanthys, que desde que fora desperto guardava o acesso à fortaleza de Agartha. — E também tenho uma missão a cumprir.

Nada mais precisou ser dito. Inanna e Radamanthys eram, coincidentemente, indivíduos de poucas palavras, mais chegados à ação que à retórica. Se alguém, entretanto, parasse para estudá-los, veria outras similaridades, como se eles estivessem, desde o princípio, destinados a batalhar. Embora poderosíssimos, os dois haviam nascido na terra, como resultado de uma concepção biológica, e conheciam de perto os sentimentos humanos. Radamanthys não almejava poder, ele lutava por seu irmão, Minos, a quem amava apesar dos pesares. Do mesmo modo, Inanna era movida por uma promessa antiga, motivada pela lembrança de um velho amor que se perdera. Não bastasse, ambos manobravam armas muito parecidas: a lança, construída por ordem de Zeus, e o arpão, forjado nos dias que antecederam o dilúvio.

Com a asa rasgada, Inanna não podia voar, o que os punha em absoluta igualdade. O combate se desenrolaria, então, sobre a estreita ponte do Lethe. Quem perdesse o equilíbrio despencaria; quem vacilasse terminaria empalado.

***

Nas planícies, poucos quilômetros atrás, o confronto entre Urakin e Minos parecia fadado a perdurar. Os dois eram tenazes e compartilhavam um estilo de luta semelhante, mais retilíneo, sem grandes floreios. Não bastasse, seus artefatos se anulavam mutuamente. O Punho de Deus tinha o ataque mais forte, e o soberano de Creta, a defesa mais poderosa.

Sendo todos ali muito mais resistentes à fadiga que as pessoas normais, aqueles duelos costumavam demorar um bocado. Nos tempos mitológicos, o deus Apolo teria levado trezentos anos para vencer uma competição amistosa contra sua irmã, a deusa Ártemis. Numa época anterior à criação do universo, o embate de Yahweh e dos cinco arcanjos contra Tehom e os deuses-monstros durara literalmente uma eternidade. O curioso era que, se comparada com o início do prélio, a situação se invertera. Agora era Minos, e não Urakin, quem estava de mãos atadas, quem não podia avançar, sob o risco de se expor ao flagelo. Alheio a eles, todavia, o ambiente ao redor se transformara. O primeiro levante das valquírias havia não apenas desmantelado a parede de escudos como ceifado a vida de milhares de falangistas, ao preço de algumas mortes para as seguidoras de Odin. Sif cavalgava pelo campo oscilando a Gungnir, que emitia um brilho solar e ofuscava os mirmidões. Às suas costas, Hildr vinha manobrando a lança, exterminando centenas de homens, os cabelos soltos, a armadura sangrenta.

Uma batalha, no entanto, sempre reserva surpresas. Os mirmidões, não por acaso, são figuras legendárias, e seu nome é lembrado até hoje. Inteligentes e corajosos, conheciam estratégias diversas. Visto que a cavalaria já rompera a formação inicial, eles, sob o comando dos tenentes, reagruparam-se em pequenas falanges, blocos de quinze homens, com três linhas de cinco soldados. Dispondo de espaço e mobilidade, cada uma dessas unidades podia agir de maneira independente e se focar em duas ou três amazonas, efetuando ataques bem mais eficazes.

O artifício deu certo e novamente a sorte virou — agora, a favor dos gregos. Observando suas companheiras tombarem, Urakin teve certeza ainda maior de que precisava acabar com Minos, o quanto antes. Mas como?

Um elemento secreto viria a contrabalancear a disputa. Não um anjo, uma valquíria ou um mirmidão, mas um monstro. Sim, a manticora, a besta que Cerberus despertara para servir de montaria ao filho de Zeus. Com a juba longa, os pelos castanhos, essa entidade seria facilmente confundida com um leão, não fosse a cauda cheia de espinhos, recordando um ouriço. Sendo uma das górgonas, a manticora, apesar de sua natureza perversa, costumava ser leal aos donos e ao ginete que a cavalgava. Sorrateira, ela se esgueirou pelas tropas e avistou Urakin. Sacudiu o rabo em círculo, como quem agita uma funda, e lançou contra ele meia dúzia de aguilhões envenenados.

Focado no duelo, o querubim seria um alvo certo, não fosse Brunhildr, que guerreava a pé, interpor-se na linha de tiro. Os espetos resvalaram em sua armadura fosca, e em resposta sua espada tiniu, descendo e separando a criatura ao meio.

Clamando para o alto, ela ofereceu o sacrifício a seu pai, Odin, e pediu a ele uma graça. Quando assim o fez, Urakin sentiu que o Mjölnir se inclinava para cima, sozinho. Instintivamente, ele abriu as asas e ergueu-se uns cem metros no ar, o martelo ereto, esticado sobre a cabeça. De Bifrost, saiu um raio, acompanhado de um relâmpago e de um trovão. Esse raio foi atraído para o instrumento de Thor, e o celeste o direcionou contra Minos.

Seguiu-se uma detonação elétrica, que incinerou alguns milhares de falangistas e arrancou o escudo do soberano cretense. Ferido, mas ainda vivo, as costas no solo, ele viu Urakin pisar sobre seu torso e preparar o martelo, a fim de esmagá-lo a sangue-frio. Sem o artefato de Zeus, nada mais restava ao monarca a não ser capitular ou morrer.

— Eu me rendo — ele anunciou, os braços abertos. — Entrego-me, a mim e aos meus batalhões — disse Minos. — São seus, se aceitar.

Com o Mjölnir empunhado, Urakin hesitou. Supostamente, aquele deveria ser um duelo de vida ou morte — eliminar o inimigo, em tese, seria um ato legítimo e, em certo aspecto, até piedoso. Mas ele era um querubim, e seu código de honra o impedia de atacar um oponente desarmado — e ainda mais um oponente *rendido*. O problema era o caráter de Minos. O rei tinha fama de ludibriar tanto adversários quanto aliados; prova disso era a aliança com Metatron, que ele acabara de desfazer. Se o Punho de Deus aceitasse a rendição, nada garantia que ele fosse de fato se render — o mais provável era que, cedo ou tarde, o helênico o traísse. Por outro lado, Urakin não podia simplesmente lhe esmigalhar o crânio.

Um impasse.

Um dilema.

Que se resolveria num segundo.

— Covarde! — Mancando, Brunhildr chegou à zona de luta e espetou Minos no coração, indignada por ele ter se entregado, por alguém como ele, um semideus, descendente direto do Olimpo, ter desistido da briga e se voltado contra Metatron, que, apesar de tudo, era seu chefe e contratante. — Morra. Morte aos helênicos — ela esbravejou. — Bando de covardes!

Por um tempo, a espada ficou lá, encravada. Depois, Estrondo de Guerra a substituiu por uma haste de madeira, da qual pendia um estandarte vermelho com uma ave negra estampada. Era o brasão de Odin, a Bandeira do Corvo.

Liquidado o rei, Brunhildr respirou. Ofegava. Sentiu uma fincada na região da virilha. Envergou-se. Urakin a susteve.

Um filete de sangue lhe escorreu pela perna. Através de uma brecha na couraça, algo a perfurara. Um objeto fino. Um dos espinhos da manticora. Um dos aguilhões envenenados.

O duelo entre Inanna e Radamanthys tivera, pelo lado dos invasores, ao menos uma repercussão positiva: deixara a passagem aberta para Yaga, que seguira adiante, cruzara a porta triangular e penetrara o octaedro. Lá dentro, o que ela encontrou foi o mesmo que Ismael, Kaira e Denyel encontraram antes dela: o gigantesco salão norte, com seus ângulos retos, a escadaria negra, a plataforma, os tronos de basalto e o corredor hexagonal, que se abria atrás dos assentos.

Metatron não estava presente. Quem guardava a câmara, em compensação, era uma figura conhecida, que fizera parte de seu passado, que por anos a enganara e, na visão da própria hashmalim, era ainda mais cruel que ela.

— Olá, Sombra da Morte. — Sophia estava sentada no lugar à direita. — Surpresa de me encontrar?

— Não. Pelo contrário. — Yaga pousou abaixo do estrado. — É um dos motivos que me trouxeram aqui.

— Eu sei. Só queria ter certeza. — Fuzilou-a com seus olhos verdes. — Então já sabe de tudo, não é? Já sabe sobre a teia, sobre os anjos da morte, sobre como manipulamos você e os Sete. E quer vingança, veio para se vingar de mim, para me matar.

— Não exatamente. — Ela pisou os degraus de rocha e encarou a antiga aliada, agora inimiga. — Sim, eu *vou* matá-la, mas não por vingança. Vingança é um impulso egoísta, e para a minha casta não existem questões pessoais.

— Você fala como se fosse muito pura, quando, na verdade, é justamente o oposto. Suas habilidades como espiã não são *nada* perto das minhas. Pensa que não sei por que se uniu ao coro? Sim, você não veio apenas para ajudar Kaira a combater Metatron. Sua prioridade é recuperar a lança de Nod.

— Não importa o que diga, Samyaza. É verdade que eu fiz muitas coisas erradas, mas seus crimes são ainda piores.

— São?

— O que está em jogo não é a atitude, mas a motivação. Sempre lutei por uma causa. Nunca desejei matar inocentes.

— De boas intenções o inferno está cheio. Nada justifica o infanticídio. Nós, sentinelas, não molestamos crianças nem as extirpamos do ventre da mãe, como você fez e como fazem os celestes. De qualquer maneira, acho que basta desta conversa. — Do braço do trono, Sophia sacou a Beretta. — Lembra desta arma? Já tem um tempo que estou querendo usá-la. Que oportunidade perfeita! — Apontou a pistola na direção de Yaga. — Seria poético matá-la com este instrumento. *Será* poético — corrigiu-se. — Pode tentar reagir conjurando suas sombras, mas eu aposto que sou mais rápida. — E afirmou, como quem dá um ultimato: — Quer experimentar? — Liberou a trava, retraiu o cão. — Se quiser, é agora.

71

CHOQUE MENTAL

Hiwatha, antes do dilúvio

Ishtar não se lembrava dos Campos Elísios, do arcanjo Rafael, da Torre da Eternidade nem de Nathanael, o Mais Puro, o braço direito do primicério. Desde a luta com Kha, desde a morte do faraó, desde a destruição de Saphiro, seu cérebro apagara por completo, para reacender minutos atrás, sob a luz da estrela do norte.

Diferentemente dos seres humanos, que nascem impolutos, que precisam se instruir e aprender no curso de anos, os celestiais foram criados com uma natureza específica. Despertar sozinho em meio às geleiras era uma situação intrigante, mas não chegava a ser um choque para um querubim. Os guerreiros angélicos sempre sabem o que fazer, e o que todo soldado precisa fazer é se reportar a seu líder. Como, na época, nem ela, nem o parceiro tinham o hábito de ocultar a aura, localizar o Vingador não foi uma tarefa tão complicada, ainda mais depois da explosão que iluminara os céus de Hiwatha, sendo vista por muitos, de norte a sul do planeta.

Outro fator ajudou no processo. Os confrades, após os eventos em Shadair, compartilhavam de uma ligação única, transcendental, que só poderia ter sido cultivada na terra. Eram laços de amizade, coleguismo e amor. Laços que os conectavam e sempre os conectariam, independentemente da distância ou do tempo.

Escureceu no deserto. Sobre eles, a lua cheia. Ablon seguia no fundo de uma cratera, atordoado. Mal podia escutar, sentir ou enxergar qualquer coisa.

Ishtar posicionou-se a dez metros de Metatron. Com o polegar, removeu a Vontade do Céu um centímetro da bainha, sem sacá-la, ensaiando um contra-ataque, mas o Rei dos Homens não se moveu. Olhos semicerrados, a Fúria aguardou. Nada. Então, provocou-o:

— Muito bem, rebelde. Prometeu liquidar-me. Estou esperando.

— Pensa que sou idiota? — Metatron deu uma risada. — Seria muita ingenuidade cair nesta armadilha. Sua postura de luta é óbvia para mim. Está contando que eu desfaça a minha guarda para deslanchar o Risco de Prata, sua técnica mais conhecida. Claro, eu poderia me desvencilhar facilmente, mas você não vale isso, não é digna de receber os meus golpes. Portanto, eu a vencerei sem mover um único dedo. O que vocês, querubins, não entendem, apesar de eu ter lhes dito dezenas de vezes, é que os meus poderes vão muito além da simples esfera do combate. Possuo divindades não só físicas, mas elementais, temporais, psíquicas, emocionais. E seria uma pena desperdiçá-las.

Só o que Metatron precisava, em outras palavras, era quebrar a postura de luta de Ishtar. Para tal, bastava desconcentrá-la. Utilizando uma famosa divindade dos serafins, ele vasculhou a mente dela em segundos e descobriu pontos fracos. Depois, empregou outra técnica, chamada de Chóque Mental, e quase de imediato a legionária começou a suar.

— O que é isso?

— São suas emoções mais profundas, associadas às suas lembranças mais dolorosas — declarou o anjo mais velho. — De que lhe serve agora o seu treinamento ou a sua vasta experiência em batalha? Em termos psíquicos, você não passa de uma adolescente que acabou de descobrir o amor, que experimentou a paixão e foi rejeitada.

Não à toa, entre os serafins, o Choque Mental era considerado um assalto repulsivo, excessivamente cruel. Ishtar nunca tivera coragem de expressar seus anseios, mas sofrera deveras com a recusa de Ablon, que se negara a fugir com ela, que insistira em continuar a missão, como se nada tivesse acontecido em Shadair. Na condição de soldado, ela reprimira essa dor, guardara para si tais angústias, que agora regressavam feito um cometa, e multiplicadas por cem. O efeito que se reproduzia era semelhante ao do estado de choque: o estômago embrulhava, a temperatura do corpo caía, o cérebro ficava confuso, as pernas bambeavam.

— O que está fazendo comigo? — Ela sentiu como se lhe fincassem o coração. — Pare!

— Parar? Mas eu nem comecei. Pelo menos, admita que sou criativo — ele pediu, sádico. — Irônico, não é? O mesmo amor que a fez renascer será o elemento que a matará.

Enfim rendida, agonizando por dentro, a Fúria largou o cabo da espada. Tombou, com as duas mãos pressionadas contra a cabeça. O busto palpitava, e ela teve a nítida impressão de que uma flecha invisível o rasgara.

Era a chance do inimigo. Conjurando a Telecinese, Metatron a atraiu elasticamente e a socou no peito, como quem rebate uma bola. Sua armadura, a exemplo do que acontecera com a couraça de Ablon, estourou em mil pedaços. O clarão a aturdiu.

— Muito fácil. — O sentinela a ergueu diante do Vingador. — Talvez você não seja assim tão furiosa quanto sugere o seu nome.

— Espere — do buraco, o general sibilou. — Poupe-a, mate a mim — gemeu, moribundo. — Sou eu o culpado. Que *eu* seja o seu troféu, não ela.

Sem resposta. Ou Metatron não o escutara, ou apenas fingira não escutar. Fosse como fosse, ele fez conforme sua natureza, agiu como agira no jardim, ao arrancar as asas lustrosas de Samael. Dessa vez, porém, não lhe sobrou piedade.

Com a mão em faca, a cara fechada, ele perfurou o tronco da comandante. Revirou o punho e encontrou o coração. Então, puxou-o para fora.

Sangue.

Silêncio.

Os olhos dela apagaram.

Não há salvação a um celestial quando lhe destroem o músculo cardíaco. Ishtar estava morta. Pela segunda vez. *Destruída.*

Para sempre.

O Rei dos Homens pousou o cadáver na mesma cratera onde Ablon jazia. Lá seria seu túmulo, uma cova para indigentes. Agora, só o que lhe faltava era dar cabo do líder, do chefe, do Vingador, que em todo caso já estava vencido.

E assim terminava o duelo, com a derrocada dos celestes e o triunfo dos sentinelas.

Não poderia ser diferente. Todos sabiam desde o início. Miguel sempre soubera. Metatron sobrepujara Gabriel. Metatron era ungido por Deus. Metatron era invencível.

72

O SOL INTERIOR

Etéreo profundo, tempo presente

ENQUANTO A BATALHA SE DESENROLAVA NO HADES, ENQUANTO URAKIN DUELAVA contra Minos, enquanto Inanna combatia Radamanthys, enquanto Yaga encarava Sophia, Kaira e Metatron despencavam no Lethe.

Mais cedo, na tentativa de se libertar do esquife, a Centelha, seguindo as orientações de Ismael, absorvera a "seiva" da Terra, mas tão próxima ela estava da fonte que seus poderes ocasionaram uma sobrecarga, como, aliás, já acontecera, em escala menor, nos desertos da Líbia, às portas da cidade de Egnias. Desnorteados pela explosão, os dois, Kaira e Metatron, caíram e foram atraídos para o sol interior, conforme a lei da gravidade, e teriam sido carbonizados se o próprio calor não os tivesse despertado.

Quando acordaram, estavam cercados por um ambiente escaldante. Sob seus pés, a superfície de Hélios recordava um oceano de plasma, repleto de energias telúricas. De acordo com os malakins, essas energias se manifestam no plano físico através das quatro forças fundamentais da matéria, tais como a força nuclear e o eletromagnetismo. Onde há uma interseção das correntes (um "nódulo de poder", na concepção dos atlantes) às vezes é possível acessar a energia telúrica pura, imaculada, carregada de misticismo, chamada de vril pelos hiperbóreos, e que nada mais é que a porção espiritual de Hélios, a fonte da vida, que tonifica e movimenta o planeta.

Já na superfície do astro, a temperatura chegava a estratosféricos cinco mil graus centígrados, o suficiente para cremar o cadáver dos deuses que eram atirados ao Styx. Graças à sua natureza ígnea, Kaira não se feriu, mas talvez em breve morresse. Metatron, como ele próprio dissera, não era do tipo que perdoava e a atacaria duramente, se ela não o atacasse antes.

— Finalmente compreendo por que Gabriel a escolheu. — O sentinela adejou, afastando-se do mar flamejante. — Na certa, ele achou que você era a única que poderia me vencer, por ter a capacidade de canalizar a substância da Terra. Ele previu que terminaríamos aqui, em Hélios, onde, teoricamente, o seu poder se igualaria ao meu. Ledo engano. O que você sabe, Centelha, fui eu que ensinei. Do mesmo modo, posso também incorporar essa força, manipulá-la e até revertê-la.

— Bom, acho que já fomos longe demais. — Kaira não perdera a confiança. — Pergunto-lhe pela última vez: não prefere tomar o caminho da paz? Sei que a sua causa é justa, mas os fins não justificam os meios. Eis o que aprendi na Haled.

— Quem lhe ensinou isso? — ele esnobou. — Gabriel, o Mestre do Fogo?

— Não. Rafael, o Quinto Arcanjo — ela revelou, dramaticamente. — Rafael, a Cura de Deus. Soube que foi ele quem o ressuscitou.

— Rafael?

— Sim, o mesmo que me reviveu. Perceba, o que se sucede no mundo está fora do nosso controle. O arcanjo da cura encontrou alternativas pacíficas a esta luta, e então se refugiou no Elísio. Desde que Adão saiu do jardim, você não se conforma, mas é preciso aceitar. — Ela se lembrou de Denyel. — Isso é o amor verdadeiro, aceitar nossos entes queridos, apesar de seus defeitos. Os homens não são infalíveis, mas nós, sentinelas, fizemos a nossa parte. O nosso tempo passou. É preciso deixar que os terrenos decidam por si mesmos, ainda que essas escolhas os conduzam ao Apocalipse. Era essa a *nossa* missão. Era o desejo de Yahweh.

— Era? Ou *é*?

— É o desejo dele, sempre foi — a ruiva insistiu. — E era o nosso ministério, cujo significado se perdeu, cujo objetivo ficou no passado.

— Enfim está falando como uma de nós, o que me enche de orgulho. Orgulho-me de você e do que construí, mas ao escutá-la meu coração se entristece. Não quero matá-la e admito que, de certa forma, você tem razão. Mas, Kaira, entenda, é tarde para mim. O meu propósito se tornou maior do que *eu*. Sou escravo dele, não posso contrariá-lo. São as tais promessas, os meus mandamentos, as minhas leis invioláveis. Não posso quebrar essas diretrizes nem desfazê-las. Eu me transformei em um sistema, e a dádiva do livre-arbítrio se converteu, no meu caso, em uma maldição. Sou o deus implacável, o deus das Escrituras, o terrível deus do jardim. O deus que julga, que expulsa, que agride e nunca perdoa. Sou mais ódio que amor. É por isso, Centelha, que eu não devo poupá-la. É por isso que eu preciso punir quem não me obedece.

— Se é assim, que seja feita a sua vontade, Metatron — ela disse. — No céu, na terra ou no Hades. Que vença o melhor.

* * *

Nos campos da Estígia, a morte de Minos trouxera consternação aos helênicos. O contingente, porém, depositava esperanças em Radamanthys, que era, desde o início, quem a todos inspirava. Dos quinhentos mil mirmidões, ao menos trezentos mil pereceram em pouco mais de uma hora. Grande parte deles caíra ante o Mjölnir, cujos raios eletrocutavam unidades inteiras. Outros foram vítimas da espada de Brunhildr, da lança Gungnir e da arma de Hildr.

O massacre atingira também as amazonas. Seus regimentos foram reduzidos à metade, e a disputa não dava sinais de que acabaria tão cedo. O que se dissolvera completamente foram as linhas de formação, tanto da cavalaria nórdica quanto da infantaria grega. Como é comum em embates do tipo, o confronto, quando prolongado, transforma-se numa peleja caótica, muitas vezes singular, em que cada guerreiro combate sozinho, contra um oponente ou vários.

Outro fator complicava a mobilidade de ambos os exércitos: os cadáveres, que agora se amontoavam às centenas. Suas rumas provocavam tropeços, as armas quebradas feriam os incautos, o sangue tornava o solo escorregadio, lodoso. Imunes à vertigem e à náusea, os combatentes, ainda assim, não eram indiferentes ao odor que empesteava o perímetro, de metal partido, de carne queimada, de tripas expostas, de pelo molhado, de ossos rotos. Nunca o Styx recebera tantos defuntos. Os corpos eram tragados pela correnteza, boiavam sobre o leito e desapareciam no Lethe.

Nessas circunstâncias, Sif possuía uma vantagem excepcional: ela contava com o auxílio do filho de Sleipnir, Grani, que era um deus para os cavalos e podia saltar muito alto e também muito longe. Desse jeito, ela entregou o comando das tropas a Hildr, agarrou as rédeas, pulou sobre a zona de guerra e seguiu galopando sem escolta até as proximidades do octaedro. Sua intenção era entrar na fortaleza e resgatar seus súditos, enquanto as valquírias, na retaguarda, coordenavam a batalha campal.

Deixando para trás a balbúrdia, os gritos, os ruídos de luta, ela avistou a ponte sobre o abismo, esporeou a montaria e sentiu o chão sacudir. De repente, uma greta se abriu a seus pés, um esguicho de plasma a derrubou, o calor a envolveu, mas o impacto acabou rechaçado.

— Þundr? — Espantada, Sif reparou no homenzarrão que surgira à sua frente. Era Urakin, que trazia no braço o escudo de Zeus, um dos espólios de Minos, a defesa mais poderosa do mundo. Com esse artefato, afastou o sopro escaldante, salvou a ambos da morte certeira. — Trovoada!

— Sempre às ordens, majestade. — O lutador esboçou um sorriso. — Hélios. — Olhou para o precipício. — Há uma tempestade no centro do mundo.

— Sim, uma tempestade solar. Mas quem a está provocando, e por quê? — ela perguntou e se recordou dos amigos. — Herja, Böðgæðir. — Apontou para a porta triangular. — Para *lá*. — Ergueu-se do solo, apoiou-se na Gungnir. — Vamos. Talvez ainda haja tempo de socorrê-los.

Cem metros adiante, na ponte sobre o Lethe, o combate entre Inanna e Radamanthys sucedia-se de maneira aguerrida. O maior entrave era a movimentação, já que eles só podiam se deslocar em dois sentidos: para frente e para trás. Não obstante, na condição de peritos, eles exploravam todos os recursos da arma, usando a ponta para estocar, o fio para cortar e o cabo para bater.

Inanna girou o arpão sobre a cabeça, investiu com força, mas o herói aparou o ataque, moveu a lança como se fosse um cajado e revidou com um corte em semicírculo. Ligeira, a Filha das Trevas contraiu as pernas e escapuliu com um salto. Nesse movimento, ela se afastou, acenou para Radamanthys e ele compreendeu o que ela queria. Era um convite, a chamada para um desafio específico. O campeão aceitou, retrocedendo à soleira da fortaleza, enquanto a cria de Lilith recuava à margem do abismo. Estabelecidas as regras, os dois atiraram seus dardos, e o fizeram ao mesmo tempo.

Para escapar do projétil, o herói deu um pulo. No meio do caminho, por acaso ou destino, ele avistou os campos do Hades, o caos da batalha, os corpos, o rio Styx, a Bandeira do Corvo e, sob ela, o cadáver de seu irmão.

Morto.

Empalado. Como um troféu.

Vencido.

Uns diriam que essa única visão teria marcado a derrocada de Radamanthys, inflado de frustração e desgosto. Outros afirmariam, anos mais tarde, que fora um erro marcial, apenas, um passo em falso, um tropeço. Seja como for, o filho de Zeus se desviou do arpão, brilhantemente, mas aterrissou meio torto, perdeu o equilíbrio e tombou.

Caiu da ponte.

Não gritou.

Só caiu.

Desabou suavemente, sem expressar clamor ou lamentos. Inanna olhou para baixo, satisfeita não por ela, mas por seu oponente, um homem que sabia morrer. *Um homem como poucos*, refletiu, logo ela, que desprezava o gênero masculino, que o considerava fraco, traiçoeiro. *Está feito*, pensou e avançou ao baluarte.

O fôlego, contudo, minguou. Um líquido quente, um tanto viscoso, eclodiu de seu peito. Uma ponta a ferira. Uma haste. De consistência metálica.

Era a lança de Radamanthys. O tiro fora tão rápido que ninguém o enxergara. Sem ela perceber, a arma a havia atingido.

E a penetrado — no coração.

* * *

Sophia não era do tipo que fazia apostas infrutíferas, ainda mais dentro de seus domínios. Quando, segundos antes, conclamara Yaga à disputa, já sabia o resultado, já estava segura de que venceria.

Com a Beretta pronta, armada e apontada para a Sombra da Morte, o pente carregado com o último dos projéteis de Nod, a elohim obviamente agiria mais rápido, e o fez. Já que Metatron a proibira de acabar com Denyel, ela descontaria na intercessora, eliminando um por um seus antigos rivais, apagando provas e testemunhas indesejáveis.

Yaga, por sua vez, também estava ciente de que morreria, o que não a perturbou. Era o certo, era esperado que ela morresse. Os hashmalins são imunes à piedade, indiferentes à clemência. O que têm de vis, todavia, também têm de justos. São os juízes do mundo espiritual e precisam ser coerentes em suas sentenças. Yaga, mesmo sem saber, fora responsável, direta ou indiretamente, pelo assassinato de dezenas, centenas de homens e anjos. Desde os supostos membros da rede, organização que na verdade nunca existira, até as pessoas comuns que pereceram em consequência dos ataques dos anjos da morte, todos eram inocentes. Não que ela sentisse remorso pela execução de Gregorion, de Kazan, do Cardeal, de Prisca ou de Zac, mas, ainda assim, cometera um delito e deveria ser punida, fosse por seus companheiros, na Gehenna, fosse no Hades, com uma bala no coração.

Sophia apertou os lábios, tocou o gatilho, mas não chegou a disparar. Um objeto cortante a acertou no pulso direito, ferindo-a de raspão. Era uma lança, do mesmo gênero que se usava na Grécia. Precavida, ela rolou para trás, buscou cobertura, refugiou-se sob a proteção do encosto. A pistola caiu, quicou na escada e se perdeu nos degraus mais abaixo.

Yaga deu meia-volta. Coberta de sangue, arrastando-se pelo assoalho, enxergava-se Inanna, com um enorme buraco no peito. Seus cinco sentidos não respondiam como antes, a vista se embaçara, o ouvido zumbia. O confronto com Radamanthys lhe custara a vida, mas ela era uma querubim honorária e não partiria sem concretizar sua demanda.

— Yaga? — a baronesa reconheceu sua parceira, que se agachou perto dela. — Diga-me. Eu acertei? Consegui? Eu *o* matei?

Não — seria o mais correto a dizer, mas a Sombra da Morte preferiu o silêncio. Na certa, Inanna, com a percepção nebulosa, a mente turva, confundira Sophia com Metatron, o qual, num passado longínquo, prometera caçar — e matar.

O que Yaga deveria fazer? Que resposta deveria dar? Deveria contar a verdade, sem dúvida, e com a maior crueza possível. Eram os desígnios de sua ordem: ser dura, severa, nunca mentir, nem mesmo para um enfermo às vésperas do óbito, nem mesmo para um condenado a caminho da forca. Mas ela não conseguiu. Não pôde. Não foi capaz. Não dessa vez.

— Sim — declarou, finalmente. — Sim, você acertou. *Ele* está morto.

— Já não era sem tempo. — O sangue se espalhou numa poça. — E quanto a mim? — perguntou. — Será que tenho alguma chance?

— Tarde demais.

— Tanto melhor. Cumpri minha tarefa. Não há o que lamentar. — E completou, antes de se entregar ao vazio: — Veja, general. Veja, Ishtar. — Os olhos se fixaram num ponto distante, e nele cintilaram reflexos de outra era, dos portos de Shadair, dos jardins de Bahr Lut, dos calabouços de Barak-Maru, todos esquecidos, apagados do tempo. — Eu o peguei. Eu consegui.

No instante em que a chama da vida se extinguiu, Yaga deu-se conta de que era a primeira vez que perdia um companheiro — uma companheira, no caso. Claro, ela tivera colegas, líderes, ajudantes, lacaios, mas não indivíduos em que pudesse confiar, com quem pudesse contar, como Kaira, que não a abandonara em Red Hook, e como Inanna, que bem ou mal a salvara, desviando a atenção de Sophia.

— Assim parte Inanna, baronesa do inferno, filha de Lilith, rebento de Lúcifer — ela proclamou, consternada. — Milênios de existência chegam agora à conclusão. Morre com ela um fragmento do mundo, desaparece uma parte da história. E o universo fica menor.

73

"NADA EXISTE"

Hiwatha, antes do dilúvio

NOITE. SEM ESTRELAS.
Lua cheia.

Jogado no interior do sepulcro, sem fôlego ou energia, Ablon farejou sangue. Sangue fresco. Não o seu. O *dela*. O sangue de Ishtar.

Ishtar, a Fúria Dourada. Sua amiga, sua companheira, sua amante, seu soldado, que estava disposta a morrer por ele, que por *duas vezes* morrera por ele, primeiro em Sakha, na Montanha Solar, e agora em Hiwatha, contra Metatron.

Ishtar o amava como mentor, como parceiro, como homem. O homem que ele nunca fora. O homem que ele estava aprendendo a ser. Talvez ele a amasse também.

Talvez.

Sem ela, de repente sua caminhada parecia não fazer sentido. O que era sua demanda, o que significava sua missão comparada ao que a Fúria representava para ele? Ishtar era, agora ele sabia, o ponto luminoso que o fazia seguir adiante. *Era*. Porque estava morta, e ele nunca mais a veria.

Nunca.

Luz.

Ofuscação.

Trevas.

Súbito, tudo ao seu redor saiu de foco. O deserto sumiu, o firmamento desapareceu, o cosmo se reduziu à metade. Sua aura esquentou, transbordou, efervesceu, como se ele tivesse engolido uma centena de estrelas cadentes. Lembrou-se da experiência na Hiperbórea, da cólera que provara ao encarar o bruxo Hash'tir. Mas dessa vez era diferente. Não era só ódio que ele sentia. Era euforia, amor, desejo, fascínio, ira, revolta, todas essas sensações reunidas, e muitas outras. Ele e Ishtar estavam tão ligados que, ao testemunhar sua queda, nada mais o prendia a este universo. O compromisso com os arcanjos diluíra-se, e agora ele, o Vingador, não tinha mais nada a perder.

Eis a condição do supremo guerreiro, o estado psíquico que todo herói deve almejar. Ishtar não existia mais. Seus líderes eram descartáveis, a própria vida era desnecessária.

Nada existe, general, ele escutou alguém dizer, num canto obscuro da mente, e enfim compreendeu os segredos que a frase escondia. *Excepcionalmente, permitirei que se recorde dessas palavras. Nada existe.*

O ser que se levantou da cratera não era mais um soldado, era uma *ideia*, um propósito encarnado, determinado a vencer e a esmagar seu alvo. Quando discerniu essa figura, Metatron sentiu medo, pela primeira e última vez. Chocado, ele se teleportou para longe, afastou-se um quilômetro, ergueu sua Barreira Telecinética.

Com os olhos vermelhos, Ablon partiu em sua direção. A energia que ele antes concentrara nos punhos envolvia-o agora por todos os ângulos. Desse jeito, ele mais parecia um cometa, um meteoro dourado, que cortou a planície em rasante, despedaçando o solo, triturando as rochas, chamuscando o cascalho, esmigalhando os grãos de areia.

Sem dificuldade, estraçalhou a muralha translúcida. Acuado, o sentinela usou a força da mente para içar pedras gigantes e atirá-las contra o celeste. Primeiro foram lascas enormes, depois blocos que pesavam toneladas. Cada objeto que o tocava era na hora desintegrado, abrindo vincos na esplanada, rachas semelhantes às dos terremotos.

Num derradeiro segundo, Metatron juntou os pulsos para se defender, mas nem isso o preservou. No momento em que o general o atingiu, o planeta tremeu numa reação cataclísmica. Por um breve instante, o impossível aconteceu.

O universo congelou.

Por um instante. Só um. Muito breve.

Seguidamente, um estouro.

Supremo. Extraordinário. Colossal.

O impacto desmantelou partículas, moléculas e átomos em um raio desmedido e lançou o Primeiro Anjo nada menos que duzentos quilômetros através da chapada, desenhando uma trilha de fogo que por três dias seria vista do espaço.

Finalmente, o silêncio.

O vento. A noite.

E o frio.

O frio.

Com o coração dolorido, mas o espírito honrado, Ablon voou até o ponto extremo da trilha fumegante. Lá jazia Metatron, desmaiado, imundo, coberto de areia e terra queimada, completamente vencido, à mercê do general.

Como?, ele pensava. Como aquilo — *tudo* aquilo — fora possível? Como ele, sangrando, já abatido, quase morto, fora capaz de derrotar o Primeiro Anjo, uma entidade supostamente insuperável? O Vingador não acreditava, ainda, que realizara tão inigualável façanha. Era impossível. Segundo todos os parâmetros, era uma situação irreal. Como conjurara aquela energia, como aprendera a manipulá-la tão rápido, como se transformara em um cometa? Como? Como vencera Metatron?

— Muito simples — mortiça, uma voz ecoou no deserto, como se respondesse a seus pensamentos. — Você me venceu do mesmo modo que eu venci Gabriel.

— Cale-se. — Ablon tornou a lembrar o que Lúcifer lhe dissera no Palácio Celestial, então o ameaçou com o punho fechado. — Cale-se!

— Eu me rendo — o ente barbudo se apressou a dizer. — Entrego-me formalmente a você, Ablon dos querubins.

— Muito bem. — Mais calmo, ele baixou a guarda. — Recebo sua rendição e a aceito, Metatron, Rei dos Homens sobre a Terra.

— Está acertado. Isso significa que a partir de agora você não pode mais me ferir, pois o seu código o impede de atacar um oponente rendido. Portanto, não lhe resta opção a não ser me escutar — manobrou. — Como eu ia dizendo, passei pelas mesmas coisas que você e conheço essa energia que ardeu em seu peito. Digo-lhe de onde ela vem e afirmo que essa é a suprema potência de Deus. Meu triunfo sobre Gabriel deu-se porque na época eu brigava pelos meus filhos, e desta vez eu combatia pela simples ideia de desbancá-lo, como um recado aos primogênitos, então falhei, como qualquer um teria falhado. No entanto, há coisas mais importantes que nos movem. Escute a verdade inquestionável, rapaz, o segredo que o próprio Yahweh me contou: sempre que você lutar por aqueles que ama ou pelos propósitos em que acredita, será invencível, ninguém poderá segurá-lo. Mas, se defender causas banais, se sustentar vícios, motivos tolos ou egoístas, você perderá, como eu perdi esta noite.

Incapaz de silenciar Metatron, Ablon ouviu o que ele tinha a dizer, até o fim, e achou que o discurso se estenderia, até que uma sombra os colocou em alerta. Da cratera onde o corpo de Ishtar fora lançado, surgiu uma entidade, e uma aura reacendeu.

Era *ela*, ela própria: Ishtar. Estava tonta, mas viva. Nem sequer a armadura fora rasgada. Como?

— Uma ilusão — o sentinela explicou o portento, a face rubra, como uma criança travessa. — Só mais um dos meus truques mentais.

— Um truque? Por quê? — Apesar da justificativa, o Vingador não compreendia. — Por que não a matou?

— General, será que não percebe? — O mais velho sorriu. — Matá-los nunca foi a minha intenção.

Concluída a empreitada, Ablon cruzou a planície e abraçou sua amiga. E juntos eles ficaram, até que o sol raiasse, até que um novo dia surgisse.

— O soldado morreu — no canto oposto do vale, Metatron murmurou, para que só ele escutasse. — O herói nasceu. — E acrescentou, num suspiro: — Eu venci.

No céu, com o passar do tempo, e especialmente após a queda de Lúcifer, os arcanjos proibiriam qualquer menção ao referido duelo, sob pena de execução e tortura, mas no plano físico suas cicatrizes são visíveis até hoje. No deserto de Mojave, entre cânions e depressões, fragmentos calcários ainda se movem sozinhos, resquícios da Telecinese de Metatron e da batalha que ali se produziu, há nada menos que trinta e sete mil anos. Os índios apelidaram o lugar de Tümpisa, a Rocha Partida, e durante a corrida do ouro os exploradores o batizaram com um nome mais tétrico, pelo qual é desde então conhecido: vale da Morte.

74

"NÓS SEMPRE TEREMOS PARIS"

Hades, tempo presente

O DECLÍNIO DE RADAMANTHYS SIGNIFICOU O GOLPE FINAL PARA OS EXÉRCITOS CRETENSES. Privados de seus dois governantes, o fôlego dos mirmidões se esvaiu. O oposto sucedia com as guerreiras de Odin, cujas capitãs ainda lutavam, cujo principal aliado, Urakin, o Punho de Deus, superara Minos em combate sincero.

Montada sobre Glær, ajustada e firme na sela, Hildr contemplou o cenário. O céu continuava encoberto, sendo Bifrost o único ponto radiante. Sua luz refletia nas águas rubras do Styx, projetando cores igualmente escarlates contra as ruínas da antiga necrópole. Soldados gregos, amazonas nórdicas, cavalos, além de um monstro legendário — a manticora — jaziam nas planícies da Estígia, dentro e à margem do rio cósmico.

Um sem-número de falangistas, reconhecendo a derrota, atirava-se na correnteza, para decair no Lethe e morrer "como os deuses". Os que insistiam na luta eram chacinados, atropelados pelos garanhões, aleijados ao impacto das lanças.

Numa certa área do confronto, destacava-se uma pilha de ao menos dois mil helênicos, maior que todas as outras. Hildr esporeou sua égua e lá, caída sobre os defuntos, encontrou sua irmã, Brunhildr, os cabelos úmidos, mas ainda segurando a espada.

— Brunhildr? — Hildr desmontou e andou até ela. — Levante-se. Não passa de um arranhão.

— É o aguilhão da manticora — disse a morena. — Está envenenado.

— Não se aflija, pois Heimdall conhece a cura para todos os males. — Fez menção de pegá-la no colo. — Ordeno que retorne a Asgard.

— Não — Brunhildr ergueu a palma aberta, detendo-a. — Não se esqueça, fui prometida a Siegfried, o único mortal que ascendeu ao Valhala. Como ele, prefiro morrer junto às minhas tropas, com inimigos sangrando aos meus pés, a debandar e sobreviver. Diga à rainha que assim pereci. Diga a ela que lutei bravamente.

Sif e Urakin cruzaram a grande porta triangular, chegando ao interior da fortaleza de Agartha. No salão norte, na base da escadaria, identificaram o corpo de Inanna e, junto dele, a figura de Yaga, que respeitosamente o velava.

Urakin aterrissou ao lado da Sombra da Morte. Lá em cima, no topo dos degraus, entre os tronos, Sophia reapareceu, agora sem a Beretta, que havia pouco lhe escapara. Não perdera a arrogância, apesar de desarmada. Mesmo em menor número, não parecia considerar-se em desvantagem. Um elohim, de qualquer maneira, sempre traz cartas na manga.

— Yaga — o Punho de Deus dirigiu-se à parceira. — Quem é aquela, no fim da escada?

— Samyaza, a Senhora dos Portais. — Yaga não queria nem podia perder tempo explicando. — Basta você saber que ela é o braço direito de Metatron. Portanto, mate-a — esbravejou, como em seus dias de intercessora. — Jogue o martelo. Depressa!

Surpreso, Urakin acatou o comando. Não era do seu feitio atacar sem motivo, mas Kaira (em pessoa) aceitara Yaga no coro, o que em tese fazia dela uma companheira fiel — ou, no mínimo, confiável. Ele então brandiu a arma mágica, estalando em faíscas elétricas. Porém, antes de atirá-la, um argumento de Sophia o paralisou por completo.

— Segure seus golpes, guerreiro — ela disse. — Golpeie-me e matará Denyel. Seu amigo está ligado a mim por meio do Escudo Humano. Qualquer ferimento mortal que eu sofrer será automaticamente transferido para ele.

— Escudo Humano? — o legionário enrugou a cara. — Não sei do que está falando, mas aposto que é blefe.

— Os sentinelas não blefam. Pergunte a Yaga, se tem dúvidas. Não são aliados agora?

— É verdade — a contragosto, Yaga confirmou a suspeita. — O Escudo Humano é uma técnica comum aos elohins. Não sei dizer se ela a usou em Denyel, mas, se fosse eu, com certeza teria usado. — E o veredicto: — Não é blefe.

— Devo reconhecer sua vitória no campo de batalha — Sophia pregou os olhos em Sif. — Parabéns pela atuação das valquírias, pela supressão de Minos e de Radamanthys. Mas os cretenses são apenas peões nesta nova era que está para começar. O mundo será renovado, e Metatron promete anistia. Falo em nome dele e lhe ofereço perdão, Cabelos de Trigo. Suas amazonas poderão ser úteis ao Rei dos Homens sobre a Terra, contanto que se curve e o aceite como seu deus.

— Isso só pode ser uma troça. — Sif galgou a escada, apertou a Gungnir. — Odin é o nosso deus, e eu lhe mostrarei o porquê.

— Não — Urakin a segurou. — O Escudo Humano — lembrou-lhe. — Não podemos matá-la, ou Denyel...

Então...

... *Bang!*

Um tiro.

Um disparo. Ouviu-se um disparo.

De arma de fogo.

O estampido ecoou através do salão. Metálico, agudo. Como uma mola que se soltasse. Depois, odor de enxofre. E cheiro de pólvora.

Sophia olhou para o próprio tórax. Discerniu um orifício, um furo na blusa. Um buraco. Pequeno. Um buraco de bala. Sem sangue.

De um canto obscuro surgiu Denyel, a Beretta em riste, o cano fumegante. Com a queda de Metatron, com sua descida a Hélios, a Telecinese que sustentava a fortaleza se enfraquecera, permitindo que ele deixasse a prisão. Chegara sorrateiramente ao aposento de entrada, encontrara a pistola e, ciente das consequências, fizera "o que precisava ser feito", como era seu costume, como agira ao longo de anos, como havia aprendido entre os anjos da morte.

O projétil, destinado ao coração de Sophia, fora transferido para *ele*, perfurando-lhe a aorta, provocando-lhe um ferimento mortal. O tecido da camisa tingiu-se de sangue e, zonzo, ele tombou, espatifou-se no assoalho de rocha.

— Denyel — Urakin o amparou. — Por quê? Por quê, meu amigo?

O exilado não se deu o trabalho de responder, já que as próximas ações seriam instrutivas. Conhecendo em minúcias os dons, as forças e as fraquezas dos elohins — afinal, fora designada a persegui-los e a exterminá-los, nos anos 70 —, Yaga sabia que o Escudo Humano só funcionava uma vez e que, a seguir, sua eficácia se perdia.

Convertendo-se em escuridão, ela tornou-se como um espectro, como um fantasma, todo negro, penetrou no solo e ressurgiu sobre a plataforma elevada, no meio dos tronos, logo atrás de Sophia.

— Soube que os sentinelas são parcialmente humanos e que herdaram de Deus uma *alma*. — Yaga a envolveu com as asas pretas, estendeu as garras e as enfiou nas costelas da vítima. Os dedos, compostos de trevas, não encontraram resistência, pelo contrário: ignoraram a carne e a agarraram diretamente no espírito. — Você é minha, Samyaza.

— Não! — Desesperada, Sophia começou a berrar. Os hashmalins são peritos em manipular a substância terrena, podendo capturá-la, destruí-la e até (quando necessário) deslocá-la a outro corpo ou objeto. — Denyel! — a sentinela gritou, num último clamor angustiado. — Conte a eles. Não foi culpa minha — esgoelou-se. — Não quero morrer!

O apelo não os comoveu. Sophia não seria perdoada, não dessa vez, não por Yaga, que era indiferente à clemência. Num surto final, a Sombra da Morte tragou-lhe a alma e com as unhas a estraçalhou, num só rasgo. Quando alguém é morto desse jeito, quando a porção espiritual de uma entidade — seja ela divina, astral ou etérea — é mutilada, a consciência se desfaz, sendo impossível trazê-la de volta. Fora essa a sentença reservada a Samyaza, tendo em vista a gravidade de seus crimes, os abusos e assassinatos que planejara. "Olho por olho, dente por dente" era um lema constante entre os hashmalins, invocado em seus tribunais e em suas câmaras de tortura, na Gehenna e fora dela.

— Encare pelo lado bom, *chérie*. — Pego pela hemorragia, Denyel estava também condenado. — Nem tudo foi desperdício. — Deu um sorriso cínico. — Nós sempre teremos Paris.

O preço pela cabeça de Sophia, contudo, parecera a Urakin alto demais. De joelhos, ele zelou pelo amigo. Sif chorou e abraçou seu cavaleiro.

75

O MILAGRE DA VIDA

Com o assassinato de Sophia, a raça dos sentinelas entrara oficialmente em risco de extinção. Do coro que descera à terra nos tempos remotos, do magnífico time que reunia figuras como Kha, Muzhda e Kali, só dois haviam sobrevivido, e não por muito tempo. Kaira ou Metatron — um deles iria sucumbir, ou então ambos pereceriam em combate.

Na superfície de Hélios, apesar da tensão, a arconte tranquilizou-se. Independentemente do resultado, ela havia feito o seu melhor. Seguira à risca os conselhos de Ismael (transmitidos por meio de Cerberus), fizera sempre o que julgara correto, desde a primeira à última missão, e não tinha nada do que se arrepender, muito menos do que se envergonhar.

Olhando para seu passado, algo lhe dizia que todos os desafios pregressos haviam sido um treinamento, uma preparação para aquela grande batalha. O que a fizera surtar em Athea, afinal? Teria sido a morte de Levih, a presença do vulcão ou o obelisco negro, cravejado de runas atlânticas? E no Tibete? Como ela materializara as placas de gelo? Graças a seus poderes especiais, certamente, ativados durante a era glacial e aprimorados naqueles sítios, na fortaleza marinha, no interior da montanha e, é claro, na cidade perdida de Egnias, quando ela conjurara o plasma e afugentara os ecaloths.

Kaira não era tão poderosa quanto Metatron — ninguém era, à exceção dos arcanjos —, mas se existia um ambiente propício para superá-lo era ali, no centro da Terra, onde ela podia tomar emprestada a seiva do mundo, a mesma que a ajudara a sobrepujar os invencíveis seres do rio Oceanus. E assim teve início o confronto, com a Centelha incorporando a força de Hélios e a concentrando como um orbe em seu seio. Essa potência, ela se surpreendeu ao notar, não continha apenas partículas ardentes, mas também imagens e sentimentos, como se, de uma forma ou de outra, o planeta fosse capaz de pensar, de agir e até de reagir — à sua própria maneira. Tais memórias remetiam a cinco bilhões de anos atrás, quando o mundo (o Éden, para os sentinelas) nascera, primeiro como um amontoado de rochas, depois como uma esfera de gelo, de magma, de terra, de água, e então os gases se organizaram, formando a atmosfera, proporcionando o aparecimento das células, dos vegetais, dos animais e, por fim, dos seres humanos.

Comovida, ela despejou sobre o oponente um jato de plasma, a substância mais pura, perigosa e letal que uma entidade podia manipular. Para combatê-la, Metatron lançou contra ela uma rajada de éter, o chamado solvente universal, a matéria negra que compõe o vácuo, que se encontra nas fossas galácticas, o elemento negativo contrário à positividade do plasma, universalmente representados pelos dois rios, o Styx e o Oceanus.

Quando essas forças se encontraram, em vez de uma ruidosa explosão, houve um átimo de completo silêncio. O embate entre os ingredientes primordiais reproduziu, de um jeito fugaz, as condições tais como eram antes do fulgiston, isto é, antes da criação do tempo, da matéria e do universo. Os rivais saborearam, então, um curioso momento de plenitude, como se tivessem vivenciado uma eternidade inteira, condensada em uma fração de segundo. Depois, experimentaram um choque, à medida que sua consciência regressava ao contínuo. O campeão seria aquele que se recuperasse mais rápido, que melhor digerisse os efeitos — físicos, transcendentais e psíquicos — dessa jornada ao além.

Éons mais antigo que Kaira, Metatron se recompôs prontamente. Enquanto as órbitas da Centelha ainda rodavam, o Rei dos Homens a segurou e, com o éter escorrendo da palma, juntou forças para enfim liquidá-la.

— Nada. Tudo isso para nada. Nem me feriu — ele comentou, desgostoso. — O que farei é terrível, eu sei, mas minha natureza é terrível. Não me orgulho de todos os meus atos, mas certas coisas precisam ser feitas, independentemente do nosso coração. Por mais que eu já tenha causado alguns males, me orgulho, pelo menos, de nunca ter matado um inocente, ao contrário dos seus comandantes — acusou, num rompante de amargura. — Quando você aceitou esta missão, estava ciente dos riscos — justificou-se, como se pedisse desculpas. — Sabe o que mais me intriga, no fim das contas? Gabriel. Ele anteviu a minha derrota, ele tinha fé em você, como a única que poderia me vencer. Bom, dessa vez o meu inimigo falhou, porque, se o Mestre do Fogo estiver certo, se as visões dele factualmente se cumprem, algum tipo de milagre entrará em ação, *agora*, e me impedirá de trucidá-la. — O sentinela a paralisou com a Telecinese. — Que a sua partida seja tranquila, Centelha. Que o seu descanso seja perene.

* * *

Uma vez entornadas essas palavras, Metatron se preparou para executá-la, quando escutou um ribombo. Uma pulsação. Batidas secas, fluidas e ritmadas.

Batidas de um coração.

Não, não eram as palpitações dele. Nem as de Kaira. Eram alheias, de uma terceira entidade, que até então se conservara invisível.

Quem?

O sentinela olhou para os lados. *Nada*. Nenhuma movimentação. Não avistou ninguém ao redor, até que esquadrinhou sua presa — por fora e por dentro. Usou a visão de calor e assim percebeu o milagre. Kaira não carregava apenas uma alma, mas *duas* — a sua e outra, que começava a se formar em seu ventre.

Uma pequena semente. Um espírito.

Um feto. Um filho.

Nem ela sabia, até aquele instante, a transformação que se sucedia em seu útero. Dele, brotava uma chispa. Um sopro.

Um milagre. *O* milagre.

Kaira gestava uma criança. Um inocente. E Metatron não matava inocentes. Nunca matara e jamais mataria. Era um de seus mandamentos, uma de suas regras invioláveis. "Zele para que a terra perpetue seus frutos, preserve as sementes comestíveis e nunca, jamais tire a vida de uma fêmea em gestação", teria ele dito a Adão, à sombra da figueira, no paraíso terrestre.

Em face do dilema, o monarca enrijeceu, como um aparelho em curto-circuito. Ele se tornara, segundo suas próprias palavras, um "sistema" e não podia contrariar a si mesmo. Precisava exterminar Kaira, mas não era capaz de cumprir a sentença.

Um minuto.

Dois.

Três.

Uma tempestade em Hélios.

Quatro.

Cinco.

O impasse deu espaço para que a capitã de Gabriel se recompusesse, e então ela agiu conforme o Executor a instruíra. Mirou a cinta do Anjo Supremo, localizou a lança de Nod, roubou o artefato e enfiou-lhe através do esterno. Com um ruído metálico, a ponta encravou-se profundamente, rasgou os tecidos e os músculos.

Depois, os órgãos.

E o coração.

— O milagre. — De olhos esbugalhados, Metatron observou o peito aberto, dilacerado. — É um milagre — repetiu. — Estou morrendo, Kaira. Estou morrendo.

76

SÓ SE VIVE DUAS VEZES

Kaira segurava a lança de Nod. Finalmente, deu-se conta do que fizera, de que sobrepujara Metatron, conforme vaticinara Gabriel. Mas não teria conseguido sozinha. Outro ser a ajudara, outra alma, a mesma que agora radiava em seu bojo.

— É o meu fim. — O sentinela parecia calmo, até aliviado. — Estava óbvio desde o começo. Sua causa é mais justa. Não a causa dele, ou *deles*, mas a sua. Neste instante eu morro, Centelha, mas deixo para você um presente.

Com o indicador esticado, o líder dos sentinelas a tocou sobre a testa, e como resultado ela teve uma visão.

— Uma esfera. — Era o que seu cérebro lhe mostrava. — Um globo.

— O Éden — ele concluiu, utilizando-se de seu próprio jargão mitológico. — Esse é o retrato do mundo tal qual ele era quando nos foi entregue. Guardei essa memória para devolvê-la a você, quando chegasse o momento.

— Por quê?

— Porque eu logo partirei. Quero que se recorde dos nossos ideais. — Ele enrugou o cenho, curvou-se por causa da dor. — Não, não dos meus mandamentos ou das diretrizes que eu corrompi, mas dos nossos princípios originais, aqueles que nos moveram no início. Quero que se lembre da primeira vez em que enxergamos este planeta, e que o víamos como um santuário sagrado. Tudo o que diz respeito a ele nos é precioso. Cada grão de areia, cada gota no mar, cada lufada de vento, cada montanha, lago, floresta, rio ou oceano. Preservar o Éden e aqueles que o habitam: esse é o nosso trabalho, o ofício dos sentinelas, e eu lhe delego essa tarefa. — E completou, com uma súplica: — Kaira, você é a última entre nós. Não desista.

— Eu nunca quis que fosse assim — ela admitiu, melancólica. — Não queria matá-lo nem arruinar a obra de toda uma vida.

— Não se preocupe, você não a arruinou. O meu projeto está em curso. Suas engrenagens não podem ser interrompidas nem pelos arcanjos, nem pelos homens, nem por *mim*. — Encolheu os ombros. — Sou apenas uma peça dessa máquina, sou o plano de contingência, o elemento reserva, o objeto descartável, mas há outro, e esse sim será imbatível. — Alertou-a: — Se é verdade o que você disse, que os fins não justificam os meios, então *ele* é o fim, e eu sou o meio.

Sereno, Metatron cerrou os olhos e Kaira o soltou. A gravidade de Hélios o atraiu, vagarosamente. E, como acontecera com tantos ídolos antes dele, o corpo do Rei dos Homens foi cremado, seu espírito dispersou-se.

O sol interior o recebeu. Era assim que pereciam os deuses, e foi assim que ele morreu. O deus de Adão. O deus implacável. O deus do jardim.

O ocaso de Metatron significava, necessariamente, o imediato declínio de suas obras. O octaedro, por exemplo, que se sustentava graças à sua força telecinética, estava fadado a desmoronar. Prevendo tais consequências, Kaira subiu o Lethe como um raio, na esperança de salvar Denyel, supostamente aprisionado (ainda) na fortaleza de Agartha.

Com o corpo envolto em chamas telúricas, ela atravessou a plataforma quebrada e voou através dos corredores até o salão oeste, mas o encontrou vazio, sem o campo de força que o lacrava. Não era um bom sinal, ela sabia, e com o coração palpitando flutuou ao aposento de entrada, despontando atrás dos tronos, sobre a escadaria negra. De lá, enxergou o que não queria ver. O que não esperava ver. O que tanto lutara para *não* ver.

Denyel jazia na base dos degraus, amparado por Sif, à esquerda, por Urakin, à direita, e guardado por Yaga, os olhos baços, a camisa suja de sangue. Uma grande poça os circulava, indicando que a maior parte de sua energia sumira e que já não era possível salvá-lo. Não obstante, ele seguia lúcido, consciente, podendo ver, sentir e falar.

Kaira dissipou o plasma que a revestia, retornando à forma original, regenerando as queimaduras que por pouco não a tinham matado. Envergando a armadura escarlate, ela pousou ao lado dos companheiros. Por incrível que pareça, o que mais a chocou não foi a situação de Denyel, mas a atitude de Urakin, que em silêncio lacrimejava.

— Venha, Þundr. — Mais sensível às questões emocionais, Sif o puxou para um canto, dando espaço para que os dois enamorados tivessem um momento a sós, antes que aquela história terminasse, porque *ia* terminar. — Deixe-os.

Quando a Centelha abraçou seu amante, ele estava praticamente desacordado. Um cadáver — o de Sophia — descansava a leste da câmara, e ao notá-la a arconte deduziu o que acontecera, imaginou que Samyaza o baleara, o que no fim das contas não fazia diferença.

— Olá, Faísca — Denyel falou com ela, os lábios secos, o rosto pálido. — Pelo jeito, conseguiu dar cabo do velhote.

— É, consegui. Conseguimos — ela concordou com um sorriso, mas os olhos estavam cheios d'água. — Missão cumprida.

— Ótimo. Esse puto deu trabalho. Pior que barata. — Engasgou-se. — De qualquer maneira, não vai mais nos incomodar.

— Sim, mas e você? — Depositou no chão a lança de Nod. — Por quê? — Ela não resistiu e chorou. — Por que tem que ser assim?

— Todo jogo tem suas regras, e eu resolvi apostar. A mão era boa, tão boa que quebrei a banca. — Virou-se um pouco de lado. — Lembra de Andira? — Ele se referia à deusa indígena que eles haviam encontrado na cidadela yamí. — Ela me alertou que eu poderia ajudá-los, mas não sobreviveria à missão. Achei que a minha trajetória se concluiria em Athea e me joguei no rio Oceanus, mas estava errado. Desde a Amazônia, desde que tomei a decisão, o meu destino estava traçado. E estou feliz por terminar desse jeito.

— Feliz? — a ruiva o contestou, como de praxe. — Como alguém pode ficar feliz em morrer?

— Garota, entenda o seguinte: quando você está em uma jornada e o objetivo vai ficando mais próximo, você percebe que o verdadeiro objetivo é a jornada. Não estou feliz em morrer. Estou feliz porque, até que enfim, fiz a minha escolha. Pela primeira vez, não obedeci a ordens; eu tracei o meu rumo, comandei o espetáculo, e *que* espetáculo! — Tossiu. — O que eu vi não tem preço. O que eu provei, o que senti, minhas tristezas e alegrias... O significado é basicamente indescritível. Eu fiz tudo o que um homem é capaz de fazer, conheci o bem e o mal, contemplei o belo e o grotesco, experimentei o êxtase e o desespero. — Com a mão direita, ele carinhosamente a tocou sobre o ventre. — Só me faltava uma coisa.

— Então, você sabia? — O fato de Denyel ter noção do próprio legado, por algum motivo, amenizava sua dor. — Como?

O diálogo foi cortado por um estrondo que chacoalhou o salão. O solo se inclinou, as paredes racharam, a escadaria se abriu ao meio, o octaedro bambeou por completo. Era a Telecinese de Metatron, que começava a perder o efeito.

— Meu nariz nunca falha — o anjo respondeu, indiferente ao tremor. — Farejei sua ovulação. Primeiro, achei que era um fenômeno característico de Asgard e tentei convencê-la a ficar nos nove reinos. Depois, juntei dois mais dois e descobri o seu segredo, que, cá para nós, estava meio óbvio. — Acariciou-lhe o abdome e, a seguir, subiu a mão ao pescoço. — Sabe, tenho experiência com os sentinelas. Ou melhor, com *as* sentinelas. É um tipo de especialidade.

— Mas em Asgard você me garantiu... — recordou-se. — Disse que nada ia acontecer, que os anjos não podem gerar filhos.

— É, eu disse isso.

— Você mentiu. Mentiu para mim.

— Desculpe, não consegui evitar. Está nas minhas veias — ele gracejou, depois ficou sério e a puxou pela nuca. — Quantas vezes eu preciso lhe dizer, boneca? — Os dois estavam agora muito próximos, olho no olho. — Eu sou um canalha mentiroso.

No último momento, Denyel a beijou como a beijara em Athea, como a beijara no Valhala, como a beijara em Nova York. Era típico dele, surpreendê-la com um movimento ensaiado, com um beijo ao estilo James Bond, sedutor como Gregory Peck e ao mesmo tempo durão como John Wayne, charmoso como Humphrey Bogart e rebelde como James Dean.

Um beijo de cinema.

Um beijo clichê.

Era ele, sem dúvida. O velho Denyel. O cafajeste. O espião. O anjo da morte. Não podia ser outro. Não podia ser diferente.

Denyel não se transformou no final, nem implorou por redenção. De certa forma, ele conhecia, ainda melhor que Metatron, os desígnios da natureza. Planejara tudo, dera a Kaira as armas de que ela precisava e deixara sua marca neste universo. Uma marca perpétua, que nasceria da união de dois polos. Uma marca imperecível, uma parte dele, uma parte *pura* dele, sem crimes ou pecados, sem dores e angústias, que sempre estaria com ela.

Sempre.

Denyel vivera demais, e vivera intensamente. Sacrificara-se pelos amigos, ganhara uma nova oportunidade e agora descansaria. Finalmente descansaria. Afinal, ele nunca pedira — e, em sua opinião, nunca merecera — uma segunda chance.

Muito menos uma terceira.

77

MANCHA SOLAR

OUTRA EXPLOSÃO, MAIOR QUE A PRIMEIRA, FEZ O OCTAEDRO TREMER. O TETO AMEAÇOU ruir, as paredes envergaram. Os degraus se rasgaram obliquamente, expondo as cruas vísceras do Lethe, jorrando plasma como um gêiser enlouquecido.

— Herja, desperte — Sif sacudiu Kaira, que seguia hipnotizada pelas últimas palavras de Denyel. — Precisamos ir agora.

De volta à realidade, a Centelha engoliu o choro e reergueu a cabeça. Na mesma hora, tateou o piso à procura da lança de Nod, mas não a encontrou. Tateou de novo. O objeto não estava mais lá. Fora-lhe subtraído.

— Yaga? — Urakin reparou na Sombra da Morte, que se afastava com o artefato na mão. — O que está fazendo?

— Não se aproximem. — Gradualmente, ela recuou na direção da escada. — Fujam enquanto é tempo.

— Não acredito — Kaira não escondeu a decepção. — Era esse o seu plano? Roubar-nos a lança e levá-la para o arcanjo Miguel?

— Sim, *era*. — A hashmalim deu cinco passos à retaguarda. — Não é mais.

— O quê? — Urakin confundiu-se.

— Será que não enxergam? — disse Yaga. — Denyel morreu por causa dela, para se redimir dos crimes que cometeu utilizando a lança. Este não é apenas um artigo mágico, é um instrumento perigoso aos dois lados da guerra. Seja quem for que a conseguir, Miguel ou Gabriel, terá uma grande vantagem, e o equilíbrio será abalado. Portanto, ela precisa ser destruída.

— Não sei muito sobre esta lança, mas confio em você. — Kaira abriu os braços num gesto de paz e usou sua autoridade de arconte. — Ordeno-lhe que a atire através da rachadura que se abre aos seus pés. E depois se junte a nós.

— Não — Yaga desobedeceu-lhe. — Não é tão simples. Esta arma foi forjada com o sangue dos patriarcas, contém a essência dos primeiros seres humanos e só pode ser dissolvida no núcleo de Hélios, não na superfície. É preciso que alguém a leve até lá.

— Deixe essa tarefa comigo. Se alguém pode suportar esse calor, certamente sou eu.

— Ninguém pode. Nem os deuses suportaram, nem Metatron suportou, nem você suportaria. Não no *centro* do sol. Com a minha forma de sombras, posso aguentar a entrada, mas não o retorno. Seria lógico que eu tentasse.

— Lógico?

— Minha casta não trabalha com hipóteses, mas com fatos — afirmou, categórica. — Se alguém tem que fazer isso, é melhor que seja eu. Sou uma só, Centelha, e agora você é *dois*. Simples matemática. — Preparou-se para se jogar. — O que estão olhando? — O salão estava para desabar, e eles continuavam lá dentro. — Corram!

Demanda encerrada, Yaga se atirou para as chamas do Lethe. O mais curioso, Kaira reparou, era que a atitude soava corriqueira, até banal à intercessora. Para os querubins, o martírio precisava ser heroico, para os ofanins devia ser dramático, e para os hashmalins, que eram carrascos, juízes e torturadores, a morte nada tinha de incomum — inclusive a *própria* morte.

O sacrifício, para eles, era, portanto, apenas rotina. E para Yaga fora realmente isso. Só isso. Só mais um procedimento.

Simples. Ordinário. Trivial.

Só mais um dia de trabalho.

78

CAVALGADA DAS VALQUÍRIAS

KAIRA CRUZOU O ABISMO COM O CORPO DE DENYEL NOS BRAÇOS. URAKIN DESLIzava a seu lado, trazendo Sif consigo.

No outro extremo, sobre os empoeirados campos do Hades, a devastação era completa. No solo, o tapete de cadáveres somava três camadas sobrepostas, com morros de defuntos empilhados que chegavam a dez metros de altura.

Proibidos por Minos de se render, os mirmidões derrotados aderiram em massa ao suicídio, enquanto as valquírias apanhavam suas companheiras tombadas. O trabalho, contudo, precisaria ser abreviado. O Lethe cuspia esguichos cada vez mais intensos, que em dois ou três minutos engoliram a fortaleza de Agartha, derreteram as rochas e desintegraram sua estrutura, a ponto de não sobrar um mísero grão de basalto. Era só o começo, conforme previra a Centelha. Quando Yaga — ou melhor, quando a *lança* — alcançasse o núcleo de Hélios, era esperado que uma erupção inundasse a Estígia, mas até lá os aesires já estariam bem longe. Ou, pelo menos, era o que a rainha e suas capitãs desejavam.

Sif hasteou a Gungnir e com a arma convocou suas asseclas. Cada guerreira recolhera uma amiga morta em batalha, para então, sobre a sela, transportá-la por todo o caminho através de Bifrost, como era tradição no Valhala e como era a lei entre os aesires, desde os tempos mitológicos.

O artefato de Odin radiou com um brilho dourado, atuando como um farol para o deus Heimdall, que as observava desde a plataforma em Iðavöllr. Nisso, um forte clarão os banhou, o Ginnungagap exibiu suas entranhas.

— Cavalguem conosco, ó heróis — pediu-lhes Sif. — Herja, Fogo de Odin, traga Böðgæðir, seu marido — ela assim os declarou, embora os dois nunca tivessem se casado. — Oficialmente, eu a nomeio valquíria — tocou com a lança seu ombro. — Þundr, eu lhe atribuo o título de *ritter*, meu cavaleiro e defensor pessoal. Escolham uma montaria. — Havia vários cavalos disponíveis, herança das lutadoras caídas. — Peguem um animal e galopem conosco.

Urakin tomou para si um corcel chamado Falhófnir, de patas grossas, cauda longa, pelagem bege. Kaira assumiu as rédeas de Blóðughófi, uma égua avermelhada, o corpo esguio, a crina escura e grandes olhos castanhos.

Sob o comando da Rainha Branca, a Ponte do Arco-Íris se abriu, projetando um facho transparente. Então, os anjos perceberam que parte dessa luz era sólida e delineava uma espécie de rampa, através da qual eles podiam ascender.

Seguindo o rastro das amazonas, Kaira e Urakin se elevaram aos céus, numa corrida espiralada cujo destino eram os salões do Valhala. Lá embaixo, o Styx borbulhou e o Lethe regurgitou vorazmente. Como um *tsunami* de ondas mortíferas, o plasma consumiu os restos da necrópole que havia no Hades, corroeu o templo de Cocytus e purificou o solo, como tantas vezes fizera — e como algumas vezes ainda faria.

Para alguns — para *muitos* — esse foi o fim do percurso. O triunfo sobre Metatron, refletiu a arconte, revelou-se completo, definitivo, mas ao custo de centenas de milhares de vidas, além daquelas de suas fiéis aliadas, Inanna e Yaga, e de seu amigo Ismael.

E *dele*.

Böðgæðir.

Eric Tate.

Denyel.

Paris é adorável nesta época do ano.

79

CÁRCERE DO MEDO

Segundo Céu, trinta e sete mil anos atrás

UMA VEZ DERROTADO EM HIWATHA, METATRON FOI ALGEMADO E CONDUZIDO À Gehenna — *vivo*, conforme era o desejo do arcanjo Miguel.

No período anterior à queda de Lúcifer, o Segundo Céu servia, entre outras coisas, como prisão aos deuses etéreos, aos anjos rebeldes, aos netos de Behemot e Tehom, às entidades perigosas e a qualquer um que desafiasse a soberania dos primogênitos.

Era nesse ambiente que ficava — e ainda fica, a propósito — o Cárcere do Medo, uma torre de pedra com quatrocentos metros de altura construída a partir de uma gigantesca estalagmite calcária, revestida de carne, decorada com ossos e cercada de pântanos e lodaçais. O dirigente desse complexo chamava-se Molloch, o Carrasco, um anjo careca, de cabeça grande, olhos pretos, que sempre trazia à mão um chicote, normalmente usado para flagelar os detentos.

Guiando sua presa, Ablon venceu o charco a pé, através de um caminho de lama que contornava o manguezal. Molloch o esperava logo à entrada, apreensivo, como se aquela vitória fosse sua também, ansioso para trancafiar Metatron.

— Bem-vindo, general — ele disse. — O príncipe nos alertou sobre sua visita. Deixe-o comigo. Seu prisioneiro está em boas mãos.

— Não tenho dúvidas disso. — E, àquela época, realmente não tinha. — Contudo, minhas ordens são para escoltá-lo até a cela.

— E quem sou eu para questionar tal demanda? — Molloch curvou-se, numa respeitosa mesura àquele que, afinal, capturara o Rei dos Homens sobre a Terra.

— Faça como quiser, ó Vingador. — Abriu espaço aos recém-chegados. — Sinta-se em casa.

Com uma palavra de agradecimento, Ablon penetrou nos corredores, que se multiplicavam para cima, para baixo e para os lados, somando milhares de câmaras, algumas fechadas por chapas de aço, outras bloqueadas por grades de ossos, todas lacradas misticamente. Seguiu até um compartimento de rocha crua, removeu as amarras de Metatron, empurrou-o para o fundo de uma alcova e nas trevas o encarcerou.

Por alguns instantes, os dois ficaram se olhando através da pequenina lacuna na porta, que se abria na altura do rosto.

— Pergunte — enfim, Metatron sussurrou.

— Como?

— Esse olhar não me engana — ele disse. — Sei que quer perguntar. Que mal pode fazer? Já estou preso.

— Tem razão — Ablon se rendeu à proposta. Cumprira a tarefa, engaiolara o Anjo Supremo, e nada mais apodreceria seus louros. — Sua técnica de combate.

— Sim. O que tem ela?

— Como se chama?

— Não sei como os querubins a nomearam — o barbudo escondeu o sorriso. — Mas, de minha parte, gosto de chamá-la de *Ira de Deus*.

— Ira de Deus. — O general mirou os próprios punhos. — É um formidável oponente, Metatron. Foi um privilégio enfrentá-lo.

— Não, rapaz. — Tomado pela emoção, o sentinela o encarou com generosidade sincera. — O privilégio foi meu.

Nesse dia, no exato minuto em que os portões se trancaram, Rafael teve uma visão, desde sua torre nos Campos Elísios.

Coincidência?

Não.

Era uma resposta, a definitiva solução, se não para todas, certamente para muitas questões, o elemento central que, num breve futuro, mudaria o curso da história, definiria suas próximas ações e lhe permitiria completar seu projeto.

Eufórico, ele convocou aos salões luminosos Nathanael, seu braço direito, o mesmo que se disfarçava de estrela polar. O ofanim lá chegou taciturno, pois previa que as notícias não seriam tão boas, pelo menos não para os seres humanos.

— Nathanael, mais duas catástrofes ameaçam o planeta — o Quinto Arcanjo afirmou. — Logo este lugar não suportará tantas almas.

— Quanta dor.

— Dor faz parte da vida.

— Sim, meu mestre — concordou o Mais Puro, como Nathanael era também conhecido. — Decerto, há males que vêm para o bem.

— Todos os males vêm para o bem. Essa é a razão de o mal existir. Sem ele, não haveria aprendizado, tampouco evolução. Já sei como construir nosso túnel. O general me ensinou, quando esteve conosco neste santuário sagrado. Portanto, escute estas instruções. Haverá um dia em que o mundo sofrerá uma grande enchente. Quando isso acontecer, eu me encontrarei com Lúcifer, e ele me matará com a Fogo Negro, a espada de Behemot.

— É necessário tal martírio?

— Não é um martírio, afinal eu não sou um mártir. — A Cura de Deus fez reluzir sua auréola. — Uma vez dispersada minha aura, serei capaz de abrir o vórtice ao Terceiro Céu, com suas regras específicas, e então lacrarei a dimensão contra a entrada dos celestes, impedindo até que meus irmãos interfiram em nossos planos ou conspurquem o domínio dos santos.

— Mas você é um celeste.

— Hoje sim. É por isso que eu preciso morrer.

— Desse dia em diante, não nos veremos de novo?

— Nos veremos mais uma vez — contou Rafael, a silhueta brilhante, as asas douradas, o rosto ofuscante. — Gabriel — o nome do parente saiu num murmúrio. — É a ele que você deve servir após a minha partida. É em Gabriel que reside a esperança.

— Gabriel? — o anjo estranhou, pois, naqueles tempos, Gabriel era tão sanguinário quanto os outros gigantes. — Não é ele também um perverso?

— O amor o libertará.

— É um augúrio?

— Não, um palpite — explicou, com o ressoar de sua voz polifônica. — Sabe, tenho esse dom. Enxergo o que vai no coração das pessoas.

— Estou triste — admitiu o Mais Puro. — Não quero perdê-lo tão cedo.

— E não vai. Falta muito ainda para que o dilúvio nos atinja. E, até lá, há trabalho a fazer, imediatamente. O segundo cataclismo se anuncia, terremotos sacudirão a Terra, vulcões explodirão em chamas, meteoros descerão em chuvas escaldantes, Enoque será invadida, e, sem os sentinelas para resguardar os homens, haverá muitas mortes.

— Sem os sentinelas? — Designado a uma função, ordenado a proteger a entrada dos Campos Elísios, Nathanael tinha pouquíssimo contato com o que acontecia no mundo exterior. — E quanto a Metatron? Que fim levou?

— Capturado. Por ora.

— Isso é mau.

— Depende. Como eu disse, todos os males vêm para o bem — repetiu. — *Todos*.

— Acredita mesmo nisso, meu senhor? — o ofanim o questionou, mas o tom era de súplica. — Que todos os males vêm para o bem?

— Eu tenho que acreditar, Nathanael — ele disse. — Faz parte do trabalho.

80

CORAÇÕES PARTIDOS

Valhala, nove meses após a batalha no Hades

Desde a morte de Thrymr, desde a derrota dos gigantes, desde a queda de Níðhöggr, não se via em Asgard um inverno tão curto. Naquele ano, a primavera trouxe o cheiro de nozes, convidando os pássaros a cantarolar nas sacadas, os botões de flores a desabrochar, colorindo os campos, revivendo as colheitas, descongelando os lagos, as fontes e os rios.

Kaira deu à luz no primeiro dia da estação, em um dos quartos do palácio, amparada por Sif e guardada por Urakin.

O rebento que ela esperava era na realidade uma filha. Uma menina.

Rachel.

O nome rendia uma homenagem, um tributo à garota que convivera com ela, que subira consigo ao Elísio, que a salvara, no fim das contas. Já os aesires a batizaram de Jörð, um outro termo para designar Midgard, isto é, o planeta Terra.

Jörð era — *seria* — a deusa da terra, assim como sua mãe, Herja, a deusa do fogo, e como seu protetor, Þundr, o deus do trovão.

Kaira jamais se acostumaria a ser vista (e tratada) como divindade, mas sentia-se confortável — e totalmente acolhida — entre as valquírias, como nunca se sentira entre os exércitos de Gabriel. Um tipo de cumplicidade as unia, e enfim ela compreendeu os motivos que levaram Denyel, em certo momento, a não querer abandonar seu posto.

Denyel.

Urakin, eternamente apaixonado por Sif, também não tinha planos de se distanciar da rainha, e assim os dois resolveram ficar nos nove reinos por tempo indeterminado, afinal os perigos não se haviam esgotado, muito pelo contrário. O Anel dos Nibelungos se perdera e o deus Loki escapara com vida de Iðavöllr. Segundo os rumores, ele começara, desde sua fortaleza em Niflheimr, a recrutar gigantes, lobos e toda sorte de feras para a grande batalha do Ragnarök, o crepúsculo dos deuses, o épico combate do fim do mundo, que poderia começar a qualquer instante.

Mas essa não era a única — nem a principal — razão que levara Kaira a se afastar tanto da Haled quanto dos Sete Céus. Embora tivesse cumprido a missão, desobedecera a seu chefe ao se desviar do caminho. Era uma rebelde agora. Uma pária. Uma desertora.

E havia Rachel.

Jörð.

Sua filha.

Jörð era a cria de um anjo e de uma sentinela. Ela mesma era uma sentinela, a última entre os três. E Gabriel lhe dissera que todos ligados a Metatron precisavam ser "encontrados". Seria razoável supor, então, que sua cabeça estivesse a prêmio, e que regressar à Cidadela do Fogo fosse uma ação suicida. Pensando apenas em si, ela até se arriscaria, mas não podia arriscar o futuro de Jörð, por isso Asgard seria sua casa daquele dia em diante.

Não foi difícil se adaptar. Nem para ela e muito menos para a menina, que como toda criança se molda facilmente à sua pátria natal. Só Urakin continuava aflito, como se carregasse uma lasca no peito. Certa noite, o guerreiro, macambúzio, consultou-se com Kaira, e ela lhe deu uma dica certeira, que seria levada a cabo no dia seguinte.

Quando o sol nasceu, o Punho de Deus, os olhos pesados por conta da insônia, galgou as escadarias até o Glaðsheimr, o último e mais alto salão do Valhala. De costas eretas, caminhou ao tablado e se ajoelhou perante a rainha.

— Þundr, meu salvador e amigo — Sif o cumprimentou, pedindo que se reerguesse. Trajava o mesmo vestido longo, costurado em tecido branco, com o qual inicialmente o recebera, fazia alguns meses (ou centenas de anos, dependendo do ponto de vista). — O que o traz aqui nesta manhã, ó Trovoada? Não lhe agrada o treino com os einherjar?

— Me agrada imenso — ele respondeu, encabulado. Pousou no chão o Mjölnir, bem como o escudo de Zeus, tomado como parte do espólio de Minos e que ele agora empunhava. — Na realidade, carrego outras questões, senhora, questões mais complexas.

— Mais complexas? — a monarca estranhou. Urakin não era de fazer alarde, então ela ficou preocupada. — Como posso ajudá-lo?

— Bem... — Desviou o olhar. — Sabe o que é, majestade? Não sei por onde começar. Nem sequer sei se *devo* começar.

— Entendo. — E de fato entendia. Thor não a escolhera por acaso. Sendo uma princesa dos vanires, além de muito bela, Cabelos de Trigo tinha a sensibilidade aguçada e conseguia, quase sempre, captar o anseio de seus concidadãos. — Sim, de alguma forma, eu entendo perfeitamente o que o aflige. Não é de hoje que me olha dessa maneira, não é?

— Peço perdão se lhe faltei com o respeito. Nunca quis ofendê-la.

— Não me ofendeu. Qual é a mulher que não quer ser cortejada, ainda mais por homens de verdade, que sabem respeitá-las e valorizar os seus feitos?

— Hmm... — ele murmurou, apenas.

— Não sou tola. Desde que nos vimos pela primeira vez, percebi que se encantara por mim. Portanto, eu é que lhe devo desculpas.

— Desculpas? — Urakin franziu a cara. — Mas fui eu que...

— Não — ela o interrompeu. — Nunca é o homem que se apaixona, é sempre a mulher que o seduz. Não nego que, se o encantei, foi porque senti algo semelhante por você, Þundr — confessou, e o coração do guerreiro saiu em disparada, para então congelar. — Contudo, não posso lhe dar o que me pede.

— Não pode?

— Mesmo que, vez ou outra, eu me sinta atraída por alguém, só existe um homem que eu amo e sempre amarei, na vida e na morte: Thor, meu marido. Sinto muito se lhe dei esperanças falsas, pois conheço as feridas que o amor pode causar, e jamais as desejaria para você, meu guerreiro vistoso. Sendo sua rainha, é meu dever reparar esse dano. — E prosseguiu, aumentando o grau de mistério: — Há uma pessoa que o ama e que aceitaria se casar com você. Uma nova paixão vai curar sua dor, cicatrizar suas chagas, caso concorde em desposá-la.

— Quem? — A curiosidade era tão grande que na hora Urakin nem cogitou negar. — Quem seria essa donzela?

— Nunca desconfiou?

— Não.

— Não é propriamente uma donzela. Não mais. Do mesmo modo que você, ela também sofre. Sua união será muito forte.

— Oh... — O Punho de Deus já sabia de quem se tratava. — Sinto-me privilegiado, majestade. Claro que aceito. Obrigado.

A admiradora (não tão secreta) de Urakin era a morena Brunhildr, Estrondo de Guerra. Os indícios estavam claros desde o princípio, embora o celeste, cego pela paixão, não tivesse olhos para enxergá-los, nem depois de ela tê-lo salvado da manticora, durante a batalha no Hades, pulando na frente da besta e refletindo seus espinhos mortais.

Contrariando todos os prognósticos, Brunhildr sobrevivera ao veneno e recobrara a saúde. Fisicamente, ela era a mais forte das quatro irmãs, e também gostava de homens rústicos. O que mais a atraíra em Urakin, todavia, não foram os músculos, mas o caráter, sua retidão e seu comprometimento, dignos de um campeão. Prometida a Siegfried, ela não aceitaria em sua cama ninguém menos valoroso que um herói legendário, e o querubim era, afinal, o portador do Mjölnir.

O casamento aconteceu no verão. Compareceram à festa os anões, liderados por Fjalar, que assumira o trono no lugar de Dáinn, seu pai, as valquírias e os guerreiros einherjar, além de dois convidados especiais: os reis élficos Oberon e Titânia, que desde os tempos mitológicos reinavam em Ynys Wydryn e haviam prometido a Denyel (a Böðgæðir, como o conheciam) ajudar na busca aos deuses nórdicos, exilados no plano etéreo após a morte de Thor.

O verão deu lugar ao outono, e com ele vieram as cores em entretom, as folhas marrons, a estação das chuvas, o perfume de terra molhada. Uma tarde, após uma forte tormenta, Kaira embalava Jörð quando Sif entrou em seu quarto.

— Herja?

— Majestade. — O aposento era aconchegante, nem muito amplo, nem muito apertado, e a menina dormia no berço.

— Há alguém à sua espera. No jardim leste.

— Estou curiosa. — A ruiva não esperava visitas. Urakin teria simplesmente entrado, sem se anunciar. — Quem seria?

— É melhor que veja por si mesma. Não se preocupe, eu olho a pequena. Vá.

O jardim leste ficava na seção posterior do palácio, quase colado à montanha, e se alongava num pinheiral. Rochas pontudas emergiam do solo, como ilhas cinzentas em meio ao gramado. O acesso era feito por uma sacada de madeira, de onde, nos dias mais claros, avistava-se Hlidskjalf, o mirante que, em outros tempos, fora usado por Odin para observar não só os territórios contíguos, como todo o universo.

Sobre a plataforma, de costas a quem chegava, erguia-se um sujeito magro, de longos cabelos cor de mel, vestindo uma armadura de placas douradas e trazendo na cintura uma espada. Calmoso, tinha os olhos pregados no arco-íris que se formara após a tempestade, como se seguisse seu curso, como se estudasse suas cores.

— Gabriel?

— Um momento. — O gigante parecia absorto na paisagem que o cercava. — Magnífico, não é? — Sem se voltar a ela, apontou para uma das colinas adjacentes. — Neste lugar, as pedras crescem tão rápido.

— Como? — Ela se aproximou do parapeito. Tudo estava como antes, sem alterações. — Nunca vi pedras crescendo.

— Nem eu.

— Ah. — Sem entender, Kaira torceu o nariz e foi direto ao assunto: — Não esperava vê-lo aqui. — Havia respeito entre eles, mas também certo grau de tensão. — O que deseja, Mestre do Fogo? O que o traz aos salões do Valhala?

— Você — o arcanjo respondeu com a maior naturalidade possível. — Vim oferecer-lhe uma nova missão.

— Espere. — Kaira precisou de alguns segundos para digerir as palavras. Não acreditava que Gabriel estivesse mentindo, mas aquela súbita convocação lhe soava estranhíssima, afinal ela o havia desafiado, abertamente. — Não vai me punir?

— Por que eu a puniria? Nunca tive uma agente tão eficaz. Uma arconte que enfrentou dragões e gigantes, deuses e demônios, que passou pelo inferno e derrotou Metatron. — Enrugou o cenho, depois relaxou. — Por que eu a puniria?

— É verdade. De uma forma ou de outra, eu cumpri o meu dever. Nós cumprimos. — Ela se referia aos amigos, e a Jörð. — Mas não aconteceu exatamente do jeito que planejamos, não é? — cutucou. — Pelo menos, não do jeito que *você* planejou.

— Já lhe ocorreu que na vida *nada* acontece exatamente do jeito que planejamos?

— Isso parece ser uma lei universal. Mas e quanto à busca por Denyel? — Ela decidiu pôr as cartas na mesa e acabar de vez com aquele jogo. — Eu contestei seus comandos e negligenciei, por algum tempo, a demanda que me ordenou, no intuito de resgatá-lo.

— Eu sei.

— E o que pensa sobre isso?

— Sempre soube que o faria.

— Como?

— Sou também um rebelde — o arcanjo exclamou, enfaticamente. — Sou o líder supremo dos anjos rebeldes. O que você passou, Centelha, eu passei em dobro. Eu também desafiei a autoridade, reneguei o meu irmão e assumi o meu destino.

— Não compreendi ainda. — Ela queria esgotar o assunto, para que não surgissem desavenças depois. — Se os meus atos eram tão previsíveis, por que me proibiu de executá-los? Por que me proibiu de procurar Denyel?

— Para lhe dar a oportunidade de se rebelar, para lhe dar a chance de enxergar que o seu amor era mais forte que tudo, mais forte que *eu*, inclusive, mais forte que as leis que lhe foram impostas, que as ordens que lhe foram dadas. E é assim que deve ser, que deveria ser sempre. — Desviou-se por um minuto e tornou a encarar a floresta. — Foi assim com o Rei dos Homens, até que o mesmo amor que o movia, o amor que lhe dava forças, acabou por corrompê-lo.

— Outra verdade. Uma verdade infeliz. — A ruiva fora testemunha do comportamento intransigente de seu inimigo. — Eu fiz de tudo. Tentei convencê-lo a aceitar o caminho da paz, por todos os meios, mas ele queria vingança, estava determinado a fazer com que os arcanjos, e você, Gabriel, provassem o que ele provou, sofressem como ele sofreu.

— Se era esse o objetivo, o acaso se encarregou de cumpri-lo, não tenha dúvidas. — A voz reduziu-se. — Todos nós tivemos as nossas perdas. Eu vi o meu filho ser flagelado, humilhado, eu estava lá quando lhe puseram uma coroa de espinhos, eu o observava quando o pregaram na cruz. E não pude fazer *nada*, porque era a vontade *dele*. — Um longo suspiro. — O livre-arbítrio. É por ele que devemos lutar.

— Por que nunca me contou? — ela perguntou, após uma pausa. — Por que não me disse que eu era uma sentinela?

— Não achei que fosse relevante, mas no final acabou sendo. Provavelmente, você não teria se deitado com Denyel se soubesse que poderia gerar filhos em seu ventre. E, no entanto, foi esse o elemento que a salvou.

— Destino, não é? — A ruiva sentiu-se mais calma. — Mas e agora, o que acontece? Metatron está morto, e eu sou tudo o que sobrou da minha raça. Que utilidade tenho para os exércitos rebeldes? O que alguém como eu poderia acrescentar às suas fileiras?

— Em um ponto, o Primeiro Anjo tinha razão: estamos a cada dia mais próximos do Apocalipse. Quando o tecido da realidade começar seu regresso, legalistas e revoltosos se encontrarão, e haverá uma grande batalha pelo domínio da terra. O mesmo acontecerá nas dimensões paralelas, entre os espíritos etéreos, como aqui, em Asgard, que viverá o seu Ragnarök. — O arcanjo fitou-a. — Kaira, perceba, você é uma sentinela, uma celeste, e também uma valquíria. Chegou a hora de encerrar a rivalidade entre anjos e deuses. Precisamos de você para negociar uma trégua definitiva.

— Com que propósito? Formar alianças?

— Não. Para que cada um lute o seu combate — ele retrucou, assertivo. — Como diplomata, você percorrerá o plano etéreo e poderá, também, reagrupar os deuses nórdicos exilados. Eis o motivo pelo qual Sif concordou em me receber.

— Então, Sif está de acordo?

— Totalmente.

— E quanto à minha filha? E quanto a Jörð?

— Cabe a você escolher quando visitá-la. Cabelos de Trigo planeja designar Urakin como tutor da menina.

— Não confiaria em ninguém mais. — No íntimo, Kaira sorriu. Jörð tinha o seu sangue, e o de Denyel, e seria treinada no Valhala, por Urakin e Brunhildr. O que mais uma mãe poderia querer? — Se os meus dois senhores, você e Sif, concordam que eu parta nessa jornada, eu a aceito, com o maior orgulho. Mas tenho ainda uma pergunta.

— Sim.

— Por que era tão necessário que Metatron fosse morto? Por que eu não podia simplesmente prendê-lo ou castigá-lo?

— Ele não aceitaria a cadeia, tampouco faria um acordo. Esse é o problema quando alguém se torna um fanático — declarou o primogênito, com grande pesar. — Miguel pensa que usei você como arma secreta, para acabar com a disputa particular entre mim e ele, mas a questão é que, para Metatron, o próprio desejo de vingança tornou-se secundário. O seu plano era tomar o controle do planeta e governá-lo como um deus. E isso eu não posso permitir.

— Por quê?

— Porque só existe um Deus, e ele não usa barba, não se senta em tronos elevados nem constrói fortalezas impenetráveis. Chame-o como quiser, procure-o onde quiser, porque, no fim, só você pode encontrá-lo.

— E onde está o seu deus agora?

— O meu? — Ele se surpreendeu com a pergunta, estendeu o dedo para uma determinada colina e disse: — Neste momento, naquela pedra. — E retomou a postura reflexiva. — Magnífico, não é? — Arriscou um sorriso. — Como cresce rápido.

Naquela noite, Kaira deixou o Valhala, aceitando mergulhar de corpo e alma na tarefa proposta tanto por Sif quanto por Gabriel. No entanto, tratando-se de uma missão tão importante, ela se viu no direito de fazer uma exigência.

Só uma.

E foi atendida.

Quando Jörð completou dez anos de idade, Urakin a levou ao topo de Hlidskjalf, de onde era possível contemplar todo o reino. Lá, sobre o pontão, erguiam-se quatro pedras rúnicas, semelhantes aos dolmens da Europa pré-romana. Sob uma delas, repousava o corpo de Odin, Pai de Todos; na segunda descansava o cadáver de Thor, Deus do Trovão; na terceira haviam sido depositados os restos do herói Siegfried; e no quarto megálito lia-se exatamente o seguinte:

AQUI JAZ BÖDGÆÐIR, CAPITÃO DOS AESIRES, ORIGINALMENTE DENYEL, O ANJO EXILADO, PORTADOR DA NOTUNG, MATADOR DE DRAGÕES, MARIDO DE HERJA, FOGO DE ODIN, PAI DE JÖRÐ, FILHA DA TERRA.

E, logo abaixo, a Centelha pediu para incluir, em letras garrafais, a mesma frase encontrada na lápide de todos os soldados do mundo, aqueles com os quais seu esposo lutara, aqueles que ele tanto se esforçara para se tornar:

MORTO EM COMBATE.

EPÍLOGO

Quinto Céu, 23.000 a.C.

EM VEZ DE UM DURADOURO PERÍODO DE PAZ, A CAPTURA DE METATRON TROUXE mais rebuliço às sete camadas celestes. Quase que imediatamente após sua prisão, o mundo foi castigado por uma série de novas catástrofes, cujo objetivo, diziam os primogênitos, era acabar com os "sentinelas adormecidos", uma suposta facção que, ao contrário de Muzhda e Kha, teria preferido se esconder entre os seres humanos, misturando-se à raça mortal e incorporando-se à civilização planetária.

Seguiu-se ao segundo cataclismo um ataque maciço à cidade de Enoque, a principal capital das linhagens terrenas, ainda controlada pelos descendentes de Adão. Quem conduziu o assalto foi um querubim poderoso, conhecido pela crueldade e pela malícia, chamado Apollyon, o Anjo Destruidor. Sua operação, porém, resultou em fracasso, o que enfureceu os gigantes e os estimulou a arquitetar uma "solução definitiva" para os entes carnais, que teria lugar anos depois e viria sob a forma de uma enchente, o famoso dilúvio, sobre o qual se fala até hoje.

Mas, para que a inundação fosse eficaz, outro problema deveria ser resolvido. Por todo o globo, multiplicavam-se as "falsas religiões", como Miguel as intitulara, isto é, as seitas dedicadas à adoração de heróis falecidos, mártires e conceitos idealizados. Esses espíritos se tornavam mais fortes a cada dia, graças à fé de seus seguidores, influenciando certos grupos locais e ameaçando o domínio dos celestes sobre regiões específicas. Os arcanjos, portanto, acharam por bem liquidá-los, organizando uma verdadeira campanha contra os "deuses etéreos", como foram nomeados pelos malakins.

Nos meses que antecederam o conflito, as legiões foram convocadas ao Quinto Céu no intuito de apresentar armas aos primicérios, no Vale de Yahweh, uma cidade construída pelos serafins, repleta de torres douradas, largas avenidas, catedrais magníficas, templos de mármore, edifícios gigantescos e baluartes altíssimos.

Ereto sobre uma das muralhas, Ablon observava suas tropas. Do lado direito, Ishtar o acompanhava, e à esquerda enxergava-se o capitão Hazai, um de seus oficiais mais graduados. Quieto, monossilábico desde seu retorno ao paraíso, ele não conseguia, por mais que tentasse, evitar pensamentos subversivos, questionamentos em relação a seus líderes, não condizentes com um general. Os cataclismos eram de fato indispensáveis, ainda que realizados (teoricamente) pelo bem dos próprios mortais? Por que tanto sofrimento? Para que tantas mortes? E os shedus? O que faziam em Bahr Lut? Estavam realmente seguindo ordens? E, se estavam, de quem?

De uma coisa ele não tinha dúvida: a Haled o transformara. O relacionamento com Ishtar, a amizade com Orion, o encontro com Kali, a batalha contra N'glalek, o auxílio de Inanna, o enfrentamento com Kha, o duelo contra Metatron.

Metatron.

Um nome proibido. Um nome a ser esquecido, que não deveria ser pronunciado. Nem pensado. Não mais.

Nunca mais.

Longe dali, o arcanjo Lúcifer, a Estrela da Manhã, observava em silêncio o Vingador, a partir de um dos cinco minaretes que circulavam o Palácio Celestial, bem no centro do vale. Junto dele, na mesma sacada, um metro à sua frente, Miguel, o Príncipe dos Anjos, erguia sua espada de fogo em resposta a cada uma das legiões que passavam, uma após a outra.

— O que acha, Lúcifer? — ele perguntou, aproveitando um curto intervalo. — Será que o sentinela o converteu?

— Se está se referindo ao prodígio, é difícil dizer por enquanto. — Em contraste com a figura do irmão, brilhante em suas placas metálicas, Lúcifer envergava uma túnica branca, lisa e engomada, não trazia elmo ou braceletes nem sequer portava armas. O corpo era do tipo comum, nem forte, nem fraco, e as madeixas douradas escorriam através do pescoço. — Metatron tem o poder de remover memórias e conservar sentimentos. É uma técnica espetacular, que nem eu domino completamente.

— Devemos arriscar, então? E mantê-lo entre os querubins?

— Sim. Por algum tempo.

— Quanto tempo?

— Não sei ainda. Prendê-lo, bani-lo ou executá-lo não são alternativas nem possibilidades, não *agora*. Hoje, Ablon é o seu maior campeão, o general que capturou o Rei dos Homens sobre a Terra. Neste momento, ele é inabalável, um ídolo para os soldados, e está intimamente ligado a *você*, que o recrutou para a tarefa. Contudo, meu caro irmão, saiba que as massas têm memória curta, e nós, vida longa. Logo as Guerras Etéreas apagarão seus feitos, e, se não apagarem, eu mesmo me encarregarei de esmagá-lo. Se necessário, pessoalmente.

— Como?

— Não se preocupe. — Com seus profundos olhos azuis, a Estrela da Manhã espiou o Vingador a distância. — Pode levar décadas, séculos ou milênios, mas eu resolverei esta contenda. O importante é permanecermos unidos, aconteça o que acontecer. — Recolheu as asas, esfregou as mãos. — Deixe tudo comigo. — E acrescentou, com um sorriso malévolo: — Eu tenho um plano.

Continua em *A Batalha do Apocalipse*

APÊNDICE

A REALIDADE E ALÉM

Além do nosso mundo, as fronteiras da realidade se estendem através de reinos fabulosos, planos de existência e dimensões paralelas. Os limites que dividem a terra dos vivos do domínio dos mortos é o chamado tecido da realidade, uma cortina invisível constituída de fluidos de ectoplasma e formada a partir da consciência coletiva da humanidade, segundo os malakins teorizam. Incapazes de compreender e lidar com fenômenos místicos e inexplicáveis, os mortais teriam erguido, inconscientemente, uma barreira de defesa psíquica, sustentada pela energia suprema que deriva da alma.

Em termos práticos, o tecido age como uma película, dificultando, no plano físico, a invocação de qualquer efeito sobrenatural, sejam as divindades celestes, seja a mágica humana. O tecido existe tão somente na esfera material, manifestando-se de forma mais ou menos densa de acordo com a região. Áreas urbanas ou públicas têm a película espessa, enquanto localidades selvagens ou santuários apresentam espessuras mais finas.

Todos os anjos são dotados da capacidade de cruzar o tecido — ou, mais precisamente, de se materializar e se desmaterializar, alcançando primeiramente o plano astral, a camada mais rasa do mundo espiritual. De lá, podem ascender a suas dimensões de origem (como o céu) através de túneis denominados vórtices, ou se embrenhar mais profundamente nos reinos espirituais, viajando ao plano etéreo, ao plano das sombras ou ao mundos dos sonhos.

Enquanto os planos de existência (astral e etéreo, principalmente) são reflexos distorcidos do mundo físico e são alcançados transpondo-se essas "cortinas", as dimensões paralelas são regiões afastadas, acessíveis através dos vórtices mencionados anteriormente.

O Mundo Espiritual

Plano Astral

O plano astral é a camada mais rasa do mundo espiritual. Trata-se de um reflexo do mundo dos vivos, em tonalidades incolores, difusas e nebulosas. É igualmente o lar dos fantasmas, criaturas ainda presas à terra por suas pendências vitais, atormentadas por angústias que as impedem de seguir adiante.

Os objetos e seres do plano físico podem ser observados a partir do astral, mas figuram como manchas translúcidas, intocáveis, iguais aos fantasmas avistados na terra. Os artefatos de natureza exclusivamente astral são chamados de quimeras.

Em regiões onde o tecido é flexível, não raro os fantasmas podem ser avistados, produzindo aparições assustadoras. O que se vê, todavia, não é a entidade, mas sua imagem projetada no véu. Da mesma forma, é possível causar agitações no tecido, como gotas tremulantes num lago, tendo como resultado sussurros ou tremores no plano material, fenômeno mais conhecido como *poltergeist*.

As leis físicas do plano astral são distintas daquelas do mundo físico. A gravidade não existe, permitindo que o viajante flutue em todas as direções, transpondo portas, pisos e muros. Uma técnica relativamente famosa, apelidada de Cortina de Aço, impede a invasão através do astral e dificulta a materialização, "travando" o tecido. O efeito pode ser produzido por meio de feitiços ou divindades.

Plano Etéreo

O plano etéreo, a camada mais profunda do mundo espiritual, é separado do plano astral por uma película denominada barreira etérea, uma cortina semelhante ao tecido da realidade, porém ainda mais grossa, que só pode ser ultrapassada em áreas onde há "rasgos" de acesso, as populares fendas. Através dessas fendas, o visitante chegará a um reino que se parece com o mundo real, mas sem os reflexos da atividade humana.

O plano etéreo é povoado por espíritos nativos, muitos dos quais foram deuses de civilizações antepassadas, criaturas poderosíssimas que ainda vivem nos tronos de suas fortalezas quiméricas. Dos deuses egípcios aos heróis gregos, passando pelas fadas germânicas e os dragões japoneses, todos são entidades naturais do plano etéreo.

Os seres etéreos, contudo, não precisam necessariamente pertencer a culturas ancestrais. Qualquer figura deificada, mesmo objetos ou sentimentos, pode acabar se manifestando através da barreira. Uma imagem pública que passa a ser adorada, a veneração diária por aparelhos de televisão ou as preces feitas a um artista após sua morte podem todas gerar duplicatas etéreas.

Para os anjos, o plano etéreo é um lugar perigoso, uma zona de reunião dos velhos deuses, contra os quais os arcanjos estiveram em guerra em um passado remoto.

Plano das Sombras

Acessado a partir do astral, o plano das sombras é uma camada intermediária, onde vagam os espectros, antigos fantasmas que se tornaram maléficos ao potencializar suas angústias e dores. Frequentemente, os espectros atravessam a fronteira e emergem no plano astral, para a partir de lá sugar a energia tanto de outros espíritos quanto de seres humanos, rastreáveis através da membrana.

O plano das sombras é uma cópia sombria do mundo físico, onde a paisagem terrena se manifesta em ruínas, árvores murchas e nuvens negras, carregadas.

Mundo dos Sonhos

O mundo dos sonhos está separado do plano astral pela zona onírica e parece ter surgido a partir das flutuações psíquicas dos seres humanos. Como todos os seus equivalentes, essa camada é um espelho do plano físico, com adições geradas por estímulos do inconsciente. A contraparte onírica da casa de um escritor, por exemplo, pode ser povoada por seus personagens, enquanto a de um hospital psiquiátrico deveria incluir personificações dos mais cruéis pesadelos. Essas manifestações aparecem como criaturas, paisagens, objetos ou como sentimentos apenas.

O mundo dos sonhos costuma ser visitado pelos mortais durante o sono, mas os anjos podem acessá-lo caso consigam atravessar a zona onírica — façanha que geralmente começa com a perseguição de um espírito humano.

As criaturas oníricas podem interagir com os viajantes ou mesmo atacá-los, embora raramente um celestial seja morto ou mesmo ferido nessas regiões ilusórias. No caso de um combate, o mais comum é o anjo ser lançado para fora, de volta ao plano astral, ao passo que os humanos costumam acordar nesse estágio.

A natureza instável do mundo dos sonhos faz dele o refúgio perfeito para entidades e espíritos que não desejam ser localizados. Teoriza-se que essa paragem é uma camada intermediária entre o astral e o etéreo, com esse último manifestando reinos e deuses veneráveis, que em essência são também derivados de sonhos e adorações coletivos.

Dimensão dos Espelhos

Outra região enigmática é a dimensão dos espelhos, que apesar do nome não é uma dimensão, e sim outro plano de existência, igual aos demais citados.

A dimensão dos espelhos, até onde se sabe, é tão somente um território de passagem, através do qual se abrem atalhos. Com a ciência dos poderes corretos, um viajante pode mergulhar em um reflexo e despontar em outro, em qualquer parte do mundo.

O plano é utilizado ainda como prisão, um cárcere destinado a reter certas deidades por demais perigosas.

Céu, Inferno e as Dimensões Paralelas

Diferentemente dos planos de existência, as dimensões paralelas são zonas afastadas do cosmo, territórios isolados que permeiam nosso universo como pétalas ao redor de um núcleo. Elas se formaram a partir das ondas de energia geradas pelo fulgiston e lembram bolsões, bolhas flutuantes na sombra do espaço. Imagine uma toalha esticada sobre a mesa. Agora, empurre-a. Os vincos sobrepostos ao tecido seriam vagamente semelhantes aos efeitos dessa dispersão.

Cada dimensão tem um conjunto próprio de leis, mas suas bordas são finitas, de extensão limitada, muito embora possam ser descomunais, tão grandes como planetas, sistemas ou mesmo galáxias.

As duas principais dimensões que servem aos interesses da terra são o céu e o inferno, por abrigar seres que interagem com a raça humana (anjos e demônios). Afora essas, a terra nórdica de Asgard e a fabulosa Arcádia (superiores), bem como as obscenas masmorras do Hades e a vastidão desolada do limbo (inferiores), são exemplos de dimensões alheias à nossa esfera universal.

Portais, Vórtices, Vértices

Há três principais classes de "túneis" que conectam as dimensões — os portais, os vórtices e os vértices.

Portais

Os portais são o tipo de conexão mais visado e também o mais raro. Eles ligam o mundo físico a determinada dimensão superior ou inferior, permitindo a passagem direta da entidade ao mundo material, sem o gasto de energia ou a necessidade de materialização — a criatura ingressa no reino dos homens em sua forma espiritual, técnica muito usada por feiticeiros para conjurar demônios ou bestas extraplanares. De igual maneira, um mortal pode, ainda vivo e carregando seu corpo material, cruzar um portal e chegar ao inferno, ao céu, a Asgard, ao Hades ou a qualquer outra esfera do gênero. Por suas propriedades tão delicadas, os portais são geralmente de ação temporária, estando limitados pelo alinhamento dos astros, conjunções estelares, atividades climáticas ou material de sacrifício.

Vórtices

Os vórtices diferem dos portais por abrir-se a partir não do mundo físico, mas do plano astral. Muitos deles são permanentes e, por conseguinte, guardados por experimentados vigias, criaturas que detêm o poder de lacrar as entradas, impedindo o ingresso de quaisquer viajantes. Para os alados, os vórtices funcionam como pontos de ascensão aos Sete Céus, "escadas" através das quais eles regressam ao paraíso. Os vórtices são comumente abertos em localizações geográficas do plano astral, mas alguns deles são móveis, enquanto outros, menos comuns, são de atividade efêmera, instalados pelos serafins para transportar um coro específico de anjos (na necessidade de uma missão, por exemplo).

Vértices

Por fim, os vértices não são propriamente conexões místicas. São sítios, gerados natural ou artificialmente, onde ocorre uma interseção entre os planos físico e etéreo. Lá, o tecido da realidade não existe, permitindo o encontro entre seres terrenos e entidades espirituais. Muitos vértices foram criados no passado para que os sacerdotes primitivos interagissem com seus deuses etéreos. A mitológica ilha de Avalon, o célebre monte Olimpo e os templos internos das pirâmides egípcias são exemplos de vértices.

Rios Oceanus e Styx

Caso o viajante não seja capaz de encontrar um portal ou de acessar um vórtice, poderá ainda recorrer a um dos dois rios que cortam as dimensões — o Styx e o Oceanus.

Não há registros, tampouco hipóteses sobre a origem desses canais, tão usados por anjos e deuses na antiguidade remota. Os rios atravessam plagas sublimes e obscuras, podendo levar o navegante a praticamente qualquer parte do cosmo, contanto que ele conheça suas trilhas.

O rio Styx dá acesso às dimensões inferiores e é povoado pelos enigmáticos barqueiros, entidades que fazem o transporte de passageiros através das esferas cósmicas, mediante o pagamento de energia vital. Já o rio Oceanus desemboca nas dimensões superiores e pode ser percorrido sem o auxílio de marinheiros, mas guarda em si um traço peculiar: suas águas suprimem as radiações místicas, deixando vulneráveis mesmo os espíritos mais poderosos, enquanto seguirem seu curso.

LINHA DO TEMPO

? Protouniverso. Inexistência do tempo ou matéria. Yahweh, a Lei, e Tehom, o Caos, vagam pela sombra do espaço.

? Yahweh dá vida aos cinco arcanjos: Miguel, Lúcifer, Gabriel, Rafael e Uziel. Tehom cria seus deuses-monstros: Behemot, Leviatã, Tanin, Enuma, Taurt.

? Batalhas Primevas. Yahweh e seus generais angélicos derrotam Tehom, assumindo controle sobre as duas províncias.

Primeiro Dia

+- 15 bilhões de anos atrás. Início da criação. Surgem o tempo e a matéria.

Segundo Dia

+- 14 bilhões de anos atrás. Nascimento dos anjos. Big Bang. Criação da luz.

+- 12 bilhões de anos atrás. A expansão da matéria cria "vincos cósmicos" no universo, dando origem às dimensões paralelas.

Terceiro Dia

+- 7 bilhões de anos atrás. Formação das estrelas e galáxias. A luz é separada da escuridão. Anjos e arcanjos estabelecem os Sete Céus como sua dimensão principal. Yahweh cria a Roda do Tempo e o Livro da Vida.

Quarto Dia

+- 6 bilhões de anos atrás. Sol, sistema solar e a Terra.

Quinto Dia

+- 4 bilhões de anos. Na Terra, surgem as primeiras formas de vida materiais.

Sexto Dia

+- 400 milhões de anos atrás. Primeiros hominídeos.

+- 400000 a.C. Surgimento do homem primitivo, os eridais, também chamados de primeira raça.

+- 320000 a.C. Grande migração. Os eridais se dividem em dois grupos. Um permanece no Oriente Médio, o outro se desloca através do Mediterrâneo rumo à Europa Ocidental.

Sétimo Dia

Domínio dos sentinelas

+- 200000 a.C. Os eridais evoluem em dois ramos: os homens (segunda raça) e os atlantes (terceira raça). Ambos pertencem à espécie *Homo sapiens*, dotados de alma. Yahweh parte para o descanso. Despertar da consciência. Confecção do tecido da realidade.

+- 190000 a.C. Visita de Samael ao Jardim do Éden. Adão e Eva deixam o jardim. Metatron junta-se às tribos humanas.

+- 180000 a.C. Épico combate entre Gabriel e Metatron. Primeira era glacial. Os obeliscos começam a ser erguidos.

+- 170000 a.C. Fim da era do gelo.

Domínio dos elohins

+- 150000 a.C. Caçada aos sentinelas. Ascensão dos elohins. Fundação da cidade de Atlântida. Ascensão dos atlantes e supremacia do Mediterrâneo. Na Europa, Ásia e Oriente Médio, os homens migram das cavernas para palafitas e constroem pequenas aldeias.

+- 100000 a.C. Primeiro cataclismo. Terremotos dividem a terra. Atlântida se enfraquece.

+- 50000 a.C. Adão unifica as tribos do Oriente Próximo. Caim, seu filho, funda a cidade de Enoque. Segundo despertar — tecido da realidade se engrossa.

+- 40000 a.C. Ascensão de Enoque. Lança de Nod é forjada. Extinção do homem de Neandertal e dos tigres-dentes-de-sabre.

+- 38000 a.C. Atlântida e Enoque entram em choque. Guerras Mediterrâneas.

+- 36930 a.C. Os Buscadores de Enoque votam pelo expurgo do arquimago Kothar-wa-Khasis. O bruxo constrói o zigurate de Barak-Maru, monta seu exército, rouba a lança de Nod e a usa para matar o mais poderoso dos elohins, Shekhinah, a Presença de Deus.

+- 35000 a.C. Grande batalha nas planícies de Hiwatha. Metatron é capturado e conduzido à Gehenna. Últimos sentinelas são mortos, restando apenas dois agentes ocultos mais seu líder. Colônia atlântica de Egnias é invadida. Lança de Nod se perde.

+- 35000 a.C. até +- 25000 a.C. Período das grandes catástrofes. Segundo cataclismo. Terra sofre com chuvas de meteoros, terremotos e vulcões. Arcanjos decidem enviar suas legiões para exterminar a raça humana. Reis de Enoque, com aço e magia, rechaçam ataque de anjos à cidade.

+- 23000 a.C. Início das Guerras Etéreas.

+- 22000 a.C. Apollyon, o Anjo Destruidor, e sua legião vencem e eliminam as serpentes de Kur.

+- 18000 a.C. Batalha de Shin-Tain. Celestiais são derrotados no Extremo Oriente.

+- 12000 a.C. Ablon, o Primeiro General, vence o deus Rahab, o Príncipe dos Mares, pondo fim às Guerras Etéreas. Construção da Fortaleza de Sion.

+- 11500 a.C. Dilúvio. Terceiro cataclismo. Destruição de Enoque e Atlântida. Orion retorna aos Sete Céus.

Domínio dos homens

+- 11000 a.C. Rafael é "morto" por Lúcifer durante audiência no Quarto Céu. Túnel da morte é construído. O Quinto Arcanjo estabelece seu santuário no Terceiro Céu, ergue as colônias espirituais e assume residência no Elísio.

+- 10000 a.C. Civilização regressa à barbárie. Atlântida não deixa sobreviventes. Remanescentes dos homens de Enoque evoluem no chamado "homem moderno", o *Homo sapiens sapiens*, também conhecido como quarta raça. O ser humano se espalha pelo globo terrestre. Elohins declaram-se independentes, assumindo papéis secundários.

+- 4000 a.C. Renascimento da civilização humana. Fundação da Babel legendária. Gilgamesh na Suméria. Extinção dos mamutes.

+- 3800 a.C. Revolta de Sodoma. Expurgo de Ablon e da Irmandade dos Renegados dos Sete Céus. Sodoma e Gomorra são destruídas. Zohar é devastada.

+- 3500 a.C. Rebelião de Lúcifer. O Arcanjo Sombrio e suas hordas são expulsos do céu e condenados ao Sheol.

+- 3000 a.C. A Irmandade dos Renegados deixa Enoque e se divide. Construção das grandes pirâmides do Egito. Terceiro despertar — alargamento do tecido da realidade.

+- 2800 a.C. Anjo Negro encontra Ishtar. Os dois lutam sobre a montanha. Ablon destrói o morro e impede o assassinato de Ishtar, mas é soterrado.

2414 a.C. Cush assume o trono da Babilônia legendária. Construção do zigurate de prata. Ablon desperta e escapa do soterramento. Nasce Zamir, o Feiticeiro.

2354 a.C. Akto e Maya, pais de Shamira, fogem de Cnossos, na Grécia, e se estabelecem na aldeia de En-Dor, em Canaã.

2335 a.C. O rei Cush é capturado e morto. Nimrod assume o trono da Babilônia. Zamir encontra o avatar desacordado de Ishtar e o leva à cidade. Início da construção da Torre de Babel.

2334-2333 a.C. Shamira é levada à Babilônia. Queda de Babel. Destruição da torre. Ishtar morre.

2332 a.C. Shamira começa seu treinamento com o mestre necromante Drakali-Toth, na cidade de Mênfis.

+- 1800 a.C. Ascensão da Babilônia histórica. Hamurabi.

315 a.C. Zamir inicia sua campanha para restaurar o sonho da Babilônia, perseguindo, assassinando e roubando o conhecimento dos grandes feiticeiros que ainda caminhavam pelo mundo.

209 a.C. Zamir derrota Drakali-Toth e incorpora suas habilidades necromânticas.

3 a.C. Hazai enfrenta as rapinas; sobrevive, gravemente ferido. Ruma para Enoque.

Ano 0 da era cristã. Nasce a Criança Sagrada. Início da guerra civil entre Miguel e Gabriel. Isolamento do arcanjo Rafael. Ablon enfrenta os espíritos antigos do bosque Tin-Sen. Quarto despertar — o tecido se adensa.

1 d.C. Caravana na via secreta. Ablon derrota as rapinas. Shamira vence Zamir. Ablon entra em torpor.

30 d.C. O Salvador é crucificado e ascende. Ablon desperta do torpor e alcança Jerusalém. A guerra civil entre Miguel e Gabriel, que até então se passava no plano astral, é transferida para os Sete Céus. Gabriel assume seu quartel-general na Cidadela do Fogo.

112 d.C. Flor do Leste morre na China. Shamira descobre o segredo dos ossos-oráculos e estuda a feitiçaria chinesa.

+- 500 d.C. Supressão cósmica. A queda de Roma e a expansão do cristianismo resultam na supressão de diversos vértices, especialmente no mundo ocidental. Fadas se recolhem ao plano etéreo.

+- 700 d.C. A ilha de Avalon regride ao plano etéreo.

1097 d.C. Shamira assume o posto de arauto entre as fadas, para registrar a partida dos elfos e gravar seus rituais e conhecimentos. Ela se estabelece no vértice da floresta Vermelha, na Inglaterra.

1119 d.C. O poderoso Azazel, um anjo caído e duque do inferno, desafia Lúcifer, dando início, no Sheol, à chamada Guerra de Libertação. Azazel é derrotado e morto em 1203.

1231 d.C. Apollyon, o Exterminador, captura o anjo renegado Yarion, Asa de Vento, e o arrasta para o Sheol. Ablon parte em seu encalço, é capturado e preso.

1318 d.C. As fadas do oeste da Europa retornam à Arcádia. Todos os seus santuários são suprimidos.

1453 d.C. Ablon escapa dos calabouços de Zandrak. Yarion é morto. Constantinopla é invadida.

1614 d.C. Nos Sete Céus, as forças rebeldes de Gabriel tomam o Castelo da Luz, fortaleza dos querubins.

1650 d.C. Inicia-se o chamado Haniah, ou Retorno. Miguel ordena que todos os anjos que vivam, atuem ou estejam em missão na Haled voltem imediatamente para o céu. A guerra civil torna-se ainda mais sangrenta. Gabriel é obrigado a fazer o mesmo: convocar todos os seus partidários à batalha.

1772 d.C. Para impedir que seus soldados desertem e fujam para a Haled, onde poderiam se esconder, Miguel ordena a destruição da maioria dos portais conhecidos de acesso à terra. Os poucos que sobram passam a ser guardados por sentinelas poderosos.

+- 1880 d.C. Quinto despertar. O último grande adensamento do tecido da realidade torna a manifestação de magias e divindades, na terra, praticamente impossível fora de santuários.

1914 d.C. Criado o esquadrão dos anjos da morte.

1940 d.C. A lança de Nod é encontrada pelo bruxo Gutaska Razda, membro da sociedade Thule, sob os desertos do Líbano, nas ruínas da cidade de Egnias.

1945 d.C. Gutaska Razda é morto, e a lança de Nod é entregue aos Sete, conjunto de sete malakins que fundaram o esquadrão dos anjos da morte.

1978 d.C. Sólon, líder dos Sete, é morto, e a lança de Nod é subtraída do Sexto Céu.

1989 d.C. O esquadrão dos anjos da morte é desfeito. Miguel ordena que os seis malakins sobreviventes, que antes controlavam o esquadrão, continuem seus estudos na terra.

2007 d.C. Uziel é morto pelo arcanjo Miguel, em Tsafon, o Monte da Congregação, no Sétimo Céu.

2012 d.C. Muito concentrado e denso, o tecido da realidade começa seu lento processo de desintegração.

Século XXI. Apocalipse.

GLOSSÁRIO

A palavra: mensagens e diretrizes deixadas aos arcanjos por Yahweh antes de adormecer. Sua principal regra era "servir e guiar a humanidade sem interferir em seu curso".

Abismo de Lethe: imenso fosso que leva ao centro da Terra, terminando em Hélios, o sol interior. Localizado no plano etéreo profundo, também é onde deságuam vários braços do rio Styx.

Abismo de Nimbye: passagem para o limbo, o vazio supremo entre as dimensões, localizada nos Campos da Morte, uma região geográfica do Sheol.

Acheron: a quarta camada celeste.

Aesires: os deuses nórdicos da guerra.

Álfar: elfos que se fixaram em Álfheim.

Álfheim: um dos nove reinos nórdicos, antigo lar dos elfos (álfar), hoje abandonado.

Alma: o espírito humano, dotado de livre-arbítrio.

Andira: a Senhora da Noite. Antiga deusa dos povos yamís, uma das civilizações pré-cataclísmicas.

Andlangr: vulcão extinto em Álfheim, conhecido por ser o covil do dragão Níðhöggr.

Andril: o Anjo Branco, conhecido pelas antigas tribos humanas como Deus Branco. Um ishim que manipula o frio e o gelo. É um dos arcontes do arcanjo Miguel.

Anel dos Nibelungos: artefato mágico pertencente aos nibelungos, anões residentes no reino nórdico de Niðavellir.

Anjos da morte: esquadrão de anjos selecionados pelos malakins para acompanhar as grandes guerras do século XX, de maneira a estudá-las.

Apak: espécie de pterodáctilo usado como besta de guerra pelos homens de Enoque, antes do dilúvio.

Apocalipse: série de eventos que marcará a desintegração do tecido da realidade e o despertar de Yahweh.

Arautos: anjos de alta hierarquia. Respondem diretamente aos arcanjos.

Arcádia: dimensão conhecida como A Terra das Fadas.

Arcanjos: a mais alta hierarquia dos anjos. Os celestiais mais poderosos e mais próximos a Deus. Só foram criados cinco deles: Miguel, Gabriel, Uziel, Rafael e Lúcifer.

Arcontes: capitães celestes. Geralmente lideram equipes (ou coros) de anjos.

Argos: capital da Coríntia (ver a seguir).

Armagedon: a batalha final que encerra o Apocalipse.

Arya: um dos territórios antediluvianos, correspondente ao que hoje é a Índia.

Asgard: uma das dimensões superiores, para onde migraram vários deuses etéreos adorados pelos antigos povos nórdicos. Sua ligação com os planos físico, astral e etéreo é feita por um vórtice denominado Bifrost, a Ponte do Arco-Íris.

Ashima: raça de peixes bípedes, assim nomeada pelos habitantes de Shadair, antiga cidade antediluviana.

Astron: um dos comodoros (generais serafins) a serviço das forças revolucionárias de Gabriel.

Asura: um dos dois clãs atlantes, em oposição aos devas. De natureza nômade, os asuras tinham a cútis quase negra e os olhos anil ou violeta.

Atalhos: passagens místicas que ligam dois pontos geográficos no mesmo plano de existência. Geralmente construídos pelos elohins e pelos malakins.

Athea: colônia atlante. Seu templo, construído para adorar os alados, abrigava um dos afluentes do rio Oceanus.

Atlante: uma das três raças humanas existentes na Terra no período anterior ao dilúvio.

Atlântida, a Joia do Mar: a maior de todas as nações humanas antes do dilúvio. Foi destruída com a inundação.

Aura: a energia vital dos anjos e demônios. É a essência que lhes permite usar suas habilidades e poderes especiais.

Avatar: a forma física de um anjo ou demônio. Não precisa comer ou dormir, a não ser quando ferida.

Avejão: fantasma preso ao próprio cadáver.

Aziel: um dos ishins de Gabriel. Soberano da Cidadela do Fogo.

Aztlán: capital de Kuna (ver a seguir), chamada de "uma das sete províncias do ouro".

Baals: demônios da punição e da tortura. Muitos eram hashmalins antes da queda.
Baghti: uma das principais naus capitânias atlantes.
Bági: espada flamejante do gigante Surtr.
Bahr Lut: cidade independente antediluviana. Destruída pelo ataque dos shedus em 35000 a.C.
Bahr Shaddai: divindade estatal de Bahr Lut.
Balé dos ofanins: dança no céu, em forma de círculo, que os ofanins apresentam nas ocasiões mais solenes.
Bancada da Paz: pavilhão localizado no Sexto Céu, onde trezentos anjos cantavam louvores ao Deus adormecido. Miguel proibiu qualquer manifestação após o início da guerra civil.
Banshee: fantasma agressivo e enlouquecido, obcecado por proteger determinado lugar, objeto, pessoa ou pessoas, vivas ou mortas.
Barak-Maru: zigurate do arquimago Kothar-wa-Khasis.
Barqueiros: misteriosas criaturas que transportam passageiros pelo rio Styx, conhecendo suas rotas e segredos.
Basilisco: uma das górgonas (ver a seguir). Serpente imensa criada por Zeus para impedir que os mirmidões escapassem do Hades.
Batalhas Primevas: conflito de Yahweh e seus arcanjos contra Tehom e suas entidades abissais pela supremacia do universo, antes mesmo da criação.
Behemot: principal auxiliar de Tehom durante as Batalhas Primevas.
Böðgæðir: título pelo qual o anjo Denyel ficou conhecido em Asgard, enquanto capitão dos aesires. O nome significa Auxílio em Batalha.
Bolha de Estase: divindade dos malakins que para ou desacelera o tempo dentro de uma área predeterminada.
Bolha Temporal: divindade própria dos malakins que prende a vítima em uma repetição de ações.

Caídos: os anjos que se aliaram a Lúcifer em sua fracassada revolução, para com ele serem lançados ao inferno. Hoje, são demônios antigos e poderosos, duques e príncipes satânicos.
Câmara oceânica: sala construída para abrigar um dos afluentes do rio Oceanus.
Campos da Morte: região geográfica do Sheol para onde são levadas as almas dos suicidas, dos inúteis e daqueles que desistiram da vida.

Campos Elísios: área criada pelo arcanjo Rafael, no etéreo profundo, para abrigar a alma dos justos após a morte. Os Campos Elísios deixaram de existir após o dilúvio, quando da construção do túnel da morte, e os desencarnados passaram a rumar para o Terceiro Céu.

Cárcere do Medo: a maior prisão do paraíso, localizada no Segundo Céu.

Cardeal: um dos elohins baseados na cidade de Roma. Seu nome "humano" era Giuseppe di Lazio.

Castas: classes de anjos divididas segundo sua natureza e função no céu.

Castelo da Luz: principal fortaleza dos querubins, localizada no Quarto Céu.

Celestia: quinta camada celeste.

Chama da Morte: espada de fogo do arcanjo Miguel.

Choque Mental: divindade telepática que afeta a mente do indivíduo, podendo matá-lo.

Ciclo: mede o nível de poder de um anjo ou demônio. Os anjos de primeiro ciclo são os mais fracos. Os de sexto ciclo são os mais poderosos.

Cidadela do Fogo: região do Primeiro Céu que é o ponto de encontro dos ishins. Foi governada por Amael, depois por Aziel, e mais adiante virou quartel-general de Gabriel e dos novos rebeldes.

Círculo Escarlate: sacerdotisas responsáveis pelo culto a Muzhda, o Colosso de Ferro.

Controle Emocional: divindade usada pelos ofanins para tranquilizar ou persuadir outrem.

Controle Psíquico: divindade dos serafins que coloca a mente da vítima em hibernação, obrigando-a a agir automaticamente, sem controle sobre suas ações.

Coração de Gelo: divindade especial usada por Andril, o Anjo Branco. O poder transforma seu coração em uma peça indestrutível de cristal.

Cordão de prata: corrente mística que liga os espíritos humanos a seus corpos materiais.

Coríntia: um dos territórios antediluvianos, correspondente à atual Grécia.

Coroa Solar: um dos poderes defensivos de Kha, o Sol, o sentinela sobre o trono de Sakha.

Cortina de Aço: técnica que "trava" o tecido da realidade, impedindo que o anjo passe do mundo físico para o plano astral (e vice-versa).

Cosmo: o conjunto dos vários universos e dimensões.

Desatino: divindade dos elohins que lhes permite usar seus poderes sem abalar o tecido da realidade, mesmo na presença de seres humanos.

Desgarrado: qualquer anjo que escolheu viver na terra.

Despertar: refere-se à crença no despertar de Yahweh, no Apocalipse.

Deva: um dos dois clãs atlantes, em oposição aos asuras. Os devas compunham a casta guerreira, tinham pele clara e cabelos brancos.

Devorador: caçador de espíritos.

Dilúvio: a grande inundação descrita na Bíblia, responsável pela destruição de Atlântida e Enoque.

Divindades: poderes especiais dos anjos e demônios.

***Dog tags*:** par de placas de identificação usado pelos soldados ao redor do pescoço, contendo suas informações básicas, como nome completo e tipo sanguíneo.

Drakali-Toth: o maior dos necromantes no período posterior ao dilúvio. Mestre de Shamira, a Feiticeira de En-Dor.

Duques do inferno: chamado de Círculo dos Nove, esse conselho reúne os demônios de mais alta hierarquia: Asmodeus, Molloch, Mephistopheles, Alastor, Mammon, Orion, Apollyon, Baalzebul e Bael.

Dvergar: anões que habitam os nove reinos nórdicos.

Ecaloths: seres nativos do rio Oceanus, compostos de pura energia.

Ectoplasma: a porção materializada do tecido da realidade. Os anjos a usam para moldar seus avatares e manifestar roupas e armas.

Éden ou Jardim do Éden: antigo nome para descrever o planeta Terra.

Éden Celestial: terceira camada dos Sete Céus, para onde vão as almas humanas que foram justas durante a vida. Ali existem diversas colônias espirituais. É também o lar dos santos e dos mártires.

Egnias: a Segunda Cidade. Colônia atlante fundada nos desertos da África. Detém um dos afluentes do rio Oceanus.

Einherjar: espíritos dos homens nórdicos falecidos em combate.

Einhgard: um dos territórios antediluvianos, correspondente ao que hoje são os países nórdicos.

Elfos: uma das muitas raças de fadas. Os elfos que se fixaram nos nove reinos nórdicos são também chamados de álfar.

Elísio: o pavilhão de entrada do Terceiro Céu, onde as almas justas se preparam para o ingresso nas colônias celestes.

Elohins: uma das sete castas angélicas. Vivem no plano físico, geralmente disfarçados de seres humanos.

Enoque, a Primeira e Última: também chamada de A Bela Gigante, foi a cidade fundada por Caim, filho de Adão. É considerada a pátria de todos os homens, uma vez que a civilização atlante, sua rival, foi completamente destruída no dilúvio.

Enuma: um dos deuses-monstros sob o controle de Tehom.

Erelins: uma estirpe de querubins (ver a seguir). Os erelins são os guardiões das catedrais e dos palácios celestes.

Eridai: tida como a primeira raça humana, deu origem aos homens, aos atlantes e aos neandertais.

Espectro: fantasma maligno.

Espírito: nome genérico para se referir à energia vital de qualquer criatura. Determina também seu reflexo no mundo espiritual. Os reflexos de objetos ou peças inanimadas são chamados de "quimeras".

Espíritos etéreos: entidades que habitam o plano etéreo. Todos os deuses pagãos (gregos, egípcios, indianos etc.) são espíritos etéreos. Em geral, não nutrem grande simpatia pelos celestiais, em consequência das Guerras Etéreas.

Estígia: *ver* Hades.

Eterno Verão: feitiço desenvolvido pelas fadas que mantém a temperatura sempre agradável e constante.

Exilados: anjos de várias castas (à exceção dos malakins) que optaram por permanecer na terra depois do Haniah (ver a seguir).

Expurgo: quase sempre se refere à expulsão dos Dezoito Renegados. Às vezes, dependendo do contexto, o termo é usado para denominar outros expurgos do paraíso, como a revolta dos sentinelas e a queda de Lúcifer.

Fagulha: espada flamejante de Kaira.

Fantasmas: almas humanas atormentadas que vagam no plano astral.

Filhos de Nod: homens e mulheres de Enoque.

Filhos do Éden: maneira formal de os anjos se referirem aos seres humanos.

Flagelo de Fogo: espada de fogo originalmente pertencente ao arcanjo Gabriel.

Fogo azul ou fogo das fadas: chama que não emana calor, apenas luminescência. Geralmente produzida por magia.

Fogo negro: tipo de chama mística que queima inclusive materiais não combustíveis, como pedra e metal.

Fogo Negro: espada do demônio Apollyon, herdada do deus Behemot. Considerada a arma mais poderosa do universo.

Fogo púrpura: as chamas geradas pelo fogo púrpura não afetam a pele ou a carne, mas secam os fluidos corporais, como o sangue, causando espasmos, paralisia e finalmente a morte. São geralmente produzidas por bruxaria.

Fogo verde ou fogo de Xahra: tipo de chama que queima tão somente no plano astral, afetando o espírito, não a carne.

Fogo violeta: chama usada essencialmente para queimar e marcar runas ou fórmulas mágicas no espírito de um indivíduo. Semelhante ao fogo verde, porém menos nocivo.

Fomoriano: ser pertencente ao povo das fadas. Os fomorianos são criaturas deformadas, com três ou mais braços, cuja missão é tornar o mundo um lugar menos lógico, e para isso eles recorrem ao medo.

Fortaleza de Agartha: baluarte criado por Metatron no centro da Terra, sobre o abismo de Lethe.

Fortaleza de Sion: o maior bastião das forças do arcanjo Miguel fora do céu. Localiza-se no plano etéreo, sob a mundana cidade de Jerusalém.

Fulgiston: a explosão que deu origem ao universo.

Furacão Temporal: divindade própria dos malakins, que catapulta a vítima a diversos períodos da história, impedindo-a de agir no tempo presente.

Gabriel, o Mestre do Fogo: também chamado de Anjo da Revelação e O Mensageiro. É um dos cinco arcanjos.

Gandiva: arco mágico de Soma, um dos almirantes de Orion.

Gehenna: a segunda camada dos Sete Céus. Era o local de punição das almas nos dias antigos, governado por Lúcifer e seus hashmalins. Após a queda, a Gehenna tornou-se um purgatório.

Gente de barro: forma pejorativa de os anjos e demônios se referirem aos seres humanos.

Gigante Vermelha: uma das técnicas de ataque de Kha, o Sol, o sentinela sobre o trono de Sakha.

Gigantes: maneira de se referir aos arcanjos.

Ginnungagap: o "abismo primordial", um "furo" cósmico por onde desce a Ponte Bifrost, permitindo a conexão do reino de Asgard a outros quadrantes do universo.

Gjöll: um dos rios que cortam o reino de Asgard e desabam no Ginnungagap.

Glaðsheimr: o pavilhão dos deuses. O mais elevado dos salões do Valhala.

Glamour: tipo de feitiço (geralmente feérico) que capta e amplia as emoções inocentes.

Gondwana: um dos territórios antediluvianos, correspondente ao que hoje é a África.

Górgona: ser criado por Zeus na era mítica. Cada górgona é única e dotada de uma função específica.

Grão-feiticeiros: magos poderosos da extinta cidade de Enoque.

Gregorion: um dos elohins residentes na terra, suposto membro da teia.

Guerra civil: conflito militar entre Miguel e Gabriel.

Guerra da Fúria: o eterno conflito entre os barões do inferno.

Guerras Etéreas: série de campanhas levadas a cabo pelos celestiais para destruir os poderosos espíritos etéreos e aniquilar sua influência sobre os seres humanos.

Guerras Mediterrâneas: repetidos conflitos entre Enoque e Atlântida pelo controle de portos e territórios.

Gungnir: lança do deus Odin.

Hades: uma das dimensões inferiores, localizada no núcleo da Terra. Região cinzenta e desolada, é uma fossa cósmica, com colinas de destroços, para onde são enviados construções e objetos desintegrados ou descartados. É utilizado, ainda, como prisão aos semideuses do Olimpo. Chamado às vezes de Estígia, por ser um dos pontos de desaguamento do rio Styx.

Haled: maneira como os anjos se referem ao plano físico.

Hamhleypa: perversas crias do lobo Fenfir, monstro que habita as paragens de Niflheimr, o reino gelado ao norte da Yggdrasil.

Haniah: o Retorno. Convocação dos anjos que viviam na terra para lutar a guerra no céu.

Hashmalins: casta de anjos incumbida de julgar e sentenciar os mortais na Gehenna.

Hayabusa: motocicleta de Denyel.

Helgardh: a Casa das Névoas, palácio da deusa Hela em Helheim.

Helheim: o reino nórdico dos mortos, controlado pela deusa Hela.

Hélios: o sol interior, que arde no centro da Terra.

Herdeiros de Atlântida: como ficaram conhecidos os nove regentes, únicos atlantes que sobreviveram ao dilúvio, postos em hibernação nos momentos que se seguiram à catástrofe.

Hiperbórea: região antediluviana, localizada no que hoje é a Sibéria.

Hiwatha: região antediluviana, localizada onde hoje são os Estados Unidos.

Hlidskjalf: pontão de onde, nos tempos mitológicos, o deus Odin observava os nove reinos.

Hǫfuð: cajado mágico do deus Heimdall.

Hut-Kha: a Montanha Solar, templo e palácio de Kha, o Sol, nos confins do deserto.

Iðavöllr: chamada de Fortaleza Solitária, é o bastião que defende a Ponte Bifrost, em Asgard.

Ífingr: conhecido como o Rio do Amor, era o lar das ninfas aquáticas, antes de os elfos partirem de Asgard.

Invocação: uma das escolas de magia, especializada em canalizar as forças elementais e naturais e convertê-las em energia.

Ira de Deus: divindade de combate usada por muitos querubins para potencializar seus ataques desarmados.

Irmandade dos Renegados ou Dezoito Renegados: grupo de insurgentes liderados por Ablon, o Primeiro General, na chamada Revolta de Sodoma.

Ishins: casta de anjos que controla as forças elementais. Vivem no Primeiro Céu.

Jötnar: os gigantes nórdicos.

Jötunheimr: o reino dos jötnar.

Kazan: outro dos elohins apontados como integrantes da teia. Dono de várias lojas no Grande Bazar de Istambul, nos anos 70.

***Kelos*:** embarcação coríntia.

Korrigan: a Senhora da Luz. O nome celta de Titânia, a rainha dos elfos, que reina em Ynys Wydryn.

Kuna: um dos reinos antediluvianos. Abrange o que hoje é a América Central e a porção ocidental da América do Sul.

Lança de Nod: considerada a "arma mais poderosa da terra", foi forjada pelos magos de Enoque com o propósito de exterminar os celestes.

Legião das Espadas: tropa comandada por Ablon antes do expurgo.

Lemúria: um dos territórios antediluvianos.

Lethe: *ver* abismo de Lethe.

Leviatã: um dos deuses-monstros sob o controle de Tehom.

Lilins: chamados de "demônios terrestres", são os filhos e as filhas de Lilith (ver a seguir).

Lilith: a rainha das succubus. Primeira mulher de Adão. Levada ao inferno por Lúcifer, tornou-se líder da ordem dos demônios femininos da sedução.

Limbo: o vazio entre as dimensões, para onde seguem as almas dos suicidas, daqueles que desistiram de tudo, mesmo de suas angústias e dores.

Livro da Vida: relíquia criada por Deus que, segundo a lenda, relata em detalhes toda a história e os acontecimentos do sétimo dia, da criação do homem ao Juízo Final.

Lúcifer, a Estrela da Manhã: também chamado de Arcanjo Negro, Portador da Luz, Filho do Alvorecer e Príncipe das Trevas. Era um dos cinco arcanjos, mas perdeu a guerra contra Miguel e caiu no inferno, passando a ser conhecido como Diabo.

Macaco: forma pejorativa de se referir aos seres humanos.

Magia negra: ramo da magia que se dedica à conjuração de criaturas de outras dimensões. Quando aplicada aos infernais, é chamada de "satanismo".

Magia suja: modo como os atlantes, em especial, se referiam à magia de Enoque, cuja *performance* exigia, normalmente, o uso de ingredientes e a leitura de tomos.

Magos Brancos: confraria de feiticeiros que habitava a ilha de Thule e a Hiperbórea, antes do dilúvio.

Malakins: casta de anjos cuja principal função é observar e estudar o curso do universo e seus habitantes.

Malikis: ordem de demônios guerreiros, furiosos, imprevisíveis, brutos e violentos.

Mammon: um dos nove duques do inferno.

Manticora: ser exilado por Zeus na Estígia. Espécie de leão com a cauda cheia de espinhos venenosos, famoso na era mítica e muito útil como besta de guerra.

Membrana etérea: tecido místico que separa o plano astral do plano etéreo.

Mente em Branco: divindade de serafim que apaga a mente das vítimas e suga suas lembranças.

Metatron, o Rei dos Homens sobre a Terra: antigo líder dos sentinelas (ver a seguir).

Mickail: querubim exilado. Com Denyel, integrou o batalhão dos anjos da morte.

Midgard: como os deuses nórdicos chamam a terra.

Miguel, o Príncipe dos Anjos: o mais poderoso dos cinco arcanjos.

Mirmidões: tropa de guerreiros helênicos que se juntou ao rei Minos contra os deuses. Foram derrotados e aprisionados no Hades.

Mjölnir: martelo mágico de Thor, o deus nórdico do trovão.

Mu: ilha onde se localizava, antes do dilúvio, a cidade de Atlântida, capital do império de mesmo nome.

Mundo dos sonhos: camada rasa do mundo espiritual, que se separa do plano astral pela chamada zona onírica. É um espelho do astral, com "bolsões" ilusórios criados pelos sonhos dos seres humanos.

Mundo espiritual: tudo aquilo que está além do tecido da realidade, compreendendo uma infinidade de planos de existência. Os mais conhecidos são o astral e o etéreo.

Múspellsheimr: um dos nove reinos nórdicos, a terra do fogo, habitada principalmente por dragões.

Nagas: criaturas espirituais, entidades etéreas que incorporam apenas o caráter maléfico — e predatório — das víboras terrestres.

Náir: fantasmas de criaturas mortas em algum dos reinos nórdicos.

Necromante: praticante da necromancia, a arte mágica dedicada ao estudo dos mortos.

Netúnia: o maior vulcão do paraíso, localizado no Primeiro Céu. Sobre ele sustenta-se a Cidadela do Fogo, quartel-general da casta dos ishins.

Niðavellir: um dos nove reinos nórdicos, governado pelos anões.

Niflheimr: o reino nórdico do gelo, habitado principalmente por lobos.

Ninfa: tipo de fada muito bela, especializada na arte do amor e da sedução.

Nod: um dos territórios antediluvianos, cuja capital era Enoque.

Notung: espada do semideus Siegfried, chamada de Gram pelos elfos e intitulada Ceifadora de Dragões.

Noturna: fada nascida do pesadelo.

Novos rebeldes: partidários do arcanjo Gabriel na guerra civil contra Miguel.

Nysa, a Cidade do Ocidente: suposto lar dos ecaloths (ver anteriormente).

Obelisco negro: marco de distribuição de energia em Athea, depois encontrado em várias partes do mundo. A peça encerra mistérios ancestrais.

Ofanins: a casta de anjos mais próxima aos homens, também chamados de anjos da guarda. São altruístas por natureza, sempre evitando a violência. Seus poderes são baseados em luz e cura.

Ogro: um tipo de gigante.

Ophir: antigo reino africano, destruído durante o primeiro cataclismo.

Ordem: maneira como os demônios às vezes se referem a suas castas.

Oricalco: metal dos atlantes, praticamente indestrutível, chamado também de platina branca.

Padrões de energia: linhas místicas e magnéticas que interligam nódulos de energia ao redor do planeta.

Palácio Celestial: fortaleza dos arcanjos no Quinto Céu. Ponto mais central e importante do paraíso celeste.

Palavra de Retorno: antigo ritual que transporta uma pessoa ou entidade através de um túnel dimensional, diretamente ao seu santuário de origem.

Piedade Fatal: espada de fogo do arcanjo Uziel, conhecida por matar sem provocar dor ou sofrimento.

Plano astral: camada mais rasa do mundo espiritual, que se conecta ao plano físico pelo tecido da realidade. Por lá caminham fantasmas e almas perdidas. Não tem cor nem gravidade.

Plano das sombras: camada mais distante do mundo espiritual. Moradia de sombras e espectros.

Plano etéreo: camada mais profunda do mundo espiritual, além do plano astral. É o lar dos espíritos evoluídos e dos poderosos deuses pagãos.

Plano etéreo profundo: regiões do plano etéreo que só podem ser acessadas por meio de trilhas ou passagens muito específicas.

Plano físico: o mundo material, onde vivem os humanos encarnados. Compreende a Terra e o universo ao seu redor.

Platina branca: chamada também de oricalco, era o metal usado pelos atlantes, forjado magicamente através da junção de aço, platina e diamante.

Poço das Lágrimas: pântano que circula as cordilheiras do Hades.

Poleiro: gíria celeste para definir os Sete Céus.

Porão: gíria celeste para definir o Sheol, ou inferno.

Portais: passagens místicas que ligam o plano etéreo ou dimensões paralelas (como o céu e o inferno) ao plano físico.

Posto de controle: estação atlântica construída na órbita da Terra para monitorar as dez colônias, nos dias que antecederam ao dilúvio.

Primicérios: os arcanjos.

Primogênitos: outro termo para se referir aos arcanjos.

Príncipes: líderes de casta. Estão acima dos arcontes e abaixo dos arautos.

Prisca: elohim, dona e gerente do Clube do Inferno, em Amsterdã.

Projeção Astral: técnica que permite aos seres humanos, em vida e voluntariamente, projetar a alma ao plano astral e explorá-lo.

Queda: refere-se à derrota do então arcanjo Lúcifer e de suas hostes por Miguel e sua expulsão para o Sheol.

Querubins: casta composta por anjos guerreiros. São os guardiões e soldados de Deus.

Quimera: objeto carregado de energia mística que pode atravessar o tecido da realidade, materializando-se com seus portadores.

Rafael, o Quinto Arcanjo: chamado também de Cura de Deus, é um dos cinco arcanjos. Desiludido, desapareceu do céu e se isolou no Elísio.

Ragnarök: o fim do mundo para os espíritos nórdicos.

Raio da Aurora: espada de fogo de Lúcifer.

Raptores: demônios enviados à terra para capturar anjos perdidos.

Raqui'a: o Sexto Céu, lar dos malakins. Ali ficam a Casa da Glória e as bibliotecas celestes.

Rebelião de Lúcifer: revolução do então arcanjo Lúcifer contra seu irmão Miguel. A derrota de Lúcifer ocasionou a queda e a condenação de seus acólitos ao Sheol.

Redentora: espada de luz do arcanjo Rafael, que permite ressuscitar qualquer criatura.

Regentes: generais atlantes. Responsáveis por guardar as colônias e as fronteiras do império.

Relíquia sagrada: qualquer objeto místico criado por Deus, anjos ou demônios.

Renegados: grupo de dezoito anjos que se rebelaram contra Miguel e foram atirados à terra, pouco depois do dilúvio.

Revolta de Sodoma: levante comandado por Ablon, o Primeiro General, contra a destruição de Sodoma e Gomorra. A revolta resultou na expulsão dos insurgentes e em sua condenação à Haled.

Rio Oceanus: rio místico que sobe rumo às dimensões superiores.

Rio Styx: rio místico que desce rumo às dimensões inferiores.

Risco de Prata: técnica especial de Ishtar, a Fúria Dourada, que lhe permite estender seu golpe e cortar à distância.

***Ritter*:** título atribuído a um indivíduo que assume o cargo de protetor da rainha dos aesires.

Roda do Tempo: provavelmente a maior relíquia criada por Deus. Marca a continuidade do sétimo dia e não pode ser contida. Seu fim supostamente marcaria o despertar de Yahweh.

Rodínia: um dos territórios antediluvianos, correspondente ao que hoje é o Japão.

Sakha: um dos territórios antediluvianos, correspondente ao que hoje é o Egito.

Samael, a Serpente do Éden: anjo caído e auxiliar direto de Lúcifer. Conhecido também como Satã ou Satanás, quando anjo se disfarçou de serpente para tentar Eva no Jardim do Éden.

Santa Helena: cidade na região serrana do Rio de Janeiro.

Santuário: local no plano físico em que o tecido da realidade é muito fino, facilitando a manifestação de efeitos mágicos, místicos ou a interação com entidades espirituais.

Santuário do Alvorecer: construção no topo do monte Tsafon, no Sétimo Céu, onde supostamente repousa o espírito de Deus. Ali também fica guardado o Livro da Vida, em seu pedestal.

Saphiro: estrela concentrada que se tornou símbolo de Orion, o antigo rei de Atlântida.

Satanis: ordem composta por demônios nobres, burocráticos e diplomáticos. Muitos foram elohins ou serafins antes da queda.

Satanismo: quando empregada para conjurar um demônio à terra, a magia negra é chamada de "satanismo".

Sátiro: espécie de fada com patas de cabra.

Seax: espada nem curta, nem longa, com lâmina de cinquenta centímetros.

Selos do Apocalipse: série de sinais e profecias que, associados à desintegração do tecido da realidade, indicam o curso do Apocalipse.

Sentinelas: grupo de anjos designados diretamente por Deus para ensinar, guiar e cuidar dos seres humanos.

Serafins: casta de anjos nobres e diplomatas, tidos como os "burocratas" do paraíso.

Sessrúmnir: um dos salões do Valhala, famoso pelas propriedades curativas, abençoado pela deusa Freya.

Sete Céus: conhecidos também como paraíso celeste, morada de Deus ou morada divina. Dimensão de onde anjos e arcanjos vigiam os rumos da espécie humana e do universo material.

Sétimo dia: tempo que compreende da criação do homem ao Dia do Juízo Final.

Shadair: uma das maiores cidades livres no período anterior ao dilúvio.

Shamira, a Feiticeira de En-Dor: necromante chamada à Babilônia para invocar o espírito de Cush. Seu pai era grego; sua mãe, cananeia.

Shedus: estirpe de querubins (casta angélica) particularmente voraz, tida como os cães de caça do príncipe Miguel.

Shekhinah, a Presença de Deus: o maior dos elohins, enviado à terra pelo arcanjo Miguel para desbaratar os sentinelas e tomar seus postos.

Sheol: dimensão onde foram sepultados os restos mortais de Tehom e dos deuses das trevas. Mais tarde serviu como lar a Lúcifer e seus anjos caídos, passando a ser conhecido como inferno.

Sidhe: fadas que habitam o plano etéreo da terra.

Sluagh: um tipo de fada, de personalidade melancólica.

Sol negro: o símbolo usado pela sociedade Thule.

Sólon: o Primeiro dos Sete. Líder do coro de sete malakins que controla os anjos da morte e, consequentemente, chefe de operações de Denyel.

Sombras: fantasmas sem força de vontade. São espíritos "loucos", que repetem continuamente as ações que desempenhavam no instante da morte.

Sopro da Morte: divindade exclusiva dos hashmalins. Suga a energia vital das vítimas, matando-as instantaneamente.

Sopro de Deus: a alma humana.

Suryas: estirpe de serafins (casta angélica) que trabalhou com os ishins na construção dos planetas e dos corpos celestes.

Svartálfaheimr: um dos nove reinos nórdicos, território dos elfos negros.

Svartálfr: elfos negros do panteão nórdico.

Tanin: um dos deuses-monstros sob o controle de Tehom.

Tártaro: primeira camada celeste. Lar dos ishins e dos quatro reinos elementais.

Taurt: um dos deuses-monstros sob o controle de Tehom.

Tecido da realidade: membrana mística que separa o mundo físico do espiritual. Sua camada mais rasa e adjacente é o plano astral. Acredita-se que o tecido da realidade seja formado pela consciência coletiva dos seres humanos e represente uma defesa inconsciente dos homens contra os efeitos místicos e inexplicáveis que os ameaçam e desafiam sua compreensão.

Tehom: deusa do caos e da escuridão, a qual Yahweh combateu e derrotou durante as Batalhas Primevas. Sua derrocada antecedeu à criação da luz e do universo.

Teia: suposta organização clandestina baseada na terra, formada majoritariamente por elohins, que, acredita-se, transmitia informações secretas aos anjos rebeldes de Gabriel.

Telecinese ou Telecinesia: divindade rara, que permite mover objetos a distância.

Telúria: um dos territórios antediluvianos, correspondente ao que hoje é o norte dos Estados Unidos e o Canadá.

Templo da Harmonia: gigantesco salão de mármore na Cidadela do Fogo. Lugar de conferência dos ishins, posteriormente servindo de residência ao arcanjo Gabriel, durante a guerra civil.

Templo de Cocytus: mausoléu construído pelos mirmidões na Estígia para abrigar seus chefes, Minos de Creta e o herói Radamanthys.

Terra de Nod: país cuja capital era Enoque.

Tétis: pode se referir ao mar de Tétis, que ocupava parte da Ásia no período anterior ao dilúvio, ou ao porto de Tétis, famoso empório da antiguidade.

Thera: um dos regentes atlantes, responsável pela defesa de Egnias.

Thuatha: um dos territórios antediluvianos, correspondente ao que hoje é o Leste Europeu.

Thule: sociedade esotérica ligada ao Partido Nazista.

Torre da Eternidade: bastião do arcanjo Rafael nos Campos Elísios.

Torre das Almas: torre disfarçada de edifício no plano físico, onde o hashmalim Henoch guardava almas supostamente iluminadas. Com elas, ele pretendia abrir uma passagem para o Terceiro Céu.

Torre de Vídbláin: torre que defendia a entrada do reino élfico de Álfheim.

Transferência Espiritual: habilidade usada pelos hashmalins para capturar um espírito humano e posteriormente transferi-lo para outro corpo ou para um objeto.

Trasgo: o mesmo que troll.

Troll: criatura que vive nas cavernas e se opõe aos anões de Niðavellir (ver anteriormente). Há trolls também no plano etéreo da terra.

Trombetas: parte da série de sinais do Apocalipse. Os celestiais posteriormente as identificaram como a detonação das sete bombas humanas que ajudaram a devastar a civilização mortal.

Tsafon, o Monte da Congregação: região mais alta do Sétimo Céu, onde Deus estaria adormecido.

Tukh: capital de Sakha (ver anteriormente).

Túnel da morte: vórtice que liga o plano astral ao Terceiro Céu. Abre-se aos seres humanos no instante da morte.

Tyia, a Cidade do Oriente: suposto lar dos barqueiros.

Tyrfing: acha mágica do rei dos anões, Dáinn, a qual tem o condão de transformar suas vítimas em pedra.

Universidade de Santa Helena: instituição de ensino na cidade serrana de Santa Helena, Rio de Janeiro.

Uziel, o Marechal Dourado: um dos arcanjos, o mais novo dos cinco.

Valhala: palácio no centro do reino de Asgard, um dos nove territórios nórdicos.

Valquíria: amazona nórdica.

Vanaheimr: reino dos vanires.

Vanires: deuses nórdicos da agricultura

Varna: líder do regimento das arqueiras. Lugar-tenente do arcanjo Gabriel.

Vértices: sítios onde ocorre uma interseção planar. Esses locais existem tanto no plano material quanto no plano etéreo, possibilitando a interação física entre humanos e espíritos.

Vias atlânticas: atalhos dimensionais criados pelos atlantes. Permitem aos navios percorrer longas distâncias em menos da metade do tempo.

Vingadora Sagrada: espada mística de Ablon, o Vingador, um dos mais persistentes generais do arcanjo Miguel.

Vingólf: o Salão dos Heróis, usado para as festividades no Valhala.

Vontade do Céu: espada mística de Ishtar, a Fúria Dourada, uma das comandantes da Legião das Espadas.

Vórtices: conexões místicas que ligam o plano astral ou o plano etéreo a alguma dimensão paralela (como o céu, o inferno ou a Arcádia).

Vril: energia mística que a sociedade Thule venerava.

Vultos: espectros de ódio. Materializam-se na imagem de cães negros, abomináveis.

Xandra, a Cidade no Centro do Cosmo: uma das poucas localidades conhecidas fora da nossa esfera cósmica.

Yahweh: também chamado de Altíssimo, Pai Celestial, Deus Adormecido, Reluzente, Luminoso, Criador. É o Deus supremo do universo, adormecido no fim do Sexto Dia.

Yamí: uma das civilizações pré-cataclísmicas. Ocupava grandes porções da floresta Amazônica.

Ýdalir: arco mágico do deus Ullr, usado por Kaira durante certo tempo.

Yggdrasil: conjunto de raízes e ramos que mantém os nove reinos nórdicos unidos.

Ynys Wydryn: chamada pelos irlandeses de Tír na nÓg, a Terra da Juventude Eterna, e pelos bretões de Avalon, o Campo das Muitas Maçãs, é a ilha onde se localiza a corte das fadas que ainda não regressaram à Arcádia.

Zac: um dos ofanins, amigo de Levih. Na terra assume o avatar de um cão labrador.

Zamir, o Brilhante: também chamado de Feiticeiro do Deserto. Inicialmente mestre da escola mágica da invocação, foi conselheiro de Nimrod, arquiteto de Babel e um dos mais poderosos magos de que se tem notícia.

Zanathus: ordem de demônios que controla as forças elementais. Muitos eram ishins antes da queda.

Zandrak: maior calabouço do Sheol, com celas, salas de tortura e cadafalsos. Localiza-se nos túneis abaixo do vale dos Condenados.

Zarion: antigo guarda-costas de Kaira.

Zona secreta: labirinto de túneis extraplanares usado pelos elohins para se deslocar de uma dimensão a outra, ou para acessar outras regiões no mesmo plano de existência. Geralmente as entradas para a zona secreta imitam saguões de rodoviária ou estações de metrô.

Þundr: título nórdico atribuído pela rainha Sif a Urakin, e que significa Trovoada.

Filhos do Éden: Paraíso Perdido também está na internet!

Acesse o site
www.filhosdoeden.com

Fale com o autor pelo Twitter
www.twitter.com/eduardospohr

Curta a página no Facebook
www.facebook.com/eduardospohr

E siga o perfil no Instagram
www.instagram.com/duduspohr

Impresso no Brasil pelo Sistema Cameron da Divisão Gráfica da
DISTRIBUIDORA RECORD DE SERVIÇOS DE IMPRENSA S.A.